RETOUR À COLD MOUNTAIN

Charles Frazier est né en 1950 en Caroline-du-Nord, région dans laquelle il vit toujours avec sa famille. Après des études de littérature, il devient professeur à l'université de Caroline-du-Nord, tout en élevant des chevaux. *Retour à Cold Montain* est inspiré de l'histoire de son arrière-arrière-grand-oncle et a demandé cinq années de recherches sur les traditions régionales, la musique, les contes populaires, les registres militaires et les journaux intimes des sudistes du XIXe siècle.

Traduit dans dix-huit pays, ce premier roman a été couronné par le National Book Award 1997, et les droits cinématographiques en ont été acquis par Anthony Minghella *(Le Patient anglais)*.

D1432074

CHARLES FRAZIER

Retour à Cold Mountain

ROMAN TRADUIT DE L'ANGLAIS PAR MARIE DUMAS

*Ouvrage traduit avec le concours
du Centre national du livre*

CALMANN-LÉVY

Titre original :

COLD MOUNTAIN

(Première publication : Atlantic Monthly Press, New York, 1997)

Pour Katherine et Annie

« Il est difficile de croire à la guerre atroce mais discrète que se livrent les organismes dans les bois paisibles et les champs souriants. »

DARWIN, 1839, *Journal.*

« On demande le chemin de la Montagne Froide[1] ; la Montagne Froide : c'est une voie sans issue. »

· HAN-SHAN.

---

1. En anglais Cold Mountain. *(N.d.T.)*

L'OMBRE D'UNE CORNEILLE

Au premier geste du matin, les mouches commencèrent à s'agiter. Les yeux d'Inman et la longue plaie qu'il avait au cou les attiraient et, quant à sortir un homme du sommeil, le bruit de leurs ailes et le contact de leurs pattes ne tardaient pas à se révéler plus efficaces qu'une basse-cour de coqs. Inman s'éveilla donc à une nouvelle journée d'hôpital. Après avoir chassé les mouches en battant des mains, il regarda, au-delà du pied de son lit, la fenêtre ouverte à triple battant. D'habitude, il voyait la terre rouge de la route, le chêne, le mur bas en brique. Et plus loin, une large étendue de champs et de pinèdes assez plates, qui s'étirait à l'ouest jusqu'à l'horizon. La perspective était vaste pour ce pays de plaines du fait que l'hôpital avait été bâti sur la seule éminence alentour. Mais il était encore trop tôt pour profiter du panorama. La fenêtre aurait aussi bien pu être peinte en gris.

Si la lumière n'avait pas été aussi faible, Inman aurait lu pour passer le temps jusqu'au petit déjeuner, car le livre dans lequel il était plongé avait le don de l'apaiser. Mais il avait consumé sa dernière bougie la veille au soir, en lisant pour faire venir le sommeil, et l'huile de lampe était une denrée trop rare pour que l'on allume les lumières de l'hôpital à seule fin de se distraire. Il se leva, s'habilla et s'assit sur une chaise, le dos tourné à la salle obscure et aux blessés couchés dans les lits. Il chassa de nouveau les mouches et regarda la première trace de l'aurore embrumée apparaître, le monde extérieur commencer à prendre forme.

La fenêtre était aussi haute qu'une porte et il avait souvent imaginé qu'elle finirait par s'ouvrir sur quelque autre lieu : il n'aurait alors qu'à l'enjamber pour y pénétrer. Au cours des premières semaines d'hôpital, comme il était à peine capable de bouger la tête, il n'avait pas eu d'autre moyen pour s'occuper l'esprit que de regarder par la fenêtre et de se remémorer les lieux verdoyants de son pays. Les repaires de son enfance. Le bord humide de la rivière où poussaient des roseaux. Le coin d'une prairie fréquentée à l'automne par des chenilles brunes et noires. Une branche de noyer surplombant le sentier, d'où il observait souvent, à la tombée du jour, son père en train de ramener les vaches à l'étable. Quand elles passaient en dessous de lui, il fermait les yeux et écoutait le bruit de ventouses que faisaient leurs sabots dans la poussière, un bruit qui allait en s'amenuisant jusqu'à disparaître derrière les appels des sauterelles et des grenouilles. La fenêtre, semblait-il, n'acceptait d'aiguiller ses pensées que vers le passé. Ce qui lui convenait fort bien, car il venait de voir le visage métallique du présent et il en était encore si abasourdi que, lorsqu'il envisageait l'avenir, il n'imaginait plus d'autre univers que celui d'où aurait été banni, ou aurait spontanément disparu, tout ce qui comptait pour lui.

Ses yeux fixèrent cette fenêtre pendant tout l'été, un été si chaud et si pluvieux que l'on avait, de jour comme de nuit, l'impression de respirer à travers un chiffon dégoulinant, un été si humide que les draps frais moisissaient sous lui et que, du jour au lendemain, de minuscules champignons noirs envahissaient les pages ramollies du livre posé sur la table de nuit. Inman supposait qu'après une si longue observation la fenêtre grise lui avait enfin dit à peu près tout ce qu'elle avait à dire. Ce matin-là, pourtant, elle le surprit, car elle lui rappela un souvenir perdu : il était à l'école, assis, ce jour-là aussi, à côté d'une haute fenêtre qui encadrait un tableau de pâturages et de crêtes vertes, s'élevant en terrasses jusqu'à l'énorme masse de Cold Mountain. C'était le mois de septembre. Dans le champ qui s'étendait au-delà de la cour en terre battue de l'école, le foin montait jusqu'à la ceinture de son pantalon, et les hautes herbes commençaient à jaunir. Le maître d'école était un petit bonhomme replet, chauve et rose, qui ne possédait qu'un seul costume noir élimé et une paire de bottines habillées, trop grandes pour lui et si usées que les talons semblaient taillés à l'oblique. Debout devant les élèves, en se balançant sur la pointe des pieds, il parla d'histoire toute la matinée, racontant aux plus âgés d'entre eux les guerres grandioses livrées dans l'Angleterre d'antan.

Après avoir fait son possible pour ne pas écouter, le jeune Inman avait pris son chapeau sous son pupitre et, d'un coup de poignet, l'avait envoyé voler par la fenêtre. Le couvre-chef, happé par un courant d'air ascendant, avait atterri très loin de l'autre côté de la cour de récréation, à la lisière du champ de foin, où il était resté posé, aussi noir que l'ombre d'une corneille tapie sur le sol. Le maître, qui avait vu le geste d'Inman, lui avait ordonné d'aller chercher son chapeau, avant de revenir recevoir une correction. Le bonhomme possédait un large battoir à linge percé de trous et il aimait s'en servir. Inman ne savait toujours pas ce qui lui avait pris à cet instant précis, mais il était sorti, il avait mis son chapeau sur la tête, incliné sur l'oreille de façon canaille, et il avait continué son chemin pour ne plus jamais retourner à l'école.

Ce souvenir s'estompa à mesure que la lumière de la fenêtre montait à la rencontre du jour. L'homme allongé dans le lit voisin s'assit et tira à lui ses béquilles. Comme chaque matin, il s'approcha de la fenêtre et cracha à de nombreuses reprises, très péniblement, jusqu'à ce qu'il eût dégagé ses poumons obstrués. Il passa un peigne dans sa chevelure noire et raide, coupée au carré, qui lui arrivait sous la mâchoire, coinça ses deux longues mèches de devant derrière les oreilles et chaussa les lunettes à verres teintés qu'il portait même dans la clarté tamisée du petit matin, car ses yeux, semblait-il, étaient trop abîmés pour supporter la moindre lumière. Puis, toujours en chemise de nuit, il gagna sa table où l'attendait une pile de papiers. Il prononçait rarement plus d'un mot ou deux d'affilée, et Inman ne savait pour ainsi dire rien de lui, sinon qu'il s'appelait Balis et que, avant la guerre, il avait fréquenté l'école de Chapel Hill où il avait tenté d'apprendre le grec. A présent, il consacrait ses heures de veille à traduire les antiques gribouillis d'un petit volume épais. Il s'asseyait à sa table, recroquevillé, le nez à quelques centimètres de la page, et se tortillait sur sa chaise en s'efforçant de trouver une position confortable pour sa jambe. Il avait eu le pied droit arraché par de la mitraille à la bataille de Cold Harbor, et le moignon avait refusé de guérir, laissant la gangrène remonter centimètre par centimètre à partir de la cheville. Le membre était maintenant amputé au-dessus du genou et l'homme dégageait en permanence le fumet d'un jambon de l'année passée.

Pendant quelques instants, on n'entendit que le bruit de sa plume qui grattait le papier, et celui des pages qu'il tournait. Puis les autres malades de la salle commencèrent à bouger et à tousser, quelques-uns à geindre. Finalement la lumière s'amplifia, et toutes les lignes des murs en lambris verni devinrent clairement visibles. Inman renversa son siège en arrière pour compter les mouches au plafond : il en dénombra soixante-trois.

Le paysage qu'il avait sous les yeux prenait forme peu à peu. Les troncs noirs des chênes furent les premiers à apparaître, puis la pelouse inégale, et pour

12

finir la terre rouge de la route. Il attendait l'arrivée de l'aveugle et de sa carriole. Depuis plusieurs semaines, Inman épiait ses allées et venues, et aujourd'hui qu'il se sentait suffisamment rétabli pour ne plus rester cloué au lit il avait décidé de parler à cet homme. Celui-ci devait avoir appris à vivre avec sa blessure depuis bien longtemps.

Inman avait écopé de la sienne lors du combat qui s'était déroulé aux environs de Petersburg. Quand deux de ses camarades les plus proches avaient écarté ses vêtements pour regarder son cou, ils lui avaient adressé un adieu solennel. Ils le croyaient déjà presque mort. Nous nous reverrons dans un monde meilleur, avaient-ils déclaré. Mais il avait survécu assez longtemps pour être transporté jusqu'à l'hôpital de campagne, où les médecins avaient entonné la même chanson. On l'avait mis avec les mourants, à l'écart sur un lit, en attendant qu'il voulût bien expirer. Mais il n'y était pas arrivé. Au bout de deux jours, comme on manquait de place, on l'avait transféré dans un véritable hôpital de l'Etat dont il était originaire. Au milieu de la pagaille de l'hôpital de campagne et durant le sinistre trajet vers le sud dans un fourgon bourré de blessés, il avait pensé, comme ses camarades et les médecins, qu'il allait mourir. De ce voyage, il ne se rappelait guère que la chaleur intense et les odeurs de sang et de merde, car de nombreux blessés avaient la diarrhée. Ceux qui en avaient la force avaient défoncé les parois des fourgons de bois avec la crosse de leurs fusils et, la tête passée à l'extérieur comme des poulets en cage, ils humaient la brise.

A l'hôpital, après l'avoir ausculté, les médecins avaient déclaré qu'ils ne pouvaient pas grand-chose pour lui. Ils lui avaient donné une guenille grisâtre et une petite cuvette afin qu'il nettoie lui-même sa plaie. Les premiers jours, lorsqu'il reprenait suffisamment conscience, il essuyait son cou avec le chiffon jusqu'à ce que l'eau dans la cuvette fût aussi rouge qu'une crête de dindon. En réalité, la plaie s'était assainie toute seule. Avant de commencer à cicatriser, elle avait expulsé un certain nombre de choses. Un bouton de col et un morceau de lainage provenant de la chemise qu'il portait quand il avait été blessé, un fragment de métal gris et tendre aussi gros qu'une pièce de vingt-cinq cents, et, plus inexplicable, un objet qui ressemblait fort à un noyau de pêche. Il avait posé ce dernier élément sur sa table de nuit et l'avait étudié pendant plusieurs jours. Mais jamais il n'avait pu décider s'il s'agissait ou non d'un morceau de lui-même. Il avait fini par le jeter par la fenêtre. Ensuite des rêves l'avaient hanté dans lesquels le détritus prenait racine et se mettait à pousser de façon monstrueuse, tel le haricot géant du conte.

En définitive, son cou avait guéri, mais Inman était resté plusieurs semaines sans pouvoir tourner la tête ni soulever un livre. Pendant tout ce temps, allongé dans son lit, il avait observé l'aveugle. L'homme arrivait peu après l'aube, poussant sa carriole le long de la route, à peu près aussi habilement que s'il avait vu clair. Il installait son éventaire sous un chêne, de l'autre côté de la chaussée, et allumait à l'intérieur d'un cercle de pierres un feu sur lequel il faisait bouillir des cacahuètes dans une marmite en fer. Il restait ainsi toute la journée, assis sur un tabouret, adossé au mur de brique, à vendre des cacahuètes et des journaux aux pensionnaires de l'hôpital assez ingambes pour se déplacer. Quand il n'avait pas de client, il se tenait aussi immobile que s'il était empaillé, les mains jointes sur ses genoux.

Durant des semaines, Inman avait contemplé le monde comme s'il s'agissait d'un tableau encadré par les moulures de la fenêtre. Souvent il s'écoulait de longs moments au cours desquels la scène changeait si peu qu'on se serait cru, en effet, devant une vieille peinture représentant une route, un mur, un arbre, une carriole et un aveugle. Inman avait parfois égrené lentement les secondes dans sa tête pour savoir combien de temps il fallait attendre avant de voir changer un détail de quelque importance. C'était un jeu dont il avait établi les règles. Un oiseau en vol ne comptait pas. Un passant sur la route, si. Comptaient également les grands changements atmosphériques — le soleil apparaissant derrière les nuages, une averse —, mais pas les ombres des nuages vagabonds. Certains jours il dépassait largement mille avant de repérer dans la composition du tableau une modification digne de ce nom. Il avait l'impression que la scène ne lui sortirait plus jamais de l'esprit — le mur, l'aveugle, l'arbre, la carriole, la route —, dût-il vivre jusqu'à cent ans. Il s'imaginait déjà vieillard, occupé à se la remémorer. Ces morceaux ajustés ensemble paraissaient signifier quelque chose, mais quoi ? Il ne le saurait jamais, soupçonnait-il.

Inman observait la fenêtre en avalant sa bouillie d'avoine au beurre, et bientôt il vit l'aveugle avancer le long de la route, le dos arqué pour pousser sa lourde carriole dont les roues soulevaient des petits nuages de poussière jumeaux. Une fois que l'aveugle eut allumé son feu et commencé à faire cuire ses cacahuètes, Inman posa son assiette sur le rebord de la fenêtre, sortit et, d'un pas traînant de vieillard, traversa la pelouse jusqu'à la route.

L'aveugle était carré d'épaules et, sur ses hanches solides, son pantalon était serré par un large ceinturon. Il était toujours nu-tête, même les jours de forte chaleur, et ses cheveux coupés ras, épais et grisonnants, étaient aussi rêches que les crins d'un balai de chanvre. Assis tête basse, il semblait rêvasser, mais il se redressa en entendant Inman approcher, comme s'il le voyait vraiment. Ses paupières, toutefois, étaient aussi mortes que le cuir d'une paire de chaussures, et elles s'étaient affaissées pour former deux creux de peau plissée devant les orbites vides.

De but en blanc, Inman demanda : « Qui vous a crevé les yeux ? »

L'aveugle, un sourire amical aux lèvres, répondit : « Personne. Je n'en ai jamais eu. »

Cette réponse désarçonna Inman car il s'était imaginé qu'on les lui avait arrachés au cours de quelque terrible bagarre, quelque lutte brutale. Comme toutes les actions atroces dont il avait été témoin ces temps derniers avaient été perpétrées par les hommes, il avait presque oublié qu'il existait une autre catégorie de malheurs.

« Pourquoi n'en avez-vous jamais eu ? reprit Inman.

— Je suis né comme ça.

— En tout cas, continua Inman, vous êtes sacrément tranquille. Surtout pour un homme qui tient depuis toujours la vie par le mauvais bout, on ne pourra pas dire le contraire. »

L'aveugle dit : « Ç'aurait pu être pire, si j'avais entrevu le monde avant de le perdre.

— Peut-être, dit Inman. Mais combien vous donneriez pour avoir des yeux, ne serait-ce que dix minutes ? Beaucoup, je parie. »

L'homme réfléchit, puis il déclara : « Je ne donnerais pas un cent à tête d'Indien. J'aurais peur que ça me rende haineux.

— Je vous comprends, dit Inman. Il y a des tas de choses que je regrette d'avoir vues.

— Ce n'est pas ce que je voulais dire. Il était question de retrouver la vue pendant dix minutes, d'avoir une chose et de la perdre. »

L'aveugle plia un carré de papier journal, plongea une écumoire dans sa bassine et remplit le cornet de cacahuètes dégoulinantes. Il le tendit à Inman. « Citez-moi un seul exemple où vous avez regretté de ne pas être aveugle ? » dit-il.

Par quoi commencer ? se demandait Inman. Malvern Hill. Sharpsburg. Petersburg. Chacune de ces trois batailles fournissait un exemple parfait des choses qu'on n'avait pas envie de voir. Mais le jour de la bataille de Fredericksburg s'était gravé tout particulièrement dans sa mémoire. Alors il s'assit, s'adossa au chêne, rompit une coque d'arachide encore mouillée, fit tomber d'un coup de pouce la cacahuète dans sa bouche, et se mit à raconter son histoire à l'aveugle. Il commença par la façon dont le brouillard s'était levé ce matin-là pour révéler une immense armée en train d'escalader une colline en direction d'un mur de pierre et d'un chemin creux. On avait envoyé le régiment d'Inman rejoindre les troupes déjà en poste derrière le mur, et les hommes s'étaient rapidement alignés le long de la vaste demeure blanche située en haut de Maryes Heights. Lee et Longstreet, ainsi que Stuart[1] avec son chapeau à plume, se tenaient là, devant eux, sur la pelouse qui se déployait au pied de la terrasse couverte, et tour à tour scrutaient la rive opposée du fleuve tout en discutant. Longstreet portait un châle en laine grise sur les épaules. Comparé aux deux autres officiers, il avait l'air d'un gros gardien de pourceaux. D'après ce qu'Inman avait pu voir des tactiques de Lee, il préférait, en cas de bataille, avoir Longstreet derrière lui. Celui-ci avait peut-être l'air d'un idiot, mais il cherchait toujours un terrain dont la configuration relativement sûre permettait à ses hommes de se dissimuler et de massacrer un maximum d'ennemis. Et ce jour-là, à Fredericksburg, le combat se présentait sous une forme que Longstreet estimait favorable, alors que Lee s'en méfiait.

Le régiment d'Inman s'était élancé pour franchir le sommet de la colline et affronter le feu meurtrier de l'ennemi. Les hommes ne s'étaient arrêtés qu'une seule fois, afin de tirer une salve d'artillerie, puis ils avaient foncé se mettre à l'abri dans le chemin creux,

---

1. Lee était commandant en chef de l'armée confédérée, Longstreet un des principaux généraux. Jeb Stuart commandait la cavalerie sudiste. *(N.d.T.)*

derrière le mur de pierre. Un projectile avait frôlé le poignet d'Inman, semblable au coup de langue râpeux d'un chat, mais il ne lui avait écorché qu'une petite bande de peau.

Une fois atteint le chemin creux, Inman avait constaté qu'ils occupaient une excellente position. Les premiers soldats sur place avaient déjà creusé des tranchées le long du mur solidement construit, de façon que l'on pût se tenir debout sans cesser d'être à l'abri. Pour atteindre le mur, les Fédéraux devraient traverser des arpents entiers de terrain découvert. La position était même si merveilleuse qu'un soldat avait bondi sur le mur et s'était mis à hurler : « Vous êtes en train de faire une bourde. Vous entendez ? Une bourde épouvantable. » Les balles avaient sifflé autour de lui, il avait sauté dans le fossé derrière le mur et dansé la gigue.

La journée était froide et, sur la route, la boue avait presque gelé. Certains hommes étaient nu-pieds. Beaucoup portaient des uniformes confectionnés à la main, dans ces tons ternes que donnent les teintures végétales. Les Fédéraux s'étaient déployés dans le champ devant eux, équipés de frais, pimpants et rutilants dans leurs uniformes qui sortaient de la fabrique et leurs bottes neuves. Lorsqu'ils s'étaient mis à charger, les hommes derrière le mur avaient suspendu le feu et les avaient abreuvés de quolibets ; l'un d'eux avait même crié : « Approchez donc, il me faut vos bottes ! » Et ils avaient laissé les Fédéraux arriver à moins de vingt pas avant de les faucher. Les soldats embusqués tiraient de si près que quelqu'un avait remarqué que c'était vraiment dommage d'utiliser des cartouches en carton ; s'ils avaient disposé des divers éléments séparément — poudre, balle et bourre —, ils auraient enfoncé dans leurs fusils de petites charges parcimonieuses, ce qui leur aurait permis d'économiser les munitions.

Tandis qu'il se tenait accroupi à recharger son

arme, Inman entendait non seulement les coups de feu, mais le bruit des projectiles pénétrant dans la chair. Près de lui, un homme était tellement surexcité — ou fatigué — qu'il avait oublié d'ôter la baguette de son fusil. Il avait tiré et l'objet était allé se loger dans la poitrine d'un Fédéral qui était tombé à la renverse, comme transpercé par une flèche sans empenne.

Les Fédéraux avaient continué toute la journée à déferler par milliers vers le mur, à escalader la colline pour se faire décimer. Il y avait trois ou quatre bâtiments en brique disséminés à travers le champ et, au bout d'un certain temps, les soldats nordistes avaient fini par se retrouver agglutinés derrière en si grand nombre qu'ils évoquaient les longues ombres bleues que projettent les maisons au lever du jour. De temps à autre ils étaient chassés de leurs refuges par les soldats de la cavalerie qui venaient leur donner des coups du plat de leur sabre. Aussitôt ils remontaient à l'assaut du mur, courbés en avant, la tête enfoncée entre les épaules, comme s'ils luttaient pour avancer face à une forte bourrasque de pluie. Les Fédéraux avaient continué à charger longtemps après que le plaisir de les exterminer eut disparu. Inman en était même venu à les haïr de se montrer si niaisement résolus à mourir.

La bataille avait des allures de rêve, un de ces rêves où vos ennemis se dressent en rangs serrés, innombrables et puissants. Contre vous qui êtes si faible. Et pourtant ils tombent et continuent de tomber jusqu'à ce qu'ils soient tous écrasés. Inman avait le bras droit fatigué d'avoir tant tiré, la mâchoire douloureuse d'avoir arraché à coups de dents l'extrémité d'un si grand nombre de cartouches. Son fusil était devenu si chaud que parfois la poudre prenait feu avant qu'il n'eût réussi à enfoncer le projectile. A la fin de la journée, les visages des hommes étaient recouverts d'une croûte de poudre si épaisse qu'ils offraient aux regards un large camaïeu de bleus.

Ils s'étaient battus toute la journée sous les yeux de Lee et de Longstreet. Les soldats derrière le mur n'avaient qu'à tendre le cou pour apercevoir les deux grands hommes postés juste au-dessus, en train de contempler le spectacle. Les deux généraux avaient passé l'après-midi sur la colline à faire des mots d'esprit. Longstreet avait dit que ses hommes, dissimulés dans le fossé, occupaient une position telle que, si l'on faisait défiler tous les soldats de l'armée du Potomac à travers ce champ, ses tireurs les tueraient un à un avant qu'ils n'eussent atteint le mur. Il avait dit aussi qu'au cours de ce long après-midi les Fédéraux étaient tombés avec la même lancinante régularité que les gouttes de pluie dégoulinant des gouttières d'une maison.

Le vieux Lee, pour ne pas être en reste, avait déclaré que c'était une bonne chose que la guerre fût si terrible, sinon on risquerait d'y prendre goût. Comme tout ce que disait maître Robert, les hommes s'étaient répété cette boutade, l'avaient fait circuler de bouche à oreille, à croire que c'était Dieu en personne qui avait parlé. Lorsque la phrase était arrivée jusqu'à l'extrémité du mur où se trouvait Inman, il s'était contenté de secouer la tête. Même à cette époque, au début de la guerre, son opinion différait considérablement de celle de Lee. Il lui semblait, quant à lui, que les hommes aiment la guerre, et que plus elle est atroce, plus elle leur plaît. Et il soupçonnait Lee de l'aimer encore plus que les autres, et d'être capable d'entraîner ses troupes au-delà des portes de la mort. Cependant, ce qui taraudait le plus Inman, c'était que Lee laissait clairement entendre qu'il envisageait la guerre comme un instrument permettant d'éclaircir l'obscure volonté de Dieu. Lee paraissait penser que — parmi toutes les activités auxquelles pouvait s'adonner un homme — seules la prière et les lectures de la Bible étaient plus sacrées que la guerre. Inman craignait qu'à suivre une telle logique on n'en vînt très vite à considérer comme champion avéré de Dieu le vainqueur de n'importe quelle rixe ou bataille de rue. Mais il lui était impossible d'exprimer de telles opinions devant ses camarades, ni de déclarer qu'il ne s'était pas engagé dans l'armée pour accepter un maître, fût-il d'aspect aussi grave et noble que Lee ce jour-là, à Maryes Heights.

Tard dans l'après-midi, les Fédéraux avaient cessé de charger, le feu d'artillerie s'était fait moins soutenu. Des milliers d'hommes, morts ou à l'agonie, gisaient sur le champ en pente, en contrebas du mur, et, à la tombée de la nuit, ceux qui pouvaient encore bouger avaient entassé les cadavres pour élever des abris. Toute la nuit l'aurore boréale avait flamboyé et empourpré le ciel, en direction du nord. Les soldats avaient interprété ce phénomène si rare comme un présage, et chacun s'était efforcé de surpasser ses camarades pour en donner, dans son langage très simple, l'explication la plus convaincante. Quelque part au-dessus d'eux, sur le versant de la colline, un violon avait fait entendre les accords plaintifs de *Lorena*. Les Fédéraux blessés avaient gémi, pleuré et fredonné entre leurs dents serrées, sur le terrain gelé, et certains lancé les noms de ceux qu'ils aimaient.

Au son de cet accompagnement, les plus mal chaussés de la compagnie d'Inman avaient escaladé le mur pour aller arracher les bottes des morts. Bien que ses propres bottes fussent plutôt convenables, Inman avait fait une incursion sur le champ de bataille, tard dans la nuit, simplement pour voir le résultat des efforts de la journée. Les Fédéraux gisaient partout en tas sanglants, leurs corps déchiquetés de toutes les façons imaginables. Un homme à côté d'Inman avait dit en contemplant la scène : « Si on me laissait faire, tout ce qui se trouve au nord du Potomac ressemblerait exactement à ça. » Devant ce spectacle, Inman avait seulement pensé : Rentrez chez vous. Quelques morts portaient, épinglé à leurs vêtements, un papier indiquant leur nom ; les autres resteraient anonymes. Inman avait vu un homme s'accroupir pour arracher les bottes d'un corps étendu sur le dos, et, au moment où le voleur soulevait un pied et tirait, le mort se redresser pour lancer quelques paroles avec un accent irlandais si prononcé que le seul mot compréhensible avait été « merde ».

Tard dans la nuit, Inman avait jeté un regard dans l'une des maisons disséminées sur le terrain. Une lumière brillait par une porte ouverte dans un des pignons. A l'intérieur était assise une vieille femme échevelée, au visage hébété. Un petit moignon de chandelle allumé se dressait sur une table à côté d'elle. Il y avait des cadavres sur le seuil de sa porte. D'autres à l'intérieur, morts alors qu'ils rampaient se mettre à l'abri. La femme tournait son regard halluciné au-delà du seuil, au-delà du visage d'Inman, comme si elle ne voyait rien. Inman avait traversé la maison, était sorti par la porte de derrière, et avait vu un homme en train d'achever un groupe de Fédéraux grièvement blessés en leur fracassant le crâne à coups de marteau. Les soldats avaient tous été alignés, la tête du même côté, et l'homme suivait la rangée d'un pas alerte, s'efforçant visiblement de ne donner qu'un seul coup par tête. Il ne montrait aucune colère, il se contentait de passer de l'un à l'autre, en homme qui a une tâche à accomplir. Il sifflotait, presque tout bas, l'air de *Cora Ellen*. Si l'un des officiers à la cervelle farcie de bons sentiments l'avait pris sur le fait, on l'aurait fusillé.

Pendant le récit, l'aveugle était resté assis sans souffler mot. Lorsque Inman se tut, il déclara : « Il faut oublier.

— Ça, je suis d'accord avec vous », répondit Inman.

Ce qu'il n'avoua pas à l'aveugle, c'est qu'il avait beau essayer, il ne parvenait pas à chasser de son esprit l'image du champ de bataille cette nuit-là ; au contraire, la scène lui revenait sous la forme d'un rêve qui l'avait hanté à d'innombrables reprises pendant son séjour à l'hôpital. L'aurore boréale flamboyait et des morceaux d'hommes éparpillés et sanguinolents — bras, têtes, jambes, troncs — se rapprochaient lentement et se rejoignaient afin de former de nouveaux corps, monstrueux, composés d'éléments disparates. Ils boitaient, ils titubaient, ils tanguaient, ils vacillaient sur le champ de bataille tels des aveugles privés de raison. Ils se cognaient les uns contre les autres et de leurs têtes fendues et ensanglantées se donnaient des coups. Certains prononçaient le nom de leur femme. D'autres chantonnaient inlassablement des bribes de chansons. D'autres encore, à l'écart, scrutaient l'obscurité et appelaient leur chien d'une voix pressante.

Une ombre, dont les blessures étaient si épouvantables qu'elle ressemblait davantage à un quartier de viande qu'à un homme, essayait en vain de se relever. Elle levait la tête, regardait Inman de ses yeux morts, prononçait son nom à voix basse. Après ces rêves, Inman se réveillait d'une humeur aussi noire que la corneille la plus noire qu'il eût jamais vue voler.

Inman regagna la salle d'hôpital. Balis était assis dans la pénombre, ses lunettes sur le nez, sa plume crissant sur le papier. Inman se mit au lit avec l'intention de passer le reste de la matinée à somnoler, mais, comme il n'arrivait pas à trouver une position confortable, il attaqua son livre : le troisième tome des *Voyages* de Bartram. Il l'avait sorti d'une caisse de livres offerts par des dames de la capitale impatientes de voir les malades progresser non seulement sur le plan physique, mais aussi sur le plan intellectuel. Celui-ci avait été donné, semblait-il, parce qu'il avait perdu le devant de sa couverture rigide. Dans un souci de symétrie, Inman en avait aussi arraché le dos, ne conservant que la tranche de cuir.

Ce n'était pas le genre de livre qu'il était nécessaire de suivre de la première à la dernière page, et Inman l'ouvrit au hasard, comme il l'avait fait, nuit après nuit, afin de lire jusqu'à ce qu'il fût assez calme pour s'endormir. Les faits et gestes de ce brave vagabond solitaire — appelé « Celui-qui-cueille-les-fleurs » par les Cherokees, à cause de ses sacoches remplies de plantes et de sa passion pour tout ce qui vivait à l'état sauvage — ne manquaient jamais de l'apaiser. Le passage qu'il lut ce matin-là devint un de ses préférés. Il commençait par cette phrase :

> *J'ai encore continué à monter jusqu'à ce que je sois arrivé au sommet d'une crête rocheuse élevée, et que j'aie vu alors paraître devant moi une ouverture, ou une trouée, entre d'autres éminences encore plus hautes, au milieu desquelles je me suis aventuré là où m'a mené la route grossière et pierreuse, près des rives sinueuses d'une grosse rivière rapide, qui finalement après avoir tourné vers la gauche, en se déversant le long de précipices rocheux, filait hors de vue à travers de sombres bosquets et de hautes forêts, charriant des flots de fertilité et de plaisir vers les champs situés en contrebas.*

De telles images réjouissaient Inman, de même que les pages suivantes au cours desquelles Bartram, extasié, poursuit son chemin jusqu'à la vallée de Cowee, au plus profond des montagnes, décrit d'une plume haletante un univers d'escarpements et d'àpics, de crêtes infinies s'estompant à perte de vue dans les lointains bleutés, cite au passage les noms de toutes les plantes qui lui tombent sous les yeux comme s'il récitait la liste des ingrédients d'une potion magique. Au bout d'un certain temps, cependant, Inman se rendit compte qu'il avait quitté le livre et qu'il se contentait de reconstituer dans sa tête la topographie de son propre pays. Cold Mountain, avec ses crêtes, ses creux, ses cours d'eau. Pigeon River, Little East Fork, Sorrell Cove, Deep Gap, Fire Scald Ridge. Il connaissait tous leurs noms et les répétait à voix basse, telles les paroles d'un sort ou d'une incantation qui prémunira contre ce qu'on redoute le plus.

Quelques jours plus tard, Inman se rendit en ville à pied. Son cou lui faisait mal, comme si un cordon rouge rattaché à la plante de ses pieds se tendait en frémissant à chacun de ses pas. Cependant ses jambes s'affermissaient, et il s'en inquiétait. Dès qu'il serait de nouveau en mesure de se battre, on le renverrait en Virginie. Néanmoins, il était content de profiter de sa convalescence, aussi longtemps qu'il veillerait à ne pas avoir l'air trop vigoureux devant un médecin.

Il avait reçu de l'argent de chez lui, et on leur avait également versé des arriérés de leur solde, si bien qu'il arpenta les rues et fit des achats dans les magasins en brique rouge à charpente blanche. Chez un tailleur, il trouva un veston de laine noire tissée très serré qui lui allait à la perfection, bien qu'il eût été coupé aux mesures d'un homme qui était mort pendant sa confection. Le tailleur lui consentit un rabais, et Inman enfila aussitôt le vêtement et le garda sur lui. Il acheta ensuite un pantalon en toile indigo, très raide, une chemise en laine crème, deux paires de chaussettes, un couteau de poche, un autre couteau dans un étui, un petit pot avec sa tasse, et enfin leur stock de charges et d'amorces, pour son pistolet. Tout fut emballé ensemble, dans du papier kraft, et il ressortit en tenant le paquet d'un doigt passé dans la ficelle. Chez un chapelier, il acheta un chapeau mou noir, orné d'un ruban gris, puis, dans la rue, enleva son vieux couvre-chef graisseux et l'envoya voltiger au milieu des rames de haricots d'un jardin. Peut-être quelqu'un s'en servirait-il pour un épouvantail. Il posa le chapeau neuf sur la tête et se rendit chez un cordonnier où il choisit une bonne paire de bottes robustes, qui lui allaient bien. Il laissa ses vieilles bottes, racornies, flétries, défoncées, sur le sol de l'échoppe. Dans une papeterie, il s'offrit un porte-plume avec une plume en or, une bouteille d'encre et quelques feuilles de papier à lettres. Lorsqu'il eut enfin terminé ses emplettes, il avait dépensé une liasse de billets de banque presque sans valeur, assez volumineuse pour allumer un feu de bois vert.

Fatigué, il s'arrêta dans une auberge proche de l'hôtel de ville et de son dôme et s'assit à une table sous un arbre. Il avala une tasse d'un breuvage que l'aubergiste prétendait être du café, importé malgré le blocus, mais, à en juger par le marc, il s'agissait de chicorée et de gruau de maïs brûlé, additionnés tout au plus d'une poussière de véritables grains de café. Les bords de la table en métal étaient rongés par une croûte de rouille orangée, et Inman dut faire attention à ne pas y frotter les manches de son veston neuf en reposant sa tasse dans la soucoupe. Il avait pris, en s'asseyant, une posture un peu guindée, le dos droit, les poings serrés reposant sur ses cuisses. Aux yeux d'un homme qui se serait tenu au milieu de la route, les yeux tournés vers les tables à l'ombre du chêne, il aurait paru sévère et mal à l'aise dans son veston noir, avec ce pansement blanc entortillé autour du cou comme une cravate trop serrée. On aurait pu le prendre pour un homme qui doit rester assis sans bouger le temps de la pose nécessaire à un daguerréotype, un sujet étourdi et désorienté d'entendre la pendule égrener son tic-tac, tandis que la plaque avec lenteur absorbe son image et fixe à jamais un morceau de son âme.

Inman songeait à l'aveugle. Il lui avait acheté ce matin-là un exemplaire du *Standard*, comme chaque matin. Inman avait pitié de lui à présent qu'il connaissait les raisons de son infirmité, car comment haïr qui que ce soit pour une chose qui a été, un point, c'est tout ? Qu'en coûtait-il de ne pas avoir d'ennemi ? A qui s'en prendre sinon à soi-même ?

Inman avala son café, hormis le résidu au fond de la tasse, puis il saisit son journal, dans l'espoir d'y trouver quelque chose qui retiendrait son attention et détournerait ses pensées. Il lut un article sur la situation déplorable qui régnait devant Petersburg, sans parvenir à s'y intéresser. Il savait tout ce qu'il y avait à savoir là-dessus. A la troisième page, il découvrit un communiqué du gouvernement à l'intention des déserteurs, des planqués et de leurs familles. Ils seraient traqués. Leurs noms seraient couchés sur une liste et la milice, alertée, parcourrait chaque comté jour et nuit. Ensuite Inman lut un article enfoui en bas de page, au milieu du journal. Dans les zones frontalières des montagnes situées à l'ouest de l'Etat, Thomas et ses troupes de Cherokees avaient livré de nombreuses escarmouches aux Fédéraux. Ils avaient été accusés de scalper leurs victimes. Le journal remarquait que cette pratique, fût-elle en effet barbare, servirait de rude avertissement, ferait comprendre à l'ennemi le prix fort élevé d'une invasion.

Inman reposa son journal et songea aux petits Cherokees qui scalpaient les Fédéraux. D'une certaine façon, c'était comique, ces ouvriers pâlichons qui arrivaient de leurs usines si sûrs d'eux afin de voler des terres, et qui finissaient par perdre leur cuir chevelu au milieu des bois. Inman connaissait de nombreux Cherokees en âge de se battre sous les ordres de Thomas, et il se demanda si Swimmer en faisait partie. Il avait fait sa connaissance l'été de leur seize ans. Inman s'était vu confier l'agréable mission d'escorter quelques génisses que l'on envoyait paître dans les derniers herbages d'été, sur les sommets dénudés de Balsam Mountain. Il avait pris un cheval de bât chargé d'ustensiles de cuisine, de lard et de farine, de matériel de pêche, d'un fusil, de courtepointes, et d'un carré de toile cirée pour se confectionner une tente. Il comptait vivre dans la solitude et se débrouiller tout seul. Mais lorsqu'il était arrivé au sommet, il était tombé en pleine fête. Une douzaine de garçons de Catalooch avaient établi un camp en haut de la crête et s'y trouvaient depuis une bonne semaine, à paresser dans la fraîcheur des hautes terres et à savourer la liberté de se savoir loin de chez eux. C'était un endroit merveilleux. De là-haut, ils avaient une vue grandiose vers l'est et l'ouest, d'excellents pâturages pour leur bétail, des ruisseaux à truites à proximité. Inman s'était joint à eux et, pendant plusieurs jours, ils avaient cuisiné des repas pantagruéliques de pain de maïs frit, de truite, de fricassées de gibier sur un grand feu de camp qui brûlait jour et nuit. Ils arrosaient ces victuailles de toutes les variétés connues d'alcool de blé, d'eau-de-vie de pomme et d'hydromel sirupeux, si bien que nombre d'entre eux gisaient ivres morts d'une aurore à l'autre.

Bientôt, une bande de Cherokees de Cove Creek était montée par l'autre versant de la crête, avec un troupeau de vaches pie tout en os, de race indéterminée. Les Indiens avaient établi leur camp à proximité, puis ils avaient coupé des pins avec lesquels ils avaient fabriqué des buts et délimité un terrain pour leur dangereux jeu de balle. Swimmer, un curieux garçon aux gigantesques mains, avec des yeux très écartés, avait invité les garçons de Catalooch à jouer contre eux, laissant mystérieusement entendre qu'il y avait parfois mort d'homme. Inman et d'autres avaient relevé le défi. Ils avaient coupé et fendu des arbustes verts afin de fabriquer leurs propres raquettes, utilisé pour leur cordage des bandes de peau et des lacets de chaussure.

Les deux groupes avaient campé côte à côte pendant deux semaines, les plus jeunes jouant à la balle presque toute la journée, et pariant de fortes sommes sur le résultat des parties. Il s'agissait d'affrontements à la durée incertaine et aux règles rares, si bien qu'ils se contentaient de courir, de se heurter avec violence, et de donner de grands coups de raquettes jusqu'à ce qu'une équipe eût marqué le nombre de points convenu en frappant les poteaux du but avec la balle. Ils passaient la majeure partie de la journée à jouer, et la moitié de la nuit à boire et à se raconter des histoires autour du feu, en dévorant d'énormes tas de petites truites tachetées, frites, croustillantes, qu'ils avalaient entières.

Dans les hautes terres, le temps était fréquemment beau et clair. L'air n'était pas voilé par la brume habituelle, et le regard pouvait contempler à perte de vue des rangées de montagnes bleues, de plus en plus pâles, au point que les dernières se fondaient dans le ciel. On aurait dit que le monde entier n'était formé que de vallées et de crêtes. Profitant d'une pause pendant une partie, Swimmer avait observé le paysage et déclaré que, selon lui, Cold Mountain était la reine de toutes les montagnes du monde. Inman lui avait demandé comment il le savait, et Swimmer, d'un ample geste, avait montré l'horizon jusqu'à l'endroit où se dressait Cold Mountain : « En vois-tu une plus grande ? »

Les matins, au sommet de la crête, étaient d'un froid tranchant ; le brouillard stagnait au fond des vallées, de sorte que les pics émergeaient comme d'abruptes îles bleues éparpillées sur une mer pâle. Inman se réveillait, mal dessaoulé, et descendait dans un creux pêcher avec Swimmer pendant une heure ou deux avant de remonter pour une nouvelle partie. Ils s'asseyaient au bord du ruisseau impétueux, avec divers appâts au bout de leurs hameçons. Swimmer parlait sans fin d'une voix basse qui se confondait avec le bruit de l'eau. Il racontait des histoires d'animaux, expliquant comment ils en étaient venus à être tels qu'ils sont. L'opossum avec sa queue nue. L'écureuil avec sa queue touffue. Le daim avec ses bois. Le puma avec ses dents et ses griffes. Le serpent avec ses anneaux et ses crochets. D'autres histoires expliquaient comment le monde avait été créé et vers où il se dirigeait. Swimmer récitait aussi les incantations qu'il apprenait afin que ses désirs s'accomplissent. Il précisa différentes façons d'apporter le malheur, la maladie, la mort, comment rendre le mal grâce au feu, comment protéger le voyageur esseulé sur une route la nuit et lui donner l'impression que la route est courte. Une partie de cette sorcellerie avait à voir avec l'esprit. Swimmer connaissait quelques manières de tuer l'âme d'un ennemi et de nombreuses pour protéger la sienne. Sa magie présentait l'esprit comme une entité fragile, soumise à de constantes attaques et perpétuellement en quête de forces, sans cesse menacée de mourir à l'intérieur de chacun. Inman, qu'on avait persuadé à grand renfort de sermons et de cantiques que l'âme d'un homme ne meurt jamais, jugeait cette notion tout à fait consternante.

Inman écoutait les récits et les sorts en regardant le tourbillon, là où le courant d'eau butait contre sa ligne, et le déferlement sonore de la voix de Swimmer l'apaisait autant que le bruit de la rivière. Quand ils avaient rempli un plein sac de petites truites, ils retournaient au camp et le reste de la journée se donnaient des coups de raquette, se poussaient, se bousculaient jusqu'à ce qu'ils en viennent finalement aux mains.

Au bout de plusieurs jours, une période de pluie s'installa, et ce n'était pas trop tôt, car des deux côtés les garçons souffraient d'épuisement, de contusions et de gueules de bois. Il y avait des doigts et des nez cassés, ainsi qu'un assortiment de plaies. Des chevilles aux hanches, tous étaient couverts de meurtrissures diaprées, de bleus et de verts, reçues au cours des parties de balle. Leurs paris contre les Indiens avaient coûté aux gars de Catalooch tout ce dont ils pouvaient se passer, ainsi que certains ustensiles indispensables — des poêles à frire et des marmites, des sacs de farine, des cannes à pêche, des fusils et des pistolets. Inman avait perdu une vache entière, et il ne voyait absolument pas comment expliquer la chose à son père. Il l'avait pariée, morceau par morceau, point par point. Dans le feu de l'action, il s'écriait : « Je te parie le filet de ma génisse que c'est moi qui gagne le prochain point. » Ou bien : « Toutes les côtes de la moitié gauche de ma vache me disent que nous allons gagner. » Quand les deux camps s'étaient séparés, si la génisse d'Inman tenait toujours sur ses pattes, un certain nombre de Cherokees pouvaient revendiquer l'un ou l'autre de ses abattis.

En dédommagement et en souvenir, cependant, Swimmer avait offert à Inman une superbe raquette de noyer, fabriquée avec des moustaches de chauves-souris tressées dans un cordage en peau d'écureuil. Swimmer prétendait qu'elle donnerait à l'utilisateur la rapidité et la ruse de la chauve-souris. Elle était décorée avec des plumes d'hirondelles, de faucons et de hérons et, d'après ses explications, les caractères de ces animaux seraient également transmis à Inman — la grâce tournoyante, le don de prendre son essor et de fondre sur sa proie, la concentration féroce. Ces prédictions ne s'étaient pas toutes réalisées, mais Inman espérait que Swimmer n'était pas parti en découdre contre les Fédéraux, et vivait au contraire dans une hutte d'écorce au bord d'un ruisseau.

De l'intérieur de la taverne lui parvenaient les bruits de violons que l'on accorde, de cordes que l'on pince et de coups d'archet hésitants, suivis d'une lente et maladroite tentative de jouer *Aura Lee*, interrompue, toutes les quelques notes, par des grincements et des couinements imprévus. Néanmoins, la mélodie ravissante et familière résistait à la pauvreté de l'exécution, et Inman se dit qu'elle sonnait de façon douloureusement juvénile, comme si son thème ne permettait pas d'imaginer un avenir assombri, confus, diminué.

Il porta la tasse de café à ses lèvres et la trouva froide et presque vide. Il regarda le marc noirâtre s'enfoncer dans le reste de liquide. Les petits grains sombres tourbillonnaient, formaient un dessin, puis se déposaient. Il songea brièvement à l'art divinatoire, aux tentatives de lire l'avenir dans le marc de café, les feuilles de thé, les entrailles de porc, la forme des nuages. Comme si un dessin pouvait révéler quelque chose qui en valût la peine. Il secoua la tasse pour rompre le charme et tourna les yeux vers la rue. Derrière une rangée de jeunes arbres s'élevait l'hôtel de ville, un grandiose édifice de pierre coiffé d'un dôme. Il était à peine plus sombre que les nuages lointains à travers lesquels brillait le soleil dont le disque gris déclinait déjà vers l'ouest. Dans la brume, l'hôtel de ville paraissait s'élever à une hauteur vertigineuse, composer une masse aussi imposante qu'un donjon médiéval rencontré dans un rêve de ville assiégée. Des rideaux, happés par la brise, s'évadaient par les fenêtres ouvertes des bureaux et voltigeaient dans l'air. Au-dessus du dôme, un cercle de vautours tournoyait dans le ciel irisé, les longues plumes de leur guimpe tout juste visibles à l'extrémité de leurs ailes arrondies. Les oiseaux, sans un mouvement d'ailes, parvenaient pourtant, emportés par un courant d'air ascendant, à s'élever peu à peu, tournaient de plus en plus haut, jusqu'à n'être plus que de petites touches noires contre le ciel.

Inman compara le trajet ondoyant des vautours au marc de café au fond de sa tasse. N'importe qui, à observer la manière fortuite dont les choses s'arrangent les unes contre les autres, pouvait jouer les oracles. C'était simple de dire la bonne aventure, si l'on s'en tenait à l'idée que l'avenir sera inévitablement pire que le passé et que le temps est un chemin qui ne mène nulle part, sinon à un lieu où l'on est gravement et durablement menacé. Telles qu'Inman voyait les choses, si l'on décidait que Fredericksburg, par exemple, représentait la situation actuelle, eh bien, au train où l'on allait, d'ici pas mal d'années on se dévorerait tout crus.

Inman estimait, en outre, que la magie de Swimmer avait raison d'affirmer que l'esprit d'un homme peut être déchiré et cesser d'exister, tandis que le corps continue de vivre. La mort pouvait frapper l'un ou l'autre, indépendamment. Lui-même en était le vivant exemple, et un exemple qui n'avait peut-être rien de rare, puisque son esprit, semblait-il, avait été à peu près consumé, alors que son corps tenait toujours debout. Il se sentait aussi vide, cependant, que le cœur d'un grand eucalyptus noir. Etrangement, qui plus est, sa récente expérience l'avait amené à redouter que la seule existence du fusil à répétition Henry ou du mortier éprouvette ne fasse automatiquement de l'esprit un sujet de conversation désuet. Son esprit avait été dévasté, il était maintenant solitaire, coupé de tout ce qui l'entourait, tel un triste et vieux héron qui monte inutilement la garde dans les bancs de boue d'un étang vide de grenouilles. On ne gagnait pas vraiment au change, si la seule façon de ne plus redouter la mort était de se comporter en homme hébété et hors du monde, en homme qui paraît déjà mort et dont ne reste plus qu'une misérable charpente osseuse.

Tandis qu'Inman, assis à sa table, remâchait ses pensées et ses regrets, au sujet de ce moi à jamais perdu, l'une des histoires racontées par Swimmer au bord du ruisseau envahit brusquement sa mémoire, s'imposa à lui avec insistance, et l'emporta. Swimmer prétendait qu'au-dessus de la voûte bleue du ciel s'étendait une forêt habitée par une race céleste. Si les hommes ne pouvaient vivre dans cet empyrée, un esprit pouvait y renaître. Swimmer avait décrit l'endroit comme un lieu lointain et inaccessible, mais il avait dit que les montagnes les plus hautes dressaient leurs sombres sommets dans ses zones les plus basses. Des signes et des merveilles, grands et petits, passaient parfois de ce monde dans le nôtre. Les animaux, avait continué Swimmer, étaient ses principaux messagers. Inman avait remarqué qu'il était monté en haut de Cold Mountain, en haut de Pisgah et de Mount Sterling, en haut des montagnes plus élevées, pourtant il n'avait pas vu, depuis leurs sommets, le moindre royaume supérieur.

« Il ne suffit pas de grimper », avait déclaré Swimmer.

Bien qu'Inman fût incapable de se rappeler si Swimmer lui avait confié ce qu'il fallait faire d'autre pour atteindre ce royaume salvateur, Cold Mountain ne s'en dressait pas moins maintenant comme le lieu où ses forces éparpillées pourraient se rassembler. Inman ne se considérait pas comme un homme superstitieux, mais il croyait bel et bien qu'existait un monde qui nous est invisible. Désormais, pour lui, ce monde invisible n'était plus le ciel, et il ne croyait pas non plus que nous y montions après notre mort. Ces enseignements avaient été réduits en cendres. Mais comment se contenter d'un univers qui n'embrasserait que ce qu'on est en mesure de voir, une fois qu'on le sait si fréquemment atroce ? Inman se cramponnait à l'idée d'un autre univers, un monde meilleur, et il se disait que le situer au sommet de Cold Mountain plutôt qu'ailleurs était une bonne chose.

Inman enleva son veston neuf et le suspendit au dossier de son siège. Il commença une lettre. Une longue lettre et, à mesure que l'après-midi s'écoulait, il but plusieurs autres tasses de café et noircit un certain nombre de feuilles, recto et verso. Il écrivait des choses qu'il ne voulait pas raconter au sujet des combats. Par exemple :

> *Le sol ruisselait de sang et nous pouvions voir l'endroit où tout ce sang avait coulé sur les rochers, les traces de mains ensanglantées sur les troncs d'arbres...*

Il s'interrompit, froissa sa feuille et recommença sur une feuille vierge.

> *D'une façon ou d'une autre, je reviendrai chez nous, et je ne sais pas quelle sera la situation entre nous. J'ai d'abord songé à vous raconter dans cette lettre tout ce que j'ai fait et vu, afin que vous puissiez me juger avant*

mon retour. Mais j'ai décidé qu'il faudrait une feuille
aussi vaste que le ciel bleu là-haut pour écrire cette his-
toire, et je n'en ai ni la volonté ni l'énergie. Vous rappe-
lez-vous cette soirée juste avant Noël, il y a quatre ans,
où je vous ai prise sur mes genoux dans la cuisine, près
du poêle, et où vous m'avez dit que vous aimeriez y res-
ter assise à jamais, votre tête reposant sur mon épaule ?
A présent, j'ai l'amère certitude que si vous saviez ce que
j'ai vu et fait, vous auriez trop peur pour recommencer.

Inman se renversa contre le dossier de sa chaise
et regarda la place. Une femme en robe blanche, portant un petit paquet bien emballé, traversait l'herbe
d'un pas précipité. Un cabriolet noir passa dans la
rue, entre l'hôtel de ville et l'église de pierre rouge.
Un coup de vent fit voler la poussière sur la chaussée, et Inman remarqua que l'après-midi était fort
avancé. La lumière, qui tombait de façon oblique,
annonçait déjà l'automne. Il sentit la brise se frayer
un chemin à travers les plis de son pansement, venir
frôler sa blessure qui se mit à lui faire mal.

Inman se leva et plia la lettre, puis il porta la main
à son cou et tâta la croûte de sa plaie. Les médecins
prétendaient qu'il cicatrisait vite, mais il avait
l'impression qu'il aurait pu enfoncer un bâton dans
sa blessure et le faire sortir de l'autre côté sans rencontrer de résistance. Il avait encore mal quand il
parlait, quand il mangeait, parfois même quand il
respirait. Ce qui le perturbait, c'étaient les douleurs
lancinantes que lui infligeait, les jours d'humidité, la
blessure à la hanche reçue à Malvern Hill, des années
auparavant. Tout bien considéré, il ne guérirait
jamais au point de se sentir de nouveau valide et
d'une pièce. Pourtant, tandis qu'il descendait la rue
pour poster sa lettre, et le long du trajet de retour à
l'hôpital, ses jambes lui parurent étonnamment
robustes et disposées à fonctionner.

Dès qu'il pénétra dans la salle commune, Inman
s'aperçut que Balis n'était pas à sa table. Son lit était

vide. Ses lunettes noires étaient posées sur sa pile de papiers. Comme Inman s'en inquiétait, il s'entendit répondre qu'il était mort pendant l'après-midi ; sa fin avait été paisible. Soudain il avait blêmi, et quitté sa table pour son lit. Se tournant sur le côté, le visage vers le mur, il était mort comme s'il s'endormait.

Inman se pencha sur les papiers et les feuilleta. En haut de la première page, on lisait le mot *Fragments*, souligné trois fois. Le travail avait l'air d'un torchon incompréhensible. L'écriture en pattes de mouche était fluette et anguleuse. Il y avait davantage de ratures et de pâtés que de mots bien écrits. Et l'on ne parvenait à déchiffrer qu'un vers par-ci, par-là, lequel n'était parfois même pas une phrase entière, un simple bout de phrase amputée. Quelques mots frappèrent l'œil d'Inman tandis qu'il parcourait les feuilles : « Nous trouvons que certains jours sont bons, et d'autres mauvais, parce que nous ne voyons pas que les jours qui passent sont tous identiques. »

Inman se dit qu'il préférait mourir que de croire une chose pareille, et il se sentit triste à l'idée que Balis avait passé les derniers jours de sa vie à étudier les écrits d'un imbécile. Mais il tomba sur un autre vers qui lui sembla avoir davantage de sens : « L'ordre le plus harmonieux sur terre n'est qu'un tas de détritus fortuits. » Cela, oui, il l'admettait. Il tassa la pile de feuilles contre la table pour les aligner, puis la reposa à sa place.

Après le dîner, Inman vérifia l'état des paquetages rangés sous son lit. A la couverture et au tapis de tente en toile cirée qui se trouvaient déjà dans son sac à dos, il ajouta la tasse et le petit pot, ainsi que le couteau dans son étui. Depuis quelque temps déjà, il y avait entreposé des biscuits secs, de la farine de maïs, un morceau de porc salé et un peu de viande de bœuf séché, achetés au personnel de l'hôpital.

Il s'assit à la fenêtre et regarda le jour tomber. Le coucher de soleil fut troublant. Des nuages gris et bas se massaient au-dessus de l'horizon mais, en déclinant vers la terre, le soleil trouva une ouverture à travers les nuées et darda vers le ciel un rayon de lumière de la couleur des braises d'un feu de noyer. Ses contours en étaient aussi arrondis et définis que ceux d'un canon de fusil, et il resta dressé dans le ciel pendant cinq bonnes minutes avant de disparaître brusquement. La nature, Inman en avait conscience, attire parfois l'attention sur ses manifestations particulières et les soumet à l'interprétation. Toutefois, ce signe ne semblait parler que de lutte, de danger, de chagrin. Autant de choses qui n'avaient pas besoin de se rappeler à son bon souvenir, si bien qu'il estima que le spectacle n'avait été qu'une débauche d'énergie inutile. Il se mit au lit et remonta les couvertures jusqu'au menton. Fatigué par sa journée de vagabondage dans les rues de la ville, Inman ne lut que quelques pages avant de s'endormir, alors que le ciel était encore entre chien et loup.

Il se réveilla au plus profond de la nuit. La salle était noire, et l'on n'entendait que des hommes qui respiraient, ronflaient et se retournaient dans leur lit. Une vague lueur provenait de la fenêtre, et il vit la balise éclatante de Jupiter s'abaisser à l'ouest vers l'horizon. Le vent entrait par les fenêtres, et les papiers du défunt Balis s'agitaient sur la table ; quelques feuilles rebiquaient, à demi dressées, si bien que la faible lumière éclairait leur envers et les faisait luire comme des avortons de fantômes revenus hanter les vivants.

Inman se leva et enfila ses vêtements neufs. Il fourra dans son sac à dos le livre de Bartram, puis il passa ses bras dans les courroies du paquetage, se dirigea vers la haute fenêtre ouverte et regarda dehors. La nouvelle lune, celle qui précède les moissons, n'était pas encore dans sa phase ascendante. Des rubans de brouillard avançaient à ras de terre, bien que le ciel fût dégagé en altitude. Inman posa son pied sur le rebord de la fenêtre et sauta.

SOUS SES MAINS, LE SOL

Ada était assise sur la terrasse couverte de la maison qui désormais lui appartenait, une écritoire portable posée en équilibre sur ses genoux. Elle trempa sa plume dans l'encre et écrivit :

> *Il faut que vous sachiez ceci : en dépit de votre longue absence, la lumière à laquelle je vois les heureux rapports existant entre nous est telle que jamais je ne vous cacherai une seule de mes pensées. Ces craintes ne doivent pas vous troubler. Sachez que je considère la nécessité de communiquer dans un esprit de totale franchise comme un devoir mutuel dont nous sommes redevables l'un envers l'autre. Puissions-nous toujours le remplir avec des cœurs grands ouverts.*

Elle souffla sur le papier pour le sécher puis relut ce qu'elle venait d'écrire d'un œil critique. Elle se méfiait de son écriture car, malgré tous ses efforts, jamais elle n'avait su maîtriser les pleins et les déliés ondoyants de l'élégante calligraphie. Les lettres que sa main s'obstinait à former étaient au contraire aussi denses et carrées que des runes. Plus encore que sa calligraphie, la teneur de sa lettre lui déplut. Elle roula la feuille en boule et la jeta dans un buis taillé.

Elle dit à voix haute : « Ce sont simplement les choses que les gens se disent d'habitude et ça n'a rien à voir avec la réalité dont il s'agit ici. »

Elle regarda, de l'autre côté du jardin, le potager où, bien que ce fût la période des récoltes, les plants de haricots, de courges et de tomates portaient des fruits à peine plus grands que son pouce. Beaucoup de feuilles étaient rongées jusqu'aux veinules par les insectes et les vers. Au milieu des rangées de légumes, et les dépassant de très haut, se dressait un foisonnement dense de mauvaises herbes dont Ada ne connaissait pas les noms et qu'elle n'avait ni l'énergie ni le courage de combattre. Derrière le potager en perdition s'étendait le vieux champ de maïs, à présent recouvert jusqu'à hauteur d'épaules de sumacs. Au-dessus des champs et des pâturages, les montagnes commençaient juste à se dessiner, à mesure que se dissipait le brouillard matinal. Leurs pâles contours qui s'élevaient à l'horizon ressemblaient à ceux de montagnes fantômes.

Ada resta assise à les regarder apparaître. Il serait réconfortant de voir quelque chose s'offrir à son regard tel qu'il doit être, car elle se tourmentait à l'idée que le reste, ce qu'elle avait sous les yeux, paraissait à l'abandon. Depuis l'enterrement de son père, Ada n'avait pour ainsi dire rien fait sur ses terres. Elle avait du moins trait la vache que Monroe, sans souci de son sexe, avait appelée Waldo, et nourri Ralph, le cheval, mais c'était à peu près tout, car elle ne savait rien faire d'autre. Elle avait laissé la volaille se débrouiller seule, si bien que les oiseaux étaient devenus maigres et nerveux. Les poules avaient abandonné le petit poulailler pour se réfugier dans les arbres et pondre leurs œufs un peu partout. Leur incapacité à choisir un endroit où couver agaçait Ada. Elle était obligée de fouiller les moindres recoins de la basse-cour pour dénicher les œufs et, ces temps derniers, du fait que les poules mangeaient désormais des insectes au lieu de se nourrir des restes de sa table, il lui semblait qu'ils avaient pris un drôle de goût.

La cuisine était devenue pour Ada une affaire obsédante. Elle avait perpétuellement faim, n'ayant presque rien mangé pendant l'été que du lait, des œufs frits, des salades et des assiettes de tomates miniatures cueillies sur les plants mal soignés, retournés à l'état sauvage et envahis de gourmands. Même le beurre n'était pas dans ses moyens, puisque le lait qu'elle avait essayé de baratter n'atteignait jamais plus de consistance que celle d'une boue assez molle. Elle avait envie d'un plat de poulet avec des beignets, suivi d'une tourte aux pêches, mais pas la moindre idée de ce qu'il fallait faire pour les obtenir.

Ada jeta un dernier regard aux montagnes lointaines, toujours vagues et pâles, puis partit à la chasse aux œufs. Elle fouilla dans les mauvaises herbes le long de la clôture qui bordait le chemin, écarta les hautes tiges qui poussaient au pied du poirier, dans le petit jardin attenant à la maison, chercha parmi le capharnaüm qui régnait sur la terrasse à l'arrière de la demeure, passa les mains sur les étagères poussiéreuses de la cabane à outils. Elle ne trouva rien.

Elle se rappela qu'une poule rousse avait récemment pris l'habitude de traîner près des grands buis situés de part et d'autre de l'escalier menant à la porte d'entrée. Elle s'approcha de celui dans lequel elle avait jeté sa lettre et s'efforça d'en séparer les branches pour regarder à l'intérieur, mais, dans la pénombre, elle ne pouvait rien distinguer. Elle serra ses jupes contre ses jambes, puis, à quatre pattes, pénétra dans l'épais buisson. Le feuillage lui égratigna les avant-bras, le visage et le cou tandis qu'elle avançait en force. Sous ses mains, le sol était parsemé de plumes de poule, de vieilles fientes séchées et de feuilles mortes et dures. Au centre, il y avait un creux. L'épaisse enveloppe verte n'était qu'un étui vide contenant un espace qui ressemblait à une pièce minuscule.

Ada s'y assit et chercha des œufs, mais elle ne trouva qu'une coquille brisée en deux où, dans l'une des moitiés, du jaune avait séché en prenant la couleur de la rouille. Elle se glissa entre deux branches et s'appuya contre le tronc. La charmille sentait la poussière et l'odeur âcre et pénétrante des poules. La lumière tamisée lui rappelait son enfance, quand elle jouait à construire des grottes en jetant des draps de lit sur des tables ou des tapis sur des cordes à linge.

Le mieux, c'étaient les tunnels qu'avec sa cousine Lucy elles avaient creusés jusqu'au cœur des meules de foin, dans la ferme de son oncle. Elles y avaient passé bien des après-midi de pluie, douillettement installées, au sec, tels renards dans leur terrier, à se chuchoter des secrets.

Avec un picotement de plaisir délicieusement familier, la gorge légèrement serrée, elle se dit qu'elle était dissimulée de la même façon et que, si quelqu'un poussait la barrière pour gagner la terrasse, il ne soupçonnerait pas sa présence. Si l'une des dames des bonnes œuvres venait faire sa visite obligatoire afin de s'assurer qu'elle se portait bien, elle n'aurait qu'à rester sans bouger pendant que la visiteuse l'appellerait en frappant à la porte. Elle ne sortirait que longtemps après avoir entendu claquer le loquet de la barrière. Mais elle ne s'attendait pas à voir arriver qui que ce fût. Devant son indifférence, les visites étaient devenues de plus en plus rares.

Ada leva un regard quelque peu déçu vers la vague dentelle de ciel bleu pâle visible à travers les feuilles. Elle aurait aimé qu'il pleuve, de manière à se sentir encore plus protégée, à entendre l'ondée et les feuilles bruire au-dessus de sa tête. La goutte qui trouverait, de loin en loin, le chemin de son abri, et s'écraserait en creusant dans la poussière un cratère minuscule, soulignerait le fait que si, à l'intérieur, elle restait au sec, dehors la pluie tombait pour de bon. Ada aurait voulu ne jamais quitter cet abri car, lorsqu'elle songeait à son existence au cours de ces derniers mois, elle se demandait comment on avait pu élever un être humain de façon aussi inadaptée aux exigences d'une vie difficile.

Elle avait grandi à Charleston et, sur les instances de Monroe, reçu une instruction plus poussée que ce que l'on jugeait d'ordinaire sage pour les cervelles féminines. Elle était devenue pour lui une compagnie cultivée, une fille attentionnée et pleine d'entrain. Elle débordait d'opinions sur les arts, la politique, la littérature et se montrait toujours prête à soutenir ses positions à grand renfort d'arguments. Mais quels véritables talents revendiquer ? Quels dons ? Une bonne connaissance du français et du latin. Un soupçon de grec. Une habileté passable pour les ouvrages de dame. Une certaine compétence au piano, quoique sans brio. La faculté de reproduire les paysages et les natures mortes avec exactitude, tant au crayon qu'à l'aquarelle. Et elle avait beaucoup lu.

Même si on devait porter à son crédit toutes ces capacités, aucune ne paraissait pertinente face à la dure réalité : elle se trouvait à présent maîtresse de près de trois cents arpents de terrain, composés principalement d'escarpements et de creux, d'une maison, d'une grange, de dépendances, mais sans la moindre idée de ce qu'elle devait en faire. Elle prenait certes du plaisir à jouer du piano, mais pas assez pour oublier qu'elle était incapable, elle s'en était récemment aperçue, de désherber une rangée de jeunes plants de haricots sans en arracher la moitié avec les mauvaises herbes.

Un certain ressentiment l'envahissait lorsqu'elle constatait qu'un tant soit peu de connaissances pratiques lui auraient été beaucoup plus utiles aujourd'hui que les principes de la perspective en peinture. Toute sa vie, son père lui avait épargné les travaux pénibles. Aussi loin qu'elle se rappelait, il avait eu des employés efficaces, tantôt des Noirs affranchis, tantôt des Blancs qui ne possédaient pas de terres, tantôt des esclaves dont on versait directement le salaire à leur propriétaire. Pendant la majeure partie de leurs six années de mission dans les montagnes, Monroe avait employé un Blanc et son épouse, métisse de Cherokee, pour régir l'exploitation, ne laissant à sa fille d'autre soin que de composer les menus hebdomadaires. Elle avait donc été libre, comme toujours, de meubler son temps grâce aux lectures et aux ouvrages, au dessin et à la musique.

A présent, les employés étaient partis. L'homme n'avait manifesté qu'un tiède intérêt pour la Sécession et, les premières années de guerre, s'était estimé heureux d'être trop vieux pour se porter volontaire. Cet été, cependant, compte tenu du désastreux manque d'effectifs des armées en Virginie, il avait commencé à redouter qu'il ne fasse partie de la prochaine conscription. Si bien que, peu après la mort de Monroe, sa femme et lui avaient filé sans tambour ni trompette et franchi les montagnes afin de gagner les territoires occupés par les Fédéraux, laissant Ada se débrouiller seule.

Depuis, elle avait découvert qu'elle était effroyablement mal préparée à la tâche d'assurer sa subsistance, à vivre seule dans une exploitation que son père avait dirigée davantage comme une idée que comme un moyen de gagner sa vie. Monroe ne s'était jamais beaucoup intéressé aux nombreux aspects assommants de l'agriculture. S'il avait de quoi acheter du maïs fourrager et de la farine, à quoi bon faire pousser plus de maïs qu'eux-mêmes n'en consommaient sous forme d'épis ? S'il avait de quoi se payer du bacon et des côtelettes, pourquoi s'embarrasser de tout ce que l'élevage du porc pouvait avoir de malcommode ? Un jour, Ada l'avait entendu ordonner à l'employé d'acheter une douzaine de moutons et de les mettre dans le pâturage sous le jardin, où ils tiendraient compagnie aux vaches laitières. L'homme avait protesté, fait remarquer à Monroe que les vaches et les moutons ne sont pas destinés à paître ensemble. « Pourquoi voulez-vous des moutons ? avait-il demandé. Pour la laine ? Pour la viande ?

— Non, pour l'atmosphère », avait répondu Monroe.

Mais on ne vivait pas d'atmosphère, si bien que le buis paraissait à présent offrir à Ada tout ce dont elle pouvait espérer bénéficier en guise de protection.

Elle décida de ne pas quitter son abri avant d'avoir énoncé, au minimum, trois raisons valables de le faire. Pourtant, quelques minutes plus tard, elle n'en avait trouvé qu'une : elle n'avait pas particulièrement envie de mourir au milieu du buis.

Au même instant, la poule rousse fit irruption à travers le feuillage, les ailes en partie ouvertes et se traînant dans la poussière. Elle bondit sur une branche près de la tête d'Ada et se mit à caqueter d'une voix agitée. Juste derrière elle arriva le gros coq noir et or, dont la férocité avait toujours un peu effrayé la jeune femme. Il n'avait qu'une idée en tête : monter la poule, mais, en découvrant Ada, il s'arrêta net, stupéfait. Il pencha la tête et fixa sur elle son œil noir et brillant, recula d'un pas, gratta le sol de ses griffes. Il se tenait assez près d'Ada pour qu'elle observe la saleté coincée entre les écailles de ses pattes jaunes, les ergots ambrés aussi longs qu'un doigt d'homme. Le casque de plumes dorées qui ornait sa tête et son cou s'ébouriffa et se gonfla, luisant, comme pommadé. Le coq se secoua pour remettre en place son plumage noir aux reflets bleu-vert. Son bec jaune s'ouvrait et se fermait.

S'il pesait cent cinquante livres, sans aucun doute il me tuerait sur place, se dit Ada.

Elle s'agenouilla et agita les mains en criant : « Ouste ! » Aussitôt le coq sauta à hauteur de sa figure, se contorsionna, si bien qu'il arriva sur elle les ergots en avant, les ailes rejetées en arrière. Ada leva une main pour le repousser et un des ergots lui entailla le poignet. Le coup fit retomber le volatile au sol, mais il se releva et revint aussitôt à l'assaut en battant des ailes. Tandis qu'elle reculait en crabe pour tenter de sortir du buis, le coq pointa son ergot et l'enfonça dans les plis de sa jupe. Ada jaillit du buisson et se redressa pour s'enfuir en courant, le coq toujours attaché à sa jupe. Il lui donnait des coups de bec dans les mollets, lançait l'ergot de sa patte libre et la fouettait de ses ailes. Ada lui asséna de grandes claques jusqu'à ce qu'il la lâche, puis elle courut sur la terrasse et s'engouffra dans la maison.

Elle se laissa tomber dans un fauteuil et examina ses blessures, son poignet taché de sang. Elle l'essuya et constata, non sans soulagement, qu'il s'agissait d'une simple éraflure. Elle baissa les yeux vers sa jupe, poussiéreuse, couverte de fientes de volaille et déchirée à trois endroits, puis la releva pour regarder ses jambes. On y voyait des traces d'écorchures et de coups de bec dont aucun n'avait entaillé la peau. Le visage et le cou lui cuisaient là où elle s'était égratignée en sortant du buis. Elle passa la main dans ses cheveux couverts de sueur. Voici où j'en suis, se dit-elle, voici le nouvel univers où je vis. On récolte des plaies et des bosses à vouloir simplement chercher des œufs.

Elle monta dans sa chambre et se déshabilla. Debout devant sa table de toilette recouverte de marbre, elle versa un peu d'eau dans la cuvette et se lava avec un savon à la lavande et un linge. Elle ôta les feuilles de buis de sa chevelure puis la laissa retomber sur ses épaules. Elle avait renoncé aux deux coiffures en vogue — les cheveux ramassés autour de la tête pour former deux gros rouleaux qui pendaient de part et d'autre du visage, ou bien plaqués contre le crâne et ramenés en chignon sur la nuque. Elle n'avait plus besoin de telles coquetteries, plus la patience de s'y consacrer. Et si elle ressemblait aux démentes des livres illustrés, c'était sans importance puisqu'elle restait parfois plus d'une semaine sans voir quiconque.

Elle se dirigea vers sa commode pour y prendre des dessous propres mais n'en trouva pas. Elle tira des affaires du fond de la pile de linge sale, partant du principe que le temps les aurait peut-être moins défraîchies que celles qu'elle venait d'enlever. Elle enfila par-dessus une robe à peu près propre et se demanda comment meubler les heures qui la séparaient du coucher. Quand donc les choses avaient-elles changé au point qu'elle ne songeait même plus à profiter d'une journée de façon agréable, mais uniquement à arriver jusqu'au soir ?

Toute volonté avait presque disparu en elle. Au cours des mois écoulés depuis la mort de Monroe, son seul travail avait été de trier ses affaires, ses vêtements et ses papiers. D'ailleurs une rude épreuve, car elle éprouvait à l'égard de la chambre de son père un étrange sentiment d'effroi et ne s'était sentie capable d'y pénétrer que plusieurs jours après les obsèques. Dans l'intervalle, elle avait souvent avancé jusqu'à la porte pour regarder à l'intérieur, comme on éprouve l'envie irrésistible de se tenir au bord d'une falaise afin de regarder en bas. Et l'eau, dans le broc posé près de la toilette de son père, avait fini par s'évaporer. Ada avait enfin rassemblé suffisamment de courage pour entrer dans la chambre. Assise sur le lit, elle avait plié en pleurant les chemises blanches fines, les costumes noirs, veston et pantalon, afin de les ranger dans des malles. Elle avait trié, répertorié et rangé dans des boîtes les papiers de Monroe, ses sermons, ses notes de botanique et ses journaux personnels. Chaque nouvelle tâche déclenchait une nouvelle crise de larmes, et cette succession de journées vides avaient fini par s'amalgamer, si bien qu'à présent la réponse inévitable à la question : Qu'as-tu accompli aujourd'hui ? était : Rien du tout.

Ada saisit un livre sur sa table de chevet, sortit sur le palier du premier étage et s'assit dans le fauteuil rembourré qui se trouvait auparavant dans la chambre de Monroe et qu'elle avait placé de façon à capter la belle lumière que dispensait la fenêtre. Elle avait passé une grande partie des trois derniers mois, fort humides, à lire dans ce fauteuil, emmitouflée dans une courtepointe, et à lutter contre le froid qui régnait dans la demeure, même au mois de juillet. Cet été-là, ses lectures, choisies au hasard sur les étagères, avaient été variées : des romans récents, tout ce qu'elle avait pu glaner dans le bureau de Monroe.

Des bagatelles comme *La Robe et l'Epée*, de Lawrence, et d'autres de la même veine. Il lui arrivait de lire un ouvrage et de ne même plus savoir, le lendemain, de quoi il parlait. Quand elle s'était attaquée à des livres plus connus, le sort cruel et la malédiction qui pesaient sur leurs héroïnes n'avaient fait qu'accentuer sa propre humeur noire. Tous les livres qu'elle prenait sur les étagères l'effrayaient ; leur contenu, immanquablement, avait trait à des fautes commises par des malheureuses femmes à la sombre chevelure, qui finissaient leur vie écrasées sous le châtiment, l'exil et l'ostracisme. Elle était passée directement du *Moulin sur la Floss*[1] à un récit de Hawthorne, bref et décourageant, à peu près sur le même thème. Monroe ne l'avait pas terminé, semblait-il, puisque au-delà du troisième chapitre les pages n'étaient pas coupées. Ada soupçonnait son père d'avoir jugé l'ouvrage inutilement lugubre, même s'il la préparait à l'univers dans lequel elle se débattait maintenant. Toutefois, quel que fût le livre, la vie que menaient ses personnages paraissait beaucoup mieux remplie que la sienne.

Au début, ses seules raisons d'apprécier son coin de lecture avaient été le fauteuil confortable et la belle lumière, mais, au fil des mois, elle s'était rendu compte que la vue qu'elle découvrait de la fenêtre lui offrait un certain réconfort contre la tension engendrée par ces sinistres histoires. Lorsqu'elle levait les yeux de la page, son regard balayait les champs et montait, sur des vagues de crêtes embrumées, jusqu'à la masse bleutée de Cold Mountain. Le panorama qu'elle contemplait depuis son fauteuil contrastait avec la lumière de son paysage intérieur. Tout au long de l'été, l'atmosphère, pourtant le plus souvent dégagée, lui était apparue terne et ténébreuse. L'air humide qui arrivait du dehors, chargé

1. Il s'agit d'une des œuvres les plus connues de la romancière anglaise George Eliot (1819-1880). *(N.d.T.)*

de capiteuses odeurs de pourriture et de croissance, offrait cette espèce de densité chatoyante que l'on observe à travers un télescope devant une perspective très lointaine et agissait sur la perception, telles des lentilles de mauvaise qualité qui déforment, élargissent, réduisent la distance et l'altitude, modifient le sens des masses. Par la fenêtre, Ada avait reçu un cours particulier sur toutes les formes d'humidité visibles — la brume légère, l'épais brouillard des vallées, les lambeaux de nuages accrochés en guenilles aux épaules de Cold Mountain, la pluie grise qui tombe droite du matin au soir, comme si de vieilles ficelles pendaient du ciel.

Aimer ce pays nuageux, bosselé, était à tout prendre une entreprise plus difficile et plus subtile que d'apprécier la voix calme de Charleston à l'occasion d'une promenade vespérale sur l'artère qu'on appelait The Battery, avec le fort Sumter dans le lointain, les grandes demeures blanches derrière soi, les feuilles des palmiers nains bruissant dans la brise marine. En comparaison, les paroles que prononçait ce paysage oblique étaient moins feutrées, plus rudes. Les creux, les crêtes, les sommets, qui paraissaient fermés, déroutants, offraient d'excellentes cachettes.

L'ouvrage qu'Ada avait devant elle aujourd'hui était encore un livre ayant appartenu à son père, un récit d'aventures aux frontières de l'Ouest américain, écrit par Simms, un natif de Charleston, que Monroe avait bien connu et Ada rencontré en diverses occasions, après qu'il eut quitté sa plantation sur l'Edisto pour séjourner en ville. Elle s'était mise à penser à Simms parce qu'elle avait reçu, peu de temps auparavant, une lettre de Charleston. Il y était notamment question du profond chagrin où l'avait plongé la mort récente de sa femme. « Seul l'opium l'avait sauvé de la folie », avait écrit l'amie d'Ada : elle ne parvenait pas à chasser cette phrase de ses pensées.

Elle commença à lire, mais, si palpitante que fût l'intrigue, la question de la nourriture l'obsédait. Sa chasse aux œufs s'étant soldée par un échec, elle n'avait pas encore pris son petit déjeuner, et on était déjà presque au milieu de la matinée. Au bout de quelques pages, elle mit le livre dans une de ses poches et descendit dans la cuisine afin de fouiner dans le placard aux provisions, en quête d'une denrée qu'elle pourrait transformer en repas. Elle passa près de deux heures à allumer le four et à tenter de faire lever une miche de pain avec du bicarbonate de soude. Mais lorsque la miche sortit du four, elle ressemblait à une espèce de grand gâteau raté ; la croûte était mince et dure, alors que l'intérieur, encore tout gluant, avait un goût de farine mal cuite. Ada en grignota un morceau avant de renoncer et de le jeter aux poules dans la basse-cour. Elle déjeuna d'une assiette de minuscules tomates et concombres coupés en tranches et assaisonnés d'un filet de sel et de vinaigre. Quant à se caler l'estomac, quelques profondes respirations auraient eu le même effet.

Ada laissa son assiette et sa fourchette sales sur la table. Elle prit un châle roulé en boule sur le sofa, le secoua et le drapa autour de ses épaules, puis gagna la terrasse couverte où elle resta à contempler le paysage. Le ciel était sans nuages mais, à travers la brume légère, son bleu paraissait délavé et ténu. Elle aperçut le coq noir et or près de la grange. Il gratta le sol de sa patte, picora, puis arpenta l'endroit d'un air féroce. Ada quitta la maison, se dirigea vers la barrière et sortit dans le chemin. Les véhicules étaient si rares que la crête bombée, entre les deux ornières, était coiffée d'une haute dentelle d'asters et de queues-de-renard. Les clôtures, le long de la route, étaient bordées de petites fleurs jaunes et orange, et Ada en toucha une pour le plaisir de la voir craquer et disséminer ses graines.

« Une herbe-qui-craque ! » dit-elle à haute voix,

heureuse d'avoir trouvé quelque chose à nommer, quand bien même eût-elle inventé ce nom.

Elle parcourut près de deux kilomètres le long du sentier puis quitta Black Cove pour prendre le chemin de la rivière. Elle cueillit en marchant un bouquet de fleurs sauvages — ce qui attirait son œil —, pulicaires, angéliques, coréopsis, valériane. Arrivée au bord de l'eau, elle partit vers l'amont pour aller jusqu'à l'église. Cette route desservait tout le voisinage ; creusée d'ornières laissées par les chariots, la circulation intense l'avait détériorée. A force d'être piétinés par les chevaux, les vaches et les porcs, les creux s'étaient transformés en bourbiers noirs, et les passants qui cherchaient à éviter d'y salir leurs chaussures avaient tracé de nouveaux petits sentiers sur le côté. De part et d'autre du chemin, les arbres croulaient sous leurs épaisses frondaisons qui approchaient de la fin de leur saison. Comme lasses de pousser, elles piquaient du nez. Ce n'était pourtant pas à cause de la sécheresse, car l'été avait été pluvieux et le fleuve noir qui longeait la route coulait des eaux profondes et lisses.

En un quart d'heure, Ada atteignit la petite chapelle dont Monroe avait été le pasteur. En comparaison des belles églises en pierre de Charleston, elle ne présentait, sur le plan architectural, guère plus de prétentions qu'un piège à oiseaux. Mais ses proportions — la pente de son toit sur le pignon, ses volumes, l'emplacement de son clocher tout simple — étaient sans conteste dépouillées et élégantes. Monroe concevait une grande affection pour ce bâtiment, dont il jugeait la stricte géométrie en harmonie avec les sobres élans de la fin de sa vie. Souvent, lorsqu'il se dirigeait à pied vers la chapelle, le long du fleuve, en compagnie d'Ada, il disait : C'est ainsi que Dieu parle dans le dialecte d'ici.

Ada gravit la colline et pénétra dans le cimetière situé derrière l'église pour se recueillir sur la tombe de Monroe. La terre noire n'était pas encore recouverte d'un épais tapis d'herbe et il n'y avait toujours pas de pierre tombale. Ada, en effet, n'avait pas voulu de celles que l'on fournissait dans la région — soit une dalle plate des bords du fleuve, soit une planche de chêne, à la surface desquelles on déchiffrait à peine, tracés au burin, le nom du défunt et les dates de sa naissance et de sa mort. Elle avait préféré commander au chef-lieu du comté une dalle en granit gravée qui tardait à venir. Elle posa ses fleurs sur le sol, à l'endroit de la tête, et ramassa le bouquet précédent, fané et détrempé.

Monroe était mort au mois de mai. En fin d'après-midi, Ada s'était préparée à sortir, avec sa boîte d'aquarelles et une feuille de papier, afin de peindre les fleurs fraîchement écloses d'un rhododendron, près de la rivière en contrebas. En quittant la maison, elle s'était arrêtée pour parler à Monroe, en train de lire sous le poirier dans un fauteuil pliant en toile rayée. Il semblait fatigué et ne pensait pas, lui avait-il dit, être assez vaillant pour finir sa page avant de s'endormir. Pourrait-elle le réveiller à son retour, il ne voulait pas rester dehors dans l'humidité du soir. Il avait ajouté qu'il craignait d'avoir passé l'âge où l'on peut se relever sans aide d'un siège aussi bas.

Ada s'était absentée moins d'une heure. En passant des champs dans le jardin de la maison, elle avait remarqué que Monroe était tout à fait immobile, la bouche béante. Elle s'était dit qu'il ronflait peut-être et que, pendant le dîner, elle le taquinerait de s'être exhibé ainsi, dans une posture totalement dépourvue de dignité. Elle s'était avancée pour le réveiller mais, en approchant, elle avait vu que ses yeux étaient ouverts et que son livre était tombé dans l'herbe. Elle avait couru et posé la main sur son épaule pour le secouer. Pourtant, dès le premier contact, elle avait su qu'il était mort car la chair qu'elle sentait sous sa main était inerte.

51

Ada était partie chercher de l'aide, tantôt courant, tantôt marchant le long du raccourci qui franchissait la crête et descendait jusqu'à la route en bordure du fleuve, près de la propriété des Swanger, leurs plus proches voisins. Ils appartenaient à la congrégation de son père et Ada les connaissait depuis son arrivée dans les montagnes. Elle était entrée chez eux hors d'haleine et en larmes. Avant qu'Esco Swanger n'eût attelé ses chevaux à son buggy pour repartir avec Ada par la route, la pluie était arrivée de l'ouest. Quand ils avaient atteint Black Cove, la nuit tombait et Monroe était tout trempé, des pétales de cornouiller collés à son visage. Sous le poirier, l'aquarelle qu'Ada avait laissé tomber s'était délavée, éclaboussée de roses et de verts.

Elle avait passé la nuit chez les Swanger, allongée, l'œil sec, incapable de dormir, remâchant pendant des heures la pensée qu'elle aurait voulu disparaître avant Monroe, même si elle savait, au fond de son cœur, que la nature avait une préférence pour un ordre bien particulier : les parents meurent les premiers, puis les enfants. C'était là une disposition cruelle, et qui n'offrait guère de réconfort contre la douleur, y souscrire signifiait que les gens heureux se retrouvaient orphelins.

Deux jours plus tard, Ada avait fait ensevelir Monroe en haut de la butte qui dominait la Little East Fork, un bras de la Pigeon River. La matinée était ensoleillée, il soufflait de Cold Mountain un vent tiède sous la caresse duquel le monde entier frémissait. Pour une fois, il n'y avait guère d'humidité dans l'air, et les couleurs, les contours du paysage paraissaient plus tranchés qu'il n'était naturel. Quarante personnes, vêtues de noir, remplissaient presque la petite chapelle. Le cercueil était monté sur des tréteaux devant la chaire, le couvercle déposé à terre. Depuis son décès, le visage de Monroe s'était affaissé. La pesanteur, sur une peau désormais flasque, avait creusé ses joues et ses orbites, tandis que son nez semblait plus pointu et plus long que de son vivant. On apercevait la pâle lueur du blanc de l'œil par la fente d'une des paupières qui s'était légèrement relevée.

Ada, une main devant la bouche, s'était penchée pour parler à voix basse à un homme assis de l'autre côté de l'allée centrale. Il s'était levé, avait fait tinter de la menue monnaie dans ses poches dont il avait sorti deux pièces en bronze. Il s'était avancé et les avait posées sur les yeux de Monroe, car ce dernier aurait pris un étrange aspect de pirate si l'on n'avait obturé que l'œil qui s'ouvrait.

Le service funèbre avait été improvisé. Aucun autre ministre de leur culte n'habitait assez près pour se déplacer, et les pasteurs des différentes sectes baptistes du voisinage avaient tous refusé d'officier afin de punir Monroe *post mortem* de ne pas croire en un Dieu à la patience et à la miséricorde drastiquement limitées. Monroe, il est vrai, avait même déclaré *ex cathedra* que Dieu n'avait rien de commun avec nous autres, que son tempérament ne l'inclinait pas à nous piétiner rageusement jusqu'à ce que notre sang jaillît pour souiller la blancheur de ses vêtements et que, vraisemblablement, il considérait les meilleurs comme les pires des hommes avec un apitoiement teinté de lassitude et de perplexité.

Il avait donc fallu se contenter des paroles de quelques membres de la congrégation. L'un après l'autre, ils étaient montés en chaire d'un pas traînant et s'étaient dressés devant leurs frères, le menton pressé contre la poitrine pour éviter de regarder l'assistance en face, et surtout Ada, assise au premier rang des femmes. Sa robe de deuil, teinte la veille d'un noir verdâtre qui évoquait le plumage d'un canard, dégageait encore une odeur particulière. Son visage, empreint d'un chagrin glacé, était aussi blanc qu'un tendon dénudé.

Ces hommes avaient parlé gauchement de ce qu'ils appelaient le grand savoir de Monroe et de ses autres qualités. Depuis son arrivée de Charleston, avaient-ils déclaré, Monroe jetait sur leur communauté une brillante lumière. Ils avaient rapporté ses petits actes charitables et les sages conseils qu'il dispensait. Esco Swanger figurait parmi les orateurs. Il s'était exprimé un peu mieux que les autres bien qu'il fût en proie à la même nervosité. Il avait parlé d'Ada et de la terrible perte qu'elle venait de subir, il avait dit combien elle leur manquerait quand elle serait repartie chez elle, à Charleston.

Ensuite ils s'étaient rassemblés autour de la fosse, tandis que les six hommes qui avaient porté le cercueil depuis la chapelle le descendaient à l'aide de cordes. Une fois la bière placée dans son trou, un homme avait récité une ultime prière, puis prononcé quelques mots concernant la vigueur de Monroe, inlassable serviteur de l'Eglise et de la communauté, et la troublante soudaineté avec laquelle il s'était abattu pour sombrer dans le sommeil éternel de la mort. Il paraissait trouver dans ces événements tout simples un message universel sur la nature fuyante de l'existence, y voir une leçon que voulait donner Dieu.

Ils avaient regardé les fossoyeurs remplir la fosse de terre, mais Ada, elle, avait dû détourner la tête et contempler au loin le coude du fleuve. Une fois la tombe comblée et la terre aplanie, ils avaient fait demi-tour et s'étaient éloignés. Sally Swanger avait pris Ada par le bras pour l'aider à redescendre le versant de la colline.

« Tu resteras avec nous jusqu'à ce que tu aies pris tes dispositions pour regagner Charleston », avait-elle dit.

Ada s'était arrêtée pour la regarder. « Je n'ai pas l'intention de rentrer tout de suite à Charleston.

— Grand Dieu, s'était exclamée Mme Swanger. Où comptes-tu aller ?

— Chez moi, à Black Cove, avait répondu Ada. Je

compte y rester, en tout cas pendant quelque temps. »

Mme Swanger l'avait dévisagée, puis elle s'était ressaisie. « Comment te débrouilleras-tu ?

— Je ne sais pas encore très bien.

— Tu ne vas pas retourner toute seule dans cette grande maison dès aujourd'hui. Viens dîner et reste chez nous le temps nécessaire.

— Je vous en serais très obligée », avait dit Ada. Elle avait passé trois jours chez les Swanger, puis regagné, seule et effrayée, la maison vide. Si, au bout de trois mois, la frayeur s'était quelque peu estompée, cette pensée n'avait en rien réconforté Ada. Sa nouvelle existence lui paraissait n'être qu'une préfiguration de sa propre vieillesse, baignée de solitude et du sentiment que ses facultés déclinaient.

Ada se détourna de la tombe et redescendit la colline jusqu'à la route ; elle décida ensuite de remonter le fleuve et de prendre le raccourci qui menait à Black Cove. Outre qu'il était moins long, cet itinéraire avait l'avantage de passer devant la poste. Et aussi devant chez les Swanger, où on lui offrirait peut-être à déjeuner.

Chemin faisant, elle croisa une vieille femme qui poussait devant elle un cochon rougeaud et une paire de dindons qu'elle menaçait à l'aide d'une branche de saule dès qu'ils s'écartaient du droit chemin. Un homme qui avançait derrière elle la rattrapa et la dépassa. Voûté, il marchait d'un pas rapide en tenant devant lui une pelle sur laquelle fumait un monticule de braises rougeoyantes. L'homme sourit et, sans s'arrêter, lança par-dessus son épaule qu'il avait laissé son feu s'éteindre, si bien qu'il avait dû aller en emprunter au voisin. Puis Ada rencontra un homme qui se tenait devant un sac de grosse toile suspendu à une branche de châtaignier. Trois corneilles, perchées au sommet de l'arbre, le regardaient sans émettre le moindre jugement. L'homme, lourdement charpenté, frappait la toile avec un manche de houe brisé, de si bon cœur que la poussière volait. Il vitupérait contre son sac, le maudissait, comme si cet objet était le principal obstacle à une vie d'aisance et de contentement. On entendait s'abattre les coups sourds, on entendait l'homme souffler et grommeler, on entendait crisser ses pieds lorsqu'il se campait dans la poussière pour mieux décocher une nouvelle volée de coups. Ada l'observa, s'arrêta et revint sur ses pas pour lui demander ce qu'il faisait. Il répondit qu'il battait ses haricots pour les détacher de leurs cosses. Et il fit clairement comprendre qu'à son avis le plus chétif des haricots se trouvant à l'intérieur du sac méritait amplement d'être haï. L'homme avait labouré et planté dans la haine. Fait grimper les plantes le long des rames et désherbé entre les rangées dans la haine. Regardé les fleurs éclore et les cosses se former et se remplir dans la haine. Il avait cueilli ses haricots en maudissant chacun de ceux que touchaient ses doigts et les avait jetés dans un panier d'osier comme si leur saleté lui collait aux mains. Battre les haricots était la seule et unique partie de l'opération à laquelle il prenait plaisir.

Lorsque Ada arriva à proximité du moulin, le soleil n'avait pas encore dissipé la brume, mais elle avait trop chaud pour garder son châle. Elle l'ôta des épaules et le roula sous le bras. La roue du moulin tournait, déversait son chargement d'eau dans le bief de fuite au milieu d'un nuage d'écume et d'éclaboussures. Quand Ada posa la main sur le chambranle de la porte, elle sentit l'édifice entier vibrer sous l'effet des révolutions de la roue, des engrenages, de l'arbre d'entraînement et des meules. Elle passa la tête et éleva suffisamment la voix pour se faire entendre par-dessus les grincements et les gémissements du mécanisme. « Monsieur Peek ? » appela-t-elle.

La pièce sentait le maïs séché, le vieux bois, le bief plein de mousse, l'eau ruisselante. L'intérieur était plongé dans la pénombre et le peu de lumière qui pénétrait par les deux petites fenêtres et la porte tombait en faisceaux à travers une atmosphère chargée de la poussière du maïs moulu. Le meunier apparut derrière ses meules. Il se frotta les mains d'où s'envola un nouveau nuage de poussière. Il s'avança dans la lumière et Ada vit que ses cheveux, ses sourcils, ses cils et jusqu'aux poils sur ses bras étaient givrés du gris pâle de la poussière de maïs.

« Vous êtes venue chercher votre courrier ? demanda-t-il.

— Il y en a ? »

Le meunier passa dans le bureau de poste, un minuscule appentis à toit de tôle greffé sur le bâtiment principal. Il en ressortit avec une lettre qu'il examina dans tous les sens. Ada la glissa dans son livre et remonta la route en direction de la maison des Swanger.

Elle trouva Esco près de la grange. Plié en deux, il essayait de goupiller une roue de charrette avec une cheville de caroubier qu'il enfonçait à l'aide d'un gros maillet. En voyant Ada quitter la route et s'avancer vers lui, il se releva, posa son maillet et se pencha en avant pour se caler contre la charrette. Il n'y avait guère de différence entre la couleur et la dureté de ses mains et celles des planches. Sa chemise était trempée de sueur et, en approchant, Ada respira son odeur de poterie humide. Esco était grand et maigre, avec une tête minuscule et une épaisse tignasse de cheveux gris et secs qui se soulevaient en pointe, telle la crête d'une mésange.

Il fut heureux de saisir cette occasion d'interrompre son labeur et escorta Ada jusqu'à la maison en passant la barrière ménagée dans la clôture pour entrer dans le jardin. Esco avait l'habitude d'attacher les chevaux à la clôture et les bêtes, par ennui, avaient grignoté les extrémités pointues de la palissade qui ressemblaient maintenant à des moignons déchiquetés. Le jardin était nu, propre et net, sans le moindre buisson ni la moindre plate-bande d'ornement ; rien qu'une demi-douzaine de grands chênes et un puits ouvert, une nouveauté dans cette région d'eau courante, puisque l'endroit où les Swanger avaient choisi de vivre s'appelait No Creek Cove[1]. La vaste maison avait jadis été peinte en blanc, mais la peinture s'écaillait pour tomber en plaques larges comme la main : la demeure ressemblait encore à une jument pommelée, même s'il n'était pas difficile de deviner qu'elle ne tarderait pas à être uniformément grise.

Sally, assise sur la terrasse couverte, était occupée à enfiler ses haricots sur des fils, afin de les faire sécher dans leur cosse, et cinq longues rangées pendaient déjà aux poutres de la terrasse au-dessus d'elle. Son visage était tout en courbes et en arrondis et sa peau aussi transparente et luisante qu'une chandelle de suif ; ses cheveux gris, passés au henné, avaient pris la couleur des poils du dos d'un mulet. Esco poussa une chaise droite en direction d'Ada puis entra dans la maison en chercher une autre pour lui. Il se mit à rompre les cosses de haricots. Il ne fut pas question de déjeuner, et Ada leva les yeux vers le ciel pâle. Déçue, elle constata que la position du soleil indiquait le milieu de l'après-midi. Les Swanger avaient dû déjeuner depuis longtemps.

Ils restèrent assis sans rien dire ; on n'entendait que les cosses qui craquaient et le chuintement du fil que Sally passait avec une aiguille, et aussi, venant de la maison, le tic-tac de la pendule qui, sur le manteau de la cheminée, résonnait comme un doigt replié frappant contre une boîte. Esco et Sally travaillaient au même rythme, leurs mains se touchant parfois lorsqu'ils les plongeaient simultanément dans le panier aux haricots. Leurs mouvements étaient paisibles et lents, tous deux manipulaient chaque cosse avec douceur comme s'il s'agissait

1. Littéralement, le creux sans ruisseau. *(N.d.T.)*

d'une créature exigeant beaucoup de tendresse. Ce n'était pas un couple sans enfants, pourtant leur mariage avait conservé cette espèce de romantisme qui distingue souvent les unions stériles. On aurait dit qu'ils n'avaient jamais tout à fait mené leurs fiançailles à leur inévitable conclusion. Si Ada trouvait qu'ils formaient un couple charmant, elle ne voyait rien de remarquable dans leur familiarité réciproque. Elle avait vécu aux côtés d'un veuf, et n'avait pas en tête un authentique modèle de ce que pouvait être un mariage, des dommages que risquait de lui infliger la vie quotidienne.

La conversation porta d'abord sur la guerre : les perspectives étaient peu encourageantes, avec les Fédéraux de l'autre côté des montagnes vers le nord, et la situation en Virginie, désespérée, si l'on devait en croire ce que racontaient les journaux au sujet de la guerre de tranchées à Petersburg. Ni Esco ni Sally n'y comprenaient quoi que ce soit, sinon de façon extrêmement vague, et ils n'étaient convaincus que de deux choses : d'une façon générale, elle suscitait leur réprobation, et Esco avait atteint un âge où il avait besoin d'être aidé pour exploiter le sol. Ils seraient donc ravis de voir la guerre prendre fin et leurs deux garçons remonter la route. Ada demanda s'ils avaient des nouvelles de l'un ou de l'autre. Mais ils n'avaient pas reçu le moindre mot depuis des mois et ne savaient même pas dans quel Etat ils se trouvaient pour le moment.

Les Swanger s'étaient opposés à la guerre dès le début et, jusqu'à une date relativement récente, ils étaient restés favorables aux Fédéraux, de même que beaucoup des habitants des montagnes. Pourtant, maintenant que les Fédéraux étaient massés juste de l'autre côté des grands massifs, vers le nord, Esco concevait de l'amertume envers l'un et l'autre camp et les redoutait à peu près autant. Il s'inquiétait à l'idée que bientôt ils arriveraient en quête de vivres et prendraient tout ce qu'il leur plairait, n'hésitant pas à dépouiller un malheureux de ce qu'il possédait. Il s'était rendu récemment au chef-lieu du comté où le bruit courait que Kirk et ses tuniques bleues avaient déjà commencé leurs maraudes le long de la frontière entre les deux Etats. Au petit jour, ils s'étaient abattus sur une famille. Ils avaient pillé une ferme, volé tous les animaux qu'ils avaient trouvés, toute la nourriture qu'ils étaient capables d'emporter, et, en partant, ils avaient mis le feu au silo à maïs.

« Voilà les libérateurs, conclut Esco. Et nos propres troupes se comportent aussi mal, sinon plus. Teague et sa milice écument le pays telle une bande de brigands. Ils décrètent leurs propres lois et se conduisent comme de la racaille qui cherche un moyen d'échapper à la conscription. »

La milice avait traîné une famille entière dans son jardin à l'heure du repas, avait-il entendu raconter. Des gens du nom d'Owen, du côté d'Iron Duff. Teague avait prétendu qu'on les savait partisans des Fédéraux et qu'on les soupçonnait d'être membres de la Red String Band[1], si bien qu'il fallait leur confisquer tout ce qu'ils cachaient comme richesses. Les hommes de la milice avaient commencé par démanteler la maison et sonder le sol du jardin avec leurs sabres, pour voir s'ils ne trouvaient pas de la terre meuble récemment creusée. Ils avaient un peu rudoyé le maître des lieux, puis son épouse. Après quoi ils avaient pendu une paire de chiens de chasse et, comme cette manœuvre ne parvenait pas à émouvoir le dénommé Owen, ils avaient attaché les pouces de sa femme derrière son dos et l'avaient hissée à l'aide d'une corde passée autour d'une branche d'arbre. Ils avaient tiré sur la corde jusqu'à ce que les pieds de la malheureuse effleurent à peine le sol. Mais l'homme s'était entêté à garder le silence. Alors ils

1. La bande de la ficelle rouge. C'était une organisation favorable à la cause nordiste. (N.d.T.)

avaient redescendu la femme et lui avaient coincé les pouces sous l'extrémité d'un poteau de clôture, mais cela non plus n'avait pas paru émouvoir Owen.

Les enfants sanglotaient et la femme, allongée par terre, les pouces toujours sous le poteau, hurlait qu'elle savait que son homme avait caché l'argenterie et le tas de pièces d'or qui leur restait après les dures épreuves de la guerre. Elle l'avait d'abord supplié de parler, puis elle avait supplié les hommes de Teague d'avoir pitié d'elle. Comme Owen refusait toujours de dire un mot, elle les avait implorés de tuer son mari le premier afin qu'elle eût au moins la satisfaction de le regarder mourir.

C'est alors qu'un des membres de la milice, un jeune garçon aux cheveux presque blancs du nom de Birch, avait déclaré qu'à son avis ils feraient mieux d'en rester là et de partir, mais Teague avait braqué un pistolet sur lui et déclaré : « Ce n'est pas à moi qu'on va apprendre comment traiter des gens de l'acabit d'Owen, avec sa femme et ses mioches. Je préférerais passer chez les Fédéraux plutôt que de vivre dans un pays où je n'ai pas le droit de châtier pareille engeance comme elle le mérite. »

« Pour finir, conclut Esco, ils n'ont tué personne et ils n'ont pas trouvé l'argenterie. Ils se sont désintéressés de l'affaire et ont repris leur route. La femme d'Owen l'a quitté séance tenante. Elle est venue en ville avec ses enfants, où elle vit chez son frère et raconte son histoire à qui veut l'écouter. »

Pendant quelque temps, Esco resta assis sur sa chaise, penché en avant, les avant-bras sur les genoux et les mains pendant mollement au bout de ses poignets. On avait l'impression qu'il étudiait le plancher de la terrasse couverte ou l'état de ses bottes. Ada le savait : s'ils s'étaient trouvés dehors, il aurait craché entre ses pieds et contemplé le résultat avec une évidente fascination.

« C'est différent, cette guerre, dit-il bientôt. La sueur de n'importe quel homme a son prix. Les grands planteurs de coton des plaines la volent chaque jour, mais je crois qu'à l'avenir ils regretteront de ne pas avoir coupé eux-mêmes leur saleté de coton. Moi, je demande seulement que mes garçons reviennent chez nous pour aller biner les basses terres, tandis que je resterai assis sur la terrasse à leur crier "C'est très bien" chaque fois que la pendule sonnera la demie. »

Sally acquiesça en disant : « Hon-hon. » Ce qui parut clore le sujet.

Ils passèrent à d'autres considérations. Ada écouta avec intérêt Esco et Sally énumérer les signes qui, depuis toujours, annoncent un hiver rigoureux. Les écureuils gris qui se démènent dans les noyers à amasser avec frénésie de plus en plus de noix. L'épaisse couche de cire sur les pommes sauvages. La largeur des rayures noires sur les chenilles. La senteur âcre des achillées, pareille à celle de la neige qui tombe quand on les frotte entre les mains. Les aubépines chargées de boules rouges qui brûlent d'un incarnat aussi vif que le sang.

« J'ai remarqué encore d'autres signes, ajouta Esco. De mauvais signes. »

Il avait tenu à jour une liste de tous les présages et augures du comté. On disait qu'une mule avait mis bas près de Catalooch, qu'à Balsam était né un porc pourvu de mains humaines. Un homme à Cove Creek prétendait avoir abattu un mouton qui n'avait pas de cœur. En haut de Big Laurel, les chasseurs juraient qu'une chouette émettait des sons comparables aux paroles d'un être humain et, même s'ils ne parvenaient pas à s'entendre quant à la teneur de son message, tous confirmaient qu'à l'instant où la chouette avait parlé deux lunes étaient apparues dans le ciel. Trois années de suite, il y avait eu un déferlement peu commun de loups, l'hiver, et de mauvaises récoltes de grain, l'été. Cela indiquait que l'on entrait dans une période néfaste. D'après Esco, bien qu'ils fussent jusqu'à présent restés à l'écart des cruautés de la guerre, bientôt peut-être ses excréments suinteraient par le fond de la fosse et se déverseraient pour les contaminer tous.

Il y eut un silence, puis Sally demanda : « As-tu pris une décision ?

— Non, répondit Ada.

— Tu n'es pas encore prête à rentrer chez toi ?

— Chez moi ? dit Ada, déroutée, tant elle avait eu l'impression, cet été, de n'être chez elle nulle part.

— A Charleston, expliqua Sally.

— Non. Je ne suis pas encore prête.

— As-tu eu des nouvelles de là-bas ?

— Pas encore, dit Ada. Mais je suis à peu près sûre que la lettre que vient de me remettre M. Peek va clarifier les questions financières. Je crois qu'elle a été écrite par le notaire de mon père.

— Ouvre-la donc et regarde ce qu'elle dit.

— Je ne m'y résous pas. Et pour ne rien vous cacher, tout ce qu'elle me dira, c'est si j'ai assez d'argent pour vivre. Elle ne me dira pas où je risque de me trouver d'ici un an, ni ce que je pourrais bien y faire. Et ce sont ces questions-là qui me tracassent le plus. »

Esco frotta ses mains l'une contre l'autre avec un grand sourire. « Je suis peut-être le seul homme du comté qui puisse t'aider sur ce point, annonça-t-il. On raconte que, si on prend un miroir et qu'on regarde à l'envers au fond d'un puits, on pourra voir son avenir dans l'eau. »

Ada se retrouva donc bientôt penchée en arrière au-dessus de la margelle moussue, dans une posture qui ne brillait ni par sa dignité ni par son confort, le dos arqué, les hanches en avant, les jambes écartées pour maintenir son équilibre. Elle tenait au-dessus de son visage un miroir à main, incliné de façon à refléter la surface de l'eau au-dessous d'elle.

Elle avait accepté de consulter le puits parce que c'était à la fois une nouvelle expérience des coutumes locales et un tonique contre la morosité. Elle remâchait des pensées noires, morbides, exagérément tournées vers le passé depuis si longtemps qu'elle était prête à saisir l'occasion d'inverser le courant, de regarder vers l'avant et de penser à l'avenir, même si elle ne s'attendait pas à voir autre chose que de l'eau au fond d'un puits.

Elle piétina un peu afin d'obtenir une meilleure assise sur la terre battue du jardin, puis tenta de regarder dans le miroir. Le ciel blanc, au-dessus d'elle, était voilé d'une brume éclairée par-derrière qui luisait comme l'orient d'une perle, un miroir d'argent. Les sombres frondaisons des chênes autour du puits bordaient le ciel, reproduisant le cadre de bois du miroir dans lequel Ada plongeait son regard, scrutant l'image des profondeurs du puits afin de voir ce qui l'attendrait dans la vie. Le rond d'eau brillante au fond du conduit noir était un autre miroir. Il renvoyait l'éclat du ciel et le bord recouvert par endroits, entre les pierres, d'une fourrure de fougères.

Ada s'efforçait de fixer son attention sur le miroir, mais le ciel éclatant au-delà ne cessait d'en détourner son regard. Elle était éblouie par les jeux de la lumière et de l'ombre, déroutée par le dédoublement des reflets et des bords. Ils arrivaient de directions trop nombreuses pour que l'esprit fût capable de les prendre tous en compte. Les images se mirent à rebondir les unes contre les autres jusqu'à ce qu'elle fût en proie à un vertige terrifiant. Elle eut l'impression qu'elle pouvait à tout moment basculer en arrière et plonger la tête la première au fond du puits pour s'y noyer, avec le ciel loin au-dessus d'elle et, pour ultime vision, un cercle brillant, pas plus gros qu'une pleine lune, encastré dans le noir.

La tête lui tourna, et elle tendit sa main libre pour se cramponner aux pierres de la margelle. Alors, un bref instant, tout se stabilisa, et il lui sembla, en effet, voir une image dans le miroir. Un calotype mal exécuté. Vague quant à ses détails, faiblement contrasté, grenu. Une sorte de roue de lumière éblouissante, entièrement cernée d'une frange de feuillage. Peut-être un semblant de route au milieu d'un couloir d'arbres, une pente. Au centre de la lumière une silhouette noire bougeait, quelqu'un qui marche, mais trop vague pour que l'on devine si elle se rapprochait ou s'éloignait. Quelle que fût sa destination, cependant, quelque chose dans son attitude semblait dénoter une inébranlable résolution. Suis-je censée la suivre, ou dois-je attendre qu'elle arrive ? se demanda Ada.

Puis le vertige la reprit, ses genoux cédèrent et elle s'effondra sur le sol. Pendant une seconde, tout tourna autour d'elle. Ses oreilles tintaient et son esprit était rempli par les paroles du cantique *Wayfaring Stranger*[1]. Elle crut qu'elle allait s'évanouir mais, brusquement, la folle ronde s'interrompit, l'univers s'immobilisa. Elle regarda vers la terrasse couverte pour voir si l'on s'était aperçu de sa chute, mais Sally et Esco étaient accaparés par leur tâche. Ada se releva et s'avança vers eux.

« Tu as vu quelque chose ? demanda Esco.

— Pas vraiment », répondit Ada.

Sally lui décocha un regard perçant, fit mine de recommencer à enfiler ses haricots, puis changea d'avis et remarqua : « Tu es toute pâlotte. Ça ne va pas ? »

Malgré ses efforts, Ada n'arrivait pas à fixer ses pensées sur la voix de Sally. Elle continuait à voir la silhouette sombre, et les courageuses paroles du cantique résonnaient à ses oreilles : « Voyageant à travers ce bas monde. Point de labeur, de maladie ni de danger dans la belle contrée où je vais. » Bien qu'elle ne parvînt pas à l'identifier, la silhouette était importante, elle en était certaine.

1. Voyageur étranger. *(N.d.T.)*

« Tu as vu quelque chose au fond de ce puits, oui ou non ? insista Sally.

— Je ne suis pas sûre, répondit Ada.

— Elle est toute pâlotte, dit Sally à Esco.

— C'est juste une histoire que racontent les gens, dit Esco. J'ai regardé cent fois dans le puits et je n'ai jamais rien vu.

— Oui, dit Ada. Il n'y avait rien. »

Mais elle ne parvenait pas à chasser l'image de son esprit. Un bois. Avec une route au milieu. Une clairière. Un homme qui marchait. Le sentiment qu'elle devait le suivre. Ou bien attendre.

L'horloge sonna quatre coups, aussi atones et peu musicaux que si l'on avait frappé à coups de marteau sur la lame d'une pioche.

Ada se leva pour partir, mais Sally l'obligea à se rasseoir. Elle tendit la main et posa la partie charnue de sa paume contre la joue d'Ada.

« Tu n'es pas chaude. As-tu mangé aujourd'hui ? demanda-t-elle.

— Un peu, répondit Ada.

— Un tout petit peu, je parie, dit Sally. Viens avec moi, je vais te donner quelque chose à emporter. »

Ada la suivit à l'intérieur. La maison sentait les herbes sèches et les piments ; ils pendaient en interminables rangées sur toute la longueur du vestibule, prêts à épicer les divers condiments, sauces, conserves au vinaigre et chutneys qui avaient valu à Sally une solide réputation dans le pays. Autour des manteaux de cheminée, des chambranles de portes et des miroirs, étaient fixés des rubans rouges, et le pilastre de la rampe d'escalier était peint de rayures rouges et blanches comme l'enseigne d'un barbier.

Dans la cuisine, Sally se dirigea vers un placard d'où elle sortit un pot en terre cuite plein de confiture de mûres, fermé par un tampon de cire d'abeille. Elle le donna à Ada. « Ce sera très bon avec les biscuits[1] qui te resteront de ton dîner », dit-elle. Ada la remercia sans faire état de ses carences dans l'art de confectionner les biscuits. Sur la terrasse couverte, elle demanda à Esco et Sally de s'arrêter chez elle s'ils sortaient se promener dans leur buggy et se trouvaient à proximité de Black Cove. Puis elle s'éloigna avec son châle sous le bras et le pot de confiture.

Le vieux sentier piétonnier qui franchissait la crête pour mener à Black Cove débouchait à moins de cinq cents mètres de la ferme des Swanger, et il s'écartait du fleuve en montant de façon abrupte à flanc de colline. Il traversait d'abord des bois clairsemés de chênes, de noyers et de peupliers, puis, en approchant de la crête, serpentait au milieu de futaies qui n'avaient jamais été taillées et, parmi les arbres immenses, on voyait apparaître des épicéas et quelques sombres sapins baumiers. Le sol était jonché d'arbres abattus, à différents stades de pourriture. Ada grimpa sans s'arrêter et s'aperçut que le rythme de sa marche suivait la mélodie de *Wayfaring Stranger,* laquelle continuait à résonner en sourdine dans sa tête. Les paroles courageuses et réconfortantes la stimulèrent, bien qu'elle redoutât un peu de lever les yeux tant elle avait peur de voir s'avancer sur le sentier une silhouette noire.

Lorsqu'elle atteignit le sommet de la crête, elle prit quelques instants de repos, assise sur un rocher d'où l'on dominait la vallée. Au-dessous, Ada apercevait le fleuve, la route, et à sa droite — minuscule tache blanche dans la verdure environnante — la chapelle.

Elle se détourna et regarda dans l'autre direction, d'abord là-haut vers Cold Mountain, pâle, grise, dis-

---

1. Il s'agit en fait d'espèces de petits pains au lait, assez semblables aux *scones* anglais, faits d'un mélange de farine et de lait, additionnés parfois de levure et de beurre. La pâte est faite au dernier moment, découpée à l'emporte-pièce en unités de petite taille et cuite en quelques minutes, si bien qu'on peut préparer les « biscuits » au fur et à mesure des besoins. *(N.d.T.)*

tante, puis vers Black Cove. Vus de loin, sa maison et ses champs ne paraissaient pas à l'abandon. Ils présentaient au contraire un aspect net et soigné. Encerclés par des bois, des crêtes, une rivière qui lui appartenaient. Cependant, à la vitesse où par ici tout poussait comme dans une jungle, Ada savait que, si elle voulait rester, il lui faudrait de l'aide ; sinon, les champs et le jardin seraient très vite envahis de mauvaises herbes et de broussailles jusqu'à ce que la maison elle-même disparaisse au milieu d'un taillis, aussi complètement que le château de la Belle au bois dormant derrière son rempart de ronces. Elle doutait cependant de trouver quelqu'un à embaucher, car tous les hommes en mesure de travailler étaient partis à la guerre.

Son père et elle étaient arrivés dans ces montagnes six ans auparavant, avec l'espoir de combattre la maladie qui rongeait lentement les poumons de Monroe, au point qu'il souillait une demi-douzaine de mouchoirs par jour en crachant du sang. Son médecin de Charleston, qui mettait toute sa foi dans les vertus curatives d'un air frais et pur accompagné d'exercices physiques, lui avait recommandé un lieu de villégiature réputé, en altitude, pourvu d'une excellente table et de sources chaudes, minérales et thérapeutiques. Mais l'idée d'un endroit paisible, où des gens aisés soigneraient leurs nombreuses maladies, n'était pas du goût de Monroe. Il avait préféré dénicher une petite église de montagne, appartenant à son culte et privée de prédicateur, en faisant valoir que le fait de s'employer utilement lui serait plus bénéfique que la puanteur d'une eau sulfureuse.

Ils s'étaient aussitôt mis en route, empruntant le chemin de fer jusqu'à Spartanburg, le terminus de la ligne dans le nord de l'Etat. C'était une ville rudimentaire, située au pied de la muraille montagneuse. Ils avaient séjourné dans ce qui passait pour un hôtel le temps que Monroe conclût avec des muletiers les arrangements nécessaires au transport des caisses qui contenaient leurs affaires jusqu'au village de Cold Mountain, de l'autre côté de la crête bleue. Pendant ces quelques jours, Monroe avait acheté une voiture et un cheval et, comme toujours, il avait eu de la chance. Il était tombé sur un homme qui achevait juste de lustrer la dernière couche de laque noire d'un superbe cabriolet tout neuf. L'homme possédait en outre un robuste hongre pommelé, parfaitement adapté au véhicule. Monroe avait aussitôt acquis les deux, sans marchander, et il avait sorti l'argent de son portefeuille pour le compter dans la main jaunâtre et calleuse du charron qui attendait. Il s'était ainsi retrouvé maître d'un équipage particulièrement fringant pour un prédicateur de campagne.

Ils étaient alors partis sans attendre leurs bagages, d'abord pour Brevard, une bourgade où il n'y avait pas d'hôtel, mais une simple pension. Ils avaient quitté l'endroit dans la lumière bleue qui précède l'aube. C'était une belle matinée de printemps et, en traversant la petite ville, Monroe avait remarqué : « On m'a dit que nous devrions atteindre Cold Mountain pour le dîner. »

Le hongre paraissait heureux de la promenade. Il avançait d'un pas alerte, tirait le léger cabriolet à une allure grisante qui faisait vrombir les rayons brillants de ses deux grosses roues.

Ils n'avaient cessé de monter tout au long de la matinée ensoleillée. La route qu'empruntaient les voitures était bordée par des bosquets et des taillis, et elle serpentait en une interminable succession de boucles sinueuses à mesure qu'elle s'élevait à travers une étroite vallée. Le ciel bleu avait fini par n'être plus qu'un mince filet au-dessus des sombres versants. Ils avaient traversé, puis retraversé un des bras du cours supérieur du French Broad et, à un moment donné, ils étaient passés si près d'une cascade qu'une vapeur froide leur avait mouillé le visage.

Ada, qui n'avait jamais vu d'autres montagnes que les Alpes rocailleuses, ne savait trop quoi penser de cette topographie étrange et végétale, dont chaque recoin, chaque protubérance abritait quelque plante, inconnue dans les basses terres nues et sablonneuses. Les sommets évasés des chênes, des marronniers et des tulipiers convergeaient pour former un dais qui empêchait le soleil de percer. Au ras du sol, les azalées et les rhododendrons, massés en rangs serrés, constituaient un soubassement aussi épais qu'un mur de pierre.

Mais les routes exécrables de la région n'étaient pas sans inquiéter Ada. Ces sentiers creusés d'ornières étaient si mauvais en comparaison des larges routes à péage bien sablées des plaines qu'ils paraissaient avoir été ménagés plutôt par le passage du bétail que par la main de l'homme. La largeur de la route diminuait à chaque tournant, et Ada avait fini par se convaincre que leur chemin allait soudain disparaître complètement, les laissant naufragés au fond d'une contrée sauvage aussi impénétrable et profonde que celle qui s'était spontanément constituée la première fois où Dieu avait prononcé le mot « forêt ».

Monroe, en revanche, était d'humeur très joviale pour un homme si récemment victime d'hémorragies. Il regardait autour de lui comme s'il avait été condamné, sous peine de mort, à se rappeler chaque repli du terrain et chaque nuance de vert. Périodiquement, il faisait sursauter le cheval en se mettant brusquement à déclamer d'une voix forte des vers de Wordsworth. Lorsque, après avoir suivi une des boucles de la route, ils s'étaient immobilisés devant une vue pâle et lointaine du plat pays qu'ils laissaient derrière eux, il avait braillé : « La terre n'a rien à montrer de plus beau. Bien obtuse serait l'âme capable de ne pas s'arrêter devant un spectacle à la majesté si touchante. »

Plus tard dans l'après-midi, alors que le ciel se

chargeait de nuages tourbillonnants poussés par un vent d'est, ils avaient fait halte au milieu d'un bosquet de sapins baumiers noirs où le sentier culminait en franchissant le col de Wagonroad Gap. De là, la route plongeait de façon inquiétante pour suivre la chute des eaux le long d'un bras rugissant de la Pigeon River. Devant eux se dressait la masse de Cold Mountain, son sommet, à plus de deux mille mètres, caché par des bandes alternées de nuages sombres et de brouillard blanchâtre. Entre le col où ils se tenaient et la montagne s'étendait un terrain sauvage et accidenté dont les escarpements jouxtaient les gorges. Arrivé là, Monroe avait de nouveau fait appel à son poète préféré et s'était écrié : « L'affreux spectacle et la perspective vertigineuse de la rivière démente, les nuages déchaînés et les régions célestes, le tumulte et la paix, l'obscurité et la lumière — tous paraissaient les rouages d'un seul esprit, les traits d'un seul visage, les fleurs du même arbre, les personnages de la Grande Apocalypse, les types et les symboles de l'Eternité, de ce qui vient en premier, en dernier, au milieu et qui n'a pas de fin. »

Ada avait éclaté de rire et posé un baiser sur la joue de son père. Je suivrais ce vieillard jusqu'au Liberia s'il me le demandait, avait-elle pensé.

Monroe avait alors observé les nuages agités et relevé la capote du cabriolet, en toile cirée peinte, aussi noire et anguleuse, sur son châssis de baguettes articulées, qu'une aile de chauve-souris. Et si neuve qu'elle avait crépité lorsqu'il l'avait ajustée.

Il avait secoué les rênes, et le hongre couvert de sueur avait plongé en avant, heureux d'être du bon côté de la pente. Bientôt, cependant, la route était devenue si escarpée que Monroe avait été obligé de mettre le frein pour empêcher le cabriolet de buter contre la croupe du cheval.

La pluie s'était mise à tomber, puis l'obscurité. Il n'y avait ni clair de lune ni lanterne allumée au mur d'une maison accueillante. La ville de Cold Mountain était devant eux, mais ils ignoraient à quelle distance. Ils avaient donc avancé dans le noir en espérant que leur cheval ne basculerait pas la tête la première par-dessus quelque rocher en surplomb. L'absence de cabanes isolées leur disait assez qu'ils étaient encore éloignés du village. Ils avaient, semblait-il, mal évalué les distances.

La pluie tombait en biais et fouettait leurs visages, si bien que la capote noire de leur voiture ne les protégeait guère. Le cheval allait tête basse. Ils avaient suivi une interminable succession de tournants. Aucun écriteau ne défigurait le paysage et, à chaque carrefour, Monroe se contentait de deviner quelle route il fallait suivre.

Tard, bien après minuit, ils étaient arrivés devant une chapelle sombre, sur une colline au-dessus de la route et du fleuve. Ils y étaient entrés pour s'abriter de la pluie et ils avaient dormi allongés sur les bancs, dans leurs vêtements trempés.

Le jour avait point au milieu du brouillard, mais la vive luminosité annonçait déjà que celui-ci se dissiperait vite. Monroe s'était levé avec raideur et il était sorti. Ada l'avait entendu rire, puis s'exclamer : « Dieu tout-puissant, je vous remercie encore une fois. »

Elle l'avait rejoint. Il se tenait devant la chapelle, un large sourire aux lèvres, et lui indiquait du doigt la pancarte au-dessus de la porte. Elle se retourna et lut : *Assemblée de Cold Mountain.*

« Contre toute attente, nous voici arrivés chez nous », avait dit Monroe. Sur le moment, Ada avait accueilli ce sentiment avec scepticisme. Leurs amis de Charleston proclamaient que les montagnes étaient le fief des païens, une région barbare où se multipliaient les affronts à la sensibilité, un endroit sauvage, sinistre, pluvieux, où chacun, hommes, femmes, enfants, se montrait hâve et brutal, et sombrait dans la violence sans jamais tenter de se maîtriser. Seuls les hommes du monde y portaient des caleçons, et les femmes, quelle que soit leur condition, allaitaient leurs enfants, car elles semblaient ignorer l'existence des nourrices. Les personnes à qui Ada devait ces renseignements prétendaient que les montagnards n'étaient, dans leur mode de vie, qu'un cran au-dessus des tribus sauvages de nomades.

Au cours des semaines qui suivirent leur arrivée, chaque fois qu'elle rendit visite, avec Monroe, aux membres de la congrégation, Ada découvrit que ces gens étaient originaux en effet, mais pas comme le croyaient les habitants de Charleston. Son père et elle constatèrent qu'ils étaient susceptibles et distants, et dans une large mesure indéchiffrables. Ils réagissaient souvent comme si on les avait insultés, sans que Ada ni Monroe comprennent de quelle manière. De nombreuses demeures paraissaient en état de siège. Seuls les hommes sortaient les accueillir sur la terrasse couverte et, si on les invitait parfois à entrer, ce n'était pas toujours le cas. Souvent, il était encore pire de passer à l'intérieur que de rester debout et mal à l'aise dans le jardin, et ces visites effrayaient Ada. Les maisons étaient sombres, même par grand soleil. Quand il y avait des volets, on les tenait fermés. Quand il y avait des rideaux, ils étaient tirés. Elles dégageaient en outre des odeurs qui, sans être nauséabondes, étaient bizarres, des odeurs de cuisine, d'animaux et d'êtres humains au travail. Il y avait des fusils dans les coins, ou suspendus à des patères au-dessus des cheminées et des portes. Monroe se lançait dans d'interminables discours afin de se présenter et d'expliquer ses opinions concernant la mission de l'Eglise ; il parlait théologie, pressait les gens d'assister aux prières et aux offices. Et pendant ce temps les hommes restaient assis sur leurs chaises, à regarder le feu. Beaucoup d'entre eux, déchaussés, exhibaient leurs pieds nus sans la moindre gêne. Pour autant qu'on pût en juger à leur attitude, ils auraient pu être seuls chez eux. Ils contemplaient le feu sans mot dire, sans qu'un seul muscle de leur visage ne se contractât à l'écoute de ce que leur disait Monroe. Lorsqu'il leur adressait une question directe, ils réfléchissaient un long moment, puis quelquefois répondaient par quelques phrases brèves et vagues, le plus souvent décochaient un regard aigu qu'ils devaient juger suffisant à exprimer le message qu'ils souhaitaient faire passer. Dans ces maisons, il y avait des gens cachés. Ada les entendait remuer dans les autres pièces, mais ils ne sortaient pas. Sans doute, supposait-elle, des femmes, des enfants, des vieillards. On aurait dit qu'ils trouvaient le monde au-delà de leur vallon si épouvantable qu'ils risquaient d'être souillés par le moindre contact avec des étrangers et que mieux valait considérer comme un ennemi quiconque n'appartenait pas à leur famille immédiate.

Après de telles visites, Ada et son père repartaient toujours à vive allure et, tandis qu'ils filaient sur la route dans leur cabriolet, Monroe parlait de l'ignorance et mettait au point des stratégies pour en venir à bout. Ada ne sentait que le tournoiement des roues, la vitesse de leur retraite, et une vague envie à l'égard de gens qui semblaient ne pas se soucier le moins du monde des choses que Monroe et elle savaient. Selon toute évidence, ils en étaient arrivés, quant à l'existence, à des conclusions radicalement différentes et ils ne vivaient qu'à leur idée.

La plus grande débâcle subie par Monroe, dans sa vie de prédicateur, eut lieu plus tard cet été-là, et elle fut causée par Sally et Esco. Un membre de la congrégation, un certain Mies, avait déclaré à Monroe que les Swanger étaient d'une ignorance stupéfiante. Selon Mies, Esco savait à peine lire, et n'avait à vrai dire jamais dépassé, en matière d'histoire, les tout premiers actes de Dieu au début de la Genèse. La création de la lumière était à peu près la dernière chose qu'il eût clairement comprise. Quant à Sally Swanger, elle en savait plutôt moins. Le mari et la femme considéraient la Bible comme un livre magique et la consultaient comme ils auraient écouté une gitane leur dire la bonne aventure. Ils prenaient le Livre saint, le laissaient s'ouvrir de lui-même, puis pointaient le doigt à un endroit de la page et s'efforçaient de déchiffrer le sens du mot ainsi désigné. Ce mot faisait figure d'oracle, et ils agissaient conformément à ce qu'il leur dictait, comme si Dieu lui-même avait donné ses instructions. Si Dieu leur disait d'aller, ils allaient. S'il leur disait d'attendre, ils ne bougeaient pas. S'il leur disait de tuer, Esco prenait sa hachette et partait en quête d'une volaille. En dépit de leur ignorance, ils jouissaient d'une prospérité due au fait que leur ferme occupait une vaste parcelle dont la terre, noire et riche, était capable de produire des patates douces longues comme le bras, même si l'on ne faisait que très peu d'efforts pour éliminer les mauvaises herbes. Si Monroe parvenait à les introduire dans le monde moderne, ils deviendraient des membres précieux pour la congrégation.

Monroe était donc parti en visite, Ada à ses côtés. Ils s'étaient assis tous ensemble dans le salon, Esco penché en avant, tandis que Monroe tentait d'entamer une discussion sur la foi. Mais Esco n'avait pas confié grand-chose de lui-même ni de ses convictions. Monroe n'avait trouvé chez lui, en guise de religion, que le culte des animaux, des arbres, des rochers et des intempéries. Il en avait conclu qu'Esco était un très ancien vestige du peuple celte et que ses rares pensées devaient, fort probablement, être exprimées en gaélique.

Saisissant l'occasion, Monroe s'était efforcé d'expliquer les principaux points de la vraie religion. Quand ils en étaient arrivés à la Sainte-Trinité, Esco s'était soudain animé pour lancer : « Trois en un, comme une patte de dindon. »

Un peu plus tard, convaincu qu'Esco n'avait en effet jamais entendu parler du personnage principal de la culture chrétienne, Monroe lui avait raconté l'histoire du Christ, de sa naissance divine à sa sanglante crucifixion. Il y avait fait figurer les détails célèbres et, bien que restant simple, avait fait appel à toute son éloquence. Après quoi il s'était renversé dans son siège pour attendre une réaction.

« Et vous me dites que cela a eu lieu il y a très longtemps ? avait commencé Esco.

— Il y a deux mille ans, si vous trouvez que cela fait très longtemps, avait répondu Monroe.

— Ah oui, je trouve que ça fait un bon bout de temps », avait dit Esco. Il avait contemplé ses mains, plié les doigts en les regardant d'un air critique, comme s'il essayait les accessoires d'un nouvel instrument. Il avait réfléchi quelque temps à l'histoire qu'il venait d'entendre avant de demander : « Et ce bonhomme, il est descendu du ciel pour nous sauver ?

— Oui.

— Nous sauver de nos mauvaises natures et de tout ce qui s'ensuit ?

— Oui.

— Et pourtant on l'a traité comme vous m'avez dit ? On l'a cloué et transpercé à coups de lance et tout ça ?

— En effet.

— Et vous dites que ça fait dans les vingt siècles qu'on raconte cette histoire ? avait insisté Esco.

— Presque.

— C'est-à-dire un bout de temps.

— Oui, très longtemps. »

Le visage d'Esco s'était fendu d'un large sourire, comme s'il venait de résoudre une énigme ; il s'était levé, avait asséné une claque sur l'épaule de Monroe et s'était écrié : « Ma foi, tout ce qu'on peut y faire, c'est d'espérer que ce n'est pas vrai. »

Une fois rentré chez eux, ce soir-là, Monroe avait réfléchi à la meilleure manière d'initier Esco à la vraie doctrine et de le sauver du paganisme. Pas un instant l'idée ne lui était venue qu'il avait été la victime d'une simple farce et que sa quête d'ignorance avait paru si évidente, dès l'instant où il avait franchi la barrière de la propriété d'Esco, qu'elle n'avait pu manquer d'offenser gravement ce dernier. Il n'avait pas non plus imaginé qu'au lieu de lui claquer la porte au nez, ou de lui jeter à la tête la cuvette de son bain de pieds, ou de lui faire voir le canon de son fusil, comme l'auraient fait tant d'autres personnes insultées de la sorte, Esco, en brave homme qu'il était, avait trouvé plus amusant de lui fournir à revendre cette ignorance qu'il était venu chercher.

Esco ne s'était pas fait gloire de sa mystification. D'ailleurs, il ne paraissait pas se soucier le moins du monde de révéler à Monroe le fin mot de l'affaire, à savoir que sa femme et lui étaient des baptistes. C'était Monroe lui-même qui avait éventé l'histoire quand il avait cherché à découvrir qui d'autre était plongé dans d'aussi noires ténèbres. Il s'étonnait que les gens trouvent cette anecdote désopilante et prennent la peine de l'arrêter, au magasin ou sur la route, pour lui demander de la raconter. Chacun attendait de l'entendre répéter la dernière réplique d'Esco, comme on aime à le faire à la fin d'une bonne plaisanterie. Lorsque Monroe omettait de citer la réplique, il y avait toujours quelqu'un pour la dire à sa place, visiblement convaincu que, sans elle, le récit ne serait pas vraiment complet. Il en avait été ainsi jusqu'au jour où Sally avait fini par le prendre en pitié et lui expliquer qu'on s'était moqué de lui, et pourquoi.

Après cet épisode, Monroe était resté abattu des journées entières à l'idée d'avoir été à ce point berné par toute la communauté. Il doutait de parvenir un jour à s'y faire une place. Mais finalement Ada avait déclaré : « Puisqu'on nous a donné une leçon de savoir-vivre, je crois que nous devons en tenir compte. »

Aussitôt, les choses étaient devenues plus claires. Ils s'étaient rendus chez les Swanger pour leur présenter des excuses, et ils s'étaient alors liés d'amitié, partageant régulièrement des repas avec eux. Sans doute pour se faire pardonner la facétie d'Esco, les Swanger avaient bientôt renoncé à la foi baptiste et adhéré à celle de Monroe.

Pendant cette première année, Monroe avait gardé leur maison de Charleston, et ils avaient vécu au bord de la rivière dans le presbytère humide qui, en juillet et en août, sentait si fort le moisi qu'on en avait le nez brûlé. Lorsqu'il était apparu que le changement de climat apportait une certaine amélioration à l'état de ses poumons, et aussi que la communauté avait fini par le tolérer et en viendrait peut-être un jour à l'accepter, il avait décidé de rester définitivement. Il avait vendu la maison de Charleston et acheté la propriété de Black Cove à la famille Black qui s'était soudain mis en tête de partir pour le Texas. Monroe aimait l'aspect pittoresque de l'endroit, la configuration du terrain, plat et ouvert au fond du creux, avec ses quelque vingt arpents défrichés et clôturés soit en champs, soit en pâturages. Il aimait l'arc que formaient les collines boisées en s'élevant, par une succession d'ondulations, jusqu'à Cold Mountain. Il aimait l'eau de la source, si froide que, même en été, elle vous faisait mal aux dents, et qui avait le goût pur et neutre de la pierre d'où elle jaillissait.

Il aimait par-dessus tout la maison qu'il avait bâtie là, en grande partie parce qu'elle représentait sa foi en un avenir dans lequel il figurerait pendant encore quelques années. Monroe avait dessiné de sa main les plans du nouvel édifice et supervisé sa construction. C'était un bâtiment fort bien conçu, dans le style moderne, gainé d'un revêtement de planches blanchies à la chaux à l'extérieur et de lambris sombres à l'intérieur, avec une vaste terrasse couverte sur toute la largeur de la façade, une cuisine faisant saillie à l'arrière, une vaste cheminée dans le salon, et des poêles à bois dans les chambres, ce qui était rare dans les montagnes. La chaumière en rondins des Black, qui se dressait à bonne distance de la nouvelle demeure, à flanc de colline, en direction de Cold Mountain, était devenue le logement des employés.

Lorsque Monroe avait acheté Black Cove, l'exploitation agricole fonctionnait à plein rendement. Il en avait pourtant très vite laissé à l'abandon de nombreuses parcelles, car il ne visait pas l'autarcie. Ce n'était pas nécessaire, en effet, tant que ses investissements dans le riz, l'indigo et le coton demeuraient rentables.

Ils ne l'étaient plus, cependant, comme Ada le découvrit lorsqu'elle se décida à interrompre l'examen de ses terres, depuis son perchoir en haut de la crête, pour sortir la lettre qu'elle avait glissée dans le livre au fond de sa poche. Peu après les obsèques, elle avait écrit à Charleston au notaire de Monroe qui était aussi un ami de la famille. Elle lui apprenait le décès de son père et lui demandait de l'informer de sa situation financière. La lettre qu'elle tenait à présent entre ses mains était la réponse longtemps attendue. Le notaire s'exprimait en phrases cassantes, circonspectes. Il évoquait, comme à distance, la guerre, l'embargo, les diverses manières dont les temps difficiles se faisaient sentir, et leur incidence sur les revenus d'Ada. Ceux-ci allaient s'en trouver réduits au point d'être, en tout état de cause, quasi inexistants, au moins tant que les sudistes n'auraient pas gagné la guerre. Si, par malheur, elle se soldait par une défaite, Ada, il fallait être réaliste, ne devait pas s'attendre à conserver à l'avenir le moindre revenu. La lettre se terminait par une offre de régler la succession de Monroe, puisqu'il était parfaitement normal que sa fille se sentît mal préparée à remplir elle-même ce devoir. Le signataire laissait entendre avec délicatesse qu'une pareille tâche nécessitait un jugement et des connaissances tout à fait étrangères aux capacités de sa correspondante.

Elle se leva, rangea la lettre dans sa poche puis s'engagea sur le sentier qui descendait jusqu'à Black Cove. Entre les menaces du présent et l'ignorance des horreurs qui risquaient de s'abattre dans les jours à venir, Ada se demanda où trouver du courage et de l'espoir. Elle sortit de sous les grands arbres de la crête et s'aperçut que le brouillard s'était dissipé sous l'effet du soleil ou du vent. Le ciel était limpide, et Cold Mountain paraissait soudain assez proche pour qu'on pût la toucher en allongeant la main. La journée suivait son cours, le soleil s'abaissait vers l'horizon et d'ici deux heures il disparaîtrait derrière les montagnes, laissant la place à l'interminable crépuscule des hautes terres.

Lorsqu'elle atteignit le vieux mur de pierre qui bornait le pâturage le plus élevé, elle s'arrêta. C'était un endroit ravissant, un de ceux qu'elle préférait dans sa propriété. Le lichen et la mousse avaient envahi les pierres, si bien que le mur avait l'air beaucoup plus ancien qu'il ne l'était. L'un des vieux Black l'avait commencé, en s'efforçant, semblait-il, de dépierrer le champ. Mais, après avoir monté le mur sur quelque sept mètres de long, il avait renoncé et, au-delà, on était passé à une clôture en piquets. Le mur était orienté du nord au sud et, par cet après-midi ensoleillé, sa face ouest était réchauffée par les feux du couchant. Un pommier poussait tout contre et quelques fruits précocement mûris étaient tombés dans les hautes herbes. Des abeilles, attirées par l'odeur sucrée des pommes pourrissantes, bourdonnaient dans le soleil. Le mur, qui ne dominait pas une vaste perspective, offrait la vue charmante d'un coin de futaie avec un gros roncier et deux grands châtaigniers. Cet endroit était le plus paisible qu'Ada eût jamais connu. Elle s'installa dans l'herbe au pied du mur, roula son châle pour s'en faire un oreiller et, prenant le livre dans sa poche, se mit à lire un chapitre intitulé : « Comment prendre les merles et comment les merles volent. » Elle se perdit dans ce récit de guerre et de hors-la-loi, jusqu'au moment où elle finit par s'endormir, bercée par le crépuscule et le bruit des abeilles.

Elle dormit longtemps et son sommeil fut visité par un rêve puissant : elle se trouvait dans une gare de chemin de fer, parmi une foule de passagers. Dans une vitrine en verre au centre de la salle d'attente étaient entreposés les ossements d'un homme, un peu comme dans l'exposition anatomique qu'elle avait vue un jour dans un musée. Tandis qu'elle attendait le train, assise dans la salle, la vitrine s'emplissait d'une lueur bleue qui s'élevait lentement, comme lorsqu'on tord la mèche d'une lanterne ronde. Ada constatait alors avec horreur que les os se couvraient peu à peu de chair et, au fur et à mesure, il lui apparaissait clairement que son père était en train d'être reconstitué.

Les autres passagers se reculaient, horrifiés, contre les murs de la salle, mais Ada, bien qu'elle aussi fût épouvantée, avançait vers la vitrine, posait les mains dessus et attendait. Monroe, cependant, ne redevenait pas complètement lui-même. Il restait un cadavre ambulant, portant sur les os une peau aussi fine que du parchemin. Ses mouvements étaient lents en même temps que frénétiques, à la façon de qui se débat sous l'eau. Il appuyait la bouche contre le verre et parlait à Ada avec ferveur et insistance. Son attitude était celle d'un homme qui confie ce qu'il sait de plus important. Pourtant, même en pressant son oreille contre la vitre, Ada ne parvenait pas à entendre davantage qu'un vague murmure. Il y avait le bruit du vent avant une tempête, et brusquement la vitrine était vide. Un contrôleur des chemins de fer invitait les passagers à monter dans le train, et Ada comprenait parfaitement que la destination finale du convoi était le Charleston des temps passés et que, si elle montait dedans, elle retournerait dans son enfance, jusqu'à ce que la pendule eût reculé de vingt années. Les passagers prenaient place à bord du train. Ils formaient une joyeuse cohorte qui agitait les mains par la fenêtre et souriait à qui mieux mieux. Des bribes de chanson arrivaient de certains compartiments. Mais Ada restait seule sur le quai tandis que le convoi s'éloignait.

Elle se réveilla sous un ciel étoilé. Le fanal rouillé de Mars glissait juste en dessous de la ligne que dessinaient vers l'ouest les arbres de la futaie. Ada sut que la nuit était plus qu'à moitié écoulée parce qu'elle avait dernièrement noté dans son calepin la position qu'occupait la planète en début de soirée. Une demi-lune brillait haut dans le ciel. La nuit était sèche, à peine fraîche. Ada déplia son châle et le drapa autour d'elle. Elle n'avait jamais passé une nuit seule dans les bois mais trouvait cela moins effrayant qu'elle ne l'aurait cru, même après ce rêve désagréable. La lune jetait une belle lueur bleue sur les bois et les champs. L'ombre imprécise de Cold Mountain rayait le ciel d'un noir plus soutenu. On n'entendait aucun autre bruit que le cri lointain d'un colin de Virginie. Ada n'éprouva aucune envie de se précipiter vers la maison.

Elle enleva le tampon de cire qui obturait le pot de confiture de mûres et y plongea deux doigts afin d'attraper quelques fruits qu'elle se fourra dans la bouche. La confiture, confectionnée avec très peu de sucre, avait un goût frais et acide. Ada resta assise pendant des heures à observer le parcours de la lune à travers le ciel et à dévorer tout le contenu du pot en terre. Elle repensa à son père dans le rêve, et à la silhouette sombre au fond du puits. Bien qu'elle eût profondément aimé Monroe, elle se rendait compte que ses apparitions l'affectaient d'une étrange façon. Elle ne voulait pas qu'il revînt la chercher, et elle ne voulait pas le suivre dans un futur trop proche.

Ada s'attarda assez longtemps pour voir poindre le jour. Les premières lueurs grises commencèrent à apparaître indistinctement, puis, à mesure que la lumière s'intensifiait, les montagnes se dessinèrent peu à peu, conservant dans leur masse les ténèbres de la nuit. Le brouillard qui se cramponnait aux sommets se leva, perdit la forme des montagnes et se dissipa dans la chaleur du matin. Dans le pâturage, les contours des arbres restèrent inscrits en gouttes de rosée sur l'herbe qui poussait à leur pied. Quand Ada se leva pour descendre jusqu'à la maison, l'odeur de la nuit persistait encore sous les deux châtaigniers.

Une fois à l'intérieur, elle prit son écritoire et se dirigea vers le grand fauteuil où elle aimait lire. Le palier était plongé dans l'ombre, à l'exception d'une flaque de la lumière dorée du matin qui tombait sur l'écritoire posée sur ses genoux. Cette flaque était quadrillée par les montants de la fenêtre à guillotine et, dans l'air que traversaient les rayons du soleil, planaient d'innombrables particules de poussière. Elle disposa sa feuille de papier dans l'un des petits carrés de lumière et rédigea une courte lettre. Elle remerciait l'homme de loi de son offre que, toutefois, elle refusait, faisant valoir que, pour le moment, ses qualifications pour gérer une succession qui se composait de trois fois rien étaient plus que suffisantes.

Elle avait ressassé, durant la nuit, chacune des possibilités qui s'ouvraient à elle. Si elle cherchait à vendre son bien et à regagner Charleston, la maigre somme qu'elle pouvait espérer tirer de la ferme en ces temps si difficiles, aux acheteurs si rares, ne lui permettrait pas de subsister longtemps. Elle serait bientôt contrainte de s'attacher à des amis de Monroe en qualité de parasite plus ou moins déguisé, préceptrice ou professeur de musique, quelque chose de ce genre.

Ce serait ça ou trouver un époux. Et l'idée de retourner à Charleston sous l'enveloppe prédatrice d'une jeune fille à marier lui était intolérable. Elle imaginait déjà tous les détails de l'entreprise. Elle dépenserait son peu d'argent à acquérir les toilettes nécessaires, puis, maintenant que tous les hommes de son âge ou à peu près étaient partis à la guerre, négocierait son union avec un de ces laissés-pour-compte, vieillissants et incompétents, appartenant à un certain échelon de la bonne société de Charleston — situé pourtant à plusieurs couches du sommet. Elle finirait par déclarer à quelqu'un qu'elle l'aimait, alors qu'elle voudrait simplement dire qu'il était venu la solliciter à un moment où elle avait particulièrement besoin d'un mari. Dans des circonstances aussi pénibles, comment obliger son esprit à imaginer — au-delà d'un sentiment de contrainte et d'étouffement — l'acte conjugal avec un tel partenaire ?

Si donc elle regagnait Charleston dans des conditions aussi humiliantes, elle n'aurait guère de compassion à attendre. Elle aurait droit, en revanche, à toutes sortes de commentaires cinglants. Aux yeux de la plupart, elle avait sottement gaspillé les quelques éphémères années où les jeunes filles se trouvent élevées au pinacle de leur culture et devant qui les hommes s'agenouillent avec déférence, tandis que la société tout entière se tient au garde-à-vous et observe leur progression vers le mariage, comme si là se concentrait la plus importante force morale de l'univers. A l'époque, les amis et les connaissances de Monroe avaient jugé déroutant le relatif désintérêt de sa fille pour une telle entreprise.

Elle n'avait rien fait pour arranger les choses. Entre les quatre murs des boudoirs féminins, après ces dîners d'apparat où ceux qui étaient mariés et ceux qui souhaitaient l'être portaient de sévères jugements les uns sur les autres, elle avait tendance à s'écrier que ses prétendants — dont les intérêts paraissaient nécessairement limités aux affaires, à la chasse et aux chevaux — étaient si affreusement ennuyeux qu'elle ferait peut-être mieux de confectionner un écriteau annonçant : *Interdit aux mes-*

sieurs, et de le suspendre à l'entrée de sa terrasse couverte. Elle comptait sur de telles déclarations pour provoquer soit l'une des dames les plus âgées du groupe, soit l'une de ces tendres débutantes désireuses de se faire bien voir de ceux qui soutenaient que l'expression suprême d'une femme mariée est une soumission raisonnable à la volonté de l'homme. Le mariage est la fin à laquelle doit aspirer toute femme, lançait quelqu'un. A quoi Ada ripostait : « En effet. Là-dessus nous sommes d'accord, tant que nous ne nous attardons pas trop sur le sens qu'il convient d'accorder au cinquième mot de votre phrase. » Elle savourait toujours le silence qui s'ensuivait tandis que les personnes présentes se livraient à de rapides calculs mentaux pour découvrir quel était le mot en question.

Un tel comportement avait eu pour résultat de répandre, parmi leurs connaissances, l'opinion que Monroe avait fait d'elle une espèce de monstre, de créature à peine digne de la société des hommes et des femmes. Personne ne s'était donc étonné, même si l'on s'en était considérablement indigné, de la façon dont Ada avait accueilli deux demandes en mariage survenues au cours de sa dix-neuvième année : elle les avait repoussées d'emblée, expliquant ensuite que, selon elle, ce qui faisait défaut à ses prétendants était une certaine ampleur — dans leurs pensées, leurs sentiments, leur personnalité. Et aussi le fait que l'un et l'autre faisaient briller leur chevelure à grand renfort de pommade, comme pour compenser par quelque éclat visible l'absence de brio spirituel.

Aux yeux de beaucoup de ses amies, rejeter une offre de mariage faite par un homme fortuné, que ne défigurait aucun défaut clair et évident, était sinon inconcevable, du moins inexcusable. Aussi, l'année précédant leur départ pour les montagnes, nombre des amies en question avaient cessé de la fréquenter, la trouvant trop difficile et trop excentrique.

Cela s'était passé cinq ans auparavant. Pourtant, même à présent, retourner à Charleston restait une idée amère que repoussait son orgueil. Rien ne l'attirait vers la ville. Certainement pas sa famille. Elle n'avait d'autre parente plus proche que sa cousine Lucy. Pas de tantes bienveillantes ou de grands-parents idolâtres pour se réjouir de son retour. Et, sur ce plan-là aussi, la situation était cruelle. Autour d'elle, les gens des montagnes étaient attachés les uns aux autres par des liens de clan si étendus et si solides qu'il ne leur était guère possible de parcourir plus d'un grand kilomètre le long du fleuve sans rencontrer quelqu'un de leur famille.

Cependant, bien qu'elle fût étrangère, cet endroit, ces montagnes bleues semblaient la retenir sur place. Quel que fût son point de départ, la seule conclusion qui lui laissait le moindre espoir de contentement était celle-ci : ce qui l'entourait était ce sur quoi elle devait compter. Les montagnes, et une envie de découvrir si elle parviendrait à se forger une existence satisfaisante ici même, à partir de choses banales, paraissaient lui offrir la promesse d'une vie plus épanouie et plus vaste même si, présentement, elle était tout à fait incapable d'en imaginer les contours les plus vagues. Certes, il était facile de déclarer, à l'instar de Monroe, que la voie du contentement est de s'en tenir à sa nature profonde et de la suivre là où elle vous mène. La chose était vraie, évidemment. Mais si l'on n'avait pas le moindre aperçu de sa nature profonde, franchir ne fût-ce que le premier pas sur cette voie devenait une tâche ardue.

Ce matin-là, elle était donc assise à sa fenêtre, occupée à se demander, non sans perplexité, ce qu'il convenait de faire, lorsqu'elle vit quelqu'un remonter la route. C'était une jeune fille de petite taille, maigre comme un cou de poulet, sauf à l'endroit qui séparait les deux os proéminents de ses hanches, où elle atteignait une largeur considérable. Ada sortit sur la terrasse couverte et s'y installa, pour l'attendre.

Celle-ci s'avança sur la terrasse et, sans même demander la permission, s'assit dans un fauteuil à bascule à côté d'Ada et coinça ses talons contre les barreaux du siège. Elle commença à se balancer. Elle avait une forte charpente, avec un centre de gravité très bas, mais toutes ses extrémités étaient ossues et fluettes. Elle portait une robe à encolure carrée, coupée dans une rude étoffe tissée à la maison, de ce bleu poussiéreux que l'on obtient en utilisant l'intérieur des noix de galle de l'ambroisie.

« La vieille dame Swanger dit que vous avez besoin d'aide », lança-t-elle.

La jeune fille avait la peau sombre, le cou et les bras musculeux. La poitrine étriquée. Des cheveux aussi noirs et rêches que du crin de cheval. L'arête du nez large et aplatie. De grands yeux sombres, presque sans pupille, dont le blanc vous surprenait par sa clarté. Ses pieds nus étaient propres, les ongles de ses orteils pâles et argentés, comme des écailles de poisson.

« Mme Swanger a tout à fait raison. J'ai en effet besoin d'aide, répondit Ada, mais ce qu'il me faut c'est quelqu'un pour les gros travaux. Labourer, planter, récolter, couper du bois et ainsi de suite. Je voudrais rendre cette exploitation autonome et je crois que c'est un homme dont j'ai besoin.

— Premièrement, déclara la fille, si vous avez un cheval, je suis capable de labourer toute la sainte journée. Deuxièmement, la vieille dame Swanger m'a dit que vous tiriez le diable par la queue. Ce que vous devez garder en tête, c'est que tous les hommes qui valent la peine d'être engagés sont partis au front. C'est une dure vérité, mais c'est comme ça. En règle générale et même quand les conditions sont favorables. »

Ada ne tarda pas à apprendre que sa visiteuse s'appelait Ruby. Bien que son aspect n'inspirât pas confiance, elle expliqua de façon convaincante qu'elle était capable d'accomplir toutes les tâches liées à l'exploitation d'une ferme, quelles qu'elles fussent. Ada s'aperçut, en outre, à bavarder avec elle, que Ruby lui remontait énormément le moral, ce qui était tout aussi important. Elle eut l'impression que la jeune fille avait le cœur plein de bonne volonté. Ruby n'avait pas passé un seul jour de sa vie à l'école et était incapable de lire un mot ou même d'écrire son nom, mais Ada crut discerner chez elle une étincelle aussi vivace que celles qui jaillissent du contact de l'acier et du silex. Et il y avait ceci : comme Ada, Ruby était orpheline de mère depuis le jour de sa naissance. Elles avaient cela en commun pour se comprendre, même si, par ailleurs, on n'aurait pu imaginer deux filles plus différentes l'une de l'autre. Très vite, et Ada s'en étonna, elles parvinrent à conclure un arrangement.

Ruby déclara : « Je n'ai jamais de ma vie été engagée comme ouvrière ou comme servante, et je n'ai jamais entendu parler en bien de ces deux métiers. Mais Sally a dit que vous aviez besoin d'aide, et elle a raison. Ce que je veux dire, c'est que nous devons trouver des termes qui nous conviennent. »

C'est là que nous commençons à parler d'argent, pensa Ada. Monroe ne l'avait jamais consultée lorsqu'il avait fallu engager du personnel, mais elle avait quand même l'impression que, d'ordinaire, ce n'était pas les employés qui imposaient leurs conditions aux employeurs. Elle dit : « En ce moment même, et peut-être pendant pas mal de temps, je n'aurai guère d'argent devant moi. J'espérais pouvoir vous proposer d'autres formes de compensation.

— Non, non, protesta Ruby. Ce n'est pas une histoire d'argent. Je vous l'ai dit, je ne cherche pas vraiment à me faire engager. Ce que vous devez comprendre, c'est que, si je viens vous aider ici, il faut que nous sachions bien toutes les deux que chacune vide son propre pot de chambre. »

Ada se mit à rire, mais elle comprit presque aussitôt que ce n'était pas une boutade. Ruby réclamait quelque chose qui ressemblait à de l'égalité. Du point de vue d'Ada, la demande paraissait étrange. Mais comme personne d'autre ne semblait disponible pour l'aider et qu'elle avait pris l'habitude de vider elle-même son pot depuis le début de l'été, elle jugea la requête fondée.

Tandis qu'elles réglaient les derniers détails, le coq jaune et noir passa devant la terrasse et s'arrêta pour les regarder. Il agita la tête et rabattit sa crête d'un côté, puis de l'autre.

« Je déteste cet oiseau, dit Ada. Il a essayé de m'attaquer.

— Je ne garderais pas un coq qui attaque, déclara Ruby.

— Comment le faire fuir ? » demanda Ada.

Ruby la contempla d'un air tout à fait perplexe. Elle se leva, descendit de la terrasse et, d'un geste prompt, empoigna le coq, lui coinça le corps sous son bras gauche et, de la main droite, lui arracha la tête. Il se débattit un bref instant sous son bras, puis s'immobilisa. Ruby lança la tête dans un buisson d'épine-vinette près de la clôture.

« Il doit être coriace, il vaudra mieux le faire bouillir un certain temps », déclara-t-elle.

A l'heure du dîner, la viande du coq se détachait de l'os et, dans l'épais bouillon jaune, cuisaient des boulettes de pâte, grosses comme des têtes de chat.

LA COULEUR DU DÉSESPOIR

A un tout autre moment, la scène aurait présenté un petit côté guilleret. Les éléments qui la composaient évoquaient la légendaire liberté de la grand-route : l'aube d'un jour, le soleil doré au-dessus de la ligne d'horizon ; un sentier pour les charrettes, bordé d'un côté par des érables rouges, de l'autre par une clôture à lattes horizontales ; un homme de haute taille coiffé d'un chapeau mou, sac au dos, cheminant vers l'ouest. Mais après tant de nuits pluvieuses et détestables, Inman avait l'impression d'être l'enfant le plus abandonné de Dieu. Il s'arrêta et posa un pied botté sur le bas de la clôture, contempla les champs trempés de rosée. Il s'efforça d'accueillir le jour d'un cœur reconnaissant, mais, dans la pâle lumière de l'aube, la première chose qu'il vit fut une immonde vipère brune, une vipère des plaines qui glissait de la route pour gagner un épais taillis.

Au-delà des champs se dressaient des bois. Rien que des essences médiocres. Des pins à feuilles courtes, des pins des Caraïbes, des cèdres rouges. Inman haïssait ces pinèdes enchevêtrées. Ce plat pays. Cette poussière rouge. Ces villes miteuses. Ce pays d'eaux grasses et usées, le pot de chambre du continent. En vérité un bourbier infâme qu'il ne supporterait guère plus longtemps. Là-bas dans les bois, les cigales stridulaient ; leur crissement scandé ressemblait au cliquetis de petits bouts d'os secs et déchiquetés. Le vacarme était si dense qu'Inman finit par le prendre pour une infirmité de son propre corps plutôt qu'une sensation du monde qui l'entourait. Il lui sembla que sa blessure venait de se rouvrir, et que son pouls y vibrait au rythme des cigales. Il glissa un doigt sous le pansement, s'attendant à sentir une plaie profonde et rouge, mais ne trouva qu'une longue croûte boursouflée qui suivait la ligne de son col.

Il calcula que ses journées de marche avaient mis un peu de distance entre lui et l'hôpital. Pourtant, son état l'avait forcé à marcher plus lentement et à se reposer plus souvent qu'il ne l'aurait voulu, à ne jamais couvrir plus de quelques kilomètres à la fois, et même cette lenteur lui avait été pénible. Fourbu et quelque peu perdu, il s'efforçait toujours de trouver un passage qui, s'enfonçant droit vers l'ouest, le ramènerait chez lui. Il parcourait un pays de petites exploitations entièrement découpé par un labyrinthe de routes entrelacées dont aucune ne portait le moindre poteau de signalisation. Il avait dû être entraîné plus au sud qu'il ne le voulait. Et pardessus le marché un temps de chien, avec, jour et nuit depuis son départ, de soudaines averses accompagnées d'éclairs et de tonnerre. Les fermes étaient peu espacées et les champs de maïs, séparés les uns des autres par de simples clôtures, se succédaient de façon presque ininterrompue. Chaque exploitation possédait deux ou trois chiens féroces, dressés à bondir au moindre bruit et à foncer sans aboyer. Ils jaillissaient de l'ombre noire des arbres qui bordaient la route pour déchirer les jambes d'Inman avec leurs mâchoires aiguisées comme des faux. La première nuit, il avait repoussé plusieurs attaques à coups de pied, et les crocs d'une chienne tachetée lui avaient entaillé un mollet. Après cet épisode, il avait cherché de quoi se défendre et trouvé dans un fossé une robuste branche de caroubier. Non sans peine, il avait chassé à coups de bâton le deuxième molosse qui avait essayé de le mordre. Pendant une bonne partie de cette nuit-là et de celles qui suivirent, il avait frappé des chiens à coups sourds et répétés, et les avait renvoyés se perdre dans le noir, toujours silencieux. Ces animaux et la menace d'une patrouille de miliciens, ainsi que les ténèbres de ces nuits nuageuses, faisaient de lui un voyageur aux aguets.

La nuit qu'il venait de passer avait été la pire. Les nuages s'étaient déchirés pour révéler des météores qui jaillissaient d'un point vide du ciel et semblaient se diriger droit sur lui, comme autant de petits projectiles envoyés de là-haut. Puis ce fut une grande boule de feu rugissante qui avança lentement vers son crâne et disparut soudain. Presque aussitôt

après, un oiseau de nuit aux ailes courtes et bruis-
santes, ou une chauve-souris au visage porcin, plongea vers sa tête et l'obligea à se courber pour l'esquiver. Un papillon de nuit ouvrit brusquement ses deux
grandes ailes tachées d'yeux directement devant son
nez, telle une bizarre face verdâtre, sortie d'un rêve
pour lui communiquer un message. Inman avait
poussé un cri étouffé et frappé l'air vide devant lui.
Plus tard encore, il avait entendu résonner les sabots
de chevaux au galop et il était monté dans un arbre.
Il avait vu passer une meute de miliciens lancés aux
trousses d'un homme comme lui, dont ils voulaient
s'emparer pour le renvoyer au front après l'avoir
roué de coups. Lorsqu'il avait repris sa route, chaque
souche d'arbre lui semblait un guetteur tapi dans
l'ombre. Il avait même tiré son revolver contre un
buisson de myrte rabougri qui ressemblait à une silhouette coiffée d'un chapeau à larges bords. En franchissant une rivière, longtemps après minuit, il avait
enfoncé un doigt dans l'argile mouillée de la rive et
tracé sur sa veste, à hauteur de poitrine, deux cercles
concentriques, avec un point au centre. Avant de
poursuivre sa route, il se désignait ainsi comme cible
du royaume céleste, lui, le voyageur nocturne, le
fugitif, le déserteur. Et il pensait : Ce voyage sera
l'axe de mon existence.

Après cette interminable nuit, son plus grand désir
était d'escalader la clôture et de traverser ce champ
jusqu'aux bois en contrebas. S'arranger un petit nid
en haut des pins et dormir. Pourtant, ayant enfin
atteint une contrée dégagée, il lui fallait absolument
avancer.

Le soleil s'éleva et devint brûlant. Les insectes
paraissaient trouver les sécrétions corporelles
d'Inman irrésistibles. Des moustiques lui bourdonnaient aux oreilles et le piquaient dans le dos à travers sa chemise. Des tiques tombaient des broussailles qui bordaient la piste, se fixaient à la base de
ses cheveux ou à la ceinture de son pantalon et se

gorgeaient de sang. Des moucherons recherchaient l'humidité de ses yeux. Un taon le harcela un certain temps dans le cou. Mais il eut beau s'asséner de grandes claques chaque fois que l'insecte se posait pour sucer un peu de chair ou de sang, il ne parvint pas à l'écraser. Et les coups résonnaient dans l'air silencieux.

Dans l'après-midi, il arriva devant une bourgade construite au carrefour de deux routes. De l'entrée du village, il étudia les lieux. Un seul magasin, quelques maisons, un appentis où un forgeron actionnait une meule afin d'affûter la longue lame d'une faux. Inman nota que l'homme s'y prenait mal, il aiguisait en écartant le côté tranchant au lieu de le ramener vers lui et tenait la lame perpendiculairement à la meule plutôt qu'en diagonale. Personne d'autre. Inman décida de se risquer jusqu'au magasin blanchi à la chaux et d'y acheter à manger. Il enfonça son revolver dans les plis de sa couverture pour se donner l'air inoffensif et ne pas attirer l'attention.

Deux hommes assis sur la terrasse couverte levèrent à peine les yeux en l'entendant gravir les marches. Les cheveux de l'un d'eux se dressaient d'un seul côté de sa tête, comme si, tout juste sorti du lit, il n'avait pas encore eu le temps de passer les doigts dans sa tignasse. Fort occupé à se nettoyer les ongles, il était si totalement accaparé par cette tâche que le bout de sa langue pointait à la commissure de ses lèvres. Son compagnon lisait un journal. Il portait ce qui avait dû être un uniforme, mais la visière de son képi avait été arrachée et son crâne n'était recouvert que d'une espèce de chéchia grise inclinée sur le côté. Appuyé contre le mur, derrière lui, se dressait un fusil Whitworth, superbement ouvragé, avec des ornements de laiton et toutes sortes de petites roues et de petites vis fort complexes à ajuster en fonction du vent et de la hausse. Le canon hexagonal était obturé par un bouchon en bois d'érable qui le protégeait de la poussière. Inman n'avait vu que peu de Whitworth. Importés d'Angleterre, tout comme leurs cartouches en carton, rares et coûteuses, c'étaient les fusils préférés des francs-tireurs. Leur calibre 45 ne leur donnait pas une puissance de feu impressionnante, mais ils possédaient en revanche une précision meurtrière à des distances de plus d'un kilomètre et demi. Si vous arriviez à voir votre cible et possédiez ne fût-ce qu'une certaine adresse de tireur, un Whitworth vous permettait de l'atteindre presque à coup sûr. Inman se demanda comment ces hommes s'étaient procuré une aussi belle arme.

Il passa devant eux et entra dans le magasin, sans qu'ils lèvent le nez. A l'intérieur, près du feu, deux vieux bonshommes jouaient. Un des deux posa la main sur le dessus d'une barrique, les doigts écartés. L'autre planta la pointe d'un canif entre ses doigts. Inman les regarda un instant sans parvenir à deviner les règles du jeu, ni la façon de compter les points, ni ce qui devait arriver pour que l'un ou l'autre fût déclaré vainqueur.

Puisant dans les maigres réserves de l'endroit, il acheta cinq livres de farine de maïs, un morceau de fromage, quelques biscuits secs et un gros cornichon au vinaigre, puis il ressortit sur la terrasse. Les deux hommes s'étaient éclipsés depuis si peu de temps que leurs fauteuils à bascule oscillaient encore. Inman regagna la route et repartit vers l'ouest tout en mangeant un morceau. Devant lui, deux chiens noirs traversèrent la chaussée.

Au moment où Inman arrivait à la sortie du village, les deux hommes de la terrasse sortirent de derrière l'appentis du forgeron et, s'arrêtant au milieu de la route, lui barrèrent le passage. Le forgeron cessa d'actionner sa roue.

« Où tu vas, fils de pute ? » demanda l'homme à la chéchia.

Inman ne répondit pas. Il dévora son cornichon en deux bouchées, et fourra le reste du fromage et des biscuits dans son havresac. L'homme qui se curait les ongles fit un pas de côté. Le forgeron, avec son lourd tablier de cuir, sortit de son appentis, la faux à la main, et contourna Inman pour le prendre sur l'autre flanc. Ils n'étaient pas bien costauds, pas même le forgeron qui paraissait peu fait pour son métier. Ils avaient l'air de trois bons à rien, peut-être saouls, et trop sûrs d'eux, qui s'imaginaient qu'ayant l'avantage du nombre ils auraient raison de lui avec leur seule faux.

Inman portait la main dans son dos pour tirer son revolver quand les trois voyous bondirent comme un seul homme. Il n'eut pas le temps de poser son paquetage et dut se battre ainsi.

Il les mit à distance en reculant. La dernière chose à faire était de se laisser renverser au sol, si bien qu'il battit en retraite jusqu'au moment où il se trouva adossé au mur de l'appentis.

Le forgeron fit un pas en arrière et brandit la faux au-dessus de sa tête. Il avait, semblait-il, l'intention de partager Inman en deux moitiés égales, de l'ouvrir du crâne à l'entrejambe, mais le coup était malaisé, et rendu doublement difficile par la forme de l'outil. Il manqua sa cible de trente bons centimètres et la pointe de la lame s'enfonça dans le sol poussiéreux.

Inman arracha l'ustensile des mains de son adversaire et s'en servit comme on doit utiliser une faux, en décrivant d'amples mouvements de balayage juste au-dessus du sol. Il visait leurs pieds en donnant des coups secs et les obligea à reculer avant d'avoir les chevilles tranchées. Malgré les circonstances, tous les réflexes du fauchage — la façon de tenir l'outil, la posture pieds écartés, l'angle que forme avec le sol la lame dont la pointe doit être relevée — lui revenaient automatiquement et lui donnaient l'impression d'agir avec efficacité.

Les hommes sautillaient pour esquiver la lame, mais ils ne tardèrent pas à se regrouper et à repartir à l'attaque. Inman voulut entailler les tibias du forgeron, mais la lame cogna contre un mur et fit jaillir une giclée d'étincelles blanches avant de se casser au ras du manche, si bien qu'il ne lui resta plus dans les mains qu'un morceau de bois. Il continua à se battre avec son gourdin improvisé, malcommode, trop long et mal équilibré.

Pour finir, cependant, cette arme fit l'affaire, puisqu'il parvint à faire mordre la poussière à ses trois assaillants qui tombèrent à genoux comme trois calotins en prière. Il continua à les frapper jusqu'à ce qu'ils fussent allongés à plat ventre, immobiles.

Il expédia le manche de l'autre côté de la route, dans un buisson d'ambroisie. Mais dès qu'il vit Inman désarmé, le forgeron roula sur lui-même, se souleva légèrement, sortit un pistolet de petit calibre de son tablier et le visa d'une main tremblante.

Avec un juron, Inman lui arracha l'arme, la colla contre la joue de l'homme juste au-dessous de l'œil, et pressa sur la détente par pure exaspération, devant l'entêtement de ces lamentables rebuts de l'humanité. Toutefois, les amorces devaient être humides, en tout cas défectueuses, car il appuya quatre fois sur la détente, sans résultat. Il renonça, donna quelques coups de crosse sur la tête de l'homme, jeta l'arme sur le toit de la maison et reprit sa route.

Une fois sorti du village, il s'enfonça entre les arbres et partit à travers bois pour échapper à ses adversaires. Tout l'après-midi, il parvint à s'orienter vers l'ouest, avançant parmi les pins, se frayant un chemin au milieu des taillis, s'arrêtant de temps à autre pour écouter si on le suivait. Quelquefois il lui semblait entendre des voix au loin, mais le faible bruit ne provenait sans doute que de son imagination, comme quand on dort au bord d'une rivière et que l'on croit toute la nuit entendre une conversation menée à voix trop basse pour comprendre ce qui se dit. Il n'y avait aucun aboiement de chien : même si les voix appartenaient aux hommes du village, il ne courait guère de risques à présent que la nuit tombait. Pour tenir son cap, Inman suivait la courbe du soleil au-dessus de lui. A mesure qu'il descendait vers l'ouest, les branches de pins tamisaient la lumière.

Tout en marchant, Inman songeait à un sort particulièrement puissant que Swimmer lui avait appris à jeter. On l'appelait « Pour détruire la vie », et les paroles de cette incantation retentissaient sans fin dans son esprit. Swimmer avait expliqué qu'il n'agissait qu'en cherokee, pas en anglais, et qu'il pouvait donc l'apprendre sans danger à Inman. Mais ce dernier était convaincu que tous les mots ont un effet, si bien qu'en avançant il répétait les paroles magiques contre le monde en général et contre tous ses ennemis. Il les redit d'innombrables fois, comme certaines personnes, animées par la crainte ou par l'espoir, ressassent interminablement la même prière, jusqu'à ce qu'elle se grave dans leur esprit en lettres de feu, au point qu'elles peuvent travailler ou même engager une conversation sans interrompre son déroulement. Les mots dont se souvenait Inman étaient les suivants :

> Ecoute. Ton chemin montera très haut vers le Pays de la Nuit. Tu seras tout seul. Tu seras comme le chien en rut. Tu porteras de la merde de chien devant toi, dans tes mains réunies en conque. Tu hurleras à la mort comme un chien, tandis que tu avanceras tout seul vers le Pays de la Nuit. Tu seras badigeonné de merde de chien. Elle te collera à la peau. Tes tripes noires seront suspendues tout autour de toi. Elles battront contre tes chevilles à chaque pas. Tu vivras de façon sporadique. Ton âme pâlira jusqu'à devenir bleue, la couleur du désespoir. Ton esprit diminuera et s'évanouira, pour ne plus jamais reparaître. Ton chemin mène au Pays de la Nuit. C'est ton chemin. Il n'y en a pas d'autre.

Inman continua ainsi pendant plusieurs kilomètres, mais les paroles semblaient revenir à tire-d'aile pour ne frapper que lui seul. Les sentiments qu'exprimaient les mots de Swimmer lui remirent en mémoire un sermon de Monroe, étoffé, selon sa bonne habitude, de citations empruntées à divers sages. Le prêche avait pour point de départ non pas quelque verset de la Bible, mais un passage spécialement abscons d'Emerson. Inman ne le trouvait pas dépourvu de ressemblance avec l'incantation, cependant, tout bien considéré, il préférait la version de Swimmer. C'était ce passage que Monroe avait répété à quatre reprises pendant son sermon, afin d'augmenter son effet : « Ce qui montre Dieu en moi me fortifie. Ce qui montre Dieu hors de moi fait de moi une verrue et une loupe. Il n'y a plus désormais de raison nécessaire à mon existence. Déjà les ombres allongées d'un précoce oubli s'avancent sur moi en rampant, et je diminuerai à tout jamais. » Le meilleur sermon qu'Inman eût jamais entendu, et cela le jour même où il avait vu Ada pour la première fois.

C'était précisément dans ce but qu'Inman s'était rendu à l'église. Au cours des semaines qui avaient suivi l'arrivée d'Ada à Cold Mountain, Inman en avait beaucoup entendu parler. Son père et elle avaient mis un certain temps à s'habituer aux coutumes de leur pays d'adoption, et ils étaient devenus une source d'amusement pour beaucoup de familles habitant le long de la route qui bordait le fleuve. S'asseoir sur sa terrasse couverte pour regarder Ada et Monroe passer dans leur cabriolet, ou bien apercevoir Ada, fervente naturaliste, en pleine excursion sur la grand-route, tenait pour eux de la pièce de théâtre : la jeune fille provoquait autant de discussions qu'un nouveau spectacle monté à l'opéra de Dock Street. Si tous reconnaissaient qu'elle était bien jolie, on tournait en ridicule chacune de ses toilettes et ses coiffures de Charleston. Si on la voyait tenir une tige de pentstemon et admirer la couleur des fleurs, ou se pencher et toucher les piquants des feuilles de chasse-taupe, les uns disaient gravement qu'elle devait avoir l'esprit dérangé pour ne pas être capable d'identifier le pentstemon au premier regard, tandis que les autres se demandaient, avec de larges sourires, si elle était assez sotte pour manger du chasse-taupe. Le bruit courait qu'elle se promenait armée d'un calepin et d'un crayon. Soudain elle s'arrêtait pour contempler fixement quelque chose — un oiseau ou un buisson, une mauvaise herbe, un coucher de soleil, une montagne — puis griffonnait sur son papier, comme si elle avait la tête si faible qu'elle risquait d'oublier ce qu'elle trouvait important, à moins de le noter par écrit.

Donc, un dimanche matin, Inman s'était vêtu avec soin — un costume noir tout neuf, une chemise blanche, une cravate noire et un chapeau noir — et il était parti pour l'église afin de voir Ada de ses propres yeux. C'était l'époque des mûres, mais on se serait cru en hiver. Une pluie glacée tombait depuis trois jours sans discontinuer et, bien qu'elle se fût arrêtée pendant la nuit, le soleil du matin n'avait pas encore percé les nuages. Les routes s'étaient transformées en bourbiers et Inman, arrivé en retard, avait dû s'asseoir tout au fond de la chapelle. Un cantique résonnait déjà. Quelqu'un avait allumé un feu de bois vert dans le poêle. La fumée s'échappait sous le couvercle de fonte et s'élevait jusqu'au plafond où elle s'étalait contre les moulures et formait une couche grisâtre, comme une reproduction du ciel en miniature.

Inman en avait été réduit à étudier les nuques afin d'identifier celle d'Ada. Il ne lui avait pas fallu longtemps car sa chevelure sombre était relevée en une tresse lourde et compliquée, selon une mode récente dont on ignorait encore tout dans les montagnes. En dessous des cheveux, deux fins tendons remontaient sous la peau de chaque côté de son cou blanc pour y rattacher la tête. Entre les deux, un creux de peau bien abritée et des boucles trop fines pour être prises dans la tresse. Durant tout le cantique, les yeux d'Inman étaient restés fixés sur cette nuque. Au bout d'un moment et avant même d'avoir vu le visage de la jeune fille, il n'avait plus eu qu'une seule idée : appuyer deux doigts sur ce creux mystérieux.

Monroe avait commencé son sermon par un commentaire sur le cantique qu'ils venaient de chanter et dont les paroles semblaient annoncer un temps où tous seraient plongés dans un océan d'amour. Monroe avait ensuite déclaré qu'ils se méprenaient sur le sens du cantique s'ils croyaient qu'un jour la création tout entière les aimerait. Le chant, en réalité, leur ordonnait, à eux, d'aimer la création. Ce qui, à tout prendre, était nettement plus difficile, et aussi, à en juger par la réaction de l'assistance, quelque peu choquant et affligeant.

Le reste du sermon avait porté sur le thème commun à tous les sermons de Monroe depuis son arrivée à Cold Mountain. Le dimanche comme le mercredi, il ne parlait en effet que de ce qu'il considérait comme la principale énigme de la création : pourquoi l'homme naissait-il pour mourir ? Au premier regard, cela n'avait aucun sens. Au fil des semaines, il avait essayé d'aborder la question sous différents angles. Ce que la Bible avait à dire à ce sujet. Comment raisonnaient les sages de nombreux pays et à toutes les époques. Les métaphores révélatrices tirées de la nature. Monroe avait essayé toutes les façons d'aborder ce thème, mais sans aucun succès. Au bout de plusieurs semaines, le murmure qui s'était élevé de la congrégation indiquait clairement que la mort inquiétait le pasteur beaucoup plus que ses ouailles. Beaucoup d'entre elles, loin d'y voir une tragédie, la considéraient plutôt comme une bonne chose. Ils savouraient d'avance le repos éternel. Les pensées de Monroe seraient plus sereines, lui avait-on assuré, s'il en revenait à ce qu'avait fait feu leur ancien prédicateur : condamner les pécheurs et raconter des épisodes de la Bible pour distraire son auditoire. Le petit Moïse sauvé des eaux. Le jeune David maniant sa fronde.

Monroe n'avait pas tenu compte de ces conseils. Telle n'était pas sa mission, avait-il expliqué à un de ses interlocuteurs. Cette réponse avait fait le tour de la communauté, et l'on s'accordait à penser qu'il utilisait le mot mission comme si ses paroissiens étaient des sauvages plongés dans l'ignorance. Et, comme beaucoup avaient donné de l'argent pour envoyer des missionnaires parmi les vrais sauvages — qu'ils se représentaient vêtus de peaux, vivant dans des lieux infiniment plus reculés et païens que les leurs —, la remarque avait eu du mal à passer.

Soucieux d'apaiser les esprits, Monroe, le dimanche en question, avait donc commencé son sermon en précisant que chacun, homme et femme, avait une mission. Le mot, avait-il dit, ne signifiait ni plus ni moins qu'une tâche à accomplir. La sienne lui imposait, entre autres, de réfléchir à la raison pour laquelle l'homme naissait pour mourir, et il comptait l'accomplir avec la persévérance d'un homme qui a un cheval à débourrer ou un champ à débarrasser de ses pierres. Il réfléchissait, en effet. Interminablement. D'un bout à l'autre de la prédication. Et tandis que Monroe répétait quatre fois le passage d'Emerson, Inman avait gardé les yeux fixés sur le cou d'Ada.

Une fois l'office terminé, hommes et femmes avaient quitté la chapelle par leurs portes respectives. Des chevaux boueux dormaient debout, entre leurs brancards, et les voitures et cabriolets étaient crottés jusqu'à mi-roue. Les éclats de voix avaient réveillé les bêtes assoupies et une jument alezane avait agité sa crinière. Dans le cimetière, autour de l'église, flottait une odeur de boue et de feuilles, de vêtements, de chevaux mouillés. Les hommes avaient fait la queue pour aller serrer la main de Monroe, puis ils étaient restés dans le cimetière détrempé à bavarder, à se demander si la pluie avait cessé pour de bon ou si elle prenait juste un peu de répit. Des anciens s'entretenaient à voix basse de l'incongruité du sermon de Monroe, et de l'absence de citations tirées des Ecritures, et de leur admiration pour son opiniâtreté face aux désirs d'autrui.

Les célibataires s'étaient regroupés en cercle, les bottes et les bas de pantalons boueux. Leurs propos portaient davantage sur le samedi soir que sur le dimanche matin et, à intervalles réguliers, l'un ou l'autre tournait les yeux vers Ada qui se tenait à l'entrée du cimetière, l'air tout à fait étrangère, ravissante et parfaitement mal à l'aise. Tous avaient endossé des vêtements de laine pour se protéger de l'humidité glaciale, mais Ada portait une robe en lin ivoire, avec de la dentelle au col, aux poignets et autour de l'ourlet de la jupe. Elle paraissait l'avoir choisie en consultant le calendrier plutôt que le temps.

Elle restait là, les bras croisés. Les femmes d'un certain âge s'approchaient d'elle pour lui adresser quelques mots suivis de silences gênés, avant de s'éloigner. Inman l'observait. Chaque fois qu'on l'abordait, Ada reculait d'un pas en arrière et elle se retrouva finalement adossée à la pierre tombale d'un ancien combattant de la guerre d'Indépendance.

« Si j'allais lui dire mon nom, tu crois qu'elle me répondrait ? avait demandé un certain Dillard, venu à l'église exactement pour la même raison qu'Inman.

— Je n'en sais rien, avait répliqué ce dernier.

— Tu ne saurais pas comment t'y prendre, ne serait-ce que pour commencer à lui faire la cour, avait déclaré Hob Mars à Dillard. Laisse-moi m'en occuper. »

Mars était court sur pattes, avec un torse puissant. Il possédait une grosse montre qui bombait la poche de son gilet, ainsi qu'une chaîne d'argent descendant jusqu'à la ceinture de son pantalon et une breloque entortillée qui pendait de la chaîne.

« Tu te crois capable d'en remontrer à tout le monde, avait riposté Dillard.

— Je ne le crois pas, j'en suis sûr. »

Sur ces entrefaites, un autre garçon, au corps si chétif et aux traits si irréguliers qu'il ne pouvait être que témoin de la scène, avait lancé : « Moi, je parie cent dollars contre la moitié d'un gâteau au gingembre qu'elle a déjà choisi son futur mari à Charleston.

— Un futur mari, ça s'oublie, avait déclaré Hob. Il ne serait pas le premier. »

Puis il avait regardé fixement Inman et noté la sobriété de sa tenue. « On dirait un représentant de la loi, avait-il remarqué. Un homme a besoin d'une tenue un peu colorée pour faire sa cour. »

Inman voyait qu'ils tourneraient autour du pot interminablement, jusqu'au moment où l'un ou l'autre aurait assez de toupet pour aller vers la jeune fille et se couvrir de ridicule. Ou ils resteraient à s'insulter jusqu'à ce que deux d'entre eux soient contraints de se retrouver un peu plus loin pour en découdre. Il avait donc porté un doigt à son front, en disant, « Salut les gars », et il s'était éloigné.

Il avait marché droit sur Sally Swanger et annoncé : « Je défricherai un arpent de terre vierge à qui accepterait de me présenter. »

Sally, qui portait une capote à long bord, avait dû reculer d'un pas et renverser la tête pour regarder Inman sans être gênée. Elle lui avait souri, avant de lever la main pour tripoter une broche fixée à son col et la frotter de ses doigts.

« Vous remarquerez que je ne demande même pas à qui, avait-elle plaisanté.

— Le moment serait bien choisi », avait poursuivi Inman. Il regardait Ada qui se tenait seule, le dos tourné à la foule, légèrement penchée en avant pour scruter avec une apparente fascination l'inscription gravée sur la pierre tombale. Le bas de sa robe était mouillé par les hautes herbes du cimetière, et sa traîne souillée de boue.

Mme Swanger avait saisi la manche noire d'Inman entre le pouce et l'index afin de lui faire traverser le cimetière jusqu'à l'endroit où se trouvait Ada. Lorsqu'elle avait lâché sa manche, il avait ôté son chapeau d'une main et, de l'autre, repoussé ses cheveux en arrière. Mme Swanger s'était éclairci la gorge et Ada s'était retournée.

« Mademoiselle Monroe, avait lancé Sally Swanger d'un air amène, M. Inman a exprimé un vif désir de vous être présenté. Vous connaissez ses parents. C'est sa famille qui a fait construire la chapelle », avait-elle ajouté avant de s'éloigner.

Ada avait regardé Inman droit dans les yeux, et il s'était aperçu trop tard qu'il n'avait pas songé à préparer une entrée en matière. Sans lui laisser placer un mot, Ada avait demandé : « Oui ? »

Sa voix avait une note d'impatience et, sans trop savoir pourquoi, Inman avait trouvé la chose amusante. Il avait détourné le regard et baissé les yeux vers l'endroit où le fleuve contournait la colline. Les feuilles des arbres et des rhododendrons, sur la rive, luisaient et ployaient sous le poids de l'eau. Le fleuve coulait, lourd et sombre, et ses méandres ressemblaient à du verre fondu. Inman tenait son chapeau par le fond et, ne trouvant rien à dire, avait regardé à l'intérieur comme s'il s'attendait sincèrement à en voir sortir quelque chose.

Ada était restée un moment à le dévisager, puis elle aussi avait regardé au fond du chapeau. Inman s'était ressaisi, redoutant que l'expression de son visage ne fût celle d'un chien assis à l'entrée d'un terrier de marmotte.

Il avait dévisagé Ada, qui avait aussitôt tourné ses paumes vers le ciel et haussé les sourcils, d'un air interrogateur.

« Vous êtes libre de remettre votre chapeau et de dire quelque chose, avait-elle annoncé.

— C'est simplement que l'on se pose des tas de questions à votre sujet, avait dit Inman.

— Si je comprends bien, je suis pour vous un objet de curiosité ?

— Non.

— Alors un défi. Peut-être lancé par ce groupe de nigauds que je vois là-bas.

— Pas du tout.

— Bon, je vous laisse choisir la comparaison.

— C'est comme d'empoigner une châtaigne dans sa bogue, en tout cas pour le moment. »

Ada avait souri et hoché la tête, surprise apparemment qu'il connaisse le mot.

Puis elle avait repris : « Dites-moi donc une chose : tout à l'heure, une femme est venue me parler du temps qu'il a fait récemment. Elle a dit que c'était un temps à tuer les moutons. Depuis, des questions tournent dans ma tête. Voulait-elle dire que c'était un temps propice pour abattre les moutons, ou un temps assez mauvais pour qu'ils meurent, sans l'aide de quiconque, peut-être à la suite d'une noyade ou d'une pneumonie ?

— Pour les abattre, avait répondu Inman.

— Eh bien, je vous remercie. Votre présence n'aura pas été inutile. »

Faisant volte-face, elle était partie rejoindre son père. Inman l'avait regardée toucher le bras de Monroe et lui dire quelque chose, puis ils étaient montés dans leur cabriolet et avaient disparu sur la route, entre les clôtures épaissies par des ronciers en fleur.

Finalement, très tard dans la journée, Inman émergea des pinèdes et se retrouva en train de fouler les rives d'un grand fleuve gonflé d'eau. Le soleil était posé juste au-dessus de l'horizon, très bas derrière la rive opposée, et une brume nimbait l'air d'une sinistre lumière jaune. A l'évidence, les pluies avaient été plus violentes en amont, et Inman dut renoncer à traverser à la nage. Il remonta la rive dans l'espoir de trouver un pont ou une passerelle, suivit un étroit chemin qui courait entre les lugubres pinèdes à sa droite et le triste fleuve à sa gauche.

La région était affreuse, totalement plate sauf aux endroits où des ravins tranchaient à vif l'argile rouge pour s'y enfoncer profondément. Partout s'étendait un maquis de conifères. De plus nobles essences s'étaient jadis dressées au même endroit, mais elles avaient été coupées depuis longtemps, et il ne restait plus qu'une souche de bois dur, de loin en loin, aussi large qu'une table de salle à manger. Où que portât le regard, le sumac vénéneux poussait très dense, en larges bandes. Il montait à l'assaut des pins et se propageait le long de leurs branches. Les aiguilles mortes, tombées dans ce fouillis de feuilles, adoucissaient les contours des troncs et des branches en leur donnant des formes nouvelles et massives, si bien que les arbres se dressaient comme des bêtes vertes et grises surgies du sol.

La forêt donnait l'impression d'un endroit malsain et dangereux. Inman se souvint qu'au cours des combats livrés le long de la côte un homme lui avait montré une plante minuscule, un végétal étrange et poilu qui poussait dans les marécages. C'était une plante carnivore, et Inman et l'homme lui avaient donné des petits morceaux de lard gras prélevés sur une esquille d'os. Si l'on s'avisait de poser le bout du doigt sur ce qui lui servait de bouche, elle essayait de vous mordre. Sur une échelle plus grandiose, ces bois-ci semblaient sur le point d'en faire autant.

Inman n'avait qu'une envie, sortir de là. Mais le fleuve qui s'étendait devant lui sur toute sa largeur formait obstacle : un obstacle brun, couleur d'excrément, qui ressemblait davantage à de la mélasse, et qui ne correspondait pas à l'image qu'il avait d'un fleuve. Là où il vivait, le mot *fleuve* évoquait les rochers et la mousse, le bruit des rapides. Aucun n'était assez large pour vous empêcher de lancer un morceau de bois sur l'autre rive, et on en voyait toujours le fond, où qu'on regardât.

Inman continua sa route. Comment avait-il pu penser qu'un tel pays était le sien et valait la peine de se battre pour lui ? Seule l'ignorance expliquait une pareille folie. La seule chose qui lui venait à l'esprit quand il cherchait à dresser l'inventaire de ce qui valait la peine de se battre, c'était son droit à vivre tranquillement quelque part dans l'ouest du bassin de la Pigeon River, sur les pentes de Cold Mountain, près de la source de la Scapecat Branch.

Il songea à son pays, aux grands arbres, à l'air pur et frais d'un bout de l'année à l'autre. Aux tulipiers dont les troncs étaient si gigantesques qu'on aurait dit des locomotives mises debout. Il s'imagina de retour chez lui, en train de construire une cabane sur les flancs de Cold Mountain, si haut que pas une âme, hormis les faucons de nuit à travers les nuages de l'automne, n'entendrait son cri plaintif. Il y mènerait une vie si calme qu'il n'aurait plus besoin d'oreilles. Et si Ada voulait venir avec lui, son désespoir, dans un futur encore impossible à imaginer, en viendrait avec le temps peut-être presque à disparaître.

Pourtant, bien qu'il crût sincèrement qu'à force de désirer une chose elle pouvait se réaliser, il avait beau se concentrer de son mieux sur cette dernière pensée, jamais elle ne prenait forme. Le peu d'espoir qui l'animait éclairait à peine plus qu'une chandelle allumée en haut de la montagne.

Bientôt la nuit tomba et un morceau de lune commença à luire derrière les nuages dépenaillés. Une route aboutissait au fleuve. A côté, se dressait une pancarte : *Bac, cinq dollars. Criez très fort.*

Un robuste cordage, qui partait d'un gros poteau, disparaissait sous la surface de l'eau et ressortait sur la rive opposée pour s'enrouler autour d'un autre poteau. Au-delà de l'embarcadère, Inman aperçut une maison sur pilotis. Une lumière brillait à l'une des fenêtres et un peu de fumée sortait de la cheminée.

Inman appela et, une minute plus tard, une silhouette apparut sur la terrasse, agita le bras et rentra à l'intérieur. Très vite, cependant, elle ressortit de derrière la maison, tirant, au bout d'un filin, un canoë creusé dans un tronc d'arbre. Le batelier mit l'embarcation à flot, monta dedans et partit en amont, à grands coups de pagaie, dans l'eau moins tumultueuse à proximité de la rive. Mais le courant restait très fort et l'homme enfonçait sa pagaie en courbant le dos. Inman eut l'impression qu'il était entraîné. Pourtant, juste au moment où il allait disparaître, il bifurqua, s'assit bien droit et laissa le courant l'emporter cette fois-ci en aval. Il obliqua alors vers la rive orientale. Ses mouvements étaient fluides et il se dirigeait en effleurant juste l'eau du bout de sa pagaie. Le canoë était vieux, son bois sec décoloré par le soleil, si bien que ses flancs grossièrement équarris semblaient de l'étain martelé contre l'eau sombre chaque fois que la lune perçait entre les nuages.

Lorsque l'embarcation approcha de la rive où se tenait Inman, il vit qu'elle était manœuvrée non par un batelier, mais par une jeune fille aux joues rebondies, dont les cheveux et la peau sombre laissaient deviner du sang indien. Elle portait une robe dont l'étoffe tissée à la main paraissait jaune dans la pénombre. Elle avait de grandes mains puissantes, les muscles de ses avant-bras saillaient sous la peau à chaque coup de pagaie, et ses cheveux noirs tombaient sur ses épaules. Elle sifflotait. Arrivée près de la rive, elle débarqua pieds nus dans l'eau boueuse, et tira le canoë sur la terre ferme à l'aide d'un bout attaché à sa proue. Inman sortit un billet de cinq dollars de sa poche et le lui tendit. Elle n'avança pas la main pour le prendre et le regarda sans dissimuler son mépris.

« Pour cinq dollars, je ne donnerais même pas une

louche d'eau du fleuve à un homme assoiffé, alors pour ce qui est de vous transporter de l'autre côté...

— La pancarte dit que c'est cinq dollars pour le bac.

— Vous trouvez que ça ressemble à un bac ?

— C'est le passage d'un bac, oui ou non ?

— Ça l'est quand papa est là. Il a un bateau plat assez grand pour faire traverser deux chevaux et un chariot. Il le tire de l'autre côté le long du filin. Mais quand le fleuve est en crue, ça ne marche plus. Alors il est parti chasser, en attendant que l'eau baisse. Jusque-là, moi, je fais payer le maximum. J'ai une peau de vachette, figurez-vous, et j'ai l'intention de m'en faire faire une selle. Et quand je l'aurai, cette selle, j'ai l'intention d'économiser pour acheter un cheval, et quand j'aurai le cheval je lui jetterai la selle dessus, je tournerai le dos à ce fleuve et je déguerpirai d'ici.

— Il s'appelle comment, ce fleuve ? demanda Inman.

— Ce n'est rien d'autre que le puissant Cape Fear River, voilà ce que c'est.

— Et combien demandez-vous pour la traversée ?

— Cinquante dollars.

— Et si je vous en offre vingt ?

— Tope là, allons-y. »

Au moment de grimper dans le bateau, Inman vit de larges bulles graisseuses remonter à la surface du fleuve, à une dizaine de mètres de la rive. Elles brillaient au clair de lune au fur et à mesure qu'elles éclataient, et avançaient dans la direction contraire à celle du courant, remontant vers l'amont à la vitesse d'un homme qui marche. Il n'y avait pas de vent, l'air nocturne était immobile, on n'entendait que l'eau qui geignait et les insectes qui poussaient des cris stridents dans les pins.

« Vous avez vu ? demanda Inman.

— Ouais, répondit la fille.

— Qu'est-ce qui fait ça ?

— Difficile à dire, étant donné que c'est au fond de l'eau. »

Le bouillonnement était aussi énorme et violent que s'il s'était agi du dernier souffle d'une vache en train de se noyer. Inman et la fille restèrent à regarder les bulles remonter peu à peu la rivière, jusqu'au moment où la lune disparut derrière une couche de nuages et où elles s'évanouirent dans l'obscurité.

« Peut-être un poisson-chat qui fouille le fond du fleuve pour trouver à manger, dit la fille. Ils ont un régime à tuer un vautour. J'en ai vu un de la taille d'un sanglier, une fois. Il était mort, et le courant l'avait déposé sur un banc de sable. Il avait des moustaches grosses comme des serpents. »

C'était bien le genre de choses qu'on s'attendrait à voir grandir dans ce fleuve, se dit Inman. Des poissons monstrueux, indolents, à la chair flasque. Quel contraste entre une telle créature et les petites truites qui vivaient dans les affluents du cours de la Pigeon River, là où les eaux se déversent de Cold Mountain. Rarement plus longues que la main. Aussi brillantes et fermes que des copeaux d'argent.

Inman jeta son paquetage dans le bateau avant de s'installer à l'avant. La fille monta derrière lui et creusa l'eau avec effort. Elle ramait d'une main puissante et sûre, et maintenait son cap en laissant filer après chaque coup de pagaie plutôt que de passer constamment d'un bord à l'autre. Quand elle heurtait l'eau, le bruit de la pagaie dominait jusqu'aux cris des insectes.

Ils quittèrent le débarcadère et la jeune fille profita du fait que les eaux coulaient plus lentement près de la rive pour remonter en amont sur une bonne distance. Puis elle fit demi-tour et cessa de ramer, fichant sa pagaie dans l'eau, tel un gouvernail. Elle laissait la force du courant pousser leur canoë à l'oblique vers le milieu du fleuve. La lune s'était cachée. Le paysage qui s'étendait au-delà de la rive ne tarda pas à disparaître, et ils voguèrent à l'aveuglette dans un monde aussi noir que les entrailles d'une vache. Dans le silence, ils entendirent, arrivant du débarcadère qu'ils venaient de quitter, un bruit de voix qui portait loin sur l'eau. Ça pouvait être n'importe qui. Les hommes du village n'étaient pas assez acharnés pour le poursuivre aussi loin, pensa Inman.

Il se retourna néanmoins, et murmura à la fille : « Il vaut mieux qu'on ne nous remarque pas. » Mais, au même instant, un rayon de lune apparut entre deux nuages, et bientôt l'astre se trouva pleinement exposé dans une petite fenêtre de ciel mal découpée. Le flanc du canoë brillait comme une balise sur l'eau sombre du fleuve.

Il y eut un bruit, comme du velours côtelé crissant sous un ongle, puis un coup retentissant. Suivi de la détonation d'une arme à feu.

« Le Whitworth », se dit Inman.

Un trou s'ouvrit à l'arrière du canoë, à la hauteur de la ligne de flottaison. De l'eau brunâtre se déversa dans l'embarcation. Inman regarda en direction du débarcadère et vit une demi-douzaine d'hommes qui piétinaient au clair de lune. Certains firent cracher leurs petits pistolets qui n'étaient pas assez puissants pour tirer aussi loin. L'homme au fusil, cependant, avait relevé son arme et s'activait avec sa baguette pour tasser une nouvelle charge. Ces hommes avaient dû se décider à consacrer leur soirée à une variante de la chasse au raton laveur, afin de s'amuser. Sans quoi ils auraient regagné leur village depuis longtemps, se dit Inman.

La fille comprit la situation en un clin d'œil. Elle se jeta de tout son poids d'un côté afin d'imprimer un fort mouvement de roulis à son embarcation et l'inclina jusqu'aux plats-bords pour que la coque mouillée se fonde dans l'obscurité. Inman avait arraché le poignet de sa chemise et bouchait le trou quand un autre projectile vint frapper le canoë, arrachant un morceau de bois gros comme la main. L'eau déferla par cette brèche et ne tarda pas à remplir le fond.

« Nous allons devoir nous mettre à l'eau », déclara la fille.

Inman crut d'abord qu'elle avait l'intention de gagner la rive à la nage, ce dont lui, originaire d'un pays aux eaux peu profondes, ne se sentait pas capable. En réalité, elle voulait dire qu'ils allaient devoir glisser dans l'eau et se cramponner à l'arrière du canoë. Inman enveloppa son paquetage dans la toile cirée et noua les bouts qui dépassaient, au cas où le bateau coulerait à pic. Puis, ensemble, la fille et lui se jetèrent à l'eau pour se laisser aller au gré du courant qui les emportait vers l'aval.

Bien que la surface, lisse comme un miroir, donnât l'impression que l'eau avançait au rythme lent d'un liquide qui suinte, le fleuve en crue déferlait dans un bruit de tonnerre à la vitesse d'un bief de moulin. Le canoë, en partie rempli d'eau, s'enfonçait, et seule sa proue triangulaire dépassait de la surface. Inman avait avalé de l'eau, et il n'arrêtait pas de cracher encore et encore, afin de vider sa bouche de ce liquide immonde. Bientôt il ne rejeta qu'une écume blanchâtre. Jamais il n'avait goûté une eau plus répugnante.

La lune jouait à cache-cache derrière les nuages. Lorsqu'il faisait assez clair pour viser, les balles du Whitworth venaient frapper le canoë, ou touchaient l'eau et ricochaient à la surface. Inman et la fille s'efforçaient de donner des coups de pied pour diriger l'embarcation vers la rive, mais le canoë était si lourd qu'il paraissait doué d'une volonté propre et refusait absolument de leur obéir. Ils finirent par renoncer et se laissèrent entraîner, ne sortant de l'eau que leurs visages. Il n'y avait rien d'autre à faire qu'à tenir bon et à attendre un méandre du fleuve, en souhaitant que l'affaire tourne à leur avantage.

Lorsqu'on était dedans, le fleuve paraissait encore plus large que lorsqu'on se tenait sur la rive. L'affreux paysage défilait de part et d'autre, vague et menaçant sous le clair de lune. Inman espérait qu'il ne laisserait aucune trace, aucune impression dans son esprit, tant il le trouvait hideux.

Même du milieu du fleuve, on pouvait entendre le crissement des insectes dans le sumac. Inman n'était plus qu'une petite tête flottant dans une immensité vide, bordée par une épaisse jungle de plantes vénéneuses. A chaque instant, il s'attendait à voir la mâchoire blanche et moustachue du monstrueux poisson-chat sortir de l'eau pour l'aspirer dans les profondeurs. Alors, sa vie entière se résumerait à quelques excréments de poisson-chat, tombés au fond de cette bauge.

Il continua à flotter. Il aurait voulu aimer le monde tel qu'il était et sa fierté était d'y être parfois arrivé, alors qu'il était si facile de faire le contraire. Pour haïr le monde, il suffisait de regarder autour de soi. Il reconnaissait volontiers que c'était une faiblesse d'être ainsi constitué : pour se déclarer satisfait, tout ce qui l'entourait devait être beau. Il connaissait des endroits, cependant, où c'était le cas. Cold Mountain. Scapecat Branch. Et pour le moment, le principal obstacle qui l'empêchait de s'y rendre était une centaine de mètres d'eau courante.

La lune fut de nouveau masquée par les nuages. Ils dépassèrent le débarcadère et Inman entendit les hommes discuter aussi clairement que s'il s'était trouvé parmi eux. L'un d'entre eux, à l'évidence le propriétaire du Whitworth, déclarait : « S'il faisait jour, je lui ferais sauter les deux oreilles avec cette pétoire. »

Assez longtemps après, la lune reparut. Inman se souleva pour regarder par-dessus le canoë. Au loin, il vit de petites silhouettes qui agitaient les bras en trépignant de rage. Elles s'amenuisèrent, et il songea à toutes les choses qu'il aurait aimé voir ainsi devenir de plus en plus petites, jusqu'à disparaître. Le principal signe de leur existence était, de temps à autre, le bruit du plomb qui frappait l'eau, suivi à différents intervalles par la détonation du long fusil. Comme l'éclair et le tonnerre, se dit Inman. Il compta les secondes qui s'écoulaient entre la claque du projectile et la faible explosion. Mais il n'arrivait pas à se rappeler comment on était censé ensuite calculer la distance. Et il ne savait pas non plus si ce principe pouvait s'appliquer au cas présent.

Finalement, le fleuve les emporta le long d'un coude qui leur cacha le débarcadère. Libres à présent de se porter en toute sécurité de l'autre côté du canoë, leurs coups de pied se firent beaucoup plus efficaces, et ils ne tardèrent pas à se retrouver sur la rive. L'embarcation était criblée de trous, irréparable, si bien qu'ils la laissèrent échouée dans l'eau peu profonde et remontèrent à pied.

Lorsqu'ils eurent atteint la maison, Inman donna à la jeune fille un supplément d'argent pour la dédommager de la perte de son canoë, et elle lui indiqua comment rejoindre les routes en direction de l'ouest.

« A quelques kilomètres en amont, le fleuve se sépare en deux bras, le Haw et le Deep. Le Deep part vers la gauche et il faut le suivre pendant pas mal de temps. »

Inman remonta donc le fleuve jusqu'à l'embranchement, puis s'enfonça dans les broussailles de façon à être complètement dissimulé. Il n'osait pas allumer de feu pour se préparer une bouillie de maïs, si bien qu'il ne mangea qu'une pomme verte que le vent avait fait tomber et qu'il avait ramassée sur la route, ainsi que le fromage et les biscuits secs qui avaient pris un goût prononcé de Cape Fear River. A coups de pied, il rassembla une couche de feuilles mortes assez épaisse pour lui éviter d'être en contact avec le sol humide, puis s'y étendit et dormit pendant trois heures. Il se réveilla ankylosé, le visage meurtri des coups reçus dans la bagarre de la veille. Des cloques dues au sumac vénéneux parsemaient ses mains et ses avant-bras. Lorsqu'il porta les doigts à son cou, il découvrit du sang frais : sa blessure s'était rouverte et elle suintait. Il empoigna son paquetage et se remit à marcher.

UNE LITANIE DE VERBES, TOUS FATIGANTS

L'accord conclu entre Ada et Ruby dès le premier matin était le suivant : Ruby s'installait à Black Cove et apprendrait à Ada comment exploiter une ferme. Elle ne toucherait que très peu d'argent comptant. Les deux jeunes femmes prendraient ensemble la plupart des repas, mais Ruby n'avait pas envie de vivre sous le même toit que quelqu'un d'autre, et elle décida d'occuper le vieux pavillon de chasse. Après leur premier repas de coq et de quenelles, Ruby retourna chez elle et n'eut aucun mal à envelopper dans une courtepointe tout ce qui valait la peine d'être emporté. Elle réunit les quatre coins du ballot, le jeta sur son épaule et reprit le chemin de Black Cove, sans un seul regard en arrière.

Les deux femmes passèrent les premiers jours à parcourir les lieux et à dresser la liste des choses à faire, par ordre de priorité. Ruby ne cessa pas un instant de regarder autour d'elle, d'évaluer, de commenter. Le plus urgent, déclara-t-elle, c'était de planter un potager d'hiver. Ada la suivait, notant tout dans un calepin qui n'avait jusque-là accueilli que ses fragments de poésie et ses opinions sur la vie et les grandes questions du moment. A présent, elle y écrivait les observations que voici :

A *faire immédiatement : Préparer un potager où pousseront les légumes de la saison fraîche — navets, oignons, choux, laitues, choux verts.*

Graines de chou, en avons-nous ?

Bientôt : Réparer les ardoises sur le toit de la grange ; avons-nous un maillet et une hachette ?

Acheter de nouveaux pots de conserve pour les tomates et les haricots.

Ramasser des herbes et préparer des purgatifs pour le cheval.

Et ainsi de suite. Il y avait beaucoup à faire, car Ruby, semblait-il, comptait obliger chaque pouce de terrain à accomplir son devoir.

Les champs de foin, dit-elle, n'avaient pas été coupés assez souvent, et la récolte risquait d'être envahie par les euphorbes, les achillées et les ambroisies, mais il était encore possible de la sauver. Quant au vieux champ de maïs, après être resté en jachère pendant plusieurs années, il était désormais prêt à être défriché et retourné. Les dépendances étaient en assez bon état, mais il n'y avait pas assez de volailles. A son avis, il s'en fallait d'un bon pied pour que le cellier, dans la conserverie, fût assez profond ; elle redoutait qu'un méchant coup de froid ne gèle les pommes de terre qui s'y trouvaient entreposées si elles ne le creusaient pas davantage. Une colonie d'hirondelles, si elles parvenaient à en établir une dans des calebasses le long du jardin, aiderait à maintenir les corneilles à distance.

Les recommandations de Ruby fusaient dans toutes les directions. Elle avait des idées sur tous les programmes d'assolement et projetait de construire un petit moulin. Ainsi, dès qu'elles auraient rentré leur première récolte de maïs, elles pourraient moudre leur propre farine et leur propre semoule en utilisant la puissance de la rivière, ce qui leur éviterait de payer sa dîme au meunier. Un soir, avant de regagner son pavillon, Ruby déclara, et ce furent ses derniers mots de la journée : « Il faut quelques pintades. Leurs œufs ne sont pas très bons frits, mais ils feront l'affaire pour la pâtisserie. Et puis les pintades sont réconfortantes et utiles. Elles savent monter la garde, et elles te nettoient une rangée de haricots de tous ses insectes avant qu'on n'ait le temps de dire ouf. Sans compter qu'elles sont bien agréables à regarder quand elles se promènent dans la basse-cour. »

Le lendemain matin, ses premières paroles furent : « Des cochons. Tu en as en liberté dans les bois ?

— Non. Nous achetions toujours nos jambons, répondit Ada.

— Un cochon, c'est bien autre chose que deux jambons, rétorqua Ruby. Le saindoux, par exemple, il va nous en falloir pas mal. »

En dépit du laisser-aller qui avait caractérisé la gestion de Monroe, Black Cove présentait plus de qualités à exploiter qu'Ada ne le supposait. Au cours d'une de leur première tournée d'inspection, Ruby fut enchantée par l'immense verger de pommiers. Planté et entretenu par les Black, il commençait tout juste à faire sentir qu'on le laissait à l'abandon. Bien que les arbres n'eussent pas été taillés récemment, ils croulaient sous les fruits.

« Au mois d'octobre, déclara Ruby, ces pommes nous serviront de monnaie d'échange et nous rendrons l'hiver beaucoup plus facile. »

Elle s'interrompit et réfléchit une minute. « Tu n'as pas de pressoir, j'imagine ? » demanda-t-elle. Ada ayant répondu qu'il lui semblait bien que si, Ruby poussa des cris de joie.

« Le cidre brut vaut nettement plus que les pommes comme monnaie d'échange, dit-elle. Et nous n'aurons que le mal de le faire. »

Ruby fut également satisfaite du champ de tabac. Monroe avait donné à son métayer la permission d'en planter un petit pour son propre usage. Négligées pendant la plus grande partie de l'été, les plantes étaient cependant étonnamment hautes, feuillues et saines, même si les mauvaises herbes poussaient dru entre les rangées et s'il était sérieusement temps de les tailler. Le tabac avait prospéré malgré tant de négligence, pensait Ruby, parce qu'il avait dû être planté en parfait accord avec les signes. Elle calcula qu'avec un peu de chance elles obtiendraient une petite récolte, et expliqua que si elles traitaient elles-mêmes les feuilles en les trempant dans de l'eau de sorgho avant de les tordre en chiques, elles échangeraient leur tabac contre des semences, du sel, du levain et tout ce qu'elles n'étaient pas capables de produire elles-mêmes.

Le troc laissait Ada perplexe. Pourtant, elle comprit tout à coup que ce serait une excellente façon de ne plus être empêtrée dans des histoires d'argent. Dans un esprit de camaraderie et de confiance, elle avait mis Ruby au courant de ses problèmes financiers. Lorsqu'elle avait expliqué à sa compagne de quelles maigres sommes elles disposaient, Ruby avait déclaré : « Je n'ai jamais tenu dans ma main une pièce de monnaie qui valait plus d'un dollar. » Ada s'était rendu compte que Ruby, quoique sérieusement préoccupée par leur manque d'argent liquide, pensait qu'elles se débrouilleraient aussi bien sans. Ruby avait toujours vécu sans jamais rien acheter et elle considérait l'argent, même quand tout allait pour le mieux, avec la plus grande méfiance, surtout quand elle le comparait à la chasse, à la cueillette, aux plantations et aux récoltes. Le papier-monnaie avait tellement perdu de sa valeur que, de toute façon, on ne pouvait presque plus rien en tirer. Lorsqu'elles s'étaient rendues en ville, elles avaient été abasourdies de s'entendre demander quinze dollars pour une livre de soude, cinq dollars pour un paquet d'aiguilles triple zéro, et dix pour une rame de papier. Si elles avaient eu de quoi se l'offrir, une pièce de tissu leur aurait coûté cinquante dollars. Ruby avait aussitôt remarqué que, si elles avaient un mouton, le tissu ne leur coûterait pas un sou. Elles n'auraient qu'à le tondre et à carder, filer, dévider, teindre et tisser sa laine. Ada n'avait pensé qu'à une chose : chacune des étapes du processus que Ruby venait de décrire avec tant de désinvolture représentait de nombreuses journées de dur labeur pour n'obtenir à l'arrivée que quelques mètres d'un tissu aussi grossier que de la toile à sac. L'argent facilitait quand même les choses.

Même si elles avaient eu de l'argent, les commerçants n'en auraient pas vraiment voulu, car il perdrait sans doute encore de sa valeur avant qu'ils n'arrivent à s'en débarrasser. Le sentiment général était qu'il fallait dépenser le papier-monnaie au plus vite. Le troc était plus sûr. Et cela, Ruby semblait parfaitement le comprendre. Elle avait une foule de projets permettant d'exploiter le potentiel de Black Cove.

Elle conçut presque aussitôt un plan qu'elle soumit à Ada. Les deux objets qu'elle jugeait à la fois précieux, transportables et superflus étaient le cabriolet et le piano. Elle pensait être en mesure d'échanger l'un ou l'autre contre tout ce dont elles auraient besoin, à peu de chose près, afin de passer l'hiver. Pendant deux jours, Ada pesa le pour et le contre, puis déclara : « Ce serait quand même dommage de réduire ce beau hongre pommelé au rang de cheval de trait. » A quoi Ruby répondit : « De toute façon, c'est comme ça qu'il finira. Il faudra qu'il gagne son picotin, comme tout le monde ici. »

Ada surprit Ruby, et se surprit elle-même, en choisissant de se séparer du piano. Il faut dire qu'elle n'avait rien d'une virtuose, et d'ailleurs c'était Monroe qui avait insisté pour qu'elle apprît à jouer de cet instrument. Il y attachait même une telle importance qu'il avait engagé un professeur à demeure, un petit homme nommé Tip Benson, qui ne gardait jamais longtemps son poste parce qu'il ne pouvait s'empêcher de tomber amoureux de ses élèves. Ada n'avait pas fait exception à la règle. Elle avait alors quinze ans et, un après-midi, tandis qu'elle s'efforçait de venir à bout d'un passage compliqué de Bach, Benson était tombé à genoux à côté de son tabouret et avait arraché ses mains du clavier pour en presser le dos contre ses joues rondes. C'était un homme replet qui, à l'époque, ne devait pas avoir plus de vingt-quatre ans, doté de doigts d'une longueur extraordinaire pour quelqu'un d'aussi trapu. Il avait appuyé ses lèvres rouges et arrondies contre les mains d'Ada et les avait baisées avec ardeur. Plus d'une fille de cet âge aurait trouvé avantage à se jouer de lui pendant quelque temps, mais Ada, le priant aussitôt de l'excuser, avait filé droit dans le bureau de son père et lui avait raconté ce qui venait de se passer. Dès l'heure du dîner, Benson avait fait ses paquets et vidé les lieux. Sans plus attendre, Monroe avait engagé une vieille fille dont les vêtements sentaient la naphtaline et la transpiration.

En choisissant le piano comme monnaie d'échange, Ada avait tenu le raisonnement suivant : l'art n'occuperait guère de place dans sa vie à venir, et elle pourrait avantageusement consacrer son temps au dessin. De simples instruments comme un crayon et du papier suffiraient à combler ses besoins dans ce domaine.

Si elle voyait fort bien toutes les excellentes raisons de se séparer du piano, elle saisissait moins clairement celles de garder le cabriolet. Il y avait le fait qu'il avait appartenu à Monroe, mais elle n'avait pas l'impression que c'était le plus important. Elle se demandait si ce qui l'attachait au cabriolet n'était pas la promesse que recélaient ses hautes roues : si les choses tournaient vraiment mal, elle n'aurait qu'à grimper dans le véhicule et déguerpir. Comme les Black avant elle, en partant du principe qu'il n'existait pas de fardeau qu'on ne pût alléger, pas de lamentable situation qu'on ne pût redresser en se lançant sur les routes.

Une fois qu'Ada eut fait connaître sa décision, Ruby ne perdit pas de temps. Elle savait à qui s'adresser, qui possédait un surplus d'animaux et de denrées, qui serait disposé à accorder des conditions favorables. Ce fut avec le vieux Jones, au bord de l'East Fork, qu'elle fit affaire. Sa femme convoitait le piano depuis déjà un certain temps, et Ruby se montra intraitable. Jones dut se résoudre à offrir en échange une truie tachetée, bonne pour la reproduction, et un goret, ainsi que cinquante kilos de semoule de maïs. Ruby — consciente que la laine était un article d'une extrême utilité — reconnut que cela ne nuirait pas de prendre quelques petits moutons des montagnes, à peine plus gros qu'un chien. Elle réussit donc à convaincre Jones d'en ajouter une demi-douzaine en complément. Ainsi qu'un chargement de choux. Et aussi un jambon et cinq kilos de lard prélevés sur le premier porc qu'il saignerait au mois de novembre.

Quelques jours plus tard, Ruby ramena à Black Cove les cochons et les petits moutons, dont deux étaient noirs. Elle les expédia vers les pentes de Cold Mountain, où ils devraient se débrouiller seuls pendant la fin de l'été et de l'automne, et s'engraisser de toute la pâture, des faînes et glands, qu'ils trouveraient. Avant de les lâcher, elle sortit son couteau et les marqua à l'oreille droite de deux encoches et d'une entaille, si bien qu'ils s'enfuirent dans la montagne la tête en sang, couinant et bêlant à qui mieux mieux.

Par une fin d'après-midi, le vieux Jones arriva dans son chariot, avec un autre vieillard, pour emporter le piano. Les deux hommes se rendirent dans le salon où ils restèrent un long moment à observer l'instrument. Puis, l'autre vieillard dit : « Je suis pas sûr qu'on puisse soulever ce machin-là », et le vieux Jones répondit : « On en viendra à bout, il le faudra bien. » Pour finir, ils le hissèrent dans leur véhicule et l'assujettirent solidement, car il dépassait du hayon.

Depuis la terrasse, Ada regarda son piano s'éloi-

gner. Le chariot, dépourvu de suspension, brinque-
balait sur toutes les ornières et les pierres du chemin,
en sorte que l'instrument rebondissait et jouait de
lui-même une étrange mélodie d'adieu, fausse et
inquiétante. Ada n'éprouvait guère de regret mais,
tout en regardant le chariot disparaître, elle songea
à une soirée donnée par Monroe quatre jours avant
Noël, l'hiver qui avait précédé la guerre.

Dans le salon, les chaises avaient été poussées
contre les murs afin de dégager une piste de danse,
et tous ceux qui savaient jouer se succédaient au
piano, plaquant des airs sentimentaux, des chants de
Noël ou des valses. La table de la salle à manger était
couverte de minuscules biscuits au jambon, de pâtisseries, de pain bis, de petits pâtés et de thé parfumé
à l'orange, à la cannelle et au clou de girofle. Monroe n'avait fait que modestement scandale en servant
du champagne, car il n'y avait pas de baptistes parmi
les invités. Toutes les lampes en verre, remplies de
kérosène, étaient allumées, et les convives s'exta-
siaient sur leur forme, surtout le sommet resserré de
leur globe qui ressemblait aux pétales d'une fleur en
train de s'ouvrir. Comme elles faisaient encore figure
de nouveauté et que leur usage n'était pas répandu,
Sally Swanger avait exprimé sa crainte de les voir
exploser. Elle trouvait la lumière qu'elles projetaient
trop dure et déclara que les chandelles et les flammes
du foyer convenaient mieux à ses yeux fatigués de
vieille femme.

Tôt dans la soirée, les invités s'étaient regroupés
par affinités et mis à cancaner. L'attention d'Ada,
assise avec les femmes, virevoltait autour de la pièce.
Six hommes âgés avaient tiré des sièges autour du
feu et parlaient de la crise qui se profilait au Congrès.
Ils trempaient les lèvres dans leurs flûtes ou levaient
celles-ci vers la lampe pour étudier les bulles. Esco
avait dit : « Si l'on se bat, les Fédéraux nous tueront
jusqu'au dernier. » D'autres membres du groupe

ayant protesté avec virulence, il avait regardé au fond de son verre et ajouté : « Si l'un de nous fabriquait de la liqueur avec un tel champagne, on le jugerait fou. »

Ada n'avait guère prêté attention aux jeunes gens, tous fils de membres reconnus de la congrégation. Ils s'étaient assis dans un coin reculé du salon et parlaient fort. La plupart dédaignaient le champagne, et sirotaient sournoisement leurs flacons de poche, remplis d'alcool de maïs. Hob Mars, qui avait fait à Ada une brève cour mal accueillie, avait annoncé, comme s'il s'adressait à la pièce entière, qu'il fêtait la naissance de Notre Sauveur chaque soir depuis une semaine. Il prétendait qu'au sortir de chacune de ces soirées, assez mornes pour avoir pris fin avant le lever du jour, il avait éclairé son chemin à coups de pistolet. Empoignant le flacon d'un de ses voisins, il avait bu une lampée, puis s'était essuyé la bouche avec le dos de la main. « Voilà un breuvage qui tape fort », avait-il assuré d'une voix sonore avant de rendre le flacon.

Des femmes de tous les âges occupaient un autre coin de la pièce. Sally Swanger portait une paire de souliers neufs et élégants, et elle attendait les commentaires, les pieds tendus droits devant elle comme une poupée qui ne peut pas plier les jambes. Une autre femme s'étendait non sans complaisance sur le mauvais mariage qu'avait fait sa fille dont le mari insistait pour partager leur foyer avec une famille de chiens de chasse qui traînaient dans la cuisine en toute saison, sauf celle de la chasse au raton laveur. La femme expliquait qu'elle avait horreur d'aller en visite chez sa fille car des poils de chien baignaient toujours dans le jus du rôti. Sa fille, ajoutait-elle, avait, en peu d'années, donné naissance à une succession de bébés, de sorte qu'après avoir fait des pieds et des mains pour se caser quand elle était plus jeune elle trouvait beaucoup à redire à sa situation présente et considérait qu'elle passait son temps à essuyer des derrières. Les autres femmes s'étaient esclaffées mais Ada, un bref instant, avait eu l'impression d'étouffer.

Plus tard les groupes s'étaient mélangés, plusieurs convives s'étaient rassemblés autour du piano pour chanter et on s'était mis à danser. Ada était allée s'asseoir quelque temps au clavier, mais son esprit planait loin au-dessus de la musique. Elle avait joué un certain nombre de valses, puis elle avait abandonné le piano et regardé Esco se lever d'un œil amusé. Sans autre accompagnement que la mélodie qu'il sifflait lui-même, il exécuta une espèce de bourrée solitaire, au cours de laquelle son regard devint vitreux et sa tête se mit à dodeliner comme celle d'une marionnette au bout de son fil.

A mesure que la soirée se prolongeait, Ada s'était aperçue qu'elle avait trop bu. Son visage était moite et son cou transpirait sous les ruchés du col montant de sa robe en velours vert. Il lui semblait que son nez avait gonflé, à tel point qu'elle l'avait pincé entre le pouce et l'index pour évaluer sa largeur, avant de s'approcher du miroir du vestibule où elle avait eu la surprise de le trouver normal.

Sally Swanger qui, apparemment, subissait elle aussi l'effet du champagne de Monroe venait au même instant d'attirer Ada dans le vestibule pour lui chuchoter : « Le petit Inman vient d'arriver. Je ferais mieux de me taire, mais vous devriez l'épouser. Vous feriez sûrement de jolis bébés aux yeux bruns, tous les deux. »

Ada, consternée par ce commentaire, s'était enfuie dans la cuisine, rouge comme une pivoine, afin de se ressaisir.

Mais là, pour achever de semer le trouble dans son esprit, elle avait trouvé Inman seul, assis près du fourneau brûlant. Arrivé en retard car il circulait à cheval malgré la pluie hivernale, il se séchait avant de rejoindre les autres invités. Il portait un costume noir et son chapeau noir était accroché à la pointe de sa bottine habillée. Jambes croisées, il avait tendu les mains pour les réchauffer, si bien qu'il paraissait repousser quelque chose.

« Mon Dieu, s'était exclamée Ada. Vous voilà. Les dames sont contentes de vous savoir ici.

— Les vieilles dames ? avait demandé Inman.

— Toutes. Votre arrivée a été notée avec un plaisir tout particulier par Mme Swanger. »

Songeant à la dernière remarque de Sally, Ada avait eu un étourdissement. Elle avait rougi de nouveau et s'était hâtée d'ajouter : « Et par d'autres aussi, je n'en doute pas.

— Vous ne vous sentez pas mal, j'espère ? avait demandé Inman, quelque peu déconcerté.

— Non, non. C'est simplement qu'il fait chaud ici.

— Vous êtes toute rouge. »

Du dos de la main, Ada avait touché diverses parties de son visage moite, sans rien trouver à redire. Ecartant les doigts, elle avait pris une deuxième fois la mesure de son nez. Elle était allée jusqu'à la porte et l'avait ouverte pour respirer un peu d'air frais. La nuit sentait les feuilles mouillées et elle était si sombre qu'on ne distinguait rien au-delà des gouttes d'eau qui tombaient de la gouttière de la terrasse, éclairées par la lumière de la porte ouverte. Du salon leur étaient parvenus les premiers accords si simples du chant de Noël *Good King Wenceslas*, et Ada avait reconnu la raideur du phrasé de Monroe. Puis ils avaient entendu les hurlements aigus et solitaires d'un loup gris, au fond de l'obscurité, là-bas dans les montagnes.

« Quel cri désespéré », avait observé Inman.

Ada avait maintenu la porte ouverte en attendant qu'un autre hurlement réponde au premier, mais en vain. « Le pauvre », avait-elle dit.

Elle avait fermé la porte et s'était retournée vers leur invité. Au même instant, la chaleur qui régnait dans la pièce, le champagne et l'expression du visage d'Inman, plus douce que de coutume, s'étaient ligués contre elle, et elle s'était sentie prise à la fois de faiblesse et de vertige. Elle avait fait quelques pas incertains et, lorsque Inman s'était redressé et avait tendu la main pour la soutenir, elle l'avait prise. Et, Dieu sait comment, elle s'était retrouvée sur ses genoux.

Il avait posé les mains sur ses épaules et elle s'était laissée aller en arrière, la tête sous le menton d'Inman. Elle se rappelait avoir pensé qu'elle aimerait ne plus jamais en bouger, mais elle n'avait pas eu conscience de s'exprimer à voix haute. Elle se rappelait surtout qu'il avait eu l'air aussi satisfait qu'elle et qu'il n'avait pas cherché à obtenir davantage, se contentant de faire glisser ses mains jusqu'à l'extrémité des épaules d'Ada et de la tenir ainsi. Elle se rappelait le parfum du lainage humide de son costume, ainsi qu'une odeur persistante de cheval et de sellerie.

Elle était peut-être restée trente secondes sur ses genoux, pas plus, avant de se lever. Elle se rappelait, une fois arrivée à la porte, la main sur le chambranle, s'être retournée pour le regarder, toujours assis, un sourire perplexe aux lèvres, son chapeau renversé sur le sol.

Ada avait regagné le piano d'où elle avait délogé Monroe et où elle était demeurée assise un long moment. Inman avait fini par venir la rejoindre. Debout, l'épaule appuyée contre la porte, il tenait une flûte de champagne, où il trempait ses lèvres de temps à autre, et il observa la jeune fille quelque temps, avant de s'en aller bavarder avec Esco, toujours assis au coin du feu. Pendant le reste de la soirée, ni Ada ni Inman n'avaient fait allusion à ce qui s'était passé dans la cuisine. Ils n'avaient échangé que quelques brèves paroles, mal à l'aise tous les deux, et Inman était parti tôt.

Beaucoup plus tard, aux petites heures du matin, quand la soirée avait pris fin, Ada s'était approchée de la fenêtre du salon pour regarder les jeunes gens prendre la route en tirant des coups de pistolet en l'air. L'éclair qui jaillissait du canon de leurs armes éclairait brièvement leurs silhouettes.

Ada resta assise un moment après que le chariot du vieux Jones eut tourné le coin de la route. Puis elle alluma une lanterne et descendit au sous-sol. Monroe y avait peut-être entreposé une ou deux caisses de champagne et il serait agréable d'en ouvrir une bouteille de temps en temps. Elle ne trouva pas une goutte de vin mais découvrit en revanche un authentique trésor, qui favoriserait considérablement leurs tentatives de troc. C'était un sac de cinquante kilos de grains de café verts que Monroe avait stockés et qui attendait dans un coin.

Elle appela Ruby et, aussitôt, elles remplirent la rôtissoire, torréfièrent une demi-livre de grains sur le feu, les moulurent et firent infuser leur premier vrai café à l'une et à l'autre, depuis plus d'un an. Elles en avalèrent tasse sur tasse et restèrent éveillées la plus grande partie de la nuit, à bavarder comme des pies de leurs projets et de leurs souvenirs. A un moment, Ada résuma en détail toute la passionnante intrigue du livre de Dickens, *La Petite Dorrit*, un de ceux qu'elle avait lus au cours de l'été. Les jours suivants, elles marchandèrent des demi-livres et des poignées de leur café à leurs voisins, n'en conservant que cinq kilos pour leur propre usage. Lorsque le sac fut vide, elles avaient emmagasiné un demi-porc fumé, cinq boisseaux de pommes de terre irlandaises et quatre de patates douces, une grande boîte de levure chimique, huit poulets, divers paniers de courges, de haricots et d'okra, un vieux rouet et un métier à tisser qui avaient besoin de quelques petites réparations, six boisseaux de maïs en grains, et suffisamment de bardeaux fendus pour refaire le toit du fumoir. La meilleure acquisition, cependant, était un sac de cinq livres de sel, car cette denrée était devenue si rare et si chère que certains n'hésitaient pas, à présent, à creuser le sol de leur fumoir, à le faire bouillir, à le passer au crible pour éliminer la terre, à faire réduire l'eau, à passer de nouveau ce qui restait, et ainsi de suite jusqu'à ce qu'ils eussent éliminé toute la terre, fait évaporer toute l'eau, et fussent parvenus à récupérer le sel tombé au sol en traitant les jambons.

Pour tous ces marchandages, et le reste d'ailleurs, Ruby se montra un prodige d'énergie, et elle ne tarda pas à régler l'emploi du temps d'Ada. Chaque jour, avant l'aube, Ruby arrivait de son pavillon, elle nourrissait le cheval, trayait la vache, puis commençait à faire retentir les casseroles et les marmites dans la cuisine, après avoir allumé un bon feu dans le fourneau, mis de la semoule de maïs bien jaune à mijoter dans un récipient, tandis que des œufs au bacon crachaient leur graisse dans une poêle en fonte. Ada n'était pas habituée à la grisaille du petit matin. A vrai dire, tout au long de l'été, elle ne s'était guère levée avant dix heures — mais, soudain, elle n'avait plus le choix. Si Ada paressait au lit, Ruby n'hésitait pas à venir l'en déloger. Elle estimait que son travail était de faire tourner la maison, non pas de servir qui que ce fût ou d'exécuter ses volontés. Dans les rares occasions où Ada s'était oubliée à lui donner un ordre, comme à une domestique, Ruby s'était contentée de la dévisager fixement, avant de continuer ce qu'elle était en train de faire. Ce regard disait clairement que Ruby pouvait disparaître en un clin d'œil.

Pour Ruby, la règle était à peu près la suivante : elle ne s'attendait certes pas à voir Ada se charger de mettre en route le petit déjeuner, mais elle entendait pour le moins la voir assister à sa conclusion. Par conséquent, Ada descendait à la cuisine en peignoir, s'asseyait bien au chaud, dans le fauteuil à côté du fourneau, et entourait de ses mains une tasse de café. Par la fenêtre, elle voyait le jour commencer à prendre forme, bien que sa physionomie fût encore grise et mal définie. Même lorsque le soleil finissait par briller dans un ciel limpide, Ada parvenait rarement à discerner, à cette heure, les poteaux de la clôture qui entourait le potager à travers le brouillard du petit matin. A un moment donné, Ruby soufflait sur la flamme jaune de la lampe et la cuisine s'assombrissait, puis la lumière du dehors s'intensifiait et remplissait la pièce. Pour Ada, qui n'avait pas vu souvent poindre le jour, l'événement paraissait tenir du miracle.

Tout en cuisinant et en mangeant, Ruby ne cessait de parler, de dresser pour la journée à venir des projets concrets qu'Ada jugeait incongrus au vu de la lueur douce et faible qui tombait par la fenêtre. Lorsque l'été toucha à sa fin, Ruby parut ressentir l'approche de l'hiver avec un sentiment d'urgence aussi puissant que celui qui, à l'automne, pousse les ours à manger toute la nuit et la moitié de la journée afin d'emmagasiner la graisse nécessaire à leur survie durant leur hibernation. Dans les propos de Ruby, il n'était plus question que de s'échiner. Elle ne parlait que des efforts qu'il faudrait faire afin d'acquérir assez d'élan pour traverser l'hiver. Aux oreilles d'Ada, les monologues de Ruby semblaient se résumer à une litanie de verbes, tous fatigants. Labourer, planter, sarcler, couper, mettre en conserve, nourrir, abattre.

Jamais encore Ada ne s'était aperçue qu'il était si assommant de vivre, tout simplement. Une fois qu'elles avaient fini le petit déjeuner, elles travaillaient sans discontinuer. Les jours où il n'y avait pas de tâche importante à entreprendre, elles en accomplissaient des tas de petites, multipliant les corvées selon les besoins. Lorsque Monroe était encore de ce monde, vivre ne demandait guère d'autre effort que de tirer sur des comptes en banque, abstraits et lointains. A présent, avec Ruby, tous les faits, tous les processus liés aux nécessités de la vie devenaient désagréablement concrets, se présentaient à elle de façon immédiate et directe, et chacun demandait des efforts considérables.

Bien sûr, dans son existence d'autrefois, Ada n'avait guère participé à l'entretien du jardin. Monroe l'avait toujours confié aux soins d'un employé payé pour s'en occuper, si bien que son esprit s'était attaché plutôt au produit — c'est-à-dire aux aliments qu'elle voyait sur la table — qu'au mal qu'il fallait se donner pour l'obtenir. Ruby lui fit perdre cette habitude. L'âpre bataille pour la survie, voilà ce que Ruby sembla enseigner à Ada chaque jour, le premier mois qu'elles vécurent ensemble. Elle lui mettait le nez dans la terre afin de lui faire comprendre à quoi elle servait. Elle la faisait travailler alors qu'elle n'en avait aucune envie, l'obligeait à enfiler des vêtements grossiers et à gratter la poussière jusqu'à ce qu'elle eût l'impression que ses ongles étaient devenus des griffes, la contraignait à grimper sur le toit en pente du fumoir pour poser des bardeaux sans se soucier de savoir si le triangle vert de Cold Mountain paraissait tournoyer à l'horizon. Ruby remporta sa première victoire le jour où Ada parvint à baratter la crème pour obtenir du beurre. Et la deuxième lorsqu'elle remarqua qu'Ada ne fourrait plus de livre dans sa poche quand elle sortait sarcler les champs.

Ruby mettait un point d'honneur à ne pas se charger elle-même de toutes les corvées et elle insistait pour qu'Ada vînt maintenir sur le billot la tête d'un poulet qui se débattait et le décapitât d'un coup de hachette. Lorsque le corps sanglant partait en chancelant à travers la basse-cour, Ruby le désignait de la pointe de son vieux couteau de poche et déclarait : « C'est votre subsistance que vous voyez là. »

Ruby avait un moyen de pression très simple : Ada savait que, si elle engageait quelqu'un d'autre, cette personne finirait par se lasser, par partir, par la laisser échouer. Pas Ruby.

Les seuls moments de repos survenaient une fois

que la vaisselle du dîner avait été lavée et rangée. Alors elles sortaient s'asseoir sur la terrasse et Ada faisait la lecture jusqu'à la tombée de la nuit. Les livres, et leur contenu, étaient pour Ruby une grande nouveauté, si bien qu'Ada estima qu'il valait mieux tout reprendre de zéro. Après avoir expliqué à sa compagne qui étaient les Grecs, elle avait commencé à lui lire des passages d'Homère. Elles lisaient d'ordinaire quinze ou vingt pages chaque soir. Puis, quand il faisait trop sombre, que l'air devenu bleu tournait au brouillard, Ada fermait son livre et demandait à Ruby de lui raconter des histoires. Il lui fallut plusieurs semaines pour recueillir, par bribes, le récit de la vie de Ruby.

Elle avait grandi dans un foyer si pauvre qu'elle était obligée de faire la cuisine sans utiliser plus de graisse qu'on n'en pouvait obtenir en frottant une couenne autour de la poêle. Et elle en avait eu assez de cette misère. Elle n'avait jamais connu sa mère, et son père, un dénommé Stobrod Thewes, était un bon à rien notoire de la région, toujours du mauvais côté de la loi. Ils vivaient dans une cahute minuscule et précaire, un simple enclos et un sol en terre battue. La seule chose ou presque qui la distinguât d'une roulotte de romanichel, c'était l'absence de roues et de plancher. Ruby dormait sur une planche en hauteur qui n'était en réalité qu'une étagère. Son lit était un vieux morceau de toile à matelas qu'elle avait bourrée de mousse sèche. Comme il n'y avait pas de plafond, uniquement les dessins géométriques que formaient les bardeaux du toit en se chevauchant, Ruby s'était réveillée plus d'une fois le matin avec, par-dessus sa pile de courtepointes, deux bons centimètres de neige soufflée par le vent entre les interstices du toit, comme de la farine tamisée. Ces matins-là, Ruby avait compris que le plus grand avantage d'une habitation aussi exiguë était qu'un feu de brindilles suffisait à la réchauffer en un clin d'œil, même si la cheminée bricolée par Stobrod tirait si mal qu'on aurait pu fumer des jambons dans la pièce. Par n'importe quel temps, hormis les plus épouvantables, Ruby préférait faire la cuisine derrière la maison, sous une tonnelle de broussailles.

Pourtant, si petite et si nue fût-elle, la cahute donnait encore trop de mal pour que Stobrod consentît à l'entretenir. Sans la malencontreuse existence de sa fille, il se serait volontiers installé dans un arbre creux, car, selon Ruby, son père se considérait, au mieux, comme un animal doué de mémoire.

Ruby avait dû apprendre à se nourrir dès qu'elle avait été assez grande pour se débrouiller seule, ce qui, aux yeux de Stobrod, allait de soi dès qu'un enfant commençait à marcher. Toute petite fille, Ruby cherchait de quoi manger dans les bois, le long du fleuve, auprès des fermières charitables. Son plus vif souvenir d'enfance était lié au jour où elle avait remonté le sentier du bord de l'eau pour chercher de la soupe aux haricots blancs chez Sally Swanger, et où, en revenant chez elle, sa chemise de nuit — qui avait été pendant plusieurs années son unique tenue, même dans la journée — s'était prise dans une branche de prunellier. Chaque épine était aussi grosse qu'un ergot de coq, et elle avait été incapable de s'en libérer. Cet après-midi-là, personne n'était venu sur le sentier. Des nuages dépenaillés roulaient au-dessus d'elle, le jour déclinait comme une lampe à court de pétrole. La nuit s'était abattue et il n'y avait pas de clair de lune car c'était la nouvelle lune du mois de mai. Ruby, à l'âge de quatre ans, avait passé la nuit attachée au prunellier.

Ces heures d'obscurité et de froid dans les brumes vagabondes avaient été pour elle une révélation, elle ne les avait jamais oubliées. Elle se rappelait avoir frissonné et pleuré pendant quelque temps, appelé à l'aide. Elle avait peur d'être mangée par quelque puma descendu de Cold Mountain en quête d'une proie. Elle avait entendu raconter par les compagnons de beuverie de Stobrod que ces animaux pouvaient emporter des petits enfants. A les en croire, les montagnes regorgeaient de créatures friandes de la chair des marmots. Les ours en maraude. Les loups en chasse. Sans compter les myriades de fantômes qui hantaient les montagnes. Ils se présentaient sous des formes variées, toutes terrifiantes, et ils vous fondaient dessus pour vous emporter au fond de Dieu sait quel enfer.

Les vieilles femmes cherokees parlaient des esprits cannibales qui vivaient au fond des fleuves et dévoraient la chair humaine, s'emparant des gens juste avant le point du jour et les entraînant dans les profondeurs de l'eau. Les enfants étaient un morceau de choix et, quand ils en attrapaient un, ils laissaient à sa place une ombre, un jumeau, qui bougeait et parlait mais n'était pas vraiment vivant. Sept jours plus tard, il dépérissait et mourait.

La nuit avait rassemblé toutes ces menaces, et la petite Ruby était restée assise longtemps, à grelotter de froid et à sangloter presque jusqu'à en suffoquer à force de songer à tous les dangers qui rôdaient.

Plus tard, une voix lui avait parlé dans le noir. Ses paroles semblaient surgir du flot précipité et des éclaboussures du fleuve, mais ce n'était pas un démon mangeur d'hommes. On aurait plutôt dit quelque tendre force du paysage ou du ciel, un esprit animal, un gardien, qui l'avait prise sous son aile et avait veillé à son bien-être. Elle se rappelait chacun des motifs étoilés qui avaient dérivé dans la partie du ciel qu'elle pouvait voir, au milieu des branches, et chacun des mots que lui avait adressés la voix tranquille qui l'avait veillée, réconfortée, protégée tout au long de la nuit. Elle avait cessé de frissonner dans sa fine chemise, et ses sanglots s'étaient apaisés.

Le lendemain matin, un pêcheur l'avait libérée. Elle était rentrée chez elle sans jamais souffler mot de l'affaire à Stobrod. Lequel n'avait d'ailleurs pas demandé où elle avait passé la nuit. La voix, cependant, continuait à résonner dans la tête de Ruby et, après cette aventure, elle était devenue de ces gens qui sont nés coiffés : elle savait des choses que les autres ignoreraient toujours.

A mesure qu'elle grandissait, Stobrod et elle avaient vécu de ce que la fillette faisait pousser sur le seul petit lopin de leurs terres suffisamment plat pour être labouré. Son père, pour sa part, passait son temps ailleurs, disparaissant parfois pendant des jours entiers. Il n'hésitait pas à couvrir plus de soixante kilomètres pour assister à une fête. Dès qu'il était question de danser, il filait le long de la route, armé du violon sur lequel il était à peine capable de gratter une poignée d'airs connus. Quelquefois, Ruby ne le revoyait pas avant plusieurs jours. Autrement, Stobrod partait dans les bois. Chasser, à ce qu'il prétendait. Mais il ne fournissait guère à la marmite qu'un écureuil ou une marmotte de temps à autre. Ses ambitions n'allaient jamais jusqu'au cerf et, lorsque les rongeurs se raréfiaient, sa fille et lui se nourrissaient de châtaignes, de rhubarbe et autres mets sauvages que glanait Ruby.

Même son amour immodéré pour l'alcool n'avait pu faire de Stobrod un agriculteur. Plutôt que de cultiver du maïs, il préférait, à l'époque où les épis étaient mûrs, sortir avec un sac, par les nuits sans lune, et en voler. Il s'en servait pour distiller une liqueur jaune et grasse qui, à en croire ses comparses, n'avait pas sa pareille pour vous arracher le gosier et vous taper sur la calebasse.

Sa seule expérience du monde de l'emploi s'était soldée par un désastre. Un homme qui vivait en aval l'avait engagé pour défricher un morceau de terre vierge, à ensemencer au printemps. Les arbres les plus hauts, déjà abattus, gisaient à l'orée du bois, dans un énorme fouillis de branchages. L'homme avait demandé à Stobrod de l'aider à les brûler. Ils avaient allumé un feu endiablé et commencé de couper les branches des troncs abattus. Stobrod s'était alors rendu compte que ce travail exigeait beaucoup plus d'efforts qu'il ne l'avait supposé. Il avait soudain baissé ses manches de chemise et s'était éloigné sur la route. L'homme était resté à s'échiner seul, utilisant un crochet à bûches pour tenter de faire rouler les troncs jusqu'au feu. Il se tenait à proximité des flammes, lorsque plusieurs gros rondins qui se consumaient avaient glissé, emprisonnant sa jambe. Incapable de se dégager, il s'était égosillé pour appeler à l'aide jusqu'à ce que la voix lui manquât. Le feu continuait d'avancer vers lui et, finalement, plutôt que d'être brûlé vif, il avait empoigné la hache, s'était sectionné la jambe, juste au-dessus du genou. Il s'était bricolé un garrot avec une bande du tissu de son pantalon, l'avait serré le plus possible à l'aide d'un bâton, puis il avait taillé une branche fourchue pour s'en faire une béquille, et il était rentré chez lui. Il avait survécu, mais de justesse.

Pendant plusieurs années après cet épisode, Stobrod avait emprunté avec la plus grande prudence la route le long de laquelle vivait l'homme à la jambe de bois, car ce dernier nourrissait à son égard une rancune tenace et de sa terrasse lui tirait parfois dessus.

Ruby était déjà presque adulte lorsqu'elle s'était interrogée sur le genre de femme qu'était sa mère pour avoir épousé un homme pareil. Mais Stobrod avait pour ainsi dire effacé le souvenir de la défunte de l'ardoise de son esprit, car, lorsque Ruby lui avait demandé de la décrire, il avait prétendu qu'il s'en souvenait à peine. « Je n'arrive même plus à me rappeler dans ma tête si elle était mince ou grosse », avait-il dit.

A la surprise générale, dès les premiers jours de la fièvre guerrière, Stobrod s'était engagé dans l'armée. Il était parti un matin, sur leur vieux bardot, pour livrer bataille, et depuis Ruby n'avait plus jamais entendu parler de lui. Le dernier souvenir qu'elle en avait gardé était la vision de ses jambes blanches luisant au-dessus de ses bottines tandis qu'il s'éloignait au petit trot. A son avis, Stobrod n'avait pas dû se battre longtemps. Il était sûrement mort dès la première bataille, ou il avait déserté, car Ruby avait appris par un homme de son régiment — rentré chez lui avec un bras en moins — que Stobrod avait été porté disparu après la bataille de Sharpsburg.

Quel qu'eût été son sort, qu'il eût écopé d'une balle dans le dos ou déguerpi en direction des territoires de l'Ouest, il avait laissé Ruby se débrouiller seule. Sans le bardot, elle ne pouvait même plus labourer leur pauvre champ. Elle n'avait eu d'autre ressource que de planter un petit potager qu'elle cultivait à la main avec un araire et une houe.

La première année de la guerre avait été dure. Du moins Stobrod avait-il laissé son vieux mousquet à canon lisse car, s'était-il dit, il avait une chance d'améliorer son arsenal s'il rejoignait son bataillon les mains vides. Ruby s'était approprié la relique — qui tenait plutôt de l'arquebuse — afin, durant l'hiver, de chasser les dindons sauvages et les chevreuils, faisant sécher son gibier près du feu, à la manière des Indiens. Stobrod avait aussi emporté leur unique couteau, si bien qu'elle tranchait la viande en se servant de celui qu'elle s'était fabriqué avec une section de lame de scie. Elle avait chauffé la lame dans le feu, puis, avec un clou de fer à cheval ramassé sur la route, gravé la forme d'un couteau dans le métal brûlant. Quand le métal s'était refroidi, elle avait fait tomber à coups de marteau tout ce qui dépassait de la ligne gravée, puis limé les barbes de la lame et du manche. Toujours à coups de marteau, elle avait enfoncé des rivets, fabriqués avec des déchets de cuivre, de façon à fixer un manche de bois de pommier qu'elle avait scié dans une grosse branche. Elle avait aiguisé la lame de son mieux sur une pierre enduite de graisse. Son outil, pourtant d'aspect grossier, coupait aussi bien qu'un couteau acheté dans un magasin.

Quand elle faisait le bilan de son existence, elle comptait parmi ses réussites le fait que, dès l'âge de dix ans, elle connaissait chaque recoin des montagnes à quarante kilomètres à la ronde, aussi intimement qu'un jardinier ses rangées de haricots. Et aussi que plus tard, à peine arrivée à l'âge adulte, elle était capable de rosser les hommes, lors de rencontres sur lesquelles elle ne souhaitait pas s'appesantir, sans l'aide de personne.

A présent, elle croyait avoir vingt et un ans. Elle n'en était pas tout à fait sûre, parce que Stobrod n'avait noté dans sa mémoire ni le jour ni l'année de sa naissance. Il ne se rappelait même pas à quelle saison. Cela dit, elle n'envisageait pas de fêter son anniversaire. Les célébrations avaient toujours été singulièrement absentes de son existence, la nécessité de survivre ayant eu la sale habitude de concentrer toute son attention.

COMME N'IMPORTE QUOI D'AUTRE, UN DON

Tard dans la nuit, Inman suivit une sorte de route qui longeait la Deep River avant de plonger dans un creux rocailleux qui se resserrait ensuite pour former une gorge. Le ciel rétrécit, entre les deux murailles de rochers et d'arbres enchevêtrés, jusqu'à n'être plus qu'une bande nacrée à la verticale. La seule lumière était celle de la Voie lactée. Pendant quelque temps, il fit si noir dans le ravin qu'Inman en fut réduit, pour se diriger, à chercher du pied la fine poussière de la route.

Pour finir, la route devint une étroite entaille entre le fleuve en contrebas et une abrupte paroi de rochers concassés et de terre, en partie recouverte de broussailles. Inman redoutait d'être surpris par la milice. Des cavaliers auraient le temps de s'abattre sur lui avant qu'il trouve une ouverture par où quitter la route, et la paroi était trop accidentée et trop raide pour qu'il l'escalade dans le noir en silence. Le mieux était de marcher d'un bon pas et de s'extirper le plus vite possible de cette blessure au flanc de la terre.

Il se força à courir et soutint l'allure pendant quelque temps, jusqu'au moment où il aperçut devant lui, sur le chemin, une lueur vacillante. Il ralentit le pas, et fut bientôt assez près pour voir un homme, coiffé d'un chapeau à large bord, arrêté sur la route dans le cercle jaune que projetait la torche en pin fumante qu'il tenait à la main. Sans bruit, Inman se faufila et s'immobilisa contre un gros rocher, à moins de dix mètres.

L'homme, vêtu d'un costume noir et d'une chemise blanche, menait un cheval au bout d'une longe. A la lumière de la torche, Inman vit que la bête portait en travers du dos une masse blanche, épaisse et informe, qui ressemblait à un paquet de linge. L'homme s'assit au milieu de la route et ramena ses genoux contre sa poitrine. Il formait sur la route une espèce de masse noire illuminée.

Il va s'endormir avec sa torche enflammée, se dit Inman. D'ici une minute, il aura mis le feu à ses propres pieds.

Mais l'homme ne somnolait pas ; il était au désespoir. Il leva les yeux vers le cheval et poussa un gémissement.

« Seigneur, ô Seigneur, cria-t-il, nous avons vécu jadis au paradis terrestre ! »

Il se balança de droite à gauche puis répéta : « Seigneur, ô Seigneur. »

Encore un obstacle sur mon passage, que faire ? se demanda Inman. Impossible de rebrousser chemin. Impossible de le contourner. Impossible de rester planté là toute la nuit, comme une génisse au piquet. Il sortit son revolver et vérifia qu'il était chargé.

Il était sur le point d'avancer quand l'homme se releva et ficha en terre l'extrémité de son flambeau. Il passa de l'autre côté du cheval et entreprit de soulever le paquet posé sur le dos de sa monture, qui piaffa nerveusement, les oreilles aplaties en arrière et les yeux effrayés.

L'homme parvint à charger le paquet sur son épaule puis reparut d'un pas chancelant. Inman vit alors qu'il s'agissait d'une femme. Un de ses bras pendait mollement tandis que la cascade de ses cheveux noirs effleurait le sol. L'homme et son fardeau sortirent du cercle de lumière. Ils devinrent presque invisibles, mais il paraissait évident que leur destination était le bord du précipice. Inman entendait l'homme sangloter dans le noir.

Il fonça jusqu'à la torche qu'il empoigna pour la lancer doucement vers le bruit des sanglots. En tombant, elle éclaira l'homme debout à l'extrême bord de l'à-pic, la femme dans ses bras. Celui-ci essaya de se retourner pour voir d'où provenait cette soudaine illumination. Chargé comme il l'était, il lui fallut quelques instants. D'un pas incertain, il fit face à Inman.

« Posez-la », dit celui-ci.

La femme s'affaissa aux pieds de l'homme.

« Qu'est-ce que c'est que ce foutu revolver ? grommela l'homme, en regardant les deux gros canons dépareillés.

— Ecartez-vous d'elle, ordonna Inman. Venez par ici, que je vous voie. »

L'homme enjamba le corps et approcha. Il gardait la tête baissée, pour ne pas être aveuglé par la lumière de la torche.

« Ne faites pas un pas de plus, lâcha Inman quand il fut près de lui.

— C'est Dieu qui vous envoie me dire non, ne le

fais pas », déclara l'homme. Il avança de deux pas, puis tomba à genoux sur la route, se prosterna et se cramponna aux jambes d'Inman. Ce dernier braqua le revolver vers sa tête et pressa le doigt sur la détente au point de sentir les parties métalliques du mécanisme se tendre les unes contre les autres. Mais l'homme leva alors son visage et, à la lumière du flambeau qui brûlait toujours à même le sol, Inman put voir que ses joues étaient inondées de larmes. Il se radoucit donc, comme il l'aurait peut-être fait de toute façon, et se contenta d'asséner à l'homme un petit coup sur la pommette avec le plus long des deux canons.

L'homme s'effondra dans la poussière, sur le dos, une légère entaille sous l'œil. Son chapeau était tombé et, autour de son crâne aussi lisse qu'une pomme, ses cheveux jaunes luisants de cosmétique bouclaient en lourdes anglaises jusqu'à ses épaules. Il tâta la coupure et regarda le sang.

« Je reconnais que je le mérite, dit-il.

— Vous méritez la mort », riposta Inman. Il contempla la femme qui gisait toujours au bord de l'à-pic. Elle n'avait pas bougé. « Il n'est pas dit que vous y échapperez, ajouta-t-il.

— Ne me tuez pas, je suis un homme de Dieu, déclara l'autre.

— D'aucuns disent que nous le sommes tous, dit Inman.

— Je voulais dire un prédicateur, reprit l'homme. Je suis prédicateur. »

Ne sachant que répondre, Inman souffla bruyamment.

Le prédicateur se releva sur les genoux.

« Elle est morte ? demanda Inman.

— Non.

— Qu'est-ce qu'elle a ?

— Ce n'est rien. Elle est quelque peu enceinte. Et je lui ai donné quelque chose.

— Peut-on savoir quoi ?

— Un petit paquet de poudres que j'ai acheté à un vendeur ambulant. Il m'a dit qu'il suffisait à endormir un homme pendant quatre heures. Il y en a à peu près deux que je lui ai administré la dose.

— Et c'est vous le papa ?

— A ce qu'il semble.

— Mais vous n'êtes pas son mari, j'imagine ?

— Non. »

Inman s'approcha de la jeune femme et s'agenouilla. Il prit la tête brune dans sa main et la souleva. Elle respirait en émettant une espèce de léger ronflement, puis en sifflant par le nez. Les ombres que projetait la torche sur son visage endormi étaient affreuses car elles soulignaient de façon peu flatteuse le creux de ses orbites et de ses joues. Inman n'en voyait pas moins qu'elle était sans doute d'une certaine beauté. Il reposa la tête sur le sol et se remit debout.

« Remettez-la sur le cheval », dit-il. Il s'écarta sans cesser de braquer son arme sur l'homme qui se redressa d'un bond, les yeux toujours fixés sur le canon. Il s'approcha de la femme, s'agenouilla et la souleva avec effort. Il tituba jusqu'au cheval et la jeta en travers de la selle. Inman leva le revolver un instant afin de le regarder se profiler dans la lumière. Le caractère d'urgence et de netteté que son arme donnait à une requête toute simple était vraiment appréciable.

« Et maintenant ? » demanda l'homme, qui paraissait soulagé de laisser quelqu'un d'autre prendre les décisions.

« Fermez-la », répondit Inman. Il ne savait pas quoi décider et, après cette longue marche sans sommeil, ses idées lui semblaient lentes et décousues.

« D'où venez-vous ? demanda-t-il.

— Il y a une ville, pas très loin d'ici, dit l'homme, avec un geste dans la direction que prenait Inman.

— Marchez devant et montrez-moi le chemin. »

Inman ramassa le flambeau et le jeta dans le précipice. Le prédicateur le regarda tomber et former un point lumineux qui décrut dans les ténèbres.

« C'est encore la Deep River ici ? interrogea Inman.

— C'est comme ça qu'on l'appelle. »

Ils se mirent en route. Inman gardait le pistolet dans une main et menait le cheval de l'autre. L'extrémité de la longe, en chanvre épais, avait été entourée de fil de fer sur une quinzaine de centimètres pour l'empêcher de s'effilocher si bien que, lorsqu'il l'empoigna, il se piqua le pouce jusqu'au sang. Il suça son doigt meurtri et se dit que, s'il ne s'était pas trouvé par hasard sur la route du couple, il ne resterait plus désormais de la femme qu'une tache blanche flottant à la surface du fleuve noir, ses jupes gonflées comme une cloche autour d'elle, que le prédicateur regarderait d'en haut, en répétant : « Coule, coule. » Inman se demandait ce qu'il convenait à présent de faire.

La route ne tarda pas à monter pour franchir une petite crête et s'écarta du fleuve. Elle serpentait à travers des collines assez basses. A la clarté de la lune, Inman aperçut de vastes étendues de terrain nu, là où la forêt avait été brûlée pour laisser place à des champs. A perte de vue, des souches noircies se dressaient au milieu de l'argile creusée par des ruisseaux et les formes calcinées brillaient d'un éclat noir. L'endroit que je cherche à atteindre appartient sans doute à une autre planète, se dit Inman.

Orion, à son zénith, brillait à l'horizon, et Inman en déduisit qu'il était largement plus de minuit. La grande silhouette du guerrier chasseur se dressait comme une accusation, un signe dans le ciel soulignant les faiblesses humaines. Orion avait bandé ses muscles, son arme prête à frapper. Aussi sûr de lui qu'un homme, dont la posture traduirait parfaitement le caractère. Voyageant chaque nuit droit vers l'ouest, sans jamais prendre une seconde de retard.

C'était un réconfort que d'être capable de nommer

la plus brillante étoile d'Orion. Inman avait partagé ce savoir avec un jeune gars du Tennessee, la nuit qui avait suivi la bataille de Fredericksburg. Ils étaient assis au bord du fossé, derrière le mur. L'air était froid et tranchant, les étoiles des pointes de lumière acérées ; l'aurore boréale avait déjà flamboyé avant de s'éteindre. Ils étaient enveloppés dans des couvertures qu'ils avaient drapées autour de leurs têtes et de leurs épaules, et le plumetis de leur haleine s'attardait dans l'air immobile, tel un esprit en train de prendre son vol.

« Il fait si froid que, si tu suçais le canon de ton fusil, ta langue y resterait collée », avait dit le garçon.

Il tenait son Enfield levé devant son visage et il avait soufflé sur le canon avant de le gratter du bout de l'ongle pour enlever le givre. Il avait regardé Inman puis recommencé son manège. Il avait levé le doigt pour le montrer à Inman qui avait dit : « Je vois. » Le garçon avait craché entre ses pieds et s'était penché pour observer si la salive gelait, mais le fond du fossé était trop noir, on n'y voyait rien.

Devant eux s'étendait le champ de bataille, qui descendait vers la ville et le fleuve. La terre se déployait, aussi lugubre qu'un horrible cauchemar, parsemée de cadavres et labourée par l'artillerie. Le nouveau visage de l'enfer, avait dit quelqu'un. Pour détourner son esprit de cette nuit-là, Inman avait levé les yeux vers Orion et nommé l'étoile. Le gars du Tennessee l'avait contemplée : « Comment tu sais qu'elle s'appelle Rigel ?

— Je l'ai lu dans un livre, avait répondu Inman.

— Dans ce cas, c'est juste un nom que nous lui donnons, nous, avait dit le garçon. C'est pas le nom de Dieu. »

Inman avait réfléchi un instant puis demandé : « Et comment diable saurait-on le nom que Dieu lui a donné ?

— On peut pas savoir, il le garde pour lui, avait riposté le garçon. C'est une chose qu'on saura jamais.

C'est une leçon pour nous dire que quelquefois il vaut mieux accepter l'ignorance. Ce que tu vois là-bas, c'est en grande partie le résultat du savoir », avait-il ajouté en indiquant du menton le terrain dévasté qu'il ne trouvait, apparemment, même pas digne d'un geste méprisant de la main. Sur le moment, Inman s'était dit que le garçon était un imbécile, et il avait continué à se sentir content de connaître le nom que nous donnons à la principale étoile d'Orion et de laisser à Dieu son noir secret. Mais, à présent, il se demandait si le garçon n'avait pas raison en ce qui concernait le savoir, en tout cas certaines formes de savoir.

Inman et le prédicateur marchèrent en silence pendant quelque temps, jusqu'au moment où l'homme finit par demander : « Que comptez-vous faire de moi ?

— J'y réfléchis, répondit Inman. Comment vous êtes-vous fourré dans ce pétrin ?

— C'est difficile à dire. Personne en ville ne se doute encore de quoi que ce soit. Elle vit avec sa grand-mère, une vieille sourde comme un pot. Il n'y avait rien de plus facile pour elle que de se faufiler dehors à minuit, pour aller prendre du bon temps dans une meule de foin ou sur une rive moussue, jusqu'aux premiers chants des oiseaux, juste avant l'aube. Pendant tout l'été, nous nous sommes glissés au milieu des bois, la nuit, pour nous retrouver.

— Aussi rusés que des pumas ? C'est le tableau que vous cherchez à peindre ?

— Ma foi, oui. D'une certaine façon.

— Comment en êtes-vous arrivés là ?

— Comme d'habitude. Il y a eu des regards, des inflexions de voix, des mains qui se frôlaient en se passant le poulet quand nous allions pique-niquer après l'office du dimanche.

— Il y a une trotte entre ça et se retrouver le pantalon autour des chevilles dans une meule de foin.

— Oui.

— Et encore plus de chemin pour se retrouver prêt à la jeter au fond d'un ravin, comme un goret mort de la fièvre porcine.

— Certes oui. Mais les choses sont plus compliquées. Pour commencer, il y a ma position. Si on nous avait surpris, on m'aurait chassé du pays. Notre congrégation est très stricte. On a demandé des comptes à certains membres dont le seul tort avait été de permettre qu'on joue du violon sous leur toit. Croyez-moi, j'ai passé des nuits entières dans le tourment, à réfléchir à tout cela.

— Il s'agissait de nuits pluvieuses, j'imagine ? Des nuits où les meules de foin et les rives moussues étaient trop humides. »

Le prédicateur marchait toujours.

« Il y avait des façons plus simples de réparer, insista Inman.

— Je n'en ai pas trouvé.

— L'épouser, par exemple.

— Une fois de plus, les complications vous échappent. Je suis déjà fiancé.

— Ah.

— Je pense à présent que, lorsque je me suis lancé dans la prédication, je me suis mépris sur ma vocation.

— En effet, dit Inman, vous me semblez peu fait pour ce genre de métier. »

Ils couvrirent encore un kilomètre et demi, et soudain devant eux, sur les rives d'un fleuve, celui-là même qui coulait au fond de la gorge, ils aperçurent une espèce de ville. Quelques bâtiments en bois. Une église en planches, blanchie à la chaux. Un ou deux magasins. Des maisons.

« Ce que nous allons faire, déclara Inman, c'est la remettre dans son lit, comme si de rien n'était. Vous avez un mouchoir ?

— Oui.

— Roulez-le en boule et mettez-le dans votre bouche, et allongez-vous à plat ventre sur le sol. »

Pendant que le prédicateur s'exécutait, Inman dégagea le fil de fer qui renforçait la longe. Puis il s'avança derrière l'homme, lui enfonça un genou dans le dos et enroula le fil de fer autour de son visage une demi-douzaine de fois avant d'en tortiller ensemble les extrémités.

« Si vous aviez crié, expliqua-t-il, on serait arrivé en courant et vous auriez pu me mettre toute l'affaire sur le dos. Jamais les gens d'ici ne m'auraient cru. »

Ils entrèrent dans la ville. Les chiens se mirent à aboyer, puis, reconnaissant le prédicateur et habitués à ses déambulations nocturnes, ils se turent.

« Quelle maison ? » demanda Inman.

Le prédicateur montra la route devant eux et lui fit traverser la ville, pour gagner un bosquet de peupliers. Blottie au milieu des arbres, se dressait une minuscule chaumière recouverte de voliges et peinte en blanc. Le prédicateur hocha la tête. Le fil de fer lui tirait sur les coins de la bouche qu'un large sourire semblait étirer, expression mal assortie à l'humeur d'Inman.

« Reculez jusqu'à ce petit peuplier », dit celui-ci. Il se servit de la longe pour attacher le prédicateur à l'arbre par le cou. Puis, empoignant le bout de la corde, il la tira par-dessus l'épaule de l'homme et lui lia les poignets dans le dos en serrant fort.

« Restez ici bien tranquille, et nous survivrons tous à cette aventure », dit Inman.

Il souleva la jeune femme du cheval avec précaution. Un bras sous la taille, l'autre sous la chair souple de ses cuisses. La tête sombre reposait contre son épaule et, tandis qu'il avançait, la longue chevelure lui caressait la peau comme un souffle. Elle poussa un petit gémissement, dormeuse brièvement troublée, dans un sommeil profond, par un rêve passager. Elle était tellement vulnérable, blottie ainsi entre ses bras. Exposée à tous les dangers, protégée par la seule bonne volonté si rare du monde qui l'entourait. Je devrais tuer cette ordure de prédicateur, se dit Inman.

Il porta son fardeau jusqu'à la maison et le déposa dans une plate-bande de tanaisies, près du perron. Il monta sur la terrasse et regarda par la fenêtre l'intérieur sombre. Près de la cheminée où un feu rougeoyait dans l'âtre, une vieille femme dormait sur un grabat. Elle avait vécu si longtemps qu'elle avait atteint un état de quasi-transparence ; Inman eut l'impression que, s'il l'empoignait et la tenait devant le feu, il pourrait lire un papier à travers sa peau couleur de parchemin. Bouche ouverte, elle ronflait et, même dans la lumière diffuse, on voyait qu'il ne lui restait plus que deux paires de dents. Les deux dents du milieu, en haut, et les deux mêmes, en bas.

La porte n'était pas verrouillée. Inman l'ouvrit et passa la tête à l'intérieur. « Hé ! » dit-il à mi-voix. La vieille continua à ronfler. Il frappa deux fois dans ses mains, sans obtenir la moindre réaction. Pas de danger, décida-t-il, et il entra. Près du feu était posée une assiette avec une demi-miche de pain de maïs et deux morceaux de porc frit. Inman mit le tout dans son havresac. Il y avait un lit vide au fond de la pièce, à l'opposé de la cheminée. Le lit de la fille. Il s'en approcha, ouvrit les couvertures, puis il ressortit et contempla la jeune dormeuse brune. Dans sa robe blanche, elle n'était plus qu'une bande de lumière sur la terre sombre.

Il la souleva, la porta à l'intérieur et la mit au lit. Il lui retira ses souliers et la couvrit jusqu'au menton. Puis il se ravisa, rabattit les couvertures et la tourna sur le côté, car il se rappelait qu'un gars de son régiment, un soir d'ivresse, s'était endormi sur le dos et se serait étouffé avec son propre vomi si quelqu'un ne l'avait pas entendu et retourné d'un coup de pied. De cette façon, quand elle se réveillerait le lendemain matin avec un affreux mal de tête, elle se demanderait comment elle était revenue dans son lit, alors que la dernière chose dont elle se souviendrait serait de s'être vautrée dans le foin avec le prédicateur.

A ce moment-là, les bûches tombèrent des chenets à grand bruit et le feu de l'âtre se raviva. Les yeux de la jeune femme s'ouvrirent, elle tourna la tête et vit Inman. A la lueur des flammes, son visage paraissait blanc, ses cheveux désordonnés. Elle sembla terrifiée. Ses lèvres s'écartèrent comme pour hurler, mais aucun son ne sortit. Inman se pencha, main tendue, et lui toucha le front, en repoussant les cheveux qui bouclaient sur ses tempes.

« Vous vous appelez comment ? demanda-t-il.

— Laura.

— Ecoutez-moi, Laura. Ce prédicateur n'exprime pas la volonté de Dieu. Aucun homme ne saurait le faire. Rendormez-vous et réveillez-vous demain matin avec l'idée que je ne suis qu'un rêve entêtant qui vous incite vivement à oublier cet homme. Il ne vous veut pas de bien. Soyez-en sûre. »

Il appuya deux doigts sur ses paupières, comme il avait vu faire pour fermer les yeux des morts aux visions désagréables. Elle s'apaisa et se pelotonna pour se rendormir.

Inman la laissa et retourna dehors, là où le prédicateur était toujours attaché à son arbre. L'idée de sortir son couteau et de poignarder cet homme était particulièrement séduisante, mais, au lieu de cela, Inman fouilla dans son sac et en sortit sa plume, son encre et du papier. Il trouva un endroit où les rayons de la lune se faufilaient à travers les arbres. Sous leur lumière bleue, il écrivit un bref compte rendu de l'histoire. Quand il eut fini, il accrocha la feuille de papier sur une branche d'arbre, hors de portée du prédicateur.

Ce dernier le regarda faire, mais, lorsqu'il comprit l'intention d'Inman, il commença à s'agiter et à se débattre, cherchant à l'atteindre à coups de pied.

Il s'efforçait de grogner à travers le mouchoir que le fil de fer maintenait dans sa bouche.

« Parler ? C'est ça que vous voulez ? demanda Inman.

— Ah ! » fit le prédicateur.

Inman sortit le revolver et l'appuya contre l'oreille de l'homme, il arma le chien du canon inférieur. « Si vous élevez la voix, vous n'aurez plus de tête », annonça-t-il. Il défit le fil de fer. Le prédicateur cracha le mouchoir.

« Vous avez ruiné ma vie, déclara-t-il.

— N'essayez pas de me faire porter le chapeau, rétorqua Inman. Je ne souhaitais absolument pas me mêler de cette affaire. Mais je ne veux pas avoir à me demander si d'ici une nuit ou deux vous ne retournerez pas dans cette sinistre gorge avec cette pauvre fille en travers de votre cheval.

— Alors tuez-moi. Tirez-moi dessus et laissez-moi attaché à cet arbre.

— Cette offre n'est pas sans charme, savez-vous ?

— Que Dieu vous fasse rôtir dans les feux de l'enfer pour le mal que vous me faites. »

Inman ramassa le mouchoir et l'enfonça de force dans la bouche du prédicateur avant de remettre le fil de fer et de partir à grands pas. Tandis qu'il s'éloignait, les grognements et les gémissements s'amenuisèrent. Des imprécations et des malédictions sans paroles.

Inman marcha toute la nuit d'un bon pas, afin de mettre le plus de distance possible entre lui et cet endroit sans nom. Lorsque le jour se leva enfin dans son dos, il avait réussi à gagner une contrée vallonnée, et il avait l'impression de n'être plus que l'ombre de lui-même. Il n'avait aucune idée du lieu où il se trouvait, et il ignorait qu'au cours de cette nuit de marche acharnée il n'avait pas parcouru plus d'une vingtaine de kilomètres. Il lui semblait en avoir couvert cent cinquante.

Il s'enfonça dans les bois, où il s'arrêta et s'installa sur un matelas de feuilles mortes. Il s'assit, dos contre un arbre, pour manger le morceau de pain de maïs et le porc frit qu'il avait trouvés chez les deux femmes. Il passa la plus grande partie de la matinée à dormir.

Puis il se retrouva soudain éveillé, à contempler le ciel bleu à travers les branches de pin. Il sortit son revolver, l'essuya avec un chiffon, vérifia qu'il était bien chargé et le garda dans sa main pour lui tenir compagnie. Cette arme était un LeMat's, pas un modèle belge, de qualité inférieure, mais un revolver Birmingham. Il l'avait ramassé par terre et fourré dans sa ceinture juste avant d'être blessé devant Petersburg ; il avait ensuite réussi à le conserver au milieu de la pagaille qui régnait dans l'hôpital de campagne et lors du voyage en train vers le sud, jusqu'à la capitale, dans le fourgon rempli de blessés. C'était une arme bizarre, un peu trop grosse et curieusement proportionnée, mais on n'en trouvait guère de plus dangereuses. Son barillet, aussi gros que le poing, recevait des cartouches de calibre 40. Mais le plus important de tout était cette étrange innovation en matière d'armes : le barillet pivotait autour d'un canon de fusil, tube grossier situé sous le canon principal. Conçu comme le recours de la dernière chance, il expédiait une charge unique, soit de la chevrotine, soit un projectile si gros qu'on avait l'impression de bombarder l'ennemi avec un œuf de cane en plomb. Dans la main, le LeMat's, malgré sa taille, était équilibré, solide, tout d'une pièce, et l'on éprouvait à serrer dans son poing cette arme robuste, à songer à tous les services qu'elle pouvait rendre, une certaine sérénité.

Inman astiqua le barillet et le canon, et se remémora la bagarre dans le village, la traversée du fleuve, le prédicateur, se demandant, pour chaque cas, s'il aurait pu agir différemment. Une partie de lui-même désirait se cacher dans les bois, à l'écart de toutes les routes. Ne bouger que la nuit, telle une chouette. Ou un fantôme. Une autre partie aurait donné beaucoup pour porter le revolver ouverte-

ment, sur la hanche, et voyager de jour sous un drapeau noir, respectant ceux qui le laissaient tranquille
mais affrontant, au gré de sa rage, ceux qui lui cherchaient noise.

Avant guerre, il n'était pas grand amateur de
bagarres. Pourtant, une fois enrôlé, il n'avait eu
aucun mal à se battre. Il avait décidé que c'était
comme n'importe quoi d'autre, un don. Comme de
sculpter des oiseaux dans du bois, jouer des airs sur
un banjo, ou prêcher avec talent. Vous-même n'aviez
pas grand-chose à voir dans l'affaire. Plutôt la façon
dont vos nerfs contrôlaient la rapidité de vos mains
et la lucidité de votre cerveau, ce qui permettait de
ne pas se retrouver paniqué ou désorienté durant la
bataille, l'esprit embrumé par toutes sortes d'hésita-
tions fatales. Cela, et le fait d'être assez costaud pour
s'imposer en combat rapproché, quand on en arrivait
au corps à corps.

Inman quitta son bosquet de pins au milieu de
l'après-midi mais, une heure plus tard, il se sentait
déjà épuisé. Chaque pas lui coûtait un effort. Devant
lui, il aperçut deux silhouettes arrêtées près d'un gué.
Même de loin, on voyait qu'il s'agissait d'esclaves, si
bien qu'il ne se donna pas la peine de se faufiler dans
les bois pour se cacher et continua sa route. Un des
hommes cherchait à pousser un cochon rouge qui se
roulait dans la boue. L'autre tenait une brassée de
rames de haricots. Après avoir envoyé, sans résultat,
un coup de pied à la bête, le porcher prit une des
rames à son compagnon et se mit à frapper et à
aiguillonner le porc jusqu'à ce qu'il se remette à
contrecœur sur ses quatre pattes et avance à petits
pas. Les hommes soulevèrent leur chapeau en croi-
sant Inman et lancèrent : « 'Jour, maître ! »

Inman se sentait si faible qu'il regretta un instant
de ne pas être un gros cochon rouge qui tout simplement se vautrerait dans la boue jusqu'à ce que
quelqu'un vînt le chatouiller avec une rame de haricots. Mais il ôta ses bottes et franchit le gué, puis,

une fois sur l'autre rive, quitta la route et descendit le fleuve vers l'aval afin de trouver une cachette où se cuisiner une frugale bouillie de maïs. Soudain, le vent tourna et lui apporta une odeur de vraie cuisine quelque part le long du fleuve.

Il suivit cette odeur de viande qui flottait dans l'air, reniflant et clignant des yeux, la tête penchée en avant tel un ours. Il ne tarda pas à arriver à proximité d'un camp installé dans un coude du fleuve. Un chariot, des chevaux, des pyramides de toile grise, dressées au milieu d'un bois de bouleaux. Inman s'accroupit dans les broussailles et observa ceux qui vivaient là accomplir leurs besognes. Une foule bigarrée d'hommes et de femmes offrait à l'œil à peu près toutes les couleurs de peau existantes. Aussi hors la loi et nomades que lui, devina Inman. Des saltimbanques, des déserteurs, une tribu de maquignons gitans venus d'Irlande, voyageant ensemble. Les chevaux, de la cavale magnifique à la rosse moribonde, tous entravés, broutaient les hautes herbes sous les arbres. Nimbés par la lumière dorée de l'après-midi, ils parurent tous beaux à Inman qui admira la gracieuse et profonde courbure de leurs encolures et remarqua la fragilité de leurs os, évidente à travers la peau fine qui surmontait le boulet. Les gitans devaient les tenir cachés. Tant de chevaux avaient été tués au combat qu'ils commençaient à se faire rares. Les prix avaient monté en flèche et atteint des sommes faramineuses, si bien que l'armée avait détaché des hommes à seule fin d'en réquisitionner. Inman aurait aimé avoir de quoi acheter un grand hongre à longues pattes, capable de fendre l'air. Il monterait dessus, partirait au galop, et c'en serait fini de cette vie de marcheur. Mais il n'avait pas assez d'argent et, de plus, comment circuler clandestinement quand on est en possession d'un cheval ?

Espérant qu'il se découvrirait peut-être un quelconque sentiment de parenté avec ces parias, Inman pénétra dans le camp en laissant ses mains vides pendre en évidence le long du corps. Les gitans parurent l'accueillir avec générosité. Pourtant, se dit-il, ils n'hésiteraient pas à lui voler ses bottes s'ils estimaient que c'était à leur avantage. Une marmite de ragoût brunâtre mijotait sur un petit feu — du lapin, de l'écureuil, un poulet volé, des légumes subtilisés ici et là, surtout des choux. Des morceaux de citrouille nappés de mélasse rôtissaient sur des braises, dans un grand récipient en fonte qui faisait office de four. Une femme, vêtue d'une jupe bariolée faite de carrés d'étoffe cousus ensemble, remplit l'assiette en fer-blanc d'Inman puis continua à frire ses beignets de maïs dans du saindoux et, à peine versée dans la graisse, la pâte crépitait comme un lointain feu d'artillerie.

Inman s'adossa à un arbre pour manger, en regardant autour de lui : il vit l'eau de la rivière se rider contre les pierres, trembler les feuilles précocement jaunies d'un bouleau, éclatantes, dans l'air vif, la lumière tomber en rayons à travers la fumée des feux de camp. Un homme assis sur un tronc abattu grattait des gigues et des contredanses sur un vieux crincrin. Les enfants jouaient au bord de la rivière dans l'eau peu profonde. D'autres gitans s'occupaient des chevaux. Un jeune garçon brossait une vieille jument avec un épi de maïs trempé dans un mélange de potasse et de suie afin de cacher ses poils gris. Ensuite il empoigna une queue-de-rat et se mit à lui limer les dents. Sous les yeux d'Inman, la bête rajeunit de plusieurs années. Une femme attacha un grand cheval bai au tronc d'un bouleau, lui passa une corde autour des naseaux, puis versa de l'huile de lampe dans la fourchette de son sabot avant de l'enflammer pour le guérir de sa claudication.

Inman avait déjà eu affaire aux gitans. Il appréciait la belle honnêteté de leurs comportements de prédateurs envers le reste de l'humanité, la franchise avec laquelle ils s'avouaient constamment à l'affût d'une bonne occasion. Là, installés dans ce paisible coude du fleuve, ils paraissaient bienveillants. L'issue de la guerre ne les concernait pas : quel que soit le vainqueur, les gens auraient toujours besoin de chevaux. Le conflit n'était rien d'autre pour eux qu'une gêne temporaire dans leur commerce.

Inman passa la journée auprès d'eux. Il retournait à la marmite chaque fois qu'il avait faim. Il dormit un peu, écouta le musicien, et regarda une femme dire la bonne aventure en lisant dans les dessins que formaient les feuilles au fond d'un bol de tisane, mais il déclina son offre de lui prédire l'avenir. Il lui semblait avoir déjà assez de raisons d'être découragé.

Plus tard dans l'après-midi, il vit une jeune femme brune s'avancer au milieu des chevaux et passer une bride à une jument grise. Elle portait un chandail d'homme sur une longue jupe noire, et elle était à peu près aussi jolie qu'une femme peut l'être. La noirceur de sa chevelure, sa façon de bouger, ses doigts graciles lui rappelèrent un instant Ada. Il s'attarda à la contempler tandis qu'elle ramassait le bas de sa longue jupe et de son jupon pour les coincer entre ses dents, avant de monter sur la jument à califourchon, ses jambes blanches découvertes jusqu'aux cuisses. Elle partit le long du fleuve qu'elle traversa à un endroit si profond qu'au milieu sa monture perdit pied et dut nager un bref instant. La jument escalada la rive opposée en trébuchant et en faisant travailler sa croupe. L'eau ruisselait sur son dos et ses flancs, et sa cavalière était trempée jusqu'aux hanches. Elle se penchait en avant pour garder l'équilibre, son visage presque contre l'encolure, sa chevelure mêlée à la crinière de la jument. Arrivée sur le plat, la femme enfonça ses talons dans les flancs de sa monture, et partit au galop à travers les arbres. Cette scène avait ému Inman qui remercia la providence de lui avoir accordé cette vision de bonheur.

Au crépuscule, quelques petits gitans se taillèrent des foënes dans des branches de bouleau et gagnèrent une mare pour attraper des grenouilles dont ils remplirent un panier. Ils leur coupèrent les pattes et les enfilèrent sur des bâtons pour les rôtir au-dessus de braises de noyer. Tandis que les grenouilles cuisaient, un homme s'approcha d'Inman avec une bouteille de Moët qu'il prétendait avoir obtenue en troc. S'il n'était pas très sûr de la valeur de sa bouteille, il savait au moins qu'il voulait la vendre le plus cher possible. Inman lui donna donc une certaine somme puis se composa un festin de choix des cuisses de grenouilles et du champagne. Il trouva que les deux s'accordaient assez bien, mais, quand il eut fini, il s'aperçut que c'était un dîner un peu léger pour quelqu'un qui avait aussi faim que lui.

Il erra à travers le camp et finit par se diriger vers le chariot des saltimbanques. Un spectacle de bonimenteur. Un homme blanc assis près de la tente se leva pour parler à Inman et savoir ce qu'il voulait. Grand et maigre, marqué par les ans, la peau sous ses yeux pâle et bouffie, les cheveux couverts de cirage noir, il paraissait être le chef de la troupe. Inman lui demanda s'il pouvait acheter de la nourriture, et l'homme répondit que oui, sans doute, mais ils ne mangeraient que bien plus tard. Ils devaient répéter leur numéro pendant qu'il faisait encore jour. Inman était cordialement invité à y assister.

Presque aussitôt, la jeune femme brune qu'il avait vue auparavant sortit de la tente. Incapable d'en détacher son regard, Inman étudia la façon dont elle se tenait à côté de l'homme, s'efforça de deviner leurs liens. Il se dit d'abord qu'ils étaient mariés, puis décida que non. Ensemble, ils installèrent un panneau contre lequel la femme alla se coller, et l'homme lança des poignards dont les lames passaient à deux doigts de sa partenaire pour se planter en vibrant dans les planches du panneau. Il y avait là déjà de quoi attirer les foules, mais ils avaient aussi un grand Éthiopien à la barbe grise et au maintien royal, vêtu de robes pourpres, qui aurait été, dans sa jeunesse, le roi de l'Afrique. Il jouait d'une simple calebasse munie d'une seule corde, une sorte de banjo, et il aurait fait danser un cadavre. La troupe comprenait également un petit groupe d'Indiens, un Séminole originaire de Floride, un Creek, un Cherokee d'Echota et une Yemassee. Ils devaient raconter des histoires drôles, taper sur des tambours, danser et psalmodier. Le chariot dans lequel la troupe voyageait était chargé de petites fioles de médicaments en verre coloré, dont chacune guérissait une maladie particulière : cancer, consumption, névralgies, malaria, cachexie, congestions, convulsions et attaques.

Une fois la nuit tombée, Inman fut invité à dîner et tous s'assirent par terre autour du feu pour manger d'épais biftecks saignants, avec des pommes de terre sautées dans de la graisse de lard et des choux sauvages. L'Ethiopien et les Indiens s'étaient joints à eux comme si tous étaient de la même couleur et égaux. Chacun parlait à son tour et personne ne demandait ni ne recevait la permission de s'exprimer.

Quand ils eurent fini, chacun alla s'accroupir au bord de l'eau et nettoyer son assiette avec le sable de la rivière. Puis, sans se soucier d'économiser le combustible, l'homme blanc jeta quelques morceaux de bois sur les braises afin d'alimenter le feu, jusqu'à ce que les flammes montent aussi haut que l'épaule. On fit circuler une bouteille et ses hôtes s'assirent pour raconter à Inman des histoires de leurs interminables pérégrinations. La route, dirent-ils, était un territoire à part, un pays en soi, régi non par un gouvernement mais par la loi naturelle, et dont la principale caractéristique était la liberté. Ils s'étaient souvent retrouvés sans le sou, mais les cartes, les chevaux et les imbéciles leur avaient procuré de brusques aubaines. Il fut question de démêlés avec les forces de l'ordre, de désastres évités de justesse, de crétins bernés, de sages rencontrés sur la route et de leurs sagesses souvent contradictoires. De villes marquées par leur crédulité ou par leur malveillance particulières. Ils se rappelèrent certains endroits où ils avaient campé et les repas qu'ils y avaient dégustés, et tombèrent d'accord pour dire que le plus beau était ce lieu, découvert plusieurs années auparavant, où un fleuve d'une taille considérable jaillissait tout droit au pied d'une paroi rocheuse, et d'accord aussi pour assurer qu'ils n'avaient jamais mangé de meilleur poulet frit que celui cuisiné à l'ombre de cet à-pic.

Bientôt, Inman fut incapable de prêter attention à autre chose qu'à la beauté de la femme brune : à la façon dont les flammes éclairaient sa chevelure et révélaient la finesse de sa peau. A un moment donné, l'homme blanc dit quelque chose d'étrange. Un jour, peut-être, un ordre nouveau régnerait dans le monde et le mot *esclave* ne serait plus alors qu'une métaphore.

Plus tard, au plus profond de la nuit, Inman empoigna son paquetage et s'enfonça dans les bois pour y étaler ses couvertures, à portée d'oreille de la musique et des voix. Il essaya de dormir mais ne parvint qu'à se tourner et se retourner sur le sol. Il alluma un petit moignon de chandelle, versa ce qui restait de champagne dans son quart en métal et sortit le Bartram de son havresac. Il l'ouvrit au hasard et lut le premier passage qui lui tomba sous les yeux : une description d'un rhododendron.

Pendant quelque temps, l'esprit d'Inman fut agréablement occupé par cette évocation. D'abord, il la lut et la relut jusqu'à ce que chaque mot acquière un poids particulier et s'imprime en lui. Ensuite, il imagina le décor, inventant chacun des détails de cette forêt en terrain ouvert et élevé qu'avait omis le récit : les essences susceptibles d'y croître, les oiseaux perchés sur les branches, les fougères qui poussaient dessous. Une fois cette image claire et nette, il se mit à dessiner mentalement le buisson, ajoutant un à un chaque caractéristique jusqu'au moment où il se dressa dans sa pensée aussi vivant que possible, même s'il ne ressemblait à aucune plante connue et se montrait, par certains côtés, tout à fait fantaisiste.

Il souffla sa bougie, s'enveloppa dans ses couvertures et sirota ses dernières gorgées de champagne pour se préparer au sommeil, mais son esprit vagabonda vers la femme brune, puis vers la femme prénommée Laura et la douceur de ses cuisses contre son bras quand il l'avait portée jusque dans son lit. Il songea à Ada et au Noël quatre ans plus tôt. Ce soir-là aussi il y avait du champagne. Il appuya sa tête contre l'écorce de l'arbre et avala une dernière gorgée, tandis qu'il se rappelait avec précision le corps d'Ada nichée sur ses genoux, près du fourneau.

C'était dans une autre vie, un autre monde. Il se rappelait son poids sur ses cuisses. La douceur de son corps en même temps que la dureté de ses os, sous la chair. Elle s'était renversée en arrière, appuyant sa tête contre son épaule, et ses cheveux sentaient la lavande et sa propre odeur. Puis elle s'était redressée et il avait posé les mains sur ses épaules, devinant sous la peau les muscles et les articulations. Il l'avait de nouveau attirée vers lui et il aurait aimé l'entourer de ses bras et la serrer très fort, mais elle avait expiré bruyamment entre ses lèvres closes. Elle s'était levée, elle avait lissé les faux plis de sa jupe et remis en ordre les petites boucles de cheveux échappées des épingles, près des tempes. Elle s'était retournée, baissant les yeux vers lui.

« Eh bien, avait-elle dit. Eh bien. »

Inman s'était penché, avait pris sa main dont il avait caressé le dos avec son pouce. Sous sa pression, les os, si fins, qui remontaient des phalanges au poignet s'étaient abaissés comme des touches de piano. Quand elle avait voulu fermer le poing, il avait allongé chaque doigt un à un et posé les lèvres sur son poignet, à l'endroit où s'entrelaçaient les veines bleu ardoise. Ada avait lentement retiré sa main, avant d'en contempler la paume.

« Il n'y a rien d'écrit dessus, avait dit Inman. Rien que nous puissions lire. »

Ada avait laissé retomber sa main : « Je ne m'attendais pas à cela. » Puis elle avait quitté la pièce.

Lorsque Inman abandonna enfin ce souvenir et s'endormit, ce fut pour plonger dans un rêve aussi lumineux que le grand jour. Il était allongé dans une forêt, c'était la fin de l'été ou le début de l'automne, en tout cas, peu avant les premières chutes des feuilles. Entre les arbres, poussaient les buissons qu'il avait imaginés en lisant Bartram, couverts d'énormes fleurs, de forme pentagonale, sorties tout droit d'une hallucination. Dans l'univers du rêve, une pluie fine filtrait à travers les épaisses frondaisons et ruisselait sur le sol, si impalpable qu'elle ne transperçait même pas ses vêtements. Ada apparaissait entre les arbres et avançait vers lui à peu près au même rythme que la pluie. Elle portait une robe blanche et, autour de la tête et des épaules, un morceau de tissu noir, mais il la reconnaissait à ses yeux et à sa démarche.

Il se levait. Sans pouvoir s'expliquer comment elle était arrivée là, il éprouvait une furieuse envie de la tenir dans ses bras et de l'étreindre, mais, par trois fois, alors qu'il tendait les bras vers elle, elle passait au travers comme un brouillard, vague, vacillante et grise. La quatrième fois, cependant, elle gardait sa substance et il la serrait très fort. Il disait : « Je suis venu vous chercher le long d'une route bien difficile. Je ne vous laisserai jamais partir. Jamais. »

Elle le regardait, ôtait le tissu qui enveloppait sa tête et son visage paraissait acquiescer, mais elle ne prononçait pas un mot.

Le chant des oiseaux du matin réveilla Inman. La vision d'Ada refusait de le quitter. Il se leva. Une épaisse couche de rosée recouvrait l'herbe et le soleil avait déjà atteint la cime des arbres. Il traversa les bois jusqu'au camp mais tout le monde était parti. Le feu qui brûlait la veille au soir était éteint. Rien n'indiquait que ces saltimbanques avaient réellement existé, hormis un grand cercle noirci et deux traces parallèles laissées dans la poussière par les roues de leur chariot. Inman regretta de ne pas leur avoir dit adieu. Il marcha toute la journée, le moral un peu revigoré par ce rêve limpide qui lui avait été accordé dans les ténèbres de la nuit.

CENDRES DE ROSES

Par un tiède après-midi, au seuil de l'automne, Ruby et Ada travaillaient dans le champ en contrebas que Ruby avait désigné comme potager d'hiver. C'était le genre de journée où l'eupatoire pourprée ouvrait soudain ses fleurs métalliques, qui étincelaient au soleil, telles des traces de gelée blanche au petit matin. Elles rappelaient à quelle vitesse les véritables gelées approchaient, même si le soleil était encore brûlant et si la vache passait ses journées à suivre l'ombre du grand noyer à mesure que celle-ci se déplaçait autour du pâturage d'en bas.

Ada et Ruby sarclaient et arrachaient les mauvaises herbes dans les rangées de jeunes choux pommés, choux verts, navets et oignons, aliments rustiques qui composeraient le fond de leur alimentation pendant l'hiver. Quelques semaines plus tôt, elles avaient soigneusement préparé le potager, labouré et assaini la terre avec les cendres de l'âtre et le fumier de l'étable avant de herser les mottes ; Ruby menait le cheval tandis qu'Ada avait pris place sur la herse pour ajouter du poids. Il s'agissait d'un instrument grossier, bricolé par un des

Black à partir d'une fourche et d'un tronc de chêne. Le bois vert de chacune des deux larges extrémités du tronc avait été percé de trous dans lesquels on avait enfoncé de longues pointes de caroubier noir bien sec. Le chêne avait séché en se resserrant étroitement autour des pointes et il n'y avait pas eu besoin de les assujettir davantage. Assise sur la fourche, Ada se soutenait à la force des mains et des pieds tandis que la herse tressautait sur le sol, rompant les mottes de la terre labourée avant de tamiser celle-ci à travers ses dents de caroubier. Au passage, elle avait ramassé dans la terre retournée trois têtes de flèche ébréchées, un racloir en silex et une belle pointe, intacte, pour tuer les oiseaux. Quand elles commencèrent à planter, Ruby lui tendit une poignée de minuscules graines noires. « Regarde ça, dit-elle. Il faut avoir la foi pour imaginer qu'il en sortira d'ici plusieurs semaines assez de navets pour remplir un cellier. La foi, et un automne chaud, car la saison est déjà avancée. »

Si les légumes poussaient bien, prétendait Ruby, c'est parce qu'ils avaient été plantés, grâce à elle, strictement selon les signes. Dans son esprit, tous les travaux — planter une clôture, préparer de la choucroute, saigner les porcs — tombaient sous la loi du ciel. Il faut couper le bois pour le feu à la fin d'une lunaison, avait-elle conseillé, sinon, l'hiver venu, il ne fera rien d'autre que crépiter et siffler. En avril prochain, quand les feuilles de peuplier seront à peu près de la taille d'une oreille d'écureuil, nous planterons le maïs, sinon le maïs se contentera de pourrir par la tige et de piquer du nez. En novembre, nous saignerons un cochon à la lune croissante, sinon la viande ne sera pas assez grasse.

Monroe aurait traité ces croyances de superstitions, de contes de bonne femme. Mais Ada, de plus en plus envieuse de tout ce que savait Ruby sur les façons dont les choses vivantes habitaient cet endroit, choisit de voir dans les signes une métaphore. Dans son idée, ils étaient l'expression d'une bonne gestion, un moyen de prendre soin, une discipline. Ils fournissaient un rituel d'intérêt pour les cycles et les tendances du monde matériel, là où celui-ci pouvait recouper quelque autre monde. En dernière analyse, les signes étaient une façon de se tenir sur le qui-vive et, à ce titre, parfaitement honorables.

Cet après-midi-là, elles passèrent un certain temps à travailler dans le potager, puis entendirent un grondement de roues, un cheval, un seau métallique dont le tintement sonore emplissait leur vallon. Un chariot tiré par une paire de mulets séniles tourna le coin de la route et s'arrêta près de la clôture. Une telle quantité de sacoches et de caisses étaient empilées au fond du véhicule que tous les gens allaient à pied. Ada et Ruby s'approchèrent et découvrirent qu'il s'agissait de pèlerins du Tennessee en route pour la Caroline du Sud. Ils s'étaient trompés de route à plusieurs carrefours, le long du fleuve, si bien qu'ils avaient manqué la bifurcation menant au col de Wagonroad Gap et échoué au fond de ce cul-de-sac. Le groupe se composait de trois femmes épuisées et d'une demi-douzaine de jeunes enfants. Un couple de braves esclaves, mari et femme, les suivaient comme leurs ombres, alors qu'ils auraient tout aussi bien pu égorger toute la famille, la nuit, pendant leur sommeil.

Les femmes expliquèrent que leurs maris étaient partis à la guerre, et qu'elles-mêmes fuyaient les Fédéraux et le Tennessee, cherchant à gagner Camden, en Caroline du Sud, où habitait la sœur de l'une d'entre elles. Elles demandèrent la permission de passer la nuit dans le fenil et, tandis qu'elles s'occupaient à s'installer dans le foin, Ada et Ruby se mirent au travail dans la cuisine. Ruby trancha le cou à trois poulets. La basse-cour à présent regorgeait de tant de poussins qu'elles avaient du mal à la traverser jusqu'à la laiterie sans leur marcher dessus, et il y aurait bientôt abondance de chapons. Elles découpèrent les volatiles et les frirent, puis firent bouillir des haricots verts et des pommes de terre, mijotèrent des courges à l'étouffée. Ruby confectionna une triple fournée de biscuits et, lorsque le dîner fut prêt, elles appelèrent les visiteurs et les firent asseoir autour de la table de la salle à manger. Les esclaves partagèrent le même régime, mais dehors sous le poirier.

Tous les voyageurs manièrent vaillamment la fourchette pendant un long moment. Quand ils eurent fini, il ne restait guère que deux ailes et une cuisse dans le plat de poulet, et ils avaient dévoré plus d'une livre de beurre et une jatte d'une demi-livre de sirop de sorgho. Une des femmes s'exclama : « Mon Dieu, que c'était bon. Voilà bien deux semaines que nous ne mangeons presque rien d'autre que du pain sec, sans beurre, ni graisse, ni mélasse pour l'humecter un peu.

— Comment se fait-il que vous ayez pris la route ? demanda Ada.

— Les Fédéraux nous ont fondu dessus et ils ont volé jusqu'à nos nègres, répondit la femme. Ils ont pris tous les vivres que nous avions réussi à faire pousser cette année. J'ai même vu un bonhomme remplir les poches de son manteau de notre saindoux. Par poignées entières. Puis ils nous ont fait déshabiller et fouiller jusqu'à nos endroits les plus intimes par un Fédéral, une femme en uniforme, disait-il. Mais ce n'était pas vrai : il avait une pomme d'Adam. Il nous a pris tous les bijoux que nous avions cachés. Ensuite ils ont brûlé notre maison sous la pluie, et ils sont partis. Il n'est plus resté qu'une cheminée qui montait la garde au-dessus d'une cave remplie d'une eau noire et puante. Nous n'avions plus rien, mais nous ne pouvions pas nous décider à partir. Le troisième jour, je suis allée avec l'aînée de mes filles regarder au fond de ce trou qui contenait les ruines de tout ce que nous possédions.

Elle a ramassé un morceau d'assiette brisée et dit :
"Maman, nous devrons bientôt manger des
feuilles." Alors, j'ai compris qu'il était temps de partir.

— C'est comme ça avec les Fédéraux, dit une des
deux autres. Ils ont inventé une nouvelle sorte de
guerre : faire payer aux femmes et aux enfants la
mort des soldats.

— Cette époque vous rogne le cœur jusqu'à ce qu'il
n'y ait plus qu'un noyau d'amertume, ajouta la troisième. Vous ne connaissez pas votre chance de vivre
ici, cachées dans ce creux. »

Ada et Ruby envoyèrent les voyageurs se coucher
et, le lendemain matin, elles firent cuire presque tous
leurs œufs, ainsi qu'un plat de semoule et une nouvelle fournée de biscuits. Après le petit déjeuner, elles
dessinèrent une carte indiquant le chemin du col et
les regardèrent s'éloigner.

A midi, Ruby annonça qu'elle montait jusqu'au
verger pour s'occuper des pommiers et Ada lui proposa d'y déjeuner. Elles se préparèrent un pique-
nique avec les restes de poulet frit de la veille, une
petite salade de pommes de terre pour laquelle Ruby
avait monté une mayonnaise, et quelques tranches
d'un concombre mariné dans du vinaigre. Elles
emportèrent le tout dans un seau en bois et mangèrent à l'ombre des arbres, sur une courtepointe
étalée dans l'herbe.

C'était un après-midi voilé par une brume de chaleur éblouissante, sous un soleil diffus et uniforme.
Ruby examina les pommiers et déclara solennelle-
ment que les fruits s'annonçaient plutôt bien. Puis,
de but en blanc, elle regarda Ada et lui lança :
« Montre-moi le nord. » Et s'amusa en voyant le
temps que mettait Ada à situer les points cardinaux
après s'être rappelé où se couchait le soleil. Ruby
avait récemment pris l'habitude de décocher ce
genre de questions. Elle paraissait prendre un malin
plaisir à démontrer à sa compagne à quel point elle

était désorientée dans le monde. Un jour, en descendant au bord de la rivière, elle avait demandé : « Quel cours suit cette eau ? D'où vient-elle et vers où s'en va-t-elle ? » Un autre jour, elle avait dit : « Nomme-moi quatre plantes comestibles qui poussent sur ce versant de colline. Combien de jours y a-t-il avant la nouvelle lune ? Cite-moi deux plantes en fleurs en ce moment et deux en fruits. »

Ada ne connaissait pas encore toutes les réponses, mais elle les sentait venir, et Ruby était sa principale référence. Au cours de leurs travaux quotidiens, Ada n'avait pas tardé à remarquer que le savoir de Ruby échappait souvent au domaine du pratique pour inclure des considérations allant bien au-delà de l'art d'obtenir de bonnes récoltes. A ce qu'il semblait, les noms des organismes inutiles — appartenant autant au règne animal que végétal — et leurs modes de vie occupaient en grande partie les pensées de Ruby car elle ne cessait de lui faire observer les minuscules créatures qui peuplent chaque recoin de l'univers. Son esprit tenait le compte de chaque mante dissimulée dans un bouquet d'ambroisie, des calandres du maïs cachées sous les tentes miniatures qu'elles se fabriquaient avec les feuilles de laiteron, des salamandres rayées et tachetées, nichées sous les rochers de la rivière. Ruby prenait note des petites plantes velues et bilieuses, à l'aspect vénéneux, et des champignons qui poussaient sur l'écorce humide des arbres mourants ; elle connaissait toutes les larves, tous les insectes, tous les vers qui vivent seuls à l'intérieur d'un étui de bois, de sable ou de feuilles. Chaque vie ayant derrière elle une histoire. Chaque geste infime que faisait la nature pour laisser entrevoir un esprit soucieux de marquer son individualité éveillait l'intérêt de Ruby.

Tandis qu'elles paressaient sur la courtepointe, Ada dit à Ruby qu'elle l'enviait de connaître la façon dont le monde fonctionne. L'agriculture, la cuisine, la vie sauvage. « Comment as-tu appris à connaître tout cela ? » demanda Ada.

Ruby expliqua qu'elle avait glané le peu qu'elle savait, ces choses que connaissent les grand-mères, de la façon habituelle, à fréquenter les maisons des environs et à parler à toutes les vieilles qui voulaient bien lui répondre, à les regarder travailler et à poser des questions. Elle avait, en outre, récolté certaines informations en aidant Sally Swanger qui connaissait, prétendait Ruby, toutes sortes de choses très simples, par exemple les noms des plantes, fût-ce les mauvaises herbes les plus banales. Dans une certaine mesure, assura-t-elle, elle avait simplement cherché à comprendre toute seule, dans sa tête, comment travaille la logique du monde. Il suffisait, la plupart du temps, d'être attentif.

« Tu commences par essayer de voir qui aime quoi », dit Ruby. Ce qu'Ada interpréta ainsi : Il faut observer et comprendre comment fonctionnent les affinités dans la nature.

Ruby montra les taches rouges sur le versant verdoyant de la crête : le sumac et le cornouiller changeaient déjà de couleur, avant tous les autres arbres. « Pourquoi avec un mois d'avance ? demanda-t-elle.

— Par hasard ? » dit Ada.

Ruby fit claquer sa langue, comme quand on crache un petit grain de poussière ou un moucheron. A son avis, les gens préféraient attribuer au hasard ce qu'ils n'étaient pas capables de démêler. Elle voyait la chose autrement. A cette époque de l'année, le sumac et le cornouiller étaient couverts de baies mûres. Ce qu'il fallait se demander, c'était : Quoi d'autre pourrait jouer un rôle dans ce phénomène ? Notamment, le fait que les oiseaux commençaient leurs migrations. Ils survolaient la région jour et nuit. Il suffisait de lever les yeux. Ils étaient si nombreux qu'ils donnaient le vertige. Ensuite, il fallait s'imaginer en haut d'un endroit très élevé, par exemple le rocher des Suicidés, les yeux baissés à contempler les arbres comme les contemplent les oiseaux. Et aussitôt on s'étonnerait de les voir tous si verts et si semblables, qu'ils proposent ou non de quoi manger. Voilà ce qu'aperçoivent les oiseaux migrateurs : une étendue d'arbres inconnus. Ruby en arrivait donc à cette conclusion : si le cornouiller et le sumac virent au rouge, c'est peut-être pour dire « mangez ! » aux oiseaux étrangers qui ont faim.

« Tu as l'air de penser que les cornouillers auraient leur mot à dire là-dedans, remarqua Ada.

— C'est peut-être le cas », répondit Ruby.

Ada avait-elle jamais examiné de près les saletés respectives des divers oiseaux ? Leurs fientes ?

« Quand même pas, répondit Ada.

— Ne fais donc pas la fière », dit Ruby. A son avis, c'était peut-être bien là que résidait la réponse à sa question. Chaque petit cornouiller ne peut pas pousser là où il tombe, sous le cornouiller père, et il se sert des oiseaux pour se faire transporter vers des terrains plus propices. Les oiseaux avalent les baies, et les graines ressortent intactes, prêtes à germer là où elles tomberont, déjà enduites de fumier. Si quelqu'un se donnait la peine de suivre un raisonnement assez longtemps, estimait Ruby, il y trouverait peut-être aussi quelque part une leçon. En effet, la création fonctionnait en partie selon cette méthode et en vue de telles fins.

Elles se turent un moment puis, dans l'air tiède et calme de l'après-midi, Ruby s'allongea et somnola sur la courtepointe. Ada, elle aussi, était fatiguée mais elle repoussa le sommeil, telle une enfant à l'heure du coucher. Elle se leva et traversa le verger jusqu'à l'orée du bois où les grandes fleurs de l'automne — la verge d'or, le chardon bénit, l'eupatoire pourprée — commençaient à fleurir, jaune, indigo, gris fer. Des papillons, danaïdes et machaons, s'activaient entre les corolles. Trois pinsons se tenaient en équilibre sur un roncier aux feuilles déjà roussies. Ils s'envolèrent en se déployant très bas au-dessus du sol, leurs dos lançant des éclairs jaunes entre les ailes noires, et disparurent dans une touffe de chiendent et de sumacs, à l'endroit où le champ rejoignait la forêt.

Ada, immobile, laissa son regard se perdre dans le vague. Aussitôt, elle prit conscience des mouvements affairés d'une myriade de minuscules créatures qui vibraient au milieu des fleurs, le long de leurs tiges et jusqu'au sol. Des insectes volaient, rampaient, grimpaient, mangeaient. Tant d'énergie accumulée créait une espèce de lumineux frémissement de vie, remplissait la vision périphérique d'Ada jusqu'à son extrême limite.

Elle resta là, à demi plongée dans une rêverie léthargique, à moitié aux aguets, songeant à ce que la voyageuse de la veille lui avait dit de la grande chance qu'elle avait. Un jour comme celui-ci, en dépit de l'ombre menaçante de la guerre et de tout le travail que la propriété exigeait d'elle, elle ne voyait pas comment elle aurait pu vivre dans un monde meilleur. Si beau que l'améliorer paraissait impossible.

Ce soir-là, après le dîner, Ruby et Ada s'installèrent sur la terrasse, et Ada fit la lecture. Elles en avaient presque fini avec Homère. Ruby s'était impatientée contre Pénélope, mais elle pouvait rire à gorge déployée toute une soirée à écouter le récit des tribulations d'Ulysse, des obstacles que les dieux dressaient sur son chemin. Elle subodorait cependant, chez le roi d'Ithaque, un petit côté à la Stobrod plus prononcé que le vieil Homère ne l'admettait et trouvait suspectes ses raisons de rallonger interminablement son odyssée. Opinion que confirmait justement le passage de ce soir, au cours duquel les personnages, enfermés dans la cahute d'un gardien de pourceaux, passaient leur temps à boire et à se raconter des histoires. Elle en conclut que, malgré les nombreux siècles qui s'étaient écoulés depuis, les choses n'avaient guère évolué.

Lorsqu'il ne fit plus assez clair, Ada posa son livre. Elle resta assise à observer le ciel. Quelque chose, dans la couleur de la lumière ou le parfum de la nuit qui tombait, lui remit en mémoire une réception à laquelle elle avait assisté la dernière fois où elle était retournée à Charleston, peu après l'attaque contre le fort Sumter[1], et elle la raconta à Ruby.

Les festivités avaient eu lieu chez sa cousine, qui habitait une superbe demeure située dans un large méandre de la Wando River. Pendant trois jours, on n'avait dormi que de l'aube à midi, et on n'avait mangé que des huîtres et des pâtisseries arrosées de champagne. Chaque soir on jouait de la musique et on dansait, puis, très tard dans la nuit, sous une lune presque pleine, on sortait sur l'eau lente dans des canots à rames. Cette étrange période de fièvre guerrière donnait à des jeunes gens, considérés jusqu'ici comme ennuyeux et sans charme, une espèce de prestance, d'aura sémillante. Tout le monde se doutait que beaucoup d'entre eux tomberaient bientôt au combat et, au cours de ces brèves journées et de ces nuits, tout homme qui le souhaitait aurait pu devenir l'amour d'une femme.

Pour la dernière soirée, Ada avait revêtu une robe de soie mauve ornée de dentelle ton sur ton, et serrée à la taille pour souligner sa minceur. Monroe avait acheté tout le coupon du tissu dans lequel la toilette était taillée afin que personne d'autre ne portât la même couleur. Il avait remarqué que cette teinte mettait parfaitement en valeur la chevelure sombre de sa fille et lui donnait un air de mystère au milieu des roses, bleu pâle et jaunes plus banals. Ce soir-là, un homme de Savannah — le fils cadet d'un

---

1. L'attaque du fort Sumter fut l'incident qui déclencha les hostilités entre les Etats du Nord et la Confédération sudiste. *(N.d.T.)*

riche marchand d'indigo, plein de panache mais passablement niais et vaniteux, selon elle — avait comblé Ada de tant d'attentions et avec tant de constance qu'elle avait finalement accepté d'aller se promener sur le fleuve.

L'homme s'appelait Blount. Il avait ramé jusqu'au milieu de la Wando River, avant de laisser l'embarcation dériver. Ils étaient assis l'un en face de l'autre, Ada dans sa robe mauve serrée autour de ses jambes afin de préserver l'ourlet du goudron qui calfatait le fond du bateau. Aucun ne parlait. Blount effleurait la surface du fleuve de ses avirons et laissait ensuite l'eau s'écouler goutte à goutte. Il paraissait avoir en tête quelque pensée en harmonie avec le bruit de l'onde dégoulinant des rames car il poursuivit son manège jusqu'à ce qu'Ada le priât de cesser. Il avait apporté deux flûtes et une bouteille de champagne entamée, encore assez fraîche pour s'emperler dans l'air lourd de chaleur. Il en proposa à Ada, mais elle déclina son offre, si bien qu'il vida lui-même la bouteille et la jeta dans le fleuve. L'eau était si immobile que les cercles provoqués par ce geste s'élargirent jusqu'à perte de vue.

La musique qui résonnait dans la demeure leur arrivait portée sur l'eau, trop faible pour qu'on devine autre chose que le fait qu'il s'agissait d'une valse. Dans l'obscurité, les lignes basses des deux rives semblaient invraisemblablement éloignées. On ne reconnaissait plus le paysage, maintenant réduit à ses formes géométriques. Des plans, des cercles, des lignes. La pleine lune se trouvait directement au-dessus de leurs têtes, les contours de son disque adoucis par l'humidité de l'air. Le ciel luisait d'un doux éclat argenté, trop vif pour laisser voir les étoiles. Le large fleuve était d'argent lui aussi, mais légèrement terni. Les brumes matinales s'élevaient déjà de l'eau, bien qu'on fût encore plusieurs heures avant l'aube. La seule démarcation entre fleuve et ciel était la ligne d'arbres sombres le long des deux horizons.

Blount avait fini par passer aux discours. Il avait parlé de lui. Il venait d'obtenir un diplôme de l'université de Columbia et commençait juste à s'initier au fonctionnement de l'affaire de famille, dans la succursale qu'elle possédait à Charleston. Bien entendu, si la guerre éclatait bientôt, comme tout le monde s'y attendait, il s'enrôlerait sans tarder. Il déclara avec bravache qu'il se tenait prêt à repousser toute force qui chercherait à soumettre les Etats du Sud. Ada avait entendu rabâcher de tels sentiments des dizaines de fois depuis le début de la fête, et elle en avait assez.

A mesure qu'il parlait, cependant, Blount fut envahi, sembla-t-il, par le même manque de conviction qu'Ada, car il s'enlisa dans ses propos guerriers et sombra dans le silence. Il gardait les yeux fixés vers le fond noir du canot, en sorte qu'Ada ne distinguait que le sommet de son crâne. Et soudain, cédant à l'effet du champagne et à l'étrangeté de cette nuit, Blount reconnut qu'il était terrifié à l'idée des combats qui l'attendaient presque certainement. Il doutait de pouvoir s'acquitter de son devoir avec honneur. Mais il ne voyait pas non plus comment s'y soustraire sans honte. En plus de quoi, il avait été visité par des rêves récurrents de mort horrible, sous diverses formes. Il en était certain : il finirait ainsi.

Il avait parlé sans lever les yeux, comme s'il s'adressait à la pointe de ses souliers. Pourtant, lorsqu'il avait levé son visage blême au clair de lune, Ada avait remarqué les traces brillantes des larmes qui coulaient le long de ses joues. Elle avait compris, avec un élan de tendresse inattendu, que Blount n'avait rien d'un guerrier, qu'il possédait plutôt un cœur de boutiquier. Elle s'était penchée en avant pour toucher la main qui reposait sur son genou. Il eût certes été convenable de protester que le devoir et l'honneur exigeaient qu'il courût bravement défendre sa patrie — les femmes avaient prononcé des phrases de ce genre durant ces trois jours — mais elle s'était aperçue que sa gorge refusait de s'ouvrir à de tels mots. Elle aurait pu se rabattre sur des paroles plus simples et se contenter d'un : Ne vous inquiétez pas, ou : Courage. Mais elle avait l'impression, à cet instant précis, que ces formules de réconfort sonneraient ineffablement faux. Alors elle n'avait rien dit, et avait simplement continué à lui caresser le dos de la main. Elle espérait que Blount ne prendrait pas cette marque de bienveillance pour ce qu'elle n'était pas, car son premier instinct, lorsque les hommes se montraient pressants, était de se raidir et de reculer, et le petit canot ne permettait guère de battre en retraite. Toutefois, tandis qu'ils dérivaient, elle avait été soulagée de constater que Blount était trop écrasé par sa peur de l'avenir pour songer à la courtiser. Ils étaient restés ainsi jusqu'au coude du fleuve. L'embarcation avait alors pointé le nez droit vers l'extérieur de la courbe, menaçant de s'échouer sur un pâle banc de sable qui luisait au clair de lune. Se ressaisissant, Blount avait empoigné les avirons et ils s'en étaient retournés en amont, au débarcadère.

Il l'avait raccompagnée jusqu'à la terrasse couverte de la maison, brillamment illuminée par une infinité de lampes. Les silhouettes des danseurs passaient devant les fenêtres ambrées, et à présent la musique était assez distincte pour qu'ils identifient d'abord Gungl, puis Strauss. Blount s'était arrêté à la porte. Il avait glissé deux doigts sous le menton d'Ada pour lever son visage vers lui et s'était penché pour embrasser sa joue. Une simple pression des lèvres, brève et fraternelle. Puis il s'était éloigné.

Ada se rappelait à présent qu'en traversant la maison pour gagner sa chambre au premier étages elle avait été frappée par une silhouette vue de dos dans un miroir. La toilette que portait la femme était de la couleur qu'on appelle « cendres de roses », et Ada s'était immobilisée, figée sur place par un violent pincement d'envie devant la robe de cette femme, la forme élégante de son dos, son opulente chevelure brune, l'assurance de son maintien.

Quand elle avait repris sa marche, la femme avait fait un pas, elle aussi. Ada s'était alors rendu compte que c'était elle-même qu'elle admirait et que le miroir avait saisi le reflet d'un autre miroir accroché sur le mur derrière elle. La lumière des lampes et la surface teintée des miroirs avaient conspiré pour opérer un glissement chromatique, décolorer le mauve en rose. Elle avait gravi les marches jusqu'à sa chambre, mais avait fort mal dormi cette nuit-là, car la musique s'était prolongée jusqu'à l'aube. Allongée dans son lit, les yeux grands ouverts, elle s'était dit que c'était un sentiment étrange que de susciter sa propre approbation.

Le lendemain, au moment où les invités montaient en voiture pour retourner en ville, Ada avait croisé Blount sur le perron. Il n'avait pas osé affronter son regard et avait à peine ouvert la bouche, tant il était consterné par son comportement de la veille. Ada, cependant, avait trouvé tout à son honneur qu'il ne lui ait pas demandé de garder secret leur entretien. Elle ne l'avait jamais revu. Plus tard, une lettre de sa cousine Lucy lui avait appris que Blount était mort à Gettysburg. D'une balle en plein visage, lors de la retraite de Cemetery Ridge. Il marchait à reculons pour ne pas être touché dans le dos.

Ruby ne fut guère impressionnée par la façon dont Blount, à la fin, avait tenté de sauver l'honneur. Elle s'étonna seulement que l'on mène une vie si oisive que l'on se privait de sommeil afin de canoter sur un fleuve pour le plaisir.

« Tu n'as pas saisi ce que je voulais dire », constata Ada.

Elles restèrent assises un moment à regarder le jour s'achever et les détails des arbres qui tapissaient les crêtes s'estomper peu à peu. Puis Ruby se leva. « Il est temps d'aller faire mon travail de nuit. » C'était sa façon habituelle de prendre congé. Elle jeta un œil aux animaux, vérifia que les portes des dépendances étaient fermées, alimenta le feu du fourneau de la cuisine.

Ada demeura sur la terrasse, le livre toujours posé sur ses genoux, les yeux tournés de l'autre côté du jardin, vers la grange en contrebas. Son regard balaya les champs en direction des pentes boisées, se leva vers les cieux assombris. Les couleurs qui lui avaient évoqué Charleston étaient à présent adoucies. Tout déclinait vers l'immobilité. Ses pensées, en revanche, paraissaient désireuses de se replier sur elles-mêmes, car elle se rappelait que Monroe et elle se tenaient souvent assis de la même façon, le soir, juste après leur arrivée à Black Cove. Les éléments désormais familiers du paysage leur semblaient alors étranges à tous les deux. Ce pays de montagnes était si sombre, si enclin à la verticale, par comparaison avec Charleston. Monroe avait noté que, comme tous les éléments de la nature, les traits de cette magnifique topographie n'étaient que les preuves d'un autre monde, d'une vie plus profonde, d'une existence vers laquelle devraient tendre nos désirs. A l'époque, Ada avait fait chorus.

A présent, elle était persuadée que ce qu'elle voyait n'était le gage de rien d'autre, mais la seule vie qui existât. Une opinion à presque tous points de vue contraire à celle de Monroe et qui, néanmoins, n'excluait pas un désir poignant, quand bien même Ada ne savait pas de quoi.

Ruby traversa le jardin et s'arrêta à la barrière. « Il faut rentrer la vache », dit-elle. Puis, sans autre bonsoir, elle remonta la route vers son pavillon.

Ada quitta la terrasse et passa devant l'étable pour gagner le pâturage. Le soleil avait depuis longtemps disparu derrière la ligne des crêtes et la lumière baissait vite. Les montagnes se dressaient, grises dans le crépuscule, aussi pâles et impalpables qu'une haleine soufflée sur du verre. L'endroit paraissait habité par une immense force de solitude. Les vieillards parlaient du poids qui pèse sur une personne seule dans les montagnes à cette heure de la journée, pire encore que l'obscurité d'une nuit sans lune, car c'est entre chien et loup que la menace des ténèbres fait le plus fortement sentir sa présence. Ada avait eu conscience de cette force dès le début et Monroe avait essayé de la convaincre que la sensation d'isolement n'émanait pas de cet endroit en particulier, comme elle le soutenait. Ni elle ni cet endroit n'en avaient le monopole, c'était un élément ordinaire de la vie. Il aurait fallu un esprit très simple, ou au contraire très endurci, pour y être indifférent, de même que certaines constitutions sont insensibles au froid ou à la chaleur. Comme pour la plupart des choses, Monroe avait une explication : au fond de leur cœur, les gens sentaient qu'à l'aube des temps Dieu était partout tout le temps ; ce sentiment de solitude était ce qui remplissait le vide laissé par Dieu tandis qu'il s'éloignait encore un peu plus de nous.

L'air était glacial. La rosée perlait sur le sol, et le temps d'arriver jusqu'à Waldo, couchée dans l'herbe haute près de la clôture du bas, l'ourlet de la robe d'Ada fut trempé. La vache se remit debout, les articulations raides, et se dirigea vers la barrière. Ada s'avança sur le rectangle d'herbes et sentit la chaleur de la bête monter du sol autour de ses jambes. Elle eut envie de se coucher là pour se reposer, soudain inexplicablement lasse, comme si toute la fatigue d'un mois de dur labeur s'était accumulée. Au lieu de quoi elle se pencha et, sous les herbes, elle enfonça les mains dans la terre encore tiède, tel un être vivant, de la chaleur de la journée et du corps de la vache.

Une chouette hulula dans les arbres au-delà de la

rivière. Ada battit le rythme de son cri à cinq temps, comme si elle scandait un vers : une longue, deux brèves, deux longues. L'oiseau de la mort, disait-on de la chouette. Pourtant l'appel était doux, ravissant dans la lumière ardoisée, comme un profond roucoulement de colombe. A la barrière, Waldo mugit, impatiente. Elle avait besoin — comme tant de choses dans le vallon — de ce qu'Ada apprenait à faire, si bien que celle-ci sortit ses mains de la poussière et se redressa.

D'EXIL ET D'ERRANCES BRUTALES

Inman marcha pendant des jours entiers de temps plus frais, de ciels bleus, de routes vides. Par la force des choses, son itinéraire zigzaguait, car il s'efforçait d'éviter les péages et les villes, mais le chemin qu'il se frayait ainsi, à travers des régions reculées et des exploitations agricoles largement espacées, paraissait relativement sûr. Les rares personnes qu'il rencontrait étaient pour la plupart des esclaves. Les nuits étaient chaudes, éclairées par de grosses lunes, d'abord croissantes, puis pleines, puis décroissantes. Il y avait souvent des meules de foin où dormir. Alors, allongé les yeux levés vers la lune et les étoiles, il s'imaginait en vagabond n'ayant rien à redouter.

Ces journées paisibles se fondaient toutes ensemble, même s'il s'efforçait de garder en mémoire une trace de chacune. L'une d'elles n'était composée, dans son souvenir, que de sa difficulté à s'orienter. Il s'était trouvé devant d'innombrables bifurcations sans le moindre poteau indicateur ni la moindre marque, si bien qu'il avait été obligé de demander son chemin à de multiples reprises. Il était d'abord arrivé devant une maison construite exactement à la croisée de deux routes, si près du bord que sa terrasse couverte bloquait presque le passage. Une femme à l'air las se reposait, assise sur une chaise droite, les jambes écartées. Elle mâchonnait sa lèvre inférieure, et son regard paraissait fixer quelque grand événement indéfini à l'horizon. Il y avait une flaque d'ombre là où sa jupe pendait entre ses genoux.

« C'est bien la route de Salisbury ? » avait demandé Inman.

La femme était restée assise, ses mains noueuses posées sur ses genoux, les poings serrés. Apparemment soucieuse d'économiser ses gestes, elle avait à peine incliné le pouce droit en réponse. Peut-être n'était-ce rien de plus qu'un tic nerveux. Comme pas un autre de ses traits ne bougeait, Inman avait continué dans la direction suggérée.

Plus tard, il était tombé sur un homme grisonnant assis à l'ombre d'un eucalyptus. Ce personnage portait un beau gilet de soie jaune à même la peau ; son vêtement déboutonné s'ouvrait sur deux vieux tétons qui pendaient comme ceux d'une truie. Ses jambes allongées droit devant lui, il s'était frappé une cuisse du plat de la main comme s'il s'agissait d'un chien bien-aimé mais polisson. Quand il parlait, son élocution paraissait se limiter uniquement aux voyelles.

« C'est ici qu'on bifurque pour Salisbury ? avait demandé Inman.

— IIIII ? avait fait l'homme.

— Pour Salisbury, avait répété Inman. C'est bien par là ?

— AAAAA ! » avait riposté l'homme, péremptoire.

Inman avait poursuivi sa route.

Plus tard encore, il avait trouvé dans un champ un homme qui déterrait des oignons.

« Salisbury ? » avait demandé Inman.

Sans répondre un mot, l'homme avait tendu un bras au bout duquel un oignon indiquait le chemin à suivre.

Ce qu'Inman se rappelait d'une autre journée de marche, c'était le ciel blanc, et aussi qu'à un moment donné une corneille était morte en plein vol, tombée devant lui dans un nuage de poussière, son bec noir ouvert, sa langue grise sortie comme pour goûter la terre, et qu'ensuite il avait rencontré trois filles de ferme, en robes de coton pastel, qui dansaient pieds nus dans la poussière de la route. En le voyant arriver, elles s'étaient interrompues. Elles avaient escaladé une clôture et s'étaient juchées tout en haut, les talons coincés contre la barre du milieu, leurs genoux rugueux sous le menton. Elles l'avaient suivi des yeux lorsqu'il était passé devant elles mais avaient refusé de répondre à son geste de la main et à son : « Hé là ! »

Vers la fin de cette période, Inman se retrouva un matin en train de traverser une futaie de jeunes peupliers dont les feuilles viraient déjà au jaune, bien que la saison ne fût pas encore très avancée. Le problème de la nourriture le préoccupait. Il avançait à bonne allure, mais il en avait assez de se cacher, d'avoir faim et de ne vivre que de bouillie de maïs, de pommes, de kakis et de melons volés. Un peu de viande et de pain aurait été un vrai régal. Il calculait le risque qu'il faudrait prendre pour se procurer la viande et le pain en question lorsqu'il tomba sur un groupe de femmes en train de faire leur lessive sur le bord d'un fleuve. Il s'enfonça d'un pas dans un coin de la forêt et les observa.

Entrées dans l'eau jusqu'aux mollets, elles frappaient leur linge contre des pierres bien lisses, avant de le rincer et de l'essorer, puis de le draper autour des buissons voisins pour qu'il sèche. Certaines parlaient et riaient, d'autres fredonnaient des bribes de chansons. Afin d'éviter de se mouiller, elles avaient remonté le bas de leurs jupes entre leurs jambes et l'avaient coincé dans leur ceinture. On aurait dit qu'elles portaient les larges culottes orientales des régiments de zouaves, dont les soldats gardent un petit air pimpant et joyeux, même lorsqu'ils sont éparpillés, morts, à travers le champ de bataille. Ne se sachant pas observées, les femmes avaient remonté leurs jupes très haut sur leurs cuisses, et l'eau qui dégoulinait de leur linge ruisselait sur leur peau blanche, luisant dans la lumière comme de l'huile.

Dans d'autres circonstances, ce tableau aurait eu du charme. Pourtant, toute l'attention d'Inman était concentrée sur le fait que ces femmes avaient apporté leurs repas — certaines dans un panier d'osier, d'autres enveloppé dans un torchon — qu'elles avaient laissés au bord de l'eau. Il songea d'abord à héler les lavandières pour demander s'il pouvait leur acheter de quoi manger. Mais il devina qu'elles risquaient de fermer aussitôt les rangs et de prendre des pierres pour le chasser. Il décida donc de rester caché.

Il se faufila laborieusement entre les arbres et les rochers jusqu'à la rive. Après avoir avancé la main derrière le tronc hirsute d'un gros bouleau pour soupeser quelques déjeuners, il s'empara du plus lourd. Il laissa à sa place une somme plus que suffisante, car il désirait particulièrement, à ce moment précis, se montrer généreux.

Il repartit le long de la route en balançant le baluchon par une des pointes du nœud qui le fermait. Lorsqu'il eut mis quelque distance entre lui et le fleuve, il dénoua le torchon et découvrit trois gros morceaux de poisson poché, trois pommes de terre bouillies et deux biscuits pas tout à fait assez cuits.

Des biscuits avec du poisson ! Quelle étrange cuisine, pensa Inman. Et quel triste repas en comparaison du festin qu'il avait imaginé.

Ce qui ne l'empêcha pas de le manger tout en marchant. Peu de temps après — sur un bout de route désert, avec l'ultime pomme de terre à deux bouchées de sa disparition — Inman éprouva soudain comme une espèce de démangeaison derrière la tête.

Il s'arrêta et se retourna. Il vit au loin, derrière lui, la silhouette d'un homme qui avançait à vive allure. Inman termina sa pomme de terre et accéléra jusqu'au premier tournant de la route. Puis, il s'enfonça dans les bois et trouva un excellent poste de surveillance derrière un tronc d'arbre abattu.

Peu après, le marcheur franchit à son tour le tournant. Nu-tête, vêtu d'un long manteau gris dont les pans lui battaient les jambes, portant un havresac en cuir bosselé, il marchait à grands pas, tête basse, scandant son allure avec un bâton de pèlerin aussi haut que lui, tel un frère mendiant de l'ancien temps. A mesure que l'homme approchait, Inman observa qu'il avait le visage entaillé et marqué de meurtrissures jaunes et vertes qui s'estompaient. Une de ses lèvres était en partie cicatrisée par une croûte sombre qui ressemblait à un bec-de-lièvre. Des touffes de cheveux blonds frisés poussaient sur son cuir chevelu blanc, strié par endroits de longues croûtes. Il avait le ventre si plat que le haut de son pantalon était plissé en accordéon sous la ficelle qui le maintenait. Lorsqu'il leva ses yeux bleus de la route qui se déroulait sous ses pieds, Inman reconnut aussitôt, malgré les meurtrissures, le prédicateur.

Il se souleva de derrière son tronc et lança : « Hé là ! »

Le prédicateur s'arrêta et le dévisagea fixement. « Bon Dieu, dit-il. Voilà justement celui que je cherchais. »

Inman sortit son couteau et le tint pointe en bas, le bras souple. « Si vous cherchez à vous venger, dit-il, je ne gaspillerai même pas une cartouche. Je vous éventrerai tout de suite.

— Oh non. Je tiens à vous remercier, au contraire. Vous m'avez sauvé d'un péché mortel.

— Vous avez parcouru tout ce chemin dans le seul espoir de me dire ça ?

— Non, j'ai pris la route. Je suis désormais un

pèlerin, comme vous. Encore que j'aie peut-être parlé trop vite, car ceux qui errent ne sont pas tous des pèlerins. Vers où vous dirigez-vous ? »

Inman toisa le prédicateur de la tête aux pieds. « Que vous est-il arrivé ? demanda-t-il.

— Quand on m'a trouvé, tel que vous m'aviez laissé, et qu'on a lu le billet, un certain nombre d'hommes de notre congrégation, emmenés par Johnston, notre diacre, m'ont dévêtu et copieusement rossé. Ils ont jeté mes habits dans la rivière et m'ont tondu le crâne avec leurs couteaux, ayant mal compris, à ce que je pense, l'histoire de Samson et Dalila. Après quoi, ils ont refusé de m'accorder ne fût-ce qu'une heure pour rassembler mes affaires et la femme que je devais épouser est venue me cracher à la figure et remercier le Tout-Puissant d'avoir empêché qu'elle devînt une Veasey. Je n'avais rien d'autre que mes deux mains pour couvrir ma virilité, et on m'a enjoint de quitter la ville, faute de quoi je serais pendu tout nu au clocher de l'église. Ce qui n'était pas plus mal puisque, de toute façon, je ne pouvais plus rester.

— J'imagine, dit Inman. Et l'autre femme ?

— Laura Foster ? On est allés la tirer de chez elle pour lui faire raconter tout ce qu'elle savait, mais elle était encore incapable d'assembler deux idées. Quand on comprendra qu'elle est en passe de devenir mère, elle sera en butte aux reproches de la communauté pendant quelque temps. Disons, un an. Ensuite, elle ne sera plus que la cible des cancans. D'ici deux ou trois ans, elle prendra pour époux quelque vieux garçon disposé à élever un bâtard, pourvu que celui-ci soit accompagné d'une belle fille. Elle ne s'en trouvera que mieux des rapports que nous avons eus, et du fait que j'ai décidé de renoncer aussi bien à elle qu'à ma fiancée.

— Je n'arrive pas à décider si j'ai bien fait de vous laisser en vie », déclara Inman.

Sans un mot de plus, il remit son couteau dans son

étui et regagna la route. Le prédicateur lui emboîta le pas.

« Puisque vous semblez vous diriger vers l'ouest, je vais faire route avec vous, si vous le voulez bien, dit-il.

— L'ennui c'est que je ne veux pas », répondit Inman qui préférait voyager seul qu'avec un imbécile pour compagnon.

Il fit le geste de frapper le prédicateur d'un revers de main, mais l'homme ne s'enfuit pas, ne leva même pas son bâton pour parer le coup. Il enfonça sa tête dans ses épaules, tel un chien battu, si bien qu'Inman se retint. Puisqu'il manquait de volonté pour chasser cet homme, autant poursuivre sa route et voir ce qu'il adviendrait.

Veasey régla son pas sur le sien, sans arrêter un instant de jacasser. Apparemment désireux de se décharger du fardeau de sa vie antérieure dont il confiait à Inman chaque péripétie, il tenait à partager avec lui chacun de ses faux pas — et ils étaient nombreux. Il était le premier à reconnaître qu'il n'avait été qu'un piètre homme de Dieu.

« J'ai fait preuve d'une grande médiocrité dans ma vocation sous tous les rapports, hormis le prêche, reconnut-il. Dans ce domaine, j'ai brillé. J'ai sauvé plus d'âmes que vous n'avez de doigts aux deux mains et d'orteils aux deux pieds. Mais j'ai renoncé aux sermons, et je m'en vais au Texas pour prendre un nouveau départ.

— Comme tant d'autres.

— Dans un passage du livre des Juges, il est question d'une époque où il n'y avait point de loi en Israël et où chacun faisait ce qui lui paraissait juste. J'ai entendu dire la même chose du Texas. C'est un pays de liberté.

— C'est en effet ce qu'on dit, convint Inman. Qu'avez-vous l'intention de devenir là-bas ? Fermier ?

— Oh, certes non. Je manque d'aptitude à travailler la terre. Quant à la carrière qui me conviendrait, je n'ai encore rien décidé. Faute d'une vocation clairement dessinée, peut-être vais-je en effet réclamer un lopin de terre de la taille d'un comté afin d'y élever du bétail, jusqu'à ce que je possède suffisamment de bêtes pour passer une journée entière à marcher sur leur dos sans jamais mettre pied à terre, déclara Veasey.

— Et avec quoi comptez-vous acquérir votre premier taureau et sa vache ?

— Avec ceci. »

Et Veasey de tirer de sous les pans de son manteau un long colt de l'armée sudiste qu'il s'était procuré avant de partir.

« En m'entraînant, je pourrais devenir un pistolero réputé, déclara-t-il.

— Où l'avez-vous trouvé ? demanda Inman.

— La femme du vieux Johnston savait ce qui s'était passé et elle a eu pitié de moi. Elle m'a vu tapi dans les buissons et m'a crié de venir jusqu'à la fenêtre. Le temps qu'elle parte dans la chambre me chercher le costume miteux que vous me voyez, j'ai aperçu ce revolver sur la table de la cuisine. J'ai tendu le bras par la croisée, je l'ai saisi et lancé dans l'herbe. Une fois habillé, je suis allé le ramasser et je l'ai emporté avec moi. »

Il paraissait content de lui, tel un jeune garçon qui a chapardé une tourte mise à refroidir sur un rebord de fenêtre.

« C'est de cette façon que m'est venue l'idée de devenir pistolero, poursuivit-il. Ces engins vous donnent des idées imprévisibles. »

Il tenait le colt devant lui et plongeait les yeux au fond du canon, comme s'il s'attendait à lire son avenir dans l'éclat satiné du cylindre.

Cet après-midi-là, vue sous l'angle du ravitaillement, la marche se déroula sous le signe de la chance. A peine Inman et Veasey eurent-ils parcouru un petit bout de chemin qu'ils tombèrent sur une maison abandonnée, bâtie un peu à l'écart, au fond d'une chênaie. Les portes étaient grandes ouvertes, les fenêtres cassées, et la cour envahie par la molène, la bardane et le tabac indien. Tout autour se dressaient des ruches, certaines taillées dans du bois d'eucalyptus — des sections de tronc évidé, percées de trous et orientées selon les points cardinaux —, d'autres en paille aussi grise qu'un vieux chaume. Bien qu'à l'abandon, d'innombrables abeilles s'activaient au soleil.

« Si l'envie nous prenait de piller une de ces ruches, nous aurions un festin de roi, déclara Veasey.

— Allez-y donc, rétorqua Inman.

— Je supporte mal les piqûres d'abeille. Je gonfle. J'aurais tout à fait tort de m'y aventurer.

— En revanche, vous mangeriez le miel si c'était moi qui allais le chercher, c'est ce que vous voulez dire ?

— Une ration de miel nous ferait beaucoup de bien et nous donnerait de la force pour poursuivre notre route. »

Inman ne pouvait prétendre le contraire. Il baissa ses manches de chemise, rentra les bas de son pantalon dans ses bottes et s'enveloppa la tête dans sa veste, ne laissant qu'une fente pour y voir. Il avança vers une des ruches, fit glisser le toit et sortit des poignées de miel et de rayons alvéolés qu'il déposa dans une marmite jusqu'à ras bord. Il se déplaçait lentement, avec assurance, et ne fut que très peu piqué.

Veasey et lui s'assirent au bord de la terrasse, de chaque côté de la marmite, et dégustèrent le miel à la cuiller. C'était un miel toutes fleurs, aussi noir que du café et rempli d'ailes d'abeille, qui avait durci faute d'avoir été récolté depuis pas mal de temps. Ce n'était rien en comparaison du miel de châtaignier limpide que le père d'Inman recueillait dans des ruches d'abeilles sauvages qu'il suivait dans les bois jusqu'aux arbres où elles avaient établi leur logis, pourtant Inman et Veasey le savourèrent. Lorsqu'il n'en resta presque plus, Inman saisit un morceau de rayon et y mordit à belles dents.

« Vous mangez même les rayons ? s'étonna Veasey d'une voix réprobatrice.

— C'est excellent pour la santé. Un tonique », déclara Inman. Il croqua une autre bouchée et tendit le rayon à Veasey qui le mangea sans enthousiasme.

« J'ai encore faim, annonça Veasey une fois que la marmite fut vide.

— C'est tout ce qu'il y a. A moins que vous ne réussissiez à faire lever du gibier sur quoi nous pourrions tirer, déclara Inman. Et nous avons intérêt à marcher plutôt qu'à chasser. Ce genre de voyage a tendance à mettre un frein aux appétits.

— Il y en a qui disent que la voie du contentement c'est d'aller là où vous n'aurez envie de rien, là où vous aurez perdu vos appétits. C'est de la démence, dit Veasey. Le contentement consiste en grande partie à se persuader que Dieu ne frappera pas trop durement si vous penchez du côté de vos envies. J'ai vu bien peu de gens tirer profit de la croyance qu'au jour du Jugement la lune se changera en sang. En tout cas, moi, je ne souhaite pas y attacher trop de crédit. »

Inman sauta à bas de la terrasse et se remit en route. Ils avancèrent à bonne allure pendant encore une heure, jusqu'à ce que la route ne fût plus qu'un sentier qui escaladait une crête ondulante. Puis ils suivirent la chute d'une rivière sinueuse. L'eau se déversait à flanc de colline en une série de courts rapides, blancs, interrompus de temps à autre par des méandres plus calmes et des petits bassins, là où le terrain formait une plate-forme ou une courbe, tel un torrent de montagne. Le creux dégageait, lui aussi, une odeur familière au nez d'Inman. Un parfum de galax, de feuilles décomposées, de terre humide. Il se hasarda à le dire.

Veasey renversa la tête en arrière et renifla. « Ça sent le cul », déclara-t-il.

Inman ne répondit pas. Il était fatigué, et son esprit fonctionnait au petit bonheur. Ses yeux fixaient le fil d'eau qui brillait devant eux et dont l'itinéraire vers les basses terres était aussi tortueux que des entrailles de porc. Inman en avait assez appris dans les livres pour savoir que la pesanteur, sous sa forme idéale, était censée agir selon des lignes de force bien droites. Pourtant, à observer le chemin de la rivière qui serpentait à flanc de colline, de telles notions n'étaient, semblait-il, que des pensées en l'air. Les méandres de la rivière montraient à quel point tout ce qui bouge doit se plier à la configuration du terrain, tel qu'il existe et quelles que soient ses préférences.

Lorsqu'elle arriva enfin en terrain plat, la rivière s'apaisa et devint un cours d'eau à peine plus imposant qu'un fossé boueux, désormais sans ressemblance aucune avec un torrent de montagne. Veasey s'arrêta : « Tiens, tiens, dit-il, regardez donc là-bas. »

Un peu plus bas dans la rivière encore profonde, se trouvait un poisson-chat aussi gros qu'un baquet, avec son visage laid, ses yeux minuscules, et de pâles barbillons qui lui sortaient de la bouche et ondulaient dans le courant. Sa mâchoire inférieure fuyante lui facilitait la tâche lorsqu'il voulait sucer les détritus reposant sur le lit de la rivière, et son dos était d'un noir verdâtre et d'aspect rugueux. Bien qu'il ne fût qu'un avorton en comparaison du monstre qu'avait imaginé Inman dans les profondeurs de la Cape Fear River, il avait néanmoins l'air passablement gaillard. Il avait dû se tromper quelque part de direction pour échouer dans un cours d'eau si étroit qu'il ne pouvait faire demi-tour.

« Voilà qui nous ferait un repas de choix, dit Veasey.

« — Nous n'avons aucun matériel de pêche, remarqua Inman.

— Je donnerais n'importe quoi pour une canne, une ligne et un hameçon, avec un gros quignon de pain frotté de graisse en guise d'appât.

— Eh bien, nous n'en avons pas », rétorqua Inman, dégoûté par ces coutumes de pêcheur des basses terres. A peine avait-il avancé un pied pour poursuivre sa route que le poisson, effrayé par son ombre sur l'eau, se mit à remonter pesamment la rivière.

Veasey suivit Inman qui s'éloignait, mais il ne cessait de se retourner pour contempler l'amont du cours d'eau. Il laissait clairement voir qu'il faisait la tête. Dès qu'ils eurent parcouru une centaine de yards, il s'écria : « Il était gros, ce poisson. »

Environ un demi-mile plus loin, Veasey s'arrêta et lança : « Il n'y a pas, ce poisson-chat, il faut que je l'attrape. » Il fit volte-face et repartit au petit trot le long du sentier. Inman le suivit au pas. Lorsque Veasey approcha de l'endroit où ils avaient vu le poisson, il s'enfonça à travers bois. Il se fraya un passage en force et décrivit un cercle au milieu des arbres, si bien que, lorsqu'il regagna le bord de l'eau, il était loin en amont. Inman regarda Veasey se mettre à fouiller les bois, ramasser des branches tombées et les traîner au milieu du cours d'eau. Il les empila puis sauta dessus pour les tasser. Il finit, au bout de quelque temps, par avoir construit une espèce de barrage.

« Qu'est-ce que vous fabriquez ? demanda Inman.

— Restez où vous êtes et regardez », repartit Veasey.

Il décrivit un nouveau cercle dans le bois et ressortit en aval de l'endroit où il s'imaginait que se trouvait le poisson. Il bondit dans la rivière et la remonta en donnant des coups de botte dans l'eau. Même s'il ne voyait pas le poisson, il savait qu'il devait forcément le chasser devant lui.

Lorsque Veasey approcha du barrage, Inman aperçut le poisson-chat qui fouillait les branches de son nez pour essayer de trouver un passage. Veasey ôta son chapeau et le lança sur la rive. Il avança, se pencha et plongea le torse dans l'eau pour sortir le poisson à bras-le-corps. L'homme et la bête émergèrent, luttant et faisant gicler l'eau par énormes flaques. Veasey l'avait empoignée par le milieu du corps, les mains crispées sur son ventre blanc. Le poisson se débattait de toutes ses forces. Sa tête sans cou venait cogner celle du prédicateur et ses moustaches lui fouetter le visage. Soudain l'animal se plia en deux, tel un grand arc, se redressa d'un bond et jaillit des bras de l'homme pour retomber dans l'eau.

Veasey reprit son souffle. Son visage était marqué par de longues boursouflures rouges, là où les moustaches du poisson l'avaient piqué, et ses bras étaient cisaillés par les nageoires épineuses. Pourtant il se pencha de nouveau, ressortit sa proie de l'eau, mais leur lutte se solda par un nouveau match nul. Il recommença à d'innombrables reprises, à chaque fois en vain, jusqu'au moment où les deux adversaires, épuisés, furent presque incapables de bouger. Veasey sortit de la rivière avec lassitude et s'assit sur la rive.

« Vous ne voudriez pas vous mettre à l'eau et essayer un peu ? » demanda-t-il à Inman.

Celui-ci porta la main à sa hanche, tira son LeMat's et logea une balle dans la tête du poisson. L'animal se convulsa un bref instant avant de s'immobiliser.

« Bon Dieu ! » souffla Veasey.

Cette nuit-là, ils campèrent sur place. Veasey laissa à son compagnon le soin d'allumer et d'alimenter le feu de camp, ainsi que de préparer le dîner. Il ne savait rien faire d'autre, semblait-il, que pérorer et manger. Lorsque Inman ouvrit le ventre du poisson, il trouva à l'intérieur la tête d'un marteau et un rouge-gorge bleu. Il les déposa à l'écart, sur un rocher plat. Après quoi il enleva la peau sur une partie du dos et des flancs de l'animal et préleva les filets. Parmi les provisions que contenait le paquetage de Veasey, il y avait une motte de saindoux dans du papier huilé. Inman la fit fondre dans la poêle, roula les morceaux de poisson dans sa propre farine de maïs et les mit à frire. Tandis qu'ils mangeaient, Veasey tourna les yeux vers le rocher.

« Vous croyez qu'il a avalé le marteau entier, il y a longtemps, et que ses sucs gastriques ont bouffé le manche ?

— C'est possible, dit Inman. J'ai connu des phénomènes plus étranges. »

Le rouge-gorge, en revanche, était une véritable énigme. Peut-être, avança Inman, un autre poisson plus souple, une truite par exemple, s'était-il élevé hors de l'eau pour gober l'oiseau posé sur une branche basse d'un arbre de la rive. Aussitôt cette superbe truite était morte, si bien que le poisson-chat l'avait sucée entière sur le lit de la rivière et digérée de l'extérieur vers l'intérieur, ne laissant que le rouge-gorge.

Ils se gorgèrent de poisson tout au long de la soirée, jusqu'à ce qu'il ne leur restât plus ni farine ni saindoux. Ils coupèrent alors des morceaux de poisson, les embrochèrent sur de petites branches de bois vert et les rôtirent tels quels sur les braises. Veasey continuait à jacasser comme un moulin à paroles. Lorsqu'il se fut lassé de narrer sa propre histoire, il essaya de soutirer des confidences à son compagnon de route. Il voulait savoir où il habitait. Où il allait. D'où il venait. Mais il n'obtint pas la moindre réponse. Inman, assis en tailleur, se contentait de contempler le feu.

« Vous ne valez pas mieux que Légion », finit par dire Veasey. Et il raconta l'histoire de l'homme dont Jésus avait réconforté l'esprit blessé. Il expliqua que Jésus l'avait découvert nu, fuyant ses semblables, se cachant dans les coins sauvages, grinçant des dents sur les pierres tombales, se tailladant avec des pierres. Un malheur l'avait rendu fou. Les rares pensées qu'il nourrissait encore ne rimaient plus à rien.

« Sans arrêt, nuit et jour, il se tenait dans les montagnes, au milieu des tombes, pleurant et hurlant comme un chien, dit Veasey. Et Jésus entendit parler de lui, alla le trouver et remit de l'ordre dans son esprit, plus vite qu'une dose de sels ne vous traverse le corps. Légion put alors rentrer chez lui régénéré. »

Inman restait assis sans mot dire, ce qui poussa Veasey à lancer : « Je sais que vous avez fui la guerre. Nous sommes tous les deux des fuyards.

— Nous ne sommes rien du tout, tous les deux.

— Moi, je n'étais pas bon pour le service, annonça Veasey.

— Un crétin s'en serait aperçu.

— Je veux dire qu'un médecin m'a déclaré inapte. Je me suis demandé si j'avais perdu au change.

— Oh, vous avez perdu énormément, dit Inman.

— Ah, merde. Je m'en doutais.

— Je vais vous dire ce que vous avez perdu. Vous verrez à quel point un minus de prédicateur nous aurait été utile. »

Il raconta à Veasey l'explosion de Petersburg. Son régiment était posté juste à côté des garçons de Caroline du Sud qui avaient été mis en pièces par les sapeurs fédéraux. Inman se trouvait dans les tranchées garnies de claies, en train de griller du seigle pour préparer ce qu'ils appelaient du café, lorsque la terre s'était soulevée le long des lignes, sur sa droite. Une colonne de terre et d'hommes s'était élevée dans les airs avant de retomber pêle-mêle. Inman avait été recouvert de détritus. Un bout de jambe et un pied, toujours chaussé de sa botte, avaient atterri juste à côté de lui. Un homme qui se tenait un peu plus loin dans la tranchée était arrivé coudes au corps en hurlant : « L'enfer vient de péter. »

Au fond des tranchées, à gauche et à droite du trou, les hommes ne bougeaient plus, redoutant une attaque, quand, au bout de quelques instants, ils avaient compris que les Fédéraux s'étaient rués dans le cratère, mais qu'ensuite, stupéfaits de ce qu'ils avaient provoqué, ils s'y étaient simplement blottis.

Prompt comme l'éclair, Haskell avait avancé ses mortiers éprouvettes, les avait disposés au-delà du bord du cratère, et chargés d'une maigre once et demie de poudre. Il n'y avait plus qu'à expédier les obus à cinquante pieds de là, jusqu'à l'endroit où les Fédéraux grouillaient comme des porcs dans un enclos, attendant le coup de masse entre les deux yeux. Le feu des mortiers en avait taillé en pièces une bonne quantité et, une fois cette tâche accomplie, le régiment d'Inman avait mené l'attaque. Le combat qui avait eu lieu au fond du cratère était d'une nature totalement différente de ce qu'il avait connu auparavant. La guerre sous sa forme la plus antique ; comme si l'on avait envoyé des centaines d'hommes dans une grotte, épaule contre épaule, et qu'on leur avait ordonné de s'entre-tuer. Comme ils n'avaient pas la place de charger ou décharger leurs mousquets, ils s'en étaient servis comme de gourdins. Inman avait vu un petit tambour fracasser la tête d'un homme avec une boîte de munitions. Les Fédéraux se donnaient à peine le mal de résister. Par terre, sous les pieds des combattants, gisaient des cadavres et des morceaux de cadavres. Tant d'hommes avaient été déchiquetés par l'explosion et les obus que le sol collait et dégageait une épouvantable puanteur d'excréments. Les parois du cratère s'élevaient autour d'eux, ne laissant voir qu'un petit cercle de ciel, là-haut, comme si ce trou était tout ce qui existait du monde et qu'il n'était plus question que de se battre. Ils avaient massacré tous ceux qui ne s'étaient pas enfuis.

« Voilà ce que vous avez perdu, dit Inman. Ça vous navre ? »

Inman étala ses couvertures par terre et s'endormit. Le lendemain matin, ils mangèrent une resucée de poisson au petit déjeuner et en firent rôtir une provision qu'ils emportèrent pour plus tard. Pourtant, quand ils levèrent le camp, ils abandonnaient derrière eux la plus grande partie du poisson-chat. Trois corneilles attendaient, en haut d'un noyer.

Tard dans l'après-midi du jour suivant, des nuages s'amoncelèrent, le vent se mit à souffler et la pluie à tomber, drue et régulière, inexorable. Ils continuèrent leur chemin sous ce déluge, en quête d'un abri, et Veasey ne cessa un instant de se frotter la nuque et de se plaindre d'un mal de tête aigu, dû au fait qu'Inman l'avait à moitié assommé avec un moyeu de chariot, un peu plus tôt dans la journée.

Ils étaient entrés dans un magasin de campagne qui paraissait désert pour acheter à manger, et à peine avaient-ils franchi la porte que Veasey avait tiré son colt et ordonné au commerçant de vider sa caisse. Inman avait empoigné le premier objet lourd à portée de sa main — le moyeu, posé sur une étagère — et en avait donné un coup sur la tête de Veasey qui avait ployé les genoux. Le colt était tombé par terre avec fracas et avait glissé jusqu'à un sac de farine. Veasey était resté prostré, au bord de l'évanouissement, puis il avait été pris d'une quinte de toux qui lui avait rendu ses esprits. Le commerçant avait regardé Veasey, puis Inman, après quoi il avait haussé les sourcils en s'écriant : « Qu'est-ce qui se passe, bon Dieu ? »

Inman s'était empressé de lui présenter des excuses, il avait ramassé le pistolet et attrapé Veasey par le col de son manteau, le soulevant comme s'il le tenait par une poignée. Il l'avait plus ou moins traîné jusqu'à la terrasse, où il l'avait assis sur les marches avant de retourner dans le magasin pour acheter des provisions. Dans l'intervalle, cependant, l'homme avait sorti un fusil et, accroupi derrière son comptoir, il braquait l'arme en direction de la porte.

« Foutez le camp, avait-il lancé. Je n'ai même pas

trente cents en liquide dans ma caisse, mais je suis prêt à descendre celui qui voudra me les prendre. »

Inman avait tendu les bras, paumes vers le haut.

« Ce n'est qu'un imbécile », avait-il dit en reculant.

Et maintenant, tandis qu'ils avançaient sous la pluie, Veasey ne cessait de geindre, et voulait s'arrêter et s'accroupir sous un pin, dans la bruine. Mais Inman, enveloppé dans son tapis de sol, poursuivait sa route, à la recherche d'une grange accueillante. Ils n'en trouvèrent pas mais rencontrèrent bientôt une vieille esclave replète qui cheminait en sens inverse. Elle s'était fabriqué, avec de grandes feuilles souples de catalpa, un gigantesque chapeau de pluie d'un modèle fort compliqué, sous lequel elle était aussi bien abritée que sous un parapluie. Voyant au premier coup d'œil à qui elle avait affaire — une paire de déserteurs —, elle leur dit qu'ils trouveraient à se loger un peu plus loin, dans une maison tenue par un homme qui se souciait de la guerre comme d'une guigne et qui ne leur poserait aucune question.

Environ un mile plus loin, ils atteignirent en effet l'endroit en question, une espèce de sinistre auberge du bord de route, un relais où les diligences changeaient de chevaux et où les voyageurs se reposaient. Le bâtiment principal abritait une taverne décrépite, sur l'arrière de laquelle l'écurie, basse et au toit de tôle, partait à angle droit. L'ensemble, couleur rouille, se dressait sous deux gigantesques chênes. Avant la guerre, à l'époque où les routes regorgeaient d'animaux qu'on menait au marché, des conducteurs de bestiaux y passaient la nuit, avec leurs porcs, leur bétail, leurs oies. Mais ce temps-là était un paradis perdu, et les vastes enclos étaient désormais presque vides et envahis par l'ambroisie.

Inman et Veasey approchèrent, essayèrent d'ouvrir la porte. Malgré les bruits de voix à l'intérieur, le loquet était mis. Ils frappèrent et un œil apparut par une fente entre deux planches. Le loquet se souleva. Ils entrèrent et se retrouvèrent dans un trou humide, sans fenêtres, éclairé uniquement par le feu dans l'âtre, et qui puait les vêtements mouillés et les cheveux sales. Ils avancèrent dans la pièce. Leurs yeux n'étaient pas encore accoutumés à l'obscurité que le prédicateur marchait déjà devant, un large sourire plaqué sur le visage, comme s'il pénétrait en territoire connu et s'attendait à y rencontrer des amis. Il ne tarda pas à se cogner contre un vieillard, installé sur un tabouret bas, qu'il fit tomber par terre. Le vieux s'écria : « Cré de bon sang ! », et des murmures de sympathie coururent parmi les silhouettes sombres assises autour des tables disséminées à travers la pièce. Inman empoigna Veasey par l'épaule et le tira derrière lui. Il releva le tabouret et aida le vieillard à se remettre debout.

Ils trouvèrent deux sièges. Quand leurs yeux se furent enfin accommodés au clair-obscur, ils remarquèrent qu'un feu de cheminée avait récemment brûlé un pan du toit. Les trous n'avaient pas encore été réparés, si bien que, autour de l'âtre, la pluie tombait à peu près aussi fort que dehors ; de ce fait, ce n'est pas en se tenant devant le feu que les nouveaux arrivants se réchaufferaient et se sécheraient. L'immense cheminée s'étendait presque d'un mur à l'autre et, si les voyageurs de passage pouvaient imaginer les grandes flambées d'autrefois, un tapis de selle aurait suffi à étouffer le feu présentement allumé.

Un instant plus tard, une catin noire aussi forte qu'un homme sortit d'une arrière-salle. Elle tenait une bouteille dans une main, dans l'autre, cinq petits verres dans lesquels elle enfonçait ses doigts boudinés. Inman aperçut le manche rouge d'un rasoir coincé dans la toison de ses cheveux, derrière son oreille droite. Elle portait un tablier de cuir noué autour de sa taille épaisse et une robe grisâtre décolletée, en partie déboutonnée afin de révéler une opulente poitrine. Lorsqu'elle passa devant le feu, tous les hommes tournèrent la tête pour voir ses superbes cuisses se découper à travers le tissu. La jupe était trop courte pour couvrir le bas de ses jambes, si bien qu'on voyait ses mollets musclés entièrement dénudés, ses pieds nus et boueux. C'était une fort belle femme, en tout cas pour ceux qui aimaient les grands gabarits, à la peau aussi noire qu'un dessus de fourneau. Elle parcourut la pièce en versant à boire, puis arriva à la table d'Inman. Elle y posa deux verres, les remplit, tira une chaise et s'y assit, jambes écartées. A l'intérieur de sa cuisse, partant du genou pour disparaître dans l'ombre de sa jupe retroussée, Inman remarqua la cicatrice blanchâtre d'un coup de couteau.

« Messieurs », dit-elle, en les dévisageant pour tenter de deviner quel profit en tirer. Elle eut un large sourire. Dents blanches bien droites, gencives bleues. Le prédicateur vida son verre et le poussa vers elle, les yeux fixés sur le creux entre ses seins. Elle le remplit une deuxième fois et demanda : « Comment tu t'appelles, mon mignon ?

— Veasey, Solomon Veasey. » Il avala son deuxième verre d'alcool sans quitter des yeux le majestueux décolleté. Le désir de cette femme l'avait empoigné avec une telle violence qu'il en tremblait.

« Eh bien, Solomon Veasey, reprit-elle, qu'as-tu donc à me dire ?

— Pas grand-chose.

— C'est honnête. Et tu n'es pas bien beau à voir, non plus, ajouta-t-elle, mais ça ne fait rien. Combien donnerais-tu pour passer un petit moment là-bas derrière, avec la grande Tildy ?

— Beaucoup, avoua Veasey.

— Mais as-tu beaucoup à donner, voilà la question ? repartit-elle.

— Oh, ne t'inquiète pas pour ça. »

Tildy regarda Inman. « Tu veux venir aussi ? demanda-t-elle.

— Commencez donc sans moi », dit-il.

Au moment où ils allaient s'éclipser, un homme,

portant une veste en cuir répugnante de saleté et des éperons sonores, arriva de l'autre côté de la pièce et posa la main sur l'épaule de Tildy. La première réaction d'Inman fut de faire l'inventaire des armes de l'homme qui paraissait à moitié ivre. Un pistolet sur une hanche, un couteau dans sa gaine sur l'autre, une espèce de matraque qui pendait par une lanière à la boucle de sa ceinture. L'homme baissa les yeux vers Tildy : « Viens donc par ici, ma grande. Y a des hommes qui voudraient te causer. » Il la tira par l'épaule.

« Je suis occupée ici », répondit-elle.

L'homme regarda Veasey et son visage se fendit. « Ce petit avorton n'a pas son mot à dire », lança-t-il.

Aussitôt Veasey se leva, tira son colt de sous son manteau et le braqua sur le ventre de l'ivrogne. Mais il s'y était pris de façon si lente et si prévisible que, lorsque le canon du revolver fut enfin pointé sur sa cible, l'homme avait déjà dégainé. Le bras complètement tendu, il tenait la gueule de l'arme à un doigt du nez de Veasey.

La main de ce dernier trembla, indécise, et le canon de son arme s'abaissa en sorte que, s'il avait tiré, il aurait atteint le pied de son adversaire.

« Rangez-moi ça », dit Inman. Les deux autres tournèrent aussitôt les yeux vers lui, et Tildy en profita pour prendre le revolver dans la main de Veasey.

L'homme regarda le prédicateur, pinça les lèvres.

« T'es une vraie mangeuse de merde », dit-il à Tildy. Il ajouta à l'intention de Veasey : « Elle vient de te sauver la peau. Figure-toi que, si je tue un homme désarmé, les forces de l'ordre me tomberont dessus. »

Veasey cria à la cantonade. « Je veux qu'on me rende mon revolver.

— C'est le moment de la fermer », dit Inman. Il s'adressait à Veasey, sans quitter l'homme des yeux.

« Pas question », dit ce dernier.

Inman garda le silence.

L'homme, apparemment incapable de trouver le moyen de mettre fin à leur altercation, tenait toujours son pistolet braqué sur la tête de Veasey.

« Je crois que je vais être obligé de te tabasser », dit-il en agitant son pistolet sous le nez de Veasey.

« Hé », lança Inman.

Le LeMat's était à présent posé à plat sur la table, la main d'Inman par-dessus.

De sa main libre, Inman fit signe à l'homme de s'éloigner.

Celui-ci fixa un long moment le LeMat's. Plus il le regardait, plus Inman devenait calme. Pour finir, l'homme rengaina son revolver et repartit à l'autre bout de la pièce en maugréant. Il rassembla ses compagnons et vida les lieux.

« Donne-le-moi », dit Inman à Tildy. Elle lui tendit le revolver et il l'enfonça dans la ceinture de son pantalon.

« Tu tiens vraiment à nous faire tuer tous les deux, dit-il à Veasey.

— Pas de danger, répondit l'autre. On était deux contre un.

— Pas du tout. Ne compte pas sur moi pour t'aider.

— Tu viens de le faire, pourtant.

— N'y compte quand même pas. Le prochain, je le laisserai peut-être te régler ton affaire. »

Veasey répondit avec un grand sourire : « Je ne crois pas. » Après quoi, Tildy et lui se levèrent et quittèrent la pièce, le bras du prédicateur passé autour de la taille à peine marquée de la femme. Inman adossa sa chaise à un mur de façon à ne pas être surpris par-derrière et leva son verre vide en direction de l'homme en tablier qui avait l'air d'être le tenancier.

« Elle est grande votre cheminée, lui dit-il quand il arriva avec sa bouteille.

— L'été, on la passe au lait de chaux et on y installe un lit. Vous pouvez pas savoir comme il y fait frais pour dormir.

— Tiens donc.

— Vous voulez dîner ?

— Moi, oui. Ça fait pas mal de jours que je dîne dans les bois, tel que vous me voyez.

— Ce sera prêt d'ici deux heures », dit l'homme.

A mesure que la journée avançait, quelques autres voyageurs se présentèrent. Deux vieux bonshommes en route pour vendre un plein chariot du produit de leurs terres à un marché voisin. Un colporteur aux cheveux blancs poussant une voiturette chargée de poêles, d'écheveaux, de rubans, de tasses en fer-blanc, de petites bouteilles en verre brun remplies de laudanum, et de diverses teintures d'herbes macérées dans l'alcool. Quelques trimardeurs de tous poils. Tous s'agglutinèrent ensemble à une longue table où ils restèrent à bavarder et à boire. Ils évoquaient avec nostalgie les jours anciens. Un homme déclara : « Ah, des bœufs j'en ai conduit plus d'un par ici. » Un autre parla d'un immense troupeau de canards et d'oies qu'il avait escorté le long de cette route et raconta qu'il fallait régulièrement plonger leurs pattes dans le goudron chaud pour empêcher la peau de leurs pieds palmés de s'user. Chacun y allait de son histoire.

Inman, cependant, resta seul sur son tabouret, à siroter un liquide brun qui passait pour du bourbon mais auquel, à l'exception de l'alcool, manquaient toutes les qualités distinctives de ce breuvage. Il contemplait avec irritation le feu inutile à l'autre bout de la salle. Les autres lui jetaient de fréquents coups d'œil, non exempts d'inquiétude. Leurs visages étaient des miroirs où se reflétait l'image qu'ils se faisaient d'Inman : un homme sans doute capable de vous tuer.

Inman avait payé cinq dollars confédérés pour dormir dans le fenil et cinq autres pour son dîner : celui-ci consistait en une demi-écuelle d'un ragoût noirâtre de lapin et de poulet, avec une tranche de pain de maïs. Même en tenant compte de la dépréciation de la monnaie sudiste, le tarif était raide.

Après le dîner, il s'attarda sous l'auvent de l'écurie, derrière l'auberge, pour profiter des dernières lueurs du crépuscule. Il regardait la pluie, poussée par un vent de noroît assez frais, tomber en lourdes gouttes dans la boue de la cour où stationnaient les chariots. Deux lanternes pendaient aux poutres. Leur lumière, diluée par l'eau, se reflétait dans les flaques et, par contraste, rejetait tout dans l'ombre. Elle soulignait chaque saillie, chaque aspérité des objets. La pluie dégoulinait sans discontinuer et Inman songea au commentaire lâché par Longstreet à Fredericksburg : les Fédéraux qui tombaient avec la même régularité lancinante que les gouttes de pluie d'une gouttière. Et il répondit au général : « Ce n'était pas du tout comme ça, rien de commun. »

Le bois du bâtiment était vieux et son grain rêche, même par un temps aussi humide, s'écrasait sous la paume. Dans un corral, de l'autre côté de la route boueuse, deux chevaux trempés se tenaient sous la pluie, tête basse. A l'intérieur de l'écurie, d'autres, plus heureux, occupaient les stalles, de ces bêtes qui cherchent à vous mordre quand vous passez devant elles. Lorsqu'il traversa le passage pour gagner sa chambre, Inman regarda une jument isabelle arracher un morceau de chair gros comme une noix au bras de l'un des deux vieux bonshommes.

Après être resté quelque temps debout, les yeux fixés vaguement sur le paysage qui s'obscurcissait, Inman décida d'aller se coucher. Il se lèverait tôt et continuerait sa route. Il grimpa à l'échelle qui menait au fenil et découvrit son compagnon de chambrée, le colporteur à tête chenue, déjà installé. L'homme avait monté avec lui les diverses sacoches et valises que contenait sa voiturette. Inman jeta son propre paquetage en tas et il s'allongea dans une botte de foin, au-delà du cercle de lumière jaune d'une lampe à huile que le colporteur avait apportée de l'auberge et suspendue à un long clou enfoncé dans une des solives du toit.

Inman observa l'homme qui retirait ses bottines et ses chaussettes, assis sous la lumière vacillante. Aux talons et aux orteils, des ampoules formaient des cloques de peau sanguinolentes. Il sortit une flamme d'une trousse de cuir. La lumière de la lanterne accrocha l'acier de l'instrument pointu et le fit briller dans l'obscurité, telle une aiguille d'or mat. L'homme s'en servit pour percer toutes ses ampoules et extraire le liquide rosâtre en pressant les cloques avec ses doigts. Puis il remit ses bottines et déclara : « Voilà. » Il s'essuya les doigts sur son pantalon, se leva et se mit à boitiller avec circonspection à travers le fenil.

« Voilà, dit-il encore une fois.

— Vous avez dû marcher autant que moi, dit Inman.

— Je veux bien le croire. »

L'homme tira une montre de la poche de sa veste, la regarda, frappa le verre d'un doigt et porta l'objet à son oreille.

« J'aurais cru qu'il était plus tard, observa-t-il. Il n'est que six heures. »

Le colporteur descendit la lampe de son clou, la posa et rejoignit Inman dans le foin. Ils restèrent silencieux quelques instants. La pluie qui tambourinait au-dessus de leurs têtes leur rappelait toute la beauté d'un toit étanche et d'un endroit sec. La lanterne rendait le fenil encore plus douillet. L'espace situé au-delà du cercle jaune disparaissait brusquement dans les ténèbres, comme si la lumière avait délimité une autre pièce autour d'eux. Ils entendaient, dessous, les chevaux piétiner dans leurs stalles et souffler de l'air par les naseaux. Ainsi que le murmure ensommeillé d'autres voyageurs en train de parler.

Le colporteur fouilla encore une fois dans sa valise

et en sortit un grand flacon d'étain. Il le déboucha, but une longue gorgée et le tendit à Inman.

« Je l'ai acheté dans un magasin du Tennessee », annonça-t-il.

Inman avala une lampée ; le breuvage était excellent, mêlant des saveurs de fumée, de cuir et d'autres choses brunes et capiteuses.

Dehors la pluie s'intensifia et le vent se leva dans l'obscurité, siffla entre les bardeaux. Les planches craquaient. La lumière bondissait et vacillait dans le courant d'air. L'orage se prolongea pendant plusieurs heures. Ils continuèrent à boire, au milieu des rugissements et des éclairs, à échanger des récits d'exil et d'errances brutales.

L'homme s'appelait Odell et, à la lumière de la lampe, on voyait qu'il était loin d'être âgé, quoique ses cheveux fussent aussi blancs qu'un duvet d'oie. Il n'était guère plus avancé qu'Inman dans la course du temps.

« Je n'ai pas eu une vie facile. Loin s'en faut, disait Odell. Et n'allez pas croire que j'ai toujours été le personnage que vous voyez aujourd'hui. Je suis né dans l'opulence. De droit, je devrais être sur le point d'hériter d'une plantation de coton et d'indigo, dans le sud de la Géorgie. Une vraie fortune. Cela pourrait arriver à n'importe quel moment à présent, vu l'âge de mon père. Peut-être même est-il mort, pour ce que j'en sais, le vieux saligaud. Tout aurait été à moi. De la terre, trop d'arpents pour qu'on se donne la peine de les mesurer. Des limites distantes de dix miles dans un sens, six dans l'autre. Cela, et plus de nègres que vous ne sauriez en employer utilement. Tous pour moi.

— Pourquoi n'êtes-vous pas là-bas ? » demanda Inman.

La réponse à cette question occupa la majeure partie de la soirée et, lorsque la lanterne se trouva à court d'huile, le colporteur continua dans l'obscurité le récit de sa lugubre histoire d'amour. Odell avait été un enfant heureux. Fils aîné. Elevé et instruit dans le but de reprendre la plantation. Le problème est qu'à l'âge de vingt ans il s'était déclassé en tombant amoureux d'une des esclaves noires nommée Lucinda. A l'en croire, sa passion pour elle se situait au-delà de l'amour fou, car, comme chacun vous le dirait, le seul fait de s'en être épris était la marque d'un esprit dérangé. Au début de cette histoire, c'était une jeune femme de vingt-deux ans, une octavonne. A la peau guère plus foncée qu'une peau de daim non tannée, précisa-t-il. Une rose jaune, vraiment.

Pour compliquer les choses, Odell convolait depuis peu avec la fille de l'autre grand planteur du comté. Lui-même était un si beau parti qu'il avait eu le choix entre toutes les filles à marier, lointaines ou proches. Celle qu'il avait épousée était petite et frêle, sujette à des accès de fatigue nerveuse qui la jetaient des après-midi en pâmoison sur le divan réservé à cet usage dans le salon. Mais ravissante, dans sa transparence, et il l'avait désirée par-dessus toute autre. Après la cérémonie, cependant, une fois qu'il lui eut ôté sa panoplie de crinolines, il n'était pour ainsi dire rien resté, tant elle était gracile et diaphane. Il n'avait guère trouvé chez elle de quoi empêcher son esprit de vagabonder.

Toute la famille vivait dans la grande demeure — Odell, sa jeune épouse, ses parents, son frère, une sœur. Les devoirs d'Odell n'étaient guère contraignants, son père n'ayant pas encore atteint l'âge de renoncer à aucune de ses prérogatives. Non que ce dernier possédât une parfaite maîtrise des talents de propriétaire terrien, puisque la réussite la plus éclatante de son existence était d'avoir affecté avec succès de préférer l'absinthe au whisky, depuis un voyage effectué en France dans sa jeunesse.

Pour s'occuper l'esprit, Odell passait beaucoup de temps à lire Scott. A la saison fraîche il chassait, et à la saison chaude il pêchait. Il s'était pris de goût pour l'élevage des chevaux. Il avait commencé à s'ennuyer.

L'arrivée de Lucinda chez eux résultait d'une suite fort compliquée de gains au jeu que le père d'Odell avait accumulés, un automne, au cours d'une chasse à l'ours. Dans le sillage des parties de cartes vespérales, un grand nombre de porcs, plusieurs familles d'esclaves, un cheval de selle, un chenil entier de chiens d'arrêt, un superbe fusil de fabrication anglaise et Lucinda avaient changé de main. Le jour où son précédent propriétaire vint la livrer, elle ne possédait qu'un baluchon pas plus volumineux qu'une citrouille.

On l'avait mise à travailler dans la cuisine, et c'est là qu'Odell l'avait vue pour la première fois. Dès le premier regard, il était tombé amoureux de la noirceur cassante de ses cheveux, de la fine ossature de ses mains, de ses pieds, de ses chevilles, de la façon dont sa peau était tendue, plaquée, le long de sa clavicule. Odell confia à Inman que, lorsqu'il avait contemplé ses pieds nus, il avait souhaité la mort de sa femme.

Pendant des mois, il avait passé une grande partie de son temps assis dans un fauteuil au coin du fourneau, à boire du café et à faire les yeux doux à Lucinda, au point que la maisonnée tout entière savait à quoi s'en tenir. Un jour, son père, le prenant à part, lui avait conseillé de régler l'affaire et d'emmener Lucinda dans une des dépendances afin, selon sa formule, de lui faire voir le loup.

Odell avait été horrifié. Il était amoureux, avait-il expliqué.

Son père avait éclaté de rire. « Mon fils est un benêt », avait-il dit.

Dès le lendemain, le père d'Odell louait Lucinda à une famille vivant à l'autre bout du comté, des fermiers à la petite semaine qui n'avaient pas les moyens de s'acheter des esclaves. Ils payaient les services de Lucinda au père d'Odell et l'occupaient à travailler dans les champs, à traire les vaches, à porter du bois.

Odell avait sombré dans le désespoir. Il restait vautré dans son lit ou parcourait le pays à boire et à jouer. Jusqu'au jour où il avait découvert que, deux fois par semaine, la patronne de Lucinda l'envoyait porter des œufs en ville, au marché.

Ces matins-là, Odell, redevenu soudain plein d'allant, annonçait qu'il partait chasser. Il faisait seller un cheval, empoignait un fusil chargé dans son étui, sifflait un couple de chiens. Il bondissait en selle, du haut de la terrasse, et galopait jusqu'à la ville. Il la traversait sans s'arrêter, puis poursuivait sa route jusqu'à ce qu'il rencontre Lucinda, qui arrivait, pieds nus, son panier d'œufs au bras. Il descendait de cheval et, prenant son panier, marchait à ses côtés. Pas une seule fois il n'avait cherché à l'entraîner dans les bois. Elle le suppliait de la laisser tranquille, pour leur bien à tous deux. De retour à l'entrée de la ville, il lui rendait son panier, gardait sa main dans la sienne, chacun courbant la tête à l'idée de se séparer.

Odell finit, évidemment, par entraîner Lucinda dans les bois et par la coucher sur un lit d'aiguilles de pin. Après quoi il prit l'habitude de la retrouver dans sa case, plusieurs nuits par mois. Il entravait son cheval dans les bois et attachait ses chiens à un arbre. Quand il pénétrait dans la clairière où, au milieu des bois, se dressait la case de Lucinda, elle courait au-devant de lui dans une fine chemise de nuit. Il la serrait contre lui avant de l'accompagner à l'intérieur où ils s'allongeaient et ne se quittaient que juste avant le point du jour.

Il avançait, pour découcher, différentes sortes de prétextes, dont le principal était la chasse au raton laveur, et bientôt tous les esclaves de la région surent qu'Odell payait royalement les dépouilles de ratons laveurs fraîchement abattus. Quand c'était possible, il en achetait une avant de rentrer chez lui et d'étayer ainsi ses histoires de chasse nocturne. Sinon il rentrait bredouille en se lamentant sur ses piètres talents de tireur, sur le manque d'expérience de ses chiens ou la rareté croissante du gibier.

Cela avait duré un an. Une nuit, Lucinda lui annonça qu'elle était enceinte. Dès le lendemain, Odell était allé parler à son père qu'il avait trouvé dans la pièce qu'il appelait son cabinet d'étude, même si sa seule étude était celle des énormes registres de la plantation. Ils s'étaient installés ensemble devant la cheminée. Odell avait offert de racheter Lucinda à son père, à n'importe quel prix, sans marchander. Son père l'avait dévisagé, stupéfait. « Permets-moi de m'assurer que j'ai bien compris, avait-il dit. Cette négresse, tu l'achètes pour le travail de ses deux bras ou pour celui de sa chatte ? »

Odell avait bondi et asséné à son père un violent coup de poing derrière l'oreille gauche. Le vieux était tombé, puis s'était relevé avant de retomber. Du sang coulait de son oreille. « Au secours ! » avait-il glapi.

Odell avait passé les trois semaines suivantes enfermé à double tour dans une des conserveries de la plantation, la tête et les côtes meurtries par la correction que lui avaient administrée son frère cadet et le régisseur de son père. Le deuxième jour, son père lui avait annoncé : « J'ai vendu cette traînée à quelqu'un du Mississippi. »

Odell s'était jeté contre la porte à d'innombrables reprises. Il avait hurlé à la mort toute la nuit, comme un de ses chiens de chasse, et continué par intermittence pendant les jours suivants.

Quand il s'était enfin lassé de bramer, son père lui avait ouvert. Odell était sorti en titubant, aveuglé par la lumière. « Je pense que ça te servira de leçon », avait dit son père, avant de s'éloigner en direction des champs du bas avec sa cravache en cuir tressé.

Odell était rentré dans la maison où il avait jeté quelques hardes dans une sacoche. Ouvrant le coffre-fort logé dans le bureau de son père, il avait fait main basse sur tout l'argent qu'il y avait trouvé — une bourse de bonne taille emplie de pièces d'or et une liasse de billets. Il était passé ensuite dans la chambre de sa mère où il avait pris une broche en diamants et rubis, une bague ornée d'émeraudes et plusieurs sautoirs de perles. Il avait sellé son cheval et il était parti en direction du Mississippi.

Durant les années qui avaient précédé la guerre, il avait passé au peigne fin les Etats producteurs de coton, mettant sur le flanc trois chevaux et épuisant son trésor. Mais il n'avait pas retrouvé Lucinda, et il n'avait jamais remis les pieds chez lui.

Dans un certain sens, il continuait à chercher. C'était la raison pour laquelle, quand il s'était retrouvé dans l'obligation de gagner de l'argent, il avait adopté cette vie itinérante. Sa réussite en affaires avait décliné et, de marchand ambulant possédant son cheval et sa carriole, il était devenu colporteur poussant une voiture à bras. Il ne pouvait guère tomber plus bas, et il s'imaginait déjà en train de tirer une espèce de traîneau sans roues, ou de vendre diverses babioles qu'il porterait dans un sac à dos.

Lorsque le récit s'acheva, Inman et Odell avaient vidé la gourde d'alcool. Odell retourna auprès de ses marchandises et revint avec deux petites fioles d'alcool de grain. Ils se mirent à le siroter et, au bout d'un moment, Odell dit : « Vous n'avez sûrement jamais vu autant de noirceur que j'en ai vu, moi. » Il lui raconta ses voyages dans le Mississippi, les spectacles horribles et sanglants qui lui avaient fait craindre que Lucinda ne fût déjà partie pour l'autre monde. Et ceux qui lui avaient fait craindre qu'elle ne le fût pas. Il avait vu des nègres brûlés vifs. Des nègres à qui on avait coupé les oreilles ou les doigts pour des peccadilles. Le pire châtiment dont il avait été témoin, c'était à Natchez. Il suivait une route peu fréquentée, près du fleuve. Au loin, dans les bois, il avait entendu un tumulte de buses, puis un gémissement de douleur. Empoignant son fusil, il avait couru et découvert une femme dans une cage, sous un chêne vert. L'arbre était noir de buses. Les oiseaux se perchaient sur la cage et frappaient de leur bec la femme enfermée à l'intérieur. Elles lui avaient déjà arraché un œil et des lambeaux de chair dans le dos et sur les bras.

Quand elle avait vu Odell, elle avait hurlé : « Tuez-moi. » Mais Odell avait déchargé ses deux canons en direction de l'arbre. Des buses étaient tombées un peu partout et les autres s'étaient envolées pesamment. Odell avait soudain eu peur que cette femme ne fût Lucinda. Il avait brisé la cage avec la crosse de son fusil et sorti la malheureuse. Puis il l'avait allongée par terre et lui avait donné de l'eau. Et avant qu'il n'ait pris la moindre décision à son sujet, elle s'était mise à vomir du sang et elle était morte. Il avait examiné le corps, avait touché les pieds, les épaules, les cheveux. Il ne pouvait s'agir de Lucinda : sa peau n'était pas de la même couleur et elle avait les pieds noueux.

Lorsque Odell eut fini de parler, il était ivre et il se tamponnait les yeux avec la manchette de sa chemise.

« Nous vivons dans un monde fiévreux », dit Inman, faute de trouver mieux.

Au matin, un matin de grisaille et de brouillard, Inman quitta l'auberge et reprit sa route. Veasey ne tarda pas à le rattraper. D'une fine coupure de rasoir, sous l'œil, s'échappaient encore des larmes de sang qui roulaient le long de sa joue, et il ne cessait de l'essuyer avec la manche de son manteau.

« Dure nuit ? demanda Inman.

— Ce n'est pas qu'elle me voulait du mal. Cette égratignure est due au fait que je me suis montré trop ferme en discutant le prix à payer pour qu'elle reste toute la nuit. Du moins ma plus grande crainte ne s'est-elle pas réalisée, car j'ai redouté un instant qu'elle n'applique sa lame au siège de ma virilité.

— Ma foi, j'espère qu'elle valait ce prix.

— Jusqu'au dernier sou. La fascination qu'exercent les femmes dépravées et licencieuses est proverbiale, et je reconnais que je suis un homme trop facilement charmé par les particularités de l'anatomie féminine. Hier au soir, lorsqu'elle a retiré sa robe et qu'elle s'est dressée devant moi, je suis resté stupéfait. Je dirais même : médusé. C'était un spectacle propre à alimenter mes futurs souvenirs de vieillard et à ragaillardir un esprit qui, autrement, risquerait de sombrer dans le découragement. »

SOURCE ET RACINE

Elles s'étaient mises en route pour la ville sous un crachin glacé. Afin de se protéger, Ada avait enfilé un long manteau de popeline cirée, tandis que Ruby portait un gigantesque chandail tricoté avec une laine naturelle qu'elle n'avait pas débarrassée de sa lanoline, car elle soutenait que cette huile était aussi efficace contre l'eau qu'un imperméable. Le seul défaut du vêtement était de diffuser, par temps humide, un parfum de brebis avant la tonte. Ada avait insisté pour prendre des parapluies, mais, au bout d'une heure, le soleil avait écarté les nuages. Une fois que les arbres eurent fini de goutter, elles portèrent leurs parapluies roulés, Ruby sur son épaule, comme un chasseur tient son fusil.

Dans le ciel éclairci se croisaient les oiseaux du pays et les oiseaux migrateurs en route vers le sud plus tôt qu'à leur habitude : diverses formations de canards et d'oies, des grises et des blanches, des cygnes siffleurs, des engoulevents, des rouges-gorges bleus, des geais, des cailles, des alouettes, des martins-pêcheurs, des éperviers de Cooper, des buses à queue rousse. Pendant leur trajet jusqu'à la ville, Ruby fit ses commentaires sur chacun de ces oiseaux, découvrant un fil narrateur ou un signe de leur personnalité dans la plus infime de leurs coutumes. Selon elle, le ramage des oiseaux était un langage aussi chargé de sens que celui des hommes, et elle appréciait particulièrement la période du printemps, quand les oiseaux reviennent en chantant à gorge déployée pour raconter où ils sont allés et ce qu'ils ont fait.

A propos de cinq corbeaux réunis en conseil au bord d'un champ jaune où il ne restait plus que le chaume, Ruby déclara : « J'ai entendu dire que les freux vivent des centaines d'années, mais je me demande comment qui que ce soit pourrait vérifier une idée pareille. » Lorsqu'une femelle de l'espèce cardinal passa au-dessus d'elles avec une brindille de bouleau dans le bec, la curiosité de Ruby fut aussitôt en éveil. Il devait s'agir d'un oiseau profondément dérangé, car pour quelle raison aurait-il transporté une brindille, sinon pour faire son nid ? Or ce n'était pas la saison. Devant un bosquet de hêtres au bord du fleuve, Ruby expliqua que le cours d'eau devait son nom au grand nombre de pigeons voyageurs qui s'y rassemblaient parfois pour consommer des faînes, et elle ajouta qu'elle avait mangé plus d'un pigeon dans sa jeunesse, quand Stobrod disparaissait des journées entières et la laissait se débrouiller seule. Pour un enfant, les pigeons étaient le gibier le plus facile à attraper. Il n'était même pas besoin de leur tirer dessus, il suffisait de leur envoyer un bout de bois pour les faire tomber de l'arbre et de leur tordre le cou.

Lorsque, à travers le ciel, trois corneilles se mirent à harceler un faucon, Ruby exprima son grand respect pour ces oiseaux habituellement si décriés, mais dont la façon d'envisager l'existence était, à maints égards, exemplaire. Elle nota d'un ton réprobateur que bien des oiseaux auraient préféré mourir plutôt que manger une autre nourriture que celle qu'ils aimaient. Les corneilles, elles, aimaient ce qui se présentait. Ruby admirait la vivacité de leur esprit, leur absence d'orgueil, leur goût pour les farces, leur sournoiserie au combat. A ses yeux, ces qualités composaient le génie particulier de la corneille, une espèce de maîtrise obtenue, à force de volonté, sur un caractère naturellement porté à l'humeur noire et à la mélancolie, comme le prouvait assez son lugubre plumage.

« Nous pourrions prendre des leçons auprès des corneilles », déclara Ruby à dessein, car Ada semblait assez grincheuse, beaucoup plus longue à s'éclaircir que le ciel.

Pendant presque toute la matinée, Ada se montra si maussade qu'elle aurait pu aussi bien porter un crêpe noir sur sa manche pour l'annoncer au monde entier. Le travail pénible de ces derniers jours était en partie responsable de sa morosité. Elles avaient fait les foins dans des champs longtemps négligés, mais, finalement, ils étaient à ce point entremêlés d'ambroisie et d'épurge qu'elles s'en serviraient à peine. Elles avaient passé des heures à préparer les outils pour faucher. Trouver d'abord une lime et une grosse pierre à aiguiser afin d'affûter les bords dentelés et rouillés des faux de la cabane à outils. Ada avait été incapable de dire si oui ou non Monroe possédait ces ustensiles. Elle en doutait car les faux ne lui appartenaient pas ; c'était un vestige du passage des Black dans le vallon. Ada et Ruby avaient fouillé la cabane et fini par découvrir une lime queue-de-rat dont l'extrémité pointue était enfoncée dans un vieil épi de maïs poussiéreux en guise de manche. Et jamais elles n'avaient pu dénicher une pierre à aiguiser dans ce capharnaüm.

« Mon père non plus, il n'a jamais eu de pierre, déclara Ruby. Il se contentait de cracher sur un morceau de schiste et de passer son couteau dessus une ou deux fois. Et ça suffisait amplement. Il n'était pas du genre qui met un point d'honneur à vous raser les bras avec la lame de son couteau. Du moment qu'il pouvait s'en servir pour trancher une chique, il était content. »

En désespoir de cause, elles s'étaient rabattues sur la méthode de Stobrod : utiliser un morceau de schiste plat et lisse trouvé près de la rivière. Après avoir été frottées longuement, les lames n'étaient encore qu'assez mal affûtées, mais Ada et Ruby étaient parties dans les champs et avaient manié leurs faux tout l'après-midi, bien au-delà du coucher du soleil. La veille, une fois le foin séché, elles en avaient rempli la carriole à de multiples reprises pour aller la décharger dans la grange. Le chaume était dur et cassant sous leurs pieds, si bien qu'elles le sentaient résister contre la semelle de leurs souliers. Elles travaillaient de part et d'autre de la carriole qu'elles chargeaient alternativement de foin. Quand le rythme se décalait, les dents de leurs fourches tintaient les unes contre les autres, et Ralph, qui somnolait entre les brancards, se réveillait en sursaut et agitait la tête. La poussière était partout. L'ivraie s'incrustait dans leurs cheveux et dans les plis de leurs vêtements, ou bien collait à leurs avant-bras et à leurs fronts couverts de sueur.

A la fin de la journée, Ada était proche de l'évanouissement. A force d'être piqués et frottés par le foin coupé, ses bras étaient maculés de taches rouges, et elle avait, entre le pouce et l'index, une grosse ampoule pleine de sang. Après sa toilette, elle s'était effondrée sans dîner dans son lit.

Malgré son extrême lassitude, elle avait plané dans un état brumeux qui n'était ni l'assoupissement ni la veille, réunissant les pires caractéristiques de l'un et de l'autre. Elle avait eu l'impression de ratisser et de porter le foin toute la nuit. Quand elle émergeait suffisamment pour ouvrir les yeux, elle voyait les ombres noires des branches d'arbres s'agiter dans le bloc de lumière que le clair de lune projetait sur le plancher de sa chambre, et ces formes lui paraissaient inexplicablement menaçantes. A un moment donné de la nuit, des nuages avaient caché la lune, la pluie s'était mise à tomber à verse, et Ada avait enfin sombré dans un sommeil profond.

A son réveil, il pleuvait et elle s'était découvert des courbatures qui la paralysaient. Ce n'avait été qu'au prix d'un effort intense que ses mains avaient accepté de relâcher leur emprise imaginaire sur le manche de la fourche, et sa tête était lourde et douloureuse, avec un pincement particulièrement aigu au-dessus de la paupière droite. Elle avait décidé, toutefois, que la sortie en ville aurait lieu comme prévu. Elles s'y rendaient en grande partie pour le plaisir, même si elles avaient également besoin de faire quelques emplettes. Ruby voulait s'approvisionner en munitions pour leurs fusils — cendrée, chevrotine et balles —, car le temps qui se rafraîchissait l'avait mise d'humeur à abattre les dindons sauvages et les cerfs. Ada, pour sa part, voulait voir s'il était arrivé de nouveaux livres et acheter un carnet relié en cuir et quelques crayons à dessin afin de coucher sur le papier une partie de ses études botaniques. Mais surtout, après ces semaines de dur labeur, Ada en avait par-dessus la tête du vallon. Elle avait une envie si démesurée de se distraire en ville que ses muscles ankylosés, son humeur noire et le temps si peu prometteur n'avaient pas suffi à la retenir. Non plus que la découverte fort désagréable qu'elles avaient faite dans la grange : la veille, le cheval s'était meurtri le dessous du sabot contre une pierre et il n'était pas en état de tirer le cabriolet.

« J'irai en ville aujourd'hui, même si je dois y ramper », avait déclaré Ada, alors que Ruby, penchée sous la pluie, examinait le sabot boueux du cheval.

C'était donc la mine renfrognée qu'Ada avait marché, ce matin-là, en dépit des vaillantes tentatives de

Ruby pour l'intéresser aux mœurs des oiseaux. Elles passèrent devant des fermes enchâssées dans des creux et des vallées, dont les champs s'ouvraient sur les collines boisées comme les pièces d'une maison. Des femmes, des enfants et des vieillards vaquaient aux récoltes, car tous les hommes en âge de se battre étaient à la guerre. Les feuilles des hautes tiges de maïs étaient brunes aux extrémités et sur les bords, et les épis que l'on comptait garder pour les égrener y étaient encore attachés, attendant que le soleil et les gelées les eussent desséchés. Des citrouilles et des courges d'hiver rutilantes égayaient le sol entre les rangées de céréales. La verge d'or, l'eupatoire pourprée et le serpentaire montaient haut leurs corolles épanouies le long des clôtures, et les feuilles des ronciers et des cornouillers étaient rougeâtres.

Une fois en ville, Ada et Ruby commencèrent par arpenter les rues, regarder les boutiques, les équipages et les chariots, ainsi que les femmes portant des paniers à provisions. La journée s'était réchauffée au point qu'Ada tenait son manteau roulé en boule sous un bras. Ruby avait noué son chandail autour de sa taille et tiré ses cheveux en catogan sur sa nuque au moyen d'un lien en crins de cheval tressés. Une légère brume flottait dans l'air. Cold Mountain formait une tache bleue, une bosse sur la ligne de crêtes la plus éloignée, sans plus de relief contre le ciel qu'un morceau de papier collé sur un autre.

Le chef-lieu du comté n'était pas la capitale de l'élégance. D'un côté se dressait une rangée de quatre magasins en planches que jouxtaient un enclos à cochons et une fosse de purin, puis deux autres boutiques, une église et une écurie de louage. De l'autre, trois magasins, le palais de justice — un édifice blanc, en bois, surmonté d'une coupole, construit derrière une pelouse clairsemée —, puis quatre devantures de magasins, dont deux en brique. Après quoi, la ville se perdait dans un champ clôturé, planté de maïs desséché. Les roues des chariots avaient creusé dans les rues de profondes ornières. La lumière scintillait à la surface des flaques d'eau.

Ada et Ruby entrèrent chez un quincaillier pour y acheter de la bourre, de la chevrotine, des balles, des amorces et de la poudre. A la papeterie, Ada dépensa plus qu'elle ne pouvait se le permettre pour l'acquisition d'une édition en trois volumes d'*Adam Bede* [1], de six fusains, et d'un carnet in-octavo de bonne qualité, qui lui plut parce qu'il était assez petit pour tenir dans la poche d'un manteau. Elles achetèrent des journaux à un vendeur de rue — la gazette du comté et le journal d'Asheville, plus épais. Elles achetèrent des limonades tièdes à une femme qui frappait sur une barrique posée dans sa voiture à bras. Elles s'offrirent du fromage dur et du pain frais qu'elles emportèrent au bord de la rivière, où elles déjeunèrent sur des rochers.

En début d'après-midi, elles se rendirent chez une certaine Mme McKennet, une riche veuve d'âge mûr qui, après avoir fait une ou deux saisons les yeux doux à Monroe, s'était ensuite, voyant qu'il restait insensible à ses charmes, contentée du simple rôle d'amie. Ce n'était pas l'heure du thé, mais elle fut si heureuse de voir Ada qu'elle proposa un régal encore plus délicieux. L'été avait été humide et frais et elle conservait, à cette période avancée de l'année, un peu de glace dans la fosse installée au sous-sol de sa demeure : d'énormes blocs taillés dans la surface gelée du lac au mois de février précédent, et emballés dans de la sciure de bois. Après leur avoir fait jurer le secret, elle leur révéla qu'elle avait également en réserve, depuis bien avant la guerre, quatre barriques de sel et trois de sucre. Une crème glacée, telle était l'extravagance qu'elle avait en tête, et elle ordonna à son homme de peine — un vieux bonhomme grisonnant, trop faible pour être conscrit —

1. *Adam Bede* est une œuvre de la romancière anglaise George Eliot (1819-1880). *(N.d.T.)*

de tailler des copeaux de glace et de mettre la sorbetière en marche. Quelque temps auparavant, elle avait confectionné des crêpes au sucre qu'elle avait roulées en cornet et fait sécher, et ce fut dans ces friandises qu'elle leur servit la crème. Ruby, qui n'avait jamais mangé pareille douceur, fut enchantée. Une fois qu'elle eut sucé jusqu'à la dernière goutte blanche, elle tendit son cornet à Mme McKennet : « Voilà, je vous rends votre petite corne », dit-elle.

La conversation roula sur la guerre ; Mme McKennet nourrissait des opinions tout à fait conformes aux éditoriaux des journaux qu'Ada avait pu lire depuis quatre ans, ce qui revenait à dire qu'elle jugeait le conflit glorieux, tragique, héroïque. D'une noblesse qui dépassait ce qu'elle était capable d'exprimer. Elle leur raconta, à propos d'une récente bataille, une longue histoire larmoyante, sans se rendre compte, semblait-il, de son caractère manifestement apocryphe. Le combat avait été épouvantablement inégal — comme toujours ces temps derniers. Alors qu'il approchait de son inévitable conclusion, un vaillant jeune officier avait été grièvement blessé à la poitrine. Tombé à la renverse, il baignait dans son sang. Un camarade s'était penché pour lui soutenir la tête et adoucir ses derniers instants. Mais, tandis que la bataille faisait rage autour d'eux, le blessé, avant d'expirer, s'était relevé en brandissant son revolver, et avait contribué ainsi au coup de feu général. Il était mort debout, le chien de son arme claquant sur un barillet vide. Il y avait quelques détails supplémentaires, d'une lugubre ironie. On avait trouvé sur lui une lettre adressée à sa bien-aimée, et dont les termes prédisaient avec exactitude le trépas qu'il avait trouvé. Ensuite, lorsqu'un courrier était allé porter la missive chez la jeune personne, on avait découvert que celle-ci était morte d'un étrange mal de poitrine, précisément à la même heure et le même jour que son amoureux. Les ultimes péripéties du récit provoquèrent des démangeaisons au nez d'Ada. Elle posa discrètement un doigt sur chacune de ses narines, mais s'aperçut alors que les coins de sa bouche ne restaient baissés qu'au prix d'un violent tremblement.

Quand Mme McKennet eut terminé, Ada parcourut du regard le mobilier, le tapis et les lampes, cette maisonnée qui fonctionnait sans effort, elle contempla son hôtesse, satisfaite et replète dans son fauteuil en velours, avec ses cheveux roulés de chaque côté du visage en anglaises bien serrées. On aurait pu se croire à Charleston. Et Ada se sentit tenue de reprendre ses manières de citadine. Elle déclara : « C'est l'histoire la plus absurde que j'ai jamais entendue. » Et pour enfoncer le clou elle ajouta que, contrairement à l'opinion générale, la guerre, selon elle, accentuait tout, hormis les plus beaux traits de la tragédie et de la noblesse. Elle la trouvait, même vue à distance, également brutale et aveugle dans l'un et l'autre camp. Dégradante pour tous.

Son but était de choquer et de scandaliser, mais Mme McKennet parut plutôt amusée. Elle dévisagea Ada avec un demi-sourire et déclara : « J'ai beaucoup d'affection pour vous, mais vous êtes néanmoins la jeune fille la plus naïve que j'aie jamais eu le plaisir de rencontrer. »

Ada fut réduite au silence. Il s'ensuivit une pause gênante que Ruby finit par remplir en dressant un catalogue des oiseaux qu'elle avait aperçus ce matin-là, en commentant la façon dont progressaient les récoltes tardives, et en rapportant — chose stupéfiante — que les navets d'Esco Swanger étaient devenus si énormes qu'un panier de dix litres n'en contenait pas plus de six. Très vite, Mme McKennet l'interrompit : « Peut-être accepterez-vous de partager avec nous vos opinions sur la guerre. »

Ruby hésita une seconde puis déclara que la guerre ne l'intéressait pas. Elle avait entendu des histoires sur les régions du Nord et cru comprendre qu'il s'agissait d'un pays sans Dieu, ou plutôt d'un pays où il n'y avait qu'un seul Dieu, le dieu de l'argent. Sous l'influence d'un credo aussi rapace, les gens devenaient méchants, amers, dérangés, au point que, faute de connaître des formes plus élevées de réconfort spirituel, des familles entières cédaient au démon de la morphine. On y avait, en outre, inventé une fête appelée Thanksgiving[1], dont Ruby n'avait que récemment entendu parler, mais qui, d'après ses renseignements, laissait deviner la marque d'une culture dévoyée. Comment se montrer reconnaissant un seul jour par an ?

Plus tard dans l'après-midi, tandis qu'Ada et Ruby descendaient la rue principale pour sortir de la ville, elles aperçurent un attroupement devant le palais de justice. Elles s'approchèrent et découvrirent qu'un prisonnier haranguait les passants depuis une des fenêtres du premier étage. Les mains du captif cramponnaient deux barreaux entre lesquels il avait enfoncé son visage aussi loin qu'il pouvait. Ses cheveux, noirs et huileux, pendaient en queues-de-rat au-dessus de ses mâchoires. Une petite touffe de poils noirs ornait son menton sous la lèvre inférieure, à la mode française. De sa tenue, on ne voyait, au-dessus du rebord de la fenêtre, qu'une veste d'uniforme crasseuse, boutonnée jusqu'au cou.

Il parlait de façon saccadée, comme un prédicateur de rue, et la rage qui vibrait dans sa voix avait attiré une foule. Il s'était farouchement battu pendant toute la guerre, prétendait-il. Il avait tué plus d'un soldat de l'armée fédérale et reçu une balle dans l'épaule à Williamsburg. Mais il avait récemment perdu sa foi dans le conflit, et sa femme lui manquait. Il s'était naguère porté volontaire pour se

---

1. Ce mot, qui signifie littéralement « action de grâce », désigne une fête destinée à l'origine à remercier Dieu de ses bontés ; elle est célébrée aux Etats-Unis le quatrième jeudi de novembre. *(N.d.T.)*

battre, sans attendre d'être conscrit, et son seul et unique crime était d'être reparti chez lui, maintenant qu'il n'était plus volontaire. Et voilà qu'il se retrouvait en prison. Et qu'on allait peut-être le pendre, en dépit de son héroïsme.

Le prisonnier poursuivit son récit en narrant de quelle façon la milice l'avait capturé quelques jours auparavant dans la ferme de son père, au fond d'un vallon reculé, sur les flancs de Balsam Mountain. Il s'y trouvait avec d'autres déserteurs. Les bois commençaient à en être remplis. En tant qu'unique survivant de cette journée, il était de son devoir, lui semblait-il, d'en relater chaque détail depuis la fenêtre de sa cellule. Ada et Ruby restèrent à écouter son récit pourtant sordide et sanglant.

Le crépuscule n'était plus très éloigné, et une étouffante grisaille de nuages décapitait le sommet des montagnes. La pluie tombait à nouveau, si fine, en l'absence de la moindre brise, qu'elle aurait à peine mouillé un homme passant la nuit dessous. Mais elle approfondissait les couleurs, intensifiait la terre rouge de la route et le vert des feuilles de peuplier au-dessus. Le prisonnier était à l'intérieur de la maison, avec son père et deux autres déserteurs, lorsqu'ils avaient entendu des chevaux approcher. Le père avait empoigné son fusil, leur seule arme, et il était sorti sur la route. Comme ils n'avaient pas le temps de gagner les bois, les trois autres avaient pris les armes qu'ils s'étaient fabriquées à partir d'outils agricoles, et ils étaient partis se cacher dans une grange en rondins, d'où ils avaient observé la scène.

Un petit groupe de cavaliers silencieux, piteusement accoutrés, était apparu au détour de la route, avançant au pas en direction du vallon. Leurs tenues étaient hétéroclites. Deux grands gaillards bruns, presque des jumeaux, portaient de vagues uniformes composés de défroques volées aux cadavres sur les champs de bataille. Un jeune garçon malingre et aux cheveux blancs était vêtu comme un ouvrier agricole — pantalon de toile, chemise de laine brune, veste courte en drap gris. Quant au quatrième larron, avec sa redingote noire à basques, son pantalon de moleskine et sa chemise blanche dont le col droit était entouré d'une cravate noire, on aurait dit un prédicateur itinérant. Ils montaient d'infâmes rosses à l'échine bosselée, à l'encolure crevassée, à la croupe souillée de coliques verdâtres. Mais les hommes étaient bien armés, avec de solides pistolets Kerr sur la hanche et des carabines ou des fusils dans les sacoches de leur selle.

Le vieillard les attendait, immobile, et dans la lumière déclinante il ressemblait, sous la bruine, à un spectre grisâtre. Il portait un costume de laine brunâtre, un chapeau qui paraissait aussi mou qu'un bonnet de nuit et qui lui dégoulinait sur la tête. Ses bajoues formaient des plis, comme celles d'un chien de meute, et il tenait son grand fusil caché derrière sa jambe.

« N'allez pas plus loin », avait-il lancé quand les cavaliers avaient été à vingt pas.

Les deux grands gaillards et le garçon malingre, sans tenir aucun compte de cet ordre, avaient pressé de leurs talons les flancs de leurs montures. L'homme aux faux airs de prédicateur avait obliqué vers le bord de la route, tournant son cheval de façon à dissimuler la courte carabine Spencer dans son étui, près de son genou. Ses trois compagnons s'étaient arrêtés ensemble devant le vieux fermier.

Il y avait eu une brève bousculade, suivie d'un cri aigu.

Le vieil homme avait sorti son fusil de derrière son dos et, d'un geste prompt, l'avait enfoncé sous le menton d'un des deux gaillards. Il s'agissait d'un fusil de chasse d'un modèle antique. Le chien était armé et le canon du même diamètre qu'un verre à liqueur. Quand il l'avait retiré, un filet de sang avait souillé le cou du colosse, disparaissant sous le col de sa chemise.

Le second gaillard et le garçon, juchés sur leurs chevaux, contemplaient, de l'autre côté du champ de maïs, un tas de fourrage gris de l'année passée, qui formait, à l'orée d'un bois, un cône affaissé. Ils avaient souri, comme s'ils s'étaient attendus à voir surgir au milieu des arbres quelque chose d'assez cocasse.

Le vieil homme avait lancé : « Eh, toi là-bas, près de la clôture, je te connais. Tu t'appelles Teague. Amène-toi un peu par ici. »

Teague n'avait pas bougé.

Le vieil homme avait repris : « Tu ne viens pas ? »

Teague était resté sur ses positions, un large sourire aux lèvres, mais ses yeux ressemblaient à un âtre froid d'où l'on a balayé les cendres.

« Ils sont à toi, ces grands nègres ?

— Je ne sais pas si ce sont des nègres, avait répondu Teague. Mais ils ne sont pas à moi. Ces deux-là, je ne les prendrais même pas gratis.

— Ils sont à qui alors ?

— A personne, j'imagine.

— Viens donc de ce côté, avec nous, avait insisté le vieil homme.

— Je préfère rester ici, à l'orée du bois.

— Tu me rends nerveux et j'ai envie de décharger mon arme dans la peau de quelqu'un.

— Tu n'as qu'un seul canon, avait remarqué Teague.

— Ce fusil est rudement généreux quand on le laisse cracher », avait dit le vieux. Il avait reculé de quelques pas, jusqu'à l'endroit où il estimait que le large éventail de chevrotine que déchargeait son fusil couvrirait les trois hommes. Puis il avait lancé : « Descendez donc de vos chevaux et groupez-vous ensemble. »

Tout le monde sauf Teague avait mis pied à terre. Les chevaux étaient restés immobiles, les rênes traînant par terre, les oreilles pointées vers l'avant comme s'ils s'amusaient énormément. Le blessé, Byron de son petit nom, avait porté les doigts à son menton, contemplé le sang, puis s'était essuyé la main sur le pan de sa chemise qui flottait au vent. L'autre, Ayron, penchait la tête et un petit bout de langue rose dépassait de ses lèvres, tant il observait avec attention chaque détail de la scène. Le garçon aux cheveux blancs avait frotté ses yeux bleus et tiré sur ses vêtements, comme s'il venait de se réveiller après avoir dormi dedans. Puis il s'était mis à étudier avec une fascination extrême l'ongle de son index gauche, presque aussi long que le doigt lui-même.

Le vieil homme les tenait sous le feu de son fusil et observait leurs armes.

« Qu'est-ce qu'ils en fichent, ces grands nègres, de leurs sabres de cavalerie ? Ils s'en servent pour rôtir la viande au-dessus d'un feu ? » avait-il demandé à Teague.

Il y avait eu un long silence, puis le vieux avait repris : « Qu'est-ce que vous cherchez par ici ?

— Tu le sais bien, avait répondu Teague. Des déserteurs.

— Ils sont tous partis. Il y a belle lurette. Ils se planquent dans les bois où vous aurez du mal à les trouver. Ou alors ils ont franchi les montagnes pour traverser les lignes et prêter serment aux autres.

— Ah ouais ? Si je t'en crois, on n'a plus qu'à rentrer en ville. C'est ça que tu me dis ?

— Ça nous rendra service à tous si vous filez d'ici, avait répondu le vieux.

— Si tu ne fais pas gaffe, on pourrait bien pendre ta vieille carcasse, avait lancé Teague. S'ils avaient déguerpi, tu ne serais pas venu nous trouver sur la route avec ton fusil. »

Au même instant, le garçon à tête blanche s'était écroulé à plat ventre dans la poussière en hurlant : « Roi des rois ! »

A peine l'attention du vieillard s'était-elle concentrée sur lui qu'Ayron s'était jeté en avant, avec une grâce surprenante pour un homme de sa taille. De son poing gauche, il lui avait asséné sur la tête un véritable coup de massue, suivi d'une claque sur la main qui avait fait voler le fusil. Le fermier était tombé sur le dos, son chapeau à côté de lui. Ayron avait ramassé le fusil et s'en était servi pour matraquer le vieil homme jusqu'à ce que la crosse se détache, après quoi il avait continué avec le canon. Le vieux gisait maintenant immobile, sur la route, quasi inconscient. Du sang coulait de son oreille.

Byron avait craché par terre et essuyé le sang de sa blessure, puis il avait tiré son sabre et appuyé la pointe contre le cou flasque du vieillard jusqu'à ce que coule un filet de sang pareil au sien.

« Pour rôtir de la viande, avait-il dit.

— Laisse-le donc tranquille, avait dit Ayron. Il n'est plus dangereux à présent. »

En dépit de leur stature, les deux hommes avaient de petites voix perçantes, aussi haut perchées qu'un gazouillis d'oiseau.

Byron avait éloigné son sabre du menton de l'homme, puis aussitôt, imprévisiblement, il avait saisi la poignée à deux mains et embroché sa victime en plein ventre.

Byron se tenait maintenant à l'écart, les deux mains ouvertes le long de ses cuisses. On ne voyait plus la lame du sabre, mais de la poitrine du vieil homme sortait la garde ouvragée et la poignée entourée d'un fil de fer. Quand le vieux avait cherché à se relever, seuls sa tête et ses genoux avaient bougé.

Byron s'était tourné vers Teague : « Il faut le finir ?

— Laisse-le donc régler la question avec son créateur », avait répondu Teague.

Le garçon qui gisait encore sur le sol s'était relevé et il était allé se planter au-dessus du vieillard pour le contempler, bouche bée.

« Il est prêt à mourir, avait-il dit. Sa lampe brûle et il attend le marié. »

Tout le monde avait ri, sauf le vieux fermier et Teague qui avait lancé : « Ferme-la donc, Birch. Allons-y. »

Ils étaient remontés en selle pour gagner la maison. Au même instant, le vieux avait poussé son dernier soupir et expiré dans un gémissement. Au passage, Byron s'était penché sur sa selle et, tirant le sabre du cadavre, il l'avait essuyé sur la crinière de son cheval avant de le remettre au fourreau.

Byron avait ensuite ouvert la barrière en brisant le loquet d'un coup de pied et ils avaient avancé jusqu'à la terrasse couverte.

« Tout le monde dehors », avait hurlé Teague d'une voix soudain joviale.

Ne voyant apparaître personne, il avait regardé Byron et Ayron et leur avait indiqué du menton la porte d'entrée.

Les deux frères avaient mis pied à terre et passé leurs rênes autour des poteaux de la terrasse avant de commencer, chacun de son côté, à faire le tour de la maison, le pistolet au poing. Ils bougeaient comme un couple de loup en chasse, silencieux, leurs efforts coordonnés en vue d'un but commun. Leurs mouvements étaient naturellement vifs et, en dépit de leur corpulence, pleins d'aisance et de souplesse. Mais c'était dans le corps à corps que devait résider leur principal avantage, car, à eux deux, ils paraissaient capables d'écarteler un homme à mains nues.

Après avoir fait trois fois le tour de la maison vide, ils avaient enfoncé en même temps les portes de devant et de derrière. Ils étaient ressortis en moins d'une minute, Ayron avec une poignée de chandelles appariées par leurs mèches, Byron avec un jambon entamé qu'il tenait par son os blanc comme une cuisse de poulet. Ils les avaient déposés dans les panières de leurs chevaux. Puis, sans un mot, sans un geste de commandement ni même le moindre signe, Teague et Birch étaient descendus de leurs montures et tous les quatre s'étaient dirigés vers la grange dont ils avaient ouvert les portes à la volée. Ils n'avaient trouvé à l'intérieur qu'une vieille mule. Ils avaient piétiné le foin et planté leurs sabres dans les bottes. Puis ils s'étaient intéressés à la crèche à fourrage. Comme ils s'en approchaient, la porte s'était alors ouverte avec violence et les trois déserteurs avaient jailli pour tenter de s'enfuir.

Ils étaient embarrassés par leurs armes improvisées, sortes d'objets appartenant à un âge encore plus arriéré que le leur — un soc de charrue aiguisé se balançant au bout d'une chaîne, une vieille bêche battue et limée en pointe, un gourdin en pin noueux à l'extrémité hérissée de clous.

Teague les laissa courir un peu, puis il épaula sa carabine et abattit les deux plus éloignés qui s'écroulèrent avec leurs armes dans un grand bruit de ferraille. Celui qui venait en dernier, le prisonnier, s'arrêta. Il se tourna vers eux et leva les mains. Teague le contempla un instant. L'homme était nu-pieds, et il enfonçait ses orteils dans la terre comme pour s'assurer une meilleure prise. Teague humecta son pouce de salive, il l'essuya sur la hausse de sa Spencer, puis il leva l'arme et cala la mire. L'homme restait là, immobile. Il n'avait pas lâché son gourdin, si bien qu'il le tenait au-dessus de sa tête comme les sauvages que l'on voit dans les livres illustrés.

Teague baissa son arme et posa la crosse sur le sol, tenant la carabine mollement par le canon.

« Jette ce bâton ou j'envoie ces deux-là te mettre en pièces », dit-il.

Le prisonnier regarda les deux colosses, puis laissa tomber le gourdin à ses pieds.

« C'est bien, dit Teague. Et maintenant ne bouge plus. »

Les quatre hommes s'approchèrent du captif et Ayron l'empoigna et le souleva par la peau du cou.

Puis ils s'occupèrent des deux hommes tombés au sol. Le premier était mort et le sang tachait à peine ses vêtements. L'autre avait pris une balle dans le ventre. Il vivait encore, mais tout juste. Redressé sur les coudes, il avait baissé son pantalon et son caleçon jusqu'à ses genoux et sondait sa blessure du bout de ses doigts. Il leva les yeux vers eux et brailla : « Je vais crever. »

Les hommes de la milice s'étaient massés autour de lui, mais la puanteur les fit aussitôt reculer. Le prisonnier gigotait, comme s'il voulait rejoindre l'homme qui se mourait, et Ayron le frappa à la tête, trois coups à plat donnés avec le gras de la paume.

Le blessé, allongé sur le dos, contemplait le ciel en clignant des yeux, apparemment dérouté par ce qu'il voyait. Ses lèvres formaient des mots, sans pourtant émettre d'autre bruit que les claquements d'une bouche sèche. Puis ses yeux se fermèrent et, pendant quelque temps, on aurait pu le croire mort, si, par moments, ses doigts ne s'étaient crispés. Il se vidait de son sang, l'herbe tout autour de lui n'était plus qu'une flaque rouge et ses habits pendaient, lourdement vernis comme de la toile cirée. Même par une journée aussi grise, le sang était d'un rouge éclatant. Puis il cessa de jaillir et l'homme rouvrit les yeux, sans faire le moindre effort pour concentrer sa vision.

Il venait de mourir.

Birch proposa de lui cracher du jus de tabac dans l'œil pour voir s'il y avait une réaction, mais Teague répondit : « Pas besoin. Il a trépassé.

— Ton copain t'a précédé dans la mort, tout comme ton papa », lança Birch au prisonnier.

L'homme ne répondit pas et Teague dit : « Birch, tais-toi, et trouve-moi quelque chose pour lui attacher les mains, comme cela nous le ramènerons en ville au bout d'une corde. »

Le garçon s'était approché des chevaux et il était revenu avec une corde. Mais, quand Teague s'était penché pour lui lier les mains, le captif était devenu fou. Rien n'expliquait sa réaction, sinon qu'il aurait préféré mourir que d'être entravé. Il avait commencé par ruer d'un air terrifié, atteignant Teague à la cuisse sans lui faire de mal. Teague et les deux colosses s'étaient donc colletés avec lui, mais l'homme était si déchaîné que l'issue de la lutte était demeurée un moment incertaine. Il les frappait des quatre membres et leur décochait aussi des coups de tête. Et il n'avait pas cessé de hurler comme un possédé, un trémolo aigu et vibrant qui avait failli leur faire perdre la raison à tous. Pour finir, ils avaient réussi à le jeter à terre et à lui lier ensemble les poignets et les chevilles. Pourtant, il avait continué à se tordre et à se débattre, avait lancé la tête vers le haut et mordu la main de Teague jusqu'au sang. Ce dernier s'était essuyé sur un pan de sa redingote et il avait contemplé la morsure.

« J'aimerais mieux être mordu par un pourceau que par un homme », avait-il dit.

Il avait envoyé Birch chercher une chaise dans la maison et ils s'y étaient mis à quatre pour ficeler le prisonnier dessus et lui enrouler la corde autour du cou. Bientôt il ne pouvait plus qu'agiter le bout des doigts et tourner la tête d'un côté ou de l'autre, comme les tortues quand on les a renversées sur le dos.

« Voilà, avait dit Teague. Il ferait beau voir qu'il me morde à présent.

— Fou furieux, avait déclaré Birch. J'ai vu ça dans les livres. C'est une expression pour dire comment deviennent quelquefois les gens. »

Ils s'étaient accroupis afin de reprendre leur souffle, tandis que l'homme se débattait entre ses liens jusqu'à ce qu'il eût le cou en sang, après quoi il se calma. Byron et Ayron avaient posé leurs avant-bras sur leurs cuisses massives. Teague avait sucé sa blessure puis sorti un mouchoir, brossé sa redingote noire poussiéreuse et frotté la terre que le pied nu de l'homme avait laissée sur le tissu clair de son pantalon. Birch avait constaté qu'il avait cassé dans la bagarre la moitié de son ongle gauche. Il avait sorti son couteau pour le tailler en jurant.

« On pourrait prendre ce traîneau là-bas, l'installer dessus et le ramener en ville attaché à sa chaise, avait dit Ayron.

— On pourrait, avait répondu Teague. Pour le moment je serais plutôt enclin à l'emporter dans le fenil, à l'accrocher par le cou à une poutre et à le précipiter dans le vide.

— On ne peut pas pendre un homme assis, avait protesté Birch.

— Ah non ? avait lancé Teague. Je voudrais bien savoir pourquoi. Je l'ai vu faire, bon Dieu.

— Ouais, ben, de toute façon, vaudrait quand même mieux qu'on ramène un déserteur de temps à autre », avait rétorqué Birch.

Les hommes s'étaient relevés pour un conciliabule, puis, sans doute sensibles aux arguments de Birch, ils s'étaient groupés autour de la chaise, l'avaient soulevée et portée jusqu'au traîneau. Ils l'avaient assujettie dessus, avaient attelé la mule et s'étaient mis en route pour la ville. La tête de l'homme ballottait dans tous les sens car il n'avait même plus la force de la tenir droite.

« Le monde où nous vivons n'en a plus pour longtemps, hurla le prisonnier pour conclure sa harangue. Dieu ne le supportera pas. »

Quand il eut fini de parler, le soleil avait décliné loin vers l'ouest. Ada et Ruby quittèrent le palais de justice pour retourner chez elles. Toutes deux d'humeur sombre, elles marchèrent d'abord en silence, puis évoquèrent le récit du prisonnier. Ada voulait se persuader qu'il s'agissait d'une exagération, mais Ruby le tenait pour véridique, du fait qu'il correspondait parfaitement aux capacités humaines. Elles débattirent pendant un mile ou deux pour savoir s'il valait mieux considérer le monde comme un endroit si terrible et menaçant que la seule attitude appropriée était le pessimisme, ou s'il fallait au contraire se montrer léger et gai, alors même que la main crispée d'un sinistre poing se levait au-dessus de vous, prête à frapper à tout instant.

Lorsqu'elles atteignirent l'embranchement où la Pigeon River partait vers l'ouest et prirent la route du bord de l'eau, le jour tombait et l'ombre drapait les crêtes les plus hautes de la chaîne du Blue Ridge. L'eau paraissait noire et froide et son odeur à la fois minérale et végétale flottait dans l'air. Bien que le niveau eût un peu baissé, les pluies nocturnes ne s'étaient pas encore estompées, et les rochers qui parsemaient le lit du fleuve restaient mouillés et sombres, là où les arbres des deux rives se rejoignaient, empêchant le soleil de pénétrer.

Soudain Ruby s'arrêta au bord de l'eau pour contempler un objet comme si elle prenait ses repères : « Regarde là-bas, dit-elle à Ada. C'est une chose qu'on ne voit pas souvent. »

Un peu plus loin se tenait un grand héron bleu que l'angle sous lequel elles l'observaient et la position du soleil, bas sur l'horizon, rendaient encore plus démesuré. Il semblait aussi haut qu'un homme et son ombre immense s'étirait sur l'eau. Ses pattes et les extrémités de ses ailes étaient noires, son bec noir sur le dessus et jaune en dessous, et la lumière y allumait un éclat atténué qui rappelait celui du satin ou d'un silex ébréché. Les yeux baissés vers l'eau, il faisait, de temps à autre, des pas lents et précautionneux, sortant un pied de l'eau et le gardant suspendu, comme s'il attendait qu'il eût cessé de goutter avant de le reposer à un nouvel endroit choisi, semblait-il, après mûre réflexion.

« Il cherche une grenouille ou un poisson », dit Ruby.

A le voir penché sur l'eau avec tant d'attention, Ada

pensa plutôt à Narcisse et elle raconta sa légende à Ruby.

« Ce n'est pas à son image que cet oiseau s'intéresse, dit Ruby quand Ada eut terminé. Regarde son bec. Des coups de poignard ; voilà sa nature profonde. Il est en train de se demander quelle créature poignarder pour se nourrir. »

Elles avancèrent lentement et le héron tourna la tête vers elle. Sa tête étroite opéra de tout petits ajustements, comme s'il avait du mal à y voir par-dessus la lame de son bec.

« Qu'est-ce que tu fais là ? » lui cria Ada. Elle devinait, rien qu'à le voir, qu'il était de nature anachorète et mystique. Comme tous ceux de son espèce, c'était un pèlerin solitaire, un être étrange, qui n'obéissait à aucune des politiques, aucun des credo communs aux oiseaux grégaires. Elle se demanda comment les hérons parvenaient à tolérer assez longtemps le contact d'un de leurs congénères pour se reproduire. Elle n'en avait vu dans sa vie que quelques-uns, mais ils étaient si seuls que son cœur s'était serré pour eux. Les oiseaux de l'exil. Ils avaient partout l'air d'être loin de chez eux.

Le héron avança jusqu'au bord du fleuve et s'arrêta sur une petite boursouflure de boue, non loin d'elles. Il inclina la tête, haussa une patte noire couverte d'écailles aussi grosses que des ongles. Ada contempla l'étrange empreinte imprimée dans la fange. Quand elle leva les yeux, l'oiseau la dévisageait comme s'il voyait quelqu'un qu'il avait rencontré longtemps auparavant et dont il avait gardé un vague souvenir au fond de sa mémoire.

Puis, lentement, il déploya ses ailes, donnant l'impression d'actionner des gonds, des leviers, des manivelles et des poulies. Les longs os cachés sous les plumes et la peau devinrent parfaitement visibles. Son envergure était maintenant si large qu'Ada n'imaginait pas comment il passerait au milieu des arbres. Le héron se souleva du sol et, sans plus d'un ou deux lents battements de ses gigantesques ailes, s'envola juste au-dessus de sa tête, avant de s'éloigner en direction de la forêt. Ada sentit le mouvement de ses ailes, un courant d'air, une ombre bleue et froide sur sa peau. Elle pivota sur elle-même et le suivit des yeux jusqu'à ce qu'il eût disparu dans le ciel et leva la main, comme pour un adieu. Qu'était-ce donc ? Une bénédiction ? Une mise en garde ? Un signe du monde des esprits ?

Elle sortit son carnet et tailla un des fusains avec son canif. Elle fit, de mémoire, un rapide croquis du héron tel qu'elle l'avait vu se dresser dans la boue. Quand elle eut terminé, elle n'était pas satisfaite de la courbe du cou ni de l'angle du bec, mais elle avait parfaitement saisi les pattes, la collerette de plumes de son jabot et l'expression de ses yeux. En travers du bas de la page, elle écrivit de son écriture runique : *Héron bleu/Embranchement de la Pigeon River/9 octobre 1864.* Elle leva les yeux au ciel et demanda à Ruby : « Quelle heure est-il à ton avis ? »

Ruby tourna le regard vers l'ouest et répondit : « Un peu plus de cinq heures », si bien qu'Ada ajouta *cinq heures* et referma son carnet.

Elles cheminèrent vers l'amont en parlant de l'oiseau, et Ruby révéla les rapports à son avis épineux qu'elle entretenait avec les hérons. Dans son enfance, expliqua-t-elle, Stobrod l'avait souvent reniée, déclarant que son père n'était pas un homme. Sa mère, en effet, alors qu'elle était enceinte de Ruby — et qu'elle souhaitait, ivre et aigrie, faire enrager son mari — avait souvent affirmé que ce dernier n'était pour rien dans la conception du bébé, laquelle était à imputer à un grand héron bleu. Elle déclarait qu'il s'était posé dans la rivière un matin et que, après avoir passé la matinée à embrocher des écrevisses, il était entré dans le jardin où elle était en train de rompre une vieille croûte de pain de maïs et de l'émietter sur le sol pour sa volaille. Selon l'histoire que racontait la mère de Ruby, revue et corrigée sans doute par Stobrod, le héron s'était avancé à grands pas, sur ses longues pattes articulées vers l'arrière, et l'avait regardée dans le blanc des yeux. Elle assurait, continuait Stobrod, que c'était un regard sur lequel il n'y avait pas à se méprendre, un regard qui ne se prêtait qu'à une seule interprétation. Elle avait fait volte-face et s'était sauvée en courant, mais le héron l'avait poursuivie jusque dans la maison où, tandis qu'elle essayait à quatre pattes de se faufiler sous son lit, il l'avait coincée par-derrière. Elle qualifiait ce qui était alors arrivé de fessée monumentale.

« Il me l'a raconté une centaine de fois, dit Ruby. Je sais bien qu'il s'agit en grande partie d'un de ses mensonges, mais je ne peux jamais regarder un de ces oiseaux sans me poser des questions. »

Ada ne savait quoi dire. La lumière sous les arbres qui bordaient le fleuve déclinait en reflets dorés, et les feuilles des hêtres et des peupliers frissonnaient sous la caresse d'une brise légère. Ruby s'arrêta pour enfiler son chandail ; Ada secoua son manteau pour le défroisser et le drapa autour de ses épaules. Elles continuèrent leur chemin et, arrivées au gué, rencontrèrent une jeune femme qui portait, tel un baluchon sur son épaule, un bébé enveloppé dans une nappe à carreaux. Elle bondissait, pieds nus, de rocher en rocher, aussi gracieuse qu'un cerf en pleine course. Elle ne dit pas un mot quand elle les croisa, ne leva même pas les yeux, alors que le petit les dévisageait de ses prunelles inexpressives, aussi brunes que des cupules de glands. Non loin du gué, de petits oiseaux s'envolèrent d'un pommier et pénétrèrent dans les bois. Ruby, aveuglée par le soleil couchant, ne put deviner leur espèce, mais la façon dont ils volaient au ras du sol annonçait de nouvelles pluies.

L'obscurité du crépuscule s'accroissait, comme si la noirceur du fleuve imbibait lentement le ciel. Le récit qu'avait fait Ruby à propos de sa mère et du héron rappela à Ada une histoire que lui avait narrée Monroe peu de temps avant sa mort et qui avait trait à la façon dont il avait courtisé la mère d'Ada.

Les parents d'Ada s'étaient mariés relativement tard, puisque Monroe avait quarante-cinq ans et sa femme trente-six, et leur vie conjugale avait été brève. Ada avait longtemps ignoré les circonstances de leur idylle et de leur union. Elle imaginait une alliance fondée sur une paisible amitié, un de ces attachements qui se forment entre vieux garçons excentriques et vieilles filles sur le retour.

Jusqu'à un après-midi de l'hiver qui avait précédé la mort de Monroe, elle pensait être le résultat de quelque regrettable erreur de calcul. Une espèce de neige fondue n'avait cessé de tomber toute la journée, les flocons se volatilisant dès qu'ils touchaient le sol. Ada et Monroe étaient restés au coin du feu, elle occupée à lui lire *La Conduite de la vie*. Depuis de nombreuses années, Monroe suivait avec un vif intérêt tous les écrits publiés par M. Emerson et, ce jour-là, il trouvait que cet auteur, comme toujours, même dans sa vieillesse, était peut-être un tantinet trop extrémiste dans ses opinions spirituelles.

Voyant, de l'autre côté des vitres, que la journée touchait à sa fin, Ada avait posé son livre. Monroe avait l'air las, blême, observant, l'œil creux, le feu qui s'était installé au milieu de ses cendres et brûlait lentement, presque sans flammes. Il finit par dire : « Je ne t'ai jamais raconté comment j'ai épousé ta mère.

— Non, répondit Ada.

— C'est une chose qui ne cesse de me revenir à l'esprit, ces temps-ci. Je ne sais pas pourquoi. Sais-tu que j'ai fait la connaissance de ta mère quand elle avait à peine seize ans et moi vingt-cinq ?

— Non, avait répété Ada.

— Eh oui. La première fois que je l'ai vue, je me suis dit que je n'avais jamais rien vu de plus ravissant. C'était en février. Une journée grise, froide, avec un petit vent humide qui soufflait de l'océan. J'étais sorti à cheval. Je venais d'acheter récemment un grand hongre hanovrien qui faisait bien ses dix-sept mains. Un alezan jaspé. Juste un peu clos du derrière, mais pas suffisamment pour que ce soit un vrai défaut. Son galop était quelque chose de merveilleux, on aurait dit qu'il flottait. Je m'étais quelque peu éloigné de Charleston, vers le nord, le long de l'Ashley River, au-delà de Middleton. Puis j'avais obliqué jusqu'à Hanahan pour rentrer chez moi par en bas. C'était un long parcours. Il avait beau faire frais, le cheval était couvert d'écume, et moi j'avais une faim de loup et hâte de dîner. L'heure était justement la même qu'à présent. La nuit était grise. Nous étions parvenus à l'endroit où l'on peut enfin déclarer en toute confiance que l'on a quitté la campagne pour entrer en ville.

« Nous sommes arrivés devant une maison qui n'était ni modeste ni grandiose, avec une large terrasse couverte et de vieux palmiers nains à chaque extrémité. Trop proche de la route, pour mon goût. Les fenêtres étaient obscures, et il y avait dans la cour un abreuvoir pour les chevaux. Croyant que la demeure était vide, j'ai mis pied à terre pour faire boire mon cheval. De la terrasse m'est alors parvenue une voix de femme : "Vous auriez pu demander la permission d'abord."

« Elle était, semblait-il, assise seule sur un banc, sous les fenêtres. J'ai ôté mon chapeau et dit : "Je vous demande pardon." Elle est sortie de l'ombre de la terrasse et elle a descendu les marches pour s'arrêter sur la dernière. Elle portait une robe d'hiver en laine grise, un châle noir autour des épaules. Ses cheveux étaient de la couleur des ailes d'un corbeau. Elle devait être en train de les brosser, car ils lui pendaient jusqu'au creux des reins et elle tenait à la main une brosse à manche d'écaille. Son visage était d'une pâleur marmoréenne. Il n'y avait dans toute sa personne rien qui ne fût blanc ou noir, ou d'une teinte située entre les deux.

« En dépit de sa mise sévère, je me suis senti totalement désarmé. Jamais je n'avais rien vu de comparable. Aucun mot ne peut exprimer à quel point elle me paraissait belle. Incapable de balbutier autre chose que : Je vous prie encore une fois de m'excuser, mademoiselle, je suis remonté à cheval et me suis éloigné, troublé, en proie à un grand tumulte de pensées. Durant la nuit, une conviction m'a envahi : cette femme était celle que je devais épouser.

« Le lendemain, j'ai décidé de lui faire ma cour dans les règles, et je m'y suis pris avec autant de fougue et de soin que possible. J'ai commencé par me renseigner. Elle s'appelait Claire Dechutes. Son père, un Français, gagnait sa vie en important du vin et en exportant du riz avec son pays d'origine. C'était un homme à l'aise, même s'il n'était pas fort riche. Je me suis arrangé pour faire sa connaissance à son entrepôt, près d'un dock installé sur la Cooper River. Un endroit humide et lugubre qui sentait le fleuve, rempli de caisses de bordeaux, du meilleur comme du pire, et de sacs de chanvre pleins de notre riz. C'est mon ami Aswell, qui par le passé avait fait affaire avec Dechutes, qui nous a présentés l'un à l'autre. Dechutes, ton grand-père, était un homme massif, de petite taille. Le terme exact serait : corpulent. Un peu trop français dans ses manières, si tu vois ce que je veux dire. Ni toi ni ta mère n'avez rien de commun avec lui.

« Dès le début, j'ai déclaré clairement mes intentions : je désirais épouser sa fille et recherchais son accord et son soutien. J'ai offert de lui fournir des références, des documents financiers, tout ce qui serait susceptible de le convaincre du fait qu'il tenait en moi un gendre éminemment désirable. Je voyais son cerveau travailler. Il tirait sur sa cravate. Roulait des yeux. Il a entraîné Aswell à l'écart pour un bref conciliabule. Quand il est revenu près de moi, il m'a tendu la main en disant : "Puissé-je vous offrir toute l'aide que je suis en mesure de vous fournir."

« Son unique réserve était celle-ci : il ne souhaitait pas voir Claire mariée avant son dix-huitième anniversaire. J'y ai consenti. Deux années d'attente ne me paraissaient pas trop longues et la demande ne semblait pas exagérée de sa part. Au bout de quelques jours à peine, il m'a invité à dîner chez lui. C'est lui qui m'a présenté à ta mère. J'ai vu dans ses yeux qu'elle reconnaissait en moi le cavalier qui s'était arrêté dans sa cour, mais elle n'en a pas soufflé mot. J'ai cru, dès le premier instant, que mon sentiment pour elle était payé de retour.

« Je l'ai courtisée pendant des mois, passant du printemps à l'été, puis au début de l'automne. Nous nous retrouvions dans les bals où je m'arrangeais pour la faire inviter. Je multipliais mes visites chez les Dechutes. Claire et moi avons pris place sur le banc de la vaste terrasse couverte, soir après soir, durant tout l'été, pour y parler des sujets chers à nos cœurs. Les jours où je ne pouvais y aller, nous nous écrivions des lettres qui se croisaient quelque part dans Meeting Street. Vers la fin de l'automne, j'ai commandé une bague. C'était un diamant bleu, aussi gros que la dernière phalange de ton petit doigt, et serti dans un anneau d'or blanc en filigrane. J'ai décidé de la lui offrir un des derniers soirs de novembre, pour lui faire une surprise.

« A la date choisie, je suis parti sur mon hongre au crépuscule, en direction du nord, la bague blottie dans un étui de velours au fond de la poche de mon gilet. C'était un soir où l'air était froid, un froid vif et hivernal, en tout cas pour Charleston. Une soirée semblable en tout point à celle où nous nous étions rencontrés pour la première fois.

« Le temps pour moi d'arriver chez les Dechutes, le ciel était noir comme de l'encre. Mais la maison était éclairée, les fenêtres étaient illuminées en signe de bienvenue. Le son d'un piano, jouant du Bach, parvenait depuis l'intérieur. Je suis resté un instant sur la route, me disant que cette soirée serait le couronnement de tous mes efforts. J'avais à portée de main le désir le plus cher à mon cœur.

« Puis j'ai entendu sur la terrasse un sourd murmure de voix. J'ai vu un mouvement. Le profil de Claire s'est penché en avant, sa silhouette noire découpée contre la lumière jaune d'une fenêtre. Impossible de la confondre. De l'autre côté de la fenêtre, un second visage s'est penché à son tour, celui d'un homme. Ils se sont rencontrés, leurs lèvres unies en un long baiser, passionné pour autant que je puisse dire. Puis les deux profils se sont écartés et la main de Claire est montée jusqu'au visage de l'homme pour le guider de nouveau vers le sien. Mon estomac s'est serré. Et mes poings. Je mourais d'envie de m'avancer sur la terrasse, de hurler ma colère, de frapper quelqu'un. Pourtant, le rôle humiliant du prétendant bafoué n'était pas de ceux que je voulais jouer.

« Sans réfléchir davantage, j'ai enfoncé mes éperons dans les flancs de ma monture et je suis parti vers le nord à une allure endiablée. J'ai parcouru des miles et des miles. Comme une chevauchée de rêve où je fonçais dans un monde ténébreux à une allure qui ressemblait davantage au vol d'un oiseau qu'à la course d'un cheval. Nous avons traversé d'interminables étendues jusqu'au moment où le cheval a ralenti et s'est mis au pas, soufflant fort, la tête basse.

« Je ne savais pas clairement où je me trouvais. Je n'avais pas fait attention aux méandres de la route, ni même aux menues variations de l'orientation que nous avions suivie. Je savais seulement que c'était dans la direction générale du nord, car nous n'avions plongé ni dans l'Ashley ni dans la Cooper River. A la faible lumière d'un croissant de lune, le hongre alezan en sueur avait l'air aussi noir et aussi luisant que l'ébène. A moins de me comporter en véritable dément et de bifurquer vers l'ouest pour me perdre à jamais dans les territoires vierges du Texas, je n'avais guère d'autre ressource que de faire demi-tour et de rentrer chez moi. Comme je venais de m'y résoudre, cependant, j'ai vu que le ciel devant moi était éclairé d'une lueur jaune, comme par un feu de joie. A ce qu'il semblait, je n'étais pas le seul objet de la création qui eût pris feu. Cet incendie, ai-je raisonné, me fournirait une direction provisoire.

« Je me suis donc dirigé par là et, après avoir franchi un ou deux tournants, j'ai découvert une église qui brûlait. Son toit et son clocher étaient la proie des flammes, mais le corps du bâtiment n'était pas encore touché. Ayant mis pied à terre, je me suis avancé, j'ai pénétré dans l'église et suivi l'allée centrale. J'ai sorti de ma poche la bague dans son étui et je l'ai placée sur l'autel, puis je suis resté là au milieu de la fumée et de la lumière aveuglante. Des morceaux de toit enflammés ont commencé à tomber autour de moi. Je suis le marié qui attend à l'autel, me suis-je dit, je vais m'immoler par le feu.

« Au même instant un homme a fait irruption par le porche. Ses vêtements étaient de guingois et il tenait une bouteille au fond de laquelle ne restait qu'un pouce de liquide ambré. "Que faites-vous là ? a-t-il dit. Fichez le camp."

« C'est l'orgueil, j'imagine, qui m'a poussé à répondre : "Je passais. Je suis entré voir si je pouvais me rendre utile.

« — Eh bien, filez."

« Je suis sorti avec lui et nous avons décidé de sauver l'édifice, bien que l'un de nous fût ivre et l'autre à moitié fou de chagrin. D'une rivière proche, nous avons apporté autant d'eau que nous avons pu dans la bouteille d'alcool de mon compagnon. Accroupis au bord de l'eau, nous attendions que la bouteille se remplisse par son étroit goulot, puis nous repartions vers l'église et jetions cette eau sur les flammes, à raison d'un litre à chaque fois, moins dans l'espoir de les éteindre que dans celui de pouvoir répondre, si l'on nous questionnait, que nous avions tenté l'impossible. Quand est venue l'aurore, l'homme et moi, le visage noir de suie, contemplions un cercle calciné.

« " Eh bien, voilà qui est fait. Tout a brûlé hormis les gonds et les poignées de porte, a dit l'homme.

« — Eh oui, ai-je renchéri.

« — Nous avons fait notre possible, a-t-il ajouté.

« — Sans aucun doute.

« — Personne ne pourra nous accuser d'avoir été avares de nos efforts.

« — Non. Personne. "

« Il a secoué sa bouteille pour en faire tomber les dernières gouttes d'eau sur l'herbe noircie, puis il l'a rangée dans la poche de sa veste et il est reparti. Je me suis remis en selle et je suis rentré à Charleston.

« Une semaine plus tard, j'ai embarqué sur un navire à destination de l'Angleterre et, l'année suivante, je n'ai fait que vagabonder, visiter les vieilles églises et étudier les vieux tableaux. A mon retour, j'ai appris que ta mère avait épousé l'homme que j'avais vu avec elle sur la terrasse. Un Français, un associé de son père, courtier en vins. Elle s'en était allée vivre en France avec lui. Une porte paraissait fermée.

« J'avais toujours été attiré vers les choses spirituelles, si bien que j'ai renoncé à m'occuper de l'affaire familiale pour devenir ministre du culte, animé par un mélange de résignation et de jubilation. Jamais je n'ai regretté un seul instant cette décision.

« Dix-neuf années ont passé et, un jour de printemps, j'ai découvert que Claire était revenue de France, seule. Son mari était mort. Leur union, restée stérile, n'avait pas été des plus heureuses, si l'on en croyait les uns et les autres. Amère, même. Le petit Français avait exaucé mes rêves les plus égoïstes.

« Quelques jours plus tard, je suis retourné à

l'entrepôt sur la Cooper River et j'ai revu Dechutes. Un vieillard à présent, à la panse énorme et aux bajoues flasques ; mon front à moi commençait à se dégarnir et mes tempes à grisonner. Le regard qu'il m'a lancé illustrait à la perfection le mot *hautain*. Il a demandé : "En quoi puis-je vous aider ?", d'un ton qui, en d'autres temps, aurait entraîné la mise en œuvre de témoins et de pistolets.

« J'ai répondu : "Nous allons reprendre l'affaire de zéro, et cette fois j'ai bien l'intention d'obtenir gain de cause."

« Dès l'automne ta mère et moi avons convolé et, pendant deux ans, j'ai été aussi heureux qu'un homme peut l'être. Son premier mari avait laissé à désirer sous tous les rapports. Il lui reprochait l'absence de progéniture et il était devenu aigri et méchant. Je me suis senti tenu de la dédommager de tous ses affronts, de toutes ses mesquineries.

« Le mois où nous avons su que tu allais arriver nous a fait l'effet d'une étrange bénédiction pour un couple tel que le nôtre : deux vieux époux, blessés par le passé. Lorsque Claire est morte en couches, j'ai refusé de croire que Dieu n'avait voulu nous accorder qu'un bonheur si éphémère. Pendant des semaines, j'ai été incapable de réagir. D'excellents voisins ont trouvé une nourrice pour toi et je me suis alité. Quand j'ai enfin quitté ma chambre, j'étais animé par la volonté de mettre désormais ma vie entière à ton service. »

Quand son père s'était tu, Ada s'était levée et lui avait repoussé les cheveux en arrière avant de l'embrasser sur le sommet du crâne. Elle ne savait que dire, tant elle était déconcertée par l'histoire de sa conception. Elle ne pouvait se considérer immédiatement sous ce jour nouveau, se voir non plus comme une erreur de vieillesse, mais comme le fruit d'une passion prolongée envers et contre tout.

L'obscurité était maintenant presque complète et une lune voilée brillait au-dessus d'une masse de nuages, vers l'est. La forme sombre d'un oiseau passa très haut devant la lune. Puis un deuxième, puis d'autres et d'autres encore. Peut-être une race de grèbes ou de bécasses qui volait la nuit, en route vers le sud. Les étoiles n'étaient pas encore apparues, mais, vers l'ouest, deux planètes sombreraient bientôt dans le ciel indigo, derrière la frange incertaine de Cold Mountain.

« La bleue, la plus brillante, c'est Vénus », dit Ada, au moment où Ruby et elle s'engageaient sur la route qui menait à Black Cove.

VIVRE COMME UN COQ EN PÂTE

A midi, Inman et Veasey tombèrent sur un noyer de bonne taille abattu parallèlement à la piste sur laquelle ils marchaient. A côté gisait une longue scie passe-partout à la lame bien graissée et dont le côté coupant, à la dentition fort complexe, brillait d'avoir été récemment aiguisé.

« Regarde-moi ça, dit Veasey. Une scie abandonnée. Il y a des gens qui m'en donneraient une coquette somme.

— Les bûcherons sont juste allés déjeuner, lança Inman. Ils ne vont pas tarder à revenir débiter cet arbre.

— Ecoute, tout ce que je sais, moi, c'est qu'il y a une scie sur le bord de la route et que je l'ai trouvée. »

Veasey la ramassa, la posa en équilibre sur son épaule et continua son chemin. Chacun de ses pas faisait rebondir les deux poignées de bois, tandis que la lame chantonnait et vibrait comme une guimbarde.

« Je m'en vais la vendre au premier gars qu'on rencontrera, dit-il.

— Tu me parais t'approprier sans problème les affaires des autres. J'aurais aimé entendre comment tu faisais cadrer cette bonne habitude avec l'Evangile, dans tes sermons, observa Inman.

— Dis-toi une chose : sur le chapitre de la propriété, Dieu est loin d'être maniaque. Son respect pour elle n'est pas bien grand, et il nous en donne la preuve à tout bout de champ. Tu noteras en particulier la façon dont il utilise le feu et le déluge. As-tu jamais remarqué la moindre espèce de justice dans sa manière de les appliquer ?

— Non. Pas à proprement parler.

— Précisément. C'est pourquoi l'homme qui cherche à se modeler sur la divinité suprême ne doit pas passer trop de temps à se demander à qui appartient telle ou telle scie. Ce genre de détail risque de l'empêcher de voir la grandeur des choses.

— La grandeur des choses ? » répéta Inman. Il contempla la tête couverte de croûtes du prédicateur, la fine coupure infligée sous son œil par la catin, et la marque encore visible du coup de crosse qu'il lui avait administré lui-même au bord de la Deep River. « Ça te va bien de parler de la grandeur des choses, avec toutes les dérouillées que tu as reçues, fit-il remarquer. Et dont chacune était méritée, en plus.

— Je ne dis pas que je n'avais pas besoin d'une dérouillée, reconnut Veasey. Et plus d'un homme meilleur que moi en a pris de pires. Mais je n'ai pas l'intention d'en encaisser d'autres aussi aisément. »

Cette affirmation orienta son esprit vers les problèmes de défense, et il ajouta : « Montre-moi ton revolver.

— Non, répondit Inman.

— Allez, quoi. Je ne vais pas l'abîmer.

— Non.

241

— Je me disais simplement, comme ça, que c'était bien l'arme qu'il fallait à un tireur d'élite.

— Il est trop gros et trop lourd, dit Inman. Il te faudrait un revolver de la Marine. Un Colt ou un Star. Ils pèsent juste ce qu'il faut pour dégainer très vite.

— Bon, en tout cas, j'aimerais que tu me rendes le mien.

— J'ai l'intention de le garder jusqu'à ce que nous nous séparions.

— Cela pourrait survenir à l'improviste, objecta Veasey. Et alors, je resterais désarmé.

— Tout le monde ne s'en portera que mieux. »

Ils passèrent bientôt sous un énorme caroubier qui s'inclinait au-dessus de la route. Faute d'autres victuailles, ils remplirent leurs poches de ses longues gousses couleur de rouille. Ils poursuivirent leur chemin, fendant les gousses avec l'ongle du pouce et suçant la pulpe blanche et sucrée. Au bout d'un moment, ils aperçurent en contrebas un homme qui semblait absorbé dans la contemplation d'un gros taureau noir, étendu mort dans un bras de la rivière. L'homme les héla et leur demanda si deux fringants gaillards comme eux pouvaient venir lui donner un coup de main. Inman descendit le rejoindre. Veasey déposa sa scie au bord de la route et le suivit.

Arrivés près de l'homme, ils observèrent le corps gonflé du taureau, l'eau qui clapotait contre son ventre, les nuages de mouches autour de son mufle et de son arrière-train.

L'homme n'était pas précisément vieux, mais il était bien parti pour le devenir. Il avait le torse épais que l'on voit aux mâles virils de la plupart des espèces de mammifères, du singe au cheval, vers la fin de leur maturité. En guise de chapeau, il portait une véritable antiquité en laine noire surmontée d'une calotte en pain de sucre. Bien que la journée ne fût pas très fraîche, il en avait rabattu le large bord par-dessus ses oreilles au moyen d'un bout de sisal, comme une capote de femme. De grands favoris broussailleux lui hérissaient les mâchoires et, à l'ombre de son couvre-chef, il scrutait le monde à travers deux yeux sombres, aux paupières gonflées et bombées comme celles d'un rapace. Sa bouche, petite et ronde, rappela à Inman l'évent d'un poisson aperçu au cours d'une escarmouche le long de la côte, au début de la guerre.

Un fusil de calibre 10 était appuyé contre un arbre. Son canon paraissait avoir été scié afin de cracher sa chevrotine plus largement qu'il n'était ordinaire ou même pratique de le faire. Le travail avait été effectué avec des outils improvisés, car la gueule de l'arme était dentelée et plus tout à fait perpendiculaire au fût.

« Comment comptez-vous le sortir de là ? » demanda Veasey.

L'homme réfléchit avant de répondre. Le taureau, expliqua-t-il, s'était sauvé plusieurs jours auparavant, et il était mort de quelque maladie inconnue. Cette rivière à l'eau habituellement sans goût avait pris récemment une espèce d'aigreur fétide qui l'avait poussé à remonter ses rives pour voir ce qui avait causé ce phénomène. Il avait emporté une longueur de corde et, s'ils conjuguaient leurs efforts, ils le tireraient probablement de là.

Inman regarda l'homme, puis Veasey, enfin la masse que représentait le taureau mort. Il faudrait un attelage de chevaux de trait pour sortir cette bête, se dit-il.

« On peut essayer, dit-il. Mais il est gros, votre taureau. On ferait peut-être mieux de chercher un autre moyen. »

Sans même l'écouter, l'homme attacha sa corde au cou de la dépouille. Ils l'empoignèrent, s'arc-boutèrent, mais la carcasse ne bougea pas d'un pouce.

« Des leviers, dit l'homme. Si on trouve des perches, on pourra le faire basculer.

— Pas besoin de les trouver, déclara Veasey, on peut les couper nous-mêmes. J'ai une excellente scie

243

que vous aurez peut-être envie de m'acheter quand nous aurons fini. » Il remonta le talus en courant pour chercher son outil, aussi excité qu'un petit garçon la première fois qu'il travaille avec des hommes.

Inman ne pensait pas que c'était une bonne idée, si bien qu'il s'assit sur une souche et regarda d'un œil amusé les deux compères se mettre au travail avec un enthousiasme aussi vif qu'inefficace. Ils lui rappelaient les officiers du génie de l'armée et leurs sous-fifres quand ils s'en allaient construire un pont, ou quelque ouvrage analogue, animés d'un zèle totalement disproportionné avec la valeur réelle de leur travail, et qui semblaient alors s'efforcer d'engloutir une débauche d'énergie dans une tâche qu'il aurait mieux valu ne pas entreprendre.

Sous son regard impassible, Veasey et son comparse coupèrent trois perches robustes. En un rien de temps, ils se retrouvèrent dans l'eau jusqu'aux mollets et jetèrent de gros rochers pour leur servir de pivot. Ils essayaient de faire rouler le taureau sur lui-même en pesant ensemble sur les perches de tout leur poids, sans parvenir toutefois à lui imprimer autre chose qu'un flasque soubresaut. Inman vint les rejoindre, et cette fois la dépouille bougea. Cependant, ils n'arrivèrent pas à soulever le taureau de plus d'un pied et, à bout de forces, ils relâchèrent leur emprise. L'animal retomba dans un giclement d'eau qui les éclaboussa.

« Je sais ce qu'on pourrait faire, dit Veasey. Le soulever et puis pousser des rochers dessous avec nos pieds pour le maintenir en l'air. Après quoi, on recommencerait la manœuvre avec une plus grande perche, et on ajouterait encore d'autres rochers. Ainsi de suite jusqu'au moment où il finira par rouler. »

Inman évalua la distance qui séparait la carcasse de la rive.

« Quand on l'aura fait rouler une fois, il sera toujours dans l'eau, remarqua-t-il.

— Dans ce cas, dit Veasey, il n'y a qu'à le faire rouler deux fois.

— Ça l'amènera jusqu'au bord, mais ça ne l'empêchera pas de pourrir et de contaminer l'eau.

— Eh bien, trois fois », insista Veasey, consumé d'admiration jusqu'au tréfonds de son être devant les merveilles du levier et le travail viril de l'ingénieur.

Inman se voyait déjà coincé là jusqu'à la nuit tombée, à soulever le taureau, à le maintenir avec des pierres et à recommencer. Des heures entières, qu'il aurait plus utilement passées à marcher ou à se reposer, s'enfuiraient sans retour.

Il gagna la rive où Veasey avait laissé sa scie et la ramassa. Il revint près du taureau et posa les dents de la lame contre son cou.

« Qu'un de vous attrape l'autre bout », dit-il.

Veasey eut l'air cruellement déçu, mais l'homme s'empressa d'obéir et, en quelques coups de scie, ils détachèrent la tête. Puis, très vite, la partie du thorax auquel étaient attachées les pattes de devant. L'intervention suivante permit de séparer l'arrière-train de l'abdomen qui déversa un torrent d'organes et de liquide sombre ainsi qu'un échappement de gaz. Veasey se pencha et vomit dans la rivière.

L'homme tourna les yeux vers lui et ricana comme s'il venait d'entendre une bonne plaisanterie. « Il n'a pas le cœur bien accroché, dit-il.

— C'est un prêcheur de sermons, déclara Inman. Le voilà assez loin de sa vocation. »

Quand ils eurent fini de scier, des morceaux de taureau étaient éparpillés partout dans la rivière ; ils ne mirent pas longtemps à les sortir et à les ramener sur la terre ferme. L'eau resta néanmoins rouge, telle, se rappela Inman, la couleur du fleuve après la bataille de Sharpsburg.

« Si j'étais vous, j'attendrais quelques jours avant d'en boire, dit Inman.

— Ouais, dit l'homme, vous avez raison. »

Inman et lui se rincèrent les mains et les avant-bras dans de l'eau limpide en amont.

« Venez dîner chez nous, dit l'homme. Sans compter qu'on a un fenil où on dort bien.

— D'accord, mais à condition que vous nous débarrassiez de cette scie, dit Inman.

— J'en veux deux dollars fédéraux. Ou cinquante en billets confédérés, dit Veasey qui reprenait de l'assurance.

— Elle est à vous, dit Inman. Pour rien. »

L'homme ramassa la scie et la posa en équilibre sur son épaule puis, de sa main libre, il empoigna le fusil mutilé. Inman et Veasey le suivirent le long de la route qui longeait la rivière vers l'aval. L'homme paraissait de meilleure humeur à présent qu'il avait réussi à débarrasser son eau potable de la carcasse du taureau ; il était même positivement jovial. A peine eurent-ils fait quelques pas qu'il s'arrêta, posa un doigt contre son nez et cligna de l'œil. Il se dirigea alors vers un grand chêne dans le tronc duquel s'ouvrait un creux, à peu près à hauteur de visage. Il enfonça son bras et en retira une bouteille.

« J'en ai un certain nombre cachées un peu partout, pour quand j'en ai besoin », annonça-t-il.

Ils s'assirent contre le tronc de l'arbre et la firent circuler. L'homme s'appelait Junior, et il entreprit aussitôt le récit de ses années de jeunesse, passées à voyager en suivant le circuit des combats de coqs. Il leur parla en particulier d'un gros *dominicker* [1] qui n'avait que deux idées en tête : se battre et sauter les poules. Pendant plusieurs mois d'affilée, il avait mis en déroute tous les adversaires qu'on lui opposait. Junior leur dressa le tableau de luttes épiques et de victoires spectaculaires. Alors même que le *dominicker* paraissait promis à une défaite inéluctable, il s'envolait jusqu'aux solives de la grange où se dérou-

1. Il s'agit d'une race américaine au plumage rayé et à pattes jaunes. *(N.d.T.)*

lait le combat et s'y posait jusqu'à ce que les spectateurs se mettent à l'accabler de quolibets. Quand les lazzi atteignaient leur point culminant, il se laissait tomber telle une pierre sur son rival et ne laissait finalement sur le sol qu'un tas éclatant de sang et de plumes.

Il leur raconta aussi de quelle manière les femmes, au cours de ses pérégrinations, se jetaient à sa tête avec presque autant de vigueur que le *dominicker* sur ses ennemis. Il se rappelait, entre autres, une femme mariée, dont l'époux l'avait invité à passer quelques jours chez eux, entre deux combats. Elle s'était mis en tête de séduire Junior et se frottait contre lui à la moindre occasion. Un jour où son mari était parti labourer, elle était allée au puits tirer de l'eau. Lorsqu'elle s'était penchée pour attraper le seau, déclara Junior, il s'était avancé derrière elle et lui avait retroussé ses jupes sur le dos. A l'en croire, elle ne portait rien dessous, et elle avait relevé la croupe en se haussant sur la pointe des pieds. Il l'avait prise ainsi, penchée par-dessus la margelle du puits. Leur étreinte avait duré à peu près le temps qu'il aurait fallu à la femme pour remonter un seau d'eau. Une fois assouvi, il était parti le long de la route, son coq sous le bras. Il laissa entendre à Inman et Veasey qu'il avait connu dans sa jeunesse un grand nombre de journées aussi merveilleuses que celle-là. « J'ai mis la main au panier plus d'une fois », conclut-il.

Veasey trouva cette histoire superbe, car son estomac était vide et l'alcool lui était monté à la tête. La conclusion le fit hurler de rire et il bredouilla que c'était, en effet, le genre de vie qui convenait à un homme digne de ce nom.

« Vivre comme un coq en pâte, voilà ce que je vise », lança-t-il d'un ton nostalgique.

Junior reconnut qu'il avait bien profité de la vie errante. Ses ennuis avaient commencé lorsqu'il s'était établi et avait pris femme puisque, trois ans après le mariage, sa moitié lui avait donné un enfant nègre. En plus de quoi elle avait refusé de révéler l'identité du père, privant ainsi Junior de sa juste vengeance. Il avait donc entamé une procédure de divorce, mais le juge le lui avait refusé sous le prétexte que Junior savait pertinemment, quand il l'avait épousée, que c'était une traînée.

Elle avait invité ses deux sœurs à venir vivre avec eux, lesquelles s'étaient montrées d'aussi grandes roulures que leur aînée, l'une d'elles ayant eu deux garçons jumeaux de race indéterminée. Bien que ces enfants eussent désormais quelques années — il n'était pas capable d'en préciser le nombre exact — ils avaient été élevés sans plus d'éducation qu'une paire de marcassins, et ni leur mère ni quiconque dans la maison n'avait encore pris la peine de leur donner des noms. On les désignait individuellement en montrant du pouce l'un ou l'autre, selon les besoins, et en disant : « Çui-là. »

Quand il dressait le bilan de son expérience conjugale, Junior en concluait qu'il aurait dû épouser une fille de treize ans et la former à sa convenance. Les choses étant ce qu'elles sont, il prétendait passer bien des nuits blanches à se dire que chacun des instants qu'il vivrait d'ici à sa mort serait aussi lugubre. Son unique recours serait de leur trancher la gorge à tous pendant qu'ils dormaient, avant de se faire sauter la cervelle ou de s'enfuir dans les bois où il serait finalement traqué par des chiens jusqu'en haut d'un arbre et abattu comme un raton laveur.

Ces précisions douchèrent quelque peu la joyeuse fougue de Veasey et, au bout d'un moment, Junior remit la bouteille dans sa cache et reprit la scie. Il les précéda jusqu'à sa maison, nichée dans un creux humide. C'était un vaste édifice en lattes, en si mauvais état qu'un de ses murs était tombé de la pile de pierres plates qui le soutenait, en sorte que l'édifice, tout de guingois, semblait s'affaisser dans le sol.

Le jardin de devant était jonché de constructions pyramidales en bois destinées à loger les coqs de combat. A l'intérieur, des oiseaux au plumage brillant laissaient filtrer les regards torves de leurs yeux froids et vifs, qui ne voyaient l'univers que comme un endroit susceptible de leur fournir un adversaire. Une fumée blanche et ténue s'élevait de la cheminée et, derrière la demeure, un pilier de fumée noire s'enflait vers le ciel.

Comme ils quittaient la route pour descendre jusqu'aux basses terres de Junior, un terrier à trois pattes, au poil clairsemé, se mit à pousser des clameurs sous la terrasse couverte dont il jaillit en courant au ras du sol, sans faire le moindre bruit, selon une trajectoire qui menait droit à Inman. Celui-ci avait appris à se méfier d'un chien silencieux, aussi, avant que l'animal ne fût arrivé à lui, il lui décocha un coup de sa botte qui le cueillit sous le menton. Le chien s'effondra dans la poussière.

Inman regarda Junior : « Qu'est-ce que je pouvais faire d'autre ? demanda-t-il.

— Ceux contre qui les chiens aboient ne sont pas toujours des voleurs », ajouta Veasey.

Junior se contenta de regarder le chien sans rien dire.

L'animal finit par se relever et, zigzaguant sur ses trois pattes, il regagna son abri sous la terrasse.

« Je suis content qu'il ne soit pas mort, dit Inman.

— Mort ou vivant, je m'en contrefous », déclara Junior.

Ils continuèrent jusqu'à la maison où ils pénétrèrent par la cuisine, avant de gagner la salle à manger. Junior se dirigea immédiatement vers un garde-manger d'où il sortit une bouteille et trois tasses en fer-blanc. Le plancher de la pièce était si incliné qu'on aurait dit une rampe et, lorsque Inman s'assit à la table, il fut obligé de cramponner ses pieds sur le sol, afin de ne pas glisser, sous l'effet de la pesanteur, jusqu'au mur du fond. Au coin de l'âtre se trouvait un lit. Inman constata qu'on n'avait même pas essayé de mettre des cales dessous : on s'était contenté de le tourner de façon à avoir la tête plus haut que les pieds.

On avait accroché aux murs des images découpées dans des livres ou des journaux, certaines parallèles au plancher oblique, alors que d'autres suivaient une ligne plus abstraite, peut-être obtenue avec un niveau à bulle. Un feu rougeoyait, et d'une marmite en fonte posée sur les braises émanait une odeur de viande faisandée en train de cuire. Le foyer était tellement de travers que la fumée s'accumulait contre le mur latéral avant de s'évacuer par le conduit de la cheminée.

Dans un lieu qui chamboulait à ce point la verticalité du monde, une opération aussi simple que verser une ration d'alcool dans un verre relevait de l'exploit et, lorsque Inman voulut s'y essayer, il rata le récipient et mouilla le dessus de ses souliers avant de calculer la distance et l'inclinaison voulues. Une fois sa tasse remplie, il but une gorgée puis la reposa sur la table et remarqua alors que l'on avait cloué en rond, à la place de chaque convive, de petits butoirs en bois de bouleau, de façon à éviter les glissades fatales aux assiettes et aux verres.

Tout en sirotant sa ration, Veasey faisait le tour de la pièce et observait les lieux, alternant les montées et les descentes. Une idée le traversa.

« En glissant des leviers sous l'extrémité affaissée, on aurait tôt fait de la redresser », déclara-t-il.

Les leviers occupaient, semblait-il, une place de premier ordre dans sa pensée, comme s'il venait de découvrir une machine capable de résoudre les problèmes. Il suffisait de glisser un levier sous tout ce qui clochait pour le redresser et le remettre d'aplomb par rapport au reste du monde.

« Ouais, je crois bien qu'on pourrait la soulever avec des leviers, convint Junior. Mais ça fait si longtemps qu'elle est comme ça qu'on en a pris l'habitude, à présent. Ça nous ferait tout drôle de vivre dans une maison qui ne serait plus penchée. »

Ils continuèrent à boire et très vite l'alcool monta à la tête d'Inman qui n'avait rien mangé d'autre depuis la veille que les gousses de caroubier. Il s'en prit encore plus cruellement à l'estomac de Veasey, qui s'assit, la tête bizarrement inclinée, et contempla le fond de sa tasse.

Bientôt, une fillette de huit ou dix ans parut à la porte d'entrée. C'était une enfant menue, aux attaches très fines, à la peau dorée. Ses cheveux bruns, qui descendaient plus bas que ses épaules, formaient de vigoureuses anglaises. Inman avait rarement vu une fillette aussi ravissante.

« Ta maman est là ? demanda Junior.

— Ouais, répondit l'enfant.

— Où est-ce qu'elle est donc ? reprit Junior.

— Dehors, derrière la maison. Elle y était il y a une minute. »

Veasey leva les yeux de sa tasse et dévisagea la petite. « Ecoutez, dit-il à Junior, j'ai vu des petits Blancs qui avaient la peau plus sombre qu'elle. Elle est quoi à votre avis, octavonne ou encore moins ?

— Octavonne ou quarteronne, ça ne change rien à l'affaire. Ce que je vois, moi, c'est que c'est une petite négrillonne », déclara Junior.

Brusquement, Veasey se leva pour gagner le lit. Il s'y allongea et perdit conscience.

« Comment tu t'appelles ? demanda Inman à l'enfant.

— Lula, dit-elle.

— C'est pas vrai », lança Junior. Il se tourna vers l'enfant et la foudroya du regard. « Dis-lui ton vrai nom.

— Maman dit que c'est Lula, insista la petite.

— C'est pas vrai. C'est bien le genre de nom de maison close que ta mère irait dégotter. Mais, ici, c'est moi qui donne les noms. Et le tien, c'est Chastity.

— Je trouve les deux très beaux, hasarda Inman.

— Non, riposta Junior. Mon nom à moi éclipse

complètement l'autre. Grâce à lui, on ne risque pas d'oublier quelle putain elle a pour mère. »

Il acheva de vider sa tasse et ajouta : « Venez. » Sans même regarder si Inman le suivait, il s'avança sur la terrasse devant la maison et s'assit dans un fauteuil à bascule.

Inman descendit dans le jardin et, renversant la tête en arrière, il contempla le ciel. Le soir qui tombait avait rendu la lumière faible et rasante tandis qu'un croissant de lune et Vénus brillaient à l'est. L'air était sec, avec un fond de vive fraîcheur. Inman inspira jusqu'au plus profond de ses poumons, et l'odeur, le contact de cet air firent jaillir cette réflexion : Ça y est, me voici en automne. Ce que l'atmosphère lui disait, c'était que la roue de l'année avait encore avancé d'un cran.

« Lila ! » appela Junior.

Une minute plus tard, une jeune femme apparut d'un pas nonchalant, au coin de la maison, et vint s'asseoir sur la terrasse entre Inman et Junior. Elle remonta ses genoux très haut et se mit à étudier le visiteur d'un œil critique. Elle avait les cheveux filasse, les hanches larges sous une robe de coton si mince et si décolorée à force d'avoir été lavée qu'on voyait presque le grain de sa peau à travers le tissu couleur de vieux parchemin. Les rangées de petites fleurs imprimées jadis sur la cotonnade avaient disparu et ce qui restait ressemblait davantage à des caractères, ces vagues gribouillis des langues qui s'écrivent verticalement.

La jeune femme aux yeux de campanule n'était que rondeurs, et le dessous de ses cuisses blanches était pleinement exposé à l'endroit où l'ourlet de sa robe retombait contre les marches. Ses pieds nus étaient couverts de boue et égratignés par les ronces, et il y avait chez elle quelque chose à ce point d'anormal qu'Inman se surprit à compter, pour se rassurer, le nombre d'orteils d'un de ses pieds dodus. Junior sortit de sa poche une pipe en maïs à manche d'argile et une grande blague à tabac racornie. Il remplit le fourneau, enfonça l'objet entre ses lèvres et montra à Inman la blague qui pendait de sa main.

« Des bourses de taureau, annonça-t-il. Jamais un homme ne pourra faire une blague à tabac plus réussie que celle de Dieu. Ces choses-là sont pour Dieu des façons de nous mettre à l'épreuve afin de voir si nous nous débrouillerons avec ce qu'il nous a fourni, ou si nous refuserons son autorité et chercherons à le surpasser avec nos faibles trouvailles. »

Puis il lança à la femme : « Du feu ! »

Elle se leva, non sans faire bâiller sa jupe, et disparut dans la maison, d'où elle ressortit bientôt avec une spathe de maïs enflammée. Elle se pencha pour l'approcher de la pipe, présentant du même coup sa croupe à Inman. La mince robe avait glissé dans la fente entre ses fesses et les gainait si étroitement qu'il pouvait voir les creux des muscles sur les côtés et les deux fossettes là où la colonne vertébrale rejoignait le sacrum.

Alors la jeune femme se tordit et couina comme un lapin, et Inman aperçut les doigts de Junior qui ressortaient de son décolleté.

« Junior, cré de bon Dieu ! » lança-t-elle.

Elle se rassit sur les marches, un avant-bras serré contre son sein, et Junior continua à fumer. Puis Lila écarta son bras et Inman vit une minuscule trace de sang noir qui tachait le tissu de la robe.

« Demandez à ces salopes de vous servir à manger, dit Junior. Moi, il faut que j'aille voir une jument dans le pâturage d'en bas. »

Il se leva, descendit dans la cour et, sans cesser de fumer, prit la route qui s'obscurcissait. Il fredonnait un petit air dont Inman comprit seulement : « Dieu donna à Noé le signe de l'arc-en-ciel, la prochaine fois ce ne sera pas l'eau, mais le feu. »

Inman suivit Lila de l'autre côté de la maison. Les dépendances — fumoir, conserverie, serre, poulailler, crèche à maïs — bordaient une espèce de cour en terre battue. Au centre brûlait un feu d'énormes bûches dont les flammes vacillantes s'élevaient par-dessus la tête de Lila et lançaient leurs étincelles plus haut encore. La nuit ombrait de noir l'orée des bois, au-delà des champs de maïs et de haricots envahis de mauvaises herbes. Près de la cour, on avait installé un potager, clôturé d'une palissade sur laquelle étaient fichées des corneilles mortes et molles. La lueur jaune du feu s'avançait vers les ténèbres et projetait des ombres nettes contre les murs des bâtiments en bois nu. Le dôme céleste, au-dessus de leurs têtes, restait néanmoins argenté et vierge d'étoiles.

« Hé ! » cria Lila.

Du fumoir sortirent deux créatures blêmes, ses sœurs manifestement, puis une paire de petits garçons bruns. Tous se rassemblèrent autour du feu et Lila demanda : « Le dîner est prêt ? »

Personne ne répondit. L'une des sœurs enfonça un index dans l'anneau qui ornait le col d'une cruche en terre cuite, posée à côté du feu, et la souleva. Ayant bu une longue lampée, elle la fit circuler. Lorsqu'elle arriva à Inman, il s'attendait à y trouver quelque potion immonde, mais le breuvage ne ressemblait à aucun alcool de sa connaissance. Il avait un goût de terre riche et d'autre chose, quelque puissant extrait où se mêlaient une saveur de champignons et de glande animale. La cruche circula entre eux plusieurs fois.

Une des sœurs recula jusqu'au feu et releva le derrière de sa jupe. Alors elle se pencha, tendit son postérieur et dévisagea Inman avec une expression de plaisir dans ses yeux bleus vitreux. Ses seins ronds pendaient comme s'ils cherchaient à faire craquer son mince corsage. Il se demanda dans quelle espèce de lupanar il avait mis les pieds.

La troisième sœur demeura un instant immobile, la main en conque devant son bas-ventre, le regard perdu vers le fond du champ de maïs, avant de partir vers le fumoir et d'en ressortir armée d'un râteau en bois. Elle ratissa les cendres et se mit à retourner des paquets calcinés de spathes de maïs. Les deux petits garçons parurent s'y intéresser, et l'un d'eux s'avança jusqu'à la pile et dit d'une voix monocorde : « Pâte à bonhomme. »

Inman avait l'impression que les deux enfants étaient hébétés. Les yeux profondément enfoncés au fond de leurs orbites creuses, ils s'agitaient dans cette cour, à la lumière du feu, comme deux spectres muets. Ils faisaient les cent pas dans la terre battue, reprenant interminablement les traces creusées dans le sol par l'allure traînante de leurs pieds nus. Lorsque Inman leur parla ils ne répondirent pas, et n'eurent pas un coup d'œil dans sa direction pour montrer qu'ils avaient entendu le son de sa voix. Les trois mots prononcés par l'un des gamins devait constituer leur seul vocabulaire collectif.

Les sœurs rompirent les paquets de spathes qui crachèrent de la vapeur dans l'air frais. Quand elles eurent fini, elles tenaient six miches de pain noir en forme d'homoncule à grosse tête, auquel ne manquait pas même le détail d'organes tumescents remontant le long du ventre. Les jeunes femmes jetèrent les spathes dans le feu où elles s'enflammèrent brusquement et se consumèrent en un soupir.

« On savait que tu allais venir », dit Lila.

Les deux sœurs donnèrent une miche à chacun des petits garçons. Ceux-ci les déchiquetèrent avidement et engloutirent des morceaux gros comme le poing. Puis ils se remirent à piétiner les pistes à peine visibles qu'ils avaient tracées dans la poussière. Inman les regardait, essayait de discerner quelles formes ou quels signes ils cherchaient à dessiner avec leurs pieds. Mais au bout d'un moment, ne parvenant à donner aucun sens aux marques qu'il voyait sur le sol, il renonça.

Les deux filles prirent les miches restantes et disparurent dans la maison. Lila s'approcha d'Inman, posa une main sur son épaule et dit : « Un grand gaillard comme toi. »

Il ne devina pas ce qu'il était censé répondre. Finalement, il ôta son havresac, qui contenait son argent et son revolver, et le posa à ses pieds. La nuit était à présent presque noire, et il lui semblait discerner au loin, à flanc de colline, une lumière jaune, sinueuse et incertaine, qui s'agitait à travers les arbres, tantôt entourée d'un halo, tantôt formant un point net et brillant. Une lumière si bizarre qu'il se demanda si elle n'émanait pas de quelque anomalie de sa pensée.

« C'est quoi ça ? » demanda-t-il.

Lila suivit un instant la lumière des yeux : « C'est rien, dit-elle. Elle est petite, ce soir. Quelquefois elle est aussi grosse qu'une deuxième lune. C'est sur cette colline que Junior, quand j'étais gamine, a tué un homme et son chien. Il leur a tranché la tête à tous les deux, avec une hachette, et les a posées côte à côte sur une souche de noyer. On est tous allés regarder. Le visage de l'homme était devenu presque aussi noir que celui d'un nègre, et il avait une drôle d'expression dans les yeux. Depuis ce jour-là, certaines nuits, on voit cette lumière qui se déplace. Si tu allais là-bas, tu verrais rien du tout, mais peut-être que tu sentirais quelque chose se frotter contre toi, comme une vieille peau de génisse desséchée.

— Pourquoi a-t-il tué cet homme ? demanda Inman.

— Il l'a jamais dit. Il a un sale caractère. Et la main qui part vite. Il a tué sa propre maman d'un coup de pistolet. A ce qu'il dit, elle avait son tablier entortillé autour d'elle et il l'a prise pour un cygne.

— Je n'ai pas remarqué qu'il y ait de cygnes à revendre par ici.

— Y en a guère. »

La lumière sur la colline s'était intensifiée jusqu'au bleu et elle avait pris de la vitesse, scintillant parmi les arbres. Soudain elle disparut.

« Qu'est-ce que tu crois que c'est, cette lumière ? insista Inman.

— Dieu tout-puissant en personne dit dans la Bible, clair comme le jour, que les morts n'ont pas la moindre idée en tête. Toutes les pensées s'envolent de leur crâne. Donc, c'est pas cet homme sans tête. Moi, je crois que c'est ce que disent les gens, des fois y a des chiens fantômes qui portent des lanternes sur la tête. Mais je peux me tromper. Les vieux d'ici, ils disent qu'il y avait dans le temps autrement plus de spectres qu'à présent. »

Lila regarda Inman un assez long moment. Elle lui frotta l'avant-bras de sa main. « Je crois que tu voyages sous un drapeau noir, dit-elle.

— Je ne voyage sous aucun drapeau », répondit-il.

Une des sœurs lança : « A table ! » Inman emporta son havresac jusqu'à la terrasse de devant, et Lila fit glisser les courroies de son paquetage par-dessus ses épaules avant de le déposer à côté. Inman se dit : Ce serait une erreur, mais il fut incapable d'ordonner davantage ses pensées.

Tandis que Lila et sa sœur faisaient demi-tour, il empoigna le havresac et le dissimula entre les bûches empilées sur la terrasse. Puis il suivit les deux jeunes femmes dans la maison qui lui paraissait maintenant, de façon inexplicable, plus vaste qu'auparavant. Ils suivirent un vestibule incliné comme une rampe et il eut l'impression que le pied allait lui manquer. Dans la pénombre, l'endroit ressemblait à un immense terrier, divisé, tel un labyrinthe, en d'innombrables recoins ayant chacun sa porte. Ces recoins minuscules donnaient les uns dans les autres selon un plan qui défiait toute logique, mais, pour finir, Inman et Lila se frayèrent un chemin jusqu'à la grande pièce de guingois où l'on avait mis le couvert. Veasey continuait à dormir au coin du feu.

Une lampe fumait et sa lueur faiblarde vacillait sur les murs, sur le plancher, sur la nappe, formant de ces ombres qu'on aperçoit sur les pierres d'une rivière. Lila installa Inman en bout de table et noua une serviette à carreaux autour de son cou. Une des miches tirées du feu était enveloppée dans une autre serviette au centre.

Une des deux sœurs apporta de l'âtre un plat dans lequel reposait une énorme pièce de viande. Trop grosse pour provenir d'un porc, trop pâle pour avoir appartenu à un bœuf, Inman aurait été incapable de dire sur quelle créature au juste elle avait été prélevée. Il s'agissait d'une articulation, avec de gros morceaux de viande autour de chaque os et les fils blancs des tendons et des ligaments qui se faufilaient à travers la chair. La fille posa le plat devant Inman et le cala à l'horizontale en glissant dessous la partie bombée d'une cuiller. Il empoigna un couteau piqué de rouille et regarda Lila.

« On a pas de fourchette à découper », dit-elle.

Inman saisit l'os de la main gauche et se mit à faire aller et venir son couteau avec acharnement, sans réussir pourtant à entamer la peau coriace.

Les trois femmes s'étaient rassemblées autour de la table pour voir comment il s'en tirait. Ainsi réunies, elles dégageaient des effluves capiteux qui l'emportaient même sur la puanteur de l'étrange rôti. Lila se glissa près d'Inman et frotta la douceur de son ventre contre son épaule, et il sentit sa toison à travers la robe arachnéenne.

« T'es un bien beau garçon, dit-elle. Je parie que tu attires les femmes comme les poils de chien la foudre. »

Une des sœurs dévisageait fixement Inman : « Je voudrais qu'il me serre contre lui assez fort pour me faire grogner, dit-elle.

— Il est à moi, riposta Lila. Tout ce qu'il vous reste, à vous deux, c'est de le regarder, et de vous lâcher des regrets dans une main et de la merde dans l'autre, pour voir laquelle se remplit la première. »

Inman éprouvait une espèce de lassitude hébétée.

Il continuait à passer sa lame sur la viande, mais ses bras lui semblaient lourds. En brûlant, la mèche de la lanterne paraissait projeter d'étranges rayons dans la pénombre de la pièce. Inman se rappela la cruche en terre cuite et se demanda à quelle ivresse il était en proie.

Lila détacha la main gauche d'Inman de l'os sur lequel elle était crispée, et la posa sous sa jupe, haut sur sa cuisse de façon à lui faire sentir qu'elle ne portait pas de culotte.

« Ouste, dehors ! » lança-t-elle à ses sœurs. Elles sortirent dans le vestibule et, arrivée à la porte, une des deux se retourna et dit : « Tu es exactement comme a dit le prédicateur. Ton église est bâtie sur une pierre. »

Du pouce, Lila expédia le plat de viande à l'extrémité de la table. Elle s'assit sur la table face à Inman, l'entoura de ses jambes écartées, chacun de ses pieds nus posé sur un des accoudoirs du fauteuil, releva sa jupe autour de sa taille et se renversa sur ses coudes : « Et ça, qu'est-ce que t'en dis ? Ça ressemble à quoi ? »

A rien d'autre qu'à soi-même, se dit Inman. Mais son esprit, aussi inerte que celui d'un homme ensorcelé, se refusait à former des mots. Sa main demeurait sur la cuisse pâle de la femme, juste en deçà de l'ouverture béante, laquelle, simple fente au milieu d'une masse de chair, le fascinait.

« Sers-toi donc », dit-elle et, d'un coup d'épaule, elle dégagea son torse de son corsage ; ses seins jaillirent, couronnés de larges mamelons. Lila se pencha et attira la tête d'Inman dans la vallée entre ses deux seins pâles.

Au même instant, la porte s'ouvrit à la volée et Junior se dressa devant eux, une lanterne dans une main et son vieux fusil dans l'autre.

« Qu'est-ce qui se passe, cré de bon Dieu ? » lança-t-il.

Inman se renversa dans son fauteuil et regarda

Junior braquer le fusil sur lui et armer le chien. Le trou déchiqueté à l'extrémité du canon lui parut noir et gigantesque. La charge de chevrotine qu'il pouvait cracher aurait couvert la majeure partie du mur. Lila roula de la table et tira sur sa robe jusqu'à ce qu'elle fût de nouveau à peu près rhabillée.

Ce serait quand même dommage de crever dans un pareil trou à rats, se dit Inman.

Il y eut une longue pause, au cours de laquelle Junior, comme plongé dans de profondes réflexions, resta à sucer la carie d'une de ses canines, puis il dit : « Ce que tu es sur le point d'apprendre, c'est qu'il n'y a pas de baume en Galaad. »

Inman, toujours assis à la table, contemplait le canon du fusil de Junior. Il devait y avoir quelque chose à faire. Des mesures à prendre. Mais il ne parvenait pas à trouver lesquelles. Il se sentait pétrifié. Il baissa les yeux vers ses mains qui reposaient devant lui sur la nappe et constata inutilement : Elles commencent à ressembler à celles de mon père, mais ça ne fait pas longtemps.

« Le seul raisonnement qui me donne satisfaction, dans cette affaire, dit Junior, c'est qu'on va se marier par ici. Ou alors se tuer. C'est l'un ou l'autre.

— Chic, s'écria Lila.

— Attendez, dit Inman.

— Attendre ? riposta Junior. Il est trop tard pour attendre. »

Il regarda Veasey, toujours endormi au coin de l'âtre. « Va donc le réveiller, dit-il à Lila.

— Attendez », répéta Inman, incapable de formuler une phrase plus complexe. Ses pensées refusaient de lui obéir, elles ne savaient plus ce qu'étaient l'ordre ou la mesure, et il se demanda une fois de plus ce qu'il avait bu dans la cruche.

Lila se pencha au-dessus de Veasey pour le secouer. Il se réveilla face à deux seins de femme, esquissa un sourire béat comme s'il était passé dans un autre monde. Jusqu'au moment où il aperçut le canon du fusil.

« Et maintenant, appelle les autres », dit Junior à Lila. Il s'approcha d'elle et lui asséna un violent soufflet. Elle posa la main sur la boursouflure rouge qui s'était aussitôt formée et quitta la pièce.

« Et il y a encore une chose, dit Junior à Inman. Debout. »

Inman se leva, mais il vacillait sur ses jambes. Junior se déplaça, sans cesser de braquer son fusil sur Inman, empoigna Veasey par le col de sa veste, le hissa sur ses pieds, et lui fit lentement traverser la pièce. Veasey, soulevé sur la pointe des pieds, marchait à la façon d'un homme qui veut surprendre quelqu'un en douce. Quand il eut réuni ses deux prisonniers, Junior donna quelques petits coups dans le derrière d'Inman avec le canon de son fusil.

« Va donc voir par là ce que je suis allé chercher », dit-il.

Inman avança comme on bouge sous l'eau, avec lenteur et difficulté, et gagna la terrasse devant la maison. Il percevait, le long de la route, de vagues mouvements, des formes et des masses, rien de plus. Il entendit un cheval souffler par les naseaux. Un homme tousser. Un sabot tinter contre une pierre. On battit un briquet et une lanterne lança une vive clarté qui l'aveugla. Puis une autre, et une autre encore, jusqu'au moment où, dans la lumière jaunâtre, Inman discerna une escouade de miliciens. Derrière, un fouillis d'hommes à pied, enchaînés et abattus, disparaissait dans les ténèbres.

« Vous n'êtes pas les premiers que j'ai pris dans ma souricière, dit Junior à Inman. Je touche cinq dollars par tête de pipe pour tous les déserteurs que je dénonce. »

Un des cavaliers lança : « On y va ou quoi ? »

Mais, une heure plus tard, ils n'étaient toujours pas partis. Ils avaient attaché Inman et Veasey à une file d'autres prisonniers, et les avaient tous alignés contre le fumoir. Aucun des captifs n'avait dit un mot. Ils s'étaient dirigés vers le mur avec aussi peu d'énergie qu'un cortège de cadavres. Le pied traînant, l'air hagard, l'œil vitreux, ils étaient si épuisés par la vie qu'ils avaient menée récemment — en tant que soldats, puis fugitifs, puis prisonniers — qu'aussitôt adossés au fumoir ils s'étaient endormis, bouche ouverte, sans un tressautement ni un ronflement. Inman et Veasey, en revanche, restaient éveillés tandis que la nuit passait. De temps à autre ils tiraient sur la corde enroulée autour de leurs poignets dans l'espoir qu'elle cède.

Les hommes de la milice alimentèrent le feu jusqu'à ce qu'il monte aussi haut que le toit de la maison, projetant ses lueurs et ses ombres contre les murs des bâtiments. Sa clarté semblait cacher les étoiles, et des étincelles s'élevaient en colonne avant de disparaître dans la nuit. Comme si, pensa Inman, les étoiles, réunies en congrès, avaient convenu de s'enfuir afin d'aller éclairer un monde plus cordial. Au loin, sur la colline, le fanal du chien fantôme jetait une lueur orangée de citrouille et détalait parmi les arbres. Inman se détourna pour contempler le feu. Des silhouettes sombres allaient et venaient devant les flammes et, au bout d'un moment, un des miliciens sortit un crincrin dont il pinça les cordes pour voir si l'instrument était accordé. Satisfait, il tira l'archet de son sac et fit entendre une ligne musicale simple et monotone, qui se révéla bientôt être celle d'une ronde. Le motif se répétait à de brefs intervalles et semblait destiné autant à danser qu'à plonger l'auditeur dans une espèce de transe. Les autres membres de la milice, dont les silhouettes se découpaient contre le feu, se ployaient en arrière pour téter diverses cruches et pichets. Puis ils se mirent à danser et parfois on les voyait se trémousser avec Lila ou une de ses sœurs, formant d'indistinctes illustrations du rut.

« Il n'y a guère de différence entre cet endroit et

un foutu bordel, déclara Veasey. Sinon qu'elles n'ont encore rien fait payer à personne. »

Les hommes qui n'étaient pas occupés avec Lila ou ses sœurs dansaient seuls. Tournant inlassablement en rond, ils tressautaient pour esquisser de vagues pas de bourrée, le visage tantôt penché en avant vers le sol, tantôt renversé en arrière. De temps à autre, l'un d'entre eux, possédé par la musique, poussait un couinement comme s'il venait d'être blessé.

Ils continuèrent à danser jusqu'à ce qu'ils fussent tous obligés de s'arrêter pour souffler. Junior, sérieusement éméché, semblait-il, en profita pour tenter d'organiser un mariage entre Inman et Lila.

« Quand je suis entré dans la maison, le grand là-bas commençait à fricoter avec Lila, dit-il. Faut les marier.

— T'es pas prédicateur, objecta le capitaine de la milice.

— Non, mais le petit tondu, là, il l'est, riposta Junior en regardant Veasey.

— Cré de bon Dieu, dit le capitaine. On peut pas dire qu'il en a l'air.

— Vous acceptez d'être témoin ? demanda Junior.

— Si ça peut nous permettre de reprendre la route », répondit l'autre.

On alla chercher Inman et Veasey devant le fumoir, on les détacha et on les ramena, le fusil dans les reins, devant le feu. Les trois femmes attendaient, en compagnie des petits garçons bruns. Les hommes de la milice s'étaient massés d'un côté, en spectateurs, et leurs ombres énormes s'agitaient contre les murs de la maison.

« Va te mettre là », dit Junior. Inman fit un pas vers Lila mais, aussitôt, une pensée parvint enfin à se glisser dans son esprit. Il s'écria : « Elle est déjà mariée.

— Selon la loi, oui. Mais pas à mes yeux ni devant Dieu, dit Junior. Allez, vas-y. »

Inman, privé de volonté, se plaça près de Lila.

« Mince alors ! » dit-elle.

Elle s'était attaché les cheveux sur la nuque, où ils formaient une espèce de chignon, et peinturluré les joues avec du fard. Pourtant, dessous, tout le côté gauche de sa figure portait encore l'empreinte écarlate de la main de Junior. Elle pressait contre son ventre un bouquet de verge d'or et de chardon bénit et, du bout d'un pied, décrivait dans la poussière de petits cercles jubilatoires. Junior et Veasey se tenaient sur le côté, le fusil appuyé dans le creux des reins de Veasey.

« Je m'en vais dire ce qu'il faut dire, et t'as qu'à faire hon-hon », lança Junior à Veasey.

Junior défit la ficelle nouée sous son menton et ôta son chapeau. Ses cheveux épais et clairsemés formaient une toison qui aurait été plus à sa place sur le cul d'un homme que sur sa tête. Il prit une pose, le fusil dans le creux du bras, et entama d'une voix rauque une espèce de chant, modal et sombre, dont la mélodie, une gigue lugubre, écorchait les oreilles. Les paroles, pour autant qu'Inman pût les déchiffrer, avaient pour thème la mort et son caractère inévitable, ainsi que les déplaisantes conséquences de la vie. Les deux enfants tapaient des pieds, comme s'ils connaissaient bien le rythme principal du chant et l'approuvaient.

Quand il eut fini de chanter, Junior passa à la partie parlée de la cérémonie. Les mots *liens*, *mort* et *maladie* y occupaient une place prépondérante. Inman tourna les yeux vers la colline où la lumière fantôme avait repris son manège parmi les arbres. Il aurait bien voulu la voir venir jusqu'à lui et l'emporter.

Quand le mariage eut été célébré, Lila jeta ses fleurs dans le feu et serra Inman dans ses bras, enfonçant une de ses cuisses plantureuses entre ses jambes. Elle le regarda dans les yeux et lui dit : « Au revoir. »

Un des membres de la milice s'avança derrière

Inman et lui appuya un colt contre la tempe : « Tu te rends compte ! La voilà jeune mariée et, l'instant d'après, si j'appuie sur la détente, elle se plaquera un sourire sur la figure et ramassera la cervelle de son mari dans une serviette.

— Je ne comprends rien aux gens comme vous », dit Inman, et on les rattacha, Veasey et lui, à la longue file d'hommes pour les entraîner le long de la route, vers l'est.

Pendant plusieurs jours, Inman marcha, les poignets liés à l'extrémité d'une corde, en compagnie de quinze autres hommes qui avançaient du même pas. Veasey, juste devant lui, se traînait tête basse, abasourdi par sa malchance. Chaque fois que la file se mettait en route ou s'arrêtait, il était tiré en avant d'un coup sec et ses mains s'envolaient jusqu'à son visage comme celles d'un homme qui éprouve un brusque besoin de prier. Quelques-uns des hommes qui les précédaient étaient de vieux barbons, d'autres sortaient à peine de l'enfance, tous accusés d'être des déserteurs ou leurs sympathisants. La plupart étaient des campagnards. Inman crut comprendre qu'on les emmenait en prison. Ou qu'on les renverrait en première ligne. Périodiquement, certains hélaient les membres de la milice, lançaient des excuses ou assuraient qu'ils n'étaient en rien ceux qu'on les accusait d'être. D'autres grommelaient des menaces, déclaraient que, s'ils avaient les mains libres et une bonne hache, ils fendraient leurs geôliers de l'occiput à l'entrejambe, les divisant en deux moitiés également sanglantes sur lesquelles ils pisseraient avant de continuer leur route et de rentrer chez eux. D'autres encore sanglotaient et suppliaient qu'on les relâchât, en appelant à une imaginaire et irrésistible bonté, présente dans le cœur de chaque homme.

Comme la majorité des êtres humains, les captifs

quitteraient ce monde sans laisser de marque plus durable qu'un sillon creusé dans le sol. On les ensevelirait, on inscrirait leur nom à la pointe du couteau sur une planche de bois plantée en terre, et rien — ni leurs actes de mesquinerie ou de bonté, de couardise ou de courage, ni leurs craintes, ni leurs espoirs, ni les traits de leur visage — ne subsisterait dans les mémoires où ils s'effaceraient plus rapidement que les caractères gravés grossièrement sur leur tombe. C'est pourquoi ils marchaient courbés, comme si leurs épaules supportaient le fardeau d'existences vécues au-delà de tout souvenir.

Inman avait horreur de se sentir soudé aux autres, de se savoir sans arme, et surtout d'avancer dans la direction contraire à celle de ses désirs. Chaque pas vers l'est lui était aussi amer qu'un pas en arrière. Les miles passaient, et l'espoir de rentrer un jour chez lui l'abandonnait peu à peu. Quand le soleil levant lui éclatait à la figure, il lui crachait dessus.

Les prisonniers marchèrent pendant des jours et des jours sans qu'un seul mot ou presque ne fût prononcé dans leurs rangs. Un après-midi, pour s'amuser, un milicien qui trottait le long de la rangée fit tomber par terre, avec le canon de son fusil, les chapeaux des captifs. Puis, chaque fois que l'un d'eux se penchait pour le ramasser, il le frappait à coups de crosse. Derrière eux, ils laissèrent quinze chapeaux noirs sur la route, comme trace de leur passage.

On ne leur donnait rien à manger, et ils n'avaient à boire que l'eau qu'ils pouvaient recueillir dans le creux de leurs mains en se penchant quand ils franchissaient une rivière à gué. Les hommes les plus âgés s'affaiblirent et, lorsqu'ils ne furent plus capables d'avancer, même sous la menace, on leur servit une bouillie de babeurre dans laquelle on avait émietté du vieux pain de maïs rassis. Dès que la tête cessa de leur tourner, ils se remirent en route.

Parfois, la milice faisait marcher les prisonniers toute la journée et les laissait dormir la nuit. D'autres fois, ils passaient la journée à dormir, se levaient au coucher du soleil et marchaient toute la nuit. Mais, où qu'ils arrivent, l'endroit ne différait guère de celui qu'ils venaient de quitter : des pinèdes si denses que le soleil n'y atteignait jamais le sol. Il aurait aussi bien pu circuler dans le noir, se disait Inman, comme dans ces rêves où on fuit ce qu'on redoute sans jamais parvenir, malgré tous ses efforts, à le distancer.

Lui aussi souffrait de ces marches forcées. Il était en proie à la faiblesse et à des vertiges. Sans parler de la faim. Sa blessure au cou palpitait au même rythme que son cœur, et il craignait qu'elle ne se rouvre et ne se remette à cracher des saletés, comme à l'hôpital. Le verre d'une longue-vue, un tire-bouchon, un petit psautier ensanglanté.

Il regardait se dévider pêle-mêle sous ses pieds les innombrables miles qu'il avait parcourus vers l'ouest. Après quelques jours de marche, la longue cohorte s'arrêta à la tombée de la nuit, et on laissa les captifs attachés, sans rien à boire ni à manger. Comme les nuits précédentes, les membres de la milice ne leur donnèrent pas de couvertures et n'allumèrent aucun feu. Epuisés, les hommes encordés s'agglutinèrent telle une meute de chiens, pour dormir à même le sol rouge et dur.

Inman avait lu que certains prisonniers, oubliés dans des donjons, creusaient des encoches dans des bâtons ou des pierres afin de compter le passage des jours. Il en comprenait l'utilité, car lui-même ne se fiait déjà plus à son calendrier mental. Soudain, au plus profond de la nuit, les captifs furent tirés de leur mauvais sommeil par un des gardes qui leur braqua une lanterne dans les yeux et leur ordonna de se lever. Ses camarades, au nombre d'une demi-douzaine, s'étaient regroupés un peu plus loin. L'un d'entre eux, celui qui assumait les fonctions de chef, annonça : « On s'est concertés, et on a décidé qu'on perd notre temps avec un tas de merde de votre espèce. »

A ces mots, les miliciens épaulèrent leurs fusils.

Un jeune captif, guère âgé de plus de douze ans, tomba à genoux et se mit à pleurer. Un vieil homme à tête grise s'écria : « Vous n'allez quand même pas nous tuer tous ici. »

Un des gardes abaissa son arme, regarda le chef et hasarda : « Je me suis pas enrôlé pour tuer des grands-pères et des gamins.

— Remets-les en joue ou bien va les rejoindre », riposta le chef.

Inman tourna les yeux vers la sombre pinède. Voilà la vue que j'aurai de ma dernière demeure, se dit-il.

La fusillade fit entendre une première salve. Autour de lui, des hommes et de jeunes garçons commencèrent à tomber. Veasey s'avança aussi loin que le lui permettait la corde et, au milieu des coups de feu, hurla : « Il n'est pas encore trop tard pour renoncer à ce méfait », avant d'être transpercé par les balles.

Celle qui toucha Inman avait déjà traversé l'épaule de Veasey, si bien qu'elle n'avait plus toute la force qu'elle aurait dû avoir. Il la prit sur le côté de la tête, à la ligne de plantation des cheveux. Elle fila le long de son crâne, entre le cuir chevelu et l'os, où elle creusa une faible rainure, et ressortit derrière l'oreille. Il tomba comme foudroyé par une hachette, sans toutefois perdre entièrement conscience. Il ne pouvait plus bouger, fût-ce pour cligner de l'œil. Le monde continuait à s'agiter alentour, incompréhensible, mais lui-même avait perdu le sentiment d'en faire partie.

Quand la fusillade eut pris fin, les hommes de la milice s'immobilisèrent, comme s'ils ne savaient trop ce qu'il convenait de faire à présent. L'un d'eux parut saisi d'une espèce d'attaque ou de crise ; il se mit à danser en chantant *Cotton Eye Joe* et à gambader jusqu'à ce que quelqu'un lui envoie un coup de crosse au creux des reins. Enfin, une voix déclara : « Vaudrait mieux les enterrer. »

Ils bâclèrent le travail, ne creusant qu'une large fosse peu profonde qu'ils remplirent de cadavres, avant de les recouvrir d'une épaisseur de terre qui aurait à peine suffi pour planter des pommes de terre. Puis ils remontèrent à cheval et s'éloignèrent.

Inman était tombé le visage dans le creux du bras et il avait assez d'espace pour respirer. De toute façon, la couche de terre au-dessus de lui était si mince et si mal tassée qu'il aurait pu mourir de faim avant de périr suffoqué. Il ne bougea pas, perdant et reprenant conscience, l'esprit toujours embrumé. L'odeur du sol le tirait vers le bas, et il n'avait pas la force de se soulever pour s'en extraire. Il lui semblait plus facile de mourir là que de vivre.

Mais, avant l'aube, des sangliers descendirent des bois, attirés par l'odeur du sang. Ils se mirent à labourer la terre de leur groin, dégageant des bras, des pieds, des têtes, et bientôt Inman se sentit déraciné et se retrouva le regard plongé dans celui, hostile et perplexe, qui brillait par-delà la longue hure ornée de défenses d'un gros sanglier.

« Ouaaah ! » hurla Inman.

L'animal s'écarta de quelques pieds et s'arrêta pour l'observer, médusé, en clignant de ses petits yeux. Inman sortit péniblement sa grande carcasse du trou. Se relever et refleurir, tel était désormais son vœu le plus cher. Lorsque l'homme se dressa à la verticale, il perdit tout intérêt pour le sanglier qui retourna fouailler le sol.

Inman renversa la tête en arrière vers le firmament et s'aperçut que quelque chose clochait. Des étoiles brillaient là-haut, mais il était incapable de distinguer ne fût-ce qu'une seule des constellations qu'il connaissait. On aurait dit que quelqu'un avait pris un bâton et mélangé les étoiles, qu'elles ne formaient plus qu'une poussière lumineuse jetée n'importe comment à travers les ténèbres universelles.

Comme souvent les blessures à la tête, la sienne avait saigné sans proportion aucune avec sa réelle gravité. Son visage était couvert de sang auquel la terre avait adhéré, si bien qu'il ressemblait à une sculpture d'argile illustrant quelque phase antérieure de l'humanité. Il repéra les deux entailles dans son cuir chevelu, les sonda du bout des doigts. Insensibles, elles commençaient déjà à cicatriser. Il s'essuya, sans grand résultat, avec le pan de sa chemise, puis se mit à tirer sur la corde qui lui liait les mains. Il s'arc-bouta et, une minute plus tard, Veasey sortait de terre. Mais son visage s'était figé dans une expression de stupéfaction hébétée et de la terre restait collée à la cornée de ses yeux grands ouverts.

Inman le contempla un moment. Il ne parvenait pas à éprouver du chagrin, sans considérer pour autant son trépas comme un exemple de la manière dont la justice rattrape un coupable afin d'administrer la preuve que les méfaits d'un homme lui retombent toujours sur le nez. Inman avait vu tant de gens mourir que la mort lui semblait désormais un événement fortuit. A combien de décès avait-il assisté ces temps derniers ? Sans doute des milliers. Elle arrivait de toutes les façons possibles et imaginables, certaines à ce point inattendues que personne, fût-ce en cherchant des jours entiers, n'y aurait même songé. Il s'était si bien habitué à voir la mort, à marcher au milieu des cadavres, à dormir parmi eux, à se compter calmement parmi les morts-vivants, qu'elle ne lui paraissait plus ni sombre ni mystérieuse. Il craignait seulement, à force d'avoir eu le cœur si souvent touché par le feu, d'être devenu incapable de retourner à la vie civile.

Inman chercha une pierre tranchante et, jusqu'au lever du soleil, frotta contre elle ses poignets entravés. Quand il eut enfin coupé la corde, il jeta un dernier regard à Veasey. Une de ses paupières était maintenant presque fermée. Il voulut avoir envers lui un geste charitable, mais, sans pelle pour l'ensevelir, la seule chose qui lui vint à l'esprit fut de le placer sur le ventre, le visage contre le sol.

Puis il tourna le dos à l'aube et partit vers l'ouest. Il se sentait étourdi, éreinté. Une douleur de tête lancinante battait au rythme de son pouls et lui donnait l'impression que son crâne allait choir en mille morceaux à ses pieds.

Plus tard, il arriva à un carrefour, mais, l'esprit brumeux et incapable d'opter pour aucune des trois routes, il eut juste assez de jugeote pour éliminer celle d'où il arrivait. Le soleil brillait droit au-dessus de lui et pouvait obliquer dans n'importe laquelle des trois directions. Il porta la main à la peau boursouflée de sa tempe et palpa la croûte de sang séché sous ses cheveux : Je ne serai bientôt qu'une immense cicatrice, se dit-il. La marque rouge de Petersburg à son cou se mit à lui faire mal, comme par résonance. Tout le haut de son corps lui faisait l'effet d'être une vaste plaie à vif. Il décida de s'asseoir là et d'attendre qu'un signe quelconque vînt lui indiquer que l'une des routes qui s'ouvraient devant lui était préférable aux autres.

Au bout d'un certain temps, il vit venir un esclave jaune qui menait une paire de bœufs dépareillés, un roux et un blanc. Ils étaient attelés à une carriole chargée de barriques neuves et d'un grand nombre de petits melons, empilés aussi proprement que des bûches. L'homme aperçut Inman et hurla à ses bêtes l'ordre de s'arrêter.

« Par le bon Dieu tout-puissant, s'écria-t-il. On dirait une statue de terre. »

Il tendit le bras vers son véhicule et frappa du poing deux ou trois melons avant d'en choisir un qu'il lança en direction d'Inman. Ce dernier le fracassa contre une pierre. La chair déchiquetée était rose et ferme, piquetée de pépins sombres, et il plongea la tête d'abord dans l'une puis dans l'autre moitié, tel un chien affamé.

Quand il la releva enfin, il ne restait que deux minces écorces, et sa barbe dégoulinait de gouttes roses qui s'écrasaient dans la poussière de la route. Inman contempla les dessins qu'elles formaient. Peut-être lui indiqueraient-ils le chemin à suivre. Pourtant ils ne lui offrirent aucun signe déchiffrable, aucun pictogramme, aucun totem, quel que fût l'angle sous lequel il les observa. Le monde invisible, décida-t-il, l'avait abandonné, le laissant errer telle une âme de gitan, seul, sans guide ni carte, à travers un monde éclaté, composé presque en totalité d'obstacles.

Inman leva les yeux et remercia l'esclave pour le melon. C'était un homme sec et nerveux, mince de la tête aux pieds. Les manches de sa chemise en laine grise, relevées jusqu'aux coudes, laissaient saillir les muscles de son cou et de ses avant-bras. Son pantalon de toile avait été confectionné pour quelqu'un de plus grand, et le bas des jambes était retroussé par deux larges revers au-dessus de ses pieds nus.

« Montez dans la carriole », dit-il.

Inman parcourut ainsi une bonne distance, assis sur le hayon, le dos appuyé contre une barrique qui sentait bon le chêne blanc fraîchement coupé. Il essaya de dormir, sans succès, et garda les yeux fixés sur le sillage que laissaient derrière eux les larges patins de frêne, le regardant disparaître dans la poussière : deux lignes jumelles qui, au fur et à mesure qu'ils s'éloignaient, se rapprochaient l'une de l'autre.

Comme ils arrivaient à proximité de la ferme de son maître, l'esclave conseilla à Inman de se glisser dans une des barriques, puis il l'introduisit dans la place et déchargea sa carriole dans la grange. Il cacha Inman dans le foin, sous le toit, et ce dernier se reposa plusieurs jours, perdant une fois de plus le compte des heures qui s'écoulaient. Il passa son temps à dormir et à se laisser nourrir par les esclaves de semoule de maïs frite dans le saindoux, de choux, et d'échine de porc.

Lorsque ses jambes furent de nouveau prêtes à le porter, il se prépara à reprendre la route. On avait fait bouillir ses vêtements, et sa tête avait meilleur aspect sous le vieux chapeau noir qui la couvrait. Une demi-lune brillait dans le ciel et Inman, à la porte de la grange, fit ses adieux à l'homme.

« Je vais y aller, dit-il. J'ai une petite affaire à régler par ici, et il faut que je rentre chez moi.

— Ecoute-moi, dit l'esclave. Une bande de Fédéraux s'est évadée de la prison de Salisbury la semaine dernière, et les routes grouillent de patrouilles qui chevauchent nuit et jour pour les retrouver. Si tu essaies de partir par là, tu seras pris, c'est sûr, à moins d'être très prudent. Et même si tu l'es, ils t'attraperont sans doute.

— Que vaut-il mieux faire ?

— Vers où veux-tu aller ?

— Vers l'ouest.

— Coupe par le nord. Va-t'en vers Wilkes. Si tu prends ce chemin, des frères moraves et des quakers t'aideront. Pousse jusqu'au pied des monts Blue Ridge, ensuite bifurque de nouveau vers le sud en suivant leurs contreforts. Ou alors grimpe carrément dans les montagnes et longe les crêtes pour retrouver ta route. Mais on dit qu'il fait froid et que la région est rude par là-bas.

— C'est de là que je viens », dit Inman.

L'esclave lui donna de la semoule de maïs, un morceau de porc salé et quelques tranches de porc rôti. Puis il s'affaira quelques instants à griffonner à l'encre sur une feuille de papier. C'était une carte grossière mais détaillée, une véritable œuvre d'art, avec de petites maisons et des granges aux formes insolites, des arbres tordus dont les troncs étaient ornés de visages et dont les branches ressemblaient à des bras et des cheveux. Dans un coin, une drôle de rose des vents. Il y avait aussi des notes, rédigées d'une écriture précise, pour dire à qui on pouvait ou non faire confiance. Les détails s'espaçaient progressivement, jusqu'au moment où il n'y avait plus, à l'ouest, que du blanc en dehors des arcs que l'homme avait dessinés pour évoquer la forme des montagnes.

« Je n'ai jamais été plus loin, avoua-t-il. Je ne connais rien au-delà de cette limite.

— Tu sais lire et écrire ? s'étonna Inman.

— J'ai pour maître un vrai fou. Cette loi-là, il s'en soucie comme d'une guigne. »

Inman fouilla dans ses poches pour donner de l'argent à l'homme, mais il les trouva vides, et il se rappela que ce qui lui restait se trouvait dans son havresac, caché dans le tas de bois de Junior.

« J'aurais bien voulu avoir de quoi te payer, dit-il.

— De toute façon, je ne l'aurais peut-être pas pris », répondit l'esclave.

Quelques nuits plus tard, Inman arriva devant la maison de guingois. Elle était tapie comme un crapaud, au fond de son creux, et toutes ses fenêtres étaient éteintes. A voix basse, il appela le chien à trois pattes et lui offrit un os de porc qu'il gardait dans sa poche, entouré de feuilles de sycomore. L'animal vint renifler, sans un bruit, lui arracha l'os des mains et repartit dans son trou.

Inman le suivit jusqu'à la maison qu'il contourna pour gagner l'arrière. Le grand feu n'était plus qu'un trou vérolé, froid et noir, à la surface du sol. Il grimpa sur la terrasse de derrière. Son paquetage s'y trouvait toujours, posé dans un coin. Il en fit l'inventaire et vit qu'il n'y manquait rien, à l'exception du colt de Veasey. Il enfonça le bras au milieu du tas de bois, empoigna son havresac et toucha la crosse de son LeMat's à travers le tissu. Il fut réconforté de sentir le poids de l'arme dans sa main, son équilibre, d'entendre le cliquetis du chien lorsqu'il l'arma.

Un rayon de lumière passait sous la porte du fumoir, et Inman l'entrebâilla. Junior était en train de frotter un jambon de sel. La douille d'une baïonnette, fichée en terre, contenait une chandelle, aussi proprement qu'un candélabre d'argent. Junior se tenait penché sur son jambon, le bord de son chapeau lui plongeant la figure dans l'ombre. Inman ouvrit grand la porte et s'avança dans la lumière. Junior leva la tête mais ne parut pas le reconnaître. Inman s'approcha, le frappa sur l'oreille avec le canon de son arme, puis l'assomma à coups de crosse jusqu'à ce qu'il fût étendu à terre, sans bouger. Il n'y eut plus d'autre mouvement que le sang qui, coulant de son nez et des coupures qu'il avait au visage et au coin des yeux, se rassemblait en flaque sur le sol noir du fumoir.

Inman s'accroupit, les avant-bras sur les genoux, pour reprendre son souffle. Il sortit la chandelle de la douille et éclaira le visage de Junior. Si le spectacle qui s'offrait à ses yeux était franchement horrible, Inman craignait pourtant qu'une même nature ne fût impartie à tous les hommes, avec bien peu d'authentiques différences. Il souffla sur la chandelle, fit demi-tour et sortit du fumoir. Un coin de lumière grise éclairait l'horizon, vers l'est, là où la lune était sur le point de se lever. Sur la colline, la lumière fantôme était faible, flottante. Elle s'atténua et disparut lentement.

Inman marcha toute la nuit, décrivant un cercle vers le nord, à travers une contrée peuplée où des lumières brillaient aux fenêtres et où les chiens aboyaient. L'esclave avait raison : des cavaliers le dépassèrent à d'innombrables reprises dans l'obscurité, mais Inman les entendait venir à temps et s'enfonçait alors dans les buissons. Quand vint le matin, le brouillard s'était levé. N'ayant pas à s'inquiéter de la fumée, il alluma un feu dans les bois et fit bouillir deux tranches de porc salé, avant de verser de la semoule dans l'eau pour se préparer une bouillie de maïs. Il resta allongé toute la journée dans un fourré, tantôt endormi, tantôt éveillé, occupé à se ronger les sangs et à observer des corneilles dans les branches au-dessus de lui. Quand ses yeux se fermaient, il rêvait qu'il vivait dans un univers où un homme pouvait, s'il en avait envie, se transformer en corneille, si bien que, en dépit de la sombre terreur qui l'emplissait, il avait le pouvoir d'échapper à ses ennemis en s'envolant. Puis il regarda la nuit tomber et il lui sembla que les corneilles grossissaient au point de tout obscurcir.

AU LIEU DE LA VÉRITÉ

Le ciel matinal était informe, de la couleur que laisse sur une feuille de papier un lavis peu épais d'encre de Chine. Ralph, à l'arrêt dans le champ, tête baissée, soufflait par les naseaux. Attelé à une carriole chargée de lourds piquets, il ne paraissait pas disposé à les rapprocher d'un pas de plus de la rivière le long de laquelle Ruby avait l'intention de planter une nouvelle clôture délimitant des pâturages. Ada chatouilla une ou deux fois l'échine du cheval avec sa cravache, sans aucun résultat.

« C'est un cheval d'attelage, dit-elle à Ruby.

— Un cheval, c'est un cheval », répondit celle-ci.

Elle se porta à la hauteur de la tête de Ralph, lui prit le menton dans la main et le regarda fixement. Il coucha les oreilles en arrière et montra le blanc de ses yeux.

Ruby pressa ses lèvres contre les naseaux veloutés puis, s'écartant d'un pouce, elle ouvrit tout grand la bouche et souffla lentement et profondément dans les narines dilatées de l'animal. Le message qu'exprimait un tel geste concernait, croyait-elle, une affaire entendue entre eux. Il informait Ralph que Ruby était du même avis que lui. C'était la meilleure façon de mettre un peu de plomb dans la tête des chevaux. Ils comprenaient ainsi qu'ils avaient tout loisir de se soustraire un moment à leur nervosité habituelle. On pouvait, au moyen de cette respiration amicale, calmer les chevaux qui montraient le blanc des yeux.

Ruby souffla une seconde fois, empoigna à pleine main la crinière de Ralph au-dessus du garrot et le tira. Il reprit sa marche en entraînant la carriole et, lorsqu'ils eurent atteint la rivière, elle défit son harnais et le mit à paître dans le trèfle qui poussait à l'ombre des arbres. Ensuite, Ada et elle commencèrent d'enfoncer des piquets de caroubier le long de la rive.

Ruby n'avait pas l'habitude, avait remarqué Ada, lorsqu'elle entreprenait une tâche, de la terminer séance tenante. Elle se penchait sur les problèmes à mesure qu'ils surgissaient, en parant au plus pressé. Si rien n'était particulièrement urgent, Ruby faisait tout ce qui pouvait être fait dans le temps dont elle disposait. Ce matin-là, elle avait choisi de planter la première rangée de piquets parce qu'elles disposaient d'une heure avant que Ruby ne partît faire du troc avec Esco : des pommes contre des choux et des navets.

Pour manier les lourdes barres de bois Ada portait une paire d'épais gants de travail en cuir, mais l'intérieur en était si rugueux que, son travail achevé, l'extrémité de ses doigts n'était pas moins à vif que si elle avait gardé les mains nues. Elle s'assit sur le traîneau pour chercher les ampoules, puis elle plongea les mains dans l'eau de la rivière et les frotta avant de les essuyer sur sa jupe.

Elles ramenèrent le cheval à l'écurie et le dételèrent, puis elles lui passèrent une bride autour du cou afin de le préparer pour l'expédition mercantile de Ruby. Celle-ci s'interrompit alors pour regarder un vieux piège suspendu à un crochet dans l'écurie, assez gros pour attraper un castor ou un sanglier, ou quelque animal de cette taille. Les Black l'avaient abandonné quand ils étaient partis pour le Texas. Ses mâchoires étaient presque fermées, et il était là depuis si longtemps que des traînées de rouille avaient coulé et taché le mur.

« C'est exactement ce qu'il nous faut, dit-elle. Autant l'installer avant de partir. »

Elles s'inquiétaient, en effet, pour leur réserve de maïs dont, chaque matin, il manquait une petite quantité de grain. Dès qu'elle avait remarqué ce chapardage, Ruby avait équipé la porte d'un loquet et d'une serrure et bouché les interstices partout où le bois desséché jouait. Mais, le lendemain matin, un nouveau trou perçait dans la boue fraîche entre les rondins, assez large pour une main ou un écureuil, peut-être même pour un petit raton laveur, un opossum ou une marmotte. Elle avait par deux fois rebouché le trou avec de la boue mais le matin suivant l'avait retrouvé béant. Le voleur ne prenait pas beaucoup de maïs à chaque fois, on s'en apercevait à peine, pourtant, si on le laissait continuer, il y aurait bientôt de quoi se faire du souci.

Ada et Ruby s'affairèrent donc autour du piège, frottant la rouille à l'aide d'une brosse métallique et graissant les articulations avec du saindoux. Ensuite, Ruby appuya dessus avec son pied et les deux mâchoires s'ouvrirent. Puis elle toucha le mécanisme avec l'extrémité d'un bâton et l'engin se referma avec un claquement sec, si brutal qu'il se souleva du sol. Elles l'emportèrent jusqu'à la réserve et l'enfouirent sous le maïs, à proximité du trou. Au cas où les larcins seraient le fait d'un homme plutôt que d'une bête, Ada la pressa d'envelopper les crocs du piège avec des bandes de toile à sac, ce que fit Ruby, à sa façon, c'est-à-dire sans se fourvoyer trop avant sur la voie de la mansuétude.

Le piège posé, Ruby acheva de harnacher Ralph et

lui jeta deux gros sacs de pommes en travers du garrot. Puis elle se hissa sur son dos à cru et partit. Arrivée à la route, elle s'arrêta pour hurler à Ada de se rendre utile en installant un épouvantail dans le potager d'hiver. Après quoi elle enfonça les talons dans les flancs de sa monture et repartit au petit trot.

Ce ne fut pas sans un certain soulagement qu'Ada la regarda s'éloigner. Elle avait à présent devant elle tout le milieu de la journée, sans autre tâche que celle, agréable et en même temps puérile, de fabriquer une poupée géante.

Une bande de corneilles avait fait des siennes dans le potager d'hiver, conduite, semblait-il, par un oiseau aux ailes en partie déplumées qui s'envolait toujours le premier du champ ou des branches, les autres se contentant de le suivre. Sans-Plumes, plus bavard que ses camarades, possédait à fond tout le vocabulaire des corneilles, depuis le bruit de gonds rouillés jusqu'au caquet du canard qu'un renard égorge. Ada surveillait ses faits et gestes depuis des semaines et, un jour, Ruby s'était si violemment emportée contre lui qu'elle lui avait expédié une précieuse charge de chevrotine, alors qu'elle était beaucoup trop loin pour obtenir le moindre résultat. Ada anticipait donc avec plaisir cet épouvantail que Sans-Plumes devrait désormais prendre en considération.

Animée par des sentiments ambigus, elle dit à voix haute : « Je vis à présent dans un monde où je tiens compte des agissements de certains oiseaux bien particuliers. »

Elle entra dans la maison. Au premier étage, elle sortit d'une malle une vieille culotte de cheval et une chemise en laine marron ayant appartenu à Monroe. Puis son chapeau de taupe et une écharpe de couleur vive. Il y avait là de quoi confectionner un superbe et sémillant épouvantail. Cependant, tandis qu'elle regardait les vêtements pliés entre ses bras, elle ne parvint à imaginer qu'une seule chose : chaque jour en sortant elle apercevrait l'effigie de

Monroe dressée dans le champ. Vue depuis la terrasse couverte, au crépuscule, elle formerait une sombre silhouette postée à l'observer et qui, craignait-elle, la troublerait davantage elle que les corneilles.

Ada remit donc les habits dans la malle, se rendit dans sa propre chambre dont elle fouilla les tiroirs et les armoires et choisit finalement la robe mauve qu'elle portait lors de la dernière soirée des fêtes sur la Wando River. Elle sortit également un chapeau de paille français que Monroe lui avait acheté quinze ans plus tôt, pendant leur voyage en Europe, et dont le bord commençait à se fendiller. Ruby, elle le savait, réprouverait le choix de la robe, non par sentimentalité, mais parce que le tissu aurait pu être mieux employé. Découpé, on aurait pu en tirer des taies d'oreiller, des dessus de courtepointe, des housses pour les dossiers de fauteuil, toutes sortes de choses utiles. Ada, cependant, décida que si c'était de la soie qu'il fallait, bien d'autres robes pourraient tout aussi aisément être mises à contribution. C'était celle-ci qu'elle voulait voir se dresser dans un champ sous la pluie et le soleil.

Elle emporta la robe dehors, lia avec du fil de fer un fagot de rames de haricots pour former l'armature qu'elle s'en alla planter au milieu du jardin où elle l'enfonça solidement dans la terre à coups de massette. Elle posa dessus une tête qu'elle avait fabriquée en remplissant une taie d'oreiller usagée de feuilles et de paille, avant d'y dessiner un visage hilare avec un mélange de suie et d'huile de lampe. Elle enfila la robe par-dessus les rames, remplit le corsage de paille pour l'étoffer et coiffa la silhouette du chapeau par souci d'élégance. Elle accrocha au bout d'un bras un petit seau en fer-blanc qu'elle décora avec quelques brins de verge d'or et d'aster.

Quand elle eut fini, Ada recula de quelques pas et étudia son œuvre. L'épouvantail avait le regard fixé sur Cold Mountain, comme si, descendu cueillir quelques fleurs pour orner la table, il avait soudain été frappé par la beauté du spectacle qui s'offrait à lui. L'ample jupe de la robe lavande ondulait dans la brise. Ada se dit que, après une année d'exposition aux intempéries, le tissu aurait pris la couleur d'une vieille spathe de maïs. Elle-même portait une robe imprimée décolorée et une capeline en paille et elle se demanda si un observateur perché sur la crête de Jonas Ridge et qui plongerait son regard au fond du vallon discernerait laquelle des deux silhouettes était un épouvantail.

Elle se prépara à déjeuner puis, emportant son journal intime et son assiette, elle alla s'attabler sous le poirier. Quand elle eut fini de manger, elle feuilleta son carnet — regardant au passage le croquis du héron, des études de baies de cornouiller, de grappes de sumac et d'une paire d'araignées d'eau — jusqu'à la première page blanche sur laquelle elle dessina l'épouvantail et, au-dessus, l'aile déchiquetée de la corneille. Elle inscrivit la date, l'heure estimée, la phase de la lune. Dans le bas de la page, elle nota les noms des fleurs qu'elle avait mises dans le seau en fer-blanc et, dans un petit coin vierge, elle dessina le détail d'une fleur d'aster.

Elle venait à peine de terminer lorsqu'elle vit Ruby remonter la route à pied, tirant par la bride le cheval sur le dos duquel s'entassaient six sacs bosselés remplis de choux. Deux sacs de plus que ce qu'elles auraient pu demander en toute équité, mais Ruby n'avait pas été trop fière pour refuser à Esco son petit accès de générosité. Ada s'avança à sa rencontre. Arrivée près d'elle, Ruby s'arrêta, fouilla dans sa poche et en sortit une lettre.

« Voilà pour toi, dit-elle. Je me suis arrêtée au moulin. » Le ton de sa voix révélait la conviction que tout message transmis autrement que de vive voix, les yeux dans les yeux, risquait fort d'être malvenu. La lettre était froissée, plissée, aussi sale qu'un vieux gant de travail. L'expéditeur n'avait indiqué ni son nom ni son adresse, mais Ada connaissait cette écriture. Comme elle ne voulait pas la lire sous le regard scrutateur de Ruby, elle la rangea dans sa poche.

Ensemble elles déchargèrent les sacs de choux à côté du fumoir et, pendant que Ruby bouchonnait le cheval, Ada se rendit dans la cuisine et prépara à déjeuner pour Ruby. Celle-ci ne cessa un seul instant de parler de ses choux et de toutes les façons — choucroute, chou sauté, chou bouilli, chou farci, salade de chou —, peu nombreuses selon Ada, dont elles pourraient les accommoder.

Quand Ruby eut fini de déjeuner, elles retournèrent près des sacs. Elles en mirent un de côté pour la choucroute, quand les signes seraient de nouveau favorables. Et enterrèrent le reste pour l'hiver. Ada trouva la besogne étrange : il s'agissait de creuser une tranchée derrière le fumoir, de la tapisser de paille, d'y entasser les choux, de les recouvrir d'une autre couche de paille, puis d'une couche de terre. Lorsque celle-ci fut tassée, Ruby marqua l'endroit d'une planche qu'elle enfonça bien droite avec le talon de sa bêche, telle une pierre tombale.

« Et voilà, dit-elle. Cette planche nous évitera peut-être d'avoir à fouiller dans la neige au mois de janvier. »

Ada ne put s'empêcher de penser qu'il serait particulièrement sinistre, par un après-midi nuageux, au plus fort de l'hiver — sous les arbres nus agités par le vent, et tandis que la terre aurait disparu sous une croûte grisâtre de neige déjà ancienne — de sortir creuser dans cette fosse pour en extraire un simple chou.

Elles s'assirent sur l'escalier de la véranda — Ruby appuyée, une marche plus bas, contre les jambes de sa compagne — et regardèrent le soleil se coucher. L'ombre bleue des montagnes de Jonas Ridge envahit la rivière, puis le pâturage. Les hirondelles frôlaient le sol de leur vol nerveux et téméraire. Ada brossait les cheveux bruns de Ruby qu'elle sépara ensuite en sept mèches épaisses et qu'elle déploya sur ses épaules.

Ada et Ruby s'étaient engagées dans un concours de coiffure. Une idée qui était venue à Ada en regardant Ruby natter distraitement la queue de Ralph et former un dessin fort complexe. Ruby s'installait derrière le cheval, l'esprit ailleurs, les yeux dans le vague, tandis que ses doigts virevoltaient sans effort apparent au milieu des longs crins. Cette activité, qui semblait l'aider à mieux réfléchir, avait sur Ralph un effet quasi hypnotique. Il restait debout, un sabot de derrière relevé sur la pointe, à papilloter des paupières. Ada avait alors proposé à Ruby de voir laquelle des deux serait capable de composer, avec les cheveux de l'autre, la natte la plus compliquée, ou la plus ravissante, ou la plus originale. L'affaire se corserait du fait que ni l'une ni l'autre ne sauraient à quoi ressemblait sa propre coiffure — chacune ne verrait que les cheveux de l'autre —, avant de rentrer dans la maison où elles examineraient leur nuque à l'aide d'une paire de miroirs. La perdante se chargerait de toutes les corvées du soir, tandis que la gagnante se balancerait sur la terrasse, regardant le ciel s'assombrir et comptant les étoiles à mesure qu'elles apparaîtraient.

Les cheveux d'Ada étaient maintenant coiffés. Ruby avait tiré et tordu les mèches jusqu'à ce qu'elles lui serrent étroitement les tempes et lui brident presque le coin des yeux. C'était son tour.

Ada prit trois mèches pour tresser une natte classique. Le plus facile. Avec les cheveux restants, elle avait l'intention de créer par-dessus quelque chose de complexe : une coiffure dans laquelle les cheveux se chevaucheraient et s'entrecroiseraient à la façon d'un épi de blé, selon le modèle d'un panier en raphia qu'elle adorait. Elle commença de torsader deux mèches latérales.

Quatre corneilles, Sans-Plumes à leur tête, s'abattirent sur le vallon avant de remonter en flèche à la vue de l'épouvantail. Elles s'enfuirent en couinant comme des cochons sur qui on vient de décharger une carabine.

Ruby complimenta Ada sur sa création.

« Le chapeau apporte une touche particulièrement réussie, dit-elle.

— Il vient de France, expliqua Ada.

— De France ? répéta Ruby. Mais on a des chapeaux par ici. A East Fork il y a un homme qui tresse des chapeaux de paille et les échange contre du beurre et des œufs. Et le chapelier, en ville, fait des modèles en castor et en laine. Mais lui, il demande généralement de l'argent. »

Cette idée de transporter des chapeaux d'un bout à l'autre du monde pour les vendre la dépassait. Cela dénotait, chez les gens capables de s'intéresser à de telles fadaises, un véritable manque de sérieux. Il n'y avait pas un seul article, que ce soit en France, à New York ou à Charleston, dont Ruby eût envie. Et ceux dont elle avait besoin, il n'y en avait guère qu'elle ne pût fabriquer elle-même, ou faire pousser, ou se procurer à Cold Mountain. Les voyages, que ce fût en Europe ou ailleurs, excitaient chez elle une profonde méfiance. A l'en croire, un monde bien conçu serait peuplé d'habitants si parfaitement adaptés à leur existence dans le lieu qui leur avait été assigné qu'ils n'auraient ni la nécessité ni l'envie de se déplacer. Il n'y aurait plus besoin ni de diligences, ni de chemins de fer, ni de bateaux à vapeur. Et les gens choisiraient de rester chez eux puisque l'incapacité de demeurer tranquille était, de toute évidence, la racine de la plupart des maux, qu'ils soient actuels ou passés. Dans un monde aussi stable, on passerait de nombreuses et heureuses années à écouter aboyer le chien d'un voisin éloigné, sans pourtant s'aventurer jamais assez loin de son propre territoire pour voir quelle espèce d'animal, chien de meute ou setter, unicolore ou tacheté, poussait ces jappements.

Ada ne se donna pas la peine de discuter. Sa vie

prenait une direction telle que les voyages et les chapeaux à la mode y joueraient dorénavant un rôle mineur. La coiffure de Ruby était terminée et elle la contempla d'un air déçu. Comme tous ses efforts dans le domaine artistique, le résultat n'était pas à la hauteur de ce qu'elle avait imaginé. On aurait dit une amarre de chanvre confectionnée par un marin dément ou ivre.

Ada et Ruby se levèrent et chacune passa les mains sur les nattes de l'autre afin de lisser les mèches rebelles et rentrer les cheveux qui dépassaient. Puis elles montèrent dans la chambre d'Ada. Elles se plantèrent devant le grand miroir de la coiffeuse, dos tourné, et contemplèrent leur reflet à l'aide d'un miroir à main en argent. La natte d'Ada était simple et serrée et, lorsqu'elle y porta les doigts, elle eut l'impression de toucher une branche de châtaignier. Même à la fin d'une journée de travail, pas une mèche ne s'en serait échappée.

Ruby, elle, resta longtemps à se regarder. Jamais elle n'avait vu sa nuque auparavant. Elle caressa ses cheveux à de multiples reprises. Elle déclara ensuite que sa coiffure était parfaite et refusa d'entendre parler d'autre chose que de la victoire d'Ada.

Elles retournèrent sur la terrasse. Ruby dit qu'il faisait encore assez clair pour lire quelques pages du *Songe d'une nuit d'été* et elles se rassirent sur les marches. Ada commença à lire. Lorsqu'elle en arriva à une réplique de Puck — quand il dit : « Tour à tour comme un cheval, un chien, un cochon, un ours, une flamme » — Ruby trouva ces mots désopilants et les répéta plusieurs fois, comme s'ils étaient à la fois délicieux et lourds de sens.

Il fit bientôt trop gris pour lire et Ruby se leva en disant : « Maintenant, au travail.

— Va donc voir notre piège, lança Ada.

— Pas la peine. On n'attrape rien de jour », déclara Ruby avant de s'éloigner.

Ada referma le livre. Elle tira la lettre d'Inman de

la poche de sa jupe et l'inclina vers l'ouest afin de recueillir toute la lumière qui s'y attardait encore. Elle avait relu cinq fois, au cours de l'après-midi, l'annonce tout à fait vague de sa blessure et de son projet de retour, mais n'en savait pas plus long après la cinquième lecture qu'après la première. Inman paraissait parvenu à une espèce de conclusion au sujet des sentiments qui existaient entre eux, alors qu'Ada, pour sa part, était incapable de formuler ce qu'elle pensait de leur situation. Il y avait près de quatre ans qu'elle ne l'avait pas vu, et plus de quatre mois qu'elle n'avait pas reçu la moindre nouvelle de lui. Rien qu'un court billet, griffonné à la hâte, depuis Petersburg. Le ton, totalement impersonnel, n'avait, au demeurant, rien d'inhabituel, Inman lui ayant demandé très tôt de ne jamais hasarder la moindre hypothèse quant à l'après-guerre. Personne, en effet, ne pouvait prévoir quelle serait alors leur situation, et le seul fait d'imaginer les différentes possibilités — plaisantes ou affreuses, peu importe — ne servirait qu'à lui faire voir tout en noir. Leur correspondance s'était poursuivie de façon irrégulière. Une succession de bourrasques de lettres et de longues plages de silence. La dernière de ces plages, cependant, avait été particulièrement longue, même pour eux.

La lettre qu'Ada relisait ne portait pas de date et ne contenait pas la moindre allusion à des événements récents ni même au temps qu'il faisait, ce qui eût permis d'en fixer une, ne serait-ce qu'approximative. Elle pouvait aussi bien avoir été écrite la semaine précédente que trois mois auparavant. Si son aspect défraîchi faisait plutôt pencher en faveur de la seconde hypothèse, il n'y avait aucun moyen de le savoir. Et Ada n'était pas sûre de ce qu'il entendait par son retour chez lui. Voulait-il dire tout de suite ou à la fin de la guerre ? Si c'était tout de suite, comment deviner s'il aurait dû être rentré depuis déjà longtemps ou s'il venait à peine de se mettre en route ? Ada songea au récit que Ruby et elle avaient entendu raconter par le prisonnier, à la fenêtre du palais de justice. Elle eut peur que chaque comté n'eût son Teague.

Les yeux plissés, elle examina le papier. L'écriture d'Inman était plutôt étriquée et minuscule et elle ne parvint guère à déchiffrer dans la pénombre que le passage suivant :

> *Si vous possédez encore le portrait que je vous ai envoyé il y a quatre ans, je vous supplie de ne plus le regarder. Je ne lui ressemble plus du tout, à présent, ni par la forme ni par l'esprit.*

Si bien qu'Ada gagna aussitôt sa chambre, alluma une lampe et ouvrit ses tiroirs jusqu'à ce qu'elle eût mis la main sur le portrait en question. Elle l'avait rangé dans un coin parce qu'elle n'avait jamais trouvé qu'il ressemblait beaucoup à Inman. Quand elle l'avait reçu, elle l'avait montré à Monroe. Celui-ci, qui avait la nouvelle invention en horreur, ne s'était jamais laissé photographier alors qu'il avait, par deux fois dans sa jeunesse, servi de modèle à des peintres. Il avait étudié la physionomie d'Inman avec un certain intérêt puis refermé l'étui avec un claquement sec. S'approchant de ses étagères, il en avait tiré un volume et il avait lu ce qu'Emerson avait à dire sur la séance de daguerréotype à laquelle il s'était soumis : « Et dans votre souci zélé de ne pas rendre l'image floue, avez-vous maintenu chaque doigt à sa place avec tant d'énergie que votre poing s'est crispé comme pour le combat, comme sous l'effet du désespoir, et dans votre volonté de garder le visage immobile, vous êtes-vous senti à chaque instant plus raide, les sourcils froncés par une grimace de Tartare surmontant le regard fixe d'un homme en proie à une attaque, à la folie, à la mort ? »

Bien que ce ne fût pas précisément l'effet produit par le portrait d'Inman, Ada avait dû admettre que ce n'était pas non plus très loin de la vérité. Elle avait donc rangé le portrait, afin qu'il ne risquât pas de rendre flou le souvenir qu'elle avait du jeune homme.

Les petits portraits mécaniques, comme celui qu'Ada tenait présentement dans sa main, n'étaient pas rares. Elle en avait vu plus d'un. Presque chaque famille de l'endroit, ayant un fils ou un mari au combat, avait le sien, même si l'étui n'était qu'en fer-blanc. Trônant sur le dessus de la cheminée ou sur une table, avec la Bible, une chandelle, quelques brins de galax, le tout donnant l'impression de se tenir devant un autel. En 1861, tous les soldats qui possédaient un dollar et soixante-quinze cents avaient pu faire immortaliser leurs traits sur une plaque de verre ou sous la forme d'un ferrotype, d'un calotype ou d'un daguerréotype. Aux premiers jours de la guerre, Ada avait trouvé comiques la plupart de ceux qu'elle avait vus. Plus tard ils l'avaient déprimée, car ils représentaient des morts. L'un après l'autre, ces hommes s'étaient assis, hérissés d'armes, devant le photographe. Ils tenaient des pistolets croisés devant la poitrine, ou des fusils au côté, baïonnette au canon. Des couteaux de chasse, neufs et luisants, brandis devant l'objectif. Ils étaient coiffés de calots, inclinés selon l'angle à la mode. Des garçons de ferme plus réjouis encore que les jours où l'on saignait le cochon. Leurs costumes étaient divers. Les hommes portaient toutes sortes de vêtements pour se battre, de ceux qui auraient convenu aux labours jusqu'à d'authentiques uniformes, en passant par des accoutrements si ridicules que, même en temps de paix, on aurait pu leur tirer dessus pour avoir osé les enfiler.

Le portrait d'Inman différait de la plupart en ce qu'il était contenu dans un étui plus coûteux, un ravissant petit objet en filigrane d'argent dont Ada frotta les deux faces contre sa jupe afin de lui rendre son éclat. Elle l'ouvrit et l'approcha de la lampe. La photographie brillait comme de l'huile sur de l'eau. Elle l'inclina dans sa main afin de distinguer, dans la lumière, une image qui ressemblât à quelque chose.

Dans le régiment d'Inman on avait traité le port de l'uniforme avec une certaine désinvolture. Chacun partageait l'avis du commandant : inutile de changer de costume pour aller tuer les soldats de l'armée fédérale. Inman, lui, portait un veston en tweed qui pendait de partout, une chemise sans col et un chapeau mou dont le bord lui retombait sur les yeux. A cette époque, avec sa petite barbiche à l'impériale, il ressemblait davantage à un fils de famille pris par l'envie de vagabonder qu'à un soldat. Il portait sur la hanche un colt dont son veston ne découvrait que la crosse. Il ne le touchait pas. Ses mains ouvertes étaient posées sur ses cuisses. Il s'était efforcé de fixer un endroit situé sur le côté de l'objectif, mais, à un moment donné pendant la pose, il avait bougé les yeux, ce qui les faisait paraître flous et bizarres. Son expression était intense et sévère. Il semblait scruter attentivement un objet impossible à identifier, tout autre chose que l'appareil photographique, que la séance de pose, ou même, d'ailleurs, que l'opinion qu'auraient de son portrait ceux qui le regarderaient.

Savoir qu'il ne ressemblait plus à cette image ne voulait pas dire grand-chose. En effet, l'image en question ne correspondait en rien au souvenir qu'Ada gardait de lui la dernière fois qu'elle l'avait vu, c'est-à-dire à peine quelques semaines avant la séance de pose. Il était passé chez eux leur faire ses adieux. A cette époque, il vivait toujours dans une pièce au siège du comté, mais il devait partir deux ou trois jours plus tard. Monroe était occupé à lire au coin du feu, dans le salon, et ne s'était pas donné la peine de venir lui parler. Ada et Inman étaient allés se promener. Ada était incapable de se rappeler ce qu'il portait en dehors de son chapeau mou — celui de la photographie — et de ses bottes neuves. C'était une matinée humide et froide, qui succédait à une journée de pluie, et le ciel était encore à demi caché derrière une fine couche de nuages élevés. Le pâturage au bord de la rivière virait au vert pâle à mesure que les jeunes pousses perçaient à travers le chaume grisâtre de l'année précédente. Le sol détrempé par la pluie les avait obligés à avancer avec précaution pour ne pas enfoncer dans la boue jusqu'aux mollets. Le long de la rivière, et à flanc de colline, les boutons d'arbres de Judée et de cornouillers brillaient contre les troncs gris aux branches givrées de vert par les bords diaphanes des premières feuilles.

Ils avaient suivi le cours d'eau, au-delà du pâturage, jusqu'à un bosquet où se mêlaient les chênes et les tulipiers. Tandis qu'ils causaient, Inman paraissait tantôt joyeux, tantôt grave et, tout à coup, il avait ôté son chapeau. Ada en avait déduit qu'il s'apprêtait à l'embrasser. Il avait tendu la main pour enlever un pétale de cornouiller des cheveux de sa compagne, puis sa main s'était posée sur son épaule afin de l'attirer vers lui. Ce faisant, il avait effleuré une broche d'onyx et de perle fixée à son col. L'agrafe s'était ouverte et le bijou était tombé, avait rebondi sur une pierre avant de disparaître dans l'eau.

Inman avait remis son chapeau et il était entré dans la rivière où il avait pataugé quelques instants au milieu des rochers moussus afin de repêcher la broche. Il l'avait remise au col d'Ada mais elle était mouillée, ses mains aussi, et la robe avait été tachée. Il s'était écarté. Ses revers de pantalon dégoulinaient. Il semblait triste que leur moment de tendresse se soit irrémédiablement perdu.

Ada s'était alors demandé : Et s'il est tué ? Mais il était impossible d'exprimer cette crainte à voix haute. Cependant, au même instant, Inman avait déclaré : « Si je trouve la mort, d'ici cinq ans, c'est à peine si vous vous rappellerez mon nom. »

Elle ne savait trop s'il disait cela pour la taquiner ou pour la mettre à l'épreuve, ou s'il se contentait d'énoncer les choses telles qu'il les voyait.

« Vous savez bien que ce n'est pas vrai », avait-elle répondu.

Pourtant, au fond de son cœur, elle s'interrogeait : Existe-t-il une seule chose qu'on se rappelle à tout jamais ?

Inman avait détourné les yeux, soudain gêné, semblait-il, par ses propres paroles.

« Regardez », avait-il repris. Il avait rejeté la tête en arrière, afin d'apercevoir le sommet de Cold Mountain, encore morne et hivernal. Les yeux levés vers la montagne, il lui avait raconté une histoire entendue, petit garçon, de la bouche d'une Cherokee qui avait réussi à se cacher des soldats qui fouillaient alors les montagnes pour rassembler les Indiens et les chasser sur la piste des Larmes. Cette femme l'avait effrayé. Elle prétendait avoir cent trente-cinq ans et se rappeler le temps où il n'y avait pas encore le moindre homme blanc dans ces contrées. Sa voix exprimait tout le dégoût qu'elle éprouvait pour ce qui s'était passé depuis. Sa figure était creusée de rides et déformée par l'âge, avec un des yeux complètement décoloré, enfoncé au fond de son orbite, lisse et blanc comme un œuf d'oiseau bouilli et écalé. Sur son visage étaient tatoués deux serpents dont les corps ondulaient jusqu'à l'endroit où la queue se lovait au milieu des cheveux qui poussaient sur ses tempes. Leurs têtes se faisaient vis-à-vis aux deux commissures des lèvres, si bien que, lorsqu'elle parlait, les serpents eux aussi ouvraient la bouche et paraissaient prendre part au récit. Elle avait raconté l'histoire d'un village appelé Kanuga qui se dressait, bien des années auparavant, là où la Pigeon River se sépare en deux. Il a disparu depuis longtemps et il n'en reste aucune trace, si ce n'est ces fragments de poterie que découvrent parfois les pêcheurs au bord de l'eau.

Un jour, un homme tout à fait ordinaire entra dans ce village. Il paraissait étranger au pays, mais les villageois l'accueillirent et lui donnèrent à manger. Telle était leur coutume envers quiconque arrivait les mains ouvertes. Tandis qu'il se restaurait, ils lui demandèrent s'il venait d'une lointaine région de l'Ouest.

« Non, dit-il. Je vis dans une ville proche. A vrai dire, nous sommes tous apparentés. »

Les villageois étaient perplexes. De tels parents seraient quand même connus d'eux.

« Quelle est cette ville ?

— Vous ne l'avez jamais vue, répondit-il. Elle est juste un peu plus loin, par là. » Et il indiqua le sud, en direction de Datsunalasgunyi ; c'était le nom, avait expliqué la femme aux serpents, qu'ils donnaient à Cold Mountain. Il ne voulait dire ni froid ni montagne, mais quelque chose de très différent.

« Il n'y a pas de village là-haut, protestèrent les villageois.

— Oh, que si, dit l'étranger. Les Roches-Qui-Brillent marquent l'entrée de notre pays.

— Je suis allé plus d'une fois jusqu'aux Roches-Qui-Brillent, et je n'ai jamais vu ce pays dont tu nous parles », lança quelqu'un. Les autres firent chorus, car ils connaissaient bien l'endroit en question.

« Il faut jeûner, dit l'étranger, sans quoi nous vous voyons, mais vous ne nous voyez pas. Notre pays n'est pas tout à fait comme le vôtre. Ici, où que l'on aille, ce ne sont que luttes, maladies, ennemis. Et bientôt un ennemi plus fort que tous ceux que vous avez déjà affrontés viendra vous arracher vos terres et vous conduira en exil. Mais là-bas, nous avons la paix. Et même si nous sommes mortels, comme tous les hommes, et devons travailler dur pour assurer notre subsistance, nous n'avons pas à nous préoccuper du danger. Nos esprits ne sont pas remplis de crainte. Nous ne nous livrons pas d'interminables guerres. Je suis venu vous inviter à vivre avec nous. Votre place est prête. Il y en aura assez pour tous. Si vous décidez de venir, tout le monde doit, pour commencer, se rendre dans la maison communale et jeûner sept jours, sans jamais quitter l'endroit ni faire retentir le cri de guerre. Ensuite, montez jusqu'aux Roches-Qui-Brillent, et elles s'ouvriront comme une porte. Ainsi, vous pourrez entrer dans notre pays et vivre avec nous. »

Sur ces mots, l'étranger repartit. Les villageois le regardèrent s'éloigner, puis ils discutèrent des mérites de son invitation. Certains le prenaient pour un sauveur, d'autres pour un menteur. Pour finir, cependant, ils décidèrent d'accepter. Ils se rendirent dans la maison communale où ils passèrent sept jours à jeûner, ne buvant qu'une ou deux gorgées d'eau par jour. Tous, sauf un homme qui se glissait dehors chaque nuit, quand les autres dormaient, rentrait chez lui pour manger de la viande séchée, et revenait avant l'aube.

Le matin du septième jour, les villageois commencèrent à escalader Datsunalasgunyi en direction des Roches-Qui-Brillent. Ils les atteignirent au coucher du soleil. Les roches étaient aussi blanches qu'une congère de neige et, lorsqu'ils s'arrêtèrent devant, une grotte s'ouvrit comme une porte. L'intérieur en était illuminé. Au loin, au plus profond de Cold Mountain, ils aperçurent une contrée immense. Un fleuve. De riches terres. De vastes champs de maïs. Une bourgade au fond d'une vallée, avec de longues rangées de maisons, la maison communale en haut d'un monticule, des gens qui dansaient sur la grand-place. De faibles roulements de tambours.

Alors le tonnerre se fit entendre. De grands craquements, de sourds grondements qui semblaient se rapprocher. Le ciel vira au noir et la foudre s'abattit autour des villageois massés devant la grotte. Tous tremblaient, mais seul l'homme qui avait mangé de la viande séchée perdit la tête sous l'effet de la terreur. Il fonça vers l'entrée de la grotte et hurla le cri de guerre ; aussitôt la foudre cessa, le tonnerre s'estompa dans les lointains, et l'orage disparut bientôt vers l'ouest. Les villageois le regardèrent s'éloigner. Quand leurs yeux revinrent se poser sur la montagne, à la place de la grotte, il n'y avait plus que la paroi de roche blanche qui brillait sous les derniers feux du soleil.

Ils regagnèrent Kanuga en suivant, telle une procession funèbre, le sentier obscur, l'esprit de chacun encore fixé sur la contrée entrevue au cœur de la montagne. Ce qu'avait prédit l'étranger arriva. Leurs terres leur furent arrachées et ils furent chassés sur les routes de l'exil, à l'exception de quelques-uns qui cherchèrent à lutter, vivant cachés parmi les rochers, apeurés et traqués tels des animaux.

Inman s'était tu et Ada ne savait quoi dire, si bien qu'elle avait lancé : « Eh bien, voilà un véritable conte de bonne femme. »

Elle avait aussitôt regretté ces paroles, car, à l'évidence, ce récit avait une signification pour Inman, même si elle ne discernait pas laquelle.

Il l'avait dévisagée, sur le point de dire quelque chose, mais il s'était détourné vers la rivière. Au bout d'un bref instant il avait dit : « Cette vieille Indienne avait l'air plus vieille que Dieu, et elle a versé des larmes en me racontant cette histoire.

— Vous pensez qu'elle est vraie ? avait demandé Ada.

— Je pense que cette femme aurait pu vivre dans un monde meilleur, mais qu'elle a fini sa vie comme une fugitive, cachée au milieu des baumiers. »

Ni l'un ni l'autre n'avaient plus rien trouvé à dire, si bien qu'Inman avait ajouté : « Il faut que je me sauve. » Il avait pris la main d'Ada qu'il avait à peine effleurée de ses lèvres avant de la lâcher.

Il n'avait pourtant pas fait vingt pas qu'il avait jeté

un regard par-dessus son épaule, juste à temps pour voir Ada s'apprêter à regagner Black Cove. Trop tôt. Elle n'avait même pas attendu qu'il eût disparu derrière le premier tournant de la route.

Elle s'était ressaisie, immobilisée, et l'avait regardé. Elle avait levé une main en signe d'adieu, mais, comprenant qu'il était encore trop proche pour un tel geste, elle avait gauchement rajusté une mèche de ses cheveux.

Inman s'était arrêté. « Rentrez chez vous, avait-il dit. Ce n'est pas la peine de me regarder partir.

— Je le sais bien, avait répondu Ada.

— Ce que je cherche à dire, c'est que vous n'en avez pas envie.

— Je ne vois vraiment pas à quoi cela servirait, avait-elle dit.

— Il y a des hommes à qui cela ferait du bien.

— Pas à vous, avait-elle riposté en s'efforçant, sans y parvenir, d'adopter un ton de badinage.

— Non, pas à moi », avait répété Inman, comme s'il essayait cette idée afin de vérifier si elle était bien d'aplomb et de niveau avec le monde visible.

Presque aussitôt il avait ôté son chapeau et salué Ada.

« Non, pas à moi, c'est vrai, avait-il dit. Je vous verrai quand je vous verrai. »

Cette fois, ils s'étaient séparés sans se retourner ni l'un ni l'autre.

La nuit venue, cependant, Ada ne s'était plus sentie dans des dispositions aussi cavalières au sujet de la guerre et du départ d'Inman pour le front. La soirée avait été sinistre, traversée d'une brève averse avant le coucher du soleil. Monroe s'était enfermé dans son bureau afin de peaufiner le sermon de la semaine. Ada s'était assise dans le salon. A la lueur d'une bougie, elle avait parcouru le dernier numéro de la *North American Review*. Comme cette publication ne parvenait pas à retenir son attention, elle avait fouillé parmi les anciens numéros des deux revues que lisait Monroe, *Dial* et le *Southern Literary Messenger*. Puis elle s'était installée quelques instants devant son clavier pour pianoter. Quand elle s'était arrêtée, elle n'avait plus entendu que le faible bruit de la rivière, quelques gouttes qui tombaient des gouttières, de temps à autre une grenouille qui ne tarda pas à se taire, la maison qui craquait de partout. Par intervalles lui parvenait la voix étouffée de Monroe essayant à haute voix la cadence d'une des phrases qu'il venait de composer. A Charleston, à cette heure de la nuit, il y aurait eu le bruit des vagues contre des carènes, des feuilles de palmier nain dans le vent. Le grondement des roues en fer des voitures et les sabots des chevaux égrenant leur tic-tac telles de grosses horloges déréglées. Les voix des promeneurs et le frottement de leurs semelles en cuir contre les pavés des rues éclairées au gaz. Dans son petit creux au milieu des montagnes, faute d'autre rumeur, Ada entendait ses oreilles bourdonner. Le silence était tel qu'elle eut l'impression qu'il meurtrissait les os de son front. Et l'obscurité, de l'autre côté des vitres, était aussi impénétrable que si l'on avait peint les carreaux en noir.

Dans ce vide s'agitaient ses pensées. Un certain nombre de choses ayant trait aux événements de la matinée la taraudaient. N'y figurait pas son incapacité de verser des larmes. Ni sa volonté de laisser inexprimées les paroles que des milliers de femmes, mariées ou non, prononçaient en voyant partir leurs hommes, lesquelles se résumaient peu ou prou au sentiment suivant : elles attendraient à tout jamais le retour de celui qui partait.

Ce qui la tourmentait, en revanche, c'était la question d'Inman. Comment réagirait-elle à l'annonce de sa mort ? Elle l'ignorait, même si, ce soir-là, cette perspective se profilait plus sombrement dans son esprit qu'elle ne l'eût voulu. Et elle se reprochait d'avoir aussi grossièrement fait fi de l'histoire qu'il lui avait racontée, de n'avoir pas, sur le moment, été assez fine pour comprendre qu'il ne s'agissait pas d'une vieille femme, mais de ses craintes et de ses désirs à lui.

Elle s'était montrée superficielle. Ou bien dure et étriquée. Ce qu'elle ne souhaitait surtout pas être. Certes, de telles manières n'étaient pas sans leur utilité. Elles faisaient merveille dès lors qu'il s'agissait d'inciter les gens à reculer d'un demi-pas et à vous laisser respirer. Mais elle les avait adoptées par conformisme, à l'instant le moins approprié, et elle le regrettait. En l'absence d'un geste de réparation, elles pouvaient prendre pied au-dedans d'elle et y durcir, et un jour elle se retrouverait aussi étroitement repliée sur elle-même qu'un bouton de cornouiller au mois de janvier.

Elle passa une mauvaise nuit dans son lit humide et froid. Elle avait allumé la mèche de sa lampe et essayé de lire *Bleak House* [1], mais sans arriver à fixer son attention. Alors elle avait soufflé la flamme et s'était recroquevillée sous ses couvertures.

Les images qui se succédaient dans son esprit, involontaires, impalpables, du registre des rêves, étaient des images d'Inman, des fragments de son corps, ses doigts, ses poignets, ses avant-bras. Le reste, pure spéculation, restait caché dans l'ombre, sans véritable forme. Elle resta ensuite allongée jusqu'à l'aube, sans pouvoir dormir, en proie à des désirs inassouvis et au désespoir.

Ce qui ne l'avait pas empêchée de s'éveiller le lendemain d'excellente humeur, les idées claires, bien décidée à réparer ses torts. Le ciel était sans nuages et il faisait plus chaud. Ada avait dit à Monroe qu'elle voulait faire un tour en voiture et son père avait ordonné à leur employé d'atteler Ralph au cabriolet. Une heure plus tard, ils entraient en ville. Ils s'étaient

---

1. *Bleak House* est un roman de Charles Dickens. *(N.d.T.)*

rendus à l'écurie de louage où l'on avait dételé leur cheval avant de le conduire dans une stalle.

Une fois dans la rue, Monroe avait tapoté les diverses poches de son pantalon, de son gilet et de sa redingote, jusqu'à ce qu'il eût trouvé sa bourse. Il en avait sorti une petite pièce de vingt dollars en or qu'il avait tendue à sa fille sans plus de façons que s'il se fût agi de dix cents. Il lui avait proposé de s'acheter quelque chose de gentil, des colifichets, des livres, puis de le retrouver à l'écurie dans deux heures. Il comptait rendre visite à un de ses amis, un vieux médecin, avec qui il parlerait d'écrivains, de peintres et ainsi de suite. Au cours de la conversation il viderait soit un petit verre de whisky écossais, soit un grand verre de bordeaux, après quoi il la rejoindrait avec très exactement un quart d'heure de retard.

Elle avait filé droit à la papeterie et, sans perdre un instant à fouiller, acheté les partitions d'un certain nombre d'airs récents de Stephen Foster, au sujet de qui Monroe et elle nourrissaient des opinions diamétralement opposées. Quant aux livres, le premier ouvrage qui lui était tombé sous la main était un Trollope en trois volumes formant une masse presque cubique. Elle n'avait pas particulièrement envie de le lire, mais il se trouvait là. Elle avait fait empaqueter ses achats et demandé qu'on les porte à l'écurie. Puis elle s'était rendue chez un marchand de modes, où elle avait rapidement acheté une écharpe, une paire de gants en cuir épais et une paire de bottines en daim, qu'elle avait également fait emballer et porter à l'écurie. Aussitôt dans la rue, elle avait consulté sa montre et constaté qu'elle était parvenue à consacrer nettement moins d'une heure à ses emplettes.

Sachant que sa démarche était on ne peut plus déplacée, elle s'était engouffrée dans la ruelle située entre le cabinet d'avocats et la forge. Elle avait gravi les marches en bois jusqu'au palier sur lequel donnait la porte d'Inman, et elle avait frappé.

Lorsqu'il avait ouvert la porte, il était en train de cirer une botte dans laquelle il avait encore la main gauche enfoncée. Et il tenait un chiffon dans l'autre qui n'avait pas lâché la poignée de la porte. Un de ses pieds était caché par une simple chaussette, l'autre par une botte pas encore astiquée. Il ne portait pas de veston, et ses manches de chemise étaient retroussées presque jusqu'aux coudes. Il était nu-tête.

A contempler Ada, matérialisée là où ni lui ni elle ne s'y seraient attendus, le visage d'Inman avait trahi la plus totale stupéfaction. Conscient du fait que les mots par lesquels il aurait pu inviter la jeune fille à entrer dans son logement lui étaient interdits, il n'avait pas su quoi dire. Il avait seulement indiqué d'un geste de l'index qu'il n'en aurait pas pour très longtemps. Et il avait refermé la porte.

Ce qu'Ada avait entrevu par la porte entrebâillée était démoralisant : une pièce exiguë, avec une seule fenêtre percée très haut dans le mur qui faisait face à l'entrée, laquelle donnait sur la façade en bois et le toit du magasin situé de l'autre côté de la ruelle. Pour tout mobilier, la chambre contenait un lit en fer étroit, une commode avec une cuvette, une chaise droite et un bureau, quelques livres empilés. Une cellule. Qui aurait mieux convenu, s'était-elle dit, à un moine qu'à quelqu'un qu'elle aurait rangé dans la catégorie des galants.

Inman n'avait pas tardé à rouvrir la porte. Il avait baissé ses manches, enfilé son veston et coiffé son chapeau. Il portait ses deux bottes, l'une encore d'un brun sale, l'autre aussi noire qu'un dessus de fourneau. Et il avait quelque peu retrouvé ses esprits.

« Excusez-moi, avait-il dit. Vous m'avez pris par surprise.

— J'espère que la surprise n'était pas désagréable.

— Heureuse au contraire », avait-il déclaré, sans toutefois que son expression corrobore ces mots.

Inman était sorti sur le palier et s'était adossé à la rampe, les bras croisés sur la poitrine. Son chapeau projetait une ombre sur son visage et, au-dessus de la bouche, ses traits restaient flous. Il y avait eu un long silence. Il avait tourné les yeux vers la porte et Ada avait deviné qu'il regrettait à présent de ne pas l'avoir fermée, mais qu'il était incapable de décider ce qui était pire : la gaucherie qu'il y aurait à faire les deux pas nécessaires pour l'atteindre, ou la secrète intimité que laissaient deviner cette porte béante et le lit étroit.

« Je voulais vous dire qu'à mon avis votre visite s'est mal terminée hier. Pas du tout comme je l'aurais souhaité. Pas de façon satisfaisante. »

Inman avait pincé les lèvres. « Je ne crois pas comprendre à quoi vous faites allusion, avait-il répondu. Je remontais la rivière pour aller faire mes adieux à Esco et Sally. En passant devant la route qui mène à Black Cove, je me suis dit que je pourrais aussi bien vous rendre visite à vous aussi. Ce que j'ai fait. Pour autant que j'aie pu en juger, notre entrevue m'a paru satisfaisante. »

Ada n'avait pas coutume de voir ses excuses repoussées, et sa première réaction avait été de faire volte-face et de redescendre les marches, en oubliant à tout jamais l'existence d'Inman. Pourtant sa réponse avait été tout autre : « Peut-être ne nous parlerons-nous plus jamais, et je n'ai pas l'intention de laisser cette remarque occuper la place de la vérité. Vous refusez de le reconnaître, mais vous êtes venu plein d'espérances et elles ne se sont pas concrétisées. En grande partie parce que j'ai boudé contre mon cœur. Ce dont je suis désolée. Et si j'avais l'occasion de revenir en arrière et de recommencer, je m'y prendrais autrement.

— C'est une chose qui n'est permise à personne. Revenir en arrière. Effacer ce qui ne nous convient plus après coup, et rendre les choses telles que nous les souhaiterions. Il faut continuer. »

Inman restait immobile, les bras croisés, et Ada avait tendu la main pour toucher l'endroit où sa manchette sortait de son veston. Elle avait saisi le tissu entre le pouce et l'index et tiré jusqu'à ce qu'il ouvre les bras. Elle avait effleuré le dos de sa main, suivi du doigt le trajet d'une veine jusqu'à son poignet. Puis elle avait pris ce poignet et, en le serrant dans sa main, elle s'était demandé quel effet cela ferait de sentir Inman tout entier entre ses bras.

Durant un bref instant, aucun des deux n'avait été capable d'affronter le regard de l'autre. Puis Inman avait retiré sa main et ôté son chapeau qu'il avait expédié d'un vol plané à travers la porte ouverte. Ils avaient souri tous les deux, et Inman avait posé une main autour de la taille d'Ada et l'autre sur sa nuque. Les cheveux de la jeune fille étaient maintenus par une barrette, et ce fut la nacre froide qu'Inman sentit sous ses doigts lorsqu'il inclina vers lui la tête d'Ada pour le baiser qui, la veille, s'était refusé à eux.

Ada portait à peu près tous les effets que revêtaient à l'époque les femmes de son rang social, c'est-à-dire plusieurs épaisseurs de tissu. Ainsi, la main qu'Inman avait posée autour de sa taille touchait les baleines d'un corset et, lorsqu'elle avait reculé, les baleines avaient crissé les unes contre les autres. Elle devait faire à Inman l'effet d'une tortue enfoncée au fond de sa carapace, laissant à peine deviner qu'à l'intérieur se tenait une créature vivante, bien au chaud dans sa propre peau.

Ils avaient descendu les marches et la porte, quand ils étaient passés devant, s'était dressée entre eux telle une promesse. A l'entrée de la ruelle, Ada s'était retournée pour appuyer l'index contre le bouton de col d'Inman afin de l'arrêter.

« Ne venez pas plus loin, avait-elle dit. Rentrez chez vous. Comme vous l'avez dit, je vous verrai quand je vous verrai.

— J'espère que ce sera bientôt.

— Alors nous sommes deux. »

Ce jour-là, ils avaient cru que de simples mois suffiraient à mesurer la durée de l'absence d'Inman. La
guerre, cependant, s'était révélée une expérience
autrement plus longue.

METTRE À EXÉCUTION

Inman suivit la carte artistement dessinée par
l'homme jaune à travers ce que les gens d'ici appelaient les collines. Les nuits étaient fraîches et les
feuilles commençaient à se colorer. Après avoir che-
miné ainsi près d'une semaine, il arriva aux endroits
nus et blancs qui côtoyaient la marge de la carte et
aperçut devant lui les monts Blue Ridge, suspendus
dans le ciel tel un nuage de fumée. Il lui fallut encore
trois nuits pour traverser Happy Valley, un endroit
atroce, long et large ruban de terres arables et de
pâturages au pied des montagnes. La contrée était
trop dégagée pour circuler sans danger de jour et, de
nuit, les routes grouillaient à tel point de sombres
cavaliers, de coups de pistolet et de flambeaux allu-
més qu'Inman passait autant de temps à se cacher
dans les fossés et les meules de foin qu'à avancer. Les
cavaliers, aussi éméchés que des chasseurs de raton
laveur aux petites heures du matin, appartenaient à
la milice. Ils devaient rechercher les Fédéraux qui
s'étaient échappés de la prison de Salisbury. Et ils
avaient la gâchette facile.

Dans la vallée, se dressaient, à bonne distance les
unes des autres, de vastes demeures à colonnade
blanche. La nuit, Inman contemplait leurs fenêtres
illuminées, et l'idée qu'il s'était battu pour ceux qui
les habitaient le rendait malade. Il ne songeait qu'à
gagner les zones moins peuplées où, espérait-il, la

présence de ses semblables le gênerait moins. Et bientôt Inman emprunta un étroit chemin à carrioles qui partait vers le nord, escaladait une crête, dégringolait dans les profondes gorges d'une rivière avant de remonter abruptement vers le sommet des monts Blue Ridge. Il passa la moitié d'une journée et la suivante à grimper, pourtant la vertigineuse paroi et son sentier en lacets se dressaient toujours devant lui. Sa marche ne tarda pas à le faire pénétrer plus avant dans l'automne car, en altitude, la saison était déjà très avancée et il y avait autant de feuilles par terre que sur les arbres.

En fin d'après-midi une pluie froide se mit à tomber, et Inman continua sa route sans enthousiasme. Au milieu de la nuit, presque à bout de forces et trempé comme une loutre, il cogna contre un grand châtaignier. Il aperçut un creux au pied de l'arbre et rampa à l'intérieur. Même accroupi, au moins il était au sec. Il y resta un long moment à écouter la pluie tomber et à rouler entre ses doigts des feuilles mortes qu'il expédiait ensuite dans l'obscurité. Il avait l'impression d'être un de ces pitoyables fantômes de noyés qui rôdent dans la nuit, un de ces gnomes ou de ces trolls qui logent sous les ponts. Un paria, empli de rancœur et prêt à attaquer, par dépit, n'importe quel passant. Après quoi il sombra dans un état de torpeur et finit par s'endormir tout à fait.

Il fit son rêve de Fredericksburg et, peu après l'aube, il se réveilla transi et d'une humeur massacrante. Ses jambes étaient comme mortes et il dut s'extirper tant bien que mal du cœur du châtaignier, se traînant sur les avant-bras. Etait-il devenu, durant la nuit, une espèce d'apparition dont le corps, à partir des pieds, disparaissait peu à peu ? Devait-il continuer son périple sous forme de voile ou de brume ? Sous forme de gaze ?

Une ombre voyageuse. L'idée n'était pas sans charme.

Inman s'allongea sur le sol mouillé et leva les yeux

vers les branches de l'arbre et leurs feuilles dégoulinantes. Il vit une épaisse couche de nuages gris. Des nappes d'un brouillard bleuté, fin et pâle, poudreux, flottaient en haut du châtaignier, s'agrippant aux éclatantes feuilles d'automne. Un coq de bruyère se mit à courir dans les bois, un son aussi profond et violent que les battements du cœur d'Inman. Il souleva la tête du sol pour écouter. Si ce jour était le dernier qu'il devait passer sur terre, il pouvait demeurer sur le qui-vive. Mais au bout d'un moment les battements d'ailes éclatèrent, retentirent et s'éloignèrent au milieu des arbres. Le regard d'Inman glissa le long de son propre corps, et ce fut avec des sentiments ambigus qu'il constata que celui-ci était en majeure partie présent à l'appel. Il remua ses orteils, se frotta vigoureusement le visage de ses deux paumes et tira sur ses vêtements pour les remettre en place. Il était trempé jusqu'aux os.

Il rampa sous l'arbre afin de sortir ses sacs et, adossé au tronc, dévissa le bouchon de sa gourde et but une longue gorgée d'eau. Il lui restait un peu de semoule de maïs et il ramassa quelques brindilles de bois pour allumer un feu. Il les enflamma et souffla dessus jusqu'à ce que de petites sphères argentées dansent devant ses yeux, mais le feu, après avoir jeté une grande flamme et une quantité de fumée, s'éteignit.

« Dans ce cas, je vais me lever et continuer ma route », annonça Inman à voix haute.

Pourtant il ne bougea pas.

Mes forces reviennent de minute en minute, se dit-il.

Quand il se releva enfin du sol détrempé, il se sentit aussi instable qu'une toupie. Il marcha en rond un moment, mais une nausée le plia en deux, si violente qu'il craignit de régurgiter ses entrailles. Sa blessure au cou et celles, plus fraîches, qu'il avait à la tête complotaient contre lui, le brûlant et palpitant douloureusement. Il marcha toute la matinée à travers la pénombre des bois. Le sentier était à ce point sinueux et embrouillé qu'Inman était incapable de dire dans quelle direction il grimpait. Broussailles et fougères poussaient en buissons denses et la terre paraissait en voie de cicatrisation en sorte que, dans un avenir proche, le sentier n'y laisserait plus la moindre trace.

En dehors du chemin qui s'enroulait sur lui-même, de plus en plus haut, rien ne dénotait la présence d'un être humain dans ces régions sauvages. Inman se sentait étourdi, désorienté. Il continuait à mettre un pied devant l'autre, c'était tout. Et même cet acte, il l'accomplissait sans être sûr qu'il le rapprochât d'une destination qu'il eût envie d'atteindre.

Vers midi, au détour du chemin, il tomba sur une minuscule créature, tapie sous un gros sapin, dont seules la tête et les épaules dépassaient d'un lit de hautes fougères brûlées par le gel. A en juger par sa posture, Inman crut d'abord qu'il avait interrompu quelque vieux birbe en pleine défécation. Pourtant, en s'approchant, il vit que c'était une petite vieille, qui s'était accroupie afin d'enduire d'un peu de graisse la perche d'un piège à oiseaux.

Inman s'arrêta et dit : « Bonjour, la mère. »

La vieille leva brièvement les yeux mais continua d'ajuster son piège avec soin. Quand elle eut fini, elle se redressa et tourna longuement autour du piège, l'examinant jusqu'à ce qu'elle eût couché les fougères en un cercle parfait. Si ses rides traduisaient son grand âge, la peau de ses joues, rose et fine, était celle d'une jeune fille. Sous un chapeau mou d'homme, sa chevelure blanche et clairsemée pendait jusqu'à ses épaules. Ses vêtements — une jupe volumineuse et une blouse — étaient faits de peaux souples et tannées qui paraissaient avoir été taillées avec un canif et cousues ensemble à la diable. La crosse d'un pistolet de petit calibre dépassait de la ceinture de son tablier de coton graisseux. Ses bottines apparemment rapetassées par un apprenti cordonnier rebiquaient comme des patins de luge. Une carabine à long canon, vestige d'un siècle révolu, était appuyée contre un grand tulipier.

Inman contempla la vieille quelques instants avant de lancer : « Si elle sent une odeur humaine, vous ne risquez pas de prendre une seule caille à ce piège.

— Je ne dégage guère d'odeur, rétorqua la femme.

— A votre guise, répondit Inman. Ce qui m'intéresse, c'est de savoir si cette route mène quelque part ou si elle va bientôt s'arrêter.

— D'ici un mile ou deux, ce n'est plus qu'un simple sentier, mais qui continue indéfiniment pour autant que je sache.

— Vers l'ouest ?

— Principalement vers l'ouest. Il suit les montagnes. Plutôt vers le sud-ouest. C'est une vieille route marchande de l'époque des Indiens.

— Je vous suis bien obligé », dit Inman. Il glissait son pouce sous la courroie de son paquetage, prêt à reprendre sa route, quand le ciel trop bas laissa échapper les premières gouttes, lourdes et espacées, d'une pluie qui se mit à tomber comme le plomb d'une meurtrière.

La femme tendit une main et regarda l'eau s'y accumuler. Puis elle contempla les blessures d'Inman et le dévisagea avant de remarquer : « On dirait des coups de fusil. »

Inman ne trouva rien à répondre.

« Vous avez l'air faible, dit-elle. Pâle.

— Je me sens très bien », répondit-il.

La vieille le regarda de plus près. « On dirait que vous avez besoin de manger un petit morceau.

— Si vous aviez un œuf à me faire frire, je vous paierais, dit Inman.

— Vous dites ?

— Je demandais si vous me feriez frire quelques œufs contre un peu d'argent, répéta Inman.

— Que je vous vende de quoi manger ? Pas question. Je n'en suis pas encore réduite à ce point. Mais je vous offrirai peut-être un repas. Seulement, je n'ai pas d'œufs. Je ne supporte pas d'avoir une poule chez moi. Des bêtes sans caractère.

— Vous habitez près d'ici ?

— A moins d'un mile, et vous me feriez grand plaisir si vous acceptiez de venir vous abriter et vous restaurer dans mon camp.

— Il faudrait que je sois idiot pour refuser. »

Inman remarqua que la femme marchait les pieds en dedans, démarche, disait-on, qui caractérisait souvent les Indiens, encore qu'Inman eût connu plus d'un Cherokee, notamment Swimmer, qui marchait les pieds en dehors comme un canard. Ils grimpèrent jusqu'à de grands rochers plats et Inman, à la ténuité de l'air, eut la sensation qu'ils se tenaient au bord d'une falaise, mais le brouillard l'empêchait de constater à quelle hauteur il se trouvait perché. La pluie s'amenuisa en bruine impalpable, avant de se transformer en grêlons de neige dure qui tintaient contre le roc. L'averse ne dura qu'un instant, puis le brouillard commença à se dissiper, se déplaçant par couches entières qui se soulevaient au gré d'un courant d'air ascendant. Des pans de ciel bleu s'ouvrirent et Inman bascula la tête en arrière pour les regarder. C'était un de ces jours où à peu près tous les temps se succèdent.

Puis il baissa les yeux vers le sol et un brusque vertige le saisit à découvrir soudain le fond d'un précipice entre les extrémités de ses bottes. Il recula vivement. Les gorges d'une rivière, sans doute celles dont il venait, s'étendaient en dessous de lui, bleues et violettes, et, s'il crachait dans le vide, il risquait d'atteindre l'endroit où il était passé l'avant-veille. Inman parcourut du regard le paysage montagneux et accidenté autour de lui et fut surpris de voir une grande montagne bosselée sortir du brouillard vers l'ouest, pour se profiler contre le ciel. Le soleil se faufila entre deux nuages, et un grand stratus qui ressemblait à l'échelle de Jacob s'éleva dans les airs, tel

307

un rideau de gaze, entre Inman et la montagne bleue. Sur sa face nord, un assemblage de rochers semblait dessiner le profil d'un géant barbu mollement étendu en travers de l'horizon.

« Elle a un nom, cette montagne ? demanda Inman.

— Tanawha, répondit la vieille. Les Indiens l'appelaient ainsi. »

Inman contempla le haut sommet, aïeul de tous les autres, puis son regard se porta au-delà, sur les enfilades de montagnes plus petites qui se perdaient au loin, baignées d'une fumée de brume opaline. Des vagues de montagnes. A l'infini. La succession de bosses grises ne se distinguait de l'air gris pâle que par leur nuance légèrement plus foncée. Leurs formes et leur aspect fantomatique parlaient à Inman un langage qu'il ne parvenait pas à interpréter clairement. Elles allaient s'amenuisant, comme la douleur de sa blessure au cou à mesure qu'elle se cicatrisait.

La femme indiqua deux pointes acérées sur une ligne lointaine.

« Table Rock, annonça-t-elle. Et Hawk's Bill. On dit que les Indiens y faisaient des feux la nuit et qu'on pouvait les voir à une centaine de miles à la ronde. » Elle reprit sa route. « Mon camp est juste un peu plus loin. »

Ils ne tardèrent pas à quitter la route pour s'enfoncer dans une fissure étroite, un vallon sombre comme une poche, qui sentait les plantes en décomposition et la terre mouillée. Un maigre filet d'eau la cisaillait. Sous leurs barbes de lichens, les arbres étaient rachitiques et tordus et ils étaient tous violemment penchés dans la même direction. Le camp de la vieille consistait en une construction qui avait commencé l'existence en tant que nomade, mais avait, depuis, pris racine. C'était, posée dans une clairière, une petite roulotte couleur rouille aux bardeaux tachés de moisissures noires, de mousses

vertes, de lichens gris. Trois corbeaux s'y prome-
naient en picorant dans les rainures. Des liserons
s'enlaçaient autour des rayons des hautes roues. Les
flancs de la roulotte étaient peints de scènes et de
portraits criards, accompagnés d'épigraphes et de
slogans en lettres grossières et, du toit, pendaient des
bouquets d'herbes séchées, des guirlandes de poi-
vrons rouges et diverses racines racornies. Un mince
filet de fumée s'élevait d'un tuyau qui sortait du toit.

La femme s'arrêta et brailla : « Hé, là-bas ! »

A son cri, les corbeaux s'envolèrent en croassant,
et de délicates petites chèvres bicolores sortirent des
bois et longèrent le côté de la roulotte. Brusquement
il y en eut partout, deux douzaines ou plus. Elles
avancèrent, le cou tendu, pour inspecter Inman et le
dévisager de leurs yeux jaunes bien fendus par où filtrait un regard brillant et malin. Inman se demanda
pourquoi la chèvre avait l'air tellement plus intelli-
gente et spirituelle que le mouton, alors qu'ils avaient
tant de traits en commun. Les bêtes, massées autour
de lui, se bousculaient, bêlaient, faisaient retentir
leurs clochettes. Celles qui étaient à l'arrière posaient
leurs sabots sur le dos de celles qui se trouvaient
devant, afin de mieux voir.

Inman s'efforçait de suivre la femme, mais un
grand bouc, après avoir écarté les chèvres, se cabra
sur ses pattes arrière et se laissa retomber en avant,
sa tête heurtant la cuisse d'Inman. Sous l'assaut du
bouc, celui-ci, affaibli et affamé, s'abattit à genoux
puis à plat dos sur les feuilles mortes qui jonchaient
le sol. Le bouc, noir et brun, avec une longue et sata-
nique barbiche en pointe, s'immobilisa au-dessus de
l'homme à terre, comme pour examiner son ouvrage.
Le vertige et la douleur enflèrent à l'intérieur de la
tête d'Inman au point qu'il eut peur de s'évanouir.
Mais il se ressaisit et, ôtant son chapeau pour en
souffleter l'animal, il l'obligea à reculer. Il se remit
ensuite sur ses pieds en chancelant, et reprit son
équilibre.

La vieille avait disparu derrière la roulotte. Inman, le bouc et un certain nombre de chèvres la suivirent. Ils la trouvèrent accroupie sous un appentis, occupée à préparer un feu avec du charbon et du petit-bois. Quand elle eut obtenu une belle flambée, Inman s'approcha et tendit ses mains pour les réchauffer. La vieille jeta quelques gros morceaux de noyer dans le feu, puis elle ramassa une cuvette blanche émaillée, s'éloigna de quelques pas et s'assit par terre. Une petite chèvre au pelage taché de brun et de blanc s'avança et la femme se mit à la caresser sous le menton jusqu'à ce que la bête plie les pattes pour s'allonger et tende son cou. La vieille la grattait sous la mâchoire et lui caressait les oreilles, et Inman trouvait la scène apaisante. Il regardait la femme flatter la bête de la main gauche et la vit enfoncer la droite dans la poche de son tablier. D'un seul geste, elle en sortit un couteau à lame courte avec lequel elle sectionna l'artère juste sous la mâchoire de la chèvre puis plaça la cuvette blanche de façon à recueillir le sang écarlate qui jaillissait. L'animal eut un bref sursaut avant de se recoucher en tremblant tandis que la femme continuait à lui caresser la fourrure et les oreilles. La cuvette se remplissait lentement. La chèvre et la femme gardaient les yeux fixés sur l'horizon, comme en attente d'un signal.

Inman alla examiner la roulotte et sa décoration. Dans le bas s'étirait une bordure de petits personnages bleus à forme humaine, qui dansaient la main dans la main. Au-dessus, sans ordre particulier, on voyait divers portraits, certains abandonnés, semblait-il, à mi-exécution. Un visage, aux traits déformés par la souffrance, portait l'écriteau : *Job*. Dessous, une inscription en lettres italiques noires était en partie recouverte par une peau de chèvre tendue, si bien qu'Inman ne put en lire qu'un fragment : *Fâché avec son Créateur*. On voyait aussi un homme à quatre pattes, la tête levée pour contempler un cercle blanc. Le soleil ? La lune ? Quoi donc ? L'homme avait une expression perplexe. Au-dessous de lui, la question : *Faites-vous partie des brebis égarées ?* L'un des visages inachevés, une traînée de peinture avec deux yeux, portait en légende : *Nos vies personnelles sont des plus brèves.*

La femme avait fini de découper et de préparer la chèvre.

« Dans quelques instants j'y mettrai des haricots blancs et, quand ce sera l'heure de dîner, nous aurons un vrai festin », déclara-t-elle.

Plus tard le brouillard s'épaissit de nouveau et la pluie martela goutte à goutte le toit de la roulotte. Inman était assis près du minuscule poêle en fonte, dans cet intérieur sombre et étriqué, qui sentait les herbes et les racines, la terre, le feu de bois. Il y était entré par la porte de derrière, passant par un étroit corridor long de trois pas, entre une armoire et une table d'un côté, et une étroite couchette de l'autre, pour déboucher dans une espèce de pièce à vivre dont la superficie n'excédait pas celle qu'il faudrait pour creuser deux tombes. La femme avait allumé deux petites lampes à huile, deux tasses à thé ébréchées remplies de suif où trempaient, en guise de mèches, des lambeaux de chiffon. En brûlant, la graisse dégageait de la fumée et sentait vaguement la chèvre.

Sur la table, s'entassaient une montagne de papiers, une pagaille de livres, ouverts pour la plupart et posés les uns sur les autres, le bord des pages rongé par l'humidité. On pouvait voir, éparpillés un peu partout ou épinglés aux murs, des dessins à l'encre de plantes et d'animaux, fins comme des pattes d'araignée, certains colorés de pâles lavis dans des tons neutres, chacun entouré d'une quantité de minuscule écriture, comme s'il était nécessaire de fournir une infinité de détails pour expliquer des images aussi dépouillées. Des bouquets d'herbes séchées et de racines étaient suspendus à des ficelles qui pendaient du plafond, et diverses peaux de petits animaux étaient empilées sur la table et le plancher. Les ailes d'un engoulevent, ses sombres plumes déployées comme en plein vol, étaient juchées au sommet de la plus haute pile de livres. Une mince fumée, dégagée par le feu rougeoyant de bois de sapin, sortait des fentes autour de la porte du poêle et stagnait en couche uniforme contre les lattes du toit et les arceaux des solives.

Inman observait la femme. Elle faisait frire des galettes de semoule de maïs dans une sauteuse posée sur le couvercle du poêle. Lorsqu'elle en eut rempli une assiette, elle replia la première sur un morceau de chèvre rôtie et la tendit à Inman. La galette, cuite au feu de bois et frottée d'épices, était d'un brun profond et rougeâtre.

« Merci », dit Inman.

Il dévorait si avidement que la femme finit par lui donner une assiette de viande et de galettes et par le laisser se débrouiller seul. Tandis qu'il mangeait, elle remplaça la sauteuse par une marmite et se mit à faire du fromage avec du lait de chèvre. Elle remuait le lait qui épaississait et, quand il avait atteint la température voulue, elle le passait à travers un tamis qui laissait le petit-lait s'écouler dans un pot en fer-blanc. Puis elle versait le caillé qui restait dans un récipient en chêne afin qu'il refroidisse. Tout en la regardant s'activer ainsi, Inman était obligé de déplacer les pieds afin de ne pas la gêner. Ils n'avaient pas grand-chose à se dire car chacun était concentré sur sa propre occupation. Quand elle eut fini, elle tendit à Inman un bol en terre rempli de petit-lait tiède.

« Quand vous vous êtes levé ce matin, avez-vous pensé qu'avant le coucher du soleil vous verriez quelqu'un faire du fromage ? » demanda-t-elle.

Inman réfléchit à cette question. Il avait depuis longtemps décidé qu'il ne servait pas à grand-chose d'essayer de prévoir ce qu'apporterait chaque journée. Que l'on se montrât plein de crainte ou d'espoir, on était également exposé à l'erreur. Il devait reconnaître, cependant, que le fromage n'avait pas figuré dans les pensées qu'il avait eues, ce matin-là, au lever du jour.

La vieille s'assit dans un fauteuil près du poêle, ôta ses souliers et alluma une pipe en bruyère. Ses pieds nus et les jambes qu'elle tendait vers le feu étaient jaunes et rugueux, comme des pattes de poulet. Elle enleva son chapeau et passa ses doigts dans ses cheveux, si clairsemés qu'on voyait partout percer le rose du cuir chevelu.

« Vous revenez de tuer des gens à Petersburg ? demanda-t-elle.

— Vous savez, on peut voir les choses autrement. Dire que, depuis quelque temps, les gens ont fait de leur mieux pour me tuer, moi.

— Vous avez déserté ou quoi ? »

Inman montra la boursouflure écarlate qu'il avait au cou. « Blessé et en permission, annonça-t-il.

— Des papiers qui le prouvent ?

— Je les ai perdus.

— Ça, je l'aurais parié », riposta-t-elle. Elle tira sur sa pipe et souleva les pieds afin d'exposer leur plante crasseuse à la chaleur du feu. Inman avala son dernier morceau de galette avec une gorgée de petit-lait.

« Vous vivez dans ce fourbi à longueur d'année ? interrogea-t-il.

— Je n'ai rien d'autre. Et j'aime savoir que je peux m'en aller. Je n'ai pas envie de rester où que ce soit plus longtemps qu'il ne me convient. »

Inman parcourut la roulotte du regard, si exiguë avec sa couchette dure et étroite. Il se rappela les liserons pris dans les rayons des roues et continua : « Ça fait combien de temps que vous campez ici ? »

La vieille tendit les mains, paumes vers le haut, et examina ses doigts, si bien qu'Inman crut qu'elle allait compter les années en tapant son pouce contre chacun des autres doigts, au lieu de quoi elle retourna ses mains pour en contempler le dos. La peau était fripée, quadrillée d'un entrelacs de fines rides aussi denses qu'une ombre profonde sur une gravure sur acier. La vieille se dirigea vers l'armoire. Elle fourragea parmi des étagères chargées de carnets reliés en cuir, jusqu'à ce qu'elle eût trouvé celui qu'elle cherchait et qu'elle feuilleta longuement.

« Ça doit faire vingt-cinq ans si on est en 63, finit-elle par dire.

— On est en 64, corrigea Inman.

— Alors ça en fait vingt-six.

— Vous habitez ici depuis vingt-six ans ? »

La femme compulsa de nouveau le carnet et dit : « Vingt-sept au mois d'avril.

— Dieu du ciel », s'exclama Inman.

La vieille posa son carnet sur une des piles de livres qui encombraient la table. « Je peux partir quand je veux, dit-elle. Je n'ai qu'à harnacher les chèvres, sortir les roues de leurs ornières et reprendre ma route. Dans le temps c'étaient les chèvres qui m'entraînaient, selon mon bon plaisir. J'ai fait le tour du monde. Je suis allée jusqu'à Richmond vers le nord. Et jusqu'à Charleston vers le sud. Et partout entre les deux.

— Vous n'avez jamais été mariée, j'imagine ? »

Elle pinça les lèvres et fronça le nez comme si la roulotte sentait l'aigre. « Si, j'ai été mariée, rétorqua-t-elle. Et je pourrais l'être encore, quoique, à y réfléchir, ça doit faire belle lurette qu'il est mort. Je n'étais qu'une gamine ignorante, et lui était âgé. Il avait déjà enterré trois épouses. Mais il avait une belle ferme, et ma famille m'a pour ainsi dire vendue à ce vieux bonhomme. Moi, je lorgnais un petit jeunot. Aux cheveux jaunes. Je revois encore son sourire en rêve, au moins une fois par an. Un soir il m'a raccompagnée chez moi, après le bal, et il m'a embrassée à chaque détour de la route. Mais ils ont préféré me mettre avec le vieux. Il me traitait pas beaucoup mieux qu'un de ses ouvriers. Ses trois autres femmes, il les avait ensevelies en haut d'une colline, sous un sycomore, et quelquefois il montait jusque-là, et restait assis tout seul. Vous avez dû en voir de ces vieux bonshommes — ils ont dans les soixante-cinq, soixante-dix ans —, eh bien ils sont venus à bout de cinq femmes. Ils les ont tuées à force de les faire trimer, à force d'avoir des bébés, à force d'avarice. Une nuit je me suis réveillée, allongée dans le lit à côté de lui, et j'ai su que je n'étais rien d'autre : la quatrième d'une rangée de cinq pierres tombales. Aussitôt je me suis levée et je suis partie, avant l'aube, sur son meilleur cheval que j'ai échangé la semaine suivante contre cette roulotte et huit chèvres. A l'heure qu'il est, on ne sait plus quel est le degré de parenté entre les chèvres que vous avez vues et les huit premières. Quant à la roulotte, je peux en dire ce qu'on dit d'une hache vieille de cent ans : elle n'a jamais eu que deux fers neufs et quatre nouveaux manches.

— Et depuis vous êtes restée seule ? demanda Inman.

— Toujours. J'ai vite appris qu'on pouvait très bien vivre des chèvres, de leur lait et de leur fromage. Et de leur viande aussi, aux époques de l'année où elles commencent à être plus nombreuses que nécessaire. Je cueille des plantes sauvages. Je prends des oiseaux au piège. Il y a tout plein d'aliments qui poussent gratis, pourvu qu'on sache où chercher. Et il y a une petite bourgade à un demi-jour de marche, vers le nord. J'y vais pour troquer mes fromages contre des patates, de la farine, du saindoux, et ainsi de suite. Je confectionne des remèdes à base de plantes et je les vends. Des onguents. Des baumes. Je fais disparaître les verrues.

— Alors vous êtes herboriste.

— Et je gagne quelques sous de temps à autre en vendant des petits livres.

— Qui parlent de quoi ?

— Il y en a sur le péché et le salut, répondit-elle. Ceux-là, j'en vends des flopées. Il y en a un sur la bonne façon de s'alimenter. Il dit que l'homme doit renoncer à la viande et se nourrir principalement de pain et de racines. Il y en a un autre sur les bosses du crâne et la façon de lire ce qu'elles révèlent de chacun. »

Elle tendit les mains pour tâter la tête d'Inman mais il les évita d'une torsion du buste : « Je vais vous acheter celui sur l'alimentation, dit-il. Quand j'aurai faim, je n'aurai qu'à le lire. » Il tira de sa poche une liasse de billets de toutes sortes.

« Je ne prends que des pièces, dit-elle. C'est trois cents. »

Inman fit tinter la monnaie qu'il avait dans ses poches jusqu'à ce qu'il eût réuni la somme.

La femme s'approcha d'un placard et en sortit un fascicule jaune.

« C'est écrit sur la couverture qu'il changera votre vie si vous faites ce qu'il dit, expliqua-t-elle. Mais moi, je n'affirme rien du tout. »

Inman le parcourut. Il était mal imprimé sur un grossier papier gris, avec des gros titres du genre : « La pomme de terre : un légume digne des dieux. » « Le chou vert : un tonique pour l'âme. » « La farine : une voie vers une vie d'abondance. »

Cette dernière formule attira l'œil d'Inman. Il la lut à voix haute. « Une voie vers une vie d'abondance.

— C'est ce que recherchent bien des gens, dit la vieille. Mais je ne suis pas sûre qu'un sac de farine vous aide à y mettre le pied.

— C'est vrai », dit Inman. S'il se fiait à sa propre expérience, l'abondance était, en effet, quelque chose d'insaisissable. Sauf peut-être l'abondance de malheurs. Du malheur, il y en avait à revendre. Mais l'abondance de ce qui pouvait plaire aux gens, c'était une autre affaire.

« Telles que je vois les choses, c'est plutôt la pénurie qui est de règle dans la vie, dit la femme.

— Oui », convint Inman.

La vieille se pencha vers le poêle, y fit tomber les dernières braises de sa pipe avant de la remettre dans sa bouche et de souffler fort dans le tuyau. Elle sortit une blague à tabac d'une poche de son tablier et remplit de nouveau le fourneau, tassant le tabac d'un pouce calleux. Elle alluma une paille au feu du poêle, la porta à sa pipe et inspira.

« Où donc êtes-vous allé attraper cette grande blessure rouge et les deux petites plus récentes ? demanda-t-elle.

— La blessure au cou, je l'ai récoltée du côté de Globe Tavern l'été dernier.

— Une bagarre dans un boui-boui ?

— Une bataille. En dessous de Petersburg.

— Alors ce sont les Fédéraux qui vous ont tiré dessus ?

— Ils cherchaient à s'emparer de la voie ferrée de Weldon, et nous on voulait les en empêcher. On a passé tout l'après-midi à se battre dans les pinèdes, les ajoncs, les vieux champs, toutes sortes d'endroits. C'est un affreux pays, plat et broussailleux. Il faisait chaud et on suait tellement que nos pantalons étaient à tordre.

— Vous avez dû vous dire plus d'une fois que si la balle avait sifflé un pouce plus près, vous étiez un homme mort. Elle a déjà manqué vous décapiter.

— Je sais.

— On dirait que la blessure ne demande qu'à se rouvrir.

— C'est aussi ce dont j'ai l'impression.

— Et les deux autres, comment vous les avez reçues ?

— Comme toujours. On m'a tiré dessus, dit Inman.

— Les Fédéraux ?

— Non. Les autres. »

La femme agita la main, comme pour dire qu'elle ne se souciait pas d'entendre les détails. Elle reprit :

317

« Ma foi, ces deux-là ne sont pas aussi mauvaises. Quand elles seront guéries, vos cheveux les recouvriront et votre belle et vous-même serez les seuls à le savoir. Elle sentira une petite bosse en vous passant la main dans les cheveux. Mais ce que je voudrais bien savoir, c'est si ça valait la peine de s'entre-tuer pour les nègres des riches.

— Ce n'était pas comme ça que je voyais les choses.

— Il n'y a pourtant pas d'autre façon, répondit-elle. J'ai pas mal voyagé dans ces comtés-là. Les esclaves nègres, ça rend les riches fiers et cruels et ça rend les pauvres méchants. C'est une malédiction qui pèse sur la terre. On a allumé un feu, et à présent c'est lui qui nous dévore. Dieu va libérer les nègres, et celui qui se bat pour les empêcher d'être libres se bat contre Dieu. Vous en aviez, vous, des esclaves ?

— Non. Je ne connaissais pour ainsi dire personne qui en avait.

— Alors qu'est-ce qui vous a incité à partir vous battre et mourir ?

— Il y a quatre ans, j'aurais peut-être su. Maintenant, je ne sais plus. Ce que je sais, en tout cas, c'est que j'en ai ma claque.

— C'est un peu court, comme réponse.

— J'imagine que beaucoup d'entre nous se sont battus pour repousser les envahisseurs. Je connaissais un gars qui était allé dans le Nord, dans les grandes villes, et il disait qu'on se battait pour se protéger de tout ce qui fait ce genre d'endroits. Mais, à mon avis, celui qui croit que les Fédéraux sont prêts à mourir pour libérer des esclaves considère l'humanité d'un œil beaucoup trop indulgent.

— Avec toutes ces belles raisons de vous battre, je serais curieuse de savoir pourquoi vous avez déserté ?

— Je suis en permission.

— C'est ça, dit-elle, et elle se rejeta en arrière avec

un ricanement, comme s'il venait de lancer une bonne plaisanterie. Un gars en permission. Sans aucun papier, figurez-vous. On les lui a volés.

— Non, je les ai perdus. »

Elle cessa de rire et dévisagea Inman. « Ecoutez donc, dit-elle, moi je ne suis d'aucun bord. Je m'en soucie comme de mon premier crachat que vous ayez déserté. »

Et pour ponctuer ses dires, elle lança habilement un jet de salive noirâtre par la porte ouverte du poêle. Elle ajouta : « C'est dangereux pour vous, voilà tout. »

Il la regarda droit dans les yeux et fut tout étonné d'y découvrir, malgré sa langue acerbe, deux puits de bonté. De toutes les personnes qu'il avait rencontrées récemment aucune ne le touchait autant que cette gardeuse de chèvres, si bien qu'il lui révéla ce qu'il avait au fond du cœur. La honte que lui inspirait à présent le zèle avec lequel il était parti, en 1861, se battre contre les ouvriers de l'armée fédérale, des individus si ignorants mais tellement nombreux que leur propre gouvernement n'attachait aucune valeur à leur existence. Il se contentait de les faire déferler sur l'armée ennemie année après année, et il y en avait toujours. On avait beau en tuer jusqu'à la nausée, ils recommençaient à former leurs rangs et à marcher au pas vers le Sud.

Il lui raconta ensuite que, le matin même, il avait découvert un buisson de myrtilles tardives dont les baies étaient d'un bleu poussiéreux du côté exposé au soleil, et encore vertes du côté de l'ombre. Il les avait cueillies et mangées, tout en regardant un nuage de pigeons voyageurs en route vers le sud, vers les contrées inconnues où ils passeraient l'hiver, obscurcir momentanément le soleil. Cela, au moins, n'avait pas changé, s'était-il dit, les baies qui mûrissaient et les oiseaux qui émigraient. Depuis quatre ans il n'avait guère vu que du changement et, à son avis, c'était justement la promesse de changements qui avait déchaîné cette frénésie guerrière des premiers jours du conflit. L'aimant puissant que constituaient de nouvelles têtes, de nouveaux lieux, de nouvelles vies. Et de nouvelles lois grâce auxquelles, en tuant autant de gens qu'on voulait, loin d'aller en prison, on avait droit à une décoration. Les hommes parlaient de la guerre comme s'ils la faisaient afin de protéger ce qu'ils possédaient et ce en quoi ils croyaient. Inman pensait à présent que c'était la répétition des gestes quotidiens qui leur avait fait prendre les armes. L'arc interminable du soleil, cette roue des saisons. La guerre vous sortait de ce cercle de vie régulière et formait à elle seule sa propre saison, qui ne dépendait de rien d'autre. Lui-même n'était pas resté imperméable à son attrait. Pourtant, tôt ou tard, on finit par en avoir plus qu'assez, par être carrément écœuré de voir les gens s'entre-tuer pour toutes les raisons possibles et imaginables, à l'aide de tous les outils de mort qui leur tombent sous la main. Alors, ce matin, il avait contemplé les baies et les oiseaux, et ce spectacle l'avait ragaillardi. Qu'il ait attendu ainsi son retour à la raison l'avait rendu heureux, même s'il craignait d'être profondément brouillé avec ces éléments de l'harmonie universelle.

La vieille réfléchit à ce qu'il venait de dire, puis elle agita le tuyau de sa pipe en direction de la tête et du cou de son visiteur : « Ça vous fait encore très mal ? demanda-t-elle.

— J'ai l'impression que la douleur ne cessera jamais.

— On dirait bien. Rouges comme des pommes d'api, ces fichues blessures. Mais je peux faire quelque chose pour vous. C'est un royaume où je suis souveraine. »

Elle sortit de l'armoire un panier de pavots séchés et se mit à préparer du laudanum. Elle détacha, une à une, les têtes des pavots de leur tige, perça les capsules avec une aiguille à coudre, puis les laissa tomber dans un petit pot en terre cuite qu'elle plaça près du poêle pour faire « suer » l'opium.

« Il ne faudra pas longtemps pour que ce soit à point. Je m'en vais y ajouter un peu de liqueur de maïs et de sucre. Ça passe mieux avec. Si on laisse reposer, ça épaissit. C'est bon pour toutes les douleurs — les articulations rouillées, les maux de tête, tout. Si vous ne pouvez pas dormir, buvez-en un petit peu, allongez-vous dans votre lit, et très vite vous aurez perdu conscience. »

Elle retourna fouiller dans son armoire et en sortit une cruche au goulot étroit dans lequel elle enfonça un doigt. Elle enduisit le cou et la tête d'Inman d'une substance qui ressemblait à du cambouis mais dégageait une âcre odeur d'herbes sauvages et de racines. Lorsque le doigt de la vieille entra en contact avec ses blessures, il sursauta.

« Ce n'est qu'une douleur passagère, dit-elle. Elle finira par disparaître. Et une fois qu'elle a disparu, on n'en garde aucun souvenir durable. Pas de la phase vraiment aiguë, en tout cas. Elle s'estompe. Nos esprits ne sont pas faits pour retenir les détails de la douleur comme ils retiennent ceux de la volupté. C'est un don que nous offre Dieu, un signe de son amour pour nous. »

Inman eut envie de discuter, mais il se dit qu'il valait mieux garder le silence. Qu'elle pense ce qui lui plaisait si elle y trouvait du réconfort ; tant pis si sa logique était totalement erronée. Cependant, sa bouche s'ouvrit et il s'entendit répondre : « Je n'aimerais pas réfléchir trop longtemps au pourquoi et au comment de la douleur, ni à l'état d'esprit dans lequel il faudrait être pour inventer un phénomène pareil.

— Quand on arrive à mon âge, dit la vieille, c'est bien assez douloureux de se rappeler les plaisirs d'il y a longtemps. »

Elle boucha le flacon d'onguent et l'enfonça dans la poche du manteau d'Inman. « Prenez-le, dit-elle.

Continuez à en frotter vos blessures jusqu'à ce qu'il n'y en ait plus, mais n'en mettez pas sur votre col. Ça ne part pas au lavage. » Puis elle enfonça la main dans une vaste sacoche en peau de chèvre et en sortit une poignée de grosses pastilles, formées d'herbes roulées et attachées, comme de petites rondelles de cigare. Elle les empila dans la main d'Inman.

« Une chaque jour. En commençant tout de suite. »

Inman les fourra toutes dans sa poche sauf une, qu'il s'efforça d'avaler. Il eut l'impression qu'elle gonflait dans sa bouche, pour devenir une grande pilule gluante comme une chique de tabac. Impossible de déglutir. Les yeux d'Inman se mouillèrent. Il eut une nausée et, attrapant son verre de petit-lait, fit descendre le remède.

Plus tard dans la soirée, ils mangèrent les haricots blancs et les morceaux de la petite chèvre. Assis côte à côte sous la tonnelle de broussailles, ils écoutèrent la fine pluie tomber dans les bois. Inman dévora trois assiettées, puis ils sirotèrent du laudanum dans des petites tasses en terre cuite. A sa grande surprise, Inman se retrouva à parler d'Ada dont il décrivit le caractère et la personne dans les moindres détails. La conclusion à laquelle il en était arrivé à l'hôpital était qu'il l'aimait et souhaitait l'épouser, même s'il se rendait compte que le mariage supposait un minimum de confiance dans l'avenir, la projection de lignes jumelles filant droit devant, dans le temps, pour se rapprocher l'une de l'autre jusqu'au moment où elles ne formaient plus qu'une seule ligne. Une doctrine à laquelle il ne parvenait pas tout à fait à croire. D'ailleurs, il n'était pas du tout sûr qu'Ada accepterait son offre, l'offre de cet homme moralement et physiquement aigri qu'il était devenu. Il conclut en déclarant qu'Ada, même si elle tenait parfois du cactus dans son comportement, était, à son avis, extrêmement belle. Ses yeux n'étaient pas disposés de façon parfaitement symétrique dans son visage, ce qui lui donnait une expression éternellement triste, qui ne faisait que rehausser sa beauté.

La vieille femme regarda Inman comme si elle n'avait jamais entendu débiter de telles âneries. Elle pointa vers lui le tuyau de sa pipe : « Ecoutez-moi, dit-elle. Il n'est pas plus raisonnable d'épouser une femme pour sa beauté que de manger un oiseau parce qu'il chante bien. Et pourtant, c'est une erreur très répandue. »

Ils restèrent assis quelque temps sans parler, à déguster leur laudanum. Le breuvage sucré avait épaissi au point de n'être guère plus fluide ni plus limpide que de la mélasse et collait à la tasse. La pluie redoubla et quelques gouttes se faufilèrent à travers le chaume de la tonnelle pour tomber dans le feu avec un sifflement. C'était un bruit solitaire, la pluie, le feu, et rien d'autre. Inman essaya de s'imaginer menant une telle existence isolée, dans un refuge de Cold Mountain. Il faudrait construire un cabanon sur un rocher embrumé et passer des mois entiers sans voir personne. Une vision puissante dont, pourtant, il détesterait chaque instant.

« Il doit faire froid l'hiver, par ici, dit-il.

— Assez froid. Pendant les mois les plus glacés, j'entretiens le feu très chaud et j'empile des couvertures sur moi. Mon plus grand souci est d'empêcher mon encre et mes peintures à l'eau de geler, tandis que je travaille à ma table. Certains jours il fait si froid que je peux réchauffer une tasse d'eau entre mes cuisses. Et quand je trempe mon pinceau mouillé dans la peinture, les poils gèlent avant que je n'aie pu en appliquer la pointe contre mon papier.

— Qu'est-ce que vous notez dans ces carnets ? voulut savoir Inman.

— Ce sont des archives, dit la femme. Je fais des croquis et j'écris.

— A quel sujet ?

— Tout. Les chèvres. Les plantes. Le temps qu'il fait. Je note tout ce qui se passe. Ça finit par occuper tout votre temps, de simplement noter ce qui arrive. Il suffit de manquer un jour, et on prend un retard qu'on ne parviendra peut-être jamais à rattraper.

— Comment avez-vous appris à lire, à écrire et à dessiner ? demanda Inman.

— Comme vous. Quelqu'un m'a montré.

— Et vous avez passé toute votre vie ainsi ?

— Jusqu'à présent, oui. Mais je ne suis pas encore morte.

— Vous ne vous sentez pas un peu seule parfois ?

— De temps à autre, peut-être. Mais ce n'est pas l'ouvrage qui manque, et quand je m'active ça m'empêche de trop me tracasser.

— Et si vous tombez malade ici, toute seule ? demanda Inman.

— J'ai mes herbes.

— Et si vous mourez ? »

Le fait de mener une existence si bien protégée avait aussi ses inconvénients, elle en était consciente. Elle n'avait aucune aide à attendre de personne, quelles que soient les circonstances — d'ailleurs elle ne souhaitait pas continuer à vivre quand elle n'arriverait plus à se débrouiller seule. Mais d'après ses calculs, cette date était inscrite sur un calendrier assez lointain. L'idée de mourir seule et de ne pas être ensevelie ne lui causait pas la moindre inquiétude. Quand elle sentirait venir la mort, elle s'allongerait en haut de la falaise et laisserait les corbeaux la déchiqueter et emporter les morceaux.

« C'est ça ou les asticots, dit-elle. Entre les deux, je préfère que les corbeaux m'emportent sur leurs ailes noires. »

La pluie s'intensifia encore et ils décidèrent que la soirée était terminée. Inman se faufila en rampant sous la roulotte, s'enroula dans ses couvertures et s'endormit. Quand il s'éveilla, une journée entière était passée et c'était déjà le soir. Un corbeau l'observait, perché sur un des rayons de la roue. Inman se leva, enduisit ses blessures d'onguent, avala sa pilule aux herbes et la fit suivre d'une nouvelle lampée de laudanum et de liqueur. La vieille lui prépara une autre ration de chèvre aux haricots et, tandis qu'il mangeait, ils s'assirent sur les marches de la roulotte. La femme raconta une longue histoire décousue au sujet d'un troc de chèvres qui l'avait entraînée, un jour, jusque dans la capitale. Elle avait vendu une demi-douzaine de ses bêtes à un homme. Elle avait encore l'argent en main lorsqu'elle s'était rappelé qu'elle voulait garder les clochettes. L'homme avait refusé, déclaré que le marché était conclu. Elle avait protesté que les clochettes n'avaient jamais fait partie du marché, mais il avait lâché ses chiens sur elle et l'avait chassée. Pendant la nuit, elle était retournée chez lui avec un couteau, et elle avait coupé les colliers en cuir et récupéré ses clochettes. Ensuite, pour reprendre son expression, elle était repartie à pied par les rues de la capitale en jurant comme un charretier.

Inman avait l'esprit tout à fait embrumé par les remèdes, pourtant, quand elle eut fini son récit, il tapota la main de la vieille en disant : « L'héroïne aux clochettes de chèvre. »

Puis il se rendormit. A son réveil il faisait nuit noire et il ne pleuvait plus, mais le froid était intense. Les chèvres s'étaient massées autour de lui pour se réchauffer, et leur odeur était si forte qu'il en avait les larmes aux yeux. Il était incapable de dire si cette obscurité était celle dans laquelle il s'était assoupi, ou si une journée s'était écoulée entre-temps. La lueur d'une lampe à huile tombait en fils lumineux par les interstices du plancher de la roulotte ; Inman sortit de son refuge. Un croissant de lune brillait faiblement au-dessus de l'horizon, à l'est ; les étoiles paraissaient glaciales et cassantes. Sur la crête qui dominait le vallon, un énorme pic de roche nue se découpait contre la voûte étoilée, telle une sentinelle faisant le guet au cas où le ciel tenterait d'assiéger les montagnes. Un impérieux besoin de marcher s'empara d'Inman. Il alla frapper contre la paroi et attendit que la vieille se manifestât, mais il n'y eut pas de réponse. Il entra dans la roulotte. Elle était vide. Il examina les papiers sur le bureau, prit un des carnets et l'ouvrit à une page où figurait un dessin de chèvres avec des yeux et des pieds comme des personnages humains. Si les phrases notées dessous étaient difficiles à analyser sur le plan grammatical, elles paraissaient établir une opposition entre le comportement de certaines chèvres par temps froid et par temps chaud. Inman tourna quelques pages et découvrit des croquis de plantes, puis encore des images de chèvres, exécutées avec une palette terne et limitée, comme si la vieille peignait avec ces teintures végétales qu'on utilise pour les vêtements. Inman lut les légendes qui accompagnaient les dessins : elles racontaient ce que mangeaient les chèvres, la façon dont elles se comportaient les unes vis-à-vis des autres, et les humeurs qui s'emparaient d'elles. Il eut le sentiment que la femme cherchait à dresser une liste détaillée de leurs habitudes.

Ce serait un mode de vie, se dit-il, vivre en ermite au milieu des nuages. Le monde turbulent ne serait plus qu'un souvenir de plus en plus estompé. L'esprit se tournerait exclusivement vers les plus nobles créations de Dieu. Cependant, plus il étudiait le carnet, plus il se demandait ce qu'éprouvait la vieille quand, remontant les décennies, elle essayait de calculer combien d'années s'étaient écoulées depuis un événement de sa jeunesse — son amourette avec le garçon aux cheveux jaunes qu'elle aurait voulu épouser plutôt que son vieux mari, une journée d'automne particulièrement superbe, un bal ce soir-là après la moisson, et plus tard, dehors, sur la terrasse couverte, une lune ambrée s'élevant au-dessus des arbres, tandis qu'elle embrassait le garçon, les lèvres entrouvertes, et qu'à l'intérieur les violons jouaient un morceau de musique ancienne auquel elle avait voué un enthousiasme déraisonnable. Tant d'années entre alors et maintenant que le seul énoncé de leur nombre plongerait quiconque dans une ineffable tristesse, aucun souvenir tendre ne s'y rattachant.

Inman s'aperçut qu'il n'y avait pas le moindre petit miroir dans la roulotte et il en déduisit que la vieille femme devait faire sa toilette au toucher. Savait-elle seulement à quoi elle ressemblait à présent ? De longs cheveux aussi pâles et fins que des toiles d'araignée, une peau flétrie et fripée autour de ses yeux et de ses mâchoires, tavelée en travers du front, des poils qui lui sortaient des oreilles. Seules ses joues restaient roses et les prunelles de ses yeux brillantes et bleues. Si on lui avait présenté un miroir, se serait-elle détournée avec violence, surprise et terrifiée par la vieillarde qui la dévisageait, alors que son esprit retenait encore l'image de ce qu'elle avait été plusieurs dizaines d'années auparavant ? Certainement, à force de vivre seule, on pouvait devenir ainsi.

Inman attendit le retour de la gardeuse de chèvres. L'aurore parut. Il souffla la lampe et rompit du petit-bois qu'il jeta dans le poêle. Il avait envie de poursuivre sa route mais ne voulait pas partir sans l'avoir remerciée. Elle ne revint qu'à une heure avancée de la matinée, une paire de lapins pendant par les pattes de derrière au bout de ses mains.

« Il va falloir que j'y aille, dit Inman. Je voulais juste savoir si je ne pouvais pas vous payer ma nourriture et vos remèdes.

— Vous pourriez essayer, répondit-elle. Mais je ne voudrais pas de votre argent.

— Dans ce cas, je vous remercie, dit Inman.

— Ecoutez, reprit la vieille, si j'avais un garçon, je lui dirais ce que je vais vous dire à vous : soyez prudent.

— Je le serai, dit Inman.

— Tenez, prenez donc ça », lui dit-elle encore. Et elle lui tendit une feuille de papier sur laquelle était dessinée une grappe de baies d'automne d'un bleu violacé.

SAUVAGES DE LEUR PLEIN GRÉ

Au premier souffle de l'aube, Ruby fut debout puis dehors, en route vers la maison afin de ranimer le fourneau et de mettre la semoule de maïs à cuire et quelques œufs à frire. On y voyait encore à peine, et l'air était épaissi par le brouillard qui stagnait une heure ou deux, au fond de Black Cove, chaque matin sauf en hiver. Pourtant, en approchant, elle distingua un homme en costume sombre à côté de la réserve à maïs. Elle fonça droit vers la terrasse de la cuisine, entra dans la maison et empoigna le fusil chargé qui se trouvait à sa place, entre deux branches fourchues fixées par des clous au-dessus du chambranle. Elle arma les deux chiens et se dirigea d'un pas leste vers la réserve.

L'homme portait un grand chapeau mou, gris, tiré bas sur le front, et il baissait la tête. De l'épaule il s'appuyait au mur, une jambe croisée devant l'autre. Aussi nonchalant qu'un voyageur adossé contre un arbre au bord de la route, qui attend l'arrivée de la diligence et fait passer le temps en sifflotant.

Malgré la grisaille du petit jour, Ruby vit bien que ses vêtements étaient coupés dans une étoffe de première qualité. Et ses bottes, quoique un peu éraflées, dénotaient plutôt le grand propriétaire que le voleur de maïs. Un seul détail démentait la parfaite décontraction du visiteur : son bras droit disparaissait au fond du trou ménagé dans la paroi de la réserve.

Ruby s'avança, l'arme basse, néanmoins pointée à hauteur des genoux de l'intrus. Elle se tenait prête à le morigéner, sans mâcher ses mots, pour avoir volé leur maïs, mais, à son approche, il releva la tête. Il regarda Ruby et sourit de toutes ses dents en s'écriant : « Par les feux de l'enfer.

— Tu n'es donc pas mort ? demanda Ruby.

— Pas encore, dit Stobrod. Allons, délivre ton papa. »

Ruby appuya le fusil contre le mur de la réserve, déverrouilla la porte et entra. Elle ôta le pieu qui rivait le piège et écarta les mâchoires refermées autour de la main de Stobrod. Le sang coulait de son poignet, là où il n'avait que la peau sur les os. Il frotta son bras bleu par des meurtrissures de sa main valide. Puis sortit un mouchoir de fine batiste, enleva son chapeau et s'épongea le front et le cou.

« La nuit est longue, quand on doit la passer debout, pris au piège, remarqua-t-il.

— Je te crois », répondit Ruby. Elle l'examina. Il avait changé. Il avait l'air bien vieux, le crâne à moitié chauve, les favoris grisonnants. En revanche, il n'avait pas épaissi. C'était toujours un petit maigrichon.

« Quel âge as-tu à présent ? » demanda-t-elle.

Il remua les lèvres un instant, tandis qu'il essayait de calculer mentalement.

« Dans les quarante-cinq ans, finit-il par dire.

— Quarante-cinq ans, répéta Ruby.

— Quelque chose comme ça.

— On ne dirait pas.

— Merci.

— Non, je trouve que tu fais plus.

— Ah bon.

— Tu serais n'importe qui d'autre, reprit Ruby, je te demanderais pourquoi tu as plongé la main dans notre maïs alors que tu as l'air plein aux as. Mais toi, je te connais trop pour ça. Tu rôdes dans le coin, tu chapardes un petit peu par-ci, un petit peu par-là, afin de remplir quelques bouteilles d'alcool. Et ton costume, tu l'as volé à quelqu'un ou gagné aux cartes.

— C'est un peu ça.

— Tu as déserté des rangs de l'armée, j'en suis sûre.

— En ma qualité de héros, j'avais droit à une permission.

— Toi ?

— Dans toutes les batailles auxquelles j'ai participé, c'est moi qui ai mené l'assaut, déclara Stobrod.

— J'ai entendu dire que les officiers collent volontiers les plus grands fouteurs de merde aux avant-postes, répliqua Ruby. Comme ça, ils en sont débarrassés plus vite. »

Sans laisser à son père le temps de répondre, elle ajouta : « Viens avec moi. » Elle ramassa le fusil et partit vers la maison. Elle lui dit de s'asseoir sur les marches de la terrasse et d'attendre. Dans la cuisine, elle alluma le feu et posa dessus une bouilloire pour le café. Elle fit de la pâte à biscuits et commença à préparer le petit déjeuner. Des biscuits, de la bouillie de maïs, des œufs. Quelques fines tranches de lard frit.

Ada descendit de sa chambre et s'assit dans son fauteuil, près de la fenêtre, pour boire son café, maussade comme chaque matin.

« On a fini par prendre quelque chose dans notre piège, annonça Ruby.

— Ce n'est pas trop tôt. C'était quoi ?

— Mon papa. Il est sur la terrasse, à cette heure », dit Ruby. Elle était en train de touiller une sauce blanche dans une casserole.

« Je te demande pardon ?

— Stobrod. Il a réussi à revenir de la guerre. Mais mort ou vif, il ne compte guère pour moi. Il aura son petit déjeuner et nous le prierons de passer son chemin. »

Ada se leva afin de mettre le nez à la porte et contempler le dos maigre de Stobrod. Sa main gauche était tendue devant lui et il fredonnait à voix basse.

« Tu aurais pu le faire entrer, dit Ada quand elle eut regagné son fauteuil.

— Il peut très bien attendre dehors. »

Quand le petit déjeuner fut prêt, Ruby alla poser une assiette pour son père sur la petite table sous le poirier. Ada et elle prirent le leur dans la salle à manger et, par la fenêtre, elles pouvaient voir que Stobrod mangeait très vite, avec voracité, le bord de son chapeau scandant le rythme de ses mâchoires. S'il n'empoigna pas son assiette pour en lécher la dernière trace de graisse, ce fut tout juste.

« Il aurait pu manger ici, répéta Ada.

— Il y a des limites que je ne veux pas outrepasser », rétorqua Ruby.

Elle sortit chercher l'assiette de Stobrod.

« As-tu un endroit où aller ? » lui demanda-t-elle.

Il avait en effet un endroit, quelque chose comme son logis, et même un brin de compagnie car il s'était acoquiné avec un ramassis de déserteurs armés jusqu'aux dents. Ils vivaient dans une profonde caverne, à flanc de montagne, sauvages de leur plein gré. Ils ne demandaient rien d'autre que de pouvoir chasser, manger et veiller toute la nuit, ivres morts, en jouant de la musique.

« Ma foi, je veux bien croire que cela te convient, dit Ruby. Ton but dans la vie a toujours été de passer la nuit à danser, une bouteille à la main. A présent, te voilà nourri. Tu peux filer d'ici. Nous n'avons plus rien pour toi. Si je te reprends à piocher dans notre maïs, je déchargerai peut-être mon arme sur toi, et je peux te dire qu'elle n'est pas chargée avec du sel. »

Elle frappa dans ses mains, comme pour chasser du bétail, et il partit d'un pas sautillant, les mains dans les poches, dans la direction de Cold Mountain.

Le jour qui suivit fut chaud, ensoleillé et sec. Ce mois-là, il n'était encore tombé qu'une fine pluie matinale, et les feuilles des arbres craquaient et bruissaient dans la brise, tandis que Ruby et Ada se rendaient jusqu'à la grange pour voir comment séchait leur tabac. Les larges feuilles pendaient par rangées, la tête en bas, accrochées à des perches. Il y avait quelque chose d'humain, de féminin, de

menaçant dans ces bouquets de feuilles qui se gon-
flaient telles de vieilles jupes de coton jauni. Ruby
tâta les feuilles, les frotta entre ses doigts. Elle
déclara que tout était parfaitement en ordre, grâce
au temps sec et au soin avec lequel le tabac avait été
planté et récolté, en totale conformité avec les signes
du ciel. Elles pourraient bientôt le faire tremper dans
de l'eau additionnée de mélasse, le tordre en chiques
et s'en servir comme monnaie d'échange.

Ruby proposa de prendre quelques instants de
repos dans le fenil, où l'on était très agréablement
installé, assura-t-elle. Elle grimpa à l'échelle et
s'assit, jambes écartées, dans l'encadrement de la
large porte, comme aucune femme adulte de la
connaissance d'Ada ne l'aurait fait.

Celle-ci hésita à la rejoindre. Elle s'assit dans le
foin, les jambes cachées sous les plis soigneusement
arrangés de sa jupe. Ruby la regardait non sans amusement, comme pour dire : Moi je peux agir ainsi
parce que je n'ai jamais été bien élevée, et toi parce
que tu as récemment cessé de l'être. Ada finit par
s'asseoir, elle aussi, dans l'encadrement de la porte.
Elles se prélassèrent, en mâchonnant des tiges de
foin et en balançant leurs jambes comme des garçons. La grande ouverture formait le cadre d'un paysage : la pente jusqu'à la maison, et plus loin, derrière les champs du haut, Cold Mountain, qui
paraissait proche et dont les contours étaient clairement définis, dans l'air sec, sous leur parure chamar-
rée de couleurs automnales. La maison était d'un
blanc impertinent, immaculé. Un plumet de fumée
bleue s'élevait du tuyau noir de la cuisine. Puis une
brise balaya la vallée sur toute sa longueur et
l'entraîna en tourbillons.

« Tu dis que tu veux apprendre à exploiter ces
terres, dit Ruby.

— Oui », répondit Ada.

Ruby se leva, s'agenouilla derrière Ada et plaça ses
mains devant ses yeux.

« Ecoute », dit Ruby. Ses mains, chaudes et rugueuses contre le visage d'Ada, sentaient le foin, le tabac, la farine, et quelque chose de plus profond, une odeur propre, animale. Ada devinait leurs os graciles contre ses yeux papillotants.

« Qu'entends-tu ? » demanda Ruby.

Ada entendait le bruit du vent dans les arbres, le froissement sec de leurs dernières feuilles. Elle le dit.

« Les arbres ! lança Ruby avec mépris, comme si elle s'était attendue à une réponse aussi niaise. Les arbres en général, et voilà tout ? Tu en as du chemin à parcourir. »

Elle enleva ses mains et se rassit sans rien ajouter, laissant Ada conclure seule. Ce qu'elle voulait dire, c'était qu'elles vivaient dans un monde bien particulier. Tant qu'Ada ne serait pas capable de distinguer au moins le son d'un peuplier de celui d'un chêne, à cette époque de l'année où c'était le plus facile, elle n'aurait même pas commencé à connaître l'endroit.

Tard dans l'après-midi, en dépit de la tiédeur de l'air, la lumière devint cassante et bleue, ses rayons obliques annonçant clairement que l'année était près d'achever son cycle. Ce serait, à coup sûr, une des dernières journées chaudes et sèches, et Ada et Ruby décidèrent, en son honneur, de dîner dehors, sous le poirier. Elles firent rôtir un filet de gibier qu'Esco était venu leur déposer, mirent à frire une poêlée de pommes de terre et d'oignons et confirent une laitue tardive. Elles avaient balayé les feuilles rousses qui jonchaient la table et elles posaient leurs deux couverts lorsque Stobrod sortit soudain des bois. Il portait un sac de chanvre, et il s'assit comme si une invitation dépassait de la poche de son veston.

« Tu n'as qu'un mot à dire et je l'envoie promener une deuxième fois, dit Ruby à Ada.

— Nous avons assez », répondit Ada.

Ruby refusa de parler, si bien que Stobrod raconta à Ada ses souvenirs de la guerre. Il souhaitait que le conflit prenne bientôt fin, ce qui lui permettrait de redescendre de la montagne. Pourtant, il était à craindre, au contraire, qu'il ne s'éternise et que les temps ne soient durs pour tout le monde. Ada s'entendit faire chorus mais, tandis qu'elle regardait la petite vallée plongée dans la pénombre bleue, la dureté des temps lui paraissait bien lointaine.

Quand ils eurent fini de dîner, Stobrod saisit son sac et en tira un violon qu'il posa en travers de ses genoux. L'instrument était d'un dessin nouveau : là où aurait dû, normalement, s'arrondir la volute, la tête d'un grand serpent, sculptée dans le bois, s'incurvait et se repliait en direction du cou, peaufinée, écailles et pupilles fendues, jusque dans les moindres détails. Stobrod en était fier à juste titre car il l'avait façonné lui-même, durant les mois qu'il venait de passer dans la peau d'un fugitif. Son violon précédent lui avait été volé lors de son retour chez lui, si bien que, faute de modèle, il avait fabriqué celui-ci de mémoire, ce qui lui donnait l'air de quelque vestige artisanal, datant d'une période primitive de la lutherie.

Il le tourna pour leur laisser admirer chacune des faces et leur en fit l'historique. Il avait passé des semaines à parcourir les crêtes pour couper de l'épicéa, de l'érable et du buis et, une fois le bois bien sec, il avait passé des heures assis à tailler les différentes pièces avec son couteau. Il avait découpé des formes et des serre-joints de son invention. Il avait fait bouillir le bois des éclisses pour l'assouplir, en sorte que, en refroidissant et en séchant, il avait pris des courbes harmonieuses qui ne risquaient pas de gauchir. Il avait sculpté le cordier, le chevalet et la touche à main levée. Après quoi il avait fait bouillir des sabots de cerf pour obtenir de la colle. Il avait creusé des trous pour les chevilles, puis il avait assemblé le tout et laissé sécher. Il avait placé ensuite l'âme à l'aide d'un fil de fer, teint la touche en buis avec du jus de phytolacca, et consacré des heures à la confection de la tête de vipère recourbée contre son corps.

Pour parachever son œuvre, il avait, au plus noir de la nuit, volé une petite boîte de vernis dans une cabane à outils afin d'enduire l'instrument. Enfin, il l'avait cordé et accordé. Et, une nuit, il avait coupé les crins de la queue d'un cheval pour son archet.

Il avait alors contemplé son ouvrage et s'était dit : A présent, voilà que j'ai presque ma musique. Il ne lui restait plus qu'une besogne : tuer un serpent. Il se demandait en effet depuis un certain temps si, en introduisant la cascabelle d'un serpent à sonnette à l'intérieur, il n'aurait pas la bonne fortune d'en améliorer considérablement le son, de lui donner un timbre unique, tenant à la fois du sifflet et de la cloche. Plus le serpent aurait de grelots, mieux ce serait, du moins le pensait-il. A l'entendre, il s'était agi d'une véritable quête. L'amélioration musicale qu'il recherchait avait autant de chances de provenir de la discipline mystique qu'il s'imposerait pour se procurer les grelots que de leur réelle efficacité au cœur du violon.

Il avait, dans ce but, erré dans tous les coins de Cold Mountain. Il savait qu'aux premières fraîcheurs de l'automne les reptiles se déplaçaient, cherchant un refuge en prévision de l'hiver. Il avait tué un certain nombre de serpents de bonne taille, mais, une fois morts, leurs queues paraissaient trop petites, pitoyablement insuffisantes. Finalement, après être grimpé là où poussent les sapins baumiers, il était tombé sur un énorme serpent des bois lové sur une ardoise plate, au soleil. Pas démesurément long mais, sur toute sa longueur, plus épais qu'un bras d'homme. Les anneaux se rejoignaient sur son dos presque aussi sombre qu'une couleuvre noire et il avait à la queue une cascabelle avec de longs grelots. « Longs comme ça », précisa-t-il en montrant à Ada la troisième articulation de son index. Et à plusieurs reprises, il fit claquer son ongle.

Stobrod avait dit au serpent : « Eh là, j'ai l'intention de te faucher les grelots que voilà. » Le reptile avait soulevé sa tête de la pierre pour jauger Stobrod à travers les fentes de ses yeux jaunes. Sa position, à demi redressé, indiquait qu'il préférait se battre que bouger. Sa queue avait frémi un bref instant, puis il avait agité ses grelots en produisant un bruit strident, suffisamment affreux pour paralyser la pensée de qui que ce soit.

Stobrod, conformément aux décrets de la nature, avait reculé d'un pas. Mais il voulait cette cascabelle. Il avait sorti son couteau et s'était taillé un bâton fourchu de quelque quatre pieds de long avant de retourner près du serpent, toujours immobile, qui paraissait savourer l'idée d'un combat. Stobrod s'était arrêté à une longueur de bras, hors de portée, estimait-il, des crochets de son adversaire. Celui-ci avait levé la tête et Stobrod l'avait encouragé à frapper.

« Hooouu ! » avait-il lancé en lui agitant le bâton sous le nez.

Le reptile, sans se laisser impressionner, avait continué à faire entendre ses grelots.

« Haaa ! » avait repris Stobrod en l'aiguillonnant de l'extrémité de son outil. Le bruit de la cascabelle avait quelque peu diminué de volume et de stridence tandis que le serpent, lové sur lui-même, changeait de position. Puis il avait fait silence, comme accablé d'ennui.

A l'évidence, il attendait une provocation plus concrète. Stobrod s'était alors avancé imperceptiblement. Accroupi, il avait mis son couteau entre ses dents afin de brandir le bâton fourchu de la main droite. Très vite il avait agité la main gauche, assez près du reptile pour être à portée de ses dents venimeuses. Le crotale s'était jeté en avant, parallèlement au sol. Sa gueule rose paraissait aussi grande que la paume d'une main ouverte. Mais il avait manqué sa cible.

Stobrod avait abattu son bâton et coincé la tête du reptile contre le roc. Prompt comme l'éclair, il avait placé son pied sur la nuque de sa proie. Empoigné la queue qui fouettait l'air. Pris son couteau qu'il tenait entre ses dents. Coupé net la cascabelle à la racine. Puis bondi en arrière. Le serpent s'était tordu, avait repris sa position d'attaque. Pourtant, quand il avait essayé de faire entendre ses grelots, il ne lui restait plus désormais qu'un moignon sanguinolent.

« Tu peux continuer à vivre, si ça te chante », avait lancé Stobrod qui s'était éloigné en agitant la cascabelle. Il était persuadé que, à dater de cet instant, chaque note qui sortirait de son violon aurait une voix nouvelle dans laquelle on devinerait, quelque part, effrayant et funèbre, le chant menaçant du serpent.

Lorsqu'il eut fini de raconter à Ruby et Ada la naissance de son violon, Stobrod resta à le regarder, comme s'il s'agissait de la huitième merveille du monde. Il l'empoigna et le brandit devant elles comme une pièce à conviction, l'objet qui prouvait qu'il était désormais, sous certains rapports, un autre homme que celui qui était parti se battre. Quelque chose dans cette guerre, prétendait-il, les avait rendus tout à fait différents, lui et sa musique.

Ruby restait sceptique. « Avant la guerre, lança-t-elle, le violon ne t'intéressait que dans la mesure où il te permettait de boire à l'œil dans les bals.

— Il y en a qui disent qu'à présent j'en joue comme un homme que la fièvre fait délirer », déclara Stobrod pour se défendre.

La métamorphose avait été inattendue, assura-t-il. Elle était survenue près de Richmond, au mois de janvier 1862. Son régiment avait pris ses quartiers d'hiver. Un jour, un homme était arrivé au camp en réclamant un violoniste, et on l'avait envoyé à Stobrod. L'homme avait expliqué qu'en ranimant le feu, ce matin-là, sa fille, âgée de quinze ans, avait versé de l'huile de houille sur le petit bois. Mais le liquide avait touché des braises encore allumées et lui avait explosé à la figure au moment même où elle remettait le couvercle du poêle. Le disque de fonte avait percuté sa tête avec violence, et la langue de feu qui avait jailli de l'ouverture lui avait calciné le visage presque jusqu'à l'os. Elle était mourante. La chose était sûre. Pourtant, au bout d'une heure ou deux, elle avait repris conscience et, lorsqu'on lui avait demandé ce qui pourrait calmer un peu ses souffrances, elle avait répondu : un air de violon.

Stobrod avait empoigné son instrument et suivi l'homme jusque chez lui, à une heure de marche du camp. Il avait découvert la famille entière assise dans la chambre. La jeune brûlée, appuyée sur des oreillers, n'avait plus que quelques touffes de cheveux, et son visage ressemblait à un raton laveur dépiauté. Tout autour de la tête, là où la chair à vif avait suinté, la taie d'oreiller était humide. Une profonde entaille était visible au-dessus de son oreille, à l'endroit où le couvercle du poêle l'avait frappée. La blessure ne saignait plus, mais elle n'était pas encore brune. La jeune fille avait toisé Stobrod de la tête aux pieds et le blanc de ses yeux surprenait dans ce visage écorché. « Jouez-moi quelque chose », avait-elle dit.

Stobrod s'était assis à son chevet et avait commencé à accorder son violon. Il avait tripoté si longtemps les chevilles que la jeune fille avait lancé : « Vous feriez mieux de commencer si vous avez l'intention d'accompagner mon départ en musique. »

Stobrod avait d'abord joué *Peas in the Pot*, puis *Sally Ann* et ainsi de suite, les six airs qui composaient son répertoire. Ce n'était que des airs de danse, et Stobrod se rendait compte que, en une telle occasion, ils étaient de mauvais goût. Il avait fait de son mieux pour les ralentir mais ils refusaient d'être lugubres, même exécutés sur un tempo d'escargot. Quand il avait eu terminé, la jeune fille n'était pas encore morte.

« Jouez-moi autre chose, avait-elle demandé.

« — Je ne connais rien d'autre, avait répondu Stobrod.

— C'est lamentable, avait-elle dit. Quelle espèce de violoniste êtes-vous donc ?

— Minable et tâcheron. »

La réponse avait amené un bref sourire sur le visage de la jeune fille, mais accompagné d'une douleur qui se lisait dans ses yeux et qui avait bien vite affaissé les commissures de ses lèvres.

« Dans ce cas, inventez-moi un air », avait-elle dit.

Stobrod n'avait jamais songé à composer et cette étrange requête l'avait laissé interdit.

« Je ne crois pas que j'en suis capable, avait-il dit.

— Pourquoi pas ? Vous ne vous y êtes donc jamais frotté ?

— Non.

— Alors il faudrait vous y mettre, avait-elle dit. Nous n'avons pas beaucoup de temps. »

Il avait réfléchi un instant, pincé les cordes et refait l'accord. Puis il avait porté le violon à son cou, posé l'archet sur les cordes et lui-même avait été surpris par les sons qui étaient sortis de l'instrument. La mélodie qu'il avait dévidée était lente, hésitante, et elle avait trouvé principalement son humeur par des effets de bourdon et des doubles cordes. L'air était modulé dans l'effrayant et terrible mode phrygien et, dès que la mère de la jeune brûlée l'avait entendu, elle avait éclaté en sanglots et quitté sa chaise pour courir dans le vestibule.

A la fin du morceau, la jeune fille avait regardé Stobrod. « Eh bien, c'était superbe, avait-elle dit.

— Non, vous exagérez, avait-il répondu modestement.

— Pas du tout », avait-elle rétorqué. Elle avait détourné la tête et sa respiration était devenue sifflante et grasse.

Le père s'était approché de Stobrod et l'avait pris par le coude pour le conduire dans la cuisine. Il l'avait installé à la table et lui avait versé une tasse de lait avant de remonter l'escalier. Le temps de vider la tasse, l'homme était de retour.

« C'est fini », avait-il annoncé. Il avait sorti un dollar fédéral de sa poche et l'avait fourré dans la main de Stobrod. « Vous avez adouci ses derniers moments, là-haut », avait-il déclaré.

Stobrod avait mis le dollar dans sa poche et il était reparti. Tandis qu'il regagnait le camp, il s'était arrêté à de multiples reprises pour contempler son violon, comme s'il le voyait pour la première fois. Jamais encore il n'avait songé à faire des progrès, pourtant il lui semblait à présent que jouer chaque air comme si tous ceux qui se trouvaient à portée d'oreille venaient d'être récemment la proie des flammes valait la peine.

Depuis, il avait rejoué chaque jour la mélodie improvisée pour la jeune fille. Il ne s'en était jamais lassé et, à vrai dire, elle lui paraissait à ce point inépuisable qu'il pourrait la rejouer jusqu'à la fin de sa vie et y découvrir chaque fois quelque chose de nouveau. Ses doigts avaient maintenant si souvent appuyé sur les cordes, son bras avait si souvent passé l'archet selon le dessin voulu qu'il ne pensait plus à ce qu'il faisait. Les notes arrivaient sans effort. L'air était devenu une véritable matière, une entité qui donnait de l'ordre et un sens à l'écoulement des jours, comme d'autres priaient, ou vérifiaient et revérifiaient qu'ils avaient fermé la porte à clef, ou se mettaient à boire à la tombée de la nuit.

A dater du jour où il avait joué pour la jeune mourante, la musique s'était imposée à son esprit. La guerre ne l'intéressait plus. Il avait rempli ses devoirs de soldat. Et on n'avait guère remarqué son absence. Il préférait dorénavant rester des heures dans les sombres régions des tavernes de Richmond, des endroits humides et froids, où se mêlaient des odeurs de corps jamais lavés, d'alcool renversé, de parfum bon marché et de pots de chambre à vider. A dire vrai, dès le début du conflit, il avait aimé ce genre de lieux. La différence, c'était que, désormais, son intérêt se portait sur les nègres qui jouaient souvent pour la clientèle. Stobrod avait passé plus d'une nuit à errer d'un estaminet à l'autre, jusqu'à ce qu'il eût trouvé un musicien qui maniât un instrument à corde avec autorité, quelque génie de la guitare ou du banjo. Alors il sortait son violon et jouait jusqu'à l'aube et, chaque fois, il apprenait quelque chose.

Il avait d'abord concentré son attention sur les questions d'accord, de doigté, de phrasé. Puis il avait commencé à écouter les paroles des chansons qu'interprétaient les nègres, admirant la façon dont ils exprimaient les désirs, les craintes de leurs existences, avec tant de clarté et d'orgueil. Et il avait bientôt découvert qu'il apprenait sur lui-même des choses qui n'avaient jusque-là jamais traversé le tamis de sa pensée. Notamment, que la musique lui offrait davantage qu'un simple plaisir. Il y avait de la chair autour. L'assemblage des sons, leurs formes, à mesure qu'ils sonnaient et s'éteignaient, lui transmettaient un message de réconfort. Ce que lui disait la musique, c'était qu'il existait un bon ordre selon lequel agencer les choses, afin que la vie ne fût pas toujours brouillonne et négligée, afin qu'elle eût une forme, un but. C'était un puissant argument contre l'idée que les choses arrivent fortuitement. Il connaissait à présent neuf cents airs de violon, dont une centaine de sa propre composition.

Ruby révoqua l'exactitude de ce chiffre, remarquant que les dix doigts de ses mains avaient jusqu'à présent toujours suffi à son père.

« Jamais il n'a eu assez de quoi que ce soit pour se voir obligé de compter au-delà de dix, déclara-t-elle à Ada.

— Neuf cents airs, insista Stobrod.

— Bon, eh bien, joues-en donc un », riposta Ruby.

Stobrod réfléchit un instant, puis il fit courir son pouce le long des cordes, tourna une cheville, pinça de nouveau les cordes, tourna les autres chevilles, jusqu'à ce qu'il eût obtenu un accord qu'il désirait.

« Je n'ai jamais pris le temps de donner un nom à celui-là, dit-il. Mais je crois qu'on pourrait l'appeler *La Fille aux yeux verts.* »

Lorsqu'il passa l'archet sur son violon, le son les surprit par sa limpidité et sa pureté, et la manière dont l'instrument était accordé amenait de curieuses dissonances. Il s'agissait d'un air lent et modal, néanmoins exigeant par son rythme et couvrant une ample tessiture. Sa mélodie imposait sans cesse à l'esprit, et de façon pressante, l'idée qu'elle n'était qu'une chose éphémère, enfuie aussi vite qu'apparue, insaisissable. La nostalgie était son caractère principal.

Ada et Ruby, stupéfaites, regardèrent Stobrod dévider le fil de sa musique. Il avait, semblait-il, en tout cas pour ce morceau, renoncé aux petits coups d'archet heurtés des violoneux qu'elles connaissaient, afin de produire des notes soutenues, à la fois douces et perçantes. Jamais Ruby n'avait entendu une musique pareille. Ada non plus. Il jouait comme on respire, avec pourtant la conviction inébranlable que sa musique était au centre d'une vie digne d'être vécue.

Lorsque Stobrod eut fini et retiré l'instrument de sous son menton hérissé de barbe grise, il s'ensuivit un long silence dans lequel les voix des grenouilles, au bord de la rivière, prirent des accents exceptionnellement tristes et pleins d'espoir, face à l'hiver qui arrivait. Il regardait Ruby, apparemment prêt à entendre quelque sévère jugement. Ada tourna également les yeux vers sa compagne, et lut sur son visage qu'il faudrait plus qu'un récit et un air de violon pour adoucir son cœur à l'égard de son père. Elle déclara à Ada : « C'est quand même bizarre qu'il ait attendu d'avoir l'âge qu'il a pour découvrir le seul outil qu'il ait jamais manié avec adresse. Un pauvre type comme lui, qui doit son surnom au fait qu'on l'a à moitié tué à coups de bâton[1], un jour qu'on l'avait surpris à voler un jambon. »

Ada, elle, avait l'impression que la transformation de Stobrod tenait du miracle.

MON LIT NUPTIAL ÉTAIT PLEIN DE SANG

Inman erra dans la montagne pendant des jours, perdu dans le brouillard. Il plut sans discontinuer, lui sembla-t-il, de la nouvelle à la pleine lune, mais, avec un ciel aussi couvert, comment en être sûr ? Inman n'avait plus vu ni soleil, ni lune, ni étoiles depuis au moins une semaine, et il n'aurait pas été surpris d'apprendre que, pendant tout ce temps, il avait marché en rond, ou selon d'autres figures géométriques plus complexes mais également dépourvues de direction. Il essaya de repérer des points situés droit devant lui, un arbre ou un rocher vers quoi diriger ses pas. Il se tint à cette méthode jusqu'au moment où il se dit que ces repères formaient peut-être un énorme cercle et, dans ce cas, valait-il mieux décrire d'énormes cercles ou des petits ? Il continua donc à se déplacer à l'aveuglette, à suivre le chemin qui lui paraissait filer vers l'ouest, et à se satisfaire du simple fait d'avancer.

Il avait épuisé l'onguent de la gardeuse de chèvres et, très vite, les plaies qu'il avait à la tête s'étaient transformées en petites cicatrices étoilées et sa blessure au cou réduite à un trait dur et argenté. La douleur était devenue une espèce de bruit lointain, qu'il

1. *Stobrod* est un mot composé de *stob*, qui veut dire bâton, et *rod*, qui signifie verge ou baguette. *(N.d.T.)*

pensait être capable d'écouter indéfiniment. Ses pensées, en revanche, ne guérissaient pas aussi vite.

Son havresac ne tarda pas à être vide. Les premiers jours il chassa, mais les hautes forêts de sapins baumiers paraissaient désertées par le gibier. Il voulut attraper des écrevisses à la main pour les faire bouillir, mais, après avoir passé des heures à s'échiner, il avait à peine de quoi remplir le fond de son chapeau et, après les avoir mangées, il n'avait pas l'impression d'y avoir gagné grand-chose. Il mâchonna l'écorce d'un jeune ormeau, mangea la tête d'un bolet couleur de rubis. Quinze minutes plus tard, il était de nouveau mort de faim. Très vite, il se contenta de boire l'eau des rivières et de cueillir du cresson sauvage près des cours d'eau.

Un après-midi, il se retrouva à ramper sur le bord moussu d'une rive, telle une créature sauvage, la tête trempée jusqu'aux oreilles, avec le goût âcre du cresson dans la bouche et pas la moindre espèce d'idée dans le crâne. Quand il aperçut son propre visage qui le regardait, ondulant et sinistre, il effleura aussitôt des doigts la surface de l'eau, afin de faire voler l'image en éclats.

Bon Dieu, si seulement il me poussait des ailes, se dit-il, je filerais d'ici sans demander mon reste ; mes longues ailes m'emporteraient vers les hauteurs lointaines, en sifflant dans le vent. Le monde se déploierait au-dessous de moi comme une image bariolée et il n'y aurait plus rien pour me retenir à terre. Je franchirais les cours d'eau et les collines sans le moindre effort. Et je continuerais à monter, toujours plus haut, jusqu'à n'être plus qu'un point noir dans le ciel limpide. Parti ailleurs. Vivre parmi les branches d'arbres et les à-pic rocheux. Des vestiges d'humanité reviendraient peut-être, de temps à autre, tels des émissaires désireux de me ramener vers la société de mes semblables. Mais chaque tentative se solderait par un échec. Je me percherais sur quelque crête élevée et j'observerais la brillante lumière du jour.

Le lendemain, Inman eut soudain l'impression d'être suivi. Faisant volte-face, il vit un petit bonhomme aux yeux porcins, vêtu d'une combinaison de travail dans des tons passés et d'un veston noir, qui cheminait sans bruit, juste derrière lui, presque à portée de main.

« Qui diable êtes-vous ? » grommela Inman.

L'homme s'enfuit en sautillant et se cacha derrière un grand tulipier. Inman s'approcha de l'arbre. Rien.

Il poursuivit son chemin en regardant à d'innombrables reprises par-dessus son épaule. Il se retournait brusquement, cherchant à surprendre l'ombre qui le suivait, et quelquefois le bonhomme était visible, à rôder au milieu des arbres. Il essaie de découvrir dans quelle direction je vais, et ensuite il préviendra la milice, se dit Inman. Il sortit son LeMat's.

« Je vais te descendre, brailla-t-il en montrant son arme. Regarde-moi bien. Je n'y réfléchirai pas à deux fois. On pourra faire passer un chien par le trou que je te ferai dans le ventre. »

L'homme aux yeux porcins se laissa distancer, mais il continua à détaler dans les bois alentour.

Tout à coup, comme Inman suivait un des coudes de la route, l'homme surgit de derrière un rocher et se planta devant lui.

« Qu'est-ce que tu veux, bon Dieu ? » demanda Inman.

Le petit homme porta deux doigts à sa bouche et Inman se rappela que ce geste était un des signes de ralliement de la Red String Band, ou des Heroes of America[1], il ne savait plus trop. Un des volontaires qui travaillaient à l'hôpital lui avait parlé de ces bandes de sympathisants de la cause fédérale. Inman

1. Les héros d'Amérique. *(N.d.T.)*

répondit en frottant un de ses doigts sous son œil droit.

Le petit homme sourit et déclara : « Les temps sont sinistres. » Il s'agissait d'un mot de passe. Il fallait répondre : « Oui, mais ça devrait s'arranger. » L'homme dirait alors : « Pourquoi ? » Et Inman riposterait : « Parce que nous cherchons la corde de notre délivrance. »

Inman préféra dire : « Tu peux t'arrêter tout de suite. Je ne suis pas un héros d'Amérique, ni rien de tel. Je n'ai pris aucun engagement dans cette voie ni dans aucune autre.

— Tu es un déserteur ?

— J'en serais un si on était dans un endroit qu'il fallait déserter.

— A bien y réfléchir, je n'ai guère plus envie que toi de prendre parti. Mon garçon s'est fait descendre à Sharpsburg et, depuis, je ne donnerais pas une pincée de merde pour un camp plutôt que pour l'autre.

— J'y étais, moi, à Sharpsburg », déclara Inman. L'homme lui tendit la main. « Potts », dit-il.

Inman la serra et donna son propre nom.

« Comment c'était, Sharpsburg ? demanda Potts.

— A peu près comme toutes les autres batailles, mais en plus grand. Ils ont commencé par expédier leurs obus au milieu de nous et nous au milieu d'eux. Et puis on a tous chargé et tiré, à mitraille et à balle. Il y en a eu, des morts. »

Ils scrutèrent quelque temps la forêt proche, puis Potts reprit : « Tu as l'air au bout du rouleau.

— Je n'ai pas trouvé grand-chose à bouffer et je marche autant que je peux, mais je n'avance pas vite.

— Je te donnerais à manger si j'avais un morceau sous la main, mais je n'ai rien. Il y a une brave fille, le long de cette route, à trois ou quatre miles, qui te nourrira sans poser de questions. »

La pluie tombait, oblique et cinglante dans le vent. Inman s'enveloppa dans son tapis de sol et continua sa route sans ralentir. L'eau coulait le long de son nez et s'égouttait dans sa barbe.

En moins d'une heure il atteignit la maison que Potts lui avait signalée, une petite cahute solitaire, une seule pièce faite de madriers carrés, à l'entrée d'un vallon humide. Un mince filet de fumée brune s'élevait de la cheminée en boue et en branchages, avant de s'effilocher sous le fouet du vent. Un porc fourrageait dans un enclos, à flanc de colline. Entre la maison et la cheminée se trouvaient des casiers en bois pour les poules. Inman s'approcha de la barrière ménagée dans la clôture et cria pour s'annoncer.

A la pluie se mêlait désormais de la neige fondue. Il avait l'impression que ses deux joues étaient pincées ensemble au point de se toucher à l'intérieur de sa bouche vide. Il contempla un benjoin odoriférant, de l'autre côté de la clôture, et vit que la glace commençait à se prendre dans ses baies rouges. Il lança un nouvel appel, et une jeune femme, ou plutôt une simple enfant, entrouvrit la porte et passa sa tête brune, avant de tirer rapidement la porte vers elle. Il entendit le cliquetis d'un loquet destiné à fermer hermétiquement la cahute. Elle a peur, et à juste titre, se dit Inman.

Il la héla de nouveau, ajoutant cette fois qu'il venait de la part de Potts. La porte se rouvrit et la fille sortit sur la terrasse couverte.

« Pourquoi vous ne l'avez pas dit ? » lança-t-elle.

C'était une fort jolie personne, petite et mince, la peau bien lisse. Elle avait les cheveux châtain foncé et portait une robe en coton imprimé, pas vraiment adaptée au temps glacial. Inman avança tout en se dégageant du tapis qui le protégeait. Il le secoua soigneusement et le drapa sur le bord de la terrasse pour le laisser s'égoutter. Il mit bas son sac à dos et son havresac, les posa au sec. Et il attendit, debout sous la neige verglacée.

« Eh bien, montez donc, dit-elle.

— Je vous paierai mon repas », annonça Inman.

Il gravit les marches de la terrasse et s'approcha de la femme.

« Je n'en suis pas au point de faire payer le peu de choses que j'ai à offrir. Il y a une miche de pain de maïs et des haricots, c'est tout. »

Elle rentra dans la maison. Inman la suivit. La pièce était sombre, éclairée seulement par le feu et le peu de lumière brunâtre qui entrait par les fenêtres en papier huilé, mais propre. Et nue. Presque aucun meuble. Une table, deux chaises, une armoire, un lit de sangles.

En dehors de la courtepointe matelassée sur le lit, il n'y avait pas le moindre ornement. Au mur, pas un portrait d'une personne aimée, ou de Jésus, pas une illustration découpée dans un magazine, à croire qu'en ces lieux régnait le plus strict iconoclasme. Même pas une figurine sur le dessus de la cheminée, non plus qu'un nœud de ruban autour de la balayette. Seul le patchwork de la courtepointe venait flatter le regard : un bestiaire ou un zodiaque entièrement fictif, composé de créatures fantastiques, dans ces tons sourds de rouge, de vert et de jaune qui caractérisent les teintures extraites des écorces, des fleurs et du brou de noix. En dehors de ce tissu bariolé, il n'y avait pas, dans toute la cahute, une ombre de couleur, à l'exception de la figure rose vif d'un nouveau-né qui reposait serré dans ses langes, au fond d'un berceau grossièrement fabriqué avec des branches de pin dont on n'avait même pas ôté l'écorce.

Tandis que son regard parcourait ainsi la pièce, Inman se rendit brusquement compte qu'il était très sale. Ses vêtements dégageaient un puissant fumet de sueur, accumulé au cours de ses longues marches. Jusqu'à mi-mollets, ses bottes et ses jambes de pantalon étaient couvertes d'une croûte de boue, et il laissait des traces à chaque pas. Il songea à ôter ses bottes mais craignit de sentir monter de ses chaussettes une puanteur de viande pourrie. La cabane devait être récente car elle conservait un vague parfum de bois fraîchement corroyé, châtaignier et noyer, qui entrait en conflit avec l'odeur d'Inman.

La femme tira une des chaises au coin du feu et lui fit signe de s'asseoir. Une légère vapeur s'éleva bientôt autour de lui, dégagée par ses vêtements trempés, et des petites flaques d'eau boueuse se formèrent autour de ses pieds.

La marmite de haricots pendait à une barre de fer installée sur le côté du feu, une miche de pain de maïs reposait dans le récipient en fonte qui faisait office de four, au milieu de l'âtre. La femme servit à Inman une bonne assiettée de haricots et un pain, ainsi qu'un gros oignon pelé. Elle posa à côté de lui un seau d'eau de source et une louche.

« Vous pouvez manger à la table ou bien ici, près du feu. Mais il fait plus chaud ici », dit-elle.

Inman posa l'assiette sur ses genoux, empoigna un couteau et une cuiller et se mit à manger. La partie de lui qui aurait voulu faire acte de courtoisie fut terrassée par une espèce d'instinct animal, si bien qu'il dévora et déglutit à grand bruit, ne s'arrêtant pour mastiquer que quand c'était absolument nécessaire. Il ne se donna même pas la peine de trancher l'oignon : il mordit dedans comme dans une pomme. Il enfournait dans sa bouche de grosses cuillerées de haricots brûlants et rongeait les tranches de pain enduites de graisse avec une telle voracité qu'il se faisait peur à lui-même. Le jus des haricots coulait sur sa chemise, il était tout essoufflé et, sous l'effet de sa respiration désordonnée, l'air sifflait dans son nez.

Non sans effort il ralentit sa mastication. Il but une louche d'eau fraîche. La femme avait tiré son siège de l'autre côté de l'âtre et le regardait avec une sorte de dégoût fasciné.

« Excusez-moi, dit-il. Ça fait des jours que je n'ai rien mangé de solide à part du cresson sauvage et de l'eau de rivière.

— Vous n'avez pas à vous excuser », dit-elle d'une

voix si calme qu'Inman ne sut si elle avait voulu l'absoudre ou le mettre en garde.

Pour la première fois, il la regarda attentivement : une enfant pâle et menue, seule dans ce vallon ombragé où le soleil ne devait jamais briller longtemps. Menant une vie d'une telle pauvreté qu'elle ne possédait même pas de boutons, se dit-il en remarquant que le haut de sa robe était fermé par une brindille de bois.

« Quel âge avez-vous ? demanda Inman.

— Dix-huit ans.

— Je m'appelle Inman. Et vous ?

— Sara.

— Comment se fait-il que vous viviez seule ici ?

— John, mon homme, est parti à la guerre. Il est mort il y a déjà quelque temps. On l'a tué là-haut, en Virginie. Il n'a jamais vu son bébé et, à présent, il ne reste plus que nous deux. »

Inman garda un instant le silence. Pour ce que sa mort avait eu d'utile, se dit-il, chacun des hommes tombés sur le champ de bataille, dans l'un ou l'autre camp, aurait aussi bien pu appuyer un pistolet contre son palais et se faire sauter la cervelle.

« Vous avez un ouvrier ? demanda-t-il.

— Pas l'ombre d'un.

— Comment faites-vous ?

— Je prends une charrue et je fais ce que je peux pour planter un petit champ de maïs sur un versant et un potager sur l'autre, mais aucun des deux n'a beaucoup donné cette année. J'ai une meule pour moudre le maïs. Et quelques poules pour les œufs. On avait une vache, mais, l'été dernier, les pillards sont venus de la montagne et l'ont emmenée, et ils ont brûlé notre grange et vidé les ruches ; ils ont même éventré un chien de chasse à coups de hachette là, sur la terrasse, pour m'effrayer. Je n'ai plus que le gros porc dans l'enclos pour cet hiver. Il va falloir que je le saigne bientôt et j'en suis malade, parce que je n'ai encore jamais tué un cochon.

— Vous allez avoir besoin d'aide », dit Inman. Elle paraissait bien trop fragile pour abattre des cochons.

« Ce n'est pas parce que j'en ai besoin que je l'aurai, telle que me voilà partie. Toute ma famille est morte à présent, et il n'y a pas un seul voisin à qui demander un coup de main, à part Potts, et il n'est bon à rien quand il s'agit de travailler. Ce qui a besoin d'être fait, c'est moi qui devrai le faire. »

A ce train-là, elle serait vieille dans cinq ans. Inman regretta d'avoir franchi le seuil de sa maison, regretta de ne pas avoir continué son chemin, quitte à tomber sur le bas-côté pour ne plus jamais se relever. La vie de cette femme était de celles dans lesquelles il pouvait s'immiscer sans plus de façon, pour se mettre à trimer de ce soir jusqu'au jour de sa mort. S'il s'accordait une minute de réflexion, il verrait le monde entier suspendu au-dessus de cette malheureuse, comme l'assommoir d'un piège prêt à s'abattre pour l'écraser.

Dehors, il faisait à présent presque noir, et la pièce était aussi ténébreuse que l'antre d'un ours, à l'exception de l'auréole de lumière jaune que projetait le feu. La jeune femme avait allongé ses jambes en direction de la chaleur. Elle portait une épaisse paire de chaussettes d'homme en laine grise, rabattues sur les chevilles et, à la lueur des flammes, Inman voyait briller un fin duvet blond et doux. Le jeûne des jours précédents lui avait à ce point dérangé l'esprit qu'il eut envie de le caresser. Il distinguait, gravés dans chacun des angles du corps de cette femme, tous les traits du désespoir.

Il s'aperçut soudain qu'il était en train de dire : « Je pourrais vous aider. C'est encore un peu tôt dans la saison, mais il fait déjà assez mauvais pour tuer le cochon.

— Je ne peux pas vous demander une chose pareille.

— Vous n'avez rien demandé. C'est moi qui propose.

— Il faudrait que je vous donne quelque chose en échange. Je pourrais nettoyer et réparer vos vêtements, Dieu sait qu'ils en ont besoin. Ce ne serait pas un luxe de coudre une pièce par-dessus cet énorme accroc à votre manteau. Et en attendant, vous pourriez porter les habits que mon homme a laissés. Il était à peu près de votre taille. »

Inman termina le contenu de son assiette et ne tarda pas à saucer la dernière goutte de jus avec une croûte de pain qu'il avala. Sans un mot, Sara lui servit une autre portion de haricots et lui tendit une autre part de pain de maïs au bout d'une fourchette. Le bébé se mit à pleurer. Tandis qu'Inman entamait sa seconde assiette, la jeune mère partit dans la pénombre au fond de la pièce, elle déboutonna sa robe presque jusqu'à la taille, et s'assit sur le lit afin de nourrir son enfant.

Malgré lui, Inman vit l'arrondi de son sein gonflé, d'un blanc lumineux dans la lumière tamisée. Quand elle interrompit la tétée, la lueur d'une flamme dessina l'extrémité de son mamelon humide.

Quand elle revint au coin du feu, elle portait une pile de vêtements pliés et une paire de bottes en excellent état. Inman lui tendit son assiette vide et elle posa les habits et les bottes sur ses genoux.

« Vous n'avez qu'à les enfiler dehors. Et profitez-en pour vous servir de ceci. »

Elle lui tendit une cuvette remplie d'eau, un morceau de savon gris et un chiffon. La cuvette était creusée dans le fond d'une calebasse.

Il sortit dans la nuit. Au bout de la terrasse, il y avait une planche et un petit miroir rond, en métal poli rongé par la rouille, accroché à un poteau. C'était là que le jeune John avait dû se raser. Une fine couche de glace craquait sur les feuilles sèches cramponnées aux chênes noirs et, du côté où s'ouvrait le vallon, des nuages isolés filaient à toute allure devant la lune. Inman songea au chien que les pillards avaient tué sur cette terrasse, sous les yeux de la jeune femme. Il se déshabilla dans le froid, et les vêtements mouillés, lourds, flasques, qu'il retirait formaient comme des peaux écorchées. Il ne regarda pas dans le miroir mais se frotta vigoureusement avec le savon et la guenille. Il se versa ce qui restait d'eau sur la tête puis s'habilla. Les habits du mort lui allaient, ils étaient doux et minces à force d'avoir été lavés, et les bottes semblaient avoir été faites pour lui sur mesure, même s'il avait l'impression, tout bien considéré, de s'introduire dans la coquille vide d'une autre vie. Lorsqu'il revint dans la cabane, il se fit l'effet d'un fantôme qui occupe un passé inutile. Sara avait allumé une chandelle de suif et se tenait devant la table où elle faisait la vaisselle dans une bassine. Autour de la flamme, l'air paraissait épais. Les objets brillants à proximité étaient comme nimbés, alors que tout ce qui se trouvait au-delà dans l'ombre était complètement englouti à jamais, semblait-il. Inman eut le sentiment que la courbe du dos de la jeune femme penchée sur la table était une forme qu'il ne reverrait pas une seconde fois. Une forme à graver dans son esprit et à conserver, afin que ce souvenir, si par hasard il vivait vieux, lui serve non pas de remède contre le temps, mais de consolation.

Il se rassit au coin du feu. Bientôt la femme vint le rejoindre, et ils restèrent assis en silence, le regard perdu dans les flammes rougeoyantes. Elle leva vers Inman un visage à la fois ravissant et indéchiffrable.

« Si j'avais une grange, vous pourriez y dormir, mais je n'en ai plus.

— La crèche à maïs fera très bien l'affaire. »

Elle replongea le regard dans les flammes, comme pour lui donner son congé, et Inman sortit, ramassa sur la terrasse son paquetage et ses couvertures trempées, et contourna la maison pour gagner la crèche. Les nuages se dissipaient pour de bon et le paysage alentour se dévoilait, prenait forme sous le clair de lune. L'air de plus en plus froid annonçait de sérieuses gelées. Inman grimpa dans la crèche et se blottit de son mieux parmi les épis, sous ses couvertures. Au fond du vallon, une chouette cria à plusieurs reprises. Le porc s'agita en ronflant, puis il se tut.

Inman était parti pour une nuit de sommeil placée sous le signe du froid et de l'inconfort, cependant en tout point préférable à celle qu'il aurait passée allongé sur un sol nu. A la lueur des rayons bleutés du clair de lune qui filtraient entre les lattes, Inman sortit son LeMat's du havresac, vérifia que les dix balles étaient chargées, et l'astiqua avec un pan de la chemise du mort avant de le mettre au demi-armé. Il sortit également son couteau dont il aiguisa la lame contre le cuir propre d'une botte, puis s'enroula dans ses couvertures pour dormir.

Il n'avait pas fermé l'œil depuis longtemps qu'il fut réveillé par le crissement d'un pas sur les feuilles mortes. Il posa la main sur son revolver, lentement afin de ne pas faire bruire les épis. Les pas s'arrêtèrent à une douzaine de pieds de la crèche.

« Venez dans la maison, s'il vous plaît », dit Sara. Et aussitôt elle fit demi-tour.

Inman sortit péniblement, glissa son arme dans la ceinture de son pantalon et renversa la tête pour étudier l'étroite bande de ciel. Orion, pleinement visible, paraissait chevaucher les crêtes les plus proches du vallon, avec l'autorité de qui sait ce qu'il veut et agit en conséquence. Inman regagna la maison et, en approchant, vit que les fenêtres en papier luisaient comme une lanterne japonaise. A l'intérieur, la jeune femme avait posé sur les braises des bûches de noyer, si bien que les flammes montaient haut et que la pièce était claire et chaude.

Sara était couchée. Ses cheveux défaits tombaient en masse épaisse sur ses épaules et brillaient à la lueur du feu. Inman se dirigea vers l'âtre et posa son revolver sur une petite étagère qui servait de dessus de cheminée. La mère avait approché le berceau de l'âtre et, du bébé qui dormait sur le ventre, on ne voyait que son crâne pâle et duveteux sortant des couvertures.

« Vous avez l'air d'un hors-la-loi, avec ce gros pistolet, dit-elle.

— Je ne suis pas certain qu'il existe un mot pour nommer ce que je suis devenu.

— Si je vous demandais quelque chose, vous le feriez ? »

A une telle question, il aurait dû répondre par une phrase du genre : Peut-être, ou : Si je peux, ou par une autre formule au conditionnel.

Mais le mot qu'il prononça fut : « Oui.

— Si je vous demandais de venir jusqu'ici et de vous mettre au lit avec moi, mais de ne rien faire de plus, vous pourriez ? »

Inman la dévisagea depuis l'autre côté de la pièce, et se demanda ce qu'elle voyait de lui. Quelque forme terrifiante remplissant les habits de son mari ? La visitation, à moitié désirée, à moitié redoutée, d'un pur esprit ? Son regard se posa sur les carrés de tissu de la courtepointe : des animaux cubiques avec de grands yeux et de courtes pattes, gauches mais héraldiques, comme assemblés selon les souvenirs de bribes d'animaux vus en rêve. Leurs encolures étaient bosselées par les muscles, leurs pieds hérissés de piquants, leurs gueules béantes et garnies de longs crocs.

« Vous pourriez ? insista-t-elle.

— Oui.

— Je le savais, sans quoi je n'aurais jamais demandé. »

Il gagna le lit, ôta ses bottes, se glissa sous les couvertures tout habillé et s'allongea sur le dos. La paillasse, remplie de paille fraîche, dégageait une odeur sèche, automnale et douce, sous laquelle on devinait l'odeur de la jeune femme elle-même : celle d'un bosquet de lauriers mouillés une fois que les fleurs sont tombées.

L'un et l'autre restèrent aussi rigoureusement immobiles que si un fusil armé était posé entre eux. Au bout de quelques minutes, Inman entendit Sara pleurer à gros sanglots sans larmes.

« Je peux m'en aller, si vous préférez, dit-il.

— Chut. »

Elle pleura encore quelques instants, et ce fut fini ; elle s'assit dans le lit, s'essuya les yeux avec le coin de la courtepointe et se mit à parler de son mari. Tout ce qu'elle demandait à Inman, c'était d'être le témoin de son récit. Chaque fois qu'il ouvrait la bouche pour dire quelque chose, elle répétait : « Chut. » Son histoire n'avait rien de remarquable, en dehors du fait que c'était sa vie à elle. Elle raconta comment elle avait connu John et comment ils étaient tombés amoureux. Comment ils avaient bâti cette cabane, comment elle avait travaillé tel un homme aux côtés de son mari, à couper les arbres, à monter les grands madriers, à combler les fissures. L'existence heureuse qu'ils avaient imaginée dans ce coin perdu qui, aux yeux d'Inman, paraissait si peu fait pour assurer leur subsistance. Les quatre années si dures qu'elle venait de vivre, la mort de John, le manque de nourriture. La seule période lumineuse avait été la permission de John, intermède de bonheur intense, dont le fruit avait été le bébé qui dormait à présent au coin du feu. Sans ma petite fille, dit Sara, plus rien ne me rattacherait à la terre.

Elle conclut en déclarant : « Ce sera un bon cochon, celui que j'ai là dehors. Il est nourri principalement de pâture de châtaignes, et ces deux dernières semaines je l'ai ramené de la forêt et je lui ai donné du maïs, de façon à ce que le saindoux soit bien clair. Il est si gros qu'il a les yeux presque fermés. »

Quand elle eut fini de parler, elle tendit la main pour toucher la cicatrice au-dessus du col d'Inman, d'abord du bout des doigts, puis de toute sa paume. Elle y laissa sa main un instant avant de l'enlever.

Alors elle roula sur le côté, lui tourna le dos, et bientôt sa respiration se fit profonde et régulière. Le simple fait de raconter à quelqu'un quelle pauvre petite place solitaire elle occupait dans la vie, une place où un porc pouvait servir de bouchon à une dame-jeanne de chagrins, avait dû la calmer.

Malgré son épuisement, Inman fut incapable de s'endormir. Il resta allongé, les yeux au plafond, à regarder la lumière du feu décroître sur les solives du plafond, à mesure que les bûches se consumaient. Aucune femme n'avait posé la main sur lui avec la moindre tendresse depuis si longtemps qu'il en était venu à se considérer comme une créature totalement différente de ce qu'il avait pu être auparavant. C'était son triste sort que d'endurer le châtiment de ceux qui n'avaient pas été rachetés, que de voir cette tendresse lui être refusée à tout jamais, sa vie classée dans la catégorie des sinistres erreurs. Et dans son esprit confus, dans sa profonde tristesse, il ne lui semblait même pas possible de poser une main sur la hanche de Sara, de l'attirer à lui et de la tenir serrée jusqu'au lever du jour.

Le peu de sommeil qu'il put arracher à la nuit fut hanté par des rêves sortis droit de la courtepointe matelassée. Des bêtes le pourchassaient dans une sombre forêt et, où qu'il se tournât, il n'y voyait pas le moindre sanctuaire. Tout le petit monde de ce ténébreux royaume se massait, cruel et résolu, contre lui, et ce grouillement de créatures était gris et noir, à l'exception des dents et des griffes aussi blanches que la lune.

Lorsque Inman s'éveilla, ce fut pour sentir Sara le secouer par l'épaule et l'entendre dire d'un ton pressant : « Levez-vous et sortez. »

Le petit jour commençait à peine à poindre, la pièce était glaciale, et un vague bruit de sabots de chevaux leur parvenait depuis la route qui menait à la cabane.

« Filez, dit Sara. Que ce soit la milice ou les pillards, il vaut mieux pour nous deux qu'ils ne vous trouvent pas ici. »

Elle courut jusqu'à la porte de derrière et l'ouvrit. Inman enfila ses bottes, attrapa son LeMat's sur la cheminée et se rua dehors. Il se précipita, de toute la vitesse de ses jambes, jusqu'à la rangée d'arbres et de broussailles au-delà de la source, et plongea au milieu des troncs, puis, caché aux regards, il entreprit de contourner la cabane jusqu'à un épais bosquet de lauriers situé de façon à lui permettre de voir le devant de la petite maison. Il rampa dans la flaque d'obscurité accumulée sous les arbres, et glissa son visage entre les deux branches d'un tronc fourchu afin de rester dissimulé. Sous son corps, le sol gelé était rugueux et craquant.

Il vit Sara courir pieds nus sur la terre verglacée, en chemise de nuit, jusqu'à l'enclos du cochon. Elle fit tomber la barrière et s'efforça d'attirer l'animal dehors par des cajoleries, mais il refusa de se mettre debout. Elle s'avança alors dans l'enclos et ses pieds furent bientôt noirs de boue et de fange là où elle avait traversé la fine couche de glace. L'animal se leva enfin et se mit en route, mais il était si énorme et si bas sur pattes qu'il eut du mal à franchir les poteaux de la barrière qui gisaient sur le sol. Il venait de sortir de son enclos et, poussé par Sara en direction des bois, commençait à prendre un peu de vitesse lorsqu'un cri jaillit en provenance de la route.

« Plus un pas ! »

Des tuniques bleues. Inman en distingua trois, montés sur des vieilles rosses. Ils mirent pied à terre et franchirent la barrière du jardin. Deux d'entre eux portaient des fusils Springfield au creux de leur bras gauche. La gueule était plus ou moins braquée vers le sol, mais aucun n'avait le doigt posé sur la détente. Le troisième larron pointait un pistolet de la Marine vers le haut, comme pour abattre un oiseau dans le ciel, mais son regard fixait Sara.

L'homme au pistolet s'approcha d'elle et lui dit de s'asseoir par terre. Elle obtempéra. Le cochon s'allongea sur le sol à côté d'elle. Les deux fusils gravirent les marches de la terrasse et pénétrèrent dans la maison, l'un protégeant l'autre tandis qu'il ouvrait la porte et entrait. Ils restèrent un moment à l'intérieur, et pendant tout ce temps leur camarade demeura à côté de Sara, sans la regarder ni lui parler. Des bruits d'objets heurtés et brisés leur parvenaient. Quand les deux fusils reparurent, l'un d'eux tenait le bébé par un pli de ses langes, comme on porterait une sacoche. La petite se mit à crier, et Sara se souleva à demi pour la prendre, mais d'une bourrade l'homme au pistolet la renvoya sur le sol gelé.

Les trois Fédéraux se réunirent dans le jardin. Inman ne réussit pas à entendre ce qu'ils disaient, à cause des hurlements du bébé et des cris de Sara les suppliant de lui rendre son enfant. Il discernait leur accent, aussi monocorde et rapide que des coups de marteau, et une violente envie de leur rendre coup pour coup monta en lui. Il était cependant trop loin pour les toucher à coup sûr avec son LeMat's et, de toute façon, il ne parvenait pas à imaginer quel plan d'attaque ne se solderait pas par la mort immédiate de Sara, du bébé et de lui-même.

Puis il entendit les hommes réclamer de l'argent à la jeune femme, lui demander où elle l'avait caché. Voilà de quoi ils vivent, pensa Inman. Sara leur dit ce qui était sûrement la pure vérité : ils avaient sous les yeux le peu de biens qu'elle possédait. Ils répétèrent inlassablement la question, puis l'emmenèrent sur la terrasse et Pistolet lui maintint les mains derrière le dos, tandis qu'un des deux Fusils retournait près des chevaux pour prendre des courroies. Pistolet s'en servit pour attacher Sara à l'un des poteaux de la terrasse et montra le bébé du doigt. Un des deux autres lui enleva ses langes et le posa sur le sol glacé. Inman entendit l'homme au pistolet dire : « On a toute la journée », et Sara se mit à hurler.

Le trio s'assit au bord de la terrasse. Ils bavardèrent, roulèrent des cigarettes qu'ils fumèrent jusqu'à ce qu'il ne leur restât plus que des mégots mouillés. Les deux sous-fifres retournèrent auprès des chevaux et revinrent avec des sabres. Ils parcoururent le jardin en plantant les lames dans le sol froid, avec l'espoir de découvrir un magot. Ils poursuivirent ce manège assez longtemps. Le bébé hurlait, Sara suppliait. Tout à coup l'homme au pistolet se leva, s'approcha de Sara, et lui enfonça son arme entre les jambes, en disant : « T'as vraiment que dalle, hein ? » Les deux autres le rejoignirent aussitôt.

Inman commença à battre en retraite à travers les bois. Il voulait mettre la maison entre lui et la terrasse de façon, quand il passerait à l'attaque, à pouvoir tirer au moins une fois avant d'être aperçu d'eux. Le plan n'était pas fameux, mais, compte tenu du terrain découvert qu'il devait franchir pour leur tomber dessus, il n'en avait pas d'autre. Lui-même, la femme et le bébé y laisseraient sans doute leur peau, mais il ne voyait pas d'autre issue.

Toutefois, à peine eut-il fait quelques pas que les hommes s'écartèrent de Sara. Inman les observa, espérant qu'une redistribution des forces en présence lui serait plus favorable. Pistolet s'approcha de sa monture, prit une longueur de corde, retourna auprès du porc et la lui accrocha au cou. L'un des deux Fusils détacha Sara du poteau, l'autre s'avança vers le bébé, l'empoigna par un bras et le tendit à sa mère. Ils se mirent à parcourir le jardin à la poursuite des volailles. Ils attrapèrent trois poules, dont ils attachèrent les pattes avec du fil de fer, et les accrochèrent à leurs selles.

Sara serrait son enfant contre elle. Quand elle vit Pistolet entraîner le porc, elle hurla : « C'est tout ce que j'ai, ce cochon. Si vous me le prenez, vous feriez aussi bien de nous tuer toutes les deux d'un bon coup sur la tête, parce que ça reviendra au même. » Mais les hommes remontèrent à cheval et regagnèrent la route, Pistolet tirant le porc qui trottinait péniblement au bout de sa corde. Ils disparurent au premier tournant.

Inman courut jusqu'à la terrasse. « Réchauffez votre bébé, dit-il à Sara, et puis faites-moi un feu aussi haut que vous et mettez un chaudron d'eau à bouillir. » Sur ces mots, il partit en courant.

Il suivit la piste des Fédéraux, prenant soin de ne jamais tout à fait sortir des bois et se demandant ce qu'il avait l'intention de faire. Son seul espoir était qu'une occasion s'offrirait d'elle-même.

Ils ne couvrirent pas beaucoup plus de deux ou trois miles environ, avant de quitter la route pour s'enfoncer dans une espèce de creux à l'entrée d'un petit vallon broussailleux. Ils le remontèrent sur une courte distance, attachèrent le cochon à un jeune caroubier et se mirent en devoir d'allumer un feu près d'une plate-forme rocheuse, à deux pas d'un rapide. Inman supposa qu'ils avaient l'intention de camper là pour la nuit et de manger jusqu'à ce qu'ils eussent le ventre plein, dussent-ils pour cela couper les deux jambons du porc. Il décrivit un cercle à travers bois jusqu'à se trouver au-dessus d'eux, sur la plate-forme. Il se cacha parmi les rochers et les regarda tordre le cou à deux des poules volées, les plumer, les vider et les enfiler sur des broches en bois vert au-dessus du feu.

Ils étaient adossés au rocher, les yeux fixés sur les poules qui cuisaient. Inman les entendait parler de chez eux et il comprit que les deux Fusils étaient de Philadelphie et l'homme au pistolet originaire de New York. Il les écouta dire à quel point ils avaient le mal du pays, combien ils auraient aimé être de retour chez eux, et Inman lui-même aurait voulu les savoir là-bas, car il n'avait guère envie de faire ce qu'il s'apprêtait à tenter.

Inman longea la plate-forme sur une bonne distance jusqu'à ce qu'il puisse approcher du camp en suivant la pente du cours d'eau. Toujours hors de portée de vue des trois Fédéraux, il grimpa dans un tsuga et s'installa sur une grosse branche, à une dizaine de pieds de hauteur, collé au tronc, comme les hiboux à aigrettes longues quand ils dorment dans la journée et ne veulent pas être repérés. Par trois fois il imita le glouglou du dindon sauvage, puis il attendit.

Il entendait les hommes discuter sans parvenir à distinguer leurs paroles. A peine une minute plus tard, Pistolet arriva à pas de loup, braquant son arme devant lui. Il avança sous l'arbre et s'arrêta. Le regard d'Inman plongeait sur le chapeau. Pistolet ôta son couvre-chef et passa la main sur son crâne dégarni. On apercevait un rond blanc de cuir chevelu de la taille d'un jeton, ce fut là que visa Inman.

Il lança : « Hé ! »

Pistolet leva la tête et Inman lui tira dessus, mais l'angle était tel qu'il manqua le rond blanc. La balle s'enfonça dans l'épaule et ressortit par l'estomac, entraînant un flot coloré qui évoquait un violent vomissement. L'homme s'affaissa sur le sol comme si les os de ses jambes s'étaient brusquement liquéfiés, voulut se traîner à la force des bras, mais la terre paraissait se dérober sous lui. Il roula sur le dos et regarda au-dessus de lui pour voir quelle espèce de prédateur lui était tombé dessus avec un tel poids. Quand leurs regards se croisèrent, Inman le salua en portant deux doigts à son chapeau, puis l'homme mourut dans une attitude de profonde perplexité.

« Tu l'as eu ? » lança un des deux Fusils en contrebas.

La suite des opérations fut relativement simple. Inman descendit de son arbre et revint sur ses pas, remontant, par un rapide mouvement de flanc, sur la plate-forme rocheuse pour la contourner de nouveau, si bien qu'il s'approcha du camp cette fois en remontant le cours d'eau. Il s'arrêta près d'un fourré de rhododendrons et il recommença à attendre.

Les deux Fédéraux, près du feu, continuaient à héler leur camarade, ce qui permit à Inman d'apprendre que le défunt s'appelait Eben. Ils cessèrent enfin leurs appels, empoignèrent leurs Springfield et partirent à sa recherche en remontant le ruisseau vers l'aval. Inman les suivit, masqué par les arbres, jusqu'au moment où ils tombèrent sur Eben. Ils restèrent quelque temps à une certaine distance du cadavre, à se consulter. Leurs voix exprimaient clairement ce dont ils avaient vraiment envie : oublier ce qu'ils avaient sous les yeux et rentrer chez eux. Mais ils décidèrent de faire ce qu'Inman avait justement prévu : remonter le cours d'eau pour trouver l'assassin, incapables qu'ils étaient d'imaginer que celui-ci avait pu faire autre chose que prendre la fuite.

Inman s'enfonça derrière eux dans le vallon. Ils marchaient parmi les gros arbres qui poussaient serrés au bord de l'eau, craignant, s'ils s'en éloignaient, de perdre leur chemin. C'étaient des citadins qui se méfiaient des forêts et que l'idée d'être, à ce qu'ils croyaient, sur le point de tuer un homme rendait graves. A leurs yeux, ce vallon était un lieu sauvage et inexploré, qu'ils foulaient d'un pied plus que timoré. Ils se donnaient l'air de chercher les traces du tueur mais n'auraient pas été fichus de reconnaître autre chose qu'une empreinte de pied dans la boue.

Inman se glissa de plus en plus près d'eux et, lorsqu'il les abattit avec son LeMat's, il était si proche qu'il aurait pu toucher le col de leur tunique. Le premier prit une balle à l'endroit où la colonne vertébrale s'articule avec le crâne et, en ressortant, elle emporta avec elle la majeure partie de son front. Inman toucha l'autre à hauteur d'aisselle au moment où il se retournait. Au grand déplaisir d'Inman, le coup n'avait pas été mortel. L'homme s'effondra à genoux, serrant son fusil devant lui.

« Si tu étais resté chez toi, tout ça ne serait jamais

arrivé », dit Inman. L'homme tenta de faire pivoter le long Springfield pour le braquer sur son agresseur, mais Inman lui troua la poitrine de si près que la déflagration mit le feu à sa tunique.

Les deux natifs de Philadelphie étaient tombés non loin d'une grotte. Inman les traîna à l'intérieur et les y assit ensemble. Il retourna chercher leurs Springfield qu'il appuya contre la paroi à côté de leurs propriétaires, et redescendit. Sous le tsuga, il découvrit que la seule poule encore en vie s'était libérée de ses entraves et plongeait la tête dans le ventre béant d'Eben, le New-Yorkais, donnant des coups de bec dans la chair sanguinolente de ses entrailles.

Inman fouilla les poches du mort pour y trouver de quoi fumer. Il s'accroupit, regarda la poule s'activer et se roula une cigarette qu'il consuma entièrement avant d'éteindre le mégot contre le talon de sa botte. Le souvenir d'un cantique qu'on chantait d'ordinaire en contrepoint lui vint à l'esprit. Il en fredonna un petit morceau à voix basse en récitant les paroles dans sa tête :

> La peur du tombeau a disparu à jamais.
> Quand je mourrai, ce sera pour revivre.
> Mon âme se réjouira près du fleuve de cristal.
> Quand je mourrai, ce sera pour revivre.
> Alléluia, ce sera pour revivre.

Qu'est-ce qui l'attendait, lui, dans ce contexte ? Par rapport au chemin creux de Fredericksburg ou au carnage du cratère, ces trois cadavres n'étaient rien ou presque. Durant la guerre, il avait sans doute tué Dieu sait combien d'hommes plus valables sous tous les rapports que le dénommé Eben. Pourtant il lui semblait que cette histoire-ci était de celles qu'il ne raconterait jamais.

Il se leva, attrapa la poule par les pattes, la sortit du New-Yorkais et l'emporta au bord de l'eau où il la trempa jusqu'à ce qu'elle fût redevenue blanche.

Il lui rattacha les pattes avec un peu de la ficelle des Fédéraux et la posa sur le sol.

Il traîna Eben par les pieds jusqu'à la grotte où il l'assit avec ses camarades. L'endroit était assez petit pour que les trois hommes fussent installés presque en rond. L'air abasourdis et perplexes, leur posture évoquait celle de trois ivrognes s'apprêtant à jouer aux cartes. A en juger par l'expression de leurs visages, la mort semblait les avoir plongés dans la mélancolie et le découragement. Inman trouva un morceau de charbon et traça sur les parois des dessins représentant les animaux de la courtepointe de Sara qui l'avaient poursuivi dans ses rêves, la nuit précédente. Par leur côté anguleux, ils lui rappelaient à quel point le corps humain est fragile face à tout ce qui est pointu et dur. Ses images avaient un air de famille prononcé avec les antiques hiéroglyphes gravés par les Cherokees, ou par les peuplades, quelles qu'elles fussent, qui les avaient précédés.

Inman regagna la clairière afin d'examiner les chevaux et constata qu'ils portaient la marque au fer de l'armée. Il les débarrassa de leur harnachement, et il lui fallut trois trajets jusqu'à la grotte pour y dissimuler, près de leurs propriétaires, les affaires des trois Fédéraux, à l'exception d'un havresac dans lequel il plaça les deux poulets cuits. Il entraîna les chevaux au fond du vallon et les abattit d'une balle dans la tête. La besogne n'était pas agréable, pourtant, marqués comme ils l'étaient, c'était le seul moyen de s'assurer que toute l'affaire ne retomberait pas, un jour ou l'autre, sur lui ou sur Sara. De retour au camp, il fourra la poule vivante dans le havresac, avec ses consœurs rôties, et le jeta sur son épaule. Il détacha le cochon, tira sur sa corde et tourna le dos à cet endroit.

Lorsqu'il arriva à la cahute, Sara avait allumé dans le jardin un feu bien nourri, au-dessus duquel un chaudron noir rempli d'eau dégageait un nuage de vapeur dans l'air sec et froid. Elle avait lavé les vêtements d'Inman et les avait étendus sur les buissons pour les faire sécher. Il regarda le soleil et, bien que la chose parût franchement impossible, la matinée n'était pas encore terminée.

Ils déjeunèrent des deux poulets rôtis puis se mirent au travail. Moins de deux heures plus tard, le cochon — saigné, ébouillanté, débarrassé de ses soies — pendait d'un grand arbre au bout d'un bâton passé dans les tendons de ses pattes arrière. Divers organes et liquides fumaient dans des baquets posés à terre. Sara s'affairait autour d'une bassine de saindoux. Elle brandit un large morceau de crépine pour regarder à travers, comme si elle tenait un châle de dentelle, puis le roula en boule et le jeta dans sa bassine pour le faire dégorger. Inman découpa la carcasse en quartiers avec une hachette.

Ils travaillèrent presque jusqu'à la nuit noire, à transformer la graisse en saindoux, à laver les intestins pour préparer de l'andouillette, à broyer les rognures et les bas morceaux pour en faire de la chair à saucisse, à saler les jambons et la viande, à vider la hure de sa dernière goutte de sang pour obtenir du fromage de tête.

Après quoi ils nettoyèrent tous leurs ustensiles et regagnèrent la cahute, où Sara commença à préparer le dîner tandis qu'Inman vidait une assiette de fritons. Les abats ne se gardant pas, elle confectionna une espèce de fricassée avec le foie et les poumons, assaisonnés d'une quantité d'oignons et de piments forts. Inman et elle dînèrent, puis ils s'arrêtèrent pour reprendre leur souffle. Après quoi ils se resservirent.

Sara dit ensuite : « Il me semble que vous auriez meilleur aspect si vous vous rasiez un peu.

— Si vous avez un rasoir, je veux bien essayer », répondit Inman.

Elle fouilla dans la malle et revint armée d'un

rasoir et d'une lourde lanière de cuir graissé qu'elle posa sur les genoux d'Inman.

« Ça aussi, c'était à John », déclara-t-elle.

Elle versa dans un récipient assez d'eau pour qu'il pût se raser, et la fit chauffer sur le feu. Quand le liquide se mit à fumer, elle le versa dans la calebasse qui faisait office de cuvette. Elle alluma une chandelle dans un bougeoir en fer-blanc, et Inman emporta le tout dehors et l'étala sur la planche installée à l'extrémité de la terrasse.

Il affûta le rasoir et mouilla sa barbe. Il remarqua alors sur la manchette de la chemise de John une petite tache brune de sang. Du sang d'homme ou de cochon, c'était tout un. Il regarda dans le miroir, posa le fil du rasoir contre sa joue et se mit au travail à la lueur vacillante de la chandelle.

Il portait la barbe depuis la deuxième année de la guerre et ses sentiments à l'idée de voir à quoi il ressemblait après si longtemps étaient ambigus. Quand le rasoir fut émoussé, il l'affûta de nouveau. Une des raisons pour lesquelles il avait cessé de se raser était qu'il n'aimait pas se regarder plusieurs minutes de suite. L'autre raison était que, ces deux dernières années, il aurait été bien difficile de ne pas égarer son rasoir et de faire chauffer de l'eau.

La tâche lui demanda un certain temps mais son visage finit par être dénudé. Le miroir était parsemé de petites taches de rouille brunâtres et, en s'y contemplant, Inman eut l'impression que sa figure pâle était couverte de croûtes. Les yeux qui se reflétaient avaient un aspect fendu et oblique qu'il ne se rappelait pas. Et les traits pincés et creusés de cette physionomie n'étaient pas seulement dus au manque de nourriture.

Ce qui se réfléchit dans cette glace est bien différent de son mari, se dit Inman. Un visage de tueur, logé dans le cercle d'où regardait naguère le jeune John. Quelle serait sa réaction si, assise au coin du feu un hiver, vous leviez les yeux vers une fenêtre noire pour découvrir cette figure occupée à vous dévisager ? Quel choc, quel spasme déclencherait-elle ?

Inman s'efforça de se convaincre que cette physionomie n'était en aucune façon véritablement la sienne et qu'elle pourrait, le temps aidant, changer en mieux.

Quand il rentra dans la maison, Sara lui sourit en disant : « Vous avez l'air presque humain maintenant. »

Ils s'assirent près du feu. Sara berçait le bébé dans ses bras. La petite toussait comme un enfant atteint du croup et Inman se dit qu'elle ne passerait probablement pas l'hiver. Elle pleurnichait dans les bras de sa mère et refusait de s'endormir, si bien que Sara lui chanta une chanson.

Elle fredonnait comme si elle avait honte du bruit qu'elle faisait, honte de la façon dont sa vie s'exprimait par sa voix. On aurait dit que sa gorge était obstruée, si bien que les accents qui s'en échappaient la franchissaient à grand-peine. L'air expulsé de sa poitrine avait besoin d'une porte de sortie mais, devant la mâchoire fermement serrée, la bouche crispée contre la musique, il s'engouffrait dans l'issue la plus lointaine et s'exprimait par des accents aigus et nasillards qui faisaient mal à entendre.

Les notes perçantes de la chanson résonnaient dans le crépuscule, chargées de désespoir et de ressentiment, sous-tendues par de la panique. A la voir s'obstiner ainsi à chanter, Inman eut le sentiment de n'avoir jamais été témoin d'une aussi grande bravoure. Comme d'assister à un pugilat qui se prolonge avec acharnement jusqu'au match nul. Les sons qu'elle produisait étaient si vieux, si las qu'on les aurait crus émis par une femme du siècle précédent ayant survécu jusqu'à celui-ci. Or, Sara était bien jeune pour de tels accents. Eût-elle été une vieille qui jadis, au printemps de sa vie, chantait à ravir, on

368

aurait dit qu'elle avait appris à utiliser sa voix défaillante de façon à en tirer le maximum d'effet, qu'elle donnait une leçon dans l'art de vivre son propre déclin, de signer la paix avec lui. Mais elle n'avait rien d'une vieille et le résultat était irréel, troublant. On se serait attendu à voir la petite fille pleurer d'affolement, mais il n'en fut rien : elle s'endormit dans ses bras comme si elle entendait une berceuse.

Les paroles, cependant, n'étaient pas celles d'une berceuse. Elles racontaient une histoire affreuse, une ballade sanglante. *La Belle Marguerite et le Doux Guillaume* était une chanson ancienne, mais Inman ne l'avait jamais entendue. Les paroles disaient ceci :

J'ai rêvé que ma charmille était envahie de cochons
[rouges,
Et que mon lit nuptial était plein de sang.

Sara entonna ensuite *Wayfaring Stranger*, fredonnant d'abord juste l'air en battant la mesure du pied. Lorsqu'elle se mit réellement à chanter, on aurait dit la déclamation étranglée d'un esprit malade, le glapissement d'une solitude aride, aussi pur que la douleur qui suit un violent coup sur le nez. Puis il y eut un long silence que seul vint rompre le cri d'une chouette dans les bois obscurs.

Comment la musique offerte par Sara aurait-elle pu apporter le moindre espoir de consolation à son bébé, ou à Inman ? Comment un don aussi lugubre et aussi austère aurait-il pu soulager la moindre tristesse ? Ce fut pourtant le cas. Assis côte à côte devant le feu, ils se reposèrent peu à peu du mal qu'il fallait se donner pour vivre et plus tard s'allongèrent encore une fois ensemble dans le lit.

Le lendemain matin, avant de reprendre sa route, Inman mangea la cervelle du porc et un œuf de la poule qui avait picoré les tripes du pillard new-yorkais.

L'ESPRIT SATISFAIT

En octobre, Ada et Ruby consacrèrent une grande partie de leur temps à la récolte des pommes. Les pommiers avaient beaucoup donné ; il fallait cueillir les fruits, les peler, les couper en tranches et en extraire le jus. C'était un travail agréable et propre. Le plus souvent, le ciel était d'un bleu sans nuages et l'air sec. La lumière, même à midi, restait translucide et oblique, mais il suffisait de voir l'inclinaison des rayons du soleil pour savoir que les jours raccourcissaient. Le matin, à l'heure où la rosée emperlait encore l'herbe, elles s'en allaient dans le verger avec leurs échelles. Elles grimpaient parmi les branches pour remplir leurs sacs de toile, et les échelles oscillaient chaque fois que les rameaux contre lesquels elles s'appuyaient ployaient sous leur poids. Quand tous les sacs étaient pleins, elles amenaient jusqu'au verger le cheval et la carriole dans laquelle elles hissaient leurs sacs et les vidaient avant de recommencer.

Ce labeur n'avait rien d'épuisant et, à l'encontre de la fenaison, l'image qu'il faisait naître dans l'esprit d'Ada, lorsqu'elle reposait dans son lit, la nuit, était paisible et tranquille : une pomme rouge ou jaune au bout d'une branche, avec derrière un ciel d'un bleu profond, et sa propre main, paume en l'air, qui se tendait vers le fruit.

Pendant de longues semaines, Ada et Ruby mangèrent des pommes à chaque repas. En beignets, en compote, en tourte, en sauce. Elles mettaient à sécher des anneaux de pomme pour obtenir de petites lamelles aussi coriaces que du cuir, dont elles remplissaient des sacs qu'elles accrochaient au plafond de la cuisine. Un jour, elles allumèrent un feu dans la cour et préparèrent de la gelée de pomme dans une marmite noire si énorme que, lorsqu'elles se penchaient pour remuer la purée de fruits avec leurs bâtons, Ada songeait automatiquement aux sorcières de *Macbeth* s'affairant autour de leur chaudron. Elles obtinrent une pâte épaisse à laquelle les épices et le sucre brun donnèrent la couleur d'un vieux harnais, et elles eurent de quoi remplir assez de pots en terre pour une année entière. Elles pressèrent les déchets couleur rouille et les pommes tombées des arbres pour en faire du cidre, et elles versèrent la pulpe aux cochons, Ruby assurant que cela parfumerait leur chair.

A présent, le cidre avait suffisamment fermenté pour valoir quelque chose, et c'est pourquoi, un après-midi vers la fin du mois, Ruby quitta la ferme avec l'idée de le marchander. Elle avait entendu dire que le père Adams, en aval, avait tué un bœuf, et elle s'était munie de deux jarres de cidre fermenté afin de voir combien de viande elle obtiendrait en échange. Elle laissait à Ada deux tâches à accomplir. Elle devait, selon la méthode que lui avait enseignée Ruby, débiter en bûches les six morceaux d'un vieux tronc de chêne qu'elles avaient découvert déjà tronçonné dans l'herbe haute. Et brûler la broussaille qu'elles avaient dégagée en défrichant une partie du champ en contrebas.

Ada regarda Ruby s'éloigner sur la route et décida qu'elle s'occuperait d'abord des bûches et ensuite du feu, au plus frais de l'après-midi. Elle traversa le jardin jusqu'à la cabane à outils et prit une masse et un coin rouillé qu'elle emporta dans le champ du bas. Autour des billots, elle aplatit l'herbe qui lui arrivait à la taille afin de former un cercle où travailler à son aise. Les tronçons mesuraient bien deux pieds de diamètre. Le bois oublié depuis que le chêne avait été abattu deux ou trois ans auparavant par l'ouvrier agricole était devenu sec et gris. Ruby l'avait prévenue : il ne se fendrait pas aussi facilement que du bois vert et humide.

En relevant les billots, Ada sentit qu'ils s'agrippaient à la terre et, une fois redressés, elle aperçut de gros lucanes noirs et luisants, de la taille de son pouce, qui s'enfonçaient dans l'écorce pourrissante. Elle s'attela à la besogne, comme le lui avait montré Ruby : elle commença par rechercher une fissure, puis y plaça le coin. Avec des gestes lents, sans forcer, elle soulevait la masse de sept livres et la laissait retomber de façon à combiner le poids, la pesanteur et l'angle de coupe. Elle prenait plaisir à enfoncer le coin et à s'arrêter pour écouter le bruit de tissu déchiré de la fente qui continuait à s'agrandir plusieurs secondes après le dernier coup de masse. Malgré sa violence, c'était un travail apaisant. La texture du bois et le poids de l'outil imposaient un rythme lent. Ada ne mit pourtant guère plus d'une heure à débiter les six billots, à l'exception d'un morceau plus difficile, là où de grosses branches étaient naguère rattachées au tronc, ce qui avait contrarié le sens du grain. Elle avait partagé chaque billot en huit bûches de bonne taille et elle en déduisit qu'une quarantaine de bûches devaient être couchées pêle-mêle sur le sol, prêtes à être transportées jusqu'à la maison et consumées. Elle eut l'impression d'avoir accompli un travail important jusqu'au moment où elle se rendit compte que ce bois n'alimenterait la cheminée que pendant quatre jours, cinq tout au plus. Elle se mit à calculer le nombre approximatif de bûches dont elles auraient besoin pour l'hiver entier, mais elle s'arrêta assez vite car le chiffre, assez élevé, risquait de la décourager.

Ada était trempée de sueur et ses cheveux collaient à son cou. Elle retourna donc jusqu'à la maison, avala deux louches d'eau de la source, puis elle ôta son chapeau et se versa deux autres louches sur les cheveux. Elle s'humecta le visage, le frotta, le sécha avec la manche de sa robe. Elle alla ensuite chercher son écritoire et son carnet et ressortit s'installer au soleil.

Elle ouvrit son canif et tailla une plume afin de commencer une lettre à sa cousine Lucy, à Charleston. Pendant quelque temps, il n'y eut guère d'autre bruit que le crissement de la plume contre le papier.

J'imagine que si nous devions nous rencontrer dans Marker Street, tu ne me reconnaîtrais pas ; et d'ailleurs, eu égard à l'actuel manque de délicatesse de mon aspect et de mon costume, tu n'en aurais sans doute pas envie.

Je suis en ce moment même assise sur la terrasse située derrière ma maison, et j'écris sur mes genoux ; je porte une vieille robe imprimée, trempée de sueur car je viens de débiter du bois de chêne ; j'avais sur la tête un chapeau de paille dont le bord est en train de se séparer du fond, si bien qu'il est aussi hérissé que les meules de foin dans lesquelles nous avions coutume de nous réfugier jadis pour attendre la fin des averses. (Tu te rappelles ?) Les doigts qui serrent ma plume sont noirs comme des étrivières, teints par les noix qu'il a fallu extraire de leurs coques puantes et pulpeuses, et l'ongle de mon index, aussi dentelé qu'une scie, aurait bien besoin d'un coup de lime. Le bracelet d'argent aux fleurs de cornouiller gravées se détache contre la peau hâlée de mon poignet. Je me repose et j'attends que ma robe soit sèche avant de m'occuper de brûler un tas de broussailles.

Je ne saurais par où commencer pour te dresser la liste de tous les gros travaux que j'ai faits depuis la mort de mon père. Mais cela m'a changée. Les transformations physiques qui peuvent découler de quelques mois à peine de pénible labeur sont stupéfiantes. A force d'être dehors toute la journée, je suis aussi brune qu'une pièce de cuivre, et l'on commence à voir saillir les muscles de mes poignets et de mes avant-bras. Dans mon miroir, je contemple un visage nettement plus ferme qu'auparavant, aux joues creusées sous les pommettes. Et une expression nouvelle, me semble-t-il, vient parfois s'y fixer. Quand je travaille dans les champs, il y a de brèves périodes où mon esprit reste totalement vide de pensées. Pas une idée ne le traverse, bien que mes sens soient à l'affût de tout ce qui m'entoure. Si une corneille passe au-dessus de moi, je la remarque dans ses moindres détails, mais je ne cherche aucun objet auquel comparer sa noirceur. Je sais qu'elle n'est le type de rien, qu'elle ne se prête pas à la métaphore. Elle est une entité en soi, incomparable. De tels moments sont, je crois, la racine même de ma nouvelle physionomie. Tu ne saurais la reconnaître chez moi car je subodore qu'elle est, d'une certaine façon, proche du contentement.

Ada relut ce qu'elle venait d'écrire. Il était étrange et un peu trompeur de sa part de ne pas avoir parlé de Ruby, ce qui laissait penser qu'elle vivait seule. Décidant de remédier plus tard à cette lacune, elle glissa la missive inachevée sous le couvercle de l'écritoire. Elle alla chercher une fourche, des allumettes, un châle, le troisième tome d'*Adam Bede* ainsi qu'une petite chaise droite, et elle emporta le tout jusqu'au champ en contrebas.

Le mois précédent, Ruby et elle avaient passé une journée armées de faux, de crochets et de scies, à couper les broussailles. Le mélange de ronces, d'herbes hautes, de conifères nains de bonne taille et de sumacs, resté au soleil pendant plusieurs semaines, étalé sur le sol, était à présent bien sec. Ada s'activa quelque temps avec sa fourche pour les rassembler et, quand elle eut fini, le tas était aussi haut que la réserve à maïs et l'air envahi par l'odeur poussiéreuse des feuillages fanés. A coups de pied, elle détacha quelques mottes et morceaux de bois pourri sur le pourtour des broussailles, puis elle y mit le feu. Dès que les flammes eurent pris possession du tas, elle tira la petite chaise à proximité du feu, et s'y assit pour lire *Adam Bede*. Sa lecture ne progressait guère. Elle ne parvenait pas à fixer son attention sur les pages car elle devait souvent se lever pour couper la route à des flammèches vagabondes qui s'éparpillaient le long du chaume environnant.

Elle les éteignait en tapant dessus avec le dos de sa fourche. Ensuite, le cœur du brasier une fois effondré, elle devait ratisser les broussailles et en refaire un tas plus petit en sorte que, à mesure que l'après-midi s'écoulait, les herbes mortes continuèrent à dresser dans le champ leur cône élevé d'où jaillissaient les flammes, mais comme une reproduction miniature du volcan vomissant son feu dont elle avait vu l'image dans un livre sur l'Amérique du Sud.

Ce travail lui servait de prétexte pour ne pas se concentrer sur sa lecture. Il fallait dire qu'Adam, Hetty et les autres personnages l'impatientaient, et qu'elle s'en serait depuis longtemps désintéressée, si elle n'avait pas payé ce livre aussi cher. Elle aurait aimé que les héros de cette histoire se montrent un peu plus expansifs, moins confinés dans leur situation. Ce dont ils avaient besoin, c'était de nouveaux horizons, de plus vastes étendues. Allez donc aux Indes, leur ordonna-t-elle. Ou dans les Andes.

Elle referma le livre et le posa sur ses genoux. La littérature risquait-elle de perdre de son intérêt lorsqu'elle aurait atteint un âge, ou un état d'esprit, où l'orientation de sa vie serait si définie que ce qu'elle lirait cesserait de lui apparaître comme une nouvelle direction possible ?

A présent, le soir tombait sur les collines boisées et les pâturages. Le ciel se décomposa en bandes et en spirales de couleurs sourdes, et l'ouest tout entier ressembla bientôt au papier reliure marbré des pages de garde de son journal intime. Des oies du Canada filèrent en direction du sud, à la recherche d'un endroit où passer la nuit. Une brise se leva et fit claquer la jupe de l'épouvantail dans le jardin.

Waldo s'était approchée de la barrière, près de la grange. Elle ne tarderait pas à meugler pour réclamer qu'on vidât son pis, si bien qu'Ada quitta sa chaise, mena la vache à l'étable et entreprit de la traire. Elle tira sur les tétines et regarda le lait jaillir, écoutant le bruit se modifier à mesure que le seau se remplissait, le grésillement aigu du début contre les parois pour devenir un bourdonnement plus grave en touchant le fond.

Après avoir déposé le lait dans la laiterie, Ada retourna dans le champ où son feu brûlait toujours, lentement, envahi par les cendres. Elle aurait pu, en toute sécurité, le laisser pour la nuit, mais voulait que Ruby, à son retour, la trouve couverte de suie, montant la garde devant son travail de l'après-midi.

Ada s'emmitoufla dans son châle. Dans quelques jours à peine, les soirées seraient devenues trop froides pour rester dehors après le coucher du soleil, même enveloppée dans une couverture. Elle se pencha pour ramasser *Adam Bede* dans l'herbe couverte de rosée et l'essuya contre sa jupe. Elle attisa le feu avec sa fourche, ce qui eut pour effet d'expédier des étincelles dans le ciel. De la lisière du champ, elle rapporta des branches de noyer et de pin et les jeta sur le feu qui ne tarda pas à se ranimer. Ada approcha sa chaise et tendit les mains pour les réchauffer. Elle contempla les contours des crêtes montagneuses, leur obscurité si nuancée à mesure qu'elles s'évanouissaient dans les lointains. Elle observa le ciel afin de voir à quel moment il tournerait suffisamment à l'indigo pour que les deux planètes, Vénus et une autre — qu'elle imaginait être Jupiter ou Saturne —, brillent enfin très bas vers l'ouest, préparant la ronde et le tournoiement vertigineux du ciel nocturne.

Ce soir-là, elle nota où le soleil plongeait pour rejoindre l'horizon. Si elle décidait de vivre à Black Cove jusqu'à sa mort, elle ferait ériger des tours afin d'indiquer les limites sud et nord du trajet annuel de l'astre. Elle était propriétaire de toute la portion de crête derrière laquelle le soleil se couchait d'un bout à l'autre de l'année, et c'était là une réalité à savourer. Il ne resterait qu'à marquer où, en décembre et en juin, le soleil s'arrachait de son cours et revenait sur ses pas pour un nouveau cycle de saisons. A la réflexion, une tour ne s'imposait pas vraiment. Il suffirait d'abattre quelques arbres et d'entailler la crête à l'endroit voulu. Quel plaisir ce serait, année après année, de regarder le soleil approcher de l'entaille et, le jour spécifié, venir s'y loger, pour en ressortir et repartir d'où il venait. Sur un certain laps de temps, à observer le phénomène à de multiples reprises, peut-être aurait-on l'impression que les années ne suivaient pas une progression si affreusement linéaire, qu'elles décrivaient plutôt une boucle. Cette mission de surveillance attribuerait à la personne qui s'en chargerait une place bien précise, ce serait sa façon de se dire : Tu es ici, à cet endroit précis, maintenant. Une réponse à la question : Où suis-je ?

Ada resta assise près de son feu longtemps après le coucher du soleil. Vénus et Saturne avaient jeté tout l'éclat de leurs feux vers l'ouest avant de décliner jusqu'à l'horizon et la pleine lune s'était levée, lorsque Ada entendit bouger dans les bois. Des pas sur les feuilles mortes. Des voix qui parlaient bas. Instinctivement, elle empoigna la fourche plantée dans le sol. Des formes s'agitaient à la lisière du champ. Ada recula encore dans l'obscurité, les cinq dents acérées de la fourche pointées vers l'endroit où l'on bougeait. Puis elle entendit son nom.

« Holà, mademoiselle Ada Monroe », lança doucement une voix.

Les deux noms avaient été prononcés de la façon que son père détestait. Jamais il ne s'était lassé de corriger les gens à ce propos : le premier A bien ouvert dans Ada ; l'accent sur la seconde syllabe dans Monroe, disait-il toujours. Mais, au cours de l'été, Ada avait renoncé à imposer une prononciation qui allait contre l'inclination naturelle de tout le monde, et elle apprenait à être l'*Ada Monroe* que venait d'appeler la voix : un A long, l'accent sur le *Mon* de Monroe.

« Qui est là ? demanda-t-elle.

— C'est nous. »

Stobrod et un camarade sortirent de l'ombre et s'avancèrent dans la lueur du feu. Stobrod portait son violon et son archet blottis dans le creux de son bras gauche, l'autre homme tenait par le manche un banjo grossièrement fabriqué. L'un et l'autre plissaient les yeux, éblouis par la lumière.

« Mademoiselle Monroe, reprit Stobrod. Ce n'est que nous. »

Ada s'approcha.

« Ruby n'est pas là, lança-t-elle.

— Nous faisons une tournée générale, déclara Stobrod. Si la compagnie ne vous importune pas. »

Son compagnon et lui posèrent leurs instruments, et Stobrod s'assit par terre, juste à côté de la chaise. Ada la tira plus loin et s'assit à son tour.

« Va donc nous chercher un peu de bois pour ranimer le feu », ordonna Stobrod.

Sans un mot, l'homme s'enfonça dans l'ombre à l'orée des bois, et Ada l'entendit ramasser des branches et les couper à la bonne taille. Stobrod fouilla dans son manteau, en sortit une gourde, remplie d'une liqueur brune. Il la déboucha, la tendit en direction des flammes, contempla la lumière à travers le whisky. Il en but ensuite une gorgée et chuchota un court sifflement sur deux notes, de l'aigu au grave.

« C'est trop bon pour moi, mais je le bois quand même », dit-il.

Il avala une longue gorgée puis renfonça le bouchon dans le goulot à petits coups de pouce et remisa la gourde.

« Cela fait quelque temps que nous ne vous avions pas revu, dit Ada. Vous vous portez bien ?

— Ça peut aller, répondit-il. C'est pas de la rigolade de vivre dans la montagne comme un hors-la-loi. »

Ada songea aussitôt à l'histoire que le prisonnier avait racontée, à travers les barreaux de son cachot. Elle voulut mettre Stobrod en garde contre le sort qui guettait parfois les déserteurs, mais il était déjà au courant. L'histoire avait fait plusieurs fois le tour du comté, en tant que nouvelle, en tant que récit, enfin en tant que légende.

« Dans la bande à Teague il n'y a que des tueurs, déclara Stobrod. Surtout quand ils ont l'avantage du nombre. »

Le ramasseur de bois revint dans la lumière et jeta quelques branches cassées dans le feu. Il effectua encore plusieurs trajets jusqu'aux arbres afin de rapporter un surcroît de combustible qu'il empila pour plus tard. Quand il eut fini, il s'assit à côté de Stobrod. Il ne prononça pas un mot, ne regarda pas Ada.

« Qui est votre compagnon ? demanda celle-ci.

— Un des fils Swanger, ou un Pangle. Il dit tantôt l'un, tantôt l'autre. Aucune des deux familles n'en veut parce qu'il est simple d'esprit, mais moi je dirais qu'il a l'air d'un Pangle. »

L'homme avait une grosse tête ronde, disproportionnée par rapport au reste de sa personne, à croire que Dieu avait voulu se montrer spirituel en y logeant une cervelle atrophiée. Bien qu'il eût, d'après Stobrod, près de trente ans, on le considérait comme un enfant parce que ses facultés mentales étaient incapables de venir à bout du moindre problème. Pour lui, le monde ne présentait aucun ordre de succession, aucune relation de cause à effet. Ce qu'il voyait venait juste d'être inventé, chaque journée était un défilé de merveilles.

C'était un être gras et mou, au large derrière, qu'on aurait pu croire élevé à la farine et au saindoux. Des tétons de truie tendaient le tissu de sa chemise et ballottaient quand il marchait. Ses jambes de pantalon, rentrées dans ses bottes, blousaient par-dessus, et ses pieds minuscules suffisaient à peine à supporter son poids. Ses cheveux n'étaient pas loin d'être blancs, sa peau était grisâtre, et l'ensemble donnait l'impression d'une assiette en porcelaine remplie de mie de pain et de sauce blanche. Il n'avait pas la moindre espèce de talent, sinon sa faculté, récemment découverte, de jouer du banjo. A moins que le fait d'être gentil et bon et d'observer ce qui passait devant lui avec de grands yeux pleins de douceur ne comptât comme un talent.

Stobrod expliqua comment ils en étaient venus à faire équipe et, pendant ce récit, le garçon ne lui prêta pas la moindre attention, ne parut pas comprendre qu'on parlait de lui, ni s'en soucier le moins du monde. Pangle, telle que Stobrod contait la chose, avait été élevé à la va-comme-je-te-pousse. Il était incapable de penser normalement et il n'y avait pas moyen de le faire travailler. Si la tâche était trop dure, il s'asseyait par terre. Si on lui tapait dessus, il encaissait la correction sans broncher mais ne bougeait pas d'un pouce. On l'avait donc abandonné à lui-même dès qu'il était arrivé à l'âge adulte et, depuis, il errait sur les pentes de Cold Mountain. Il mangeait ce qu'il trouvait, que ce soit des larves ou du gibier. Il ne prêtait aucune attention à l'heure et, lorsque la lune était pleine et brillante, il vivait aussi bien la nuit. L'été, il dormait sur des lits d'humus odorant, sous les tsugas et les sapins baumiers, sauf en cas de pluies persistantes, auquel cas il se réfugiait sous les saillies rocheuses. L'hiver, à l'exemple des crapauds, des marmottes et des ours, il se retirait dans une caverne et n'en bougeait pour ainsi dire plus tant qu'il faisait froid.

Lorsque Pangle avait découvert que des déserteurs avaient élu domicile dans sa grotte, il s'était intégré à leur groupe. Il s'était particulièrement attaché à Stobrod pour la bonne raison qu'il était amoureux fou de son violon. A ses yeux, Stobrod était un personnage de légende, un sorcier. Lorsqu'il passait son archet sur les cordes, le jeune Pangle s'efforçait parfois de chanter à l'unisson, mais sa voix ressemblait aux appeaux pour la chasse au canard. Lorsque les autres le faisaient taire à grands cris, il se levait et piétinait le sol en une sorte de danse mystérieuse, une transe de gestes saccadés et spasmodiques. Il se démenait jusqu'à être couvert de sueur, puis il se laissait tomber sur la terre tassée de la grotte et suivait le chant du violon en décrivant, avec son nez, les arabesques de sa musique, comme un homme regarde voleter une mouche.

Stobrod composait une ligne mélodique qu'il répétait ensuite et qui finissait par envoûter l'esprit de Pangle. Ce dernier se mit à suivre Stobrod partout où il allait, avec le dévouement d'un épagneul qui attend quelques miettes de nourriture. La nuit, dans la grotte des déserteurs à flanc de montagne, il restait éveillé jusqu'à ce que Stobrod s'endorme, puis il rampait jusqu'à lui et se collait contre son dos. A l'aube, Stobrod s'éveillait et le repoussait à grands coups de chapeau. Le garçon allait alors s'accroupir près du feu et contemplait fixement son idole.

Stobrod avait trouvé le banjo de Pangle au cours d'une mission, terme que les occupants de la grotte utilisaient afin de prêter un semblant de dignité à leur récente habitude de dévaliser tout fermier riche contre qui l'un d'eux avait une vague dent. Une brimade infligée dix ans plus tôt servait de prétexte. Un homme vous avait éclaboussé en passant au galop alors que vous cheminiez à pied sur une route boueuse, ou en vous sortant d'un magasin il vous avait effleuré le bras sans s'excuser, ou il vous avait engagé pour un travail et vous avait sous-payé ou donné ses ordres d'un ton supérieur. Il suffisait qu'on vous eût mouché, rabroué, raillé d'une façon quelconque, fût-ce des années auparavant. Jamais une époque ne serait mieux destinée que celle d'aujourd'hui à régler ses comptes.

Ils avaient donc fondu sur la demeure d'un certain Walker. Un des rares hobereaux de la région et un propriétaire d'esclaves, ce qui lui avait valu les foudres de la société des troglodytes qui, suite à un récent revirement, imputaient aux propriétaires de nègres la guerre et tous les maux s'y rattachant. Walker était en outre, et depuis longtemps, un salopard qui le prenait de très haut avec tous ceux qu'il considérait comme ses inférieurs, catégorie dans laquelle il rangeait à peu près tout le monde. Le châtiment s'imposait, avaient décidé les hommes de la grotte.

A la tombée de la nuit, ils s'étaient abattus sur sa ferme. Ils avaient attaché Walker et sa femme à la rampe de l'escalier et, à tour de rôle, avaient administré à l'homme quelques bonnes paires de claques. Ils avaient fouillé les dépendances de fond en comble et fait main basse sur les vivres — jambons et côtelettes, conserves dans des pots de terre, sacs de farine et semoule de maïs. Dans la maison, ils avaient pris une table en acajou, des plats et des chandeliers en argent, des bougies à la cire d'abeille, un portrait du général Washington accroché au mur de la salle à manger, de la porcelaine anglaise et de l'alcool distillé dans le Tennessee. Depuis, Washington trônait au fond de la grotte et ils mangeaient dans des plats en argent.

D'une certaine façon, cependant, l'imagination de Stobrod n'avait pas été totalement captivée par la mission chez Walker, et le banjo de Pangle avait constitué à lui seul tout son butin. Il l'avait décroché d'une patère dans la cabane à outils. Un instrument assez disgracieux, car sans la symétrie escomptée dans ses parties arrondies, mais la caisse était en peau de chat et les cordes en boyau, et il possédait un beau son moelleux. Stobrod n'avait donné qu'un seul soufflet à Walker, pour se venger de l'avoir entendu le traiter d'imbécile un jour que, assis sur le bord de la route, il s'efforçait de produire quelques notes en grattant un violon. « Je maîtrise à présent assez bien le violon », avait déclaré Stobrod après avoir giflé la joue déjà rouge de Walker. Rétrospectivement, la mission chez Walker l'inquiétait. Pour la première fois de sa vie, il avait envisagé la possibilité qu'on lui demande plus tard des comptes pour ses agissements.

De retour dans la grotte, Stobrod avait donné le banjo au jeune Pangle et lui avait montré le peu de choses qu'il savait : comment tourner les chevilles pour obtenir un semblant d'accord, comment le faire sonner avec le pouce et l'index, tantôt en grattant simplement les cordes, tantôt en les pinçant. Le garçon, grâce, semblait-il, à un stupéfiant talent naturel et au désir passionné d'offrir un accompagnement digne de ce nom au violon de Stobrod, n'avait guère eu plus de difficultés à découvrir la manière d'en tirer parti qu'il n'en aurait eu à taper sur un tambour.

Depuis la descente chez Walker, Pangle et Stobrod n'avaient pour ainsi dire rien fait d'autre que de la musique. Ils avaient à boire de l'excellent alcool confisqué à leur victime et dormaient seulement quand ils étaient trop ivres pour jouer, qu'il fît jour ou nuit. Si bien que le jeune Pangle connaissait désormais tout le répertoire de Stobrod, et qu'ils formaient un duo.

Lorsque Ruby arriva, elle ne rapportait qu'un petit morceau de poitrine et une cruche de cidre, car la quantité de bœuf dont Adams avait consenti à se défaire avait été nettement moindre qu'elle ne l'avait espéré. Elle regarda son père et l'idiot, sans dire un mot. Ses yeux semblaient plus noirs et ses cheveux, échappés du ruban, s'étaient répandus sur ses épaules. Elle portait une jupe en laine, son grand chandail gris et un feutre d'homme gris, orné d'une minuscule plume de cardinal fichée dans son ruban de satin.

« Il fait tout juste quatre livres », dit-elle. Elle le posa sur le sol avec la cruche et se rendit dans la maison d'où elle revint avec quatre petits verres et une tasse contenant un mélange de sel, de sucre, de poivre noir et de poivre rouge. Elle enduisit la viande de ces condiments et l'enfouit dans les cendres avant de s'asseoir à côté d'Ada.

Tandis que la viande cuisait, ils sirotèrent un verre de cidre, puis Stobrod sortit son violon, le secoua pour écouter les grelots du serpent à l'intérieur, le porta à son menton, donna un coup d'archet et tourna une cheville. Aussitôt, le garçon se redressa, empoigna son instrument et égrena une série de phrases mélodiques cristallines. Stobrod se lança dans un air qui, bien qu'empreint de nostalgie, gardait une certaine vivacité.

Quand il eut fini, Ada lança : « Le violon plaintif. »

Ruby la regarda d'un drôle d'air.

« C'était mon père qui l'appelait ainsi, pour faire de l'ironie », expliqua Ada. Et de préciser qu'à l'encontre du tout-venant des prédicateurs — qui considèrent le fait de jouer du violon comme un péché et l'instrument comme la boîte du diable — les critères sur lesquels se fondait le mépris de Monroe étaient purement esthétiques : tous les airs de violon sonnaient à l'identique et portaient des noms à coucher dehors.

« C'est justement ce que j'aime chez eux », s'écria Stobrod. Il accorda de nouveau son instrument et il annonça : « Cet air-là est de moi. Je l'appelle *Négro ivre*. » C'était une mélodie chaloupée, loufoque et syncopée, peu exigeante pour la main gauche, mais faisant travailler l'archet de façon frénétique.

Stobrod passa ensuite à une autre mélodie de son cru. Dans l'ensemble, ses œuvres sonnaient de manière étrange : malgré un rythme saccadé, la plupart ne se prêtaient guère à la danse qui constituait pourtant, d'après Ruby, la seule raison d'être des airs de violon. Ada et Ruby écoutaient, assises côte à côte ; à un moment, Ruby prit la main d'Ada, la tint dans la sienne et, distraitement, en ôta le bracelet d'argent pour le glisser autour de son propre poignet avant de le remettre à sa place.

Stobrod annonçait les noms des morceaux avant de les jouer ; peu à peu Ada et Ruby comprirent que ce qu'elles entendaient formait une espèce d'autobiographie de ses années de guerre : *En touchant l'éléphant, La crosse d'un mousquet me servait d'oreiller, Baguette de fusil, Six Nuits d'ivresse, Rixe dans une taverne, Ne le vendez pas, donnez-le, Coupure de rasoir, Ces dames de Richmond, Adieu, général Lee.*

Pour conclure la série, il joua *Ma tête de lit était en pierre,* lequel consistait surtout en raclements, sur un tempo assez neutre, avec des rythmes d'approche et de retraite, et beaucoup d'incertitude entre les mesures. Aucune parole, sinon le titre que Stobrod psalmodia par trois fois. Tout simple qu'il fût, le jeune Pangle avait quand même assez de jugeote pour n'ajouter que de subtiles petites phrases de remplissage, et il atténuait la sonorité de son banjo en touchant doucement les cordes avec la partie la plus charnue du pouce et de l'index.

Cette chanson, pourtant grossière, émut Ada. Davantage même, lui semblait-il, que tous les opéras qu'elle avait pu écouter, de Dock Street à la Scala de Milan. Stobrod l'interprétait avec une conviction totale dans la faculté qu'elle pouvait avoir de vous entraîner vers une vie meilleure et Ada regretta qu'il n'existât aucun moyen de capturer ce qu'elle était en train d'entendre.

Alors que la musique touchait à sa fin, Stobrod renversa la tête en arrière comme pour contempler les étoiles, mais ses yeux étaient fermés. Le manche du violon serré contre son cœur, il donnait avec son archet de petits coups saccadés, comme s'il bégayait. Au dernier moment, sa bouche s'ouvrit toute grande. Il ne laissa pourtant entendre ni hurlement ni couinement. Il n'y eut qu'un long sourire profond de ravissement silencieux.

Il ouvrit alors les yeux et regarda les autres à la lueur du feu pour voir l'effet produit par sa musique. Son visage était celui, bienheureux, d'un saint, détendu, souriant à demi de la générosité de son offrande, arborant une bienséante neutralité vis-à-vis de ses talents, et persuadé qu'il pourrait toujours mieux faire. Si tous les hommes adoptaient une telle attitude, la guerre ne serait plus qu'un amer souvenir.

« Il vous a fait du bien, avec ce morceau », dit Pangle à Ada. Aussitôt, comme consterné de lui avoir adressé directement la parole, il baissa la tête et laissa son regard se perdre en direction des bois.

« On va en jouer un dernier », annonça Stobrod.

Pangle et lui posèrent leurs instruments et ôtèrent leur chapeau : cette fois-ci, ce serait de la musique sacrée. Un gospel. Stobrod entonna la mélodie et Pangle lui emboîta le pas. Stobrod lui avait enseigné l'art de donner à ses bafouillages naturels les accents suraigus d'une voix de ténor léger, en sorte que Pangle répétait des morceaux des phrases de son maître dans un style que l'on aurait pu juger comique, à considérer les choses sous un jour différent. La plupart du temps, leurs voix luttaient l'une contre l'autre jusqu'au retour du refrain, qui leur permettait de se remettre à l'unisson et de trouver les profondeurs d'un lieu de concorde. Les paroles de la chanson disaient à quel point nos vies sont obscures, à quel point elles sont froides et orageuses, vides de sens, avec la mort au bout. C'était tout. Le morceau s'arrêtait sur une note quelque peu irrésolue et sans issue car, contrairement à tout ce qu'on aurait pu attendre d'une telle œuvre, il ne traçait aucun ultime chemin de lumière où, poussé par l'espoir, l'auditeur aurait pu s'engager. Comme si lui manquait la dernière phrase, la phrase cruciale. Mais les harmonies du refrain étaient proches et fraternelles, assez mélodieuses pour soulager en partie la tristesse.

Ils remirent leurs chapeaux. Stobrod tendit son verre. Ruby lui versa une goutte de cidre ; de son index il lui toucha le dos de la main. Ada se dit que c'était un geste de tendresse, jusqu'au moment où elle comprit qu'il cherchait simplement à la persuader de lui en verser un peu plus.

Une fois que Mars se fut levé de derrière la crête

de Jonas Ridge et que le feu ne fut plus qu'un lit de braises, Ruby sortit la viande des cendres, la posa sur une souche et découpa de fines tranches avec son couteau. Les épices avaient formé une croûte autour des chairs mais l'intérieur était rosé et tendre. Ils mangèrent avec leurs doigts et ce fut là tout leur dîner. Ils s'essuyèrent ensuite les mains en les frottant dans l'herbe.

Stobrod boutonna alors le col de sa chemise, tira sur les revers de son veston, ôta son chapeau et, du plat de la main, lissa ses cheveux avant de remettre le couvre-chef en place.

Ruby le regarda faire et lança à la cantonade : « Il va bientôt avoir besoin de quelqu'un.

— Je veux te parler, voilà tout, dit Stobrod. Te demander quelque chose.

— J'écoute, dit-elle.

— Figure-toi, j'ai besoin qu'on s'occupe de moi, dit Stobrod.

— Ta réserve d'alcool est épuisée ?

— Non, l'alcool, ce n'est pas ça qui manque. La vérité, dit-il, c'est que j'ai peur. »

Sa peur, expliqua-t-il, tenait au fait que leurs expéditions de pillage allaient leur attirer les foudres de la loi. Un chef était sorti du rang des déserteurs — l'homme aux peaux d'ours. Un beau parleur qui leur avait inculqué ce credo : en partant à la guerre, ils n'avaient pas, comme ils le croyaient naguère, fait leur devoir. Ils s'étaient battus sottement pour que les riches gardent leurs nègres, et c'était la haine, une faiblesse humaine, qui les avait poussés. Ils formaient donc une compagnie d'anciens imbéciles, mais à présent ils y voyaient clair. Ils n'arrêtaient pas d'en parler et de se réunir autour du feu pour en discuter. D'un commun accord, ils ne se battraient plus désormais que pour défendre leurs propres intérêts. Et ne se laisseraient pas capturer facilement pour être renvoyés à l'armée.

« Il veut que nous prêtions tous un serment par le

sang et que nous jurions de mourir comme des chiens, dit Stobrod. Les crocs enfoncés dans la gorge d'un ennemi. Mais moi je n'ai pas lâché une armée pour m'enrôler dans une autre. »

Stobrod avait donc décidé que Pangle et lui fausseraient sous peu compagnie aux déserteurs. Chercheraient un autre refuge. Quitteraient la horde de guerriers. Pour ce faire, il devait être sûr d'avoir à manger, un grenier bien sec par mauvais temps, et peut-être, de temps à autre, un peu d'argent, en tout cas jusqu'à ce que la guerre eût pris fin et qu'il fût libre d'aller et de venir.

« Mange des racines, dit Ruby. Bois de l'eau boueuse. Dors dans un arbre creux.

— Tu n'as donc aucune affection pour ton pauvre père ? s'indigna Stobrod.

— Je te donne simplement des conseils pour survivre dans les bois. Je sais de quoi je parle. J'ai mangé plus d'une racine quand tu partais faire la fête. Et j'ai dormi dans des endroits bien pires qu'un arbre creux.

— J'ai fait de mon mieux pour m'occuper de toi, tu le sais. Les temps étaient durs.

— Pas autant qu'aujourd'hui. Et ne me raconte pas que tu as fait de ton mieux. Tu n'as jamais rien fait d'autre que ce qui t'arrangeait. Et je ne supporterai pas que tu laisses entendre que nous comptons beaucoup l'un pour l'autre. Je n'ai jamais compté pour toi. Tu allais et tu venais, sans te soucier de savoir si je serais là ou non à ton retour. Que j'y sois ou que je n'y sois pas n'avait guère d'importance. Si j'étais morte dans la montagne, tu te serais peut-être demandé pendant une semaine ou deux si j'allais reparaître. Un petit pincement de regret, rien de plus. Alors ne t'attends pas à me voir me précipiter dès que tu m'appelles.

— Je suis un vieux bonhomme, protesta Stobrod.

— Tu n'as même pas cinquante ans, tu l'as dit.

— Je me sens vieux.

— Moi aussi, si ça peut t'intéresser. Et il y a encore autre chose. Si la moitié seulement de ce qu'on raconte sur Teague est vraie, nous aurions de sérieux soucis à nous faire si nous décidions de te cacher. Cet endroit ne m'appartient pas. Ce n'est pas à moi de décider. Mais si ça l'était, je dirais non. »

Tous deux se tournèrent vers Ada. Emmitouflée dans son châle, les mains enroulées dans sa jupe pour les tenir au chaud, elle lisait sur leurs visages qu'ils comptaient sur elle pour arbitrer leur dispute, peut-être parce qu'elle était maîtresse de ces terres, ou plus instruite qu'eux, ou plus cultivée. Et bien qu'elle eût en effet certains droits à faire valoir sur la propriété, elle se sentait mal à l'aise dans ce rôle de maîtresse. Tout ce qu'elle parvenait à se dire, c'était que le père de Ruby s'était relevé d'entre les morts, ou peu s'en fallait, et que bien peu d'hommes se voient ainsi offrir une deuxième chance.

Elle déclara : « On peut aussi penser qu'il est ton père et qu'à un certain point cela devient ton devoir de t'occuper de lui.

— Amen », renchérit Stobrod.

Ruby secoua la tête. « Dans ce cas, nos idées sur la paternité diffèrent énormément, lança-t-elle. Et je vais t'en parler de mon point de vue. Je ne sais pas quel âge j'avais, mais je faisais encore mes dents. Il est parti faire de la distillation. »

Se tournant vers Stobrod, elle continua : « Tu t'en souviens ? Toi et Poozler, sur les pentes de Cold Mountain ? Ça te dit quelque chose ?

— Je me rappelle, répondit Stobrod.

— Alors raconte ce qui te concerne », ordonna Ruby.

Et Stobrod raconta son histoire. Avec un associé, il s'était mis en tête de fabriquer de l'alcool pour le vendre, si bien qu'ils étaient partis vivre dans des cahutes en écorce, à flanc de montagne. Ruby avait moins de huit ans, mais elle lui paraissait en mesure de se débrouiller et il l'avait donc laissée seule pendant trois mois. Poozler et lui n'étaient pas des as de la distillation. Ils fabriquaient de petites cuvées vite faites qui auraient à peine suffi à remplir une théière. Comme c'était trop de tintouin pour eux que de mettre du charbon de bois lavé pour filtrer, chaque goutte de leur production était d'un vert ou d'un jaune trouble. Et ça vous arrachait le gosier car ils ne diluaient pas au-delà de soixante-quinze pour cent d'alcool pur. Nombre de leurs clients trouvaient qu'elle leur chahutait un peu trop les tripes et les affaires avaient périclité. Ils n'avaient pas gagné d'argent, car, une fois mis de côté de quoi satisfaire leurs propres besoins, il leur restait juste assez d'alcool à échanger contre les ingrédients nécessaires à la prochaine cuvée. Stobrod s'était obstiné jusqu'à ce que les désastreuses retombées économiques de son entreprise et le froid du mois de novembre le chassent de la montagne.

Quand il eut fini, Ruby donna sa propre version de ces mois d'absence. Elle avait cherché des aliments poussant à l'état sauvage. Creusé le sol pour déterrer des racines, pris des poissons dans des nasses qu'elle avait fabriquées en tordant des branches de saule, capturé des oiseaux dans des pièges du même acabit. Elle dévorait tous les oiseaux qu'elle attrapait ainsi, sans autre règle que d'éviter ceux qui se nourrissaient de poisson et les charognards. Elle dut apprendre quelles parties de leurs entrailles on pouvait manger sans danger. Il y avait eu une semaine mémorable où elle avait dû se nourrir exclusivement de châtaignes et de noix pilées afin d'obtenir une grossière farine dont elle préparait des gâteaux cuits sur une ardoise au coin du feu. Un jour où elle était sortie chercher des noix, elle était tombée sur l'associé de son père. Celui-ci lui avait déclaré que Stobrod dormait dans une cahute : « Il traîne toute la journée au lit, avait déclaré l'homme. Le seul signe indiquant qu'il n'est pas mort, c'est qu'il fait bouger de temps à autre ses doigts de pied. » A ce moment-là, et à bien d'autres ensuite, elle aurait volontiers échangé son sort contre celui de n'importe quel enfant-loup. De l'avis de Ruby, ce Romulus et ce Remus dont Ada lui avait lu l'histoire étaient deux petits veinards, parce que eux, au moins, étaient protégés par une féroce gardienne.

Toutefois, en dépit de ces périodes difficiles, Ruby devait reconnaître que jamais Stobrod ne s'était emporté contre elle. Elle ne se souvenait pas d'avoir jamais reçu le moindre coup. En revanche, jamais non plus il ne lui avait caressé la tête ou pincé la joue en signe d'affection.

Elle regarda Ada et conclut : « Voilà. Et maintenant, fais cadrer tout ça avec ton idée du devoir. »

Puis, avant qu'Ada ne formule le moindre avis ou même s'écrie : « Ah, mon Dieu ! », Ruby se leva et s'enfonça d'un pas résolu dans l'obscurité.

Stobrod ne souffla mot, mais Pangle dit doucement, comme s'il se parlait à lui-même : « Allons bon, voilà qu'elle s'est mise dans tous ses états, à présent. »

Un peu plus tard, après avoir renvoyé Stobrod et Pangle sans leur donner plus que de vagues espoirs de compromis, Ada remonta le sentier jusqu'à la maison. La nuit s'était considérablement refroidie, il gèlerait avant l'aube. La lune éclairait si vivement la terre que chaque branche d'arbre projetait une ombre bleue, Ada aurait pu lire *Adam Bede* au clair de lune. Seules les étoiles les plus brillantes étaient visibles contre le gris du ciel. Ada remarqua Orion qui grimpait vers l'est, puis elle vit qu'il manquait un morceau à la lune : une fine tranche. Il s'agissait d'une éclipse.

Elle regagna la maison afin d'y prendre trois courtepointes matelassées et la longue-vue de Monroe. C'était un instrument italien et fort gracieux, avec de nombreuses volutes, mais, sur le plan optique, il n'était pas d'aussi bonne qualité que ceux d'Allemagne. Elle se rendit jusqu'à l'appentis et en sortit un fauteuil de toile qu'elle déplia dans le jardin de devant. Elle s'emmitoufla dans les courtepointes et s'assit les jambes allongées, le visage tourné vers le ciel. Elle regarda à travers la longue-vue : la lune se détacha très nettement devant son œil, le morceau caché était couleur de cuivre, encore clairement visible. On distinguait en haut un cratère avec une montagne au centre.

Ada observa le progrès de l'ombre à mesure qu'elle avançait sur la face lumineuse et, même lorsque l'éclipse fut totale, la lune était encore légèrement visible, de la même couleur qu'une vieille pièce en cuivre et, selon toute apparence, de la même grosseur. La Voie lactée se détachait maintenant avec clarté, fleuve de lumière traversant le ciel et formant une bande comme de la poussière sur une route. Ada la parcourut de sa longue-vue avant de s'immobiliser pour sonder ses profondeurs. A travers les lentilles, les étoiles se multipliaient en amas confus et paraissaient se prolonger à l'infini. Ada eut alors le sentiment d'être posée en équilibre au bord d'un précipice, à croire qu'elle regardait vers le bas, suspendue à l'extrémité inférieure du rayon de sa planète. Un bref instant, elle sombra dans l'espèce de vertige qui s'était emparé d'elle sur la margelle du puits d'Esco, elle crut qu'elle allait lâcher prise et tomber, impuissante, dans ces épines de lumière.

Elle reposa la longue-vue. Les parois sombres de Black Cove s'élevèrent et elle se laissa aller, heureuse, à contempler le ciel, tandis que la lune sortait progressivement de l'ombre de la terre. Elle songea au refrain d'une des chansons que Stobrod avait chantées ce soir-là, une chanson d'amour décousue. La dernière phrase était : « Reviens-moi, je te le demande. » Stobrod ne l'aurait pas prononcée avec plus de conviction s'il s'était agi de l'un des vers les plus profonds du poème *Endymion*. En effet, il pouvait être plus utile — au moins de temps en temps — de dire ce qu'on sentait au fond de son cœur, de le dire sans ambages, simplement, ouvertement, plutôt que de réciter quatre mille vers de John Keats. C'était une chose dont Ada n'avait jamais été capable, à aucun moment de sa vie, et il lui semblait qu'elle aimerait l'apprendre.

Elle rentra dans la maison, prit son écritoire et une lanterne, regagna son fauteuil. Elle trempa sa plume dans l'encre et resta assise à contempler sa feuille jusqu'à ce que l'encre eût séché. Chacune des phrases qu'elle composait dans sa tête lui paraissait n'être que pose et ironie. Elle essuya sa plume sur un buvard puis la trempa de nouveau dans l'encre avant d'écrire : « Reviens-moi, je te le demande. » Elle signa, plia le papier et l'adressa à l'hôpital de Richmond. Elle s'enveloppa bien serré dans les courtepointes et ne tarda pas à s'endormir. Le froid s'abattit sur elle et la courtepointe du dessus devint toute craquante de givre.

UN SERMENT AUX OURS

Inman traversa des régions montagneuses sans s'écarter des pistes et il ne rencontra guère de monde. Il mesurait la distance en portions de jour. Une journée complète de marche. Une demi-journée. Moins d'une demi-journée. Ce qui y était inférieur à cela n'était qu'un morceau de route. N'ayant pas les moyens de les mesurer, les miles et les heures devinrent des concepts qu'il dédaignait.

Il fut retardé dans ses pérégrinations par un petit bout de femme qui, assise sur une barrière, recroquevillée sur elle-même, pleurait la mort de sa fille. Le bord de son bonnet plongeait son visage dans l'ombre, si bien qu'en dehors de son nez tout ce qu'en vit d'abord Inman était noir. Quand elle leva les yeux vers lui, cependant, ses larmes étincelèrent dans la lumière matinale. L'angoisse fendait sa bouche entrouverte. Le soleil n'était pas encore tout à fait levé, et elle devrait ensevelir sa fille drapée dans une vieille courtepointe, car elle ne savait pas comment s'y prendre pour fabriquer un cercueil.

Inman lui offrit son aide et passa la journée dans le jardin de derrière, à assembler une petite bière à partir de planches arrachées à un ancien fumoir. Elles sentaient la graisse et le feu de bois, et leurs faces internes, d'être restées pendant tant d'années exposées à la fabrication des jambons, étaient noires et luisantes. De temps en temps la femme venait sur le pas de la porte pour surveiller la façon dont il progressait, et chaque fois elle disait : « Les deux semaines qui ont précédé sa mort, les entrailles de ma fille étaient aussi relâchées que les cendres du poêle. »

Quand Inman eut terminé, il tapissa le fond du cercueil d'aiguilles de pin séchées. Il entra dans la maison pour prendre la dépouille qui gisait sur un lit au rez-de-chaussée, enveloppée dans la courtepointe. Il souleva ce fardeau aussi dur et serré qu'une gousse ou une galle. Il l'emporta par la porte de derrière, et la mère, assise à la table de la cuisine, le regarda faire de ses yeux vides. Il déroula la courtepointe et posa la fillette sur le couvercle de la bière, sans s'attarder sur les joues grises et pincées, le nez pointu. Il découpa la courtepointe avec son couteau et s'en servit pour capitonner le cercueil, installa la jeune morte à l'intérieur et saisit son marteau.

« Il vaut mieux que je cloue le couvercle », dit-il.

La femme sortit embrasser sa fille sur les joues creuses et sur le front, puis elle s'assit au bord de sa terrasse couverte et regarda Inman fermer le cercueil.

Ils l'inhumèrent sur une hauteur proche, où se trouvaient déjà quatre tombes plus anciennes, marquées par des dalles d'ardoise, sur lesquelles on avait gravé quelques mots. Les trois premières abritaient des nourrissons, nés à onze mois d'intervalle et morts quelques jours plus tard. La quatrième était celle de la mère. Inman nota qu'elle était morte le jour de la naissance de son troisième enfant, elle n'avait pas vécu au-delà de vingt ans. Il creusa la nouvelle fosse à l'extrémité de cette petite rangée de tombes et, quand il eut fini, il demanda : « Vous voulez dire quelque chose ?

— Non, répondit la femme. Les mots en moi sont couverts d'amertume. »

Le temps qu'Inman comble le trou, les ténèbres commençaient à épaissir. La femme et lui regagnèrent la maison.

« Je devrais vous offrir à manger, dit-elle, mais je n'ai même pas le courage d'allumer le feu, et encore moins de préparer un repas. »

Elle entra dans la cuisine et en ressortit avec des provisions. Deux petits paquets enveloppés dans de la toile, l'un contenant de la semoule de maïs, l'autre de la farine. Un morceau de saindoux dans du papier noirci par la graisse, un morceau brun de collier de porc fumé, un peu de maïs séché, une tasse de haricots blancs dans un cornet de papier, un poireau, un navet et trois carottes, un pain de savon de soude. Inman accepta le tout, remercia la femme et fit demi-tour pour reprendre sa route. Mais il n'avait pas atteint la barrière que la femme le rappelait.

« Jamais je ne pourrai repenser à cette journée l'esprit en paix si je vous laisse partir sans vous cuisiner un repas. »

Inman alluma le feu, et la femme, assise sur un tabouret bas devant l'âtre, lui fit cuire un bifteck qu'un voisin lui avait donné lorsqu'une de ses génisses s'était enlisée dans un marécage et noyée. La femme remplit une assiette en faïence brune de bouillie de maïs jaune, bien délayée de façon à couvrir toute l'assiette. En cuisant, le bifteck se recroquevilla comme une main qu'on tend pour recevoir sa monnaie, et elle le posa sur la bouillie, le creux en dessous, avant de surmonter ce dôme de viande de deux œufs frits. Comme ultime garniture, elle fit tomber sur les œufs un morceau de beurre gros comme une tête d'écureuil.

Quand elle posa l'assiette devant Inman, celui-ci baissa les yeux et faillit pleurer en regardant le beurre fondre et couler sur les jaunes d'œuf, puis sur les blancs et sur la viande brune, sur la bouillie jaune, jusqu'à ce que tout le contenu de l'assiette parût vernissé à la lumière de la chandelle. Incapable de manger, il serrait son couteau et sa fourchette dans ses poings. Cette nourriture exigeait, lui semblait-il, une action de grâces spéciale et les mots ne lui venaient pas. Dehors, dans le noir, un colin de Virginie lança son appel et attendit une réponse, puis lança un autre appel ; un petit vent se leva, une brève giclée de pluie martela les feuilles et les bardeaux du toit.

« Il faudrait bénir ce repas, dit Inman.

— Eh bien, allez-y », dit la femme.

Inman réfléchit un instant, avant de dire : « Je n'arrive pas à me rappeler une seule formule.

— Je rends grâces de ce que je vais recevoir, en voilà une », lui dit-elle.

Inman répéta ces mots afin de s'assurer qu'ils lui convenaient. Puis il reprit : « Vous n'imaginez pas combien de temps ça fait. »

Pendant qu'il mangeait, la femme prit une photographie sur une étagère et la contempla.

« On s'était fait tirer le portrait, dit-elle. Par un homme qui voyageait dans son chariot avec tout son attirail. Il ne reste plus que moi à présent. »

Elle essuya la poussière d'un revers de manche et tendit le petit cliché encadré à Inman.

Il le prit et l'inclina vers la chandelle. C'était un daguerréotype. Il y avait un père, la femme avec quelques années de moins, une vieille grand-mère, six enfants s'étageant entre des garçons déjà assez grands pour porter des chapeaux et des bébés coiffés de béguins. Tout le monde était en noir, assis la tête droite entre les épaules, l'air tantôt soupçonneux, tantôt hébété, comme s'ils venaient juste d'apprendre la nouvelle de leur propre mort.

« Je suis désolé », dit Inman.

Quand il eut fini de manger, la femme prit congé de lui. Il partit dans l'obscurité et marcha jusqu'au moment où de nouvelles étoiles se dessinèrent dans le ciel ; il installa alors un bivouac le long d'un ruisseau, se ménagea un endroit pour se coucher au milieu de l'herbe haute, se roula dans sa couverture et dormit à poings fermés.

Ensuite, pendant les jours de pluie qui se succédèrent, il marcha aussi longtemps qu'il le put et dormit dans des repaires d'oiseaux. Une nuit, il trouva un logis dans un pigeonnier en rondins ; les pigeons ne lui prêtaient aucune attention, sauf quand il se retournait, ce qui déclenchait une agitation générale et un concert de roucoulements, après quoi tout le monde se rendormait. La nuit suivante il dormit sur le carré de terre sèche que recouvrait le toit pointu d'un colombier. Il fut obligé de s'installer en chien de fusil car, dès qu'il se dépliait de tout son long, l'eau qui tombait du toit lui dégoulinait soit sur les pieds, soit sur la tête. Il passa une autre nuit encore dans un poulailler abandonné, étalant son tapis de tente sur le plancher recouvert d'une épaisse couche de fientes crayeuses, qui crissaient sous lui quand il bougeait et dégageaient une odeur poussiéreuse de vieux cadavres. Quand il se réveilla, bien avant l'aube, incapable de se rendormir, il fouilla dans son paquetage et découvrit un moignon de chandelle qu'il alluma. Il déroula son Bartram et, l'approchant de la flamme jaune, le feuilleta jusqu'à ce que ses yeux tombent sur un passage qui attira son attention. Il lut :

*Les régions sauvages et montagneuses que je venais
de traverser montraient des ondulations régulières,
comme l'immense océan après une tempête ; ces ondulations décroissaient progressivement, mais restaient
néanmoins parfaitement régulières, telles les écailles
d'un poisson, ou les tuiles d'un toit, imbriquées les unes
dans les autres ; les terres les plus proches de moi étaient
d'un vert profond et parfait ; celles qui leur succédèrent
d'un vert plus glauque ; et au fond elles étaient presque
aussi bleues que l'éther dans lequel la courbe la plus
lointaine de l'horizon semble se dissoudre. Mon imagination étant ainsi tout à fait accaparée par la contemplation de ce magnifique paysage, d'une infinie variété
et dépourvu de limites, je restai presque insensible ou
aveugle aux charmants objets qui se trouvaient davantage à ma portée.*

Une image du pays que détaillait Bartram bondit,
grandeur nature, dans l'esprit d'Inman. Des montagnes et des vallées se succédant à l'infini. Un paysage noueux, bot, épineux, où l'homme risquait de
faire figure d'intrus. Inman avait souvent contemplé
la vue que Bartram décrivait. C'était la région limi-
trophe qui s'étendait, à perte de vue, au nord et à
l'ouest des pentes de Cold Mountain. Il la connaissait bien. Il en avait parcouru chaque contour, avait
senti toutes ses saisons, enregistré toutes ses couleurs, senti toutes ses odeurs. Bartram, lui, n'avait vu
qu'une seule saison, celle de son séjour, n'avait connu
que le temps qu'il y fait l'espace de quelques jours.
Pourtant, dans l'esprit d'Inman, cette région ne se
présentait pas telle qu'il l'avait vue et connue, mais
telle que Bartram l'avait décrite. Les sommets se
dressaient à présent plus haut, les vallées s'enfonçaient plus profond qu'en réalité. Inman imaginait
les lignes de crêtes s'évanouissant dans les lointains,
aussi pâles et élevées que des masses nuageuses, et
il les colorait chacune d'une nuance un peu plus pâle,
un peu plus bleue, jusqu'au moment où, ayant atteint
celle qui se confondait avec le ciel, il se rendormit.

Le lendemain, Inman obliqua vers le sud-ouest, foula d'un pas laborieux une ancienne piste pour les carrioles qui traversait les montagnes. Le froid était vif et le sol jonché de feuilles mortes. Inman ne savait même pas dans quel comté il se trouvait. Cette saleté de Madison, peut-être. Il arriva à la hauteur d'un poteau indicateur sur lequel on pouvait lire VB055M dans une direction, et VAV65M dans l'autre. Quoi qu'il en soit, il y avait une sérieuse trotte d'ici aux deux villes sous-entendues. En suivant un méandre de la piste, il tomba sur un petit bassin, une espèce de source entourée de rochers verdis par la sphaigne. Le fond du bassin était couvert de feuilles pourrissantes de chênes et de peupliers et par l'eau ambrée. Inman plongea sa gourde pour la remplir. Il entendit alors un bruit étrange qui tenait du toc-toc et du clic-clac, un peu comme si quelqu'un s'essayait à faire de la musique avec quelques baguettes en bois sec. Il scruta les taillis qui jouxtaient la source en direction du bruit et découvrit un curieux spectacle : un trio de pendus dont les squelettes, oscillant sous la caresse de la brise, s'entrechoquaient.

Inman s'approcha. Les trois squelettes étaient accrochés en rang à la même branche basse d'un grand tsuga. On ne s'était même pas servi de corde pour les pendre mais de simples bandes d'écorce de noyer tressées. Le bassin et les jambes d'une des dépouilles, tombés au sol, formaient un tas d'où sortaient les orteils d'un pied. Une des tresses d'un autre s'était tellement distendue que la pointe des pieds touchait le sol. Inman écarta les feuilles mortes, s'attendant à trouver une petite surface de terre bien tassée à l'endroit où l'homme avait dû battre de la semelle et aplatir le sol en mourant. Ses cheveux, détachés de son crâne, étaient tombés dans les feuilles à ses pieds. Des cheveux blonds. Les os étaient tous d'une blancheur éclatante, les dents jaunes dans les mâchoires désarticulées. Inman passa la main sur le bras de l'homme dont le corps s'était séparé en deux. La surface des os était légèrement grenue. Il n'a pas réussi à se dégager, se dit Inman, mais s'il veut bien se montrer patient, ça viendra.

Quelques jours plus tard, Inman grimpa toute une matinée. Devant lui, des bancs de brume se déplaçaient parmi les arbres, tels des cerfs. L'après-midi, il suivit le long des crêtes une piste qui se déroulait entre des hautes terres couvertes de sapins baumiers et des petites trouées vallonnées où se dressaient des bosquets de hêtres. Tout en marchant, il commença à se douter plus ou moins de l'endroit où il se trouvait. Un ancien col, cela du moins était évident. Il passa devant un de ces tumulus de pierres que les Cherokees, en des temps très reculés, édifiaient le long des routes à titre de borne, de souvenir ou de monument sacré. Inman ramassa une pierre et, au passage, la laissa tomber sur la pile, afin de commémorer quelque aspiration vers les hauteurs.

Tard dans la journée, il se retrouva sur un escarpement rocheux que bordait une lande, un enchevêtrement dense d'azalées, de lauriers et de myrtes qui lui montaient à la taille. La piste s'y déversait comme si les voyageurs avaient adopté la coutume de s'y arrêter pour admirer le panorama. Elle repartait ensuite dans la forêt par un passage peu visible, à moins de quarante pieds de l'endroit où se tenait Inman.

Le soleil déclinait, et Inman allait devoir bivouaquer sans l'agrément d'un feu ni d'un cours d'eau. Il racla la rare végétation morte qu'il trouva afin d'en former un tas qui adoucirait sa couche de la nuit. Il mangea un peu de maïs séché et s'enroula dans ses couvertures, regrettant que la lune ne fût pas assez pleine pour mieux éclairer le paysage.

Il fut éveillé, dans la grisaille de la première aube,

par un bruit de pas sur la lande. Il s'assit et arma le chien du LeMat's avant de braquer l'arme dans la direction d'où venait le bruit. Presque aussitôt, une ourse noire passa la tête à travers les feuilles. Dressée debout, elle levait son museau brun, tendait le cou, humait la brise et clignait de ses petits yeux.

L'odeur qui parvint à l'énorme bête ne lui plut pas. Elle fit quelques pas traînants et se mit à grogner. Derrière elle, un ourson, à peine plus gros qu'une tête d'homme, grimpa au tronc d'un jeune sapin. Inman savait qu'avec sa mauvaise vue l'ourse était capable de le sentir, mais pas de le voir dans la faible lumière. Elle se tenait si près de lui que, même avec son piètre odorat d'humain, il parvenait à distinguer son odeur : le chien mouillé et autre chose de plus prononcé.

Par deux fois, l'ourse évacua à grand bruit l'air de son nez et de sa bouche et avança de quelques pas hésitants. Inman se ramassa sur lui-même et se mit debout ; l'ourse dressa les oreilles. Elle cligna des yeux, tendit de nouveau le cou, renifla et fit un autre pas.

Inman posa le revolver sur ses couvertures car il avait prêté un serment aux ours : celui de ne plus jamais leur tirer dessus, bien qu'il en eût tué et mangé plus d'un dans sa jeunesse et qu'il raffolât encore, il le savait, du goût de la graisse d'ours. Il avait pris cette décision à la suite d'une série de rêves qu'il avait faits dans les tranchées boueuses de Petersburg. Dans le premier de ces rêves, il apparaissait encore sous forme humaine. Il était malade et il buvait une infusion de feuilles de busserole en guise de tonique, après quoi il se transformait peu à peu en ours noir. Au cours des nuits où ces visions d'ours l'avaient obsédé, Inman avait erré dans les vertes montagnes de ses songes, seul, à quatre pattes, évitant les représentants de sa propre espèce et de toutes les autres. Il fouillait le sol pour y trouver des larves blanchâtres, déchiquetait les arbres qui abritaient des essaims d'abeilles pour s'emparer du miel, dévorait des buissons entiers d'airelles, et vivait fort et heureux. De ce mode de vie, s'était-il dit, on pourrait tirer une utile leçon quant à la façon de conclure la paix et de guérir les plaies de la guerre, jusqu'à ce qu'il n'en restât plus que de blanches cicatrices.

Dans son dernier rêve, cependant, après une longue poursuite, il avait été tué par des chasseurs. Ils l'avaient pendu à un arbre par une corde passée autour de son cou, et écorché ; et il avait observé l'opération comme s'il les regardait d'en haut. Sa carcasse rouge dégoulinant de sang ressemblait à celle d'un ours véritable qu'on vient de dépecer : c'est-à-dire qu'elle ressemblait, en plus fluette, à celle d'un homme avec, sous la fourrure, une patte aussi longue qu'une main d'homme. Avec cette tuerie les rêves étaient arrivés à leur terme, et il s'était réveillé, ce matin-là, avec le sentiment que l'ours représentait pour lui un animal particulièrement important, un animal qu'il ferait bien d'observer pour s'instruire, et la conviction que ce serait, pour lui, accomplir un authentique péché que d'en tuer un, quel que dût être le prix de sa clémence, car quelque chose chez l'ours lui parlait d'espoir.

Cela dit, il n'appréciait guère sa position actuelle, acculé à l'extrême bord d'une plate-forme rocheuse, avec la lande s'enchevêtrant devant lui, et une ourse énervée par la présence d'un petit né hors saison. Il savait toutefois, en sa faveur, que ces plantigrades étaient beaucoup plus susceptibles de s'enfuir que d'attaquer, et que celle-ci ferait sans doute semblant, tout au plus, de le charger et foncerait devant elle sur une quinzaine de pieds et bondirait sur ses pattes de devant avec des ronflements menaçants. Son seul but serait de l'effrayer et non de le blesser. Il manquait seulement de place pour battre en retraite. Il voulait lui faire savoir où il était, si bien qu'il s'adressa à elle à voix haute : « Je ne veux pas te déranger. Je vais m'en aller d'ici pour ne jamais y revenir. Je te demande de me laisser passer. » Il lui avait parlé avec respect d'une voix calme et franche.

L'ourse redoubla de reniflements. Elle se dandinait d'un pied sur l'autre en oscillant avec force. Inman roula lentement ses couvertures et arrima son paquetage.

« Je m'en vais, à présent », dit-il.

Il avança de deux pas, et aussitôt l'ourse fit mine de charger.

Inman calcula dans sa tête qu'aucune des distances ne convenait. Comme un problème de menuiserie dans lequel les dimensions fournies ne correspondent pas. Il n'avait que trois pieds de recul. L'ourse, quant à elle, emportée par sa masse n'avait que dix pieds à franchir pour arriver au bord du vide.

Inman fit un pas de côté ; la bête passa devant lui comme un boulet et bascula par-dessus le haut rebord qu'elle n'avait pas vu dans la pénombre. Il sentit à nouveau son odeur forte. Chien mouillé, terre noire.

Il regarda vers le bas et la vit exploser sur les rochers, gigantesque fleur rouge dans les premières lueurs de l'aube. Des lambeaux de fourrure noire s'éparpillèrent sur le sol rocailleux.

Merde, se dit-il. Il n'y a pas jusqu'à mes meilleures intentions qui ne soient réduites à néant, et l'espoir même n'est qu'un obstacle.

L'ourson, dans le sapin, se mit à clamer sa détresse. Il n'était pas encore sevré et, sans sa mère, il ne survivrait pas. Il geindrait pendant des jours entiers jusqu'à ce qu'il meure de faim ou soit dévoré par un loup ou une panthère.

Inman s'approcha de l'arbre et dévisagea le petit animal. Celui-ci cligna des yeux, ouvrit son museau et pleura comme un bébé humain.

Inman songea à tendre la main pour saisir l'orphelin par la peau du cou et à lui dire : Nous sommes frères. Après quoi il aurait fourré le petit animal dans son sac à dos et repris la route, le sac sur les épaules, l'ourson regardant autour de lui du haut d'un œil aussi brillant qu'un papoose indien. Il le donnerait à Ada comme animal de compagnie. Ou, si elle le repoussait, peut-être l'élèverait-il pour en faire un ours à demi apprivoisé qui, devenu adulte, lui rendrait de temps à autre visite, dans son ermitage de Cold Mountain. Il amènerait sa femme et ses enfants, si bien que, au cours des années à venir, à défaut d'autre chose, Inman aurait au moins une famille animale. Une façon de remédier à cette calamité de l'ourse morte.

En définitive, il fit la seule chose possible : il ramassa son LeMat's et tira une balle dans la tête de l'ourson, qui relâcha sa prise sur le tronc de l'arbre et tomba au sol.

Pour ne pas laisser perdre cette viande, Inman alluma un feu, puis il écorcha l'ourson et le découpa en morceaux qu'il fit bouillir. Il étala sur un rocher la fourrure noire, pas plus grande que celle d'un raton laveur. Tandis que l'ours cuisait, il demeura sur son escarpement à voir le jour se lever. Les brumes se dissipèrent et il aperçut des montagnes et des cours d'eau. Des ombres glissaient sur les versants des crêtes les plus proches, comme si elles s'écoulaient vers un immense bassin d'obscurité situé sous terre. Des lambeaux de nuages restaient suspendus dans les vallées, mais, dans ce vaste panorama, on ne voyait pas un toit, pas un plumet de fumée, pas un champ défriché pour indiquer un endroit où l'homme serait venu se fixer. Son regard avait beau parcourir chaque repli du paysage, il n'y avait personne d'autre qu'Inman dans cet univers.

Le vent qui remontait les flancs de la montagne emportait les effluves d'ours bouilli pour ne laisser qu'une odeur de pierre mouillée. Vers l'ouest, on y voyait à des dizaines de miles. Des crêtes, des à-pic, des aiguilles, entassant leur grisaille sur toute la longueur de l'horizon. Le mot cherokee était Cataloochee : vagues de montagnes dont les rangées vont diminuant. Et, ce jour-là, on avait peine à distinguer ces vagues du ciel d'hiver si cru, rayé et marbré des mêmes nuances de gris, si bien que la perspective s'étendait uniformément vers le haut et vers le bas. Inman n'aurait pu être mieux vêtu pour se dissimuler, car tout ce qu'il portait était gris, noir ou blanc sale.

Si lugubre que fût la scène, la joie, cependant, ne cessait de croître dans le cœur d'Inman. Il approchait de chez lui ; il le sentait à la caresse de l'air ténu sur sa peau, à sa folle envie de voir la fumée du foyer bondir des toits de ceux qu'il connaissait. Des gens qu'on ne lui demanderait pas de haïr ou de craindre. Il se leva et se planta jambes écartées sur le rocher, plissa les yeux pour rendre plus nette une montagne éloignée qui se dressait au-delà de ce vaste paysage. Elle se détachait contre le ciel comme la trace encrée qu'y aurait laissée une plume ; une ligne fine, vive, gestuelle. Sa forme, pourtant, se révéla lentement, impossible à confondre avec aucune autre. C'était Cold Mountain qu'il contemplait ainsi. Il se tenait enfin à portée de vue du lieu qui représentait, à ses yeux, sa véritable patrie.

A l'étudier ainsi, il constata que les contours des crêtes et des vallées formaient davantage que des souvenirs. Ils paraissaient avoir été inscrits sur sa cornée à l'encre indélébile, longtemps auparavant, au moyen d'un instrument pointu. Il savait les noms des endroits et des choses et il les énonça à voix haute : « Little Beartail Ridge, Wagonroad Gap, Ripshin, Hunger Creek, Clawhammer Knob, Rocky Face[1]. » Pas un sommet, pas un cours d'eau ne resta sans dénomination. Pas un oiseau, pas un buisson anonyme. Il était chez lui.

Il secoua la tête d'un côté puis de l'autre, et il eut

1. Respectivement : la crête de la petite queue d'ours, le col de la route aux chariots, l'écorche-tibia, la rivière de la faim, l'éminence du marteau à dent, la paroi rocheuse. (N.d.T.)

l'impression qu'elle avait trouvé un nouvel équilibre sur la tige de son cou. L'idée lui vint qu'il se tenait, vis-à-vis de l'horizon, avec une perpendicularité dont il n'avait plus l'habitude. Un bref instant, il lui apparut qu'il ne se sentirait pas toujours aussi totalement vidé. Sûrement, là-bas, dans ce pays noueux, il y avait la place pour disparaître. Il marcherait, le vent pousserait les feuilles jaunes sur la marque de ses pas, il serait caché aux regards prédateurs du monde, en sécurité.

Inman admira son pays jusqu'à ce que les morceaux d'ours fussent cuits. Il les roula ensuite dans de la farine, les fit frire et les mangea, assis en haut de la falaise. Jamais encore il n'avait goûté la chair d'un ours aussi jeune et, bien qu'elle fût moins sombre et moins grasse que celle d'une bête plus âgée, elle était néanmoins bonne comme le péché. Il essaya de nommer celui des sept péchés capitaux qui convenait à ce plat, mais, voyant qu'il n'y parvenait pas, il décida d'en rajouter un huitième, le regret.

LE NÉANT ET LE CHAGRIN

Si le renflement montagneux qu'ils escaladaient avait un nom, Stobrod ne le connaissait pas. Ses deux compagnons et lui avançaient, recroquevillés, le visage crispé contre le froid, le chapeau incliné presque jusqu'au nez, les mains rentrées dans les manches de leurs vestons. Leurs ombres s'étiraient longuement devant eux, si bien qu'ils piétinaient leur image. Autour, des rameaux nus de pavier, d'halésie, de tulipier et de tilleul s'agitaient dans la brise. Sous leurs pieds, les feuilles mouillées accumulées depuis des millénaires étouffaient le bruit de leurs pas.

Le jeune Pangle marchait sur les talons de Stobrod. La troisième silhouette les suivait à six pas. Stobrod tenait son violon dans son sac, coincé sous son bras, et Pangle son banjo en bandoulière. Le troisième homme portait dans son sac à dos les maigres possessions du trio. Il s'était emmitouflé dans une couverture grisâtre qui traînait par terre, laissant un sillage parmi les feuilles.

Ils avaient tous trois les intestins en capilotade suite à leur souper de la veille, une biche qu'ils avaient découverte morte, rivée au sol par le gel. Avides de viande, ils avaient choisi d'ignorer les signes indiquant depuis combien de temps la dépouille se trouvait là et de quelle façon elle était morte. Ils en avaient mangé en quantité, et maintenant ils le regrettaient. Aucun ne parlait. De temps à autre, l'un d'entre eux filait dans un fourré de laurier, rattrapait ses deux compères un peu plus loin.

Le vent ne sifflait pas, les oiseaux se taisaient. Le seul bruit était celui des fines aiguilles tombant au sol quand ils traversaient des futaies de tsugas. Les vestiges de l'aube déployaient encore un peu d'ocre vers l'est, et de minces nuages fonçaient à toute vitesse devant le soleil cassant. Les branches noirâtres des arbres feuillus se découpaient, entrelacées, contre la faible lumière. Pendant quelque temps, rien de ce qu'on voyait sur la terre ne présenta d'autre couleur que de sombres nuances de brun et de gris. Puis les trois hommes passèrent devant une plate-forme rocheuse verglacée où poussait une flasque colonie de plantes ou de lichens, d'un jaune si criard qu'on en avait mal aux yeux. Pangle tendit la main, en arracha un pan, coriace comme du vieux cuir, et le mangea d'un air interrogateur, avec une extrême attention. Il ne le recracha pas mais n'en reprit pas non plus, si bien qu'il était difficile de savoir ce qu'il pensait de son goût.

Ils atteignirent un terrain plat où trois chemins convergeaient : celui par lequel ils étaient arrivés descendait, deux autres, moins distincts, continuaient à monter. Le plus important avait commencé son existence en qualité de piste à bisons, puis de route pour les Indiens, mais restait trop étroit, là où il se faufilait entre les arbres, pour faire une route carrossable. Des chasseurs avaient campé sur les lieux ; ils avaient coupé des arbres pour alimenter un feu et, à quelque cinquante pas du carrefour, les bois étaient clairsemés. Toutefois, un immense peuplier se dressait à la fourche des deux chemins ascendants. Ce n'était en hommage ni à sa beauté, ni à son diamètre, ni à son âge qu'on l'avait épargné. Simplement, il n'existait pas à proximité une seule scie passe-partout assez longue pour en venir à bout. Là où il s'enracinait dans le sol, le diamètre de son tronc était au moins égal à celui d'un silo à maïs.

Stobrod, croyant se rappeler vaguement l'endroit, s'arrêta, et Pangle marcha sur le talon de sa botte. Le pied de Stobrod jaillit de son soulier. Stobrod se retourna, enfonça un doigt dans la poitrine du simple d'esprit afin de le repousser d'un pas, puis se rechaussa.

Les trois hommes se tenaient serrés, essoufflés par leur escalade, et observaient les deux chemins qui s'offraient. En dehors d'une rivière qui cascadait quelque part, à portée d'oreille, on n'entendait aucun bruit.

« Il fait froid », dit le troisième homme.

Stobrod le regarda, s'éclaircit la gorge, puis, en guise de commentaire sur l'aspect sinistre de l'endroit et la vacuité de la remarque, cracha sur le sol gelé.

Pangle sortit une main de sa manche et la tourna, la paume en l'air, vers les éléments. Il serra le poing et le rentra au fond du tissu comme une tortue rentre sa tête.

« Ah, bon Dieu, il y a de quoi vous ratatiner les roustons, dit-il.

— Tu l'as dit, bouffi », renchérit le troisième larron.

Il s'était attaché à eux dans la grotte des déserteurs. Il n'avait pas décliné son identité, et Stobrod ne souhaitait pas la connaître. Un natif de Géorgie, qui n'avait pas plus de dix-sept ans, au cheveu noir, à la peau basanée, au menton orné de quelques fins duvets de barbe mais les joues aussi lisses que celles d'une fille. Avec du sang cherokee, ou peut-être creek. Comme chacun, il avait un récit de guerre. Son cousin et lui étaient de pitoyables jeunes conscrits que l'on avait enrôlés dans la troupe en 1863. Ils s'étaient battus pendant un an dans le même régiment, bien que, leurs mousquets montant plus haut que la calotte de leurs chapeaux, ils n'aient guère contribué de façon efficace aux combats. Ils avaient dormi toutes les nuits sous la même couverture, et déserté ensemble. Leur raisonnement était qu'aucune guerre ne dure éternellement et que, même si l'homme naît pour mourir, ce serait se montrer bien sot que de trépasser à la veille du traité de paix. Ils étaient donc partis. Mais le trajet de retour jusque chez eux était long et compliqué. Il leur avait fallu trois mois pour atteindre Cold Mountain, et ils ne savaient même pas dans quel Etat se trouvait cette montagne. Ils avaient fini par se perdre totalement et le cousin, dévoré de fièvre et déchiré par la toux, était mort dans un vallon sinistre.

Le garçon survivant avait été découvert quelques jours plus tard par un des troglodytes. On l'avait confié à Stobrod et Pangle qui partaient justement fonder leur propre communauté de deux membres quelque part en altitude, près des Roches-Qui-Brillent. Bien que la Géorgie fût un Etat que Stobrod estimait peu, il avait accepté de l'indiquer du doigt au garçon quand ils arriveraient assez haut pour avoir une vue dégagée vers le sud.

Pour commencer, cependant, ils s'étaient rendus jusqu'à un endroit où ils avaient caché des vivres et, chemin faisant, ils avaient parlé au garçon d'Ada, et de la façon dont elle avait fini par amener Ruby à une attitude bienveillante. Cette dernière, toutefois, avait attaché certaines conditions à sa charité. Ada et elle affronteraient l'hiver avec des réserves à peine suffisantes, si bien qu'elles ne pourraient pas leur donner grand-chose, en tout cas pas assez pour nourrir les deux hommes durant toute cette période. De plus, il lui semblait risqué de laisser Stobrod et Pangle leur rendre visite. Désormais, elle ne voulait plus les voir à Black Cove, ni eux ni leurs ombres. Il fallait donc laisser la nourriture dans une cachette sûre, et elle avait proposé un endroit, en haut de la crête, qu'elle avait découvert au cours des randonnées de son enfance. Une pierre ronde et plate, couverte par toutes sortes d'inscriptions anciennes. Dernier détail, Ruby refusait d'être astreinte à un horaire fixe. Elle y porterait des vivres quand cela lui chanterait, et laisserait la cachette vide quand elle n'aurait pas envie de bouger. A Stobrod d'aller voir.

Lorsque les trois fuyards étaient arrivés sur les lieux, Stobrod s'était agenouillé et avait tâté le sol de ses mains, sous les feuilles. Ensuite il s'était mis à racler avec la pointe de sa botte et, bientôt, il avait mis à nu une pierre ronde et plate enfoncée dans la terre. Les inscriptions ne ressemblaient en rien à celles des Cherokees. Les angles que formaient les caractères étaient abrupts et sévères ; l'écriture filait sur la pierre comme une araignée sur une poêle à frire. Peut-être venait-elle d'une race antérieure à l'homme. Sous le bord de la pierre, ils avaient trouvé une boîte en fer remplie de farine de maïs, des pommes séchées emballées dans un morceau de journal, quelques copeaux de viande de porc, un pot de haricots de conserve. Ils les avaient ajoutés à leurs propres provisions d'alcool et de tabac.

« Tu sais quelle route il faut prendre ? » demanda bientôt le jeune Géorgien à Stobrod.

Celui-ci n'était pas sûr de l'endroit où ils se trouvaient ni du chemin à suivre. Il savait seulement qu'il fallait monter plus haut, vers des lieux plus isolés. La montagne était vaste. Quiconque déciderait d'en parcourir la base ne serait pas loin de couvrir une centaine de miles. C'est qu'il y avait un sacré bout de terrain circonscrit dans ses hauteurs, même s'il était aussi plat qu'une carte d'atlas. Sans compter que les expériences précédentes de Stobrod sur les pentes de Cold Mountain avaient été menées, chaque fois que possible, sous l'influence de la boisson. Dans sa tête tous les chemins se mélangeaient, et ils étaient susceptibles de conduire n'importe où.

Pangle regarda Stobrod étudier le paysage d'un œil incertain. Finalement, bégayant quelques mots pour s'excuser d'en savoir plus long que son mentor, il déclara qu'il savait exactement où il se trouvait. Le chemin de droite devenait très vite à peine visible et serpentait ensuite interminablement à travers la montagne, plus loin que Pangle ne l'avait jamais suivi, jusqu'à un endroit où se rendaient les Indiens. Le chemin de gauche, plus large au début, ne faisait que se tortiller sans but, et s'achevait près d'un bassin d'eau croupie.

« Dans ce cas, on va se faire cuire un repas et continuer notre route », dit Stobrod.

Les trois hommes rassemblèrent des morceaux de bois dans le cercle noirci de l'ancien feu et firent partir une flambée récalcitrante. Ils préparèrent une bouillie de maïs avec l'eau du ruisseau. Ils allumèrent leurs pipes d'argile et se mirent à tirer dessus, se serrant et s'approchant des maigres flammes aussi près que possible sans mettre le feu à leurs vêtements et à leurs semelles. Ils firent circuler la bouteille d'alcool et lampèrent de longues gorgées. L'air glacial les perçait jusqu'aux os. Ils restèrent assis sans rien dire, à attendre que la chaleur du feu et du breuvage les eût dégelés.

Au bout de quelque temps, Stobrod s'absorba totalement dans l'opération qui consistait à sonder de la lame de son couteau le pot de haricots en conserve qu'il tenait devant lui. Il mangeait les haricots un à un à la pointe du couteau et, entre deux bouchées, essuyait le vinaigre qui humectait la lame sur la jambe de son pantalon. Pangle dégusta un petit anneau racorni de pomme séchée, qu'il avait préalablement aplati entre ses paumes avant de le placer devant son œil comme si le trou laissé par l'extraction du trognon pouvait lui servir de judas pour découvrir une perspective nouvelle sur les choses de ce monde. Le jeune Géorgien, penché en avant, les mains tendues vers le feu, porta la main à son ventre et se raidit, comme si l'on venait de lui enfoncer un pieu dans les entrailles.

« Si j'avais su que j'aurais une chiasse pareille, j'aurais pas bouffé une seule bouchée de ce gibier », annonça-t-il.

Il se leva et s'éloigna lentement, non sans une certaine délicatesse, pour s'enfoncer dans un fourré de rhododendrons au-delà de la clairière. Stobrod le suivit du regard.

« Ce garçon me fait de la peine, dit-il. Il regrette d'avoir dû partir de chez lui, mais il n'est même pas assez futé pour savoir de quelle saloperie d'Etat il est originaire. Si j'avais un frère en prison et l'autre en Géorgie, c'est celui de Géorgie que j'essaierais de faire sortir le premier.

— Moi, je suis jamais allé jusqu'en Géorgie, dit Pangle.

— Je n'y suis allé qu'une seule fois, dit Stobrod. D'ailleurs, c'est tout juste si j'y ai mis les pieds. A peine assez pour m'assurer que c'était vraiment un endroit minable, et je suis reparti. »

Le feu fut soudain attisé par une brusque rafale de vent et les deux hommes tendirent les mains pour les réchauffer. Stobrod s'assoupit. Sa tête tomba en avant et son menton toucha sa poitrine. Lorsqu'il la redressa d'un coup sec, il aperçut sur la piste des hommes à cheval qui franchissaient le sommet de la colline. Une petite bande d'éclaireurs à mine patibu-

laire, ayant à leur tête un dandy et un gamin fili-
forme. Mais les arrivants avaient des sabres, des pistolets, des fusils, dont plusieurs étaient braqués sur
Stobrod. Ils avançaient emmitouflés dans de lourds
manteaux et leurs montures soufflaient dans l'air
froid des nuages de buée par leurs naseaux dilatés.
A chaque pas sur le chemin recouvert d'une fine pellicule de glace, les sabots des chevaux crissaient.

L'escouade de la milice remonta la pente et avança
dans la clairière, jusqu'à se tenir presque au-dessus
des deux hommes assis qu'elle couvrait de son
ombre. Stobrod voulut se lever, mais Teague lança :
« Reste où tu es. » Souplement assis sur sa selle, il
tenait à la main une carabine Spencer à canon court
dont il appuyait la crosse incurvée, ornée d'une
plaque métallique, contre la partie charnue de sa
cuisse. Il portait des gants de laine, mais il avait
coupé le pouce et l'index de la main droite afin de ne
pas être gêné pour armer et appuyer sur la détente,
et serrait mollement ses rênes tressées de la main
gauche. Il observa un long moment le duo qu'il avait
sous les yeux, avec la peau grise et des yeux aussi
rouges que des trous brûlés dans une courtepointe.

Teague annonça : « Je ne vous demanderai pas si
vous avez des papiers. C'est un sujet sur lequel j'ai
entendu tous les mensonges que l'on peut dire. Nous
sommes aux trousses d'une bande de déserteurs qui
vivaient, à ce qu'on m'a dit, dans une grotte. Ils se
sont mis à dévaliser les gens. Si quelqu'un savait à
quel endroit cette grotte s'enfonce dans la montagne,
il pourrait être dans son intérêt de le dire.

— Je ne sais pas exactement », déclara Stobrod.
Sa voix avait fusé prompte et joyeuse, bien qu'au-
dedans de lui il fût au trente-sixième dessous,
convaincu que d'ici un mois il serait de retour dans
cette foutue Virginie, à enfoncer une baguette dans
le canon d'un fusil. « Je le dirais, si je savais. J'en ai
juste entendu parler, c'est tout. Il y en a qui disent
que c'est au diable vauvert, sur l'autre versant de la

montagne, du côté de Bearpen Branch ou de la Shining Creek ou quelque chose comme ça. »

Pangle regardait Stobrod d'un drôle d'air. La perplexité pesait sur son visage comme une ombre.

« Tu as quelque chose à dire, toi ? » lui demanda Teague.

Le simple d'esprit, en proie à un certain trouble, regardait les cavaliers massés devant lui et se demandait quelle était la meilleure réponse à donner à la question qu'on venait de lui poser. Toutes sortes de pensées passèrent sur son doux visage.

« Enfin, finit-il par dire en regardant Stobrod, t'y es absolument pas. C'est de ce côté-ci. Tu le sais bien. Là-bas, à Big Stomp. A trois miles même pas, en remontant la Nick Creek. On va jusque-là où le chemin s'arrête en patte-d'oie, avec à main droite un bosquet de noyers qui pousse à flanc de colline. A l'automne, une flopée d'écureuils s'activent dessous. Tellement qu'on voit plus le sol. On peut les tuer à coups de pierre. Eh bien, on grimpe droit à travers ces arbres, jusqu'à ce qu'on arrive à un éboulis de rochers, et là, tout en haut, on y est. Il y a un creux dans la paroi, aussi vaste qu'un grenier de grange.

— Je te remercie bien », dit Teague. Il se tourna vers deux grands cavaliers, noirs de poil et de peau, et un léger rictus retroussa un des coins de sa bouche. Il appuya de tout son poids sur ses étriers, faisant grincer ses étrivières, puis il passa sa jambe par-dessus la selle pour mettre pied à terre.

Ses hommes l'imitèrent.

« On va vous rejoindre autour de votre feu, si ça ne vous ennuie pas, dit Teague à Stobrod. Prendre le petit déjeuner avec vous. Le faire cuire et le manger. Ensuite on vous écoutera nous jouer un air. Pour voir si vous savez y faire. »

Ils ranimèrent le feu et s'assirent autour, comme de bons camarades. Les hommes de la milice avaient avec eux une quantité de saucisses enfermées dans du boyau et, quand ils les tirèrent de leurs sacs, elles étaient durcies par le gel et roulées en colimaçon comme un tas d'entrailles. Ils durent couper les morceaux avec une petite hachette pour les faire cuire.

Bientôt le feu se ranima, éclata en grandes flammes et en braises rougeoyantes sur un lit de cendres blanches. Il dégageait tant de chaleur que Pangle déboutonna son veston puis sa chemise et se mit tout à fait à l'aise. Il ne se rendait pas du tout compte que le moment recelait autre chose que la tiédeur, la camaraderie et l'odeur de la saucisse en train de cuire. Il contempla un instant son banjo, comme s'il ne l'avait jamais vu auparavant, paraissant admirer sa forme et la beauté de ses matériaux. A croire qu'il aimait étudier sa géométrie presque autant que d'en jouer. Bientôt ses yeux s'embuèrent et se fermèrent.

« Le voilà sorti du monde, dit Stobrod. Epuisé. »

Teague tira une bouteille d'alcool de la poche de son manteau et la tendit à Stobrod.

« Si ce n'est pas trop tôt pour toi ? dit-il.

— Je m'y suis mis il y a déjà un moment, répondit l'autre. Quand on n'a dormi que par bribes depuis des jours, c'est difficile de dire ce qui est trop tôt. »

Il déboucha la bouteille et l'inclina vers ses lèvres et, bien que le contenu fût médiocre, porta à son égard un jugement poli. Il fit claquer ses lèvres, souffla bruyamment et opina pour marquer son approbation.

« Pourquoi tu n'as pas dormi ? » voulut savoir Teague.

Stobrod expliqua que, pendant quelques jours et quelques nuits, ils avaient fait de la musique et joué pour de l'argent avec des aigrefins, négligeant toutefois de signaler qu'ils s'étaient livrés à ces occupations dans la grotte des déserteurs. Jeux de cartes, combats de coqs, combats de chiens, parties de dés. Tous les défis imaginables qui se prêtaient aux paris. De gros joueurs, acharnés à miser leur argent. Certains à ce point dévorés par la fièvre du jeu que, après

415

avoir gagné le chapeau que vous aviez sur la tête, ils doublaient les enjeux pour avoir vos cheveux avec. Faute de trouver des sujets plus emballants, ils avisaient un groupe d'oiseaux sur une branche et pariaient sur celui qui s'envolerait le premier. Dans un accès de vantardise, Stobrod assura qu'il n'avait pas perdu un cent, ce qui, en pareille compagnie, tenait à peu près du miracle.

Teague serra les articulations de ses doigts et fit le geste de distribuer des cartes.

« De vrais amateurs », dit-il.

Les saucisses, gonflées par la chaleur, grésillaient légèrement et leur jus crachotait en tombant dans les braises. Elles furent enfin dorées. Tout le monde, sauf Pangle qui continuait à dormir, se mit à les déguster à la pointe des bâtons. Quand il n'en resta plus un seul morceau, Teague regarda le violon et le banjo et demanda : « Vous savez en jouer ? »

— Un peu, dit Stobrod.

— Eh bien, jouez-moi quelque chose », ordonna Teague.

Stobrod n'en avait guère envie. Il était fatigué. Et il lui semblait que cet auditoire pensait à tout autre chose qu'à la musique, et qu'il était entièrement dépourvu de toutes les qualités nécessaires pour l'apprécier. Saisissant néanmoins son violon, il passa sa paume sèche en travers des cordes et sut, à leur murmure, quelles chevilles il fallait tourner.

« Qu'est-ce que tu aimerais entendre ? demanda-t-il.

— Aucune importance. A toi de choisir. »

Stobrod se pencha pour donner quelques petits coups de doigts dans l'épaule de Pangle. Celui-ci se réveilla. Avec effort, il rassembla ses esprits.

« Ils veulent nous entendre jouer un air », annonça Stobrod.

Pangle ne dit rien mais fit travailler un instant ses articulations à la chaleur du feu. Il empoigna son banjo pour en tripoter les chevilles puis, sans attendre Stobrod, fit entendre quelques notes de *Backstep Cindy,* mais, lorsqu'il en arriva au moment de la reprise, les notes se brouillèrent. Il perdit le fil et s'arrêta.

« Celui-là a sombré dans le néant et le chagrin, dit-il à Stobrod. Si tu mettais ton grain de sel, peut-être qu'on arriverait à quelque chose. »

Stobrod leva son archet et joua une ou deux notes de *Cindy,* suivies de quelques autres qui paraissaient sonner au petit bonheur, sans lien entre elles. Il les répéta encore et encore, et il finit par devenir clair qu'elles n'avaient aucun sens. Pourtant il les ramassa soudain toutes ensemble pour bâtir dessus une variation, puis une autre plus précise et, contre toute attente, toutes se mirent en place pour former un air. Il trouva le dessin mélodique qu'il cherchait, et il suivit le cortège de notes là où elles le menaient, découvrant la voie de leur logique qui était aussi alerte, friable et facile que le rire. Il joua l'air entier une fois ou deux, jusqu'à ce que Pangle eût trouvé ses accords et égrené en réponse une série de notes rapides, brillantes et discordantes. Enfin ils se lancèrent à l'unisson afin de voir quelle espèce d'œuvre ils avaient composée.

Bien que la forme ne fût ni celle d'une gigue ni celle d'une contredanse, l'air convenait cependant à la danse. Le pied de Pangle caressait le sol sur un rythme syncopé, sa tête dodelinait, et ses yeux étaient presque fermés, en sorte qu'on n'apercevait, par la fente entre les cils, qu'un peu de blanc tremblotant. Après avoir joué une succession de notes, Stobrod retira le violon pour en appuyer la caisse contre sa poitrine. Il martela le rythme sur les cordes avec son archet. Pangle comprit où il voulait en venir et en fit autant avec la paume de sa main contre la peau de marmotte de la caisse du banjo. L'on eut alors l'impression fugace que les deux instruments dont ils jouaient étaient de simples tambours perfectionnés. Sur ce martèlement, Stobrod rejeta la tête en arrière et improvisa des paroles. Il était question de femmes dont les ventres sont durs comme le cou des mulets. Des femmes, proclamait la chanson, plus cruelles encore que les autres.

Quand il eut fini de chanter, ils rejouèrent une fois l'air, puis se turent. Ils se consultèrent, avant de tourner leurs chevilles pour obtenir ce qu'on appelait l'accord du défunt, et jouèrent un morceau qui rappelait *La Retraite de Bonaparte*, que d'aucuns appelaient *L'Air du général Washington*. Plus doux, plus méditatif, néanmoins mortellement sinistre. Lorsque la tonalité mineure s'y infiltra, il y eut comme des ombres sous les arbres, et la musique évoqua soudain une atmosphère de forêts ténébreuses et de lanternes allumées. C'était une vieille musique effrayante, dans un des modes anciens qui vous résument une culture et qui sont l'expression fidèle de sa vie intérieure.

Birch s'écria : « Cré de bon Dieu. Les voilà possédés, à présent. »

Jamais aucun des hommes de la milice n'avait entendu un violon et un banjo jouer dans cette tonalité, et jamais non plus aucun n'avait entendu une telle force et un tel rythme exécuter des thèmes musicaux si terribles et si élégiaques. La façon dont Pangle se servait de son pouce sur la cinquième corde, pour le laisser ensuite choir sur la deuxième, était une merveille d'arrogance. On aurait dit qu'il sonnait la cloche du dîner, et pourtant le son restait solennel. Ses deux autres doigts ne travaillaient que dans un style heurté et hésitant, toutefois peaufiné au point d'atteindre à une grossière perfection. Les doigts de Stobrod trouvaient sur le manche du violon des dessins qui paraissaient aussi immuables que les lois de la nature. Sa façon d'appuyer sur les cordes traduisait une délibération, une science, qui était totalement absente du jeu d'archet débridé de la main droite. Les paroles que chantait Stobrod relataient un rêve — le sien ou celui d'un narrateur fictif — campé, aurait-on dit, sur un lit de ciguë. Y figuraient une splendide vision d'amour perdu, la traversée d'un temps épouvantable, une jeune fille portant une mante verte. Sans la musique, ces paroles n'auraient guère paru plus riches de détails qu'un message télégraphique mais, ensemble, elles formaient un univers.

Lorsque la chanson s'acheva, Birch dit à Teague : « Bon sang, c'est des saints hommes, ces deux-là. Leur esprit s'occupe d'affaires qui restent cachées à des types comme toi et moi. »

Tout en suçant une de ses dents, Teague regardait dans le vague, comme s'il essayait de se rappeler quelque chose. Il se leva, prit sa carabine Spencer sur le sol et en braqua le canon sur l'espace qui séparait Stobrod de Pangle.

« Va te mettre devant ce gros peuplier, dit-il à Stobrod. Et emmène le gamin avec toi. »

Stobrod alla se placer à l'endroit indiqué. L'arbre s'élevait sur près d'une centaine de pieds, net et monolithique, avant qu'on ne vît la moindre branche. Et même à cette hauteur, il n'y en avait que deux, chacune de la grosseur d'un arbre normal, s'élevant en volutes comme les branches d'un candélabre.

Stobrod tenait son violon devant lui, dans le creux de son bras. L'archet pendait au bout d'un doigt, tressautant légèrement, à l'unisson des battements de son cœur. Pangle prit place à côté de lui. Leur pose, fière et nerveuse, était celle des hommes qui s'étaient fait tirer le portrait sur plaque de verre au début de la guerre, même si, en guise de fusil, de colt ou de couteau, ceux-là ne brandissaient, pour affirmer leur identité, qu'un violon et un banjo.

Pangle passa son bras libre autour des épaules de Stobrod. Les hommes de la milice levèrent leurs fusils, et Pangle leur adressa un sourire radieux. Sans le moindre soupçon d'ironie ou de bravade. Tout simplement amical.

« Je peux pas tirer sur un gars qui me sourit, protesta un des hommes en baissant légèrement son arme.

— Arrête de sourire », lança Teague à Pangle.

Pangle tordit les lèvres et s'efforça de les remettre à l'horizontale, mais elles frémirent et s'arquèrent à nouveau.

« Il n'y a pourtant pas de quoi rire, dit Teague. Vraiment pas. Prépare-toi à mourir. »

Pangle passa les deux mains sur son visage, des cheveux au menton. Il tira les coins de sa bouche vers le bas avec ses pouces, mais, dès qu'il les lâcha, son visage se fendit en un large sourire épanoui.

« Enlève ton chapeau », ordonna Teague.

Pangle obtempéra et, toujours hilare, le fit tourner indéfiniment entre ses doigts, comme pour démontrer le mouvement de la terre.

« Tiens-le devant ta figure », dit Teague.

Pangle leva le chapeau et s'en couvrit le visage. Aussitôt les hommes déclenchèrent leur tir, et des fragments de bois volèrent du tronc du peuplier, aux endroits où les balles le touchaient après avoir traversé la chair des deux musiciens.

ÉCORCE NOIRE EN HIVER

« Et quand ils ont eu fini de presser sur leurs détentes, tous les chevaux ont bondi et se sont affolés, et le chef s'est mis à leur crier dessus, et il a pris son chapeau, et il est allé leur claquer le museau avec. Ils les ont pas recouverts et ils se sont pas non plus approchés d'eux pour prononcer quelques mots, sauf qu'il y en a un qui a dit qu'on pouvait sans mentir appeler ce qui venait de se passer une fusillade, puisqu'on avait tiré des coups de fusil. Et alors il y en a un autre qui a ri et un troisième qui est allé pisser sur le feu, ils sont remontés à cheval et ils sont partis. Je sais vraiment plus dans quel monde je vis, quand je vois les gens faire des choses pareilles. »

L'attitude du jeune Géorgien était celle d'un homme en proie aux proches vestiges d'une peur bleue. Il était encore tout excité, et un sentiment d'urgence animait son désir de raconter un récit qu'il estimait palpitant, en même temps que véridique.

« Je les ai vus faire, conclut-il. J'ai tout vu.

— Alors pourquoi n'as-tu pas été tué ou pris, toi aussi, si tu étais assez près pour être témoin ? » demanda Ada.

Le garçon réfléchit. Il détourna les yeux, repoussa les cheveux de son front, puis il donna une pichenette au loquet de la barrière. Il se tenait sur la route, d'un côté de la clôture, Ruby et Ada dans le jardin, de l'autre côté. Ils se parlaient par-dessus les piquets, et les deux femmes distinguaient l'odeur du feu de bois dans ses vêtements humides de transpiration, dans ses cheveux sales et mouillés.

« En tout cas, j'ai tout entendu, répondit-il. J'ai entendu ce que j'ai pas vu, c'est plutôt comme ça que ça s'est passé. Je m'étais enfoncé dans les bois, assez loin au milieu des lauriers. Par nécessité, voyez ?

— Oui, dit Ada.

— Pour être tranquille, si on peut dire.

— On a compris, merci, dit Ruby. Et le résultat de tout ça, c'est quoi ?

— C'est ce que j'essaie de vous dire. Que je les ai laissés allongés là, tout pleins de sang et tombés n'importe comment sous un grand peuplier. Et alors j'ai couru jusqu'ici. Je me suis rappelé où le violoneux avait dit que vous habitiez. Je suis retourné jusqu'à la pierre aux images, où on s'était arrêtés pour prendre à manger. Et de là je suis descendu jusqu'à ce que j'aie trouvé la maison.

— Ça fait combien de temps ? » demanda Ruby.

Le garçon regarda autour de lui, étudia les nuages

plats et gris, et la ligne bleue des crêtes, comme s'il essayait de s'orienter. Mais il ne parvint pas à repérer la direction de l'ouest, et le ciel ne l'aidait guère à deviner l'heure, car il ne contenait pas le moindre point lumineux, seulement les quelques couleurs d'un vieux fer de hache.

« Il est trois heures, lui apprit Ada. Ou deux heures et demie, au plus tôt.

— Trois heures ? » répéta le garçon d'une voix légèrement surprise. Il baissa les yeux pour étudier la terre battue du sol, à l'entrée du jardin. Il pressa ses lèvres l'une contre l'autre et sa bouche se contracta. Il essayait de calculer le temps écoulé. Il leva les poings pour agripper deux piquets, souffla entre ses lèvres arrondies, pas assez fort pour émettre un sifflement.

« Ça doit faire sept heures, finit-il par dire. Moi je dirais six ou sept.

— Et tu as couru sans t'arrêter ? lâcha Ruby.

— J'ai couru une partie du chemin, dit-il. J'avais peur. C'est difficile de me rappeler, mais j'ai couru jusqu'à ce que j'en puisse plus. Et après, tantôt j'ai couru, tantôt j'ai marché.

— Nous allons avoir besoin de toi pour nous guider jusque là-bas », dit Ada.

Mais le garçon ne voulait pas remonter dans la montagne. Il déclara qu'il préférait être fusillé sur place que de retourner sur les lieux. Il ne se souciait pas de la voir plus longtemps, cette montagne. Tous les compagnons qu'il avait jamais eus gisaient désormais morts dans ces bois. Rentrer chez lui, c'était son unique désir. Et telle qu'il voyait la situation, la nouvelle qu'il venait d'apporter devrait à elle seule lui valoir un peu de nourriture, et une autre couverture, et encore une ou deux choses dont il aurait besoin en cours de route.

« Plus d'un qui les aurait laissés là où ils sont tombés, les deux, sans se soucier si les loups les auraient pas bientôt dénudés jusqu'à l'os », dit-il. Et il expliqua aux deux femmes qu'à son avis les loups avaient déjà dû dévorer son cousin défunt car, faute d'outils pour creuser le sol, tout ce qu'il avait pu faire en guise de sépulture avait été de déposer la dépouille près du ruisseau. Il avait découvert un endroit sec, sous un rebord par-dessus lequel l'eau se déversait en formant un rideau, ce qui constituait une espèce de chambre entre terre et eau. Il expliqua qu'il avait installé son cousin là, assis en tailleur, adossé à un rocher, et prononcé quelques paroles au-dessus du visage figé afin de préciser qu'il existait ce monde et un autre, et que, dans le prochain, ils se retrouveraient peut-être. Il ajouta qu'en repartant il s'était retourné : le soleil brillait à travers la vapeur que dégageait la petite chute d'eau, et il en jaillissait des arcs-en-ciel. Alors, non. Il n'avait aucune intention de remettre les pieds sur les pentes de cette montagne.

« Cold Mountain se dresse exactement au milieu du chemin que tu dois suivre pour rentrer chez toi, dit Ruby, mais fais comme tu veux. Nous n'avons pas besoin de toi. Je vois à peu près de quel endroit tu parles ; avec le cheval, il ne nous faudra pas plus de cinq heures pour y arriver. Nous allons te donner à manger, cela dit. Ce n'est pas comme si nous n'avions pas nourri les autres vagabonds qui passent par ici. »

Ruby ouvrit la barrière et laissa le garçon entrer dans le jardin. Il alla s'asseoir sur les marches de devant, entre les grands buis, et se frotta les doigts en soufflant dessus. Ruby demeura près de la barrière. Elle posa une main sur une branche nue et tordue du grand pommier sauvage, et resta à scruter la route.

Ada s'approcha et contempla son profil. D'après l'expérience, dans de tels moments de deuil, les femmes avaient coutume de sangloter, de s'étreindre et de se murmurer des paroles de consolation et de foi religieuse. Et bien qu'elle ne fît plus entièrement confiance à ces formules, elle était prête à offrir à sa compagne toutes celles qui pourraient la réconforter. Elle tendit la main pour toucher les cheveux bruns de Ruby.

Mais celle-ci, apparemment peu désireuse de recevoir le moindre geste d'affection, écarta la tête. Elle ne pleurait pas, ne serrait pas son tablier en boule entre ses mains crispées, ne manifestait par aucun signe visible qu'elle souffrait d'avoir appris la mort de Stobrod. Elle restait simplement la main posée sur la branche de pommier, les yeux fixés sur la route. A voix haute, elle n'exprima qu'une seule inquiétude : fallait-il ensevelir les deux hommes à flanc de montagne ou ramener leurs corps à Black Cove pour les mettre en terre dans le petit cimetière, au milieu des Black ? Il y avait du pour et du contre dans les deux cas. Cependant, dans la mesure où Stobrod et les Black n'avaient guère éprouvé, de leur vivant, de sympathie réciproque, elle était d'avis, tout bien considéré, de les maintenir à l'écart les uns des autres dans la mort.

« Il faut décider tout de suite. C'est de cela que dépend ce que nous emportons, déclara Ruby. Des bêches et tout ce genre de choses. »

L'idée de ne pas ramener les deux morts rendait Ada quelque peu perplexe. Cela témoignait d'une telle désinvolture, comme enterrer un chien.

« Nous ne pouvons quand même pas monter là-haut, creuser un trou, les mettre dedans et rentrer chez nous, protesta-t-elle.

— Quelle différence si nous les traînons jusqu'ici ? demanda Ruby. Si c'était moi, je préférerais reposer à flanc de montagne plutôt que dans n'importe quel autre endroit que tu me proposerais. »

Ada ne trouva aucun argument à opposer. Il lui fallait regagner la maison afin de donner à manger au jeune Géorgien mais, avant, elle s'approcha et serra Ruby dans ses bras, afin, à défaut d'autre chose, de se réconforter elle-même. Elle se rendit compte que c'était la première fois qu'elles s'étreignaient ; Ruby resta les bras le long du corps, tous les muscles durs et noués entre les bras d'Ada.

Dans la cuisine, Ada prépara une assiette froide avec les reliefs de leur dîner — beignets de pomme, pain de maïs, purée de haricots blancs trop cuits.

Quand elle ressortit et tendit l'assiette au garçon, il contempla la purée de haricots un moment. Son expression révélait clairement qu'il croyait tenir une nouvelle preuve du genre de maison dans laquelle il était tombé.

« Ce sont des haricots », dit Ada.

Du bout de sa fourchette, le jeune homme en prit une minuscule bouchée pour voir si elle disait vrai.

« Chez nous, on les prépare pas du tout comme ça », annonça-t-il.

Tandis qu'il mangeait, Ruby lui parla du circuit qu'il devrait faire pour contourner Cold Mountain. Ada s'installa dans une des chaises à bascule de la terrasse et les observa, deux individus petits et bruns qui se ressemblaient comme frère et sœur. Ruby expliquait au garçon qu'il devrait se cantonner aux hautes terres et éviter les voies principales le long des vallées où coulaient des ruisseaux, car c'était là qu'il y aurait des gens. Elle lui décrivit les points de repère dont il aurait besoin pour escalader les hauteurs de Cold Spring Knob, d'où il gagnerait le col de Double Spring Gap, puis ceux de Bearpen Gap, Horsebone Gap et Beech Gap. De là il devrait entamer la descente et, chaque fois que la piste ou le ruisseau formaient une fourche, incliner vers le sud-ouest. C'était au bout de cette route que se trouvait le pays natal du garçon, deux semaines de marche, pas davantage.

« Circule de nuit et dors de jour, et ne fais jamais briller la moindre lumière, dit Ruby. A mon avis, même si tu ne cours pas tout du long, tu devrais y être pour Noël. On dit qu'on reconnaît toujours la Géorgie quand on y arrive parce qu'il n'y a rien d'autre que de la terre rouge et des mauvaises routes. »

Ruby se tourna ensuite vers Ada, et elles commencèrent à organiser leur propre périple. L'horaire était peu favorable. D'après Ruby, étant donné qu'on approchait du moment de l'année où les jours sont les plus courts, que ce soit à l'aller ou au retour, elles seraient obligées de passer une nuit dans les bois. Peu importait que ce fût l'un ou l'autre. Elles feraient aussi bien de se mettre en route. Ada et elle rentrèrent donc dans la maison pour alimenter les feux et rassembler à la hâte le matériel nécessaire. De quoi dormir une nuit, des ustensiles de cuisine, des vivres, des bougies, des allumettes dans une boîte en fer et la toile émeri pour les allumer, un fagot de petit bois sec, une longueur de corde, une hachette, un fusil avec sa poudre et sa bourre, du picotin pour le cheval, une pioche et une pelle. Elles entassèrent tout ce fourniment dans une paire de sacs de chanvre qu'elles attachèrent ensemble, avant de les jeter sur le dos de Ralph, telles deux grosses panières.

Ruby scruta le ciel afin de voir si une quelconque trace de nuage, d'air ou de lumière laissait présager du temps qu'il ferait. Ce qu'elle vit lui annonça de la neige et un froid croissant.

« Tu as des culottes ? demanda-t-elle.

— Des pantalons ? s'étonna Ada.

— En laine ou en toile, peu importe. Il en faudrait deux.

— Il y a les pantalons de mon père, oui.

— Il va falloir les enfiler, annonça Ruby.

— Des pantalons d'homme ?

— Toi, mets ce que tu veux. Quant à moi, je n'ai pas envie de sentir le vent d'hiver s'engouffrer sous ma robe. Et qui sera là pour nous voir ? »

Elles découvrirent deux pantalons de chasse en laine, un gris et un noir. Elles enfilèrent des caleçons longs, puis les pantalons dont elles retroussèrent le bas et attachèrent la taille avec une ceinture. Elles complétèrent leur tenue par des chemises en laine et des chandails, et Ruby remarqua alors les chapeaux de Monroe et déclara qu'ils leur éviteraient de recevoir la neige dans la figure, si bien qu'elles en prirent deux sur l'étagère et s'en coiffèrent. Dans des circonstances plus joyeuses, se dit Ada, l'affaire aurait pu tourner, comme dans le cas de leurs coiffures, au concours de déguisements, et elles auraient discuté pour savoir laquelle des deux s'était accoutrée de la façon la plus convaincante. Elles auraient utilisé la suie de la lampe pour s'orner le visage de moustaches et de favoris, pris des cigares sans les allumer, et imité tous les gestes ridicules que font les hommes en les fumant. Au lieu de quoi elles échangèrent à peine deux mots en s'habillant. C'est avec terreur qu'elles envisageaient l'une et l'autre les deux jours à venir.

Avant de partir, elles frottèrent leurs bottes de cire d'abeille, ouvrirent la porte du poulailler et celle de l'étable et déposèrent un tas de foin sur le sol. Ruby se dit qu'à leur retour elles trouveraient Waldo en train de meugler pour qu'on vînt le traire. Elles donnèrent au jeune Géorgien des vivres et des couvertures, et lui conseillèrent de dormir dans le fenil jusqu'à ce que l'obscurité lui permît de voyager en toute sécurité. Quand elles s'éloignèrent, en tirant le cheval, le garçon, assis entre les buis, agita la main comme un hôte prend congé de ses visiteurs.

Vers le soir, la neige se mit à tomber à travers le brouillard qui avait envahi les bois. Ada et Ruby cheminaient par une faible lumière. Deux formes vagues et sombres évoluant dans un lieu dépourvu d'autre couleur que les divers degrés du noir. Les conifères les plus proches avaient encore l'air de vrais arbres mais, à peine plus loin, ce n'étaient plus que des ébauches, la rapide esquisse d'un geste désinvolte visant à indiquer des arbres. Ada avait l'impression d'errer dans un nuage. Cette absence de paysage rendait Ralph nerveux, et il ne cessait de pencher le cou à gauche et à droite et d'agiter ses oreilles d'avant en arrière pour entendre venir les menaces.

Elles avaient grimpé pendant très longtemps sous le dais épais des sombres tsugas. Puis elles franchirent une crête étroite et descendirent dans les gorges d'un cours d'eau. Elles avaient quitté le territoire familier à Ada depuis belle lurette. Elles traversèrent une rivière à pied sec, sur le dos de pierres arrondies. Ada remarqua la façon dont le cours d'eau, sous l'emprise d'une fine bordure de glace étincelante le long des rives et autour des pierres, des troncs abattus, des tas de mousse, de tous les obstacles qui l'empêchaient de s'écouler, se solidifiait peu à peu. Au centre, cependant, les rapides se précipitaient avec leur violence habituelle.

Les endroits où la rivière était la moins profonde et la plus lente étaient donc les plus susceptibles de geler. Monroe aurait tiré de ce phénomène une leçon utile, se dit Ada. Il aurait expliqué à quoi correspondaient les différentes parties du cours d'eau dans la vie d'une personne, et de quoi Dieu voulait en faire le symbole. Tout était l'œuvre de Dieu, mais les analogies étaient complexes. Chaque brillante image du monde visible n'était que l'ombre d'un objet divin, si bien que la terre et le ciel, du plus bas au plus haut, concordaient étrangement par leur forme et leur signification, parce qu'ils étaient, en fait, indissociables.

Monroe avait un livre dans lequel chercher les différents symboles. La rose — ses épines et ses fleurs —, symbole du chemin difficile et dangereux vers l'éveil spirituel. Le bébé — qui venait au monde en hurlant dans la souffrance et le sang —, symbole de nos lamentables vies terrestres, consumées par la violence. La corneille — sa noirceur, sa nature rebelle, sa tendance à se nourrir de charognes —, symbole des forces de l'ombre qui guettent le moment de s'emparer de l'âme des hommes.

Ainsi, pensait Ada, la rivière et la glace fournissaient une arme à l'esprit. Ou peut-être une mise en garde. Mais elle refusait de croire qu'un livre était capable d'exprimer exactement ce qu'il fallait en penser ou comment les mettre à profit. A tout ce que délivrerait un livre, il manquerait toujours quelque chose d'essentiel, comme une porte dépourvue de serrure.

Arrivé sur l'autre rive, le cheval s'arrêta, secoua sa crinière, allongea le cou et souffla doucement, longuement devant lui, dans l'espoir de recevoir en retour l'haleine rassurante d'un compagnon. Ada posa la main sur ses naseaux veloutés. Il sortit sa langue qu'elle saisit entre le pouce et l'index pour l'agiter gentiment, et ils reprirent leur route.

Elles suivirent la rivière tandis qu'elle dévalait la montagne. Ensuite, la piste s'en écarta pour pénétrer dans une forêt d'essences feuillues où l'on apercevait encore quelques lambeaux de feuilles tordues cramponnés aux chênes. De vieux arbres fatigués, avec des boules de gui dans leurs branches. La neige tombait plus fort et commençait à adhérer au sol, si bien que la piste devint une faible dénivellation serpentant à travers bois, qu'il était facile de manquer à présent que la nuit venait. Le chemin ne conservait même pas les traces des sangliers, on aurait dit quelque piste indienne abandonnée reliant entre eux un ensemble de lieux qui n'existaient plus, et que personne n'avait foulée depuis des lustres.

Elles continuèrent après la tombée de la nuit, sous la neige incessante. Les nuages denses cachaient la lune croissante. La neige dégageait néanmoins une certaine luminosité là où elle s'était amoncelée sous les troncs noirs.

Ada pensait avant tout à la nécessité de s'abriter pour la nuit et, devant chaque plate-forme rocheuse, elle disait : « On pourrait peut-être dormir ici. » Mais Ruby répondait qu'elle connaissait un meilleur coin, ou du moins qu'elle croyait se rappeler un endroit tout proche, et elles poursuivaient leur route.

Elles arrivèrent enfin devant un éboulis de grandes pierres plates. Ruby tourna autour jusqu'à ce qu'elle trouve ce qu'elle cherchait : trois rochers tombés l'un sur l'autre de façon à former une espèce d'appentis, de dolmen naturel aux murs droits, coiffés d'une dalle solidement coincée entre les deux autres et inclinée d'avant en arrière, permettant ainsi à l'eau de s'écouler, suffisamment vaste pour s'y asseoir et s'y retourner. A l'intérieur, le sol était tapissé d'une épaisse couche de feuilles mortes. Une source sortait de terre à moins de vingt yards. L'endroit était entièrement entouré de châtaigniers et de chênes qui n'avaient jamais été coupés depuis le jour de la création. On ne pouvait rêver un meilleur camp, et Ruby déclara que, bien qu'elle n'y fût pas revenue depuis plusieurs années, tout était exactement comme elle se le rappelait pour y avoir passé bien des nuits lorsqu'elle était petite fille.

Elle chargea Ada de ramasser des brassées de branches sèches et, en moins d'une demi-heure, elles avaient allumé un grand feu à l'entrée de leur abri et une bouilloire chauffait pour le thé. Elles s'assirent pour le boire et mangèrent quelques biscuits secs et des pommes séchées.

Ada dit que le jeune Géorgien ne lui paraissait pas un brillant spécimen du sexe masculin. A quoi Ruby répondit qu'elle ne le jugeait pas particulièrement pire que le tout-venant de son espèce.

Quand elles eurent fini de dîner, Ruby saisit une poignée de terre qu'elle laissa couler entre ses doigts, puis elle tendit sa main vers le feu pour la montrer à Ada. Des fragments de charbon de bois et des éclats de silex. Un feu ancien et des pointes de flèche mal taillées. Des miettes d'espoirs révolus.

Ada fouilla parmi les morceaux de silex et garda la pointe la plus proche d'un état achevé, réconfortée à l'idée que, dans un passé indistinct, des hommes avaient agi comme elles, trouvé un abri sous les rochers, mangé un repas, et dormi.

La neige sifflait et la température dégringolait à vive allure, mais le feu ne tarda pas à chauffer les pierres et, lorsque Ada et Ruby s'enveloppèrent dans leurs couvertures et se pelotonnèrent au milieu des feuilles mortes, elles eurent aussi chaud que si elles étaient blotties dans leur lit à la maison. Ça ira très bien, se dit Ada. Cette piste abandonnée à travers les monts et les cours d'eau. Sans personne alentour. L'abri en pierre aussi chaud et sec que la cachette d'un elfe. D'aucuns l'auraient considéré comme un refuge d'une totale nudité, mais il correspondait si bien à ses besoins qu'elle aurait pu s'y installer et y vivre définitivement.

Le feu projetait des dessins d'ombre et de lumière sur le pan incliné, et Ada s'aperçut que, si elle regardait assez longtemps, les flammes finissaient par former les contours d'objets existants dans le monde. Un oiseau. Un ours. Un serpent. Un renard. Ou peut-être était-ce un loup. Le feu semblait ne s'intéresser qu'aux animaux.

Ces images lui remirent en tête une musique, une chanson de Stobrod qui s'était gravée dans son esprit. Ada l'avait retenue à cause de la bizarrerie des paroles et de l'interprétation de Stobrod, d'une intensité qui devait traduire une profonde émotion personnelle. Le thème en était le comportement imaginaire de son narrateur, ce qu'il ferait s'il avait le pouvoir de se transformer en toutes sortes de bêtes. Un lézard au printemps — il écouterait sa belle chanter. Un oiseau aux longues ailes — il retournerait auprès de sa belle pour pleurer et gémir jusqu'à en mourir. Une taupe sous la terre — il déracinerait une montagne.

La chanson trottait dans la tête d'Ada. Les désirs des animaux lui paraissaient merveilleux et horribles, surtout ceux de la taupe, petit ermite impuissant et aveugle, poussé par sa solitude et son ressentiment à faire crouler le monde autour de lui. Plus merveilleuse et plus horrible encore était la voix humaine qui prononçait les paroles de la chanson, qui rêvait de renoncer à son humanité pour apaiser la souffrance infligée par un amour perdu, un amour trahi, un amour inexprimé, un amour gaspillé.

Ada devina, à la respiration de Ruby, qu'elle ne dormait pas encore. « Tu te rappelles la chanson de ton père au sujet de la taupe sous la terre ? »

Ruby répondit que oui, et Ada lui demanda si elle pensait que Stobrod avait écrit lui-même cette chanson. Ruby déclara qu'il y avait beaucoup de chansons dont il était impossible de dire si quelqu'un les avait composées tout seul. Une chanson passait de violoneux en violoneux, chacun lui ajoutait une chose ou lui en enlevait une autre, si bien qu'au fil du temps elle devenait tout à fait différente de ce qu'elle avait été au départ, avec un air et des paroles à peine reconnaissables. Sans pour autant prétendre qu'elle avait été améliorée, car ce qui était vrai des tentatives de l'homme l'était aussi dans ce cas-là : il n'y avait jamais de progrès. Chaque ajout entraînait une perte et, une fois sur deux à peu près, ce qui était perdu était préférable à ce qu'on avait ajouté. Si bien que, bon an mal an, les hommes pouvaient se considérer comme heureux d'en rester simplement au même point. Toute autre façon de voir les choses relevait d'un vain orgueil.

Ada contempla les ombres du feu et écouta le bruit de la neige sur les feuilles jusqu'à ce qu'elle s'endorme. Elle ne rêva pas. Elle ne se réveilla même pas lorsque Ruby se leva pour jeter du bois sur le feu. Lorsqu'elle rouvrit les yeux, le jour venait de poindre et, si la neige tombait moins dru, elle ne s'était pas arrêtée. On enfonçait jusqu'à la cheville dans la couche qui couvrait le sol. Ni Ruby ni Ada n'étaient bien désireuses d'entamer la journée qui les attendait. Elles restèrent assises, emmitouflées dans leurs couvertures, et Ruby souffla sur les braises et alimenta le feu. Elle fit infuser du thé et, tout en le sirotant, elle raconta que la première fois que Mme Swanger lui avait offert du thé elle avait tant admiré les petites feuilles séchées qu'elle en avait donné une poignée à Stobrod un jour qu'il partait chasser le raton laveur. A son retour, quelques semaines plus tard, elle lui avait demandé ce qu'il en pensait. Tout juste mangeable, avait répondu Stobrod. Ruby avait alors découvert qu'il l'avait fait cuire avec un morceau de lard et mangé comme du cresson.

Quand elles atteignirent l'endroit où la piste formait une fourche, elles trouvèrent le cadavre de Pangle gisant sous le peuplier, recouvert d'un manteau de neige. Ruby écarta doucement la neige pour contempler son visage. Il souriait encore, malgré une lueur de perplexité dans le regard, peut-être simplement l'expression de la mort. Elle posa sa main contre la joue du défunt puis effleura son front du bout des doigts, comme pour le marquer au sceau d'un autre paria.

Ada commença à donner des coups dans la neige avec la pointe de sa botte. Ce faisant, elle mit à nu les débris du banjo. Et ceux de l'archet dont la hausse pendait au bout des crins. Elle continua pour tenter de découvrir le violon, mais sans rien trouver. Pas plus de violon que de Stobrod.

« Où est-il ? finit-elle par demander.

— Ces Géorgiens, pas un qui soit capable de dire plus d'une demi-vérité, déclara Ruby. Mort ou vif, ces hommes l'ont emporté avec eux. »

Elles décidèrent d'ensevelir Pangle dans une petite plate-forme de terre au-dessus de la piste, près d'un châtaignier. Elles eurent à peine besoin de la pioche car le sol n'était gelé qu'en surface et, dessous, formait une épaisse couche noire et friable. Elles se relayèrent pour manier la bêche. Elles eurent bientôt trop chaud dans leurs manteaux. Elles les enlevèrent et les suspendirent aux branches de l'arbre. Aussitôt elles eurent froid, mais cela valait mieux que de mouiller leurs vêtements de transpiration. Le temps de creuser jusqu'à une plaque rocheuse importante, elles avaient délimité une fosse de bonne taille. Il lui manquait en profondeur deux pieds sur les six qu'Ada estimait de mise pour les tombes, néanmoins cela suffirait, décréta Ruby.

Elles retournèrent auprès de Pangle, le prirent chacune par une jambe, et le traînèrent à travers la neige jusqu'au bord de la fosse où elles le firent glisser. Elles n'avaient pas même une couverture à lui sacrifier en guise de linceul, si bien qu'Ada étala son mouchoir sur son visage avant de commencer à combler le trou. Ada n'avait vu le pauvre garçon qu'une fois dans sa vie, à la lueur d'un feu, et les seuls mots échangés l'avaient été pour déclarer que la musique de Stobrod lui faisait du bien, pourtant, lorsqu'elle ne vit plus que la pointe d'une de ses bottes, elle se mit à pleurer.

Elle se rappela les pensées qui l'avaient agitée lorsqu'elles avaient enseveli les choux pour l'hiver, la valeur de métaphore qu'elle avait attachée à cette opération. Mais l'inhumation de Pangle était bien différente. En dehors de la simple réalité du trou dans le sol, il n'existait aucune similarité entre les deux.

Quand elles eurent recouvert la tombe au niveau du sol, il leur restait encore de la terre, chose que Ruby nota et attribua à la période du mois, la lune qui progressait vers son plein. Si on creusait une tombe durant la première semaine de lune décroissante, on se retrouvait avec un creux sur les bras quand on avait fini. Elles entassèrent sur la dépouille de Pangle le surplus de terre dû à la lune, et le tassèrent avec le dos de la pelle. Après quoi Ada sortit son canif et détacha l'écorce d'un jeune noyer, puis elle chercha un caroubier noir sur lequel elle préleva, avec la hachette, deux rameaux qu'elle lia avec des bandes d'écorce pour former une croix. Elle la planta dans la terre molle au-dessus de la tête de Pangle et récita mentalement plusieurs prières. Ruby disait que le caroubier avait une telle volonté de vivre que parfois, quand on fendait le bois de son tronc pour faire des piquets de clôture, ceux-ci prenaient racine et se mettaient à pousser. Tel était l'espoir qu'Ada caressait : un jour, peut-être, un grand caroubier s'élèverait pour marquer la sépulture de Pangle, et chaque année il raconterait un récit semblable à celui de Perséphone. Ecorce noire en hiver, fleurs blanches au printemps.

Comme elles avaient les mains sales, Ruby prit deux grosses poignées de neige et les frotta entre ses paumes. Mais Ada, elle, traversa les bois jusqu'à la rivière au bord de laquelle elle s'agenouilla pour se laver, puis elle s'aspergea le visage d'eau glacée. Elle se releva, secoua la tête et regarda autour. Ses yeux tombèrent sur un rocher qui, de l'autre côté, formait une saillie, un abri. Les tons bruns de la terre se détachaient contre la neige. Sous le rebord était assis Stobrod, mais il fallut une minute à Ada pour le distinguer, car ses vêtements se confondaient avec la couleur sombre du sol. Il était assis, les yeux fermés, les jambes croisées, la tête penchée sur le côté, et les mains soigneusement posées sur le violon qu'il tenait sur ses genoux. Un vent léger se leva, faisant frémir les rares feuilles de chêne et voler la neige des branches nues.

« Ruby, appela Ada, Ruby, j'ai besoin de toi. »

Son visage était de la couleur de la neige et il paraissait affreusement maigre, des pieds à la tête. Un tout petit bonhomme. Il avait perdu énormément de sang et en avait craché encore un peu plus, si bien que le devant de sa chemise était entièrement souillé. Ruby prit le violon et le donna à Ada, ce qui fit résonner avec un bruit sec les grelots du serpent à l'intérieur. Quand elle déboutonna la chemise de Stobrod, elle vit que le sang qui l'imprégnait était noir et raide. Sa poitrine était blanche et fragile. Ruby y posa l'oreille, s'écarta, écouta une seconde fois.

« Il vit encore », dit-elle.

Après avoir déchiré ses vêtements, elle le retourna et découvrit qu'il avait trois blessures. Une balle avait transpercé la main qui tenait son archet. Une deuxième avait traversé le gras de sa cuisse, près de la hanche. Et la troisième — occasionnant la blessure la plus grave — était entrée dans sa poitrine à la hauteur du mamelon. Elle lui avait cassé une côte et entaillé le haut du poumon, avant de se loger dans les muscles du dos au-dessus de l'omoplate où, sous la peau, on voyait une bosse bleue de la taille d'une petite pomme sauvage. Lorsque Ruby le bougea, il ne reprit pas conscience et ne poussa même pas un gémissement de souffrance.

Ruby rassembla du bois, fit sauter quelques copeaux d'une branche de pin et partir un feu. Lorsqu'il eut bien pris, elle passa dans les flammes la lame de son couteau. Puis elle ouvrit le dos de Stobrod sans que celui-ci émette le moindre cri. Un minuscule filet de sang coula de l'incision. Ruby enfonça un doigt sous la peau, sonda la blessure et parvint à extraire le projectile. Elle le déposa dans la main d'Ada ; on aurait dit un petit morceau de viande crue.

« Va donc rincer ça, dit-elle. Il voudra le voir un jour. »

Ada plongea la main dans l'eau et laissa le courant lui filer entre les doigts. Quand elle la ressortit, le plomb était propre et gris. En traversant le corps de Stobrod, il avait été comprimé au point de prendre la forme d'un gros champignon au chapeau cannelé, fendu, biscornu. Mais l'autre extrémité était intacte, avec les trois anneaux distincts qu'on y avait gravés lors de sa fabrication afin de s'adapter au mieux aux rayures du canon.

Ada revint auprès de Stobrod et posa la balle à côté

du violon. Ruby avait enveloppé son père dans des couvertures et les flammes du feu montaient aussi haut que leurs genoux.

« Reste ici et fais-moi bouillir de l'eau », dit-elle à Ada.

Celle-ci la regarda s'éloigner à travers bois, bêche sur l'épaule, en quête de racines cicatrisantes qu'elle reconnaîtrait en voyant leurs tiges et leurs cosses desséchées pointer à travers la neige. Ada disposa des pierres autour du feu pour y poser les marmites. Elle alla chercher un récipient dans les sacs, le remplit d'eau au ruisseau et le mit à chauffer sur les pierres. Elle s'assit et regarda Stobrod. Il gisait comme un homme mort. Rien ne laissait supposer qu'il vivait, si ce n'est son veston qui se soulevait imperceptiblement à chaque respiration. Ada songea aux centaines d'airs qu'il connaissait. Où étaient-ils à présent et où iraient-ils s'il mourait ?

A son retour, une heure plus tard, Ruby avait ses poches remplies de toutes les racines susceptibles de soigner Stobrod — molène, achillée, bardane, ginseng. Elle appliqua des emplâtres de molène, de racine d'achillée et de bardane sur son père, et les assujettit avec des bandes découpées dans une couverture. Elle prépara ensuite une infusion de molène et de ginseng qu'elle lui fit couler goutte à goutte dans la bouche, mais le gosier du blessé paraissait hermétiquement fermé et elle était incapable de deviner s'il en avait avalé ou non.

« Nous sommes trop loin de chez nous, dit-elle bientôt. Il n'arriverait pas vivant. Il faudra peut-être attendre des jours entiers avant qu'il ne soit en état de voyager, et je ne serais pas étonnée s'il tombait encore pas mal de neige. Il nous faut un meilleur abri que celui-ci.

— On retourne aux rochers ?

— On n'y tiendrait pas tous les trois. En tout cas, on n'aurait pas la place de faire un peu de cuisine et de s'occuper de lui. Je connais un autre endroit. S'il existe toujours. »

Elles abandonnèrent Stobrod sous son rocher le temps de couper de longues perches avec quoi elles comptaient confectionner les patins d'un traîneau. Elles les attachèrent ensemble avec de la corde, en fixèrent d'autres transversalement pour former un fond et attelèrent le tout au cheval. Elles transportèrent Stobrod de l'autre côté du ruisseau et le déposèrent sur ce véhicule improvisé. Cependant, quand elles prirent la piste de gauche et qu'elles le virent tressauter à chaque cahot, elles comprirent que ce parcours accidenté ne pourrait qu'aggraver ses blessures. Elles démantelèrent donc leur traîneau, installèrent Stobrod sur le dos du cheval, et continuèrent lentement leur chemin.

Le ciel était plat et gris, si bas au-dessus de leurs têtes qu'il semblait à portée de main. Un bref instant un peu de neige en jaillit, poussée par un vent tranchant. D'abord à gros flocons, comme du duvet d'oie, puis en particules aussi fines et sèches que de la cendre. Quand elle cessa, un brouillard épais se diffusa autour d'elles, et la seule chose que l'on discernait clairement, c'était que le jour tombait.

Elles cheminaient sans un mot, sauf quand Ruby disait : « Par là », en indiquant qu'il fallait bifurquer. Ada, qui avait depuis longtemps perdu toute certitude quant aux points cardinaux, ne savait plus dans quelle direction elles avançaient.

Quand elles s'arrêtèrent pour prendre un peu de repos, le cheval garda la tête baissée. Fatigué et malheureux, il peinait sous la charge qu'il transportait à pareille altitude. Ada et Ruby firent tomber la neige d'un tronc abattu pour s'y asseoir. Dans ce brouillard dense, elles ne distinguaient que les arbres les plus proches. Toutefois, le contact de l'air sur leur peau laissait deviner qu'elles se tenaient sur une crête et qu'autour d'elles s'étendaient de vastes espaces et des pentes abruptes. Ada, blottie dans son manteau, s'efforçait de ne pas songer à la perspective d'une nouvelle journée de marche, de ne pas se demander où elles dormiraient cette nuit, de ne penser qu'au prochain mile. Stobrod était avachi sur le dos du cheval, exactement tel qu'Ada et Ruby l'y avaient placé.

Tandis qu'elles se reposaient, deux faucons pèlerins jaillirent du brouillard. Ils volaient contre le vent vagabond, battant des ailes à petits coups saccadés afin d'avoir prise sur ce courant d'air difficile. Ils passèrent si près qu'Ada entendit le vent siffler à travers leurs plumes. Stobrod s'éveilla. Il leva un instant la tête au moment où les oiseaux le survolaient et il les suivit d'un regard vague, tandis qu'ils crevaient le brouillard et disparaissaient. Un filet de sang coulait de la commissure de ses lèvres jusqu'à son menton, aussi fin qu'une coupure de rasoir.

« Faucon pèlerin », annonça-t-il, comme si le fait de nommer les oiseaux pouvait l'aider à reprendre pied.

Il commença à se débattre, on aurait dit qu'il cherchait à se carrer solidement sur sa monture en vue d'une chevauchée, et Ruby vint à son aide. Mais, quand elle le lâcha, il retomba en avant jusqu'à ce que sa tête vînt s'appuyer contre l'encolure. Il gardait les yeux fermés et ses bras allongés se cramponnaient à la crinière des deux mains. Ruby lui essuya la bouche avec la manche de son manteau, et ils continuèrent leur route.

Quand ils quittèrent enfin la crête pour s'enfoncer dans l'étroite gorge d'un cours d'eau, la lumière n'avait pas changé, mais on avait l'impression que la journée touchait quasiment à sa fin.

Ada distingua alors à travers les arbres des formes rectangulaires. Des huttes. Des cases. Un minuscule village cherokee, une ville fantôme, dont les habitants avaient depuis bien longtemps été chassés le long de la piste des Larmes et bannis vers une contrée stérile. A l'exception des vestiges d'une habitation appartenant à l'âge des clayonnages revêtus d'argile séchée, toutes les cases étaient en rondins de châtaignier qui se chevauchaient, avec par-dessus des toits de bardeaux et d'écorce. Un grand chêne blanc était tombé en travers de l'une d'elles, mais les autres étaient à peu près intactes après trois décennies d'abandon. Des lichens gris poussaient sur les rondins et des tiges séchées sortaient de la neige, dans l'encadrement des portes. Il n'y avait pas le moindre terrain plat pour faire pousser quoi que ce soit, ce qui laissait supposer qu'il s'agissait d'un camp saisonnier de chasseurs. Ou d'un refuge où une poignée de parias carnivores avaient vécu presque en anachorètes. Au total, guère qu'une demi-douzaine de ces petites cellules sans fenêtre, posées à intervalles irréguliers le long de la rive du cours d'eau.

Malgré son épuisement, Ada se dit qu'il était d'une extrême importance qu'elle sût, sans le demander à Ruby, sur quelle rive du ruisseau se dressaient les cases. Nord, sud, est ou ouest ? Dans une certaine mesure, cela contribuerait à ordonner son esprit et à le mettre en harmonie avec l'endroit. Ruby paraissait toujours situer les points cardinaux et leur donner une signification. Quand elle indiquait le chemin à suivre. Egalement quand elle racontait une histoire, car elle précisait toujours à quel endroit un événement avait eu lieu. La rive occidentale du bras de la Little East Fork, la rive orientale de celui de la West Fork, et ainsi de suite. Ce dont on avait besoin pour tenir ce genre de propos, c'était d'une image mentale du terrain qu'on occupait. Les crêtes, les vallons et les cours d'eau en formaient le cadre, le squelette. On apprenait à les connaître et à les placer, puis, à partir de ces points de repère connus, on rajoutait les détails. Du général au particulier. Tout avait un nom. Pour vivre pleinement dans un endroit, toute sa vie, il suffisait de viser de plus en plus petit, jusqu'au moindre détail.

Ada scruta le ciel pour tenter de s'orienter. Pourtant, il était tellement bas qu'il ne lui offrit aucune aide. Et il n'y avait pas d'autre indice. Dans ce climat luxuriant, la mousse poussait sur toutes les faces des arbres, sans se soucier de savoir où était le nord. Pour Ada, le village était donc susceptible de se trouver sur n'importe quelle rive du ruisseau.

L'état d'abandon de ces cases, plantées au bord de l'eau, sous le versant en saillie de la montagne nuageuse, leur donnait un air solennel. Peut-être certains de leurs habitants vivaient-ils encore, et Ada se demanda s'ils se rappelaient souvent cet endroit isolé, aujourd'hui aussi immobile qu'une respiration qu'on retient. Le nom par lequel ils l'avaient désigné figurerait bientôt, quel qu'il fût, parmi ceux qui ont été exilés de nos mémoires. Sans doute ces gens n'avaient-ils jamais imaginé, même au moment de leur départ, que la perte de leur village serait à ce point inéluctable. Ils n'avaient pas dû prévoir ces temps pourtant proches où leur univers deviendrait un autre monde, peuplé de gens parlant d'autres langues, dont le sommeil serait apaisé ou troublé par d'autres rêves, dont les prières s'élèveraient vers d'autres dieux.

Ruby choisit la case qui lui parut en meilleur état et le trio s'arrêta devant. Les deux femmes descendirent Stobrod du cheval et l'installèrent sous la bâche et les couvertures ; puis elles entrèrent dans l'unique pièce sans fenêtre de la cabane. La porte, faite de planches fendues à la hache, avait jadis pivoté sur des gonds de cuir rompus depuis longtemps. Elle gisait à terre. Le seul moyen de la fermer était de l'appuyer contre son chambranle. Le sol en terre battue était jonché de feuilles mortes qu'elles balayèrent avec une branche de pin. Il y avait un âtre en pierre sèche, une cheminée de branchages et de boue. Ruby y enfonça la tête et, en levant les yeux, aperçut la lumière du jour. Mais elle n'avait, semblait-il, jamais bien tiré, car les poutres du plafond étaient noircies et lustrées par des années de fumée.

Sous l'odeur de poussière, on sentait encore les riches senteurs des anciens feux de bois. Le long d'un mur, elles virent une plate-forme en bois recouverte d'une paillasse grise. Elles transportèrent Stobrod à l'intérieur et l'y allongèrent.

Pendant que Ruby préparait un feu dans l'âtre, Ada ressortit, coupa et tailla en pointe une branche qu'elle enfonça dans le sol, sous un cèdre, en tapant dessus, afin d'y attacher le cheval. Mais celui-ci était mouillé, il frissonnait, tête basse, et son poil d'hiver, sur lequel la neige avait fondu, était pressé en grosses boucles sombres contre sa peau. Ada regarda le ciel. A en juger d'après l'effet cuisant que le froid provoquait sur ses joues, elles risquaient fort de trouver Ralph mort le lendemain matin.

Elle le détacha de son piquet et voulut le guider dans l'une des habitations, mais il refusa de ployer le cou pour franchir la porte. Et quand elle tira sur la longe, il abaissa son arrière-train et recula jusqu'à ce que Ada s'effondre à plat ventre dans la neige. Elle se releva, prit un bâton aussi gros que son poignet, contourna le cheval et se mit à lui frapper la croupe à coups redoublés. Il finit par plonger dans l'embrasure noire, comme s'il courait à une mort certaine.

Une fois à l'intérieur, cependant, Ralph se calma. Ada lui donna son picotin dans la marmite, puis elle alla rincer l'ustensile dans le ruisseau.

Il faisait presque nuit, et Ada observa les dernières lueurs satinées à la surface de l'eau. Elle se sentait fatiguée, frigorifiée, effrayée. Cet endroit paraissait le plus solitaire de toute la planète. Elle redoutait la nuit et le moment où elle devrait s'envelopper dans une couverture et s'allonger dans le noir pour y attendre le matin. Elle était si lasse qu'il lui semblait que ses jambes avaient brûlé sous elle, mais elle surmonterait son épuisement si elle accomplissait les tâches une à une, si elle les envisageait comme un enchaînement plutôt que comme une accumulation.

Elle rentra dans la cabane et découvrit que Ruby

avait préparé le dîner. Pourtant, lorsque Ada porta à ses lèvres la première cuillerée de bouillie grasse, celle-ci refusa de descendre. Son estomac se noua. Elle se leva et sortit vomir dans la neige. Puis elle se frotta la bouche avec un peu de neige, regagna le coin du feu et se remit à manger jusqu'à ce que sa gamelle fût vide. Elle resta ensuite devant l'âtre, plongée dans un silence hébété.

Elle avait oublié de boire pendant la plus grande partie de la journée. Sa soif, ainsi que le froid, la longue marche et la dure besogne de fossoyeur et d'infirmière, lui avaient tourneboulé l'esprit. Maintenant, son unique souhait était de chercher des visions plus joyeuses dans les braises. Mais elle eut beau regarder longtemps, que ce soit dans les formes liquides des flammes ou dans la noire géométrie qui s'inscrivait au flanc des bûches tandis qu'elles se consumaient, elle n'en trouva pas une seule. En brûlant, le bois faisait entendre des crissements, comme des pas foulant la neige sèche. Ada savait ce qu'un tel bruit présageait. Une nouvelle chute de neige.

DES PAS DANS LA NEIGE

Quand Inman atteignit l'endroit où trois chemins convergeaient, il restait à peine assez de jour à l'ouest, derrière les nuages, pour lui permettre d'étudier, sur le sol, les signes, leur histoire. Des traces montaient jusqu'au terrain plat de la fourche, puis suivaient la piste de gauche qui continuait à s'élever. On voyait du sang noir par terre, sous un grand peuplier où une tuerie avait eu lieu. Autour, la neige avait été labourée par des pas d'hommes et de chevaux. Un feu avait été récemment allumé dans un cercle de pierres au-delà de l'arbre ; les cendres froides retenaient encore une odeur de graisse de porc. Des empreintes de pieds et les traces d'un traîneau menaient à une croix formée de deux bâtons, plantée à la tête d'une fosse fraîchement creusée. Inman s'accroupit. S'il existe un monde au-delà de la tombe, comme le prétendent les cantiques, observa-t-il, un trou tel que celui-ci fournit pour y entrer un portail bien sinistre et solitaire.

Il était assez perplexe. Il aurait dû y avoir deux fosses. Et bien qu'il eût déjà vu deux hommes ensevelis l'un sur l'autre afin de diminuer le travail de la bêche, il lui semblait que ce ne pouvait être le cas ici. Il se leva et suivit les signes de l'autre côté du ruisseau, jusqu'à un rebord rocheux sous lequel il découvrit une nouvelle flaque de sang, et les braises tièdes d'un petit feu. Il vit aussi un tas de racines détrempées. Il en ramassa les morceaux, les frotta dans ses mains, les renifla : du ginseng et de la molène.

Il les posa sur un rocher et s'approcha de l'eau où il puisa dans ses mains de quoi boire. Une salamandre, bizarrement tachetée de couleurs et de dessins particuliers à ce seul cours d'eau, remuait parmi les pierres. Inman la sortit de l'eau et la tint prisonnière entre ses mains. La façon dont sa bouche se recourbait autour de sa tête lui prêtait un sourire d'une si grande sérénité qu'elle inspira à Inman un mélange d'envie et de détresse. L'unique moyen ou presque de parvenir à un tel contentement serait en effet de vivre caché sous les pierres d'un ruisseau, se dit-il. Il remit la salamandre dans l'eau, revint sur ses pas et s'arrêta à l'endroit où la route se divisait afin de scruter chacune des pistes qui s'éloignaient. Il y voyait à peine à dix pieds de distance avant qu'elles ne s'enfoncent dans les ténèbres qui tombaient vite. Ada risquait de fuir devant lui à tout jamais, le laissant, pèlerin solitaire, errer à n'en plus finir.

Les nuages étaient bas et denses. Il n'y aurait pas de lune et la nuit serait bientôt aussi noire que l'intérieur d'un poêle à charbon. Il renversa la tête et huma l'air ; une odeur de neige. Restait à savoir ce qui était le pire : manquer le chemin dans l'obscurité ou le laisser se couvrir de neige.

De ces deux maux, la nuit était certaine et proche. Inman regagna le rocher, s'y assit, et regarda s'éteindre les dernières lueurs du jour. Il écouta le cours d'eau et s'efforça de construire une histoire en accord avec les signes, une histoire qui expliquerait l'unique tombe et la raison pour laquelle les deux femmes avaient continué leur chemin à travers la montagne au lieu de revenir sur leurs pas jusque chez elles.

Mais il était difficile de raisonner logiquement dans l'état où il se trouvait. Un peu par choix et un peu par nécessité, Inman jeûnait, et ses sens refusaient de fonctionner correctement. Il n'avait pas avalé une bouchée depuis le jour où il avait fait cuire l'ourson. Des voix semblaient murmurer dans les eaux précipitées du cours d'eau et le cliquetis de ses galets. S'il écoutait assez attentivement, peut-être lui diraient-elles ce qui s'était passé ici. Mais les voix changeaient, devenaient floues, et, malgré tous ses efforts pour les comprendre, leurs paroles n'avaient aucun sens pour lui. Il se dit que ce n'étaient pas du tout des voix qu'il entendait, rien que des mots qui se formaient dans sa tête et auxquels il ne parvenait pas à donner le moindre sens. Il était trop vide pour raisonner.

Son paquetage ne contenait plus de vivres, en dehors de quelques noix ramassées par terre deux jours auparavant, à un endroit où une cabane avait brûlé. Il contempla les racines sur le rocher, songea d'abord à les grignoter, mais ensuite il les ramassa et les jeta dans le ruisseau. Il sortit une noix de son sac et la lança ; elle tomba avec le bruit de clapet d'une grenouille effrayée plongeant dans l'eau. Il laissa les autres noix dans son sac, car il n'avait pas l'intention d'avaler quoi que ce fût tant qu'il n'aurait pas retrouvé Ada. Si elle ne voulait pas de lui, il continuerait sa route jusque dans les hauteurs. Là, il verrait si les portes dans la paroi des Roches-Qui-Brillent s'ouvraient devant lui, comme la femme aux serpents tatoués avait suggéré qu'elles le faisaient devant un homme à jeun, vidé de toutes ses facultés. Inman doutait qu'il existât sur terre un homme plus épuisé que lui. Il sortirait de ce monde et poursuivrait sa route dans la vallée heureuse décrite par la femme.

Il rompit des branches et alluma un feu nourri sur les braises du feu précédent. Il y roula deux grosses pierres pour les faire chauffer. Il resta longtemps allongé, enveloppé dans ses couvertures, les pieds vers le feu, à songer à ces traces de pas qui s'éloignaient.

Au début de la journée, il n'aurait jamais imaginé que, le soir venu, il dormirait encore une fois dehors, à même le sol froid. Une fois rentré chez lui, pensait-il, il serait sous tous les rapports différent de l'homme qu'il était autrefois, que ce soit dans son mode de vie, sa philosophie de l'existence et jusque dans sa façon de marcher et de se tenir. Ce matin, il croyait qu'avant la tombée de la nuit il aurait à coup sûr fait sa demande à Ada et obtenu une réponse. Oui, non ou peut-être. Tandis qu'il marchait ou qu'il attendait l'arrivée du sommeil, allongé là où il avait campé en chemin, il avait répété la scène pendant des jours entiers. Il remonterait à pied la route menant à Black Cove, et il aurait l'air épuisé. On pourrait lire sur sa physionomie, dans sa silhouette, les épreuves qu'il venait de traverser, et l'héroïsme dont il avait dû faire preuve. Il aurait pris un bain et revêtu un costume propre. Ada sortirait de la maison et s'avancerait sur la terrasse couverte, sans savoir qu'il approchait. Elle porterait une de ses belles toilettes. Elle l'apercevrait et reconnaîtrait chacun de ses traits. Elle courrait au-devant de lui, en relevant ses jupes au-dessus de ses bottines pour descendre les marches. Elle traverserait le jardin et franchirait la clôture dans une envolée de jupons et, avant même que la barrière ne se fût refermée derrière elle avec un bruit sec, ils seraient dans les bras l'un de l'autre. Il avait vu et revu cette scène à d'innombrables reprises, au point qu'il lui semblait qu'elle ne saurait se passer différemment, à moins qu'il ne fût tué avant.

Cette scène du retour au bercail, imaginée de toutes pièces, avait été l'espoir tapi au fond de son cœur lorsque, avant midi, il avait remonté la route menant à Black Cove. Il avait fait son possible pour la concrétiser : il était arrivé les mais propre. Il s'était arrêté la veille au bord d'une rivière pour s'y baigner et laver ses vêtements, conscient du fait qu'il avait l'air plus négligé que le dernier des conducteurs de mules. Il faisait froid pour une telle opération mais il avait allumé un feu de grosses bûches, jusqu'à ce que les flammes lui montent à hauteur d'épaule. Il avait porté presque jusqu'à ébullition, l'une après l'autre, une infinité de marmites d'eau, et sorti le savon noir de son emballage en papier. Il avait versé de l'eau sur ses habits, les avait frottés avec le savon, tordus et frappés contre les rochers avant de les rincer dans l'eau de la rivière. Il les avait ensuite étalés sur des buissons proches du feu pour les faire sécher et s'était lavé à son tour. Le savon, brun et grumeleux, possédait une forte teneur en soude, si bien qu'il vous arrachait presque la peau. Inman s'était lavé avec une eau brûlante et frotté jusqu'à ce qu'il eût l'impression d'avoir l'épiderme à vif. Puis il avait palpé son visage et ses cheveux. Sa barbe avait presque complètement repoussé depuis qu'il s'était rasé chez la jeune Sara et sa chevelure était hirsute tout autour de sa tête mais il n'avait pas de rasoir. Il avait remis de l'eau à chauffer, s'était savonné et rincé les cheveux, en les plaquant contre son crâne, ce qui lui donnait une mine patibulaire.

Ayant terminé ses ablutions, il avait passé le reste de cette journée glaciale blotti sous ses couvertures. Il avait dormi nu pendant que ses vêtements séchaient près du feu. Et le fin crachin de neige avait fini par s'arrêter. Lorsqu'il s'était rhabillé le lendemain matin, du moins ses vêtements sentaient-ils le savon, l'eau de rivière et la fumée de châtaignier.

Il s'était rendu à Black Cove par de simples pistes, prenant soin de ne pas retomber sur la route avant d'être à un tournant ou deux, à peine, au-dessous de la maison. Quand il l'avait atteinte, il avait vu de la fumée sortir de la cheminée, mais aucun autre signe de vie. Pas la moindre trace dans la fine couche de neige qui recouvrait le jardin. Il avait ouvert la barrière, gagné la porte d'entrée et frappé. Personne n'était venu. Il avait frappé de nouveau. Il avait contourné la maison jusqu'au jardin de derrière où il avait discerné, dans la neige, entre la maison et les latrines, les pas d'un homme en bottes. Une chemise de nuit raidie par le gel pendait au fil à linge. Dans le poulailler, la volaille avait fait entendre des bruits d'ailes et des gloussements avant de retomber dans sa léthargie. Inman s'était approché de la porte de derrière et il avait frappé fort ; une minute plus tard, une des fenêtres du premier étage s'était relevée avec violence, et un garçon aux cheveux noirs avait passé la tête pour lui demander qui diable il était et de quel droit il venait faire tout ce fichu tapage.

Au bout d'un certain temps, Inman avait réussi à persuader le jeune Géorgien de lui ouvrir la porte et de le laisser entrer. Ils s'étaient assis au coin du feu, et Inman avait entendu le récit de la tuerie. Le garçon avait recomposé l'histoire dans sa tête et l'avait peaufinée, au point de lui donner le cachet d'une gigantesque empoignade, au cours de laquelle lui-même était parvenu à se tirer d'affaire en faisant parler son arme, alors que Stobrod et Pangle avaient été capturés et tués. Dans cette récente version, le dernier air joué par Stobrod avait été une œuvre de son

cru, née de sa complète certitude d'une mort immi-
nente. Stobrod l'avait intitulé *L'Adieu du violoneux,*
et c'était la chanson la plus triste qu'on eût jamais
entendue ; elle avait arraché des larmes à toutes les
personnes présentes, y compris ses bourreaux. Le
garçon, cependant, n'était pas musicien, et il était
incapable de chanter cette mélodie, ni même de la
siffler avec la moindre exactitude, si bien qu'elle était
malheureusement perdue à jamais. Il était revenu
raconter toute l'affaire aux femmes, en dévalant la
montagne, courant d'un bout à l'autre du chemin, et
elles avaient insisté pour qu'il reste manger et se
reposer chez elles autant de jours qu'il lui faudrait
pour se remettre de sa fièvre. Un mal étrange, peut-
être fatal, que ne trahissaient guère de signes exté-
rieurs.

Inman lui avait posé toutes sortes de questions,
mais le garçon ne savait apparemment pas qui était
Monroe ni où il pouvait être, ni lui fournir aucune
information quant à l'identité de la compagne d'Ada,
en dehors du fait qu'elle était, pensait-il, la fille du
violoneux. Le jeune Géorgien lui avait indiqué de son
mieux le chemin, et Inman avait encore une fois
repris sa marche.

Ce fut ainsi qu'il se retrouva à dormir encore une
fois à la belle étoile. Son esprit était tout embrouillé.
Allongé près du feu, il sentait ses pensées aller et
venir, sans aucun contrôle. Il avait peur de s'effon-
drer au mauvais moment. Il se demanda alors quel
pouvait être le bon moment, mais fut incapable d'en
définir un. Il s'efforça de calmer sa respiration. S'il
parvenait à maîtriser ses poumons, supposait-il, la
maîtrise de ses pensées s'ensuivrait. Pourtant il lui
fut impossible d'obtenir que sa poitrine se soulève et
s'affaisse selon sa volonté, si bien que sa respiration
et ses pensées continuèrent à leur guise, de façon
décousue.

S'ils avaient assez de temps devant eux, peut-être

Ada le délivrerait-elle de ses problèmes, le sauverait-elle de ces quatre dernières années. Son esprit progresserait sans doute vers le calme, s'il savourait par avance le plaisir qu'il aurait de faire sauter un jour sur ses genoux son petit-fils ou sa petite-fille. Cependant, pour croire à la possibilité d'un tel événement, il fallait une foi profonde dans le droit et l'ordre. Mais comment s'assurer de l'existence de tels trésors ? Une sombre voix se fit entendre dans l'esprit d'Inman : il aurait beau soupirer et prier, jamais il ne les posséderait. Un homme pouvait avoir basculé au-delà du point de non-retour : la peur et la haine le rongeraient alors jusqu'à la moelle, comme des vers. Quand la foi et l'espoir lui manquaient à ce point, Inman était prêt à descendre dans le trou creusé pour l'ensevelir. Des tas de prédicateurs, du genre de Veasey, juraient de sauver l'âme des pécheurs de la pire espèce. Ils offraient le salut aux assassins, aux voleurs, aux adultères, et même à ceux que dévorait le désespoir. Mais la sombre voix intérieure d'Inman assurait que les prétentions de ces vantards n'étaient que mensonges. Ces hommes n'étaient même pas fichus de se sauver eux-mêmes des embûches d'une mauvaise vie. Le faux espoir qu'ils offraient était un poison aussi mortel que le pire des venins. La seule résurrection qu'un homme pouvait espérer, c'était celle qu'avait connue Veasey : une fois mort, être tiré de sa tombe au bout d'une corde.

Il y avait du bon sens dans ce que disait la sombre voix : on pouvait se perdre si loin dans l'amertume et la colère qu'on devenait incapable de retrouver son chemin. Pour un tel voyage, il n'existait ni carte ni guide. Une partie d'Inman le savait bien. Mais il savait aussi qu'il avait vu des traces de pas dans la neige et que, s'il se réveillait le lendemain, il les suivrait où qu'elles aillent, aussi longtemps qu'il mettrait un pied devant l'autre.

Le feu commençait à mourir. Inman fit rouler les

pierres brûlantes sur le sol, s'étendit à côté et s'endormit. Quand le froid le réveilla, avant l'aube, il était lové autour de la plus grosse, comme près d'un corps.

Dès les premières lueurs du jour, il se mit en route. Le regard discernait à peine la moindre piste ; seul le désir le tirait vers l'avant. Sans les pas de la veille à suivre dans la neige, Inman n'aurait pas retrouvé son chemin. Il avait perdu confiance dans son sens de l'orientation depuis que, au cours du mois qui venait de s'écouler, il s'était égaré dans tous les endroits où des clôtures parallèles ne le maintenaient pas dans le droit chemin. Des nuages menaçaient. Un léger vent se mit à souffler vers le bas, portant sur ses ailes de la neige trop sèche et trop fine pour former des flocons. Par moments elle tombait si fort qu'elle vous cinglait les joues et, l'instant d'après, elle avait cessé. Inman observa les traces en creux et vit qu'elles retenaient la nouvelle neige.

Il arriva devant une mare noire et ronde, ourlée de givre. Un canard solitaire flottait au centre, les yeux comme perdus dans le vague. L'univers du volatile allait se rétrécir jusqu'à ce que la glace enserre dans son étau ses pattes palmées. Alors il aurait beau battre des ailes, il serait happé par la mort.

Lorsque la piste amorça une nouvelle montée, la neige reprit. De la vraie neige, cette fois, dont les flocons, gros comme des duvets de chardon, tombaient à l'oblique, si épais que leur mouvement donnait le vertige. Les traces que suivait Inman commençaient à s'estomper à mesure que la neige les comblait. Il pressa le pas et, lorsque les traces finirent par s'effacer, il se mit à courir. Il dévala le versant à toutes jambes, au milieu des sombres tsugas. Il vit les traces se remplir, leurs bords devenir flous. Il eut beau courir comme le vent, les traces devant lui disparurent jusqu'à n'être plus que les imperceptibles cicatrices d'anciennes blessures, le filigrane d'une feuille de papier qu'on tient devant une fenêtre. Après quoi la neige s'étendit partout, vierge.

Inman ne parvenait même plus à deviner dans quelle direction partait la piste, mais il poursuivit sa course et finit par s'arrêter dans un endroit planté de sapins. Aucun degré de la boussole ne semblait préférable à un autre ; aucun autre bruit que celui de la neige qui tombait sur la neige. S'il s'allongeait par terre, elle le recouvrirait. A la fonte, elle entraînerait les larmes qu'il avait dans les yeux, puis les yeux qu'il avait dans la tête et, enfin, la peau qu'il avait sur le crâne.

Ada et Ruby dormirent jusqu'au moment où Stobrod fut secoué par des quintes de toux grasse. Ada s'était couchée tout habillée, et sa première sensation fut le curieux contact du pantalon entortillé autour de ses jambes. La cabane était froide et sombre, le feu un amas de braises qui couvaient. Dehors, la lumière se réverbérait étrangement vers le haut et laissait deviner de la neige. Ruby s'approcha de Stobrod. Un filet de sang frais courait du coin de sa bouche jusqu'à son col. Il ouvrit les yeux, mais ne parut pas la reconnaître. Elle posa la main sur son front, regarda Ada et dit : « Il est brûlant. » Elle parcourut les quatre coins de la maison et arracha des toiles d'araignée, jusqu'à ce qu'elles forment une boule dans ses mains ; puis elle fouilla dans son sac de racines, en sortit deux et reprit : « Va chercher de l'eau, je vais poser un nouveau cataplasme sur le trou qu'il a dans la poitrine. » Elle jeta du bois sur les braises et se pencha pour ranimer le feu en soufflant dessus.

Ada emporta la marmite jusqu'à la source, la remplit d'eau et l'apporta au cheval qui la but jusqu'à la dernière goutte. Elle la remplit de nouveau dans la rivière et repartit vers la cabane. La neige tombait dru, d'un ciel plombé et bas, et elle blanchit la manche du manteau d'Ada à l'endroit où elle tendait le bras pour porter sa marmite. Un coup de vent se leva et agita son col autour de son visage.

Au moment où elle atteignait leur refuge, quelque chose, un léger mouvement attira son regard vers l'endroit où elles avaient pénétré dans le village la veille. Là, se frayant un chemin au milieu de la neige, elle aperçut une bande de dindes sauvages, une dizaine ou une douzaine parmi les arbres nus, à flanc de colline. Un gros dindon, au plumage de la couleur gris pâle des tourterelles, marchait en tête. Il avançait d'un pas ou deux, s'arrêtait pour sonder la neige de son bec, continuait sa route. Quand les oiseaux escaladaient une pente, ils basculaient vers l'avant, le dos presque parallèle au sol. Leur marche paraissait laborieuse : une file de vieillards traînant de lourdes charges avec des sangles.

Ada entra dans la cahute et posa la marmite près du feu. Stobrod reposait paisiblement, les yeux fermés, le visage d'une pâleur cendrée et jaunâtre. Ruby mit l'eau à bouillir et prépara son cataplasme.

« Il y a des dindes sur la colline », lui annonça Ada tandis qu'elle se penchait pour peler et émincer les racines.

Ruby leva la tête. « Je me graisserais volontiers le menton avec un pilon de dinde, déclara-t-elle. Le fusil est chargé, les deux canons. Va donc nous en tuer une.

— Mais je n'ai jamais tiré un coup de fusil, protesta Ada.

— Rien de plus facile. Arme les chiens en tirant dessus, vise jusqu'à ce que le guidon soit en plein milieu du cran de mire, appuie sur une des deux détentes, et surtout ne ferme pas les yeux à ce moment-là. Si tu le manques, appuie sur l'autre détente. Coince la crosse bien solidement contre ton épaule, sans quoi, avec le recul, elle risque de te briser la clavicule. Bouge lentement, parce que les dindes sauvages ont le don de te disparaître sous le nez. Si tu ne parviens pas à t'approcher à moins de vingt pas d'elles, ne gaspille pas tes munitions. »

Ruby se mit à piler les morceaux de racine contre une pierre avec le plat de sa lame de couteau. Mais Ada ne bougeait pas. Ruby releva les yeux et lut l'incertitude sur le visage de sa compagne.

« Cesse donc de te poser des questions, reprit Ruby. Le pire qui puisse t'arriver, c'est de ne pas réussir à tuer la moindre dinde, et c'est une mésaventure qui est arrivée à tous les chasseurs. Vas-y. »

Ada escalada le versant. Elle apercevait les dindes dans le bois de châtaigniers, au-dessus d'elle. Elles avançaient dans la direction où le vent poussait les flocons de neige, à l'oblique. Quand le dindon gris pâle trouvait de quoi manger, elles se massaient autour de lui et picoraient le sol, puis elles reprenaient leur chemin.

Ruby se trompait en disant que ce qui pouvait arriver de pire, c'était de rater sa cible. Tout le voisinage avait entendu parler de la veuve de guerre qui habitait en aval. L'hiver précédent, cette femme était grimpée dans un arbre afin de s'installer dans une nacelle aménagée pour la chasse au cerf, et elle avait laissé échapper son fusil, lequel s'était déchargé en touchant le sol, si bien qu'elle avait réussi toute seule à se faire dégringoler de l'arbre. Elle avait de la chance d'avoir survécu à cet accident ridicule. En tombant, elle s'était cassé la jambe et, depuis, elle gardait une patte folle, sans compter les deux trous que la chevrotine avait creusés dans sa joue.

Tout en ruminant ces inquiétantes considérations sur les mauvais chasseurs et les conséquences auxquelles ils s'exposaient, Ada se hissa péniblement le long de la pente. Le fusil lui paraissait trop long et déséquilibré, et elle avait l'impression de le sentir frémir entre ses doigts. Elle s'efforça de contourner la trajectoire des dindes, de manière à les dépasser et à se poster à l'affût sur leur chemin, mais elles changèrent de direction pour emprunter une voie plus directe vers le sommet. Elle les suivit un certain temps, grimpant et s'arrêtant en même temps qu'elles.

Ada redoutait de voir les oiseaux réaliser la prophétie de Ruby et disparaître. Elle ne les quitta pas des yeux, fit preuve de patience, et finit par se tenir à peu près à la distance conseillée par Ruby. Les dindes s'arrêtèrent et tournèrent la tête pour regarder à la ronde. Ada s'immobilisa. Elles se mirent à picorer la neige, en quête de nourriture. Ada n'aurait sans doute pas de meilleure occasion de tirer, si bien qu'elle leva lentement son arme et visa les oiseaux de queue. Elle fit feu et, à sa grande stupeur, deux d'entre eux s'abattirent. Les autres décollèrent, volant très bas dans un tumulte d'ailes, et, pris de panique, piquèrent vers le pied du versant, droit sur elle. Pendant quelques secondes, deux cents livres de dindes vinrent déchirer l'air au-dessus de sa tête.

Lorsque Ada arriva près des oiseaux abattus, elle trouva une dinde et un jeune dindon. Leur plumage avait la couleur et l'éclat sourd du métal, et l'une des pattes grises de la femelle, couvertes d'écailles, continuait à se crisper et à s'ouvrir sur la neige.

Inman entendit un coup de fusil pas très loin de l'endroit où il se trouvait. Il tira en arrière le chien principal de son LeMat's pour l'armer et partit droit devant lui. Il sortit de l'ombre dense des tsugas et déboucha dans un bois de châtaigniers qui descendait jusqu'à une rivière dont on entendait le cours tumultueux quelque part en bas. La lumière était faible, grenue, et la neige avait givré les branches des arbres. Il avança et vit une sorte de brèche : deux rangées de troncs noirs et des rameaux blancs formant un tunnel au-dessus. Dessous, on discernait un semblant de chemin. La neige tombait toujours aussi dru et brouillait les détails. Bien qu'Inman fût incapable de voir à travers le voile de flocons, à plus de trois arbres de distance, il lui semblait que, plus loin, s'ouvrait un vague cercle de lumière bordé de branches enneigées. Il braquait le revolver devant lui, sans rien viser en particulier.

Bientôt une silhouette surgit de la lumière, une silhouette noire au-dessus de laquelle se penchaient les branches d'arbre. Elle se tenait, jambes écartées, au bout du tunnel de châtaigniers, et, quand elle le vit, elle braqua un long fusil dans sa direction. Un tel silence régnait qu'Inman entendit le cliquetis du chien que l'on arme d'un coup de pouce.

Un chasseur, crut-il deviner. Il le héla : « Je suis perdu. Et de toute façon, nous ne nous connaissons pas encore assez pour commencer à nous entre-tuer. »

Il avança lentement. D'abord il vit les dindes allongées côte à côte sur le sol. Puis le beau visage d'Ada au-dessus de cette curieuse silhouette en pantalon, une espèce de galopin aux allures d'homme fait.

« Ada Monroe ? demanda Inman. Ada ? »

Elle le regarda sans répondre.

Il était à ce point épuisé qu'il préférait ne pas trop se fier à ses cinq sens. Ses pensées avaient pu s'égarer. Peut-être que ce qu'il voyait était simplement un effet d'optique destiné à déboussoler son cerveau dérangé. Les gens voyaient des choses dans les bois, même quand ils avaient l'estomac plein et la tête solide. Des lueurs qui virevoltaient, des fantômes de personnes mortes depuis des années qui circulaient à travers les arbres et murmuraient des paroles de leurs voix perdues, des esprits trompeurs qui prenaient la forme de vos désirs les plus profonds afin de vous entraîner plus loin et de vous faire périr dans le labyrinthe d'un enfer de lauriers. Inman actionna le chien secondaire de son LeMat's.

En entendant prononcer son nom, Ada était restée ébahie. Elle avait laissé le canon du fusil s'abaisser de quelques pouces au lieu de le maintenir braqué sur la poitrine de l'arrivant. Elle dévisageait celui-ci, sans le reconnaître. On aurait dit un mendiant vêtu de vieilles défroques, un tas de haillons jeté par-dessus un assemblage de morceaux de bois. Les traits de son visage étaient tirés, les joues creuses au-dessus de la barbe hérissée, et d'étranges yeux noirs luisaient au plus profond de leurs orbites, sous l'ombre de son chapeau.

Ils se tenaient l'un en face de l'autre, méfiants, à peu près à la distance qui sépare les deux adversaires d'un duel. Loin de se serrer mutuellement sur leur cœur, comme Inman se l'était imaginé, ils se dressaient l'un contre l'autre les lueurs féroces de leurs armes.

Inman contemplait Ada, cherchait à démasquer les supercheries nées de l'intérieur de lui-même ou du monde des esprits. Le visage d'Ada était plus ferme que dans son souvenir. Pourtant, plus il la regardait, plus il croyait que c'était vraiment elle. Aussi, il relâcha le chien de son revolver et coinça l'arme dans sa ceinture. Il fixa Ada droit dans les yeux, sut que c'était elle et fut terrassé par l'amour qui résonnait dans son âme.

Il prononça les paroles que lui avait dictées son rêve dans le camp des gitans : « Je suis venu vous chercher le long d'une route bien dure, et je ne vous laisserai jamais repartir. »

Quelque chose en lui l'empêchait cependant de s'avancer pour étreindre Ada, et pas seulement la vue du fusil. Mourir importait peu. Il tendit ses mains vides, paumes vers le ciel.

Ada ne le reconnaissait toujours pas. Elle ne voyait en lui qu'un fou, errant dans la tempête, le sac au dos, la barbe et le chapeau couverts de neige, lançant des paroles insensées et tendres à tout ce qui se présentait devant lui, rocher, arbre ou ruisseau. Et bien capable de vous trancher la gorge, aurait déclaré Ruby. Ada releva son arme de façon à étriper l'homme dès qu'elle appuierait sur la détente.

« Je ne vous connais pas », dit-elle.

Inman entendit ces mots et ils lui parurent justes. Tout à fait mérités et, d'une certaine façon, attendus. Parti faire la guerre pendant quatre ans, je ne vaux pas mieux, chez moi, qu'un complet inconnu, se dit-il. Un pèlerin qui erre dans son propre pays. Voilà le prix à payer pour les quatre années qui viennent de s'écouler. Des armes à feu me séparent de tout ce que je désire.

« Je crois que je me suis trompé », lança-t-il.

Il se détourna, prêt à s'éloigner. Il monterait jusqu'aux Roches-Qui-Brillent et verrait si elles voulaient bien de lui. Sinon, il suivrait les traces de Veasey et partirait pour le Texas, ou pour des contrées plus insoumises encore, s'il en existait. Mais quelle piste suivre ? Devant lui, il ne voyait que des arbres, de la neige et ses propres pas qui s'effaçaient vite.

Il se tourna de nouveau vers Ada, tendit de nouveau ses mains vides, et déclara : « Si je savais où aller, j'irais. »

Ce fut peut-être le timbre de sa voix, l'angle de son profil. Quelque chose. La longueur de l'os de son avant-bras, la forme de ses phalanges sous la peau de ses mains. Soudain Ada le reconnut, ou crut le reconnaître. Elle baissa son arme. Elle prononça son nom et il répondit oui.

Alors Ada n'eut plus qu'à contempler son visage aux traits tirés pour voir non pas un fou, mais Inman. Dévasté, ravagé, dépenaillé, épuisé, émacié, ce n'en était pas moins Inman. Le sceau de la faim sur son front pesait sur lui comme une ombre. Le besoin de nourriture, de chaleur, de bonté. Dans le creux de ses yeux, elle lisait les ravages de la guerre : un cerveau épuisé et un cœur emprisonné derrière les barreaux de la cage thoracique. Des larmes lui vinrent aux yeux. Elle relâcha le chien.

« Venez avec moi », dit-elle.

Elle attrapa les pattes des dindes et les souleva poitrine contre poitrine ; aussitôt leurs ailes s'ouvrirent, leurs têtes dodelinèrent, et leurs longs cous s'entre-lacèrent comme dans une étreinte amoureuse. Elle se mit en route, le fusil en équilibre sur son épaule. Inman la suivit, si las qu'il ne songea même pas à la débarrasser d'une partie de son fardeau.

Ils suivirent la pente à travers les châtaigniers et, avant longtemps, aperçurent la rivière et ses rochers moussus, puis le village loin au-dessous d'eux, avec la fumée qui s'élevait de la cahute de Ruby. L'odeur de feu de bois leur parvenait à travers les arbres.

Chemin faisant, Ada s'adressa à Inman de la voix qu'elle avait entendue Ruby prendre pour s'adresser au cheval quand il avait peur. Les mots n'avaient guère d'importance. On pouvait dire n'importe quoi. Parler, de la façon la plus banale, de la pluie et du beau temps, réciter les vers du poème *The Ancient Mariner* [1], cela revenait au même. Ce qu'il fallait, c'était un ton apaisant, le soulagement qu'apporte la voix de l'autre.

Ada énuméra donc les détails du tableau qu'ils for-maient présentement. Elle dans son habit sombre de chasseur, redescendant le gibier à la main le versant boisé, les cahutes du village au fond de la vallée d'où s'élevait une fumée, les montagnes bleues tout autour.

« Il ne manque qu'un feu de camp et quelques per-sonnages », déclara-t-elle. Et elle continua ainsi, sans reprendre haleine, se rappelant avoir admiré une peinture de ce genre plusieurs années auparavant, lors de ses voyages en Europe avec Monroe. Ce der-nier en avait détesté jusqu'au plus petit détail, jugeant le sujet trop ordinaire, les coloris trop ternes, sans aucune référence à un monde autre que celui qu'il dépeignait. Pas un peintre italien n'aurait éprouvé le moindre intérêt pour une scène pareille, avait-il décrété. Ada, cependant, était restée quelques

1. Une des œuvres les plus célèbres du poète romantique Samuel Taylor Coleridge. *(N.d.T.)*

instants à tourner autour, mais elle n'avait finalement pas trouvé le courage d'exprimer ce qu'elle éprouvait vraiment, les raisons pour lesquelles l'œuvre lui plaisait étaient justement celles qu'avançait Monroe pour étayer sa critique.

Les pensées d'Inman étaient trop embrumées pour suivre ce qu'elle disait, en dehors du fait qu'elle parlait de Monroe comme s'il était mort, qu'elle paraissait savoir précisément où elle se dirigeait, et que, dans sa voix, une note expliquait : « Pour le moment j'en sais plus long que vous, et ce que je sais c'est que tout va probablement s'arranger. »

À L'AUTRE BOUT DU TUNNEL DES ENNUIS

La cabane était chaude et bien éclairée par le feu qui bondissait dans l'âtre et, une fois la porte fermée, rien ne permettait de dire s'il faisait jour ou nuit à l'extérieur. Ruby avait préparé du café. Ada et Inman s'étaient assis si près du feu, pour le boire, que la neige qui couvrait leurs manteaux les enveloppait de vapeur. Personne n'avait grand-chose à dire et l'endroit paraissait minuscule à présent que quatre personnes y étaient entassées. Ruby avait à peine paru s'apercevoir de l'existence d'Inman, mis à part le fait qu'elle avait rempli un bol de bouillie de maïs et l'avait posé par terre à côté de lui pour son petit déjeuner.

Stobrod se souleva, à demi conscient, et agita la tête de droite à gauche. Ses yeux s'ouvrirent sur une lueur de perplexité et de chagrin. Puis il retomba dans son immobilité.

« Il ne sait pas où il est, dit Ada.

— Comment le saurait-il ? » demanda Ruby.

Stobrod, les yeux fermés, lança à la cantonade :
« Il y avait tellement de musique à cette époque-là. »

Il laissa retomber sa tête et se rendormit. Ruby se pencha sur lui, retroussa sa manche et posa le poignet contre le front de son père.

« Il est moite, constata-t-elle. Ça peut être bon ou mauvais. »

Inman regardait le bol de bouillie sans pouvoir décider s'il avait envie ou non de le ramasser. Il posa la tasse de café à côté. Il essaya de réfléchir à ce qu'il devait faire à présent. Mais, sous l'effet de l'épuisement et de la chaleur du feu, il ne parvenait plus à garder les yeux ouverts. Sa tête s'affaissa, se redressa d'un coup sec, et il eut le plus grand mal à fixer son regard. Beaucoup de choses lui faisaient envie, mais la première dont il avait vraiment besoin c'était le sommeil.

« Il a l'air d'être au bout du rouleau, ce gars », observa Ruby.

Ada plia une couverture et lui installa un lit de fortune sur le sol. Elle le prit par la main pour le conduire jusque-là, mais, quand elle voulut l'aider à dénouer ses lacets et ôter son manteau, il refusa. Il s'allongea par terre et s'endormit tout habillé.

Ada et Ruby alimentèrent le feu et laissèrent Inman et Stobrod à leur léthargie. Pendant qu'ils sommeillaient, la neige continua de tomber, et les femmes passèrent une heure glaciale, sans échanger trois mots, à ramasser du bois, nettoyer une des autres cabanes, et couper des conifères pour boucher une petite brèche dans le vieux toit en écorce. Dans cette cabane-là, le sol était jonché d'insectes morts, aux dépouilles creuses et desséchées qui s'effritaient et explosaient sous le pied. Ada les balaya dehors.

Parmi les détritus qui encombraient le sol, elle découvrit un vieux gobelet en bois. Ou plutôt une écuelle à la forme un peu bâtarde. On voyait une large fissure à l'endroit où le bois avait séché, laquelle fissure avait été comblée au moyen de cire d'abeille que le temps avait rendue cassante et dure. Elle étudia le grain du bois et se dit : Cornouiller. Elle se représenta mentalement la façon dont l'objet avait été fabriqué, utilisé, puis réparé, et elle décida que cette écuelle aurait pu servir de symbole à une infinité de choses disparues.

Elle la déposa dans une petite niche creusée dans le mur. Une fois la cabane nettoyée et le toit réparé, elles appuyèrent la porte contre son chambranle et allumèrent dans l'âtre un feu nourri. Pendant qu'il se consumait, elles fabriquèrent un lit avec des branches de sapin sur lesquelles elles étalèrent une courtepointe matelassée. Puis elles plumèrent et vidèrent les dindes, dont elles versèrent les entrailles dans un gros morceau d'écorce arrondi qu'Ada sortit jeter derrière un arbre qui poussait au bord de l'eau.

Plus tard, quand le feu ne fut plus qu'un lit de braises, elles posèrent dessus des branches de noyer bien vert pour les faire fumer. Elles transpercèrent les carcasses des dindes avec des bâtons taillés en pointe et les laissèrent rôtir toute la journée. La cabane, chaude et sombre, sentait la fumée de noyer et la dinde rôtie. Quand le vent soufflait, un peu de neige s'insinuait à l'intérieur, à l'endroit du toit qu'elles avaient rebouché, et fondait sur le sol. Elles restèrent longtemps assises au coin du feu, sans échanger une parole, sans presque bouger, sauf quand Ruby sortait remettre une ou deux bûches sur le feu des hommes et poser le poignet sur le front de son père.

Lorsque la nuit eut commencé à tomber, Ruby était installée au coin du feu, en paix avec le monde, drapée dans une couverture aussi lisse et plate qu'un drap de lit. Elle entreprit de tailler un rameau de noyer avec son couteau jusqu'à ce qu'elle eût obtenu une pointe acérée. Elle s'en servit pour piquer les dindes et faire jaillir de sous la peau craquelée un jus clair qui tomba sur les braises dans un concert de crachotements et de grésillements.

« Qu'y a-t-il ? demanda Ada.

— Je t'ai observée là-bas avec lui, répéta Ruby, et depuis je réfléchis.

— A lui ? s'étonna Ada.

— A toi.

— Comment cela, à moi ?

— J'ai essayé de deviner ce que tu penses. Mais je n'y arrive pas. Alors, je préfère te dire carrément ce que je pense. Et ce que je pense, moi, c'est qu'on peut se débrouiller sans lui. Tu crois peut-être que non, mais moi, je te dis que si. Nous commençons tout juste. J'ai dans la tête une vision de ce que doit devenir Black Cove. Et je sais ce qu'il faudra faire pour y arriver. Les récoltes et les animaux. Les terres et les bâtiments. Ça prendra du temps. Mais je sais comment y parvenir. Que ce soit la guerre ou la paix, il n'y a absolument rien que nous ne puissions faire nous-mêmes. Tu n'as pas besoin de lui. »

Ada contemplait le feu. Elle tapota la main de Ruby posée sur son genou, puis en frotta vigoureusement la paume avec son pouce jusqu'à ce qu'elle sentît les ligaments sous la peau. Elle ôta une de ses bagues et la passa au doigt de Ruby avant de lui incliner la main vers la lueur du feu pour la regarder. C'était une grosse émeraude sertie dans de l'or blanc et entourée de rubis plus petits. Un cadeau de Noël que lui avait fait Monroe, quelques années auparavant. Ada parut vouloir laisser le bijou là où elle l'avait mis, mais Ruby le fit glisser de son doigt et le repassa brutalement à celui d'Ada.

« Tu n'as pas besoin de lui, répéta-t-elle.

— Je le sais, dit Ada, mais je crois que j'ai envie de l'avoir avec moi.

— Alors ça, c'est tout à fait différent. »

Ada fit une pause, ne sachant quoi ajouter, mais le cerveau en ébullition. Des choses inimaginables dans son ancienne vie paraissaient soudain possibles et même nécessaires. Inman, le déserteur, était resté seul trop longtemps. Privé du réconfort d'un contact humain, d'une main aimante posée, douce et chaleureuse, sur son épaule, son dos, sa jambe. Et on pouvait en dire autant d'elle-même.

« Il y a une chose que je suis certaine de ne pas vouloir, finit-elle par dire tout haut, je ne veux pas me retrouver un jour, dans un autre siècle, en vieille femme amère qui songera au passé et regrettera de ne pas avoir montré plus de cran à cet instant-là. »

Quand Inman s'éveilla, il faisait noir. Le feu achevait de se consumer et ne projetait qu'une faible lueur autour de la cabane. Il n'y avait aucun moyen de savoir si la nuit était déjà avancée. Et, pendant quelques instants, il ne parvint pas à se rappeler où il était. Cela faisait si longtemps qu'il n'avait plus dormi deux fois au même endroit que, immobile sur sa couche, il dut reconstruire mentalement le déroulement des journées écoulées qui l'avait amené jusqu'à ce lit. Il s'assit, cassa quelques morceaux de bois, les jeta sur les braises et souffla dessus afin de faire jaillir de nouvelles flammes qui profilèrent des ombres sur les murs. Alors seulement il se sentit capable de dire à coup sûr quel lieu géographique il occupait présentement.

Il entendit quelqu'un reprendre sa respiration, un râle gras. Il se tordit en deux et aperçut Stobrod sur sa couchette, les yeux ouverts, noirs, brillants à la lumière du feu. Inman tenta de se rappeler qui était cet homme. On le lui avait dit, mais il ne s'en souvenait plus.

Stobrod agita la bouche d'où sortirent des claquements de langue. Il regarda Inman et demanda : « Il y a de l'eau ? »

Inman ne vit ni seau ni cruche.

« Je vais vous trouver à boire », dit-il en se levant.

Il sortit sa gourde de son paquetage, la secoua et

464

constata qu'elle était vide. Il rangea son revolver dans son havresac dont il enfila la courroie sur son épaule.

« Je reviens tout de suite. »

Il ouvrit la porte. Dehors, il faisait nuit noire et la neige entra à gros flocons.

Inman se retourna. « Où sont-elles allées ? » demanda-t-il.

Stobrod reposait, les yeux fermés. Il répondit par deux petites crispations saccadées de la main.

Inman sortit, remit la porte à sa place et attendit un instant que ses yeux s'habituent à l'obscurité. Dans l'air, une odeur de froid et de neige faisait penser à du métal cisaillé à laquelle se mêlaient des relents de feu de bois et de pierres mouillées par une eau courante. Quand il y vit suffisamment pour avancer, il descendit jusqu'à la rivière. La neige lui montait au-dessus des chevilles. Le cours d'eau paraissait noir et sans fond. Inman s'accroupit et immergea sa gourde pour la remplir ; contre sa main et son poignet, l'eau semblait plus chaude que l'air.

En revenant sur ses pas, il aperçut la lueur jaune du feu qui filtrait par les fentes de la cabane où il avait dormi. Et aussi par celles d'une autre, un peu plus en aval. Une odeur de viande rôtie chatouilla ses narines et il fut saisi d'une brusque et terrible fringale.

Il entra dans la première cabane, souleva Stobrod et lui fit couler un peu d'eau dans la bouche. Après quoi le blessé s'appuya sur ses coudes et, avec l'aide d'Inman, il but au point de s'étrangler et de tousser, puis il avala encore une longue gorgée. Il gardait la tête levée, la bouche ouverte, le cou tendu. Son gosier qui s'ouvrait et se refermait pour déglutir, sa posture, ses cheveux dressés sur sa tête, ses favoris hérissés, son regard aveugle, tout rappelait à Inman un oiselet sorti de l'œuf ; le même appétit de vivre, fragile et horrifiant.

C'était un phénomène qu'il avait déjà vu, de même

que le phénomène contraire, l'envie de mourir. Les hommes avaient différentes façons de considérer leurs blessures. Au cours de ces dernières années, Inman avait vu tant d'hommes atteints par des projectiles que cet état lui paraissait normal. Une des conditions naturelles du monde. Il avait vu des hommes atteints par balle dans toutes les parties du corps. Il avait vu toutes les conséquences que pouvaient entraîner de telles blessures, de la mort immédiate aux hurlements de souffrance, en passant par la réaction d'un homme, à la bataille de Malvern Hill, qui était resté cloué sur place, le sang pissant de sa main droite fracassée, et qui riait à gorge déployée, sachant qu'il n'en mourrait pas mais qu'il serait désormais incapable d'appuyer sur une détente.

Que ce soit à l'expression de son visage ou à l'aspect de sa blessure, qu'il trouva, inspection faite, sèche et remplie de toiles d'araignée et de fines lamelles de racines, Inman était incapable de deviner quel serait le sort de Stobrod. S'il était chaud au toucher, cela faisait belle lurette qu'Inman avait renoncé à prédire si un blessé mourait ou non. On voyait parfois de graves blessures se cicatriser et des plaies légères s'infecter. Les blessures pouvaient fort bien paraître guéries extérieurement, alors qu'à l'intérieur elles continuaient à creuser jusqu'au tréfonds du corps un sillon qui le dévorait. La logique n'avait pas grand-chose à y voir.

Inman remit assez de bois sur le feu pour obtenir une superbe flambée et, quand la cabane fut chaude et illuminée, il laissa Stobrod endormi et retourna dehors. Il suivit ses propres traces jusqu'à la rivière, puisa de l'eau dans sa main et s'en aspergea le visage. Il arracha un rameau de hêtre, en effilocha l'extrémité avec l'ongle de son pouce et se brossa les dents. Puis il gagna l'autre cabane éclairée. Debout contre la porte, il écouta. Il n'entendit aucun bruit de voix. Un parfum de dinde rôtie embaumait l'air.

« Holà ! » lança-t-il.

Il attendit, mais, n'obtenant pas de réponse, il répéta son appel. Puis il frappa à la porte. Ruby la déplaça de la largeur d'une main à peine et passa le nez.

« Ah, c'est vous ? dit-elle comme si elle avait pu attendre quelqu'un d'autre.

— Je me suis réveillé, expliqua-t-il. Je ne sais pas combien de temps j'ai dormi. L'autre homme, là-bas, a demandé à boire, alors je lui en ai donné.

— Vous avez dormi au moins douze heures », annonça Ruby.

Ada était assise en tailleur devant le feu et, lorsque Inman entra, elle leva les yeux vers lui. La lumière jaune éclairait son visage, et sa chevelure brune tombait sur ses épaules. Un homme ne pouvait rien espérer voir de plus ravissant, et Inman resta un moment déconcerté. Elle lui paraissait si belle qu'il en avait mal aux pommettes. Il ne savait quelle attitude adopter. Aucune des actions prescrites par l'étiquette d'avant la guerre ne convenait, sinon enlever son chapeau. Une cabane indienne perdue au milieu d'une tempête de neige ne se prêtait guère aux cérémonies. Il ferait aussi bien d'aller s'asseoir près d'elle, se dit-il.

Pourtant, à peine eut-il posé son havresac dans le coin qu'elle se leva, s'approcha de lui et fit un geste qu'il était sûr de ne jamais oublier. Elle glissa une main derrière lui et pressa sa paume contre ses reins. Puis elle appuya l'autre contre son estomac, juste au-dessus de la ceinture de son pantalon.

« Je vous sens si maigre », dit-elle.

Inman ne trouva aucune réponse.

Ada retira ses mains et demanda : « Quand avez-vous mangé pour la dernière fois ? »

Il calcula à reculons. « Trois jours, dit-il. Ou quatre. Je crois que c'est quatre.

— Dans ce cas, vous devez avoir assez faim pour ne pas vous soucier de petits raffinements culinaires. »

Ruby avait d'ores et déjà détaché la chair d'un des deux volatiles et mis la carcasse à bouillir dans la grande marmite, au-dessus du feu, afin de confectionner du bouillon pour Stobrod. Ada fit asseoir Inman au coin du feu et lui tendit une assiette de viande qu'il pouvait commencer à grignoter.

Pendant qu'Inman mangeait ses morceaux de dinde, Ada se mit en devoir de composer un vrai dîner. Inman la regardait faire avec intérêt. Il n'était pas encore habitué à la voir en pantalon, et il trouvait les postures que ce vêtement lui permettait de prendre d'une liberté tout à fait troublante.

Le plat qui résulta des efforts d'Ada était riche et brun, avec une saveur de feu de bois et de graisse de porc, exactement le genre de mets que requérait la proximité du solstice d'hiver, une nourriture faite pour consoler des journées trop courtes et des nuits trop longues. Inman se mit à la dévorer en affamé qu'il était, puis il s'arrêta et demanda : « Vous ne mangez pas ?

— Nous avons dîné il y a quelque temps », répondit Ada.

Inman se remit à manger. Avant qu'il n'eût terminé, Ruby estima que la carcasse de dinde avait transmis à l'eau de la rivière tout ce qu'elle pouvait lui apporter de substantiel. Elle préleva de quoi remplir à demi la plus petite des deux marmites. Le bouillon contenait toute la vie de l'oiseau sauvage. Riche et opaque, il avait la couleur des noix ou des amandes grillées.

« Je vais voir si j'arrive à lui en faire avaler un peu », dit-elle.

Elle empoigna la marmite par son anse et se dirigea vers la porte. Avant de sortir, elle leur dit : « C'est l'heure de changer la compresse, et je resterai quelque temps à son chevet. Tout ça pour vous dire que j'en ai sans doute pour un moment. »

Une fois Ruby partie, la cabane parut plus petite, comme si ses murs se rapprochaient les uns des autres. Ni Ada ni Inman ne trouvaient beaucoup à dire. L'espace d'un instant, tous les usages draconiens d'autrefois selon lesquels une jeune femme et un homme ne peuvent rester seuls ensemble dans une maison refirent surface, aggravant leur gêne. Ada se dit que Charleston, avec ses ribambelles de tantes d'âge canonique imposant les rites complexes du chaperon, était peut-être un lieu imaginaire, n'ayant pas plus de rapports avec le monde qu'elle habitait que l'Arcadie ou l'île de Prospero.

Pour meubler le silence, Inman fit l'éloge du repas, comme s'il venait de prendre part au déjeuner du dimanche. Cependant, il n'avait pas commencé à vanter la dinde qu'il s'interrompit et se traita d'imbécile. Aussitôt, d'irrésistibles flots de paroles montèrent en lui, si différents les uns des autres qu'il craignit de les entendre se déverser en un effrayant salmigondis. Mieux valait se taire pour le moment.

Il se leva, fouilla dans son sac et en sortit le Bartram qu'il montra à Ada, comme s'il tenait entre ses mains la preuve de quelque chose. Les feuilles, roulées sur elles-mêmes et attachées par un nœud de ficelle sale, oscillaient depuis des mois entre l'humidité et la sécheresse, elles paraissaient maintenant assez crasseuses pour contenir le savoir accumulé d'une ancienne civilisation. Il raconta comment ce livre l'avait soutenu pendant ses errances, avec quelle fréquence il l'avait lu, le soir, à la lueur du feu de son bivouac solitaire. L'ouvrage n'était pas familier à Ada, et Inman lui expliqua qu'il concernait la région même qu'ils habitaient et tout ce qui y avait de l'importance. A son avis, il s'agissait d'un texte presque sacré, d'une telle richesse qu'à y puiser au hasard et à ne lire qu'une seule phrase on était pourtant assuré d'y découvrir instruction et ravissement.

Il tira alors sur l'extrémité du nœud et le livre se déroula. Inman posa le doigt sur une phrase qui commençait, comme à l'ordinaire, par l'escalade d'une montagne. Il la lut à haute voix, mais le passage entier semblait ne parler que de sexe, si bien qu'il sentit sa voix trembler et le rouge lui monter aux joues.

> *Ayant atteint ce sommet, nous pûmes jouir d'une vue tout à fait enchanteresse : une vaste étendue de prairies verdoyantes et de champs de fraises ; les méandres d'un fleuve, glissant au milieu d'elles et saluant, dans ses diverses circonvolutions, des éminences rebondies, vertes, gazonneuses, embellies de parterres de fleurs et de lits de fraisiers fertiles en fruits ; des troupeaux de dindes y déambulaient ; des hordes de cerfs gambadaient dans les prairies ou bondissaient par-dessus les collines ; des compagnies de jeunes et innocentes vierges cherokees, les unes occupées à cueillir les fruits riches et odorants, les autres, leurs paniers déjà pleins, allongées à l'ombre des bosquets parfumés de plantes indigènes, magnolias, azalées, seringas, doux jasmin jaune, glycine azurée, dévoilant leurs beautés à la brise légère, et baignant leurs membres dans l'onde fuyante des frais ruisseaux ; tandis que d'autres groupes, plus gais, plus libertins, continuaient à cueillir des fraises, ou à pourchasser étourdiment leurs compagnes, cherchant à leur faire envie, se teignant les lèvres et les joues du suc opulent de ces fruits.*

Quand il eut terminé, il demeura silencieux.

« C'est tout le temps comme cela ? demanda Ada.

— Non, pour ainsi dire jamais », répondit Inman.

Ce dont il avait envie, c'était de s'allonger sur le lit de sapin avec Ada et de la serrer contre lui, comme Bartram avait, semblait-il, rêvé de s'allonger avec les vierges cherokees. Mais il se contenta de rouler son livre et de le poser dans la niche pratiquée dans le mur, à côté d'une vieille coupe en bois. Il rassembla la vaisselle.

« Je vais nettoyer tout ça », annonça-t-il.

Arrivé à la porte, il regarda par-dessus son épaule : Ada était assise immobile, les yeux fixés sur les braises. Inman descendit jusqu'à la rivière et frotta chaque objet avec du sable qu'il ramenait du fond de l'eau noire. La chute de neige n'avait pas ralenti. Les flocons continuaient à tomber dru et, à présent, même les gros rochers éparpillés au milieu du cours d'eau étaient couronnés d'un épais chignon blanc. Inman souffla les nuages de son haleine à travers la neige qui tombait et se demanda que faire. Il faudrait davantage que douze heures de sommeil et un bon repas pour le remettre d'aplomb. Du moins savait-il maintenant qu'il était capable d'ordonner à nouveau ses pensées. Ce qu'il désirait le plus, c'était se débarrasser de son fardeau de solitude. Il était devenu trop fier de marcher seul, trop fier de son isolement.

Il sentait toujours, imprimée sur son ventre et son dos, la pression des paumes d'Ada. Et accroupi là, dans l'obscurité de Cold Mountain, il croyait deviner dans ce contact plein d'amour la clef de la vie terrestre. Toutes les paroles accumulées en lui, et qui avaient besoin d'être dites, n'étaient rien en comparaison de cette imposition des mains.

Inman regagna la cabane, décidé à s'approcher d'Ada, à poser une main sur son cou et l'autre sur sa taille, et à l'attirer contre lui, à exprimer clairement par ce geste tous ses désirs. Pourtant, lorsqu'il eut refermé la porte, la chaleur du feu vint le frapper et ses doigts se nouèrent. Ils étaient encore gercés par le sable et raidis par l'eau froide. Il baissa les yeux vers les assiettes et les plats, la marmite, la poêle à frire, et vit qu'ils étaient recouverts d'une pellicule blanche de graisse congelée. Ses efforts avaient donc été vains, il aurait aussi bien pu rester là et poser les ustensiles à l'envers dans les braises afin de les nettoyer par le feu.

Ada leva les yeux vers lui ; il la regarda reprendre sa respiration à deux reprises puis détourner les yeux. Il devinait, à voir la raideur de son visage, qu'il lui avait fallu faire appel à tout son courage pour le toucher comme elle l'avait fait, le tenir entre ses mains. Jamais auparavant elle n'avait dû oser un geste aussi intime. Elle avait progressé jusqu'à un univers où régnait un ordre entièrement différent de celui qu'elle avait toujours connu. Mais c'était lui qui avait écrit ces mots au mois d'août, et c'était à lui de trouver le moyen de dire ce qu'il avait à dire.

Inman déposa son fardeau et s'approcha d'Ada.

« Vous m'avez écrit pendant mon séjour à l'hôpital ? demanda-t-il.

— Plusieurs fois, répondit-elle. Deux fois pendant l'été et un court billet à l'automne. Mais le temps que j'apprenne que vous étiez à l'hôpital, vous en étiez déjà reparti. Alors les deux premières lettres ont été adressées en Virginie.

— Elles ne m'y ont pas trouvé, dit-il. Dites-moi ce qu'elles contenaient. »

Le résumé qu'en fit Ada différait quelque peu de leur contenu réel. Elle les lui décrivit telles qu'elles eussent été si elle les avait écrites actuellement. La vie offrait rarement l'occasion de pouvoir récrire ne fût-ce qu'une simple écharde du passé, aussi s'en donna-t-elle à cœur joie. Sous leur nouvelle forme, ces lettres leur apportèrent plus de satisfactions que ne l'auraient fait les missives originales. Elles révélaient davantage chaque détail de la vie d'Ada, elles étaient d'une sensibilité plus passionnée, il y avait plus de certitude et de franchise dans leur expression. L'ensemble était plus riche. Du dernier billet, toutefois, Ada ne souffla mot.

« Je regrette de ne pas les avoir reçues », murmura Inman quand elle eut fini. Il ajouta qu'elles lui auraient rendu moins pénibles quelques mauvais jours.

Les mains toujours tendues vers la chaleur de l'âtre, il compta à rebours le nombre d'hivers où la cahute était restée dans le noir et le froid. « Voilà vingt-six ans qu'on n'a pas fait de feu dans cette cheminée », dit-il.

Rassurés par ce nouveau sujet de conversation, ils restèrent quelque temps à parler, comme font les gens dans les ruines du passé, animés par le sentiment inévitable que notre séjour sur terre sera bref et notre disparition éternelle. Ils imaginèrent le dernier feu qui avait brûlé dans cet âtre et dressèrent la liste des personnages qu'ils se représentaient assis autour. Une famille cherokee. La mère, le père, les enfants, une vieille grand-mère. Ils les dotèrent de personnalités spécifiques, tragiques ou comiques selon les besoins du récit qu'ils échafaudaient. Inman peignit un des garçons sous des traits fort voisins de ceux de Swimmer, étrange et mystique. Tous deux se satisfaisaient d'inventer, d'instinct, pour cette famille imaginaire des vies plus sereines que celles qu'ils auraient réussi, en se donnant beaucoup de mal, à se forger pour eux-mêmes. Dans leur histoire, Ada et Inman prêtèrent aux membres de la famille indienne des prémonitions de la fin de leur monde. Et, bien que sachant que chaque époque considère comme précaire l'état du monde dont elle est contemporaine, l'imagine arrivé au bord des ténèbres, Ada et Inman doutaient néanmoins que le pressentiment d'une fin prochaine ait jamais été plus justifié, dans toute l'histoire des hommes, que celui-là. Les craintes de ce peuple s'étaient pleinement concrétisées. Même caché ici, le reste du monde l'avait découvert et s'était abattu sur lui de tout son poids.

Ensuite ils restèrent un moment silencieux, pénétrés du malaise que l'on éprouve à occuper un espace à l'intérieur duquel d'autres vies se sont déroulées avant de disparaître. Puis Inman déclara que, tout au long du trajet de retour, il n'avait pensé qu'à une seule chose : son espoir qu'Ada voudrait bien de lui, qu'elle accepterait de l'épouser. Il l'avait gardé toujours présent à l'esprit et il surgissait dans ses rêves. Mais à présent, ajouta-t-il, il ne pouvait lui demander de se lier à lui. De s'unir à un homme dans l'état d'épuisement qu'il savait être le sien.

« Je ne m'en remettrai jamais, voilà ce que je crains, dit-il. Et dans ce cas, avec le temps, nous serions tous deux malheureux comme les pierres et emplis d'amertume. »

Ada changea de position et se retourna pour le regarder. Il avait ouvert son col, à cause de la chaleur, et elle voyait la cicatrice blanche qui marquait sa gorge. Et d'autres blessures dans l'expression de son visage et au fond de ses yeux qui refusaient de croiser les siens.

Elle se remit face au feu. Des guérisons de toutes sortes existent dans le monde naturel, se dit-elle. Ses moindres recoins, lui semblait-il, regorgent de remèdes et de fortifiants capables de cicatriser les blessures de l'extérieur. Il n'y a pas jusqu'aux racines ou aux toiles d'araignée les mieux dissimulées qui n'aient leur utilité. Et un esprit qui s'élève de l'intérieur pour refermer solidement la face cachée des plaies. D'un côté comme de l'autre, cependant, il faut y travailler et, si l'on doute trop de leurs vertus, l'un et l'autre vous font défaut. Cela, du moins, Ruby était parvenue à le lui inculquer.

Finalement, sans regarder Inman, elle dit : « Je sais, moi, que l'on peut guérir les gens. Pas tous, et certains plus vite que d'autres. Mais il y en a qu'on guérit. Et je ne vois pas pourquoi vous ne seriez pas de ceux-là.

— Pourquoi je n'en serais pas ? » répéta Inman, comme pour éprouver cette idée.

Il porta ses doigts à son visage pour voir s'ils étaient toujours aussi froids. Leur tiédeur le surprit. Il les approcha des cheveux bruns d'Ada répandus sur ses épaules afin de les réunir en une épaisse torsade. D'une main il la souleva et, de l'autre, il effleura le creux de sa nuque, ourlé de fines bouclettes, entre les deux tendons qui descendaient vers ses épaules. Il se pencha et posa ses lèvres sur ce creux. Puis il laissa la chevelure retomber et l'embrassa en respirant cette odeur qu'il se rappelait si bien. Après quoi il glissa en arrière et l'attira contre lui, la taille d'Ada contre son ventre, ses épaules contre sa poitrine.

Il la serra très fort et les paroles jaillirent de sa bouche. Cette fois, il ne fit rien pour leur barrer la route. Il raconta la première fois qu'il avait contemplé la nuque d'Ada, à l'église. Il dévoila le sentiment qui ne l'avait plus quitté depuis. Il regretta que tant d'années eussent été gaspillées, de cette première fois à maintenant. Tant de temps enfui. Et il ne servait à rien, dit-il, de songer à toutes les manières dont ils auraient employé ces années, car ce n'aurait pas pu être pire. Il n'y avait plus moyen de les rattraper, à présent. On pouvait se lamenter interminablement sur le temps perdu et sur les dégâts qui s'ensuivaient. Sur les morts, et sur son propre moi disparu. Pourtant, ce que proclame la sagesse du passé, c'est que nous avons tout intérêt à ne pas nous désoler ainsi, sans fin. Et les anciens en savaient long et disaient quelque chose de vrai, ajouta Inman. On aura beau pleurer à s'en briser le cœur, on n'en sera pas plus avancé pour autant. Le chagrin ne change rien à rien. Ce qu'on a perdu ne reviendra pas. Il restera perdu à jamais. Seules vos cicatrices empliront le vide. L'unique choix qu'on ait, c'est de continuer ou non. Mais si l'on continue, c'est en sachant que l'on emporte ses cicatrices avec soi. Néanmoins, durant ces années, il avait gardé dans son esprit ce désir de l'embrasser là, au creux de la nuque, et maintenant il l'avait fait. Il existait, selon lui, une sorte de rédemption à accomplir une envie réprimée depuis si longtemps.

Ada ne se rappelait pas particulièrement ce dimanche, un dimanche parmi tant d'autres. Elle ne pouvait rien ajouter aux réminiscences d'Inman qui en aurait fait un souvenir commun. Cependant, en se livrant ainsi, il la remerciait à sa façon du geste qu'elle avait eu quand il était entré dans la cabane. Elle ramassa ses cheveux, les écarta de son cou, et les coinça avec son poignet contre l'arrière de son crâne. Elle inclina légèrement la tête en avant.

« Embrassez-moi encore », dit-elle.

Il y eut du bruit à la porte. Le temps que Ruby passe la tête, Ada se tenait de nouveau bien droite, les cheveux sur ses épaules. Ruby contempla les deux occupants de la pièce, remarqua leur gaucherie et la curieuse idée qu'avait eue Inman d'aller s'asseoir derrière Ada.

« Vous voulez que je ressorte et que je tousse ? » demanda-t-elle.

Personne ne souffla mot. Ruby referma la porte et posa la marmite par terre. Du plat de la main, elle fit tomber la neige de son manteau et frappa son chapeau contre sa jambe.

« Sa fièvre est un peu tombée, à l'heure qu'il est, annonça-t-elle. Mais cela ne veut pas dire grand-chose. Ça monte et ça retombe. »

Elle regarda Inman et dit : « J'ai coupé quelques branchages et j'ai préparé un lit un peu plus confortable qu'une couverture pliée en deux. » Elle ajouta : « Je veux bien croire qu'il ne sera pas perdu pour tout le monde. »

Ada ramassa un morceau de bois, s'en servit pour attiser le feu, le jeta dedans. « Allez-y, dit-elle à Inman. Je sais bien que vous êtes fatigué. »

Si fatigué qu'il fût, il eut beaucoup de mal à s'endormir. Stobrod ronflait et marmonnait par bribes le refrain d'un stupide air de violon, lequel — pour autant que pût en juger Inman — se résumait aux paroles suivantes : « Plus le singe montait haut, plus il montrait son tra-la-lala-la-la-lalère. » Lorsqu'ils étaient plongés dans l'obscurité d'une grave blessure, Inman avait entendu les hommes dire toutes sortes de choses, des prières aux jurons. Mais celui-ci remportait le premier prix de bêtise.

Dans les intervalles de silence, Inman tentait de décider sur quelle partie de la soirée s'attarder le plus agréablement. La main d'Ada sur son ventre ou sa requête avant que Ruby n'ouvre la porte. Il n'avait pas encore choisi qu'il s'abîma dans le sommeil.

Ada, elle aussi, resta longtemps éveillée. A ruminer nombre de pensées. Par exemple qu'Inman paraissait tellement plus vieux que son âge, après ces quatre années d'absence, tellement maigre, sinistre et recroquevillé au-dedans de lui-même. Elle songea aussi qu'elle devrait s'inquiéter d'avoir perdu sa beauté, d'être devenue hâlée, musculeuse et rude. On vivait, jour après jour, et avec le temps on devenait quelqu'un d'autre, l'ancien moi n'étant plus qu'une espèce de proche parent, sœur ou frère, avec qui on partageait un passé commun. Mais on était quand même une personne différente, avec une vie à soi. A coup sûr, ni Inman ni elle n'étaient plus ceux qu'ils étaient la dernière fois qu'ils s'étaient vus. Et elle les trouvait, l'un et l'autre, peut-être plus sympathiques à présent.

Dans son lit, Ruby s'agita, se tourna, s'immobilisa, puis se retourna de l'autre côté. Elle se rassit avec un soupir. « Je n'arrive pas à m'endormir, annonça-t-elle. Et je sais que tu es éveillée dans ton coin, à remâcher tes pensées d'amour.

— Je suis éveillée, confirma Ada.

— Ce qui m'empêche de dormir, c'est que je me demande ce que je vais faire de lui s'il se remet, continua Ruby.

— D'Inman ? s'étonna Ada, interdite.

— De papa. Une blessure pareille sera longue à guérir. Et le connaissant, il gardera le lit aussi longtemps qu'il le pourra. Je n'arrive pas à imaginer ce que je vais faire de lui.

— Nous le ramènerons à la maison et nous le soignerons, voilà ce que nous allons faire, dit Ada. Blessé comme il l'est, personne ne viendra le chercher. En tout cas pas avant un bon moment. Et cette guerre s'achèvera bien un jour.

— Je suis ton obligée, dit Ruby.

— Tu n'as encore jamais été l'obligée de personne,

déclara Ada. Je ne veux pas être la première. Un merci suffira.

— Ça aussi », dit Ruby.

Elle garda le silence un instant, puis elle dit : « Souvent la nuit, quand j'étais petite, seule dans notre bicoque, je mourais d'envie de monter son cher violon jusqu'au toit et de le lancer dehors pour que le vent l'emporte sur son aile. Dans mon esprit, je le regardais partir jusqu'à ce qu'il ne soit plus qu'un petit point, et j'imaginais le bruit délicieux qu'il ferait en se brisant en mille morceaux sur les rochers de la rivière, tout en bas. »

Le lendemain se leva encore plus gris et plus froid. La neige ne se déversait plus du ciel en gros flocons dodus et serrés, mais comme la douce et fine farine de maïs tombant d'entre deux meules. Tout le monde dormit tard, et Inman vint prendre son petit déjeuner dans la cabane des femmes : du bouillon de dinde dans lequel trempaient des morceaux de viande.

En fin de matinée, Ada et Inman donnèrent à manger et à boire au cheval, et partirent chasser ensemble. Ils espéraient tuer d'autres oiseaux, voire, avec de la chance, un chevreuil. Ils gravirent la colline mais rien ne bougeait dans les bois, il n'y avait pas la moindre trace dans la profonde couche de neige. Ils montèrent jusqu'aux conifères et, de là, jusqu'au sommet de la crête. Ils suivirent son arête et finirent par arriver sur un rocher plat, formant saillie le long d'une plate-forme.

Inman le débarrassa de sa neige et ils s'assirent en tailleur, face à face, genoux contre genoux, avant de draper autour d'eux, telle une tente posée sur le sommet de leurs crânes, le tapis de sol qu'Inman avait emporté. Le peu de lumière qui passait était brunâtre et terne. Inman sortit de son sac les noix qu'il avait ramassées, les fracassa à l'aide d'une pierre grosse comme son poing, après quoi ils détachèrent la chair des débris de coques pour la manger. Quand ils eurent terminé, il posa ses mains sur les épaules d'Ada, se pencha en avant et appuya son front contre le sien. Pendant quelque temps, seul le bruit de la neige s'abattant sur le tapis qui les couvrait vint rompre le silence, puis, au bout d'un moment, Ada se mit à parler.

Elle voulait lui dire comment elle en était arrivée à être telle qu'elle était. Ils étaient deux personnes différentes à présent. Il fallait qu'il le sût. Elle lui raconta la mort de Monroe, l'expression de son visage sous la pluie et les pétales de cornouiller détrempés. Elle expliqua à Inman qu'elle avait décidé de ne pas retourner à Charleston, lui décrivit l'été qu'elle avait passé, lui révéla tout de Ruby. Et aussi du temps qu'il avait fait, des animaux, des plantes, et de tout ce qu'elle commençait à savoir. Des multiples façons dont la vie prend forme. On pouvait édifier sa propre existence sur l'observation de la vie. Monroe lui manquait encore plus qu'elle n'avait pu le dire, et elle confia à Inman bien des choses merveilleuses à son sujet. Elle lui en confia également une terrible : Monroe avait essayé de la maintenir en enfance et, comme elle montrait peu de résistance, il y était en grande partie parvenu.

« Il y a quelque chose que vous devez savoir à propos de Ruby, continua Ada. Quoi qu'il puisse advenir entre vous et moi, je veux qu'elle reste à Black Cove aussi longtemps qu'elle en éprouvera le désir. Si elle doit n'en jamais repartir, je me réjouirai, et si elle s'en va je pleurerai son absence.

— La question est de savoir si elle s'habituera à ma présence, dit Inman.

— Je crois que oui, répondit Ada. A condition que vous compreniez bien qu'elle n'est ni une servante ni une employée. Ruby est mon amie. Elle ne reçoit d'ordres de personne, et elle ne vide aucun autre pot de chambre que le sien. »

Ils quittèrent le rocher afin de poursuivre leur

chasse, s'enfonçant dans un creux humide où régnait l'odeur plantureuse de la galax, descendant à travers des groupes éparpillés de lauriers tordus, jusqu'à un filet d'eau. Ils contournèrent un tsuga allongé sur le sol de la forêt. Ses racines s'élevaient aussi haut dans les airs que le pignon d'une maison et, coincées entre elles, à plusieurs pieds au-dessus du sol, on voyait des pierres plus grosses que des tonneaux de whisky. Au fond de la cuvette Ada trouva un fourré d'hydrastis.

« Ruby en a besoin pour son père », dit Ada.

Elle s'agenouilla et déterra les plantes avec ses mains. Inman, debout, la regardait faire. La scène était banale. Une femme à genoux qui creuse le sol, un grand gaillard debout qui regarde autour de lui en l'attendant. N'eût été l'étoffe de leurs vêtements, elle aurait pu se dérouler à n'importe quelle époque.

Ce fut en se relevant qu'elle remarqua la flèche dans le peuplier. Son regard faillit passer dessus sans s'arrêter, n'y voir qu'une branche cassée, car il manquait l'empenne. Le bois, à moitié pourri, était encore attaché par des tendons solidement entortillés à la pointe en silex gris taillé en creux bien lisses. Aussi parfaite quant à la symétrie de sa forme que peut l'être un objet fabriqué à la main. Enfoncée dans le bois du tronc sur plus d'un pouce, ce n'était pas une flèche destinée aux petits oiseaux. Ada la montra du doigt pour attirer l'attention d'Inman.

« C'est une flèche pour la chasse au cerf, dit ce dernier. Ou à l'homme. »

D'un coup de langue il humecta le bout de son pouce et le passa sur la portion visible de l'arête tranchante.

« Elle est encore assez coupante pour s'enfoncer dans la chair », dit-il.

A la fin de l'été, en labourant et en retournant le sol, Ada et Ruby avaient mis à nu des quantités de petites flèches pour les oiseaux, mais, sans qu'elle sût trop pourquoi, celle-ci lui paraissait différente, comme si, en raison de sa position, elle était encore en partie vivante. Ada recula. Ce n'était quand même qu'un tout petit objet. Un coup manqué cent ans auparavant. Peut-être davantage. Il y avait bien long-temps. Ou pas très longtemps, si l'on examinait les choses par le bon bout. Ada s'approcha de l'arbre et posa un doigt sur l'extrémité de la tige pour l'agiter. Elle resta ferme.

On aurait pu encadrer cette flèche en tant que ves-tige, ustensile appartenant à un autre monde, et ce fut un peu ce que fit Ada. Pour elle, la flèche comp-tait déjà parmi les objets révolus.

Mais Inman ne voyait pas les choses ainsi. Il dit : « Quelqu'un a dû avoir faim. » Puis il s'interrogea : « Le tireur a-t-il raté son coup par manque d'adresse ? Parce qu'il était au bout du rouleau ? Parce que le vent a tourné ? Parce que la lumière était mauvaise ? Marquez donc cet endroit dans votre esprit », dit-il à Ada.

Il déclara ensuite qu'ils devraient revenir sur ces lieux afin de constater à quelle vitesse la pourriture se propageait le long de la tige, à quelle vitesse le bois vert du peuplier se refermait autour de la pointe. Il décrivit une scène future : Ada et lui, courbés, gri-sonnants, amenant des enfants auprès de l'arbre, dans un univers métallique dont il ne parvenait pas à imaginer les principales caractéristiques. A cette époque, la tige aurait disparu. Tombée en poussière. Le peuplier serait encore plus énorme. Il aurait entièrement enveloppé la pointe dans ses replis ligneux. Il ne resterait plus rien de visible qu'une cicatrice arrondie dans son écorce.

Les enfants, émerveillés, s'immobiliseraient pour regarder les deux vieillards tailler le bois tendre du peuplier avec leurs couteaux et prélever une cuille-rée de pulpe nouvelle, et puis brusquement, comme par magie, ils verraient apparaître la pointe de silex. Un petit morceau d'art dont le but était clair, c'était ainsi qu'Inman se la représentait. Et Ada, bien qu'elle fût incapable d'imaginer cette lointaine époque, pouvait évoquer la stupeur des visages enfantins.

« Des Indiens ! » lança-t-elle, prise au jeu d'Inman. Le vieux couple dira simplement : « Des Indiens. »

Cet après-midi-là ils regagnèrent le village bredouilles. Leur sortie ne leur avait permis de rapporter que l'hydrastis et du bois pour le feu. Ils le traînèrent derrière eux et Inman creusa des bandes et des lignes dans la neige. De grosses branches de châtaignier et des rameaux de cèdre plus petits. Ils retrouvèrent Ruby assise au chevet de Stobrod. A demi conscient, ce dernier paraissait reconnaître Ruby et Ada, mais Inman lui faisait peur.

« Qui est ce grand bonhomme brun ? » demanda-t-il.

Inman s'accroupit auprès de lui, pour ne pas le dominer de toute sa taille. Il dit : « Je vous ai donné à boire. Je ne suis pas à votre recherche.

— Ah bon », dit Stobrod.

Ruby humecta un linge et le débarbouilla ; il se débattit comme un enfant. Elle pila des morceaux d'hydrastis, appliqua cet emplâtre sur les blessures, et confectionna une infusion qu'elle fit avaler à son père. Quand elle eut fini, il s'endormit instantanément.

Ada regarda Inman, lut l'épuisement sur son visage. « Vous devriez en faire autant, dit-elle.

— Oui, mais ne me laissez pas dormir après la tombée de la nuit », dit Inman. Il sortit et, tant que la porte resta ouverte, Ada et Ruby virent derrière lui la neige qui fendait l'air en tombant. Elles l'entendirent rompre des branches et presque aussitôt la porte se rouvrit. Il déposa une brassée de bois de châtaignier à l'intérieur et repartit. Elles alimentèrent le feu et restèrent assises, adossées au mur de la cabane, enroulées dans une couverture.

« Dis-moi ce que nous ferons à présent, à la belle

saison, demanda Ada. Quoi remettre en état à Black Cove. »

Ruby dessina sur le sol le plan de Black Cove. Elle situa la route, la maison, la grange, quadrilla des endroits pour indiquer les champs actuels, les bois, le verger. Puis elle se mit à parler ; sa vision était une vision d'abondance et elle expliqua la façon d'y parvenir. Se procurer par le troc un équipage de mulets. Nettoyer les vieux champs envahis par l'ambroisie et le sumac. Créer de nouveaux potagers. Défricher quelques nouvelles terres. Faire pousser assez de maïs et de blé pour leurs besoins en pain. Agrandir le verger. Construire une vraie conserverie et une remise à pommes. Des années et des années de travail. Mais, un été, elles verraient dans leurs champs s'élever de hautes récoltes. Des poulets picorant dans la basse-cour, des vaches paissant dans les pâturages, des cochons fouillant la terre, à flanc de colline. Si nombreux qu'elles en auraient deux lots : les cochons à bacon, la jambe fluette, le flanc allongé ; les cochons à jambon, compacts et dodus, le ventre pendant par terre. Des jambons et de longs morceaux de bacon suspendus dans le fumoir ; une poêle bien grasse en permanence sur le fourneau. Des pommes amoncelées dans la réserve, d'interminables rangées de bocaux remplis de légumes dans la conserverie. L'abondance.

« Ça vaudra le coup d'œil », déclara Ada.

Ruby effaça son plan puis, au bout d'un moment, elle s'affaissa, son épaule contre celle d'Ada, et s'assoupit. Ada continua à regarder le feu, à l'écouter crépiter et siffler, puis elle entendit le bruit cassant des braises qui s'effondrent. Elle renifla la douce odeur de fumée. Ce serait un bon critère du succès de sa capacité à observer les détails du monde que d'identifier les arbres grâce à l'odeur qu'ils dégageaient en brûlant. Un art que l'on serait fort heureux d'apprendre à maîtriser. Bien des choses n'en méritaient pas autant. Des choses qui faisaient du mal aux autres et pour finir à soi-même.

Lorsque Ruby s'éveilla, l'après-midi touchait à sa fin. Elle cligna des paupières, se frotta la figure et bâilla. Elle s'approcha de Stobrod pour voir comment il allait. Elle lui toucha le visage et le front, baissa les couvertures et examina sa blessure.

« Sa température est remontée, dit-elle. Cette nuit sera celle de la crise, à mon avis. Qu'il vive ou qu'il meure, c'est ce soir que ça se décidera. J'aime mieux ne pas le quitter. »

Ada, à son tour, toucha le front de Stobrod. Elle ne sentit aucune différence par rapport aux contacts précédents. Elle regarda Ruby, mais celle-ci refusa de lui rendre son regard.

« Je m'en voudrais si je le quittais cette nuit », déclara Ruby.

Il faisait nuit quand Ada longea la rivière jusqu'à l'autre cabane. La neige tombait à fins flocons. La couche qui recouvrait le sol était si profonde qu'elle était obligée de lever haut les genoux. La neige retenait le moindre rayon de lumière qui filtrait entre les nuages, si bien que la terre paraissait éclairée de l'intérieur, telle une lanterne protégée par des micas. Ouvrant doucement la porte, Ada entra. Inman dormait, et il ne bougea pas. Le feu était presque éteint. Ada vit qu'il avait disposé ses affaires devant l'âtre pour les faire sécher. Ses vêtements, ses bottes, son chapeau, son sac à dos, son havresac, ses ustensiles de cuisine, son couteau dans son étui, et le vilain gros revolver avec ses inséparables accessoires : la baguette, la boîte d'amorces, la curette qui servait à déboucher la cheminée, les cartouches, la bourre, la poudre, et la chevrotine pour le canon de dessous. Il ne manquait que le Bartram. Et une étiquette blanche : *Le déserteur, son paquetage.*

Ada ôta son manteau et posa trois branches de cèdre sur le feu avant de souffler sur les braises. Puis elle s'approcha d'Inman et s'agenouilla à côté de lui.

Il dormait la tête tournée vers le mur. Le lit en branchages de sapin dégageait une odeur âcre et propre due aux aiguilles écrasées sous le poids du dormeur. Elle lui toucha le front, lissa ses cheveux, effleura ses paupières, ses pommettes, son nez, ses lèvres, son menton hérissé de barbe. Elle baissa la couverture et vit qu'il avait enlevé sa chemise ; elle pressa sa paume contre le cou d'Inman, contre la cicatrice de sa blessure. Elle fit glisser la main jusqu'à son épaule, l'étreignit avec force et maintint son étreinte.

Lentement, il s'éveilla. Il remua dans le lit, se retourna, la regarda et parut comprendre son intention, mais aussitôt, malgré lui, sembla-t-il, ses yeux se refermèrent et il se rendormit.

Le monde était un endroit incroyablement solitaire, et le seul remède paraissait de s'allonger à côté d'Inman, peau contre peau. L'envie qu'il en soit ainsi s'engouffra dans l'esprit d'Ada. Suivie d'une émotion proche de la panique. Mais elle la repoussa. Elle se releva et se mit à déboutonner la ceinture de son propre pantalon, puis l'étrange et longue rangée de boutons de braguette.

Elle découvrit que c'était un vêtement dont on ne pouvait sortir avec grâce. Elle retira la première jambe mais, ensuite, elle perdit l'équilibre et dut sautiller par deux fois à cloche-pied pour se rétablir. Elle jeta un regard en direction d'Inman : les yeux ouverts, il l'observait. Elle regretta de ne pas être dans le noir plutôt que de se découper devant les flammes basses et jaunes du feu de cèdre. Ou de ne pas porter une robe qu'elle aurait laissé retomber en souple cascade autour d'elle. Former à ses pieds une mare qu'elle aurait franchie d'un seul pas. Mais non, elle était là, avec une jambe encore emprisonnée dans le pantalon de Monroe.

« Tournez-vous, ordonna-t-elle.

— Pas pour tout l'or du trésor fédéral », riposta Inman.

Ce fut elle qui se tourna, nerveuse et gauche.

Quand elle fut enfin dévêtue, elle tint ses vêtements devant elle et revint dans sa direction.

Inman s'assit dans le lit, la couverture enroulée autour de la taille. Il avait vécu comme un mort, et c'était la vie qui se tenait devant lui, une offrande, à sa portée. Il se pencha et fit tomber les vêtements des mains d'Ada avant de l'attirer contre lui. Il posa chacune de ses paumes contre les cuisses de la jeune femme, les fit remonter le long de ses flancs, appuya ses avant-bras contre ses hanches et posa ses doigts contre le creux de ses reins. Puis ses doigts repartirent vers le haut, effleurant sa colonne vertébrale. Il toucha l'intérieur de ses bras, fit glisser ses mains de chaque côté de son corps et les immobilisa sur le renflement de ses hanches. Il ploya le front vers la douceur de son ventre. Il l'embrassa à cet endroit, où elle sentait la fumée de noyer. Il la serra contre lui, et la tint dans ses bras, encore et toujours. Elle posa une main sur la nuque d'Inman et enlaça ses bras blancs autour de lui, comme pour ne plus jamais le laisser repartir.

La neige s'amoncelait au-dehors et la cabane chaude et sèche, cachée dans les replis de la montagne, apparaissait comme un havre de sécurité, bien qu'elle ne l'eût pas été pour ses précédents habitants. Des soldats étaient venus les dénicher, et ils avaient fait de la piste menant jusque-là un chemin d'exil et de mort. Mais cette nuit-là, pendant quelques heures, l'endroit fut dégagé de toute souffrance, soulagé de tout souvenir douloureux.

Plus tard, Ada et Inman s'allongèrent enlacés sur leur lit de branches de sapin. La vieille cabane était presque plongée dans l'obscurité, les rameaux de cèdre fumaient dans l'âtre, et l'odeur de résine chaude qui se dégageait donnait l'impression que quelqu'un venait de traverser la pièce en balançant un encensoir. Le feu crépitait. Dehors la neige sifflait et soupirait en tombant. Et ils firent ce que les amants font souvent lorsqu'ils voient l'avenir briller devant eux comme au plein midi du jour de la création : ils parlèrent sans fin du passé, comme si chacun devait être mis au courant de tout ce que l'autre avait fait jusque-là avant de pouvoir avancer ensemble.

Ils bavardèrent la majeure partie de la nuit, à croire qu'ils étaient légalement tenus de narrer dans le plus grand détail leurs enfances et leurs jeunesses. Et tous deux en donnèrent un tableau idyllique. Il n'y avait pas jusqu'à la chaleur brutale et poisseuse des étés à Charleston qui ne fût chargée, par le récit qu'en fit Ada, d'un élément dramatique. Lorsque Inman en arriva aux années de guerre, il n'en présenta cependant que les détails anodins d'un compte rendu de presse — les noms des généraux sous les ordres de qui il avait combattu, les grands mouvements de troupes, l'échec et le succès des diverses stratégies, des anecdotes, la fréquente puissance de la chance aveugle pour décider de la victoire.

Ada lui demanda s'il avait vu les grands guerriers les plus célèbres. Le prétendument divin Lee, le sévère Jackson, le sémillant Stuart, le banal Longstreet. Ou les étoiles de moindre envergure. Le tragique Pelham, le piteux Pickett.

Inman les avait tous vus, sauf Pelham, mais il déclara qu'il n'avait rien à dire sur eux, qu'ils fussent vivants ou morts. Il ne se souciait pas non plus de gloser sur les chefs de l'armée fédérale, bien qu'il en eût aperçu quelques-uns de loin et connût les autres à travers leurs actions. Il souhaitait vivre une vie où l'on ne s'intéresserait guère aux attaques qu'une bande de despotes lançait contre une autre. Il ne voulait pas énumérer davantage les actes que lui-même avait perpétrés, car il espérait, un jour, en des temps où les gens ne mourraient plus en si grand nombre, pouvoir se juger lui-même selon d'autres critères.

« Alors racontez-moi votre long trajet de retour », dit Ada.

Inman raconta de quelle façon il avait, chemin faisant, observé les nuits de la lune, les comptant jusqu'à vingt-huit avant de recommencer ; de quelle façon il avait regardé Orion grimper nuit après nuit sur le versant du ciel et de quelle façon il s'était efforcé d'avancer sans espoir et sans crainte, échouant d'ailleurs lamentablement, puisqu'il avait connu l'un et l'autre. Mais aussi de quelle façon, au cours de ses meilleures journées de marche, il parvenait parfois à mettre ses pensées à l'unisson de la lubie divine qui envoyait sur terre nuage ou soleil.

Il ajouta : « J'ai rencontré un certain nombre de personnes sur ma route. Une gardeuse de chèvres qui m'a donné à manger, et qui prétendait que c'était un signe de la miséricorde de Dieu que de ne pas nous laisser le souvenir des traces les plus rouges de nos douleurs. Dieu sait ce que nous ne sommes pas capables de supporter, et il ne permet pas à notre esprit de le restituer. Le temps aidant, cela s'estompe. Du moins était-ce sa manière de voir les choses. Dieu vous impose l'insupportable, et il en reprend une partie. »

Ada se récria, réclama le droit de penser autrement. « Je crois que, pour oublier, il faut aider un peu le Tout-Puissant, dit-elle. Prendre la peine de ne jamais essayer de se rappeler telles pensées, car, si on les sollicite avec assez d'insistance, elles viendront. »

Quand ils eurent momentanément épuisé le passé, ils se tournèrent vers l'avenir. En Virginie, Inman avait vu une scierie mobile qui utilisait la force de l'eau. Même dans les montagnes, à présent, les constructions en planches remplaçaient celles en rondins, et il lui semblait qu'une telle scierie serait un excellent placement. Il pourrait la transporter sur les terres du client, l'installer, et scier sur place le bois nécessaire à la construction de la maison. Il y aurait de l'économie à pratiquer ainsi, et de la satisfaction pour le client, lequel, sa demeure une fois bâtie, se réjouirait à l'idée que chacune de ses parties était directement issue de ses terres. Inman toucherait ses honoraires en liquide ou se ferait payer en bois que, dans ce cas, il traiterait et vendrait. Il emprunterait de l'argent à sa famille afin d'acheter l'équipement de départ. Le projet n'était pas mauvais. Plus d'un homme s'était enrichi avec moins que cela.

Sans compter bien d'autres projets. Ils commanderaient des livres sur toutes sortes de sujets : l'agriculture, les beaux-arts, la botanique, les voyages. Ils apprendraient à jouer d'un instrument, du violon et de la guitare, ou peut-être de la mandoline. Si Stobrod se remettait, il leur servirait de professeur. Par ailleurs, Inman avait envie de connaître le grec. Ce serait une belle découverte. Fort de son savoir, il poursuivrait l'entreprise de Balis. Il raconta à Ada l'histoire de son compagnon d'hôpital, de sa jambe amputée et de la liasse de feuilles qu'il avait laissée derrière lui après son triste décès. Ce n'est pas sans raison qu'on l'appelle une langue morte, conclut Inman.

Ils parlèrent encore, et ils en vinrent à discuter du temps. Ils s'entretinrent d'un mariage imaginaire, d'années s'écoulant dans le bonheur et la paix, de Black Cove remis en état selon le modèle établi par Ruby. Ada en décrivit chaque détail, et le seul qu'Inman souhaitât modifier fut l'absence de chèvres, car il aimerait en avoir quelques-unes. A présent, l'un et l'autre se souciaient comme d'une guigne de la façon dont les mariages s'organisaient d'ordinaire. Ils n'en feraient qu'à leur tête et leur vie serait réglée sur la ronde des saisons. En automne, les pommiers seraient resplendissants et lourds de fruits, et ils chasseraient les oiseaux puisque Ada avait fait ses preuves avec les dindes sauvages. Ils ne se serviraient pas du clinquant fusil italien de Monroe, mais de beaux fusils très simples qu'ils commanderaient en Angleterre. L'été, ils pêcheraient des truites à la ligne. Ils vieilliraient ensemble. Plus tard, passé le milieu de leur vie, ils se mettraient peut-être à la peinture et achèteraient des boîtes d'aquarelle en métal, toujours en Angleterre. Ils iraient se promener dans la nature et, quand il verrait un paysage plaisant, ils s'arrêteraient, puiseraient de l'eau dans une rivière dont ils traceraient les contours et les coloris sur le papier et rivaliseraient d'adresse. Ils voyaient des navires s'aventurer sur les eaux traîtresses de l'Atlantique Nord durant les prochaines décennies à venir afin de leur apporter les plus splendides instruments de distraction. Ah, ils en feraient des choses.

Leur âge les plaçait l'un et l'autre au sommet d'une courbe. Une partie de leur esprit pouvait encore se représenter leur vie entière s'étendant devant eux sans frontières ni limites. En même temps, une autre partie était en mesure de deviner que leur jeunesse était, à peu de choses près, terminée. Une contrée tout à fait différente les attendait, à l'intérieur de laquelle, d'instant en instant, s'épuiseraient les possibles.

DES ESPRITS DE CORNEILLES, QUI DANSAIENT

Le matin du troisième jour passé au village, les nuages se déchirèrent sur un ciel limpide, un soleil éclatant. La neige commença à fondre. Elle tombait en gros tampons des branches ployées et, toute la journée, on entendit de l'eau couler sous la neige qui couvrait le sol. Ce soir-là, la pleine lune se leva derrière la crête, et sa lumière était si vive qu'elle projetait sur le tapis blanc les ombres nettes des troncs d'arbres et de leurs branches. La nuit opaline ne paraissait pas l'opposé du jour, mais une de ses variantes, son ambassadrice.

Ada et Inman restèrent enlacés sous leurs couvertures, à bavarder, et la porte de la cabane était ouverte pour laisser venir jusqu'à leur lit un lumineux trapèze de clair de lune. Ils formèrent un projet dont il leur fallut la plus grande partie de la nuit pour faire le tour. Le parallélépipède de lumière se déplaçait sur le plancher et ses angles se modifiaient ; à un moment donné, Inman remit la porte en place et empila du bois sur le feu. Ce projet, pourtant simple en dépit des longues heures nécessaires pour le mettre au point, ne leur était en aucune façon spécifique. Au cours des derniers jours du conflit, bien d'autres couples d'amoureux en arrivèrent à des conclusions identiques : il n'y avait que trois solutions entre lesquelles choisir, toutes trois dangereuses et, chacune à sa façon, amères.

La logique qu'ils adoptèrent allait de soi. La guerre, pour ainsi dire perdue, ne durerait pas plus de quelques mois. Peut-être prendrait-elle fin au printemps, peut-être pas. Mais l'imagination la plus débridée n'aurait pu concevoir qu'elle se prolonge au-delà de l'été. Les choix étaient donc les suivants. Inman pouvait réintégrer l'armée. A court d'effectifs comme ils l'étaient, ses chefs l'accueilleraient à bras ouverts et le renverraient aussitôt dans les tranchées boueuses de Petersburg, où il essaierait de garder un profil bas en espérant la fin rapide des hostilités. Ou il pouvait rester caché dans les montagnes, voire à Black Cove, et vivre traqué comme un ours, un loup ou un puma. Enfin, il pouvait également franchir les montagnes vers le nord et se rendre aux Fédéraux, c'est-à-dire aux salopards qui lui avaient tiré dessus pendant quatre ans. Il leur prêterait allégeance, mais ensuite il pourrait attendre la fin du conflit et rentrer chez lui.

Ils tentèrent de concevoir d'autres projets sans parvenir à dévider autre chose qu'un écheveau d'illusions. Inman raconta à Ada le rêve du Texas qu'avait nourri Veasey : les espaces sauvages, la liberté. Pourquoi ne pas se procurer un second cheval, le matériel nécessaire pour camper, et partir vers l'ouest ? Et si le Texas se révélait trop dur, vers le territoire du Colorado. Le Wyoming. L'immense territoire de la Columbia River. Pourtant, là aussi la guerre faisait rage. S'ils avaient eu de l'argent, ils auraient pu aisément embarquer à destination d'un pays lointain et ensoleillé, l'Espagne ou l'Italie. Mais ils n'avaient pas un sou, et il ne fallait pas oublier le blocus. En dernier ressort, ils pouvaient jeûner pendant le nombre de jours prescrit et attendre de voir s'ouvrir devant eux les portes des Roches-Qui-Brillent, par où ils pénétreraient au pays de la paix.

Ils reconnurent que toute chose avait ses limites. Les trois choix d'origine, si amers fussent-il, étaient les seuls que la guerre autorisât. Inman rejeta le premier qu'il tenait pour inacceptable. Et Ada opposa son veto au deuxième qu'elle jugeait le plus dangereux. Ce fut donc le troisième qu'ils adoptèrent, par défaut. Par-dessus la crête du Blue Ridge. Trois jours de marche régulière, quatre au plus, par des pistes tracées en pleine nature, et il aurait franchi la frontière de l'Etat. Alors il lèverait les mains, courberait la tête et reconnaîtrait qu'il était battu. Il saluerait le drapeau à rayures qu'il avait combattu de son mieux. Il dévisagerait ses ennemis et il apprendrait que, contrairement à ce qu'enseignent diverses religions, celui qui administre la correction se sent généralement mieux que celui qui l'encaisse, quel que soit celui qui a tort.

« Les prédicateurs et les vieilles femmes croient souvent que la défaite engendre la compassion, dit

492

Ada. Et ils ont raison. C'est très possible. Mais elle engendre aussi la dureté. Dans une certaine mesure, on a le choix. »

En définitive, tous deux jurèrent de ne plus penser qu'au vrai retour à la maison, d'ici quelques mois. A partir de là, ils s'avanceraient dans le nouveau monde que la guerre aurait laissé derrière elle, quel qu'il fût. Et ils veilleraient à ce que leur petit coin fût à la hauteur de la vision de ces deux nuits.

Le quatrième jour, des plaques de feuilles brunes et de terre noire commencèrent à surgir dans les clairières, et des bandes de sittelles et de mésanges s'y précipitèrent pour picorer le sol nu. Ce jour-là, Stobrod réussit à se tenir assis sans aide et à parler d'une manière à demi sensée, ce qui — Ruby ne se fit pas faute de le remarquer — était tout ce que l'on pouvait attendre de lui, même quand il était en parfaite santé. Ses blessures ne tarderaient pas à se refermer. Et il fut capable de manger un des cinq écureuils que Ruby avait abattus, embrochés avec la tête, et rôtis au-dessus des braises de châtaignier. Ce soir-là, Ruby, Stobrod et Inman dévorèrent chacun le sien, comme on rongerait un épi de maïs. Ada examinait sa portion, aux incisives jaunes et longues. Elle n'avait pas l'habitude de manger un plat qui avait encore ses dents. L'ayant observée, Stobrod lança : « Si la tête vous gêne, arrachez-la. »

Quand vint l'aube du cinquième jour, plus de la moitié de la neige avait disparu. Après deux jours de soleil, le vent avait ramené des nuages très haut dans le ciel et Stobrod se déclara prêt à voyager.

« Il faudra six ou sept heures pour aller jusqu'à la maison, dit Ruby. En tenant compte du mauvais état des chemins et des pauses. »

Ada croyait qu'ils voyageraient tous ensemble, mais Inman ne voulut pas en entendre parler.

« Il y a des fois où les bois semblent si vides, et puis

d'autres où ils sont si pleins. Vous deux, personne ne vous cherchera noise. C'est nous qu'ils veulent, dit-il en indiquant Stobrod du pouce. Ça ne rime à rien de faire courir du danger à tout le monde. »

Il tint absolument à ce que Ruby et Ada partent de leur côté, avant eux. Il les suivrait sans tarder, avec Stobrod monté sur le cheval. Ils attendraient dans les bois jusqu'à la tombée de la nuit. Le lendemain matin, si le temps le permettait, il partirait se rendre. Les femmes cacheraient Stobrod chez elles et, si la guerre n'était pas encore finie quand il serait tout à fait rétabli, elles l'enverraient rejoindre Inman de l'autre côté des montagnes.

Stobrod n'avait pas d'opinion sur ce sujet, mais, comme Ruby estimait qu'Inman s'exprimait par la voix de la raison, il en fut comme il avait décidé. Les deux femmes partirent à pied, et Inman les regarda gravir la pente. Lorsque Ada eut disparu au milieu des arbres, il eut l'impression qu'elle emportait avec elle une partie de la richesse du monde. Il était seul sur terre, et vide, depuis si longtemps. Et maintenant, Ada le comblait au point que c'était peut-être à dessein, pensait-il, qu'il avait dû abandonner une partie de lui-même : pour laisser la place à quelque chose de mieux.

Il attendit quelque temps, puis il installa Stobrod sur le cheval et suivit les femmes. Tantôt Stobrod chevauchait la tête bien droite, l'œil vif, tantôt il s'affaissait sur sa monture et son menton rebondissait contre sa poitrine.

Quand ils arrivèrent à l'endroit où la piste se divisait en trois, Stobrod contempla le grand peuplier et les éclairs de bois blanc, là où les projectiles avaient entaillé l'écorce. « Sacrée saloperie d'arbre », dit-il.

Ils passèrent devant la tombe de Pangle encore couverte de neige presque jusqu'à la barre horizontale de la croix en caroubier d'Ada. Inman se contenta de l'indiquer à Stobrod. Celui-ci parla de l'habitude qu'avait Pangle de venir se coller à lui pour dormir. Pauvre garçon qui ne demandait rien d'autre que de la chaleur et de la musique. Puis Stobrod ajouta : « Si Dieu devait se mettre à tuer tous les hommes de la terre par ordre de démérite, ce petit-là serait arrivé tout au bout de la queue. »

Ils parcoururent quelques miles ; des nuages sombres planaient dans le ciel, le sentier était rude et abrupt. Ils atteignirent l'endroit où les lauriers formaient deux rangées de chaque côté de la piste et se rejoignaient au-dessus comme le toit d'un tunnel.

Ils débouchaient dans une petite clairière quand, soudain, ils entendirent du bruit derrière eux. Ils se retournèrent et virent des cavaliers se déployer pour barrer la piste.

« Bon Dieu ! » s'écria Stobrod.

Teague remarqua : « Voilà un homme difficile à tuer. Même avec sa tête de mort réchauffée. »

Stobrod observa la petite bande. Teague et le garçon qu'il gardait à ses côtés étaient toujours là. Cependant, depuis le jour où ils l'avaient fusillé, ils avaient perdu et embauché un gars ou deux. Stobrod reconnut un visage côtoyé dans la grotte des déserteurs, un de ces pauvres Blancs des Etats sudistes. Les miliciens avaient acquis, en outre, une paire de molosses désassortis. Un chien de meute aux oreilles tombantes. Une chienne pour la chasse au loup. Les deux bestioles gisaient avachies sur le sol, indifférentes. Puis la chienne se leva et commença à décrire un cercle pour se rapprocher d'Inman et de Stobrod.

Teague, juché sur son cheval, tenait souplement les rênes dans sa main gauche. De l'autre main il tripotait le percuteur de sa carabine Spencer, comme s'il n'était pas certain qu'il y eût lieu de l'armer complètement.

« Nous vous savons gré, à toi et au garçon, de nous avoir indiqué cette grotte. Un endroit bien sec pour laisser passer la neige. »

La chienne obliqua et poursuivit sa manœuvre,

sans se presser, par le flanc. Elle refusait le moindre contact oculaire, mais se rapprochait à chaque pas.

Inman jeta un regard à la ronde pour se faire une idée de la configuration du terrain, voir comment il se prêtait à un affrontement, et il comprit qu'il était de retour dans l'univers familier de la violence. Il dévisagea les hommes de la milice. Inutile de parler à des individus de cet acabit. La discussion ne changerait rien à l'affaire, autant se mettre à bafouiller des bruits sans suite. Et inutile d'attendre.

Sous couvert d'arranger le licou et la longe, il se pencha vers Stobrod et lui chuchota dans un souffle : « Cramponnez-vous. »

Du poing gauche il asséna un coup violent sur la croupe du cheval et dégaina de la main droite. D'un seul mouvement tournant, il abattit la chienne puis un des hommes. Entre les deux détonations, il s'écoula à peine le temps d'un clin d'œil. L'animal et l'homme s'abattirent. Par une série de ruades, Stobrod fonça le long de la piste jusqu'aux arbres.

Tout resta un moment suspendu avant que n'éclate une brusque flambée d'agitation. Les chevaux se mirent à piétiner sur place, ramenant sous eux leur arrière-train. S'ils n'obéissaient à aucune impulsion commune, ils souhaitaient passionnément se trouver ailleurs que là où ils étaient. Le chien de meute courait entre leurs pattes mais il reçut un coup de pied dans la tête et s'affaissa en couinant.

Les hommes tiraient sur les rênes afin de maîtriser leurs montures. Le cheval dont le cavalier avait été touché sentit sa selle vide et partit d'un galop aveugle. Cependant, il n'avait pas fait trois pas qu'il marcha sur ses rênes pendantes. Il trébucha et se cogna dans les autres chevaux, lesquels hennirent et virevoltèrent, tandis que les hommes s'efforçaient de ne pas tomber.

Inman fonça sur la bande désorganisée. En dehors de quelques arbres clairsemés, il n'y avait aucun endroit où se mettre à couvert. Pas de mur derrière lequel se réfugier. La seule direction était donc vers l'avant, le seul moment, le moment présent. Pas d'autre espoir que se ruer au milieu d'eux et d'essayer de les tuer tous.

Tout en courant il appuya sur la détente et fit mordre la poussière à un autre cavalier. Ce qui n'en laissait plus que trois, dont l'un paraissait battre en retraite, à moins que son cheval ne se fût emballé : il partit en bonds désordonnés sur le côté et remonta la pente jusqu'à un bosquet de noyers.

Les deux derniers hommes se tenaient côte à côte, et leurs chevaux bondirent encore une fois en entendant la fusillade, puis l'une des montures s'abattit en hurlant, tricotant des quatre membres dans la poussière pour tenter de reprendre appui sur ses pattes arrière. Son cavalier agrippa sa propre jambe et tenta d'évaluer les dégâts. Lorsque ses doigts rencontrèrent l'extrémité déchiquetée d'un os mis à nu après avoir traversé la peau et le tissu du pantalon, il commença à brailler sa détresse par un mélange de cris inarticulés et de mots parmi lesquels on reconnaissait des prières au bon Dieu et des commentaires peu flatteurs sur le poids imbécile des chevaux. Son vacarme était tel qu'il couvrait presque les hennissements de sa monture.

L'autre cheval céda à la panique : il se mit à tourner en rond sur lui-même, les quatre pattes repliées sous son ventre. Teague agrippait les rênes d'une main, brandissait sa carabine de l'autre. Il avait perdu un de ses étriers, et on voyait le jour entre sa selle et lui. Sur le point de tomber, il tira involontairement un coup de feu en l'air. Le cheval bondit de plus belle, comme si on venait de le transpercer avec un tisonnier chauffé à blanc. Et tournoya de plus en plus vite.

Inman s'engouffra dans la zone d'immobilité au milieu de laquelle s'agitait l'animal. Il arracha la carabine de la main de Teague et la jeta à terre. Leurs regards se croisèrent et Teague sortit un long couteau de sa ceinture en criant : « Je vais noircir ma lame de ton sang. »

Inman arma le chien inférieur de son LeMat's et tira. Le revolver faillit lui échapper. Teague reçut en pleine poitrine la décharge qui l'ouvrit en deux. Il dégringola de son cheval et s'effondra sur le sol ; l'animal s'écarta de quelques pas avant de s'immobiliser, les yeux bordés de blanc, les oreilles collées à la tête.

Inman se retourna vers l'homme qui hurlait. A présent, il accablait Inman d'injures tout en rampant en direction de son pistolet qui gisait dans une mare de boue. Inman se pencha, ramassa la carabine Spencer par le canon. Il lui fit décrire un arc de cercle, et le plat de la crosse s'abattit sur la tempe de l'homme qui cessa de hurler. Inman ramassa le revolver et l'enfonça dans la ceinture de son pantalon.

Le cheval tombé s'était remis sur ses pattes. Dans la pénombre on aurait dit un cheval fantôme. Il alla se ranger à côté des autres. Trop abasourdis pour s'enfuir, ils s'agitaient d'avant en arrière en hennissant doucement.

Inman chercha des yeux le dernier cavalier. Il s'attendait à ce qu'il ait disparu depuis longtemps mais il le découvrit à quelque cinquante pas de distance. Assez loin pour rendre plus que hasardeux le résultat d'un coup de revolver.

Le cavalier s'efforçait d'obliger sa monture à garder toujours un arbre entre lui et Inman mais n'y réussissait qu'en partie. Quand il se trouvait à découvert, il était aisé de constater que ce n'était qu'un gamin. Il avait perdu son chapeau et Inman voyait ses cheveux blancs. Il paraissait avoir du sang allemand ou hollandais dans les veines. Ou peut-être irlandais. Ou était-ce un de ces dégénérés produits en Cornouailles par une suite de mariages consanguins ? Quelle importance ? Il était à présent américain des pieds à la tête, la peau blanche, les cheveux assortis, et l'âme d'un tueur. Mais il avait l'air d'attendre encore sa première poussée de barbe et Inman espérait ne pas devoir abattre un enfant.

« Sors de là », cria-t-il assez fort pour être entendu.

Pas de réponse.

Le garçon resta derrière son arbre. On ne voyait que la croupe et la tête de la jument, coupée en deux par un noyer. Elle avança d'un pas, mais le garçon tira aussitôt sur les rênes pour la faire reculer.

« Allez, sors, reprit Inman. Je ne te le demanderai pas trois fois. Dépose toutes tes armes et tu pourras rentrer chez tes parents.

— Que non, m'sieur, répondit le gamin. Je suis très bien ici.

— Ce n'est pas mon avis, dit Inman. Je t'y trouve très mal. Je vais abattre ta monture. Ça suffira pour te faire sortir.

— Faut pas vous gêner, riposta l'autre. Elle est pas à moi.

— Nom de Dieu, s'écria Inman, je cherche simplement un moyen de ne pas te tuer. Tu ne préfères pas qu'on s'arrange de telle sorte que, dans vingt ans, si jamais on se croise en ville on puisse vider un verre ensemble et se rappeler les heures sombres en hochant la tête ?

— Pas si vous comptez me voir jeter mon pistolet, dit le garçon. Parce que après vous me tirerez dessus quand même.

— Je ne suis pas un de vous autres, moi, et ce n'est pas ma façon de faire. Mais je te tuerai plutôt que de redescendre cette montagne en me demandant à chaque pas si tu n'es pas derrière un rocher en train d'aligner ta mire sur mon crâne.

— Oh, pour ça, je serai derrière, dit le garçon. J'y serai.

— Dans ce cas, il n'y a plus rien à dire, constata Inman. Seulement il faudra que tu passes devant moi pour partir d'ici. »

Inman ramassa la carabine et examina le chargeur. Dans le barillet, il ne restait qu'une cartouche en laiton déchargée. Il la jeta et vérifia le chargeur du LeMat's. Encore six coups à tirer, et le canon à chevrotine était déchargé. Il sortit de sa poche une cartouche en carton dont il arracha l'extrémité d'un coup de dents avant de verser la poudre dedans. Après quoi il y enfonça la cartouche de chevrotine et fixa une amorce de laiton sur la cheminée. Ensuite, prêt à tout, il attendit.

« Il faudra bien que tu sortes de derrière ton arbre à un moment donné », lança-t-il.

Une minute plus tard, le cheval s'avança : le garçon tentait une échappée à travers bois. Inman courut pour lui couper la route. Il n'y avait plus désormais qu'un homme à cheval et un homme à pied se pourchassant dans la forêt. Profitant des arbres et de la disposition des lieux, tantôt ils avançaient, tantôt ils reculaient, et chacun s'efforçait de se mettre en position de tirer, tout en évitant de s'approcher trop près.

La jument n'y comprenait plus rien. Sa seule envie était d'aller se coller, encolure contre encolure, aux autres chevaux. Prenant le mors aux dents, elle se détourna de l'endroit où son cavalier cherchait à la guider et fonça droit sur Inman. Arrivée tout près de lui, elle se cabra à demi, poussa le garçon contre un noyer et le fit basculer de la selle. Libérée de toute contrainte, elle se mit à braire comme une mule et galopa jusqu'à ses congénères.

Le garçon resta dans la neige, là où il était tombé. Puis il se redressa légèrement et tripota son arme.

« Pose-la », ordonna Inman qui avait armé et le visait.

Le gamin le regarda de ses yeux bleus, aussi vides que des cercles d'eau gelée à la surface d'un seau. C'était un petit gringalet pâle, blond, les cheveux tondus ras comme s'il avait récemment dû combattre une invasion de poux. Le visage inexpressif.

Rien ne bougea chez le garçon, sauf sa main qui se déplaça trop vite pour que l'œil pût la suivre.

Inman se retrouva soudain allongé à terre.

Le garçon s'assit et le regarda, puis il contempla l'arme dans sa main et souffla : « Bon Dieu ! » Comme s'il ne s'était pas attendu à la voir fonctionner ainsi.

Ada entendit les coups de feu au loin, aussi secs et ténus que des bâtons qu'on casse. Elle ne dit rien à Ruby. Elle se contenta de faire demi-tour et de se mettre à courir. Son chapeau s'envola de sa tête et se posa derrière elle sur le sol, telle une ombre. Elle croisa Stobrod qui serrait la crinière de Ralph comme dans un étau, bien que l'animal eût ralenti pour se mettre au trot.

« Là-bas », lança-t-il. Et il continua sa route.

Quand elle arriva sur les lieux, le garçon avait déjà réuni les chevaux et s'était sauvé. Elle s'approcha des hommes qui gisaient à terre, les regarda, et découvrit Inman à l'écart des autres. Elle s'assit et prit sa tête sur ses genoux. Il essaya de dire quelque chose, mais elle le fit taire. Il perdait conscience, puis revenait à lui, et il fit un rêve doré dans lequel il vit une maison imaginaire. Il y avait une source d'eau froide jaillissant d'un rocher, des champs de terre noire, de vieux arbres. L'année entière semblait se dérouler en même temps, les saisons se fondre les unes dans les autres. Des pommiers aux branches chargées de fruits, pourtant inexplicablement en fleur, une dentelle de glace ourlant la source, des okras aux fleurs jaunes et marron, des feuilles d'érable rouges comme en octobre, des épis de maïs pendant comme des glands, un fauteuil rembourré tiré devant l'âtre rougeoyant du salon, des citrouilles rutilantes dans les champs, des lauriers verdoyants sur les collines, des talus tapissés d'impatiences orange, des fleurs blanches aux branches des cornouillers, des fleurs pourpres à celles des arbres de Judée. Tout se hâtait d'éclore à la fois. Il y avait des chênes blancs, une infinité de corneilles, en tout cas des esprits de corneilles qui dansaient et chantaient dans les frondaisons. Et il y avait une chose qu'il voulait dire.

Un observateur placé au sommet de la crête aurait baissé les yeux sur un tableau immobile et lointain, dans les bois hivernaux. Une rivière, des traces de neige. Un vallon boisé à l'écart de l'humanité. Un couple d'amoureux. L'homme est allongé, la tête sur les genoux de sa compagne, et celle-ci, repoussant les cheveux de son front, plonge son regard dans le sien. Puis l'homme tend gauchement le bras autour des hanches de la femme. Tous deux ont pour se toucher des gestes très intimes. C'est une scène si calme, si paisible, que l'observateur, sur la crête, pourra plus tard témoigner de façon à ce que vous imaginiez, si vous êtes d'un tempérament optimiste, une histoire de quelques dizaines d'années de félicité conjugale dépliée sous les pas des deux personnages du tableau.

ÉPILOGUE. OCTOBRE 1874

Même après tant d'années et trois enfants, Ada les découvrait encore en train de s'étreindre aux moments les plus étranges. Dans le grenier de la grange, où ils venaient de faire dégringoler les nids en terre des hirondelles. Derrière le fumoir, où ils étaient allés nourrir le feu d'épis de maïs juteux et de branches de noyer. Un peu plus tôt, ce jour-là, en plein milieu du champ de pommes de terre, où ils étaient occupés à retourner la terre. Ils se tenaient, maladroits, les pieds écartés dans les sillons, chacun serrant son conjoint d'un bras, l'autre main agrippée à la houe.

Ada avait songé d'abord à lâcher une remarque sarcastique. Faut-il que je tousse ? Au même instant, elle avait observé les manches des houes. L'angle selon lequel ils descendaient jusqu'au sol évoquait des leviers actionnant les rouages secrets de la terre. Et elle s'était contentée de vaquer à ses occupations, en les laissant tranquilles.

Le garçon n'était jamais retourné en Géorgie ; il était devenu un homme à Black Cove, et un homme digne de ce nom, en plus. Ruby y avait veillé. Il l'avait eue sans arrêt sur le dos pendant les deux années où il avait été simple ouvrier, et elle ne l'avait pas ménagé davantage après qu'il fut devenu son mari. Le pied aux fesses chaque fois qu'il en était besoin, et des câlins le reste du temps. L'un dans l'autre, il recevait à peu près autant de taloches que de baisers. Il s'appelait Reid. Leurs bébés étaient nés à dix-huit mois d'intervalle, que des garçons, chacun avec une vraie toison de cheveux noirs et deux yeux bruns luisant comme des petites châtaignes au milieu de la figure. Ils étaient en passe de se transformer en trois garnements aux joues roses et au sourire facile que Ruby faisait travailler dur et jouer de même. En dépit de la différence d'âge, quand ils se roulaient dans le jardin en dessous des buis, ils se ressemblaient comme les chiots d'une unique portée.

A présent, en cette fin d'après-midi, les trois gamins étaient accroupis autour d'une fosse où flambait un feu, derrière la maison. Quatre poulets grillaient sur les braises et les enfants se chamaillaient, chacun prétendant que c'était son tour de les arroser d'une sauce au vinaigre et aux piments forts.

Ada, debout sous le poirier, les observait tout en étalant une nappe sur la table, avant d'y aligner huit assiettes presque bord à bord. Depuis la fin de la guerre, elle n'avait été obligée qu'une seule fois de renoncer à son dernier pique-nique annuel, avant l'arrivée des premiers froids. Trois ans auparavant, par la faute d'un mois d'octobre comme on n'en avait jamais vu, avec des ciels chargés et de la pluie continuelle, à l'exception d'un jour où il avait carrément neigé.

Ada avait essayé d'aimer également chaque saison, sans marquer d'animosité envers la grisaille de l'hiver avec son odeur de feuilles pourries sous le pied et l'immobilité qui figeait les bois et les champs. Néanmoins, elle préférerait l'automne et ne parvenait pas tout à fait à maîtriser la sentimentalité qui lui faisait trouver poignante la chute des feuilles, la conclusion de l'année, une sorte de métaphore, même si elle savait fort bien que les saisons revenaient encore et toujours et ne connaissaient ni prologue ni épilogue.

En cette année 1874, le mois d'octobre, chose qui la ravissait, semblait parti pour être aussi beau qu'il peut l'être dans les montagnes. Le temps était sec, tiède, clair, et les feuilles avaient progressé jusqu'au jaune pour les peupliers et au rouge pour les érables, celles des chênes restant encore vertes. Cold Mountain était un chatoiement de dégradés qui s'élevait derrière la maison. La montagne se métamorphosait de jour en jour et, à l'observer attentivement, on pouvait suivre les couleurs à mesure qu'elles rattrapaient la verdure, descendaient le long des pentes et se répandaient dans la vallée telle une vague qui se brise lentement sur vous.

Bientôt, Ruby arriva de la cuisine. A ses côtés marchait une fillette de neuf ans, grande et élancée. Toutes deux portaient des paniers. Salade de pommes de terre, maïs, pain de maïs, haricots verts. Reid tira les poulets du feu, et Ruby et la fillette disposèrent la nourriture sur la table. Stobrod sortit de la grange où il avait trait les vaches. Il posa son seau près de la table et les enfants y remplirent leurs bols. Chacun prit sa place autour de la table.

Plus tard, tandis que le crépuscule envahissait Black Cove, ils jetèrent du bois sur le feu, et Stobrod joua sur son violon une variation qu'il avait composée sur *Bonnie George Campbell*. Il accéléra le tempo et agrémenta l'air d'une gigue, et les enfants s'élancèrent autour du feu en hurlant. Ils ne dansaient pas, ils couraient sur le rythme de la musique, et la fillette agita un bâton enflammé qui décrivit des volutes dans l'air assombri jusqu'à ce qu'Ada lui ordonne d'arrêter.

« Maman », protesta la petite fille, mais Ada secoua la tête. L'enfant vint l'embrasser et repartit en dansant pour aller jeter son bâton dans les flammes.

Stobrod joua à d'innombrables reprises le motif très simple de sa chanson jusqu'à ce que les enfants fussent écarlates et baignés de sueur. Quand il s'arrêta, ils s'affaissèrent sur le sol. Stobrod enleva l'instrument de sous son menton. Il voulait chanter un gospel. Le violon n'était-il pas la boîte du diable, à qui il est universellement interdit de se mêler à ces chants ? Il le tenait néanmoins comme un trésor précieux, niché contre sa poitrine, l'archet pendant au bout d'un doigt recourbé. Il entonna *Angel Band,* un nouvel air. La fillette chanta le refrain derrière lui, d'une voix limpide, aiguë, puissante. Emporte-moi sur tes ailes de neige.

Stobrod rangea son violon et les enfants réclamèrent une histoire. Ada sortit un livre de la poche de son tablier, l'inclina vers la lueur du feu et se mit à lire. Philémon et Baucis. Elle avait un peu de mal à tourner les pages car elle avait perdu l'extrémité de son index droit quatre ans plus tôt, le jour du solstice d'hiver. Elle se trouvait seule sur la crête, occupée à couper des arbres à l'endroit où elle avait remarqué, la veille, depuis la terrasse, que se couchait le soleil. La chaîne qui maintenait les bûches s'était emmêlée et, tandis qu'elle essayait de dégager les maillons, le cheval avait avancé dans ses brancards et sectionné net le bout de son doigt. Ruby avait appliqué un cataplasme et, même s'il avait fallu près d'un an pour qu'elle cicatrise, la blessure était aujourd'hui si propre qu'on aurait pu croire que tous les doigts se terminaient ainsi.

Quand Ada arriva à la fin de l'histoire, et que les deux vieux amants, après de longues années vécues ensemble dans la paix et l'harmonie, se furent transformés en chêne et en tilleul, il faisait nuit noire. L'air commençait à fraîchir et Ada rangea le livre. Dans le ciel, un croissant de lune se serrait près de Vénus. Les enfants avaient sommeil, l'aube du lendemain poindrait aussi matinale et aussi exigeante que les autres jours. Il était temps de rentrer dans la maison, de couvrir les braises et de tirer le loquet.

REMERCIEMENTS

Je voudrais remercier plusieurs personnes pour le soutien qu'elles m'ont apporté pendant que je travaillais à *Cold Mountain*. Je suis heureux de leur être redevable. Mon père, Charles O. Frazier, a su préserver les histoires de notre famille pour les partager avec moi. C'est lui qui m'a lancé sur la piste d'Inman, et sa connaissance détaillée de l'ouest de la Caroline du Nord, de son histoire et de sa culture, m'a été précieuse d'un bout à l'autre. Kaye Gibbons m'a généreusement fourni ses conseils et ses encouragements ; elle a pris ce que j'écrivais au sérieux avant que je ne le fasse moi-même, et m'a appris par son exemple à travailler dur et mener à bien la tâche entreprise. W. F. et Dora Beal ont mis à ma disposition une merveilleuse retraite dans les montagnes de Caroline du Nord, où une grande partie de ce livre a été écrite ; la vue étendue que l'on a de leur terrasse couverte est l'esprit qui a présidé à sa création. Leigh Feldman a su m'aiguillonner quand je m'enlisais et m'a aidé à définir la direction de mon intrigue. Les conseils pleins de sagesse, de sensibilité et d'enthousiasme de ma directrice de collection, Elisabeth Schmitz, ont considérablement amélioré le texte définitif de *Cold Mountain*.

Un certain nombre d'ouvrages m'ont été utiles pour brosser la toile de fond culturelle et historique de mon roman, notamment : *Bluegrass Breakdown :*

The Making of the Old Southern Sound, de Robert Cantwell (1984) ; *Jack Tales* (1943) et *Granfather Tales* (1948) de Richard Chase ; *Histories of the Several Regiments and Battalions from North Carolina in the Great War* de Walter Clark (1901) ; *Thrilling Adventures* de Daniel Ellis (1867) ; *Seven Months a Prisoner* de J. V. Hadley (1898) ; *Our Southern Highlanders* de Horace Kephart (1913) ; *Appalachian Images in Folk and Popular Culture* de W. K McNeil (1995) ; *Myths of the Cherokee* (1900) et *Sacred Formulas of the Cherokees* (1891) de James Mooney ; *Victims* de Philip Shaw Paludin (1981) ; *Bushwhackers : The Civil War in North Carolina,* vol. II, *The Mountains,* de William R. Trotter (1988).

Enfin je tiens à m'excuser d'avoir pris d'aussi grandes libertés avec la vie de W. P. Inman et la géographie des environs de Cold Mountain (6 030 pieds).

Composition réalisée par JOUVE

Achevé d'imprimer en Europe (Allemagne)
par Elsnerdruck à Berlin
LIBRAIRIE GÉNÉRALE FRANÇAISE - 43, quai de Grenelle - 75015 Paris
ISBN : 2 - 253 - 14928 - 4